寂寞红

温燕霞 著

百花洲文艺出版社
BAIHUAZHOU LITERATURE AND ART PRESS

图书在版编目（CIP）数据

寂寞红 / 温燕霞著. — 南昌：百花洲文艺出版社, 2022.11
ISBN 978-7-5500-4089-2

Ⅰ.①寂… Ⅱ.①温… Ⅲ.①长篇小说—中国—当代 Ⅳ.①I247.5

中国版本图书馆CIP数据核字（2021）第010448号

寂寞红
JIMO HONG

温燕霞　著

出 版 人	章华荣
策划编辑	胡青松　张诗思
责任编辑	余丽丽　罗　云
封面插画	温燕霞
书籍设计	张诗思
制　　作	周璐敏
出版发行	百花洲文艺出版社
社　　址	南昌市红谷滩世贸路898号博能中心一期A座20楼
邮　　编	330038
经　　销	全国新华书店
印　　刷	湖北金港彩印有限公司
开　　本	710mm×1000mm 1/16　印张 32.25
版　　次	2022年11月第1版
印　　次	2022年11月第1次印刷
字　　数	310千字
书　　号	ISBN 978-7-5500-4089-2
定　　价	72.00元

赣版权登字　05-2021-250

邮购联系　0791-86895108
网　　址　http://www.bhzwy.com
图书若有印装错误，影响阅读，可向承印厂联系调换。

目录 *CONTENTS*

下卷　寂寞的寂寞

上卷　热闹的寂寞

寂寞有时以热闹的方式呈现，譬如花的寂寞偶尔从蜂蝶的蠢动、撩逗中悄悄流露，就像后宫三千中的那个皇帝，他的动态总是给那些粉黛带来静态的寂寞。而他的寂寞呢？可以是衣香鬓影，可以是丝竹箜篌，也可以是金戈铁马……

第一章

公元1431年，也就是宣德六年的春天，河北霸州的街市上洋溢着一种奇怪的气氛，似惊恐，似疑惧，又似兴奋。满街只有男子和老妇，幼女一个都不见。时不时响起两声鞭炮、几声喇叭，随即一顶花轿匆匆而过。有时，在街道的拐弯处，两顶花轿竟撞在一起，接亲、迎亲的人却只是拱拱手，礼让着过去了。

在霸州城东北角一所破败的房舍前，一块"春和酒坊"的牌子被风雨剥蚀得几乎看不清了，但空气中却飘散着浓烈的酒香。几间房虽摇摇欲坠，却打扫得极干净。院子里的两棵梨树开了花，一阵风来，洁白的花瓣雨般洒下。树下，"春和酒坊"老板万贵的妻子英华正给四岁的小女儿万贞儿梳头打扮。

万贞儿模样乖巧，极聪明。她听话地任由母亲摆弄着自己的小脸蛋，一边拾了梨花花瓣，贴在自己胖嘟嘟的手背上，一边问道：

"妈妈，我才四岁就出嫁，那隔壁的阿姑为什么十六岁才嫁呢？"

"乖，别动。来，仰起脸，让妈开开脸。"

英华仔细地给贞儿开着脸，贞儿疼得哆嗦了一下，但她却忍着。边上的祖母看见了，心疼地说：

"英华啊，你说皇帝选宫女有那么吓人吗？我看皇宫里的日子可好过了。想当年，你公爹没获罪，还在京城做官时，每次从皇宫门口过，就走不动了，说那儿的风都是香的啊，里面的娘娘还不晓得有多好看，过神仙日子呢！"

英华咬着线给女儿开完脸，又端详了一会儿女儿，这才长舒一口气：

"娘，你只看到人家的好，没看到人家的苦。我宁愿女儿种田，也不让她当宫女。哎，梅香，李家的花轿还没来吗？"

说着，她给贞儿穿上大红的嫁衣，戴上凤冠。贞儿俨然成了个小美女。

祖母看着，不由得摇头："没眼色的英华啊，不听我的劝。这么好的女儿，该送她入宫，谋一条生路，不然我们这刑徒人家，还有什么出头之日呢？"

英华叹口气："娘，你倒还记得我们是刑徒人家，流放到这儿的。你说，就凭咱们这出身，就算贞儿选中了，能有好日子过吗？还不是给人提屎桶尿盆，当侍女？走，贞儿，照影子去。"

英华将贞儿领到一口井边，母女俩探头看着里边的倒影。

贞儿忽然指着井中自己的影子嘻嘻一笑，大声道："娘，我可以当娘娘吗？我要当娘娘嘛。"

英华紧张地四顾一番："嘘，可不敢乱说。"

霸州衙门前，一堆人正在听一个秀才模样的人念告示：

"凡家中有女儿的，四岁到十六岁者，都要听从安排，于明天上午到县衙门口集中……"

几个围观的人匆匆离去，剩下的人不是摇头就是叹息，一股悲苦的气氛弥漫开来。忽然间，其中一个乡绅模样的男人拉住一个随意闲逛的青年男子，热切地问他有没有妻室。男子一副落魄秀才的样子，茫然地摇了摇头。男人附在其耳边耳语一番，落魄秀才不相信地咬了咬指头：

"什么？让我做你家女婿，连聘礼都不用？你不是有病吧？"

"哎呀，女婿，你还犹豫什么啊？走吧，走吧。"

秀才跟着走了几步，忽然间停住了脚步。

"喂喂，你女儿是不是好丑啊？要不就缺胳膊少腿？世界上哪有这么便宜的事啊。"

他站在那儿挠头，一副不敢置信的疑惑样子。

这时，一个一直尾随他们的青年男子趋步上前，将落魄秀才拨拉到一边，接着便深深揖了下去：

"小婿拜见岳丈大人。"

正为找不到女婿而着急的乡绅怔了怔，见后者服饰整齐，神清气爽，不由眉开眼笑：

"哎呀，女婿啊，快跟我回家吧！"

两人拉着手走了。落魄秀才这才醒过神来，他待要追上前去，却被"岳婿"俩呵斥了一通，只好怏怏而回。

这时，万贵挑着一担酒过来了。落魄秀才掏出一枚铜板，舀了一竹筒酒倒在碗里，咕嘟咕嘟喝了下去，喝罢盯着万贵问：

"你有女儿要嫁吗？"

万贵一脸的憨厚与惊奇："是啊，今天出嫁呢。可是，家里实在连下锅的米都没了，只好出来做买卖。"

落魄秀才忽然掩脸哭将起来："我该死，我倒霉！"他边说边打自己的脸，把个万贵看得一愣一愣的。

万贵忽然想起早上看见的那一幕，觉得世道真是越变越怪。哪有这样嫁女的呀？他想不通，但他的女儿也得嫁，才四岁呢！看到那秀才伤心欲绝的样子，他追上去，拍拍他的肩，说：

"哎，我说兄弟，你也别难过。你到北边的菜场那儿看看去，听说有好多人家都把女儿送到菜场，等别人来娶呢。你快去吧，可别再错过时机了。"

"真的？太好了！喏，给你！就算我已经喝了你的酒。"

秀才扔下两个铜板，飞快地跑了。万贵从地上捡起那两枚钱，放在嘴边吹了吹灰，叹了口气：

"毛病。"

他嘀咕着挑起担子，刚走几步，衙门里猛地冲出一群衙吏，把看罢告示后议论纷纷的众人驱赶得一干二净。万贵挑着酒挑子走不快，被一个衙吏顺手推倒在地，酒坛应声而破。万贵尖叫一声，抱头蹲在地上无声地哭了起来。

"还不快滚，小心打断你的狗腿。"

推他的衙吏上前踢了他一脚，万贵爬起来抱着另一只酒坛跟跄着走了几步。谁知酒坛打滑，"噗"地摔下来断成了两截。

万贵对着剩下的半坛酒，失声大哭起来。

"唔，好香的酒啊。怎么，都摔了？多可惜啊！"

变得空荡荡的衙门门口忽然冒出一伙人，其中一个面白无须、宫人打扮的中年公公，使劲嗅着鼻子，慢慢朝万贵跟前踱过来。

"禀孙公公，这是县里有名的春和酒坊万贵家酿的，公公要是喜欢，等一下就

叫万贵送一坛过来。"

县吏点头哈腰地献着媚,这边却立起眉来,喝令万贵赶快回去弄一坛最好的酒来。

"万贵?你叫万贵?"

孙公公上前两步,仔细打量着苍老、猥琐的万贵,忽然倒吸了一口气。

"请问,万掌柜家早年可是在京城御马巷住过?"

"是,大人。"

万贵低垂着眼皮,不敢多吭声。

"你家是不是养了一头小花驴,老喜欢踢人?"

"是啊,大人怎么知道?你……莫非大人就是那个……"

万贵不敢再说下去了,只是睁眼张嘴指着孙公公直结巴。

孙公公上前一步,抓住他的手。

"万贵哥,我是小六啊。"

"你真的是小六?"

万贵忽然抱住孙公公大哭起来,惊得一干衙吏不知如何是好。但他们吃不准孙公公和万贵的关系,不敢上前劝阻,倒是孙公公醒悟过来了。他推开万贵,正正脸色,用他奇特的嗓音喊道:"来啊,带他回迎宾馆去,轿子伺候。"

一群衙吏抬了顶轿过来,停在孙公公面前。孙公公径直坐了进去。

"再来一顶,给我这朋友坐。"

衙吏只好把那顶已经抬到矮胖县令面前的轿子抬到万贵跟前,让万贵坐上去。然后,两顶轿子忽忽悠悠地往迎宾馆方向去,后面跟着气恼得不行的县令和一干衙役。

万贵家里一片喜气洋洋的样子。不过忙忙碌碌的一干人却又都露出焦急的神色。

英华又到门口张望了几次,对边上的梅香道:"去,到村口望望,看看老爷和接亲的来没来。"

这时,贞儿和一帮小孩正在玩耍。其中两个小男孩打起来了,万贞儿上前拉架。只见她小手往腰上一叉,模样儿挺厉害的。两个男孩子不敢动了,退到一边。祖母一边见了,拿把米果奖给贞儿:

"乖,就得这样。想当年你爷爷,也是一跺脚地都颤的人,咱们可不能自己辱

没了自己。"

"谢谢祖母。来，吃米果。可不许再淘气了。"

贞儿说着将米果分给众人，打架的孩子有了东西香嘴巴，立即就和好了。

忽然间，一个家丁气喘吁吁地跑过来，向贞儿的祖母和英华请过安后，禀道：

"对不起，听人说我家公子今天在集市上被别人拉郎配拉走了，老爷急得跳脚，正到处找呢。看样子今天是成不了亲啦，万望老夫人、夫人海涵。"

英华愣了一会儿，随即抹起了眼泪："这可怎么好？你们得赶快把人找回来呀，可别害了我家贞儿呀！"

贞儿祖母却掏出几个铜板塞到家丁手中，爽朗地说：

"也不怪你家公子，只是你回去后跟老爷他们禀明，贞儿这桩婚事算啦，不合适呀！"

家丁惊奇地："老夫人可是要退婚？"

贞儿祖母："你家公子要真是被人拉了郎配，我家贞儿难道还要跟着去不成？好笑！英华，去，去把聘礼取来，还给他。"

英华跳起来，拉婆婆到一旁，着急地说："娘，这怎么行呢？"

"怎么不行？他家公子游手好闲，又比贞儿大十多岁，贞儿这么小过去，不成了别人的使唤丫头吗？趁早退了这桩婚，我还命长些。"

"可……万贵他还没回来呀！"

贞儿祖母掏出水烟筒抽起来："不用啦，我做主，快去吧。"

英华唉声叹气地正要走，这时门外来了一匹快马，一仆人下马便喊："万掌柜，快！我家公子就要来迎亲了，快些做准备。"

"咦，方才不是说被拉走了吗？"前头送信的仆人说道。

后头骑马来的家丁接过英华递上的一碗水，"咕嘟嘟"地喝了下去，这才抹嘴说道：

"是隔壁刘员外的儿子给拉郎配了。听，迎亲队伍已经来了。"

一阵鼓乐响，村头果有一队披红戴绿的迎亲队伍走来。

英华脸上浮出喜色，忙着四处张罗。万老夫人则有些失望，她蹲下身子，给贞儿正了正凤冠，叹了口气：

"唉，孩子，你个没福的。要是不嫁，上京城伺候皇上那该多好。"

贞儿黑亮的眼睛盯着她，小脑瓜里不知在转些什么念头。

迎宾馆里，孙公公和万贵喝酒正到兴头上，特别是孙公公，脱了外衣，穿着件白竹布汗褂，白胖的脸上都是汗。万贵则喝红了鼻头，一副眼泪汪汪的样子。

孙公公："万贵哥，你还记得那年秋天咱们上昌平买驴的事儿吗？驴一叫，你就要解手，可把人给笑死了。"

万贵忙点头："记得，记得。六子……哦，不，大人。"

孙公公重重地放下酒杯："看你，什么大人不大人的，叫六子。万贵哥，来，再敬你一杯。这些年，我在宫里苦闷的时候，常想起小时候和你在一起玩耍的淘气事儿，一想起，心里就开阔了。再一想起你家老太爷从雪地里把我和我娘救起的大恩大德，我就掉泪。万老太爷那么好的一个人，怎么就把公家的事给办错了呢？要不你们一直待在京城，我也不至于把自个儿给阉了，到宫里当这苦差事啊！"

孙公公有些苦楚又有些得意地望着万贵。万贵呆呆地看了孙公公怪怪的脸貌一眼，正想叹气，可眼见孙公公的脸色由晴转阴，他马上点头哈腰地恭维道：

"大……六子兄弟，你说哪里话，你现在可是高官厚禄人上人，走哪里不威风啊！哪像我们，惨哪！"

孙公公开颜笑了："那倒是。这些年，在皇宫里，什么没见过？什么没吃过？人间的福我是享遍了。来，再喝，这一杯我敬老太爷，谢谢他的再生之德。"这时，一个宫人打扮的差役上前，在孙公公耳边低语一番。孙公公一拍桌子："县衙连几个女孩子都找不到？不就二十名吗，开什么玩笑。跟他说，一定要完成，我后天得回京呢。"说罢，他转脸问万贵："哎，你有女儿吗？"

万贵被喝到嘴里的酒呛住了。他一边咳，一边摇手，孙公公不悦地放下空酒杯，红头涨脸地白了万贵一眼：

"唉，你在我面前还装什么蒜哪。县衙的人都跟我说了，讲你家小女儿特别聪明可人，才四岁就会帮着你卖酒收钱。这种孩子，宫里用得着。万贵呀，不是我说你，这种好事儿换了别人，不知要使多少银子才能办成，你怎么就不识抬举呢？你想想，你们这种获罪的刑徒人家，老太爷又不在了，就是在，他的案子也翻不了，你们还有什么出头之日？把女儿送到宫里，这是好出路。"

万贵眨巴着眼睛，想着，脸上渐渐露出喜色，只是忽然间他又跳将起来，没留神踢翻了凳子，砸了他的脚，疼得他龇牙咧嘴：

"糟糕糟糕，我得回去！"

孙公公不解地问："怎么回事？"他的语气中已不复有方才的和善了。

"哎呀大人，再不回去小女就嫁出去啦！"

孙公公一惊："有这事？你女儿不是才四岁吗？"

万贵拱拱手："回六……哦，回公公，小女确实才四岁，今天出嫁也是真的。"

他本来不想再说下去了，可是被孙公公严厉的目光盯着，不由哆嗦起来：

"回公公，是这样，大家怕把女儿送到宫里受苦，就都赶着嫁女儿呢。"

这时响起一阵隐约的鞭炮声和鼓乐声，孙公公偏了偏脑袋：

"去，凡是今天嫁女的，一律给我抓起来。"

衙役应声而出，万贵的脸惊惧得变了颜色。孙公公冷不丁地"嘎嘎"笑起来。笑够了，他才踱到万贵跟前，拍拍他的肩：

"万贵哥，你别吓出尿来了啊。告诉你，六子不会害你，你就要有出头之日了。可怜那些草民，给他梯子都不会登天。宫女苦是苦，可要是哪天给皇上看中了，那不是天上掉下个大馅饼吗？实话跟你说，本来这宫女，要年满十一岁才能入选，看在你我的交情上，我才徇了这份私哪。"

"哎，哎，谢公公。"

万贵跪下来谢恩，孙公公并没有阻拦，而是抄起一根水烟筒，眯缝起眼睛吞云吐雾地抽了起来。

万贵躬身而退，一出院门就抬腿飞跑，跑了几步，又折回来取方才放在门口的扁担和绳子，不提防脚下一滑，又摔了一跤。他爬起来继续飞跑，只是一只脚一跛一跛的，煞是可笑。

孙公公笑起来："人生成，铁打就，小时候他就没用，现在更没用，不过，倒是个好人。来人哪！"

县令应声而出，身后跟着两个衙役。

孙公公："怎么样了？"

县令勾下他那多肉的颈脖子，点头哈腰地说道："禀公公，方才已经按您的吩咐，抓了十八位新娘。小的六岁，大的三十九岁，全都押在后面。"

孙公公在鞋底上敲了敲烟斗，将烟杆往腰带上一别，跟着县令往衙门后院走去。

后院里，一群花团锦簇的新嫁娘惊恐地挤成一堆，有的在小声哭泣，有的放声号啕，把个粉脸弄得花花绿绿。

孙公公在县令的陪同下，挨个儿看过去，竟没看见一个合意的。他气恼地一挥手，转身出去了。

"怎么都是些这么难看的女子？漂亮的都在哪儿？"孙公公一想到自己可能完不成任务，急得眉间起了个"川"字。

县令怯怯地点着头，脑子一转，计上心来。他附在衙役耳边说了几句，两衙役匆匆走了。县令又对孙公公耳语了几句，孙公公点点头，忽然间开怀大笑起来：

"好你个狗头，能想到这点子。不错，不错。"

"谢公公夸奖，谢公公夸奖。"

矮胖县令的肥脸上浮起了一层笑，仿佛汤上蒙着一层油，看上去让人腻歪。

温\燕\霞\文\集

村子前，万贵正勉为其难地跑着。看样子，他已累坏了。他坐在一截树桩上歇了口气，闻听村中有鼓乐传出，急得大喊：

"英华，不要嫁贞儿呀，不要嫁！"

他继续踉踉跄跄地跑着。跑到村口，看见一顶花轿过来，他一边喃喃着"完了完了"，一边扑上前去拦轿。

"女儿，女儿，你不能嫁呀！"

他喊着，不顾一切地掀开了轿帘，里面足有三十九岁的老新娘羞得将脸一蒙。边上的人打的骂的全有，万贵也不管了，拱手作了两个揖，又去拦下一辆轿子。

"老万，你女儿的夫家在那边，你糊涂了呀？"

还好，这支接亲队伍中的喜娘认识万贵，她朝旁边的岔道路指了一指，高声说道。

"谢谢，谢谢。女儿呀，你可别拜堂啊！千万别拜堂啊！"

万贵唠叨着，提了一口气，气咻咻地继续往前跑去。

"喂，新娘子，你快下来呀！"

一棵大树下，站了一溜人，大家此起彼伏地喊着，有的跺脚，有的拍手，还有的往树上爬，目的只有一个：让坐在树枝上的新娘子万贞儿下来。

"天哪，这丫头，这么淘气！看，拜天地的吉时都快过了，这可怎么好呢？"

新郎是个半大小子，有些儿傻。此刻，他也站在人群里看热闹，可把他爹气坏了。老人跺着脚，恨恨地嘟囔着。谁知新郎听了爹的话，却傻呵呵地笑，气得他爹举手要揍他。

"喂，新娘子，再不下来我可要让毛毛虫咬你的脚指头了。"

喜娘也生气了，在下面喊着。贞儿见上树的人朝自己逼过来，赶忙又往更为纤细的树枝上挪去。

"小心小心，要摔下来了。"

喜娘为她捏了一把汗。爬树的人则累得冒汗。但他却不敢再过去了，怕树枝会断掉。

"喂，贞儿，你说，为啥不拜天地啊？"

他笑嘻嘻地问，贞儿眨巴眨巴眼睛，脆生生地说道：

"我爹说了，要让我去京城伺候皇上，我不成亲。"

此言一出，满场俱静，接着，又是一片喧哗。新郎父母捶胸顿足：

"这么淘气的野孩子，以后怎么管得住啊！"

正在这时，大汗淋漓的万贵闯了进来。

"亲家公，亲家母，这亲，咱不成了！贞儿，下来吧！"

万贵抹着汗，大声地说道。树上的贞儿一听，"哧溜"一声下来了，小脸上俱是欢喜的笑容。

万贵家中，红对联已撕去，陪嫁的嫁妆也物归原处。英华正在剁猪草，一边剁一边抹泪："你这样子，叫我怎么做人？女儿都过门了，却让你给拉了回来。以后嫁不出怎么办？"贞儿已脱去了新嫁娘的花衣服，坐在院子里帮祖母搓麻绳。万贵坐在一旁，时不时地在她脸上亲上一亲，逗得贞儿"咯咯"地乱笑。

"贞儿，好贞儿，你可要给咱万家争气啊！娘，你来，我跟你说个事儿。"万贵放下女儿，拉住娘就往里屋走。

万贵："娘，你猜我遇见了谁？"

贞儿祖母："谁？大贵人呗，看你喜得耳朵都冒油了。"

万贵："娘，还真的是遇见贵人啦。你还记得当年咱爹救起的那两个乞丐吧？"

贞儿祖母："你说的是小六子和他娘？"

万贵："对，对。人家现在可不得了了，是皇帝派到这儿选宫女的内官呢！"

贞儿祖母一喜，又一惊："他……他不是自宫净了身吗？敢情是太监吧？"

万贵急急地点着头："对，是公公。他说呀，让咱贞儿也到宫里去，给咱挣个头脸。所以，我才把贞儿给领了回来。男方家，我赔了几吊钱，现在到处是待嫁的丫头，成亲容易得很。"

贞儿祖母："嘿，好儿子，咱娘俩想一块儿去啦。英华，你也用不着站在外面，进来吧。好歹是贞儿的事，你也吭个气儿。"

英华正拿着笤帚装模作样地在门口扫地，其实一直竖起耳朵在偷听。婆婆这一叫，倒让她有些尴尬，不过旋即就恢复了正常。她放下手中的东西，进了屋。

这时，聪明、伶俐、机警的万贞儿背着弟弟走过来，拾起笤帚，把垃圾扫到簸箕里。

忽然，英华掩面哭着从屋里冲出来，抱着万贞儿和她背上的小弟就哭了起来。

贞儿紧张极了，她用衣袖替娘揩着泪水，不断地安慰娘："娘，别哭啦，我十六岁再嫁也行的。真的，娘，你别哭了。"

英华更加心疼了："贞儿，娘舍不得你啊。"说罢捧起贞儿的小脸亲起来。贞儿毕竟是个小孩，见状也抹起了眼泪："娘，我也不舍得你呢。"

母女俩于是抱头痛哭，而一旁的万贵母子，却满脸俱是喜色。

县衙门前，县令正对着一群由三姑六婆、游方郎中、小贩、担水上门的担水人组成的杂色人等训话：

"你们平常走家串户，一定知道哪家的女子好看。现在，你们就给带路，谁推荐的人要是给孙公公选上了，本官有奖，明白了吗？"

众人窃窃私语了一阵后，欣然答道："明白了。"

县令一挥他的小短胳膊，大声而又夸张地喊道："好，现在看你们的了。"

三姑六婆、小贩、郎中、担水人各自拿着谋生家什分散而去，每个人身后都远远地跟着几个衙吏。

一个担水人指了指一座有门楼的俨然一方首富的宅院。衙役上前敲兽头门环，然后向主人宣读选宫女诏，读完便走到门里边去了。绣楼上，低头绣花的吴秀英听到人声，好奇地撩起竹帘偷窥。

一个媒婆敲开一座普通民房的院门之后，即刻躲到衙役身后。衙役对着门里的妇女呜里哇啦地讲了几句，强行闯入。一个围着锅台转的少女被衙役们抓来，在她额上贴了朵黄纸剪成的花样，即带走了。家人委委屈屈的还不敢哭，一直等到衙役们出了院门，夫妻俩才抱头痛哭起来。

一个游方郎中在一座村口的木桥上跟衙役比画了一阵，衙役们顺着他指的方向，跑到一个菜园子里，把一个正在摘菜的少女抓走了。

一个老妇人追到村口的木桥上，捶胸顿脚地恸哭："老天爷哎，你还让不让人活了呀！"

"哭什么哭！选中了免你家两年的徭役，是天上掉下的大好事！"衙役吼着。老妇人闻言愣了愣，好一阵子才拍拍胸口，舒了口气，然后含着眼泪爬起来。"可一个人就这样不见了呀，才两年徭役，太便宜了。"她哭着回了家。

老妇人的哭声很绵长，和第二天上午县衙后院许多少女的哭声融合在一起，很是哀伤。

天阴阴地下着雨，春寒料峭中，衣着单薄的少女们全都花容失色，只有她们额上印着的小黄花灿烂怒放。在红伞和黑伞的映衬下，她们看上去有些怪异。万贞儿穿了一套天青色小花袄，梳着把把髻，撑一把白色绘花的油纸伞，毫无怯意地站在人堆里，一双乌溜溜的眼睛到处乱看，神情兴奋。

几个三姑六婆模样的人得意扬扬地站在一边维持秩序，口里时不时吆喝几声。方才躲到衙役身后的那个媒婆正拉大嗓在喊名字：

"吴秀英进去！"

一个正在哆嗦的少女被另外两个媒婆拉进了屋子。屋里，孙公公正襟危坐，抽着水烟。烟雾里，这个叫吴秀英的姑娘按照县令夫人的口令走来走去。

"过来，到公公面前来。"

吴秀英眼里噙着泪水，不情愿地走近孙公公。

孙公公先是坐着端详这少女，见她果然生得清丽脱俗，便问她话：

"多大啦？"

"民女十四岁了。"

声音娇柔婉转的，煞是好听。孙公公眼睛一亮："识字吗？"

"识得几个粗字，读过《素女经》《列女传》。"

"嗯，懂不懂音律？"

"民女会弹琵琶。"

"好，拿琵琶来。"

吴秀英接过琵琶，弹了一首《汉宫秋月》。吴公公闭着眼睛，脚和手打着拍子，脸上露出得意的神情。吴秀英弹到妙处，也渐渐收起了怯意，谁知此时孙公公却叫了句"停"，吴秀英不知所措地愣在椅子上。

"脱衣服。"孙公公的指示让吴秀英大吃一惊。

"什么？"

"脱光衣服"，孙公公这次下令后，又闭上眼睛吞云吐雾了。县令夫人和另几个夫人模样的中年妇女强行将吴秀英的衣服脱光，吴秀英羞得呜呜直哭。孙公公猛地睁开眼皮，双目如电地在吴秀英身上扫视了几遍，然后上前，两手在吴秀英身上尽情揉捏，吴秀英躲避着，无奈被按住，只好任哭声大起来。

"嗯，冰肌玉骨，骨骼清奇。带她到隔壁更衣吧。下一个是谁？"

"万贞儿。哎，公公，是不是搞错了？这万贞儿才四岁，太小了吧？"县令夫人质疑。

"小点好。古话说，教妇初来，教儿婴孩，只有这么小的人才能调教成得心应手的好帮手。"

"你的意思是，她只是去当粗使丫头？"

县令夫人的心理平衡了些。孙公公喝了口茶水："刑徒人家，也只能这样了。"

这时，万贞儿蹦蹦跳跳地走了进来。

"爷爷好，婶婶好。我叫贞儿，今年四岁了。我会帮我爹卖酒，还会扫地打水烙饼子。我爹叫万贵，他做的酒可好喝啦，又香又甜。真的，你们要是不信，可以买一碗来喝。"

万贞儿一点不害怕，她像个小机灵似的蹦到孙公公前头，脸上露出乖巧可爱的笑容。

"你是万贵的女儿吗？一点不像你爹。来，贞儿，爷爷抱。"

孙公公抱起贞儿，左右端详了一阵，又在她脸上、身上捏摸了一阵，随后高兴地点了点头。

"贞儿，愿意跟着爷爷上京城吗？"

"是不是去伺候皇上呀？我愿意，我可会做事了，我会哄弟弟、扫地、切猪草、洗碗，你会吗？"

"不会。到时贞儿帮不帮爷爷做事啊？"孙公公在她脸上亲了一口，贞儿"咯咯"笑起来。"爷爷，你怎么不长胡子啊？"

孙公公脸色一阴，县令夫人瞪了贞儿一眼。贞儿小眼珠一转，忽然皱起小鼻子笑了：

"我知道，你妈妈用棉线帮你开脸开掉了。"

孙公公怔了怔，终于转怒为喜："好，好个机灵的丫头片子，爷爷看上你啦！"

春末的一天，阳光灿烂，一队马车在官道上疾驶。

贞儿和吴秀英坐在一辆马车里，两人相依着。这时吴秀英已哭肿了眼睛，靠在车篷上睡着了。

贞儿一直很兴奋，这时见没人理会她了，终于抹起了眼泪，小嗓子眼里也发出了呜呜咽咽的哭声。吴秀英睁开眼，同情地搂住了贞儿。

"贞儿，想爹娘了，是不？"

"嗯。姐姐，你说，我们到宫里，要是打破了碗，会挨打吗？"

"不知道呢。唉，贞儿，你记住，一切小心就是，要多听、多做，少说，懂了吗？"

"懂。"

"懂就好。"

"京城好玩吗？"

"姐也不知道呀。"

"那，到时你会带我去逛街吗？"

"嗯，也许会吧。"

……

马车在路上越驶越远，两人的声音愈来愈小，终于被夜色淹没。

当马车再次出现在我们眼前时，已变成了一个庞大的车队。路旁的树、田野也已消失，代之以鳞次栉比的店铺、星星点点的灯火。

隐约中，高大巍峨的紫禁城浮现出来。

马车里的贞儿、吴秀英一人撩起一边布帘，好奇地张望着。

紫禁城的一个角门打开了，马车徐徐驶入。马车里的少女们鱼贯而下，在这陌生的庭院里挤作一堆。

说来也奇怪，贞儿却似乎对这地方熟稔得很，一下车，就随意走了几步。她毫无怯意地四处打量着。忽然间她指着挂在飞檐上的那轮月亮，奇怪地说：

"咦，这儿的月亮怎么坐在椅子里呢？"

几个提灯笼的宫人闻听，都掩嘴笑了。她们围着贞儿评头论足，贞儿却能从容应对，宫人们脸上都露出惊叹的神情。

吴秀英默默地站在昏暗的一角。等宫人们都散开后，她过来抱住了贞儿。

"贞儿，这里，只有你是我的亲人了。"

"我也是。姐姐，我怕。"

贞儿偎在吴秀英怀里，小嘴一扁，抽泣起来。一下马车就消失不见的孙公公，这时陪着另一个穿大红袍子的近侍太监远远走过来，旁边是一个六七岁的称作"火者"的小太监提着灯笼。孙公公已没了在霸州时的傲气，一边点头哈腰地介绍着情况，一边到处寻找着什么。因寻不见，他压着嗓门喊将起来：

"贞儿，贞儿姑娘！吴秀英，吴秀英！"

吴秀英闻听赶忙退到更暗的一角，那儿站着一伙神情惊恐等待安排的少女，她正想捂贞儿的嘴，贞儿却已经应声回答了：

"孙爷爷吗？我和秀英姐姐在这儿。"

提灯笼的小太监闻听这清脆的童音，忽然间有了一种找到同类的欣喜。他循声找过来，昏红的灯笼映亮了他的脸，原来他竟长得非常英俊可爱。

大太监杨公公边走边和孙公公开玩笑："你这孙猴子，怎么出去一趟倒升格做爷爷了？那我不是要当太公吗？"

孙公公谄媚地笑着附和道："爷，你不只是太公，你是我太公的爷。"

杨公公拍拍孙公公的肩，哈哈一笑："孙猴子越来越会办事了。哎，你说的那一大一小两个姑娘真有那么好吗？"

孙公公又一哈腰："这不，就站你面前呢。"

杨公公哑声道："玉奴，把灯掌高些。"

被唤作玉奴的小太监正四处张望着，一时没听见。杨公公也不吭气，脱下鞋就在玉奴头上脸上噼里啪啦地打了起来。玉奴不敢叫唤，一旁的贞儿、吴秀英还有那些一同来的少女们全都吓得闭起了眼睛，脸上浮出兔死狐悲的表情。

"小兔崽子，越来越不用心了。快点，把灯掌高些。"

玉奴依言掌高灯笼，他的脸已经红肿起来，嘴角上有一缕鲜血。吴秀英已经放下贞儿，自己吓出了眼泪，又不敢揩，只好垂下头去，这更显出她的清丽与娇怯。

"嗯，这个好。"

杨公公对着吴秀英点了点头，又倏地蹲到贞儿面前。贞儿看看孙公公，又看看杨公公，忽然朝杨公公怀里扑过去：

"爷爷，我是贞儿，我可喜欢你了，你不要打我，好吗？"

杨公公一愣，下意识地看看玉奴，转脸朝着孙公公："哈，这女娃子，胆子可不小。喂，贞儿，我可会打人了，你不怕我。"

"不怕。"贞儿的小手指在杨公公脸上轻轻划着。杨公公梗着脖子，似乎有一种前所未有的情绪攫住了他。

"那，你说，他该不该打？"

杨公公指着脸上蜿蜒着几道血迹的玉奴，问道。他的声音已经柔和了许多。

"贞儿不管大人的事，这是我奶奶说的。爷爷，我饿了，我想吃饭。"贞儿看看杨公公和孙公公，脆生生地说道。

吴秀英和旁边的几个少女及宫人全都紧张地盯着杨公公。杨公公在贞儿头上轻轻拍了拍，对孙公公挥了挥手：

"先安置她们住下吧。她就放在我那儿吧，孙皇后正愁没人解闷呢。"

"哎，谢谢杨爷。小元宝，把贞儿的包裹拿来。贞儿，你可得好好做事，不要惹皇后生气，懂吗？还有，你要记得孙爷爷，是孙爷爷把你领进来的，懂吗？"

孙公公赶紧抓住机会，拽着贞儿的手，叮嘱了几句。这时名叫小元宝的宫女已经取了贞儿的包裹，就要去抱贞儿。贞儿却一扭身，去追杨公公。

杨公公已经在玉奴灯笼的导引下走出了几步，他一边走，一边用手轻抚着刚才被贞儿摸过的地方，脸上有种沉思的表情。不提防被贞儿追上来在他袍子上扯了一下，吓得他打了个愣怔。

"什么事儿，小贞儿？"

"爷爷，求你个事儿。你能让我那个秀英姐姐跟我一起去吗？我有时候会尿床，要是姐姐不在，谁给我晒被褥呢？我的手可是太小了。好爷爷，贞儿给你捶腿了，求求你，好吗？"

贞儿真的在杨公公腿上捶了起来。杨公公先是惊讶，然后"呵呵"笑起来。

"好，是个人精儿。那，就叫那姑娘一起去皇后那儿吧。"

孙公公得令，虚胖的脸上放出光亮来。他自己提了吴秀英的包裹，和抱着贞儿包裹的小元宝一起，尾随着杨公公往坤宁宫拐去。

次日天明时分，一阵铃声将贞儿吵醒，她懵懂地坐起来，不知身在何处。

"贞儿，快，穿衣裳。"

这时，有人点亮了油灯。贞儿这才看清这是一间窄长、低矮、破旧的房间，沿墙放了几张木桌，桌上堆着几只箱笼和一些坛坛罐罐。这边墙根下一溜儿通铺，六七个少女都在默默地穿衣裳。贞儿打着哈欠，迷迷糊糊间把衣裳穿反了。吴秀英到底年长，已换上新发给她的红色圆领窄袖衫，上面绣着折枝小葵花，腰间扎着珠络缝金束带，穿了一条大红长裙，脚上套着绣了小金花的宫鞋，原先披在脑后的长发在宫人的指点下梳成了桃心髻，髻上插着宝花，整个人显得异样美丽。

"姐姐，你可真好看！姐姐，为什么我没有这样漂亮的衣裳呢？"

贞儿低头看着自己的旧衣服，有些委屈了。吴秀英正想说什么，一个头戴乌纱帽、帽额上缀有团珠结、穿圆领窄袖衫的女官走了过来。她手里拿着根短短的木尺，见吴秀英还在忙乎，便敲了敲桌沿：

"快点快点！"

吴秀英不敢怠慢，只好丢下穿了一半衣裳的贞儿，跑出门去了。女官不快地看着万贞儿手忙脚乱地系扣子，也不帮忙，面无表情地站着，手里的戒尺不时一晃一晃的。

"姨，我就好了。你可别打我，我哭的声音可大了，到时会把人吵醒的。"

"噫，小鬼精，你怕挨打是不是？怕打我偏打你。"

女官将戒尺高高举起，贞儿吓得抱住了头。可半天也没动静，等她抬眼看时，女官已背着手走了。

"妈妈，我想家，这儿可吓人啦！"

万贞儿跑回自己的铺前，抱着娘给她做的小棉袄，喃喃自语了几句。

坤宁宫里，俊俏、美丽的孙皇后正和身材粗壮、长着络腮胡子的宣宗皇帝下棋。

万贞儿时而给皇上捶捶腿，时而给皇后捶捶腿，殷勤得可爱。

宣宗皇帝看了她一眼，赞道："这娃娃不错，机灵得很。"孙皇后看了万贞儿一眼，点点头："可惜她家是刑徒，这一辈子只能当宫人了。"

这时，清丽动人的吴秀英捧着茶壶来续茶，宣宗皇帝仔细地看了她一眼。

"新来的？"宣宗皇帝说着落下一枚棋子，目光仍停留在吴秀英身上。吴秀英低低地应了一声，不敢抬头。

孙皇后敛着怒意，妩媚地一笑，起身拉过吴秀英："禀皇上，她才来不久，还不懂规矩。快，告诉万岁爷你的名字。"

"民女吴秀英，河北霸州人氏，今年十四岁。"

吴秀英说着就要下跪，孙皇后一把挽住了她。"哎呀，过来过来，你怕什么啊，万岁爷又不是老虎。快，抬起脸儿，让万岁爷仔细看看。"

吴秀英这一抬头，把个宣宗皇帝弄得心猿意马起来。他时不时地瞟上吴秀英一眼，把个孙皇后气得好苦。

"万岁爷，这孩子好是好，只是天癸未至，还青涩得很。我看你只好等上一年半载了。"

孙皇后不无醋意地说道。宣宗皇帝在孙皇后的柔荑上摸了摸："又醋海翻波了吧？朕不过多看了几眼，你倒生出这许多念头来了。"

宣宗在孙皇后手上捏了一把。孙皇后妩媚地笑着，眼光扫到吴秀英身上时，却阴毒起来。

宣宗皇帝披上朝服，在近侍太监的簇拥下，起身往养心殿方向去了。

孙皇后捏着枚棋子发了会儿愣，忽然抓起一把棋子朝吴秀英身上打去。棋子纷纷落到吴秀英身上，吴秀英只是用手遮住脸，却不敢闪身躲避，眼泪像断线珍珠似的滚落下来。

万贞儿惶惑地看着愤怒的皇后和可怜兮兮的吴秀英，小嘴儿张了几次，却没出声。一个半老宫女见状，把贞儿从皇后身旁拉开，自己弯身去捡散落的棋子。贞儿也学样，小手心里攥满了棋子后，便小心地踮脚放进摆在茶几上的漆盒里。最后孙皇后扔棋子扔累了，朝吴秀英挥了挥手：

"你滚开，滚得越远越好。今天不准吃饭，滚！"

孙皇后说罢坐在太师椅上闭目养起神来。半老宫女小瘦忙给孙皇后捶背捏肩，贞儿也挤到一旁，用小手在孙皇后腿上捶着。贞儿一边做事，一边惦着"滚出去了"的吴秀英。当她听见远远传来隐约的哭声时，不由得垂下了眼皮。

孙皇后眼珠一转，招手让外间候着的杨公公进来，她对杨公公耳语了几句，杨公公连忙点头称是。

晚上，紫禁城内黑沉沉的，时不时有梆声和更夫的喊声传来："上千两（上锁），小心火烛喽——"这使得气氛更加阴沉。宫女们居住的偏殿耳房里倒亮着昏黄的灯光。少女们一个个无精打采地坐在床上，有的支颐发愣，有的在叠衣裳，有的在做女红，更多的人在揉腰捶背。贞儿和衣趴在床上睡着了。吴秀英虽然很累，还是帮她盖上了被子，然后一个人向隅而泣。

壮实的大宫女小元宝赶紧捅了捅吴秀英："可不兴这样，要是让皇后知道了，肯定要罚你。"

"连哭都不行吗？"吴秀英更委屈了。

小元宝看着她，同情地说："看样子，你家是大户人家，到这儿来，真是为

难你了。不过你干的司棋这份活，见皇上的机会多啊。要是哪天皇上看中你了，那就有出头之日了。不像我，只是个粗使宫人，想见皇上也没机会。所以，你忍耐点儿，啊。快睡吧。嘘，有人来了。"

小元宝说罢吹灭了油灯。因为她们听到外面有一阵忙乱的脚步声正冲这边过来，宫女们吓得全都钻进了被窝。

嘭嘭嘭，嘭嘭嘭！

有人在敲房门。宫女们谁也不敢动弹。

"开门，小元宝，杨公公来啦，快点！"

女官刘夫人的尖嗓子和着梆声在朦胧的黑暗中响起，更给这个夜晚增添了恐怖的气氛。

小元宝掌起了灯，忙乱地穿戴好后，打开了房门。杨公公、刘夫人和三四个近侍太监一拥而入，宫女们忙乱地挤成一团。

"皇后大衫上的玉坠子被人偷了，这可了不得。赶快打开箱笼锁，找找看。"

宫女们闻听这一消息，不由吓得花容失色。几个知道厉害的，全都"扑通"一声跪倒在地，捣蒜般地叩起头来，口里喊着：

"禀公公，就算借一万个胆子来，奴婢们也不敢做这种事情，请公公明察。"

吴秀英根本不明白发生了什么事，她懵懂地站在那儿，神情害怕而又茫然。跪在地上的小元宝悄悄扯了扯吴秀英的裙角，吴秀英这才恍然大悟。可等她跪下时，杨公公的眼睛已经盯上她了。

"你们不敢，可有人敢哪！"说罢他又看了吴秀英一眼。吴秀英低下头，浑身抖得像秋风中的叶子。

忽然，有人轻轻笑了起来，众人听了，全都惊恐地互相顾盼起来。杨公公很恼火，挨个从宫女脸上看过去，这时，床上的贞儿翻了个身，嘴巴发出甜甜的"吧嗒"声。

"这丫头梦见了什么，笑得这么欢呢？"

杨公公拦住了刘夫人高高举起的戒尺，踱到贞儿床边，用手指划了划她白嫩的脸，和蔼地摇了摇头。

几个晓得他脾气的老宫女不敢相信地看了杨公公一眼，冷不丁全都哆嗦起来。因为就在这时她们听见一声尖叫。那是从一个正在搜查箱笼的太监口中发出的声音。

"在这儿！玉坠子在这儿！看！"

太监扬起手臂，手指上果然抓着根丝绦，丝绦下晃荡着的，正是皇后大衫霞帔上的玉坠子。

宫女们面面相觑地对视了一眼，忽然全都把头埋在地上，而吴秀英则大呼起来：

"公公，冤枉！公公，冤枉！奴婢没有偷玉坠子，冤枉啊，公公！"

"哦，这么说，这东西是在你箱子里找到的了？来呀，拉出去，杖责四十！"

执刑太监如狼似虎地扑过去，将吴秀英拖起来。吴秀英刚要呼救，有人已在她口里塞了块布。黑沉沉的门外，不时传来击打声和含糊不清的呜咽声。宫女们依旧匍匐在地，连大气都不敢出一声。

杨公公握着那件玉坠子，唇边露出一抹阴险的笑意。他缓步走到门口，却猛然转回了头。他看见万贞儿坐在床上，小脸煞白，神情几近肃穆。特别是她的目光，沉静得令杨公公害怕。

杨公公以很快的速度掠过贞儿的跟前，红色的袍子鬼影一般消逝在门外。

宫女们面面相觑了片刻，忽然间全都涌了出去。忽听得几声惨叫传来：

"天哪，她的手！"

在坤宁宫的大殿里，宣宗皇帝、张太后、孙皇后和废后静慈仙师胡善祥正在看民间艺人演出百戏。

张太后拉着静慈仙师的手喁喁私语，还时不时赏赐一块小点心给静慈仙师吃，情状极为亲密。孙皇后抱着皇太子朱祁镇时不时往太后那边瞟上一眼，终于忍不住地向边上的宣宗皇帝诉苦："皇上，那个时候胡后生病，你要她退位，扶我为后，太后就觉得是我在使绊子。你看，现在我是正宫，可太后老把我排在下首，这不是在大家面前要我好看吗？"

宣宗皇帝怪怜爱地执住孙皇后的手："爱卿不必烦恼。她的皇后位子都让给你了，坐得离太后近一点又有什么不可以？何况你离我最近，这不就够了吗？"

孙皇后闻言，千娇百媚地低首一笑，看得宣宗皇帝心猿意马。这时，一阵锣响，一个小丑上台了，他的插科打诨使得气氛大为活跃。宣宗乐不可支，孙皇后也笑得很开心。不料那边张太后看了，却有些不满。

"皇儿，你也在这边坐上一坐吧。"

她朝宣宗皇帝招招手，示意宣宗坐在她和静慈仙师中间。宣宗有些尴尬，同时也有些同情瘦弱、憔悴的静慈仙师。"你可清减多了，赶明儿叫太医院给你开些人

参。"

静慈仙师起身要谢恩，被宣宗皇帝拉住手腕不让动。静慈仙师的眼泪成串地掉下来。宣宗有些扫兴。

那边的孙皇后这时已没有了看戏的兴致。她不断地往宣宗这边张望，宣宗早就想走，无奈太后又和他聊起天来，他只好继续坐着，气得孙皇后俏眼里浮出泪花点点。恰恰这时，杨公公端着一只锦盒进来了。

"禀娘娘，东西在这儿。"

杨公公看看四周，见无人注意，赶忙揭起一角锦盒盖子，露出一双血淋淋的断手。

孙皇后"嗷"的一声，几欲吐出来。杨公公知趣地退下了。一个宫女给孙皇后端来了茶水，孙皇后喝到嘴里，又发出了更响亮的一声"嗷"，这回她真的吐了。身边的宫女们乱成一团，张太后看见这情状，马上派宫女过来传旨：

"太后让娘娘回去休息。"

孙皇后委屈地淌下了眼泪，但礼仪还是不敢疏忽的。她由宫女扶着，弱柳扶风地走到太后跟前，请了安，道了别，眼睛却时不时地看在宣宗皇帝身上。宣宗皇帝本是想陪着孙皇后的，却被太后拉着手，只好眼睁睁地看着孙皇后走了。

"这个死老太婆，一味地护着那个半条命，什么意思！"

孙皇后在她的寝宫里一边骂，一边抄起个花瓶高高举起，可后来，却轻轻放下了。

"去，把那个万贞儿叫来，我头痛，只有她的小手摸着才最舒服。"孙皇后对瘦宫人道。瘦宫人领命而去。

瘦宫人提着灯笼，穿过许多长而寂寥的通道，来到宫女们住的房前。

房前停着一辆马车，马车车篷上写着"净乐堂"三个白字。

在宫女们的啜泣声中，两个老太监将吴秀英的尸身抬上马车，马车逶迤而去。万贞儿紧紧地抱着吴秀英留下的一件衣裳，满脸泪痕与惊恐。

小元宝将一块玉佩挂在她脖子上："贞儿，这是你吴姐姐的。她说了，要是你日后出了头，可别忘了去看看她的父母，记住了吗？"

"记住了。"贞儿懂事地点点头。

瘦宫人这时走过来，对小元宝耳语两句，小元宝当即收拾了贞儿的东西交与她。

"走吧，贞儿，你日后到了皇后那儿，可不许偷懒。"

小元宝既担心又羡慕地叮嘱道。贞儿被瘦宫人牵着，一步一回头地走了。很快地，黑暗就将瘦宫人和贞儿的背影吞噬了。

第二章

公元1434年（宣德九年）冬，天冷得早，刚入冬，就大雪不断。一场雪下来，紫禁城内外已是银装素裹，看上去分外妖娆。

金碧辉煌的乾清宫内，穿着冬天朝服的宣宗皇帝正在和大臣议事，气氛很是肃穆。

忽然间，一阵喧哗传来，几个近侍太监出去一看，见是七岁的皇太子朱祁镇在操练一队孩童。朱祁镇穿着盘领窄袖的赤色袍，两肩及前后的金织盘龙鲜明生动。他腰里挂着剑，剑鞘长及地面，每走一步都磕碰出铿锵之声，但他却毫不介意，神情亢奋地高举着青龙剑，口里喊着号令：

"向左，向左！往前，往前！"

一队年龄和他相仿的孩子——包括万贞儿和玉奴在内的小火者及小宫女被他指挥得团团转。这帮孩子身上背着箭袋，有时朱祁镇一声令下，他们便纷纷射箭，有时则嬉笑一片，不一会儿又过起家家来。

他们这般胡闹，可急坏了一旁的东宫太监和殿前侍卫。

"我的小爷哎，这可不是好玩的地方，这是乾清宫哪。快，我们走。"

东宫太监也顾不得礼仪了，蹲下身就要背朱祁镇走。不料朱祁镇却将剑架在他脖子上，吓得东宫太监想起不敢起，想喊又不敢喊。

"再管我就把你杀掉！快，抓住了一个瓦剌奸细，你们给我揍！狠狠地揍！"

朱祁镇一抽剑，将老太监推倒在地，命令那些小火者、小宫女上前动手。

这时，急匆匆走出来的宣宗皇帝制止了朱祁镇的胡闹。

"皇儿，你这是干什么？"

宣宗爱怜地摸着朱祁镇红扑扑的脸，指着那一帮少年不知愁滋味、见了皇帝犹在你推我搡的"杂牌军"，笑问道。

"父皇，这是我的幼军。你不是跟我说过，当年曾祖太宗皇帝也有幼军吗？我要训练他们去打瓦剌鬼子。"

"哦，皇儿志气可不小啊。来吧，皇儿，父皇带你开开眼界。"

宣宗皇帝将皇太子抱进了乾清宫大殿，里面的大臣一见这架势，全愣住了，不过旋即便跪了下来，口呼"万岁万岁万万岁"，声震屋宇，让抱着儿子的宣宗好不得意。他抱着儿子径直坐到龙椅上。

"皇儿，日后你做了天子，能使天下太平吗？"

朱祁镇响亮地回答："能！"

"如果有人违犯国法，你敢亲率三军前去平定吗？"

"敢，就像父皇当初平定叔爷汉王的叛乱一样。"

"好皇儿，真是我的好儿子！"

宣宗皇帝高兴地把太子放在自己的宝座上。左右群臣一见，再次跪下，三呼万岁。

"里面在干什么呢？"

乾清宫外头，殿前侍卫及近侍太监把那些小萝卜头都驱散了。只有万贞儿和另外一个火者玉奴好奇地回头张望着。

玉奴比贞儿大两岁，见状忙扯了扯贞儿的衣袖："别管闲事，管闲事可要杀头的。"

贞儿不吭声了，突然间，她拍了一下脑袋，转身拼命地跑了起来。"我出来这么久了，皇后找不见人要骂的。"

贞儿小小的身子在白雪覆盖着的殿宇之间奔跑着，绯红色的衣裳看上去像一朵跃动闪烁的花。

坤宁宫寝殿内，架着镏金铜火盆。上好的木炭燃出旗帜般招摇的火。镂花的兽头香熏里，袅袅地升了根纤细的烟柱，龙涎香浓烈的气味飘散开来，使一切都显得有些慵懒。

红木镏金的蛋形梳妆台前，高大的杨公公正在给孙皇后梳头。

"小答应，小答应！这丫头，疯跑到哪儿去了？"

孙皇后穿着浅绿绫子的常服，看上去气色不错。她乌黑及腰的头发被杨公公捉住，不敢扭动，只好僵着脖子，眼睛四乱看，一边张嘴喊着。

"禀娘娘，贞儿这丫头方才被太子叫去了。"

宫人小瘦递上一杯茶，回禀道。

"谁许她去的？以后可要管严些，特别是太子跟前，你们少去打扰。"

"是，奴婢明白了。"

小瘦回答完后，便眼观鼻、鼻观心地继续站在原位不动，猛一看，就像个没有生命的蜡人。

路上，万贞儿在大雪里跑着，不断地摔跤，脸上、头发上沾满了雪花，脸蛋红扑扑的，和她的红衣裳相映成趣。

经过仁寿宫门口时，她看见废后静慈仙师胡善祥穿着一身素净衣裳，抱着几枝梅花，眉目含怨地站在那儿，身边有一个小宫人为她撑伞。

仁寿宫的门开了，一个宫人请静慈仙师进去。

贞儿观望了一通后，就三步并两步地回到了坤宁宫。

"小猴子，你厮混到现在才回来？皇后该罚你了。"

小瘦在万贞儿头上敲了一下，贞儿朝她扮个鬼脸，闪身进门给孙皇后请安。

"禀娘娘，太子被皇上抱进议事殿里去了，奴婢就回来了。"

孙皇后的头发这时已梳好，正斜靠在美人榻上吃着甜食，闻言她惊喜地站起来：

"你是说皇上抱他进乾清宫的殿里去了吗？皇上他高兴吗？"

"高兴啊，一直笑呵呵的。"

"好，这就好。来，小答应，给我捶捶腿。"

"哎。"

万贞儿甜甜地应了一声，而后跪在一旁，尽心地给孙皇后捶着腿。见孙皇后脸上没什么怒容，万贞儿壮起了胆子。

"禀娘娘，奴婢方才路过太后的仁寿宫时，看见静慈仙师进去了。"

孙皇后立即坐直了身子："她干什么去了你知道吗？"

"回娘娘，奴婢不知道，只看见她手里拿着几枝梅花。还有，仁寿宫的银莲姐姐跟我说过，说仙师经常过去坐，一坐就哭，太后就哄她。"

万贞儿的小手用力地在孙皇后腿上推拿着，小脸儿累得通红。

"这个不要脸的家伙！她还想继续当她的皇后吗？哼！"

孙皇后对着镜子咬牙切齿地说道。

"小瘦，把我房间的那瓶素馨梅取来，再拿那盏橘丝灯来，我们去见太后。"

仁寿宫内，张太后正和胡善祥下着棋。旁边的梅瓶里，插着胡善祥方才送来的几枝梅花。

"孩子，你不要这么郁闷，很多事要想开些。实在心里憋得慌，就到我这儿来坐一坐。"

张太后说着拍了拍胡善祥的手，胡善祥马上又泪眼汪汪起来。

"太后，我没什么想不开的。我就是想不通，不知道自己哪点没做好，怎么……怎么皇上他……就那么讨厌我？"

胡善祥说着抹起了眼泪。张太后叹了口气。

"孩子，不是我说你，作为一个女人呢，你多了份娴静，少了份媚劲。自古不都说'狐媚偏能惑主'吗？她十岁就进了宫，还是我母亲极力举荐的。可我就是不喜欢她那骚样，所以才力争让你当了正宫娘娘。唉，也是命中注定，你要是早生下个一男半女，这皇后怎么也轮不到她当。现在事已至此，你也就忍一忍吧。"

张太后的话绕来绕去，最后还是回到老套套上去了。胡善祥乖巧地抹干了泪，和张太后说起闲话来。

这时，一个宫女进来通报："禀太后，孙娘娘拜见太后来了。"

张太后拿着棋子的手愣在半空中，过了许久，那枚棋子才重重落下去。

"告诉她，我身子骨不舒坦，改日再来吧。"

宫人看看胡善祥，神色中略有那么一丝惊异，不过很快就被一种顺从的麻木替代了。

"是，太后。"

"不可能吧？静慈仙师不是还在里头吗？"

仁寿宫外，孙皇后坐在轿子里，神情狐疑地说道。

"回娘娘，静慈仙师先前的确来了一下，后来走了，太后这才睡的。"

"那，你且把这些花和这盏橘丝灯送给太后，我明天再过来给她老人家请安，走吧。"

孙皇后的脸阴得要出水。待宫人回身关了大门，她便喝令轿子停下。

"小瘦，你派个人留下，不过，最好别让人看见。"

小瘦召来另一个近侍宫女，嘀咕了几声，近侍宫女点点头，闪身躲到一个屋角后头去了。

"死老太婆！"

孙皇后恶狠狠地骂了一句。突然间，她的队伍被人拦住了。原来，皇上坐了轿子正和一帮随从过来了。孙皇后赶紧下轿：

"臣妾叩见皇上。"

孙皇后正要跪倒在雪地上，宣宗皇帝一撩轿帘，出来了，怀中还抱着皇太子朱祁镇。

"爱卿免礼。看，皇儿，谁来了？"

宣宗皇帝今天心情极佳，边说边用长须拂弄朱祁镇的面颊，朱祁镇一边笑一边躲闪着。父子俩闹了一阵后，朱祁镇才奔过来，抱住孙皇后的腿：

"娘，我和皇上要到西华门去看叔祖。"

孙皇后的秀眉立即皱起来："皇上，那汉王孔武暴烈，自从你平定他的叛乱，将他拘禁在逍遥城以后，人家可是没一日不骂你、没一刻不恨你的。你这样突然前往，他不会伤害你吧？"

孙皇后说罢忧心忡忡地摸了摸儿子朱祁镇的头。

宣宗皇帝大笑起来："开玩笑，他怎么能伤害朕呢？你晓得他的木枷有多厚吗？拿斧头都劈不开。难怪说你们女人头发长见识短呢！走，皇儿。"

宣宗皇帝抱上儿子，父子同坐一辆轿走了。

"皇上，我能不能再邀几个伴儿去呀？"

轿子里，朱祁镇仰脸问宣宗皇帝。宣宗皇帝这会儿对儿子可是百依百顺。

"行，你选好人了吗？"

"选中了呀，娘宫里的万贞儿，很会打木片、石头。她打的木片、石头可以在冰上起七个漂儿。还有，那个脸上有疤的小火者玉奴，他的头能从胯下钻出来，好玩极了。"

"那，就捎上他们吧。"

朱祁镇高兴坏了，大声叫"停"。轿子还没停稳，他就大声叫喊起来："万贞儿，玉奴！皇上同意你们跟我去，快过来给我做伴哪！"

皇后的轿子及从人都已动身往坤宁宫去，猛然间听到朱祁镇的喊声，万贞儿和玉奴都愣住了。

远远地，只见玉奴和贞儿在孙皇后的轿子前跪了跪，大约是接受什么训示。没多久，两人就兴奋地跑了过来。

皇帝的车辇、仪仗队在城内街道上逶迤前行。路旁众人纷纷跪倒。欢呼声此起彼伏。

久未出宫的万贞儿和玉奴东张西望地看着，眼睛里流露出企盼和渴望的神情。

"哎哎，你看，那人肚子怎么那么大呀？"

贞儿指着一个跪倒在地的孕妇道。玉奴侧目看了看，严肃地答道：

"胀气了吧？听杨公公说，吃多了土豆会大肚子。"

走在他俩旁边的两名锦衣卫士捂嘴偷笑。

突然，皇上的车辇停了下来，前头传来一阵杂乱的声音。锦衣卫士机敏地拔刀四顾。贞儿和玉奴趁机挤到了前头。原来，一个猪倌赶着几头种猪去配种，人跪下了，猪却不老实，拦住了轿夫的路。

"皇上，我们吃的猪肉有白有红，这猪怎的却是黑的？"

轿子里，朱祁镇撩起一角帘子，奇怪地问道。

宣宗皇帝有些哭笑不得地瞪起了眼睛。

坤宁宫里，孙皇后正在画一幅荷花。忽然一个宫人浑身是雪地跑进来，向她跪报方才看到的情况。

"禀娘娘，刚才……刚才……那静慈仙师才从太后那儿出来。"宫人冻得够呛，舌头都不好使了，说起话来结结巴巴的。

"冻坏了吧，来呀，赏她杯热茶。"

"谢娘娘。"

宫人捧着茶杯，撮嘴喝了起来。

孙皇后的笔停在纸上许久，墨汁越洇越多，将整朵荷花都吞噬掉了。

"小瘦，我们现在去长安宫。"

长安宫里罕有人迹，到处都呈现出荒芜、冷落的迹象。

在一间雅静、简朴的佛堂里，胡善祥正跪在蒲团上，一只手掌立在胸前，一手捻佛珠，口里喃喃地念着经。念罢做了几个五体投地的大跪拜。

一位年约五旬的宫人从外面轻步进来："娘娘。"胡善祥瞪了她一眼，宫人赶忙改口："仙师，孙娘娘的圣驾到了。"

胡善祥一愣，手里捻着的佛珠掉下来，发出"哗啦"的响声。她竭力平静了一会儿自己的情绪，又回房间拢了头发，换了件更为雅致的衣服，这才出来迎接大驾。

"娘娘光临寒舍，有何见教？"

胡善祥没有跪拜，只是做了个浅浅的万福，一边不亢不卑地招呼着，伸手将孙娘娘往里头让。

"这儿破败寒冷，想必娘娘是不习惯的。"

胡善祥的客厅确实如她所说的那样，到处都有风和雪飘进来。孙皇后得意地四顾一番后，终于发话了：

"你，是不是心里不服气？当初，你可是自动上表坚决辞去皇后位置的，我也曾上表坚决不当皇后，你能怪我吗？"

孙皇后忽然在胡善祥面前站住了。她两个头不相上下，风貌却迥然不同。孙皇后容颜俏丽，服饰华美浓艳，顾盼生姿。胡善祥一身素雅，人淡如菊，瘦弱中自有一种超凡之美。

"娘娘说的哪里话来。我从来就信命，命中有自然有，命中无莫强求，我早就认命了。"

胡善祥淡淡地说。

"这才是聪明人。"

孙皇后仰起头，趾高气扬地说。胡善祥一时被她气得耳热心跳，却不肯让泪水淌出。孙皇后本待再刻薄她几句，猛然看见她的泪花，倒也开不了口了，两人一时僵在那儿。

"其实皇上并不了解你。"

许久，胡善祥才强忍着眼泪说出这么句话来。

"了解又怎么样，不了解又怎么样？"

孙皇后动气了，咄咄逼人地问道。胡善祥没有被吓住，她凄然一笑："他要是了解你，就不会这么宠幸你。"

"有本事你也向我学呀，谁叫你笨呢？笨到连一个男人的心都拴不住，还好意思到处哭诉。呸！"

孙皇后如村妇般啐了一口，然后出门上轿，扬长而去。胡善祥站在原地发了会儿呆，忽然转身进屋，在菱花镜前仔细地照起来。

看着看着，她伏在镜子上哭了起来。

"娘，我从十八岁起就进了这冷宫，这日子叫我怎么熬啊！"

她的哭声渐大，大得嗡嗡直响，好似一群振翅而去的鸟。

"别哭，扭了脚算什么！不要背，让他自己走。"宣宗皇帝大声说道。

原来，他拉着朱祁镇走进西华门内这座特地为囚禁汉王高煦而建的石屋逍遥城时，朱祁镇扭了脚。现在他一颤一拐地走着，一边抹着泪，一边好奇地打量着这座名闻遐迩的建筑。只见石屋用一色的花岗岩砌就，没有窗户不说，还三步一哨五步一岗，气氛极为森严。

"皇上圣安！"

狱卒们见皇上驾到，纷纷跪下。狱吏打开牢门，又命几个狱卒提着灯笼照明，里头这才亮堂起来。

"娃娃，你还是来看老夫啦！"

昏暗中，汉王高煦的话音先飘了出来，声若洪钟。接着，他须发蓬乱的头和高大威猛的身躯也凸现出来了，手脚虽然戴着木枷，神情中却自有一番男人的雄伟气概。

"侄儿来看看叔父是不是过得好。"

宣宗皇帝在太监抬进来的椅子上坐下。由于燃亮了屋子四角的大蜡烛，室内明亮了不少。这时才看清这石室低矮封闭如洞穴，里面一角摆着床铺桌椅，这边却散乱地堆放着几副石碾和一口巨大的铜钟。

"娃娃，你说的不是真心话吧？你要是心疼叔父，怎么会让叔父住在这样的屋子里呢？所以，你和你爹一样，都是厚颜无耻的家伙。娃娃，你说要不是我当初南征北战，助你爷爷燕王一臂之力，他那'清君侧'有那么容易实现？可恨你爷爷偏心，把皇位传给了你爹，据说是看中了你这个孙子，可我看你也是个熊包，嗬嗬嗬！"

汉王大声狂笑起来，那样子怪狰狞的，让朱祁镇害怕。他本想躲到宣宗怀里，宣宗却猛地将他推开，他只好让玉奴和贞儿站在他椅子前边。

"他要是冲过来，你们可得给我挡着。"

朱祁镇小声说道，贞儿立马双手叉腰，做出个狠样儿来。她正要开口，玉奴却扯了扯她的衣袖。原来宣宗皇帝已经走到汉王的跟前了。

"叔父，作为臣子，你举兵叛逆，早该满门抄斩，可朕念着你是先皇的骨血，

是朕的叔父，这才放你一条生路。作为人君，难道朕还不够宽容吗？"

"哼，宽容！让我在这暗无天日的屋子里住着，五年啦，你还不如杀了我。"

"这个，朕原先倒是不知的。如果叔父觉得憋闷，朕可以给你开两扇窗，也好让你看看日月星辰，高天流云。"

"娃娃，你倒是好心肠。你过去看看我睡的床吧，比石头还硬。你干脆连叔父的床也一起换了吧。"

汉王一努嘴，宣宗皇帝信步从汉王跟前走过。一直注意着他的举动的汉王，这时忽然伸出一只戴了木枷的脚，绊得宣宗皇帝从台阶上摔了下去。接着，汉王整个人往宣宗皇帝身上扑去，口里狂呼着：

"娃娃，今天就让叔父带你去见你那个不要脸的爹吧！"

事出突然，在场的锦衣卫士及狱卒们都愣住了。还是贞儿和玉奴反应快，他俩扑过去，拼命地拽汉王。卫士们这才冲过去，将宣宗皇帝救起。

"好你个叛臣逆子，给脸不要脸。你不是力大如牛吗，来人，将这狗贼给我扣到这口钟下面去！"

宣宗皇帝脸上擦破了一块皮，近侍太监一边给他料理着，他一边气急败坏地指着旁边的那口铜钟大喊。

四五个近侍太监费了老大力气，才将汉王高煦给扣到铜钟里头。不料汉王力大无穷，竟硬生生将铜钟顶了起来，而且还慢慢地朝宣宗皇帝走来。

"娃娃，你叔父力气如何？"

汉王的声音嗡嗡地响着，给人一种恐怖的感觉。

"侍卫，还不把这老妖怪按住！"

这回发号施令的却是太子朱祁镇。宣宗皇帝夸了他一句："好皇儿，你说，该怎样对付这反贼？"

朱祁镇"这个，这个"地嗫嚅着，眼珠一转，计上心来。他附在皇帝耳边嘀咕了几句，宣宗皇帝点着头，怒气冲冲的脸上终于露出了一丝笑意。

"拿柴火木炭来，我要让他烂在钟里。"

"是，皇上。"

不多时，狱卒们在铜钟周围架好了柴火、木炭，又有人往上浇了菜油，火种一扔过去，就全都燃烧起来。汉王在铜钟里面挣扎着，发出阵阵"咣当"声，加上声声惨叫，还有不断晃动的火焰烟雾，这口巨大的大铜钟看上去确实有一种妖异般的恐怖。

皇太子、万贞儿和玉奴傻傻地看着那口铜钟，忽然间他们全都张嘴尖叫起来。原来汉王又将那口钟顶了起来，而且还往他们这边移动，可旋即就没动静了，"咣"的一声砸在地下，仿佛阎罗殿里的锣响。

"看你还硬不硬，敬酒不吃吃罚酒，这下日子太平了吧！"

火熄了，狱卒们往铜钟上浇着水，宣宗皇帝注视着默然无声的铜钟，喃喃自语着。

朱祁镇和万贞儿蒙住了眼睛，玉奴却惊悸得双目发直。

"按王礼厚葬他。"

宣宗皇帝说罢，连儿子都忘了拉，逃也似的奔到了门外。

又一个夜晚来临了，紫禁城笼罩在月色和积雪的反光中。

一队巡夜的卫士走过，前头导引的灯笼给寒夜带来些许温暖。

寝殿里，那张阔大华丽的龙床上，宣宗皇帝睡得特别不安稳，脸上的神色带着紧张和痛楚。

忽然间，他大汗淋漓地坐了起来。

"朱雨德，朱雨德！"

睡在外间的近侍太监朱雨德连滚带爬地奔过来，连鞋都没穿。

"万岁爷是不是口渴了？奴才这就取水去。"

朱公公满脸谄媚的样子，虚胖的脸上丝毫也不见平日和低等太监及小的们在一起时常见的骄横。

宣宗满脸惊慌的神态，伸手拽住了朱雨德的胳膊："不，别走，朕方才做了噩梦，梦见了大火，太可怕了。"

"万岁爷，您是火龙，梦见火就跟梦见家一样，没事儿。"

朱雨德一边帮宣宗擦着额上的汗，一边宽着皇帝的心。宣宗惊魂未定地喘了几口气，忽然竖起了耳朵：

"你听见了笑声没有？听，就在东边！"

宣宗的声音因恐惧而变得尖细，朱雨德知道他的心病，忽然朝东跪了下去，磕了几个头，口中喃喃自语了一番。

"没事儿了，万岁爷。是奴才以前打杀的那个小奴才在骂奴才，没事儿。万岁爷，您好生歇着吧。奴才不走，就守在万岁爷边上。"朱雨德说罢轻轻地替宣宗捏起肩来。宣宗渐渐平静下来。

"朱雨德，你说朕还不宽容吗？汉王他罪有应得，按大明律他家该灭门，可朕于心不忍。这是不是有些妇人之仁？"

"万岁爷，您和玉帝一样，都有好生之德，百姓会记着您的仁慈的。臣以君为父，这是天道，也是人伦。汉王他叛逆，于情于理都罪该万死。您不杀他，就是再造之恩。他不但不感激，还作恶。唉，作孽。"

朱雨德倒了杯茶给宣宗，宣宗喝了两口，冷不丁地说道：

"宣旨，朕现在去长安宫。嘘，不许有大动静。"

"是，万岁。"

不多时，一顶肩舆抬着宣宗皇帝静静地拐出了乾清门，往长安宫所在的东六宫方向去了。

贞儿蜷在床上，像只小猫。朦胧的光线中，可见她的眼睛睁得老大。她一会儿爬起来拉尿，一会儿又起来喝水。

"你干什么呀，贞儿？"

睡觉警醒的小元宝被吵得睡不着，问道。

"姐姐，我被窝里不暖和，让我跟你睡好吗？"

"那，进来吧。快些歇息，明儿还得早起呢。"

贞儿钻进去，搂着小元宝的脖子闭上了眼睛。可不一会儿，她又睁开了眼睛。

"姐姐，我害怕。我一闭上眼睛就看见那个老头在钟里乱撞。"

"嘘，贞儿，这只是梦，可不许在外面胡说。"

"我知道，姐姐，我还知道那老头儿是皇帝的叔叔。"

小元宝一把捂住了她的嘴，表情严厉地低声呵斥道："再胡说，要割舌头的。"

"姐姐，我想回家。"

贞儿小声抽泣起来。小元宝哄着贞儿，哄着哄着，自己也流下了两串清泪。

"家，你还有个家想。可姐姐还不知道家里还有没有人呢。进来十三年了，从来没通过音讯，谁知是死是活呢。咱们呀，就是蚂蚁的命，谁都可以一脚把咱们踩扁！"

此时，怀里的贞儿却传出了熟睡时才有的匀称的呼吸声。小元宝的手在贞儿脸上摸了摸。见她没什么动静，便抽出了枕在她头下的那只手，钻进了旁边的一个被筒。被筒里先是传出轻轻的私语，接着有了微微的颤动，在月光下看去，像一只正在蠕动的大甲虫。

大太监住的平房里，一伙大太监、老太监正在斗鸡，房中燃着油灯。只见房中空地上，用布幔隔出一块四方地，两只赳赳雄鸡正在做生死搏斗。边上一伙太监瞪眼咬牙吆喝着，一片乌烟瘴气。

小火者住的耳房里，玉奴愣愣怔怔地坐在床上。就着窗纸透过的月辉和雪光，可以看见他双眼中惊悸的神色和额上的汗珠。

忽然间，他"呜呜"地哭将起来。小火者们逐个被惊醒。他们渐渐地都披衣坐起，不过谁也没说话。少顷，玉奴边上的一个小火者跟着哭了，接着，又有另两个加入了这呜呜咽咽的行列。小火者们的哭声从窗口门缝里飞出，终于惊动了隔房看热闹的两个老太监。老太监提着灯笼推门而入，其中一个喝道："兔崽子们，不想活啦！都给我躺下！"

小火者们一听，纷纷止住哭钻入被窝。只有玉奴无法控制自己的悲哀，继续恸哭。提灯笼的老太监过来，甩手就是几巴掌。

"死玉奴，你再哭，我割了你的舌头！"

玉奴躲着，一边小声求饶："公公，饶了我吧，再也不敢了。"老太监又打了玉奴几巴掌，这才解恨地将玉奴推倒在床上。玉奴抽泣着睡下了，被筒仍在起伏。

"明天禀了孙公公，罚你到外边的红铺去提铃，一晚不能歇，累死你个小兔崽子！"

两个老太监吼了一通，心里特别舒畅，他们正得意地大声笑着，突然都捂住了嘴，神色惊惧地逃出了火者们的耳房。而旁边斗鸡的房间，也倏地灯灭人静。他们刚掩上火者们的门，巡逻卫士过来了。

"公公，方才是谁在喧哗？"

"报告军爷，有个小火者被噩梦魇住，在哭，我们过去看了看，这会儿没事了。"

"嗯。"

为首的卫士见没什么异常，领着队伍走了。两老太监吁了口气，继续值他们的更去了。

"皇上，这儿太冷，您可不能老坐在这儿。万一冻坏了身体，臣妾可就罪该万死了！"

长安宫的佛堂里，宣宗皇帝跪坐在蒲团上，正在沉思冥想。披散着长发、穿一件白袍的胡善祥也跪在一旁，正担心地劝说。一旁的朱雨德取了件大氅给他披上，这边朝胡善祥摇了摇头。胡善祥不敢再言语，闭上了秀美的双目，双手合十地默念着什么。

"卿陪朕喝两杯怎么样？"宣宗忽然握住了胡善祥的手，有些疲惫的双目爱怜地注视着胡善祥清瘦的脸。胡善祥全身一颤，泪水珠子般洒落下来。

"回皇上，臣妾已经皈依佛祖，早就不近荤腥酒膻了。"胡善祥温和而坚决地拒绝了。

宣宗看了她一会儿，叹口气，环顾一番后，转身吩咐朱雨德："朱雨德，着人通知惜薪司，让他们赶明儿送些红箩木炭来。还有，这儿的暖炕得修修，门窗也该用油纸裱糊一下了。看，朕的衣裳都被风吹起来了，人能不病吗？"

说着，他将脸转向胡善祥："你身子骨本来就弱，受了凉可就麻烦了。"

宣宗说这话时的语气和眼神都很柔和，胡善祥禁不住双手掩面，却又怕在皇上面前失态，不敢哭出声来，只是浑身颤动着，任泪水从指缝里淌出来。

宣宗看着瘦弱憔悴的她，有些不忍，但他实在不喜欢这种只会哭而毫无风情的女人，心想要是孙皇后见他不宣而至，该不知喜成什么模样了呢，便有些扫兴。

"你见朕扰了你的清静，不高兴了吗？唉，多少次了，见了朕就这样哭哭啼啼的。好了，你歇息吧。朱雨德，回乾清宫。"

宣宗兴味索然地转身走了。

胡善祥没有抬头看他，更忘了行礼，耳听得宣宗起驾的声响，真是心如刀绞，苗条瘦弱的躯体像风中的花似的颤着。

"去坤宁宫吧。"

到乾清宫门口了，皇上的肩舆又折往坤宁宫方向去了。当肩舆、卫士、太监的身影随着灯光一起消失在坤宁宫门里时，远远跟在后面窥视的衣着单薄的胡善祥再也坚持不住，"咕咚"一声倒在雪地里。

悄悄跟在她身后的老宫人这时抢上前，一把将她扶起："娘娘，仙师，仙师！你醒醒啊！"

老宫人摇了摇胡善祥，见她仍是双目紧闭，慌得用手去探她的鼻息，然后才放心地将胡善祥背起。

"闺女啊，你前世造了什么孽哟！当了皇后，还被那狐媚给废了。你也太实心眼了，凭什么听她的威逼，自动上表辞去皇后位子呀？现在呢，又这样苦自己。

哼，皇上，皇上也不是个好人。我十一岁进宫，今年五十一了，还是处子。呸，什么皇上，分明是妖怪，吃人不吐骨头。"

老宫人背着胡善祥，在灰蒙蒙的夜里，在白茫茫的雪地里，深一脚浅一脚地走着，一边走一边恨恨地自语。

这时，背后的胡善祥醒了过来，她定是听见了老宫人的抱怨，这时一把捂住老宫人的嘴，吓得老宫人打了个趔趄。

"不许乱嚼舌根。这种话，要是让东厂的人听见了，是要灭族的。"

"东……东厂的人？"

老宫人背着胡善祥忽地打了个转，恰此时，一只夜鸟扇动着翅膀飞过，又"呱呱"叫了两声，老宫人腿一软，"咕咚"一下，两人一起摔倒在雪地里。

天晴了，雪正在融化。融雪的地方都变成了黑色。银装素裹的宫殿，在这阳光下有了些许的污渍。

宣宗一行人正在史馆里观看新修成的《明太宗实录》。宣宗皇帝捧着书本，嗅着油墨香，夸奖道："好墨，亮而不腻，黑而不滞，字也好。"

"谢皇上夸奖。"

几个史官原本诚惶诚恐，此刻听见表扬，一齐跪下谢恩。宣宗捋着长须，哈哈大笑。回头对侍立一旁的朱雨德说："赏他们金豆。"

朱雨德从小太监手中取过一只绣工精致的卧龙袋，取出一大把金豆，撒向地下。群臣先是不敢动，只是眼珠随着金豆乱转。

"拿呀！谁拾了归谁，全是赤金的。"

宣宗怪有趣地看着不知所措的臣子们，等待看一场好戏。果不其然，圣旨一出，群臣们当即乱了套，他们跪的跪，爬的爬，到处拾取金豆。一位史官甚至爬到宣宗皇帝脚下，用手小心地去抠一颗藏在宣宗鞋底旁的金豆。

"啊，有趣！"宣宗说着挪开了脚，不过旋即他便"咦"了一声。因为他看见侍讲学士李时勉立着不动。

"李学士，你不爱金子？"

"回皇上话，臣腰有伤，不能跪取。"

李学士恭敬地一拜。

"怕不是腰有伤吧？嗯，金钱不能屈，好。朱雨德，剩下的金豆全赐给李学士吧，朕爱他的鹤立鸡群。"

朱雨德将大半袋金豆递给李学士。李学士愣了愣，只好跪谢。

几个史官看着手心里屈指可数的几粒金豆发呆，都有些眼红和丧气。宣宗哈哈一笑，出门而去。

路上，宣宗皇帝伸了伸懒腰，问一旁的朱雨德。

"朱公公，前几天朕不是吩咐你给朕找些蟋蟀来吗？怎么还不见动静？"

"禀皇上，今年天寒，这冬虫，斗仗是肯定不行的，只能听听鸣声。万岁爷好兴致，奴才带您去个地方。"

宣宗皇帝跟着朱雨德往前走，他们从乾清宫门转出去，来到了坤宁宫。

坤宁宫的一间南向厢房里，架着两个火盆，沿墙角高高低低砌了几溜石阶，上面东一个西一个地放着些精致的小瓦盆，小瓦盆上又倒扣着小瓦盆。

小火者玉奴拿开了一个倒扣的瓦盆，里边放着个葫芦，他把那只藏着过冬的蟋蟀倒出来，聚精会神地给它喂食饵。万贞儿亦步亦趋地跟着他。

"玉奴哥哥，这只棺材样的蟋蟀叫啥名啊？这么难看的东西，皇上怎么会喜欢呢？"

万贞儿伸出手指，想动一动那只蟋蟀。玉奴"啪"地打了一下她的手。

"这东西名贵着呢，是天津府的贡品，叫棺材头。看见了吗，全身漆墨，是最好的漆棺，可以连着叫九声。我老家那儿，管这东西叫九连环，它叫的声音可好听啦，皇上说，比教坊司的那些歌手还要唱得好，官儿赏给抓蟋蟀人的金子，足可以买一栋大房子，可值钱啦！"

玉奴说着小小心心地用手掬住了那只跃跃欲试的蟋蟀。

"玉奴，让我看看，行不？"

"不行，听朱公公讲，为了捉这些蟋蟀，天津府有户人家可是死了两口人。"

"为啥呀？"

"皇上下令要进贡呗，下头的官再叫下人去抓，抓不到就坐牢，你说怕不怕人？天津府的这家人，先是抓到了些好蟋蟀的，可后来蟋蟀被他儿子贪玩玩死了，老子一气，把儿子给杀了，后来自己也跳井了。"

玉奴正说着，皇上和朱雨德走了过来，玉奴和贞儿赶忙见礼。皇上连看都没看他们一眼，就被一阵意外的惊喜给攫住了。

"哇，朱公公，你可真是朕心里的虫了，怎么这么知晓朕的心思呢？嘿，朕早就想养这冬虫子，就怕养不活。如今好了，哪怕不能斗，听一听叫声，朕心里头也是舒坦的！"

"禀皇上，这虫子是孙娘娘吩咐养下的。"

朱雨德顺手把人情卖给了孙皇后。

"啊，皇后，那可真是朕的知心人啊！"

宣宗皇帝像个顽童似的，将每个瓦盒里的竹管和葫芦都取出来看了一遍，一边看，一边叹，时而点头，时而摇头。

"来来，小奴才，你叫什么？玉奴？嗯，好，朕的御奴。听着，到厨房取些大芋头来，顶部切下一个做盖，其他的挖空来做窝，这样，蟋蟀在里边就有食吃，免得你这样倒进倒出，伤它们身子，明白吗？哟，乖乖，来，叫一个给朕听。"

宣宗皇帝从一个葫芦里倒出一只蟋蟀，从旁取了根专门用来逗蟋蟀用的牵草。只见宣宗皇帝用牵草触了触那只木呆呆的蟋蟀，蟋蟀的呆样子立马就没有了，转而"唧唧唧"地叫开了。

"嗯，这棺材头声如银铃，有余音绕梁，真是天籁也，上品，上品。"

宣宗皇帝满足地闭上了眼睛。这时，几声急雨似的琵琶声从坤宁宫传来，把蟋蟀声给淹没了。

坤宁宫内，孙皇后烦躁地弹着琵琶，眉头锁得很紧，非常不开心的样子。

"哟，你这弹的是哪门子琵琶呀？人家是大珠小珠落玉盘，你这是在拉锯，只怕把朕的耳朵都给锯没了。"

宣宗皇帝蹑足而进，捂住了孙皇后的眼。孙皇后娇嗔地一扭身子，躲着宣宗皇帝那双不规矩的手。

"皇上，有人瞧见。"

"瞧见怕什么？朕是皇帝，你是朕的皇后，咱俩亲热是天经地义的事儿，谁也管不着。哎，你说，朕让你再生个孩儿——对了，最好是龙凤双胞胎，怎么样？"

"美得你！"孙皇后轻轻拍了宣宗皇帝一下，两人腻在了一起。夫妻俩调笑着，一副情深意切的样子。

说起来，这一对人儿当真还有些前世的缘分。这孙皇后原来是永城县主簿的女儿，与张太后的母亲彭城夫人同乡。孙氏长得姣美，才七八岁，就成了永城县的著名美人，被张太后的母亲彭城夫人看中，十岁时被带入宫中，由当时还是太子妃的张氏代为抚养。孙氏渐渐长大后，容貌俏丽不说，还工于心计，一心指望着当太孙妃。就连推荐她的彭城夫人也作了这个指望，为此没少在女儿张皇后面前说话。怎奈张皇后并不为母亲所动，册封其为太孙妃之事一直悬而未决。过了六年，即永乐十五年（1417年），皇太孙已经十九岁，朱棣下令，由司天官为其选妃。司天官经占卜后，认为应当在济河一带求佳女，济宁人锦衣卫百户胡荣的第三个女儿胡善祥便被选中了。朱棣见胡善祥文静、端庄、贤淑，便将其册封为太孙妃。洪熙元年（1425年），明仁宗病死，皇太子朱瞻基即位，册封胡氏为皇后，但他所爱的却是孙氏。孙氏不但妖娆聪慧，而且善于揣摩他的心思。为此，宣宗和孙氏联手，几经波折，终于设计让胡善祥退了位，孙氏受封成为皇后，从此两人如胶似漆、鱼水情欢，像如今这种和谐的场景，在坤宁宫是常常出现的。只是这时不知为什么，忽然孙皇后扭过身子不理宣宗了。

"好端端的，怎么又生气了？"

宣宗皇帝捧着孙皇后娇俏的脸，实在是越看越爱。孙皇后也不说话，只是任几滴清泪从浓密的睫毛里淌了出来。

"皇上，您昨儿晚上又到她那儿去了吗？"

"哎呀，朕以为什么大不了的事儿呢，原来是为这个。朕昨儿夜里确实去了，不过是去礼佛的。她呀，太缺个趣味了，没意思。汉王去后，朕有些于心不安，这才去祈祷一番。你想哪儿去了！不过，爱卿，你的消息倒真是灵通，比朕的东厂和锦衣卫还厉害！"

"哼。"孙皇后绞弄着衣角，推了宣宗皇帝一把，没吭声。

南厢房里，玉奴听到门外有人唤他，赶紧奔了出去。贞儿瞅见四下无人，很好奇地掀开了玉奴刚扣上的瓦盒。她想了想，竟拔掉了葫芦的盖子。她正眯了眼往洞里瞅时，不提防那只棺材头"噗"地飞了出来，一蹦两蹦的就不见影儿了。贞儿一受惊，又连带打翻了另两个瓦盒，里头的竹管掉出来，蟋蟀也跑了。

"嘿，你别跑，别跑啊！"

惊慌失措的贞儿躬着腰去抓蟋蟀，谁知不慎一脚把一只蟋蟀踩死了，贞儿抽了两下鼻子，想哭，没哭出来。她眼珠子一转，把死蟋蟀塞进一个墙角，飞快地跑了出去。转眼间，她又进来了，手里抱着一只浑身漆黑却生了两缕莹白双眉的猫儿进来。这猫儿名唤"霜眉"，是孙皇后的宠物，和贞儿一样，终日在坤宁宫里窜来窜去。

"霜眉，你就在这儿待着，可不能跟我走，嘘！"

贞儿朝霜眉嘘了几声，四顾无人之后，把门一掩，悄没声地溜了。

贞儿走进坤宁宫大殿时，被门槛一绊，摔了一跤，她这才抚着摔疼的地方，借势抽泣起来。

寝殿里，宣宗皇帝抱着孙皇后，正在百般哄劝。

孙皇后低头思忖了片刻，终于破涕为笑。

"陛下，臣妾实在是太牵挂您了。只要一天见不着您，心里就慌。这些天，您老翻别人的牌子，臣妾怎么能不难受呢？"

她虽笑着，眼里却有了泪花，加上云鬓略有些散乱，看上去越加动人，宣宗皇帝拧了她一下：

"还说爱朕，一点也不让朕省心。你不是说这些天身子不爽吗？朕不翻你牌子是疼你。"

"哼，还疼我呢！听说，你把凤阳县的才女郭爱召进来了？"

"这是礼部干的好事，不能怪朕！"

宣宗皇帝嬉皮笑脸地说道。孙皇后叹口气，不觉怅然。

"皇上，这些天，您一直歇在郭爱那儿吧？她很美吗？"

孙皇后悲切的表情打动了宣宗。宣宗不知该说什么好，抬眼正巧看见不知何时倚门站着等待召唤的万贞儿，便朝她招招手：

"去，到钟粹宫，传旨叫郭爱嫔到娘娘这儿来。爱卿，你是嫌朕没有安排她过来向你见礼吗？那些天你病着，她远道而来，怕她身上的风尘气息侵扰了你，现在就让她补上。"

出门时，贞儿遇见从门外匆匆跑来的玉奴，不由有些心虚，便侧过身子，在门后躲了。玉奴推开厢房的门，看到眼前狼藉的景象，吃了一惊。当他掀起几个瓦盆，打开葫芦、竹管之后，先是张着嘴喘气，接着他低叫一声，捂着胸口倒了下去。

贞儿听见叫声，蹑手蹑脚走过去。当她从半掩的门口看见这一幕，也吓愣了，转身飞似的跑了。

"她什么模样儿？"

寝殿里，孙皇后满心醋意地追问道。

"模样嘛，能到朕身边伺候的，自然不差。不过女子除容貌外，气韵生动才最关键，就像爱卿，回头一笑百媚生。"

"百媚生有什么用啊，还不是经常床帷寂寞？盼皇上，想皇上，最后只搂着个

枕头独眠。"

孙皇后忍不住叹道。宣宗皇帝不悦地站起身，绕着桌子转了两圈。

"爱卿想是怨恨朕？你还想要朕怎样？朕待你够温存了，而你居然连女子的贞静都没有，还敢说什么床帷寂寞！"

宣宗堂堂天子，从未想到过后妃中有人敢这样大胆说出自己的闺怨，心中一气，声音不由骤然高起来。孙皇后从没见他这样，不觉惊慌又委屈，一边跪下叩头，一边流眼泪。忽然间，宣宗气喘如牛，接着一声紧似一声地咳起来。孙皇后抬头一看，赶忙爬起，一旁的朱雨德和闻声而来的宫女、太监也赶忙过来伺候。不多时，被抬到龙床上的宣宗竟咳出几口血来。

"皇上，皇上！快，皇上老毛病又犯了，快传太医！"

孙皇后搂着气息甫定、脸色苍白的宣宗，哭了起来。

这时，传旨的贞儿进来了，身后跟着郭爱嫔。郭爱嫔姿容清丽，气质高雅，只是年方及笄，显得幼稚和忧郁。进门一见这阵势，她连礼都忘了行，只是木鸡般呆立着。

"都是你干的好事，看，把皇帝弄成什么模样了！"

孙皇后不见郭爱嫔犹可，一见她，想到这些天皇帝天天翻她的绿头签，一腔怨恨便喷薄而出，指着她恨恨地骂了起来。

"臣妾……臣妾没有……"

接下来的话竟不知如何出口，情急之下，便忘了下跪。

"还不跪下！"

孙皇后一声大喝，郭爱嫔赶忙跪倒，娇躯伏地，如花枝乱颤。

"饶了她吧，还是个孩子呢！"

不料宣宗皇帝喘着气发了话，谁知这一开口，又咳了起来，不多久，就一口接一口地吐血，在场的太医束手无策，孙皇后、朱雨德、小瘦等宫侍皆惊慌失措。孙皇后失声大哭，郭爱嫔也哭着扑上前去，众人围着皇帝，乱成一团。

贞儿见无人注意她，偷偷地溜到南厢房。房门半开着，风吹得两盆炭火一片红旺。玉奴仍原样躺着，眼睛睁得老大。

"玉奴哥，玉奴哥哥！"

贞儿低声唤着，一步一颤地过去推了他一把。玉奴滚动了一下，仍不动。万贞儿伸手往他鼻前一探，吓得一声尖叫，赶忙往外蹦，不提防霜眉也正巧窜出，被贞儿踩了一脚，负痛大叫，其声异常凄厉。贞儿跑得更快了，咚咚的脚步声震得她自己心颤。

"死了，死了！"

她和满脸惊慌匆匆而出的朱雨德撞了个满怀。朱雨德无暇顾及一个小丫头的自言自语，对着她吼了声：

"去，还不快去伺候你主子，疯跑什么！"

贞儿像躲避什么似的飞快地跑进高大幽深的殿门，仿佛一只漂亮的瓢虫钻进了锦盒里，倏忽间不见了。朱雨德在殿门前双手合十喃喃自语了几句，转身对旁边的近侍太监道：

"快，去把太医院的所有的太医全部叫来！还有，通知顺天府速速寻访那些能治血疑症的郎中。"

近侍太监领旨而去。一阵风来，铜钱大的雨点瓢泼而下。檐角上的风铃铁马叮咚乱响，和着殿内的哭声，整个坤宁宫一片凄迷。朱雨德猩红的袍服在昏冥中看去诡谲而妖异。

第三章

寂寞红

温/燕/霞/文/集

　　转眼到了大年三十，紫禁城里张灯结彩，热闹非凡。穿着葫芦景补子及蟒衣的宫眷内臣们，头上戴着用乌金纸裁成的画了颜色的闹蛾，也有的用草虫蝴蝶簪于头上，以应节景。各宫膳房里，蒸点心的蒸点心，储生肉的储生肉，还有的在煮驴头做"嚼鬼"小吃，到处一片繁忙。

　　乾清宫皇帝的寝殿门口贴了门神，室内悬挂着福神、鬼判、钟馗等画。龙床四周，则挂着金银八宝、西番经轮，还有两条用黄线编织的游龙蜿蜒其上。

　　病情略有好转的宣宗皇帝，在张太后、孙皇后、吴贤妃、郭爱嫔等一干内眷以及近侍太监、太医的围绕下，正在喝粥。

　　万贞儿则跪在床边上，替宣宗皇帝揉脚趾。

　　"嗯，舒服。这丫头，小手还有点儿气力。爱卿你调教的好人儿。"

　　宣宗皇帝喝完最后一口粥，心满意足地舒了口气，一边夸奖了万贞儿几句。

　　"这丫头的老家和我老家只差几十里，虽是两个州府，风土民情倒是相近的。我小时候的那些伴儿，也都像她这么乖巧伶俐。唉，好多年没回去喽！"张太后替儿子擦了擦嘴，瞟了一眼甜甜地向他们谢恩的万贞儿，陷入了一种回忆。

　　"娘，等儿好了，陪您省趟亲，也算尽一点孝道。"

　　宣宗一把握住了太后的手。太后一阵伤心，眼睛红了，这边却强颜欢笑道：

　　"我儿，你是当今天子，命大福大，会好起来的。钦天官看了星相，说皇上定

44

然无恙。"

太后说罢，别过头去抹了把泪。孙皇后以及几个嫔妃也取帕子的取帕子，掀衣角的掀衣角，各自拭着眼睛，眼看气氛就要阴沉下来。

这时，一个道士模样的人跪了下来。

"皇上，依臣看，皇上的龙体已无大碍了。臣昨晚求得一卦，李代桃僵，已经有人替皇上消了灾，皇上定能康泰如故。"

"嗯，只是这'李代桃僵'，朕不甚明白。"

宣宗边说，边示意万贞儿捏另一只脚。

"回皇上，这李代桃僵，就是……就是说……"道士叽叽咕咕地不敢说下去了。

"你放胆说，朕赦你无罪。"

"嗯，是这样，寿有定数，但大福之人，可以添寿。皇上，娘娘宫里的小火者玉奴，前天不是去了吗? 他不过是条虫，但在阎王簿上，却为皇上添了龙寿。他这一去，皇上就无碍了。"

"哦，原来如此。着人赏玉奴家二百两银子。"

宣宗皇帝高兴起来。万贞儿却浑身发软，手上失了劲道。

"禀皇上，奴婢……奴婢想尿尿。"

万贞儿稚气的请求，惹得众人一阵开心。得到皇上首肯后，万贞儿立即飞跑出去。

厕所旁的墙角里，万贞儿面壁合十，喃喃自语："玉奴哥哥，我不是有意的。你好生去，改天我烧些纸马给你骑，你可别来吓我啊!"瞅见四下无人，万贞儿"咕咚"一声跪下，磕了两个响头。

"嘿，小答应，你干吗呀!"

这时，正巧小瘦也来出恭，看到这情景她惊讶极了。

"嗯，我在……我在替皇上祈福呀!"

万贞儿并不怎么慌乱，眼皮都没眨一下，便把真相给掩饰了。

"好孩子，回头一定禀告娘娘，让她知晓你的一片诚心。"

小瘦摸摸她的头，径自进了里头。贞儿远远地看见上回被她关在屋子里的霜眉，见它莹白的眉毛下那双冷漠的眼睛炯炯发光，好像洞悉了她的所有秘密，吓得她打了个哆嗦，不由闭起了眼睛。

黑猫霜眉拐弯走了。贞儿却没敢睁眼，一不小心，撞到了墙上，疼得她流出了

眼泪。

乾清宫门口，黄冠素衣、俨然女道士模样的胡善祥踽踽而行。当她走到大殿前头时，被近侍太监拦住了。

"娘娘……哦，仙师，有事吗？"

"我是皇上的内眷，皇上生病了，难道不能来看望？笑话！"

怯懦的胡善祥这回却破例地强硬起来。近侍太监待要再拦，胡善祥一拧身已经进了门。

"皇上，臣妾给您请安来了。"

胡善祥的到来使众人感到意外，大家不自觉地为她让开一条路来。胡善祥下跪见礼时，边说话边掉泪，宣宗看了直皱眉头。

"起来吧，朕还没怎样呢，你就不能喜气点儿吗？"

宣宗这么一说，胡善祥赶忙拭泪，旁边的孙皇后嘴角边挑起一抹冷笑，尖刻地说道：

"人家这叫一枝梨花春带雨，多娇媚呀！"

张太后一听，不高兴了。她拍拍自己身边的一张椅子，和蔼地招呼胡善祥过去就座。

"我早先要人叫你过来的，又说你得了风寒，有心让你歇歇，不承想你这孩子这么有心，也难为你了。"

张太后拉着胡善祥的手，呵呵地说着，那副亲热的样子把孙皇后气得直翻白眼。而一旁的吴贤妃却有些幸灾乐祸。

"皇上，你看太后，哼！"

孙皇后攀着宣宗皇帝的手，开始撒娇。

"由她去吧。天下的好事，哪能让你一个人占尽？只是朕实在不喜欢她那一身装扮，太清寒了，显得福薄。看上去，倒是朕的不是了。哎，爱卿，昨儿个郭爱写了首曲子，清雅可听，已经给教坊司了。朕这些日子耳朵、眼睛涩得慌，着人唱来给朕听听吧。"

宣宗说这话时，眼睛望着近在咫尺、娇美清丽的郭爱嫔，显然是说给她听的。郭爱嫔仗着皇帝喜欢，立即自告奋勇，取来青桐琴，边弹边引吭高歌。

孙皇后看到皇帝用热辣辣的眼神看着郭爱嫔，心中那份怨恨简直难以形容。但她脸上柔媚的笑容没变，只是趁人不注意，朝一位仰她鼻息的太医使了个眼色。太医会意，立即跪奏：

"皇上龙体欠安，这丝竹扰乱身心，于皇上的颐养不利。"

张太后执着神色忧郁的胡善祥的手，正听得津津有味，猛听见太医此话，马上喝令郭爱嫔停止。

"留下太医，其余人等都散了吧。皇儿，你该歇一歇了。"

"是啊，朕今晚还得放花炮呢。可惜不能在海子上坐冰橇了，等明年吧。"

宣宗皇帝这一说，太后又伤感了。

"皇儿说的是，明年咱们阖家骨肉定能聚在一起，好好乐一乐。"

张太后说着，眼圈红了红，但她的声音却是清亮流畅的，所以宣宗并没察觉到她的伤感。

"娘，您也累了，早点儿歇着吧。"宣宗难得地流露出凡俗之情，惹得张太后又一阵伤感。她叹口气，爱怜地替宣宗理了理衣裳，率孙皇后及吴贤妃、胡善祥等众嫔妃告退了。

宣宗皇帝闭上了眼睛，宫里静得出奇。

到了吃年夜饭的时候，鞭炮声响彻天宇。紫禁城内，内侍们在大放花炮。那散落天空的礼花绚丽多彩，看得一帮宫人、太监和侍卫们无不喝彩。

当初万贞儿进宫时曾在一处歇息的宫女小元宝，不知什么时候受到了万岁爷的宠幸，已是嫔妃打扮了。

"小元宝姐姐，小元宝姐姐！"万贞儿本陪着太子在人堆里钻来钻去，猛瞅见面貌焕然一新的小元宝，不由高兴地大喊。"嘘，可不兴叫这名儿了，皇上已经封我为淑妃。"小元宝一副喜滋滋的模样，她从袖子里摸出一串制钱赏给万贞儿，又抱着她亲了两口。"贞儿，姐姐这福气，是你带来的吧？等日后姐姐再发达，姐姐一定讨你到我宫里来。"

小元宝想起自己已从苦海中脱身，激动得热泪盈眶。

"你现在也有人伺候了吗？有几个？"

"四个。贞儿，你好吗？"

"好。"万贞儿垂下眼皮，小声应道。淑妃轻轻舒了口气，安慰起她来："贞儿，好好做。机灵点儿，忍着些，熬下去，会有出头之日的。"

万贞儿伸手摸了摸淑妃头上那只随风舞动的金色闹蛾，突然悲从中来：

"小元宝姐姐，我想我爹娘，还有奶奶、弟弟。哎，小元宝姐姐，你说，今天过年，秀英姐姐她知道吗？还有……那个玉奴。"

"唉，大过年的，嚼这些有啥意思。看，太后、皇后来了，我得赶紧去伺候。"

小元宝尽管身份已今非昔比，可一见了真主子，多年养成的奴才相立即流露出来。她惶急地走了，留下万贞儿一个人发呆。

"嘿，小答应，你发什么呆？过来，过来！"

太子朱祁镇招呼她过去，只见他穿得簇新，头上戴着一串豌豆大小的小葫芦。这葫芦名曰草里金，生长于乡野，极罕见，每个值银二三十两。此刻，幼军打扮的几个火者，还有万贞儿，都围着他看稀奇。

"不给看了。嗯，要是你们还有啥新玩意儿、新花样教我，倒是可以赏你们一个的。"

"噢！"小火者们欢呼雀跃。万贞儿托腮想了想，咬唇一笑：

"你说话算数？"

"当然啦。"

"那，我教你一个放花炮玩儿的新招式，看你稀罕不！"

说罢，她瞅伺奉官一眼，见他正看花炮看得出神，万贞儿便领着太子一干人悄悄离开了放花炮的院坪，左拐右拐地来到一处灶房前。

"喏，把这冰敲掉，太子有用。"

万贞儿揭开一口缸盖，看了看，吩咐一个宫人道。宫人见过礼后，赶忙动手，不一会儿，就将一口大缸给拾掇干净了。

"要缸干吗？"

朱祁镇百思不得其解。这时，又有一个花炮蹿上了天空，爆出一片金红色的光芒。

"快些，我还要去看烟火呢！"朱祁镇催道。

万贞儿不理朱祁镇，她从一个小火者手上取了一大捆"踢死牛"花炮仗，在缸底摆好，然后点燃了引线，并飞快地把缸盖盖好。

"来，上来，上来呀！"

万贞儿利索地爬到了缸盖上，一边伸手招呼朱祁镇上去。

"那，花炮不是要把缸炸破吗？"

"是啊，要不咋叫稀罕呢？哼，你胆小，不敢上来，瞧我的！"

万贞儿雄赳赳气昂昂地站起身，刚伸直腰，"轰"的一声巨响，水缸炸了，碎片乱飞，万贞儿一跤摔倒在地，倒也不见有什么损伤。

"嘿，你还真有胆子！嗯，好玩好玩！快，快给我点上。"

小火者们把摆在院坪上的一溜缸全给收拾干净了，一一放上了炮仗。朱祁镇点了炮仗，盖上缸盖，一翻身蹲了上去。一声轰响，朱祁镇被掀翻在地，他欣喜莫名，又去点另一口缸里的炮仗。随着一声更加剧烈的响声，朱祁镇和弟弟朱祁钰人仰马翻。两人先是怔怔的，随即一阵大笑，又翻身上了另一口缸。被方才那几声巨响引出来的宫人、太监见此情景莫不色变。

"天哪，要是万一出事了，咱们怎么担待呀？"刚才帮着敲冰的那位宫人自言自语了几句，即刻奔向放花炮的地方，找伺奉官、孙皇后她们去了。

朦胧的雪夜中，前面导引的四对大红真纱灯笼，闪烁出温暖的光芒。宣宗皇帝披着毛皮大氅，裹得严严实实，坐进了步辇。太监朱雨德跑前跟后，试图劝他回去。"皇上，今儿天太冷，风阴冷得跟刀片似的，皇上病体初愈，不宜前往。"

他这话本是一番好心，谁知却犯了"宦官不得干政"的宫禁。宣宗皇帝严厉地白了他一眼：

"宜不宜是你这奴才该说的吗？自己掌嘴二十。"说罢，径自坐了进去，放下了素绫坐障，起驾走了。

"奴才该死！"朱雨德见犯了龙颜，慌得什么似的，"咕咚"一声跪倒在地，狠狠地掌着自己的嘴。等他打完嘴再去追已渐行渐远的宣宗皇帝时，他嘴角已淌下了两条血迹。

在一条黑咕隆咚的巷子里，那报信的宫人正深一脚浅一脚地跑着。她刚拐过一个墙角，不提防正巧撞上了斜刺里过来的宣宗皇帝一行，吓了一跳。

"奴婢……奴婢罪……罪该万死！"

宫人见自己惊了皇帝的圣驾，腿一软，跪在雪地上赶紧叩头。

"大年夜，慌慌张张的，什么事情？"

宣宗倒还清醒。他撩起坐障问道。宫人一边叩头，一边禀报了太子他们放炮仗的事，宣宗一听，却奇怪地来了精神。

"是吗？那小答应竟有这等胆量？走，看看去。"

皇帝一行随宫人拐向了一条小巷，大红灯笼兽眼般渐渐隐去。

放花炮的院坪上，此时一片喜气洋洋。盛装的张太后、孙皇后、胡善祥三个坐着，其余嫔妃如吴贤妃、小元宝等，还有皇子、公主，站着的走的说的笑的，都在等

待新一轮灿烂的绽开。

"要是皇上在就好了。"

孙皇后见张太后和胡善祥有说有笑，心里气得苦。她插空和张太后搭了句腔，不料张太后却沉下脸来："你好不晓事，皇上病着，能在风里吹着受这寒气吗？是我不让他来的。"孙皇后一听，咬咬嘴唇不敢吭气了。

这时，急得头上冒汗的东宫伺奉官哈着腰来禀报，说是太子失踪了。他话没说完，就挨了孙皇后两个大巴掌。

"吃屎长大的吗？还不快去找！哼，找到太子后，再来处置你。"

言罢，她向张太后告了假，离开了这个让她憋气的地方。小瘦和另两个宫女也紧跟而去。

"天哪，朕还没见过这种玩法，看，就像刚刚经历了一场战斗，倒勾起朕先前征战的回忆来了。儿子，怕吗？不怕就好，以后文武双全。小答应，可惜你生错了，不然当个男子，倒也可用。赏她几粒金瓜子。"

膳房前头的院坪上，如今是满目狼藉。那一溜十几口大缸，早已荡然无存。宣宗皇帝站在那儿，巡视着这一切，不但毫无怒意，反而露出了赞赏的神色。

朱祁镇和万贞儿及那些小火者们肃立一旁，脸上身上全都花花道道的，颇为滑稽，彼此偷偷瞄两眼对方的脏样，想笑又不敢笑。

"这不是郭爱嫔用的膳房吗？你主子看烟火去了没有？"

"没有啊！"

"那好，还不让你主子来接驾。"

"皇上，你还真算准了，她没去。"

朱雨德左右打量一番，忽然对那报信的宫人道。宣宗闻言一喜。

"这大黑天的，朕倒弄不明白哪儿是哪儿了，恰巧朕有点累了，就在这儿先歇一会儿吧！"

正说着，郭爱嫔出来见驾了。因是新年，她穿着红罗裙、红罗背子，上绣织金凤纹，又兼云鬟初理，方施淡妆，銮凤冠下一张脸映在灯影里，愈加娇俏可人。宣宗一见，疲惫一扫而光。

"臣妾叩见皇上。"

宣宗盯着她一双染了墨汁的手，笑了起来。

"小爱儿放着大好的烟火不看，敢情又在赋诗作句子？朕这些日子身子不爽，倒疏远了这些东西，一闻见墨汁味儿呀，"他抓起郭爱嫔的柔荑，嗅了嗅，"浑身舒坦得很哪！"

宣宗执着郭爱嫔的手，相偕进了殿里。尚寝官忙在起居册上写下这一笔。朱雨德本欲上前劝阻宣宗皇帝的，可嘴一张，那肿得老高的双唇一疼，也就懒得多言了。

"太子，炮仗没了，还是回去看花炮吧！"

万贞儿见皇上进去了，胆子大了起来。她回头指了指那片被映得姹紫嫣红的天空，心里不知又在盘算什么。

"行啊。"

他们一帮人在两个提灯宫人的引导下，叽叽喳喳地踏上了方才的来路。

"我的太子爷哎，你怎么弄成这样子啊？快，快回宫洗一洗！"

朱祁镇他们在巷子中碰见了两个焦急的伺奉官及两个保姆，伺奉官一把抱起朱祁镇就要走，不料朱祁镇踢了他两脚。

"不去不去！我不回去！我要看花炮。"

说着，朱祁镇揪住了伺奉官的头发，疼得他连声告饶。

他们一行人在灯影里推推搡搡，惊动了正在附近寻找太子的孙皇后。孙皇后急令宫女过去，一下肩舆她就惊呼了起来。

"皇儿，你脸上怎么弄成这模样了？哎呀，手指上还擦破了皮！说，都干什么去啦？"

孙皇后就着灯笼光，仔细打量了朱祁镇一番，便正颜厉色地质问起来。朱祁镇和他的那帮喽啰们全都成了哑巴。孙皇后一眼瞥见万贞儿，心火喷出，抓住她的衣领，对准脸上就是一巴掌：

"我说人到哪儿去了，你又带他们去撒野啦？这还得了！"

谁知万贞儿的嘴扁了扁，却不再害怕。她跪在雪地上，朗声禀道：

"回娘娘，是奴婢的错，奴婢不该和太子去玩花炮。不过，奴婢方才得了皇上赏的金瓜子，说奴婢教得好。还有，奴婢现在有要事禀报，等说完了，你再打奴婢吧！"

说着，不等孙皇后表态，她即爬起身，踮起脚来，附在孙皇后耳边絮絮叨叨了一通。孙皇后一边听，一边咬嘴唇。当万贞儿说完再跪下去请罪时，孙皇后已收敛了怒容，只一甩衣袖，淡淡地说道：

"罚万贞儿扳著，伺奉官李有坤、徐寿强提铃。"

三人跪伏在地，簌簌不已。孙皇后她们一走，两个东宫伺奉官即对万贞儿施以老拳，打得万贞儿呜呜咽咽地哭了起来。

郭爱嫔住的钟粹宫前，气急败坏的孙皇后被朱雨德拦住了。

"皇后请息雷霆之怒。皇上他今儿难得有雅兴，不好扰了他的清梦。奴才说的是不是在理？请娘娘三思而行。"

朱雨德态度不卑不亢，话虽说得不太中听，到底是一片好心。孙皇后抚着前胸喘了几口粗气，含泪注视着朱雨德，点头叫着好：

"好，好，朱公公你说得太有理了，是我的不对！我不该来，来这儿自讨没趣！"

说罢，她一拧身，也不等宫人提灯，更不上肩舆，自己跟跄着走进了黑漆漆的小巷。

朱雨德目送着她，又摸了摸自己鼓胀的脸颊，叹了口气，脸上浮现出同情的神态。

郭爱嫔的寝宫内，到处是书籍，墙上挂着的她的书法和绘画作品洋溢着浓浓的翰墨香。宣宗皇帝显然已和郭爱嫔亲热完毕，只见他边搂着郭爱，边看那些作品，一边看，一边叹："小爱儿，朕的后宫里，你是文状元，琴棋书画样样精通，真是难得。"

他端详了一会儿郭爱嫔娇羞的脸，亲了她一下："为朕生个像你一样能文能武、会画画儿的斯文皇子，好吗？"

郭爱嫔害羞地将脸埋在了宣宗怀里。

坤宁宫里，孙皇后没好气地在屋内踱来踱去，一个有些欠机灵的小宫女捧着碗茶水，寸步不离地跟在她身后。孙皇后起先还没什么，忽然间却发起雌威来，转身一把打掉了小宫女端的茶碗不说，还噼里啪啦打了她几大巴掌：

"好个没眼色的东西！跟着我干什么？小瘦，让她去和小答应做伴！"

小宫女吓得腿一软，跪了下来："皇后娘娘，奴婢该死，您用鞭子抽奴婢吧。"

"狗奴才，怎样罚你还用得着你来教我吗？快滚！"

小瘦等皇后骂完了，拽起小宫女就走。她们来到一处露天的坪上，朦胧的灯光下只见万贞儿正以一种奇怪的姿势伸手扳着自己的双脚，因扳着的时间太长，她已经脸色煞白，摇摇欲坠。一旁的门口，一个老宫女凶神恶煞般地执鞭站着，屋内的油灯闪闪烁烁，将她投在地上的影子拉得颇为狰狞，脚边用于计时的几炷香也闪着诡谲的红光，看上去怪阴森的。

　　"去，并排。于姐，罚她三个时辰。怎么，贞儿的时辰还没到吗？"

　　说着，她朝于姐做了个手势。

　　"嗯，差不离儿了。嗨，这年过得！"

　　这位叫于姐的宫人瞥了一眼仍有寸余长的香火，用鞭子将它打灭，乖巧地喝道：

　　"小答应，起身。"

　　不听这话犹可，一听这话，本来就像烂板桥一样左右晃荡的万贞儿"咕咚"一声栽倒在地，"嗷"地呕了起来。

　　"于姐，给她打理一下，让她进屋歇着吧。"小瘦同情地说道。

　　"哎。"于姐抱起贞儿进了屋里，又倒了水给她喝。贞儿咽了两口，翕动着嘴唇谢了于姐，便挣扎着下来，要跟小瘦一道儿回去。

　　"奴婢得去伺候皇后了，今儿是大年夜。"

　　小瘦牵着她，赞赏地捏了捏她的手："有骨气，孩子。"说罢松了手，贞儿跟着她，摇摇晃晃地往坤宁宫寝殿走去，身后的于姐心疼地叹道：

　　"小答应啊，好孩子，有你这份心，好好干吧，终归会有出头之日的。吃得苦中苦，方为人上人，这你懂不懂？二丫，听见了吗？"

　　见那正痛苦地屈着体的小宫女没应声，于姐生气了，上前抽了她两鞭子，这才满足地看着被屋檐割得小而方正的那块天，从棉袍里掏出一串佛珠，虔诚地念起经来。

　　一条通道里，两个东宫伺奉官一人手拎一只铜铃，隔几步摇一摇。因那铜铃着实不小，又走了不少路，两人都累得气咻咻的。瘦高的伺奉官李有坤尚有余力迈步，矮胖的徐寿强则举步维艰。

　　"手都不是自己的了，脚也不是了。"

　　徐寿强嘟哝着，一头倒在雪地上。李有坤却不能也不敢去搀他，两只手加紧摇着铃，一边催促他快些起来。

"老徐，快点儿吧，这一人振铃跟两人振铃可不一样，万一给人知晓了，罪加一等。"

徐寿强不敢怠慢，手脚并用地撑起自己那沉重的躯体，拾起铜铃，跟着李有坤东歪西斜地拐过一个屋角，不见了。可铜铃清越的声音，却仍在他方才摔倒的地方回响，仿佛铜铃还在原地似的，真是一种奇怪的感觉。

坤宁宫里的孙皇后此刻正躺在床上抽泣。小瘦蹑手蹑脚地走过去，一边给她捶着背，一边献计：

"禀娘娘，奴婢想皇上龙体欠安，太后最是关心。只不知皇上他歇在郭爱嫔那儿的消息准不准确，要是消息可靠，娘娘何不遣人向太后禀报？"

孙皇后听罢，睁开被泪水糊住的眼睛，点了点头。

"那就你去吧。"

小瘦迟疑了一会儿，又问道："万一太后安歇了呢？"

"不会，她肯定还在看热闹。"

"是，奴婢这就去。"

"什么？皇上没在寝殿里？他上哪儿去啦？"

乾清宫寝殿前，被一干嫔妃、宫人围绕着的张太后惊讶地质问一个近侍太监。

"回太后，皇上原说要去看烟火与大家同乐的，可后来去哪儿了，奴才不知。"

近侍太监跪下来不停地磕着头，嘴里喃喃着。

另一个一直在观望的近侍太监这时也跪了下来："禀太后，奴才见皇上出乾清门往西北方向去了。"

"出门往西北方向？他干啥去呢？"

张太后沉吟不语，众人俱不敢言，一时间气氛沉闷。恰此时，小瘦火急火燎地寻了来，见过礼后，即把皇上在郭爱嫔处歇息一事给禀明了。

"这个皇上呀！三十七八了，怎么还这样小孩子心性！走，看看去。"

几个内侍用肩舆抬着张太后，一干嫔妃跟着，往郭爱嫔住处逶迤而去。

"这郭爱嫔，也太不懂事了！皇上要有什么闪失，有她的好看！"

这一刻，张太后的表情冷得有些近乎阴狠。

说也巧，她们刚转到郭爱嫔的住所，就见满身是血的郭爱嫔冲了出来。

"公公，公公！快唤太医来呀！"

正在门口耳房等着的朱雨德及几个近侍太监，还有两个随往的太医，风一般旋了进去，连太后驾到都忘了见礼。

"你这个贱人，还不跪下！于公公，马上送她去内安乐堂，让她这猪脑子好好清醒清醒，日后也好长点记性！"

张太后甩了郭爱嫔几个耳光后，也火急火燎地跟了进去。众嫔妃一见，都欲上前，张太后回头喝道：

"吵什么吵？都在外头候着！"

众嫔妃噤若寒蝉，木呆在原地。一时间，只有被太监拖着往外走的郭爱嫔的嗓音在凝重的空气中回响：

"皇上，皇上，我冤枉啊！"

有几个嫔妃脸上露出了幸灾乐祸的微笑，小元宝却有些物伤其类的凄恻。

白日来临了，但此刻紫禁城里却没有正月初一该有的热闹，反而显得肃穆。穿着丧服的太监们用白布灯笼将原先悬挂的红灯笼全部换下，宫中所有喜庆的装点一概拆除。城内城外一般沉寂，只有那随风送来的哭声，在低回缭绕。

乾清宫里，宣宗皇帝的梓宫前，大臣内眷们正在跪哭。张太后、孙皇后，还有胡善祥等嫔妃都哭得眼如烂桃。太子朱祁镇及一干皇子、皇女也都穿着丧服，跟着大人们号哭。穿着丧服的万贞儿伺候着孙皇后，眼睛却四处乱转。

一阵风吹来，一位嫔妃的丧服被风撩了起来，贞儿看见了一角大红色的裙幅。她奇怪地扯了扯孙皇后的衣袖：

"娘娘，你看，她的裙子好漂亮啊！"

悲伤中的孙皇后顺着贞儿的手指一看，顿时怒上眉梢，她朝太后耳语了两句，太后勃然大怒。但霎时风住，那嫔妃的丧服又将大红裙幅给遮住了。张太后疑惑地看了孙皇后一眼，两人上前，冷不防将那嫔妃的丧服撩起，红裙倾泻出的鲜艳色彩立即将她们的眼睛刺痛。

"贱婢，你敢大不敬！来人，杖毙了她！还有，诛她满门！"

听到张太后这一声断喝，所有的人都愣住了。当她们看着行刑太监将那嫔妃拉出殿门时，全都垂下了头，身子也伏得更低了。整个大殿中只有隐约的哭声和那嫔妃的骂声。

"你诛我满门吧，我家里人早死绝了，我不怕！我就是要穿红衣裳，我高兴

啊。进宫二十年，皇帝就来过一回，他死我难道还要哭？左右都是死，与其闷死，不如死个痛快！"

那嫔妃性子烈得很，在几个行刑太监手中拼死挣扎，一边挣扎，一边高声叫喊。后来，一个太监终于成功地将她的下巴骨给端歪了。嫔妃唔唔着被推倒在地，一只麻袋将她的上身套住，脚用绳子捆上，四根杯口粗的棍子此起彼伏，狠命地往她身上要害处打去，不多时，这嫔妃就气绝身亡。

大殿内，有几个年轻的嫔妃伏在地上，耳听得那呼呼的声音，早已吓得浑身发颤。

万贞儿不敢置信地用手蒙住了眼睛，秀英姐姐俏丽的面容在脑海中一闪而过，几滴泪水从眼角沁了出来。她咬了咬自己的嘴唇，一副极其后悔的模样。

内安乐堂里，被除去嫔妃服、穿着平常宫女丧服的郭爱嫔正在一间低矮破旧的房子里挥毫疾书。她的书法秀丽、灵动，真正是字如其人。当她摊开另一张宣纸，想把那幅画了个大概的宣宗皇帝像稍加润色时，一名太监匆匆而来：

"宜嫔郭爱接旨！"

郭爱嫔赶忙跪倒。传旨太监的嘴翕动着，郭爱嫔却觉得这张嘴发出的声音遥远而空洞！"……委身而蹈义，随龙驭以上宾……"文思敏捷的她，竟然有些听不懂了。

"公公，奴婢不知这是什么意思，还望公公明示。"

郭爱嫔恍恍惚惚的样子终于赢得了传旨太监的一点同情。

"回您的话，这是祖宗定下的规矩，凡皇帝大行以后，所有没有子女的侍寝嫔妃，一概从葬。"

"您是说，要我殉葬？可我进宫才十四天啊！不，我不想就这样死！公公请您救救我，我想回家，我不当这嫔妃了，行不？公公，救救我！"

郭爱嫔膝行至传旨太监跟前，哭着央求。传旨太监见看热闹的人越来越多，忙掩住她的口：

"回您的话，这是祖宗规矩，破不了的。您要还这么偏，不但没有生机，还会给家里惹来灭门之灾。要是遵旨殉了皇上，您家就是朝天女户，父兄都能升官，而且是带俸世袭。死您一个，全家得福，明白了吧？"

郭爱嫔跪在那儿，泪渐渐干了，脸上露出奇特的平静。

"皇上？你是说皇上让我殉葬？"郭爱嫔不相信似的自问着。一会儿，她摇了摇头：“不会的，皇上那么心疼我，他怎么舍得我殉葬呢？”

“傻丫头！就是喜欢，才特地点你的名啊！这是你的福气，快领旨吧！”

传旨太监将郭爱嫔扶了起来。郭爱嫔环视了周遭围观的那些白发苍苍的宫女一眼，微微一笑：“是的，没错，殉葬是我的福气。公公，请容我暂留片刻。”

传旨太监同情地点了点头，郭爱嫔进得房间，铺了纸，狼毫一挥，奋笔疾书，写下这样一首绝命词：

“修短有数兮，不足较也。生而如梦兮，死则觉也。先吾亲而归兮，惭予之失孝也。心凄凄而不能已兮，是则可悼也。”

“公公，烦请您今后有机会时交与我家父亲，他乃凤阳县的教谕郭生民。拜托了！”

郭爱嫔拜倒在地。有几个围观的年老宫人抹开了眼泪。传旨太监手拿着那张诗稿，手也抖了起来。不过，他很快便冷静下来，将纸卷起，纳入袖中，接着脸一板，对郭爱嫔伸出一只手：

“请吧。”

清宁宫里，一身素缟的张太后满脸戚容。孙皇后跪在下边，头也不敢抬。良久，张太后才缓缓说道：

“你的意思是要让静慈仙师殉葬？”

“太后神目如电，奴婢不敢，只是依祖制去想罢了，并无一点私心。”

孙皇后狡辩道。张太后端详了她好一阵，终于重重地叹了口气：

“你十岁起就来到我身边，又是我母亲推荐的，这么多年下来，对你的脾气也约莫了解了些。只是没想到，你妒性如此之重，实在可怕！”

“臣妾不敢！”

孙皇后虽贵为一国之后，但在张太后面前，却自谦自卑得根本不像她，只见她磕着响头，一副乖巧柔顺的样子。

“善祥这孩子，秉性良善、怯弱，身子骨又有病，不会生孩子。她让位于你，个中原因，你最清楚。她的命运，本身已够坎坷。你呢，也够得意了，留她一条命，你就这么不称心？你刚才口口声声说祖制，你倒说说看，自古而今，有哪朝的皇后殉了葬？”

张太后的话说得不疾不徐，落在孙皇后头上，却有些儿重。孙皇后张口结舌了一阵，终于找到了太后话中的一个破绽：

"她已经不是皇后了，只能算嫔妃。"

张太后没接她的话茬，只是默默地注视了她好一阵，直看得孙皇后全身发冷，这才疲惫地挥挥手："你走吧，我也累了。"

说罢，她闭上了眼睛，丰润、慈祥的脸上，笼罩着一层阴云。是啊，张太后自洪武二十八年（1395年）选为朱高炽世子妃，永乐二十二年（1424年）册封为皇后主事中宫，次年又被尊为皇太后，在宫中几十年，经过多少风浪，她的性情早已磨炼得圆熟深沉，通常不再喜怒形于色，可这回她实在不能抑制自己的气愤。她素喜胡善祥的仁厚而恶孙皇后的狡诈，无奈儿子朱瞻基却专宠孙皇后。这倒也罢了，偏这孙皇后性情中还有这一"狠"字，竟欲借机置胡善祥于死地，这就更令她忍无可忍了。

也许是天公哀怜大明臣民痛失明君，大雪之后竟下起沥沥渐渐的牛毛细雨来。屋宇、道路上的积雪被这雨一浇，变成了冰，镜子般闪烁出银亮的光，衬映得天地都有些怪异。

在这样的天气里，紫禁城里的某一个庭院里，拥挤着一群命运特殊的女人。只见她们盛妆坐在一张张排列有序的桌子后，边上各立着一个传膳太监，桌上放着丰盛的食物。传膳太监殷勤地伺候着，可他们的努力往往白费，因为所有的嫔妃都在哭，哭声直震屋宇。尽管她们活得很寂寞，可那毕竟是活着呀。人生在世，有什么比"活着"本身更有意义呢？所以，她们无法抑制心中的悲恸绝望——这是她们在这个世界上所吃的最后一顿饭了，是"绝命餐"！

刘选侍哭着哭着，突然呕吐了。她呕吐得惊心动魄，似乎要将进宫十多年的苦水全部吐尽。两个小宫女端茶送水地伺候着她，问她还要不要再吃一点，刘选侍凄然说道：

"饿死鬼跟饱死鬼有什么不一样？"

她一手拂掉小宫女手中的食物，昂然走进了旁边的一间大殿。大殿内临时搭起了十几张小木床，只是铺位很低，上面横着一根粗大的黑梁，两头各嵌在一个木架上。每个床位上方都挂了条白绫。白绫在空中无风自飘，看上去异常阴森。

"阿弥陀佛，还好不是生殉。听说前朝殉葬的，吃饱喝足了，活生生地给闷死在陵墓里，我们总算比她们强。"

举止娴雅、面容沉静、手里捻着佛珠的梅妃望着那些白绫，松了口气，她转脸对着刘选侍说道。刘选侍已经很麻木，她只是用手捶着肚子，呢喃道：

"你怎么这么不争气？为什么不给我生养一两个孩子？要是也有一两滴骨血，我也不至于落个这样的结局啊！不，我不想上吊。天哪，为什么我不生在汉武帝那会儿，那会儿谁生了太子谁才死啊！像钩弋夫人，杀母立子才对啊，不然人间的福她们全占了。莫非真的如古语所言，天之道损有余补不足，人之道却损不足补有余？命苦啊！下辈子，我一定要做个男人！"

刘选侍脸上痉挛着，几乎要歇斯底里发作起来。梅妃死死地拽住了她的手：

"刘姐，你冷静些。好歹是个死，只不过早一步晚一步。我们去了，换得父兄荣耀，倒也值。你若大不敬，像前天穿红裙的俞妹妹，得个灭族，有什么好？"

刘选侍张了张嘴，终于将憋在喉头的一声尖叫给咽了回去。

这时节，陆续又有几个餐毕的嫔妃给引到白绫下，其中一个竟然满脸笑容。

"皇上，终于可以日夜陪伴您了。您知道不，自从贱妾十七岁那年承蒙雨露至今，已经十八年了，贱妾十八年就愣没见过您！哎，梅妹妹，你说，这紫禁城咋就那么大呢？好了，现在可好了，黄泉路近，聚在一起，生生世世在一起了。"

言罢，她从容地踏上了木床，居高临下地扫视着那些已经哭得再也哭不出声的嫔妃，嘴角露出满意的微笑。她的白衣裙被一阵阴风翻起，就似一朵开在幽冥中的花，让人不寒而栗。

清秀了许多的小元宝这时也进来了，她惊恐不安，见人就说：

"公公，我不做皇妃了，我再回去做宫女，行吗？"

人们就跟没听见她的话似的，根本不睬她。小元宝急了，拽住一个公公就磕起头来，吓得公公一把将她推倒在地。小元宝倒在那儿，竟不会走了。几个宫女将她拉起，小元宝赖在地上不起来，只是一个劲儿地号哭。

跟着孙皇后一同来看热闹的小瘦，见状忙过去附在小元宝耳边说了几句话，小元宝这才"哇"地哭着站起来：

"姐姐，你可得告诉我父母一声啊。"其态凄楚，令人心酸。也许所有观看的人中，只有孙皇后脸上露出了欣赏得意的神情。

郭爱嫔是最后一个进来的，她没有吃多少东西，而是在一旁泼墨挥毫，写了一张又一张宣纸。每一张宣纸上，都是斗大的"痛"与"苦"字。她每写一张，边上的太监便撕一张，风将纸屑舞弄起来，如片片蝴蝶。

"好，这张是给刘姐姐的。这张用来奠梅姐。这张是奠我自己。就像当年庐陵人生奠文天祥时说的一样，此时不死，更待何时？"

忽然间，一声锣响，一个老太监高喊："时辰到——"

几个年轻力壮的太监意欲夺去郭爱嫔的纸笔墨砚，不料郭爱嫔却将一砚墨泼到了自己洁白的裙上。

"快，去换衣裳！"

老太监焦急地喊道。郭爱嫔噙泪笑了起来，对着公公福了一福：

"公公有所不知，当初，皇上最爱看我这样子了，说是天然成就的墨荷。公公若换了去，只怕皇上地下有知，该怪罪你了。"

老太监一愣的当儿，郭爱嫔已进入大殿。大殿内，几盏烛火微弱地闪烁着，像是飘移的鬼火。十几个白衣盛妆、面容惨淡的嫔妃比肩站在木床上，个个的脖子上都套着那白绫打成的活结。几个道士在边上设坛作法。倏地，一道白烟从一个老道口中喷出，发出"咊"的一声响，悬在头顶的大钟"当、当、当"地被人敲响了。

"各位娘娘升天喽——"

众太监和众宫女齐声唱道。这边嫔妃们脚下铺位上的活动木板被人抽去，十几条娉婷的身子便在空中荡着秋千。一阵风来，白色的裙袂乱飞，大殿里一时间竟似罗刹地狱，鬼影幽幽。在场的人莫不变色，就连镇定自若的孙皇后也变了脸。她匆匆站起身，在宫女的簇拥下，飞快地走了，谁也不知她心里是怎样想的。

大殿的一角偏门忽然无声地被人推开了。除了那些检验嫔妃们是否已死的太监外，注意到这扇门的宫女、太监们全面带惊恐。

"鬼！鬼来了！"

宫女中不知谁惊呼一声，人群炸了开来。这时，一个身着素服的少年木桩般从门内倒了下来。

"太子！天哪，他昏过去了！快，快传御医！"

众人又是一片喧闹奔走，而此时，那十几具尸体已安静地躺在她们方才踏脚的小木床上，蒙着锦被，看上去华丽而凄凉。

由于皇帝的大行，紫禁城所在的顺天府一片寂静。凡音乐祭祀，并辍百日。婚嫁，官停百日，军民停一月。全国军民一律素服。妇人不但素服，而且不能装饰。这种日子，他们要过二十七天。过年的欢乐气氛，就这样随着宣宗皇帝咽下的最后一口气而消散殆尽，整个大明王朝的天下像这个时节的山川一样，显得萧瑟一片。

可是，这样的冬日里，偶尔也会有一颗温暖的太阳，熟柿子般地挂在紫禁城宫殿的飞檐上，吐着绚丽的光芒。

太子朱祁镇已于正月初十登基做了皇上，但不改童年习性，仍按他七岁孩童的

天性，在上朝时分踢球。一班大臣候在门外，等着他的接见，可朱祁镇意犹未尽，又找了两个球，命和他同庚小月份的皇弟祁钰及贞儿一班小火者、宫女来踢。

"大家轮流。喏，我踢过去，你再传给他，谁落了球谁趴在地上学狗叫。"

朱祁镇说着，把球踢向万贞儿。万贞儿一走神，球落了，但她却不肯学狗叫，只是拧身道：

"皇上，皇太后待会儿找不到我，那可不得了啦！"

她说着瞅了瞅门外那一干哭笑不得的大臣，真的很担心。与刚来那段时间相比，贞儿已长大了些，只是脸儿没原来圆，看上去清秀了许多。

"皇太后骂你怕，我骂你你不怕吗？我是皇帝。来，学狗叫！"

朱祁镇用手拍了拍贞儿的肩，贞儿躲开了。

"皇上，你不该说'我'，该说'朕'！"

皇弟祁钰提醒朱祁镇。朱祁镇白了他一眼："你少多嘴，我爱说啥就说啥。喂，学不学？"

他将贞儿推倒在地，又用一只脚踏在贞儿背上。贞儿委屈地学了两声狗叫，朱祁镇高兴了，他拉起贞儿，替她拍了拍衣裳。

"你还哭啊，羞不羞？你听我的：汪汪！这是小狗；呜呜——汪汪！这是见了生人要发怒的狗，像不像？"

大家哪敢说不像啊，全拍着巴掌夸奖他。朱祁镇正得意着，孙太后新指定的东宫伺奉官王振走了进来，他身后跟着礼部侍郎兼华盖殿大学士、少师兼兵部尚书杨士奇，太子少傅、谨身殿大学士、工部尚书杨荣，翰林学士、礼部尚书杨溥，礼部尚书胡濙，英国公张辅等五位大臣。

朱祁镇害怕地收住了脚，可那只刚被他用劲踢出去的球，却正巧击在了王振的脸上。这王振是山西人，祖辈虽无功名，倒是读书人。王振没考取秀才，二十好几了仍是童生。他当过私塾的学官，但他不甘于一辈子当孩子王，便自宫净了身，托门路当了内官。他本在掖庭担任女官教职。在此之前太祖为防宦官干政，禁止内官识字。但到了宣宗这儿，他却突发奇想，要让宦官们认字。王振的学问虽说不是很好，但在这帮目不识丁的太监中却属佼佼者，不久他被授予五品局郎衔，入东宫侍奉太子讲读，成为年幼的朱祁镇的启蒙老师，并得到宣宗皇帝与三杨的赏识。王振长相颇为斯文，性格却有些煞气，有时朱祁镇还挺买他的账。

所以，当朱祁镇不小心把球踢到了王振脸上时，他的小脸上露出了担心与讨好的神情，竟奔过去，扯住他的衣襟向他道歉：

"王先生，学生不是故意的。"

王振一听，赶忙跪倒在地，向朱祁镇行起大礼来，一边行礼一边说：

"皇上，您折煞奴才了。"

他身后的五位大臣见状也只好跪倒。

"皇上，您该坐朝视事了。"

杨士奇说道。朱祁镇不高兴了，脸一扭，哼了一声，根本不予理睬。王振跪行两步，磕了几个响头："先皇帝为一球几误天下，陛下再有这种嗜好，天下能安定吗？求皇上现在坐朝。"

朱祁镇一愣，走到王振身边，耳语道：

"王先生前天不是还教学生玩吗？现在怎么这样说？"

"皇上，前日里那是说的私房话，现在说的是场面话。您要是再不坐朝，太皇太后可就不许我给你讲故事了。"

王振环顾四周，小声说道。

朱祁镇一听，赶忙蹦到皇帝宝座上。不过，上宝座前，他指挥他的那班小喽啰分成两列，和御前侍卫一样，做保卫状，等他们各位都站妥当了，他这才在宝座上坐下。大臣们鱼贯而入，向他跪拜行礼，朱祁镇百无聊赖地在宝座上扭来扭去。大臣们的禀报他有时没听，有时听不懂，所有的回话几乎都由王振、杨士奇、杨荣等几位老臣代答。

忽然间，一位胖子大臣前来觐见。由于太胖，他下跪时摔了一跤。这君前失仪本可治罪，胖子大臣吓得猛在地上磕头，那模样很是滑稽。朱祁镇拍着手连声叫好。大臣一听皇上为自己的磕头叫好，哪里敢停，只好不停地磕头，直磕得头破血流。杨荣看不过去了，和皇上说了句悄悄话，朱祁镇这才叫他起来。

"喂，胖墩，你吃什么吃得这么胖呀？"

说着，朱祁镇跳下宝座，弯腰从宝座下掏出个跳傩舞用的面具，往胖大臣脸上一戴，疼得胖大臣一哆嗦。

"跳，你起来跳呀！"

朱祁镇一发话，大臣不敢不跳。他的身躯是那般肥胖，胡子又长又白，在狰狞的面具下一甩一甩的，样子极其滑稽。朱祁镇被他的胡子吸引了，又去扯他的胡子：

"这胡子这么长，编成辫子，可当马鞭。吁，驾！"

他一边甩着胖大臣的胡子，一边模仿车夫，逗得众人大笑，真是满朝仪规尽

失。

"皇上，皇上不可这样。"

杨士奇仗着是老臣，上前劝谏。谁知朱祁镇却将胖大臣脸上的傩舞面具一扯，反而戴到了杨士奇脸上。

"你没那么胖，跳起来更快。你快跳啊！"

此言一出，本来乱哄哄的大殿内一派肃静。众人皆看着杨士奇。杨士奇静立不动。稍许，他把面具一摘，跪伏在地：

"皇上，恕老臣腿脚不便，今天先告病了。"说罢，扬长而去。众臣有的钦佩，有的不屑，有的则是害怕。天威本就深不可测，如今又是童昏天子，谁知他会怎样处置啊。大殿里的空气忽然紧张起来。

朱祁镇正欲发火，却不料王振一把拽住了他的胳膊：

"皇上！"

他眼一瞪，表情严厉起来，朱祁镇嘟哝两声，不情愿地坐回了宝座上。他见大殿内一片肃静，便朝站在他对过、立在御前带刀卫士身旁的小木墩似的万贞儿做了个鬼脸。

"哎，他肯定要挨骂了。"

万贞儿扯了扯御前带刀卫士的衣角，小声说道。御前带刀卫士一动不动地站着，仿佛一尊雕像。贞儿一看没辙，只好自己也挺胸仰脖地学样站着，那副模样，逗得朱祁镇踢脚大笑。皇上这一笑，众人先是发闷，继而有人想想方才的种种情状，便跟着笑。这一笑可不得了，整个金銮殿爆出如雷的笑声，把一群觅食的鸟儿吓得扑翅乱飞。

"天哪，你现在是天子了，这样成何体统？杨师傅，皇帝年幼无知，他若有得罪先生的地方，还望先生海涵。今天上午的事，老身代皇上向你赔罪了。"太皇太后张氏的声音夹杂着痛惜与无奈，似乎还有几许悲凉。她在清宁宫的偏殿里先是搂着朱祁镇爱恨交加地数落了一通，这会儿将爱孙一拽，向坐在那儿的五位大臣之首杨士奇赔罪。

杨士奇是位历经永乐、洪熙、宣德三朝的老臣，一直备受先帝宠信，不料竟受这童昏皇帝的戏弄，他倍感屈辱，脸上似乎还有泪痕。但一看太皇太后拉着皇上的手向他赔罪，又一天的乌云都散了，慌得他跪了下去，其他几位大臣也纷纷下跪。

"太皇太后如此体恤老臣，老臣万死不辞。老臣只是希望皇上能在今后去了顽童心性，以社稷为重。"

"杨师傅平身。坐，各位请坐。"

太皇太后张氏说着，自己居中而坐，小皇帝在东侧站着，五大臣依次坐下。张氏注视着明显有些害怕的孙儿，指着环坐身边的五位大臣说：

"这五位是受了先帝遗命来辅佐你的，你不可不尊重，懂吗？有什么事情要决断，一定要征得他们五人的赞同。若他们反对的话，你不可以强行，听明白了吗？"

"明白了。"

"这是先皇在世时用的一根紫金鞭，皇上若有错失，诸位尽可以教导他。"

太皇太后将紫金鞭交给杨士奇，杨士奇不敢受，太皇太后又交给杨荣，杨荣只好跪谢。

"谢太皇太后。"

太皇太后张氏心内稍微舒展了些。她叹口气，倏忽间想起了什么，忙对边上的宫人道："宣王振！"

太皇太后张氏的话音甫落，从殿门外鱼贯走进一队女官，女官们身着孝服，虽一身素净，仍掩不住勃勃英气。特别是她们身上佩着刀剑，行走时微有铿锵之声，把个朱祁镇惊奇得什么似的。女官们神情肃穆地列在太皇太后两旁，偏殿内的气氛立马紧张起来。

"王振到——"

传令女官经过千锤百炼的声音圆润得近乎冰冷，王振急急地进得殿来，一见这架势，吓得大老远就跪下向太皇太后问安。

"王振，你知罪吗？"

太皇太后满面怒容，声音顿时高了八度。

"臣有罪，臣该……"

王振硬生生把那个该字后面的"死"字咽了回去。

"我问你，知罪吗？"

"这个，奴才……奴才督导不利，有辱重托。"

"你侍候皇帝起居多有不善，今天特赐你死！"

太皇太后此言一出，举座皆惊。五大臣相顾失色，不知太皇太后葫芦里卖的什么药。但见下面的王振被一群女官包围着，几把锃亮的大刀架在他脖子上，王振兀自伏地颤抖不已。小皇帝显然吓坏了，正扁嘴要哭，五大臣的屁股再也坐不住了，推金山倒玉柱似的跪倒在地，为王振求情。

"奶奶，是我不好，您别杀王先生，孙儿求您了，奶奶！"

朱祁镇"扑通"一声也跪倒了，伏在太皇太后面前，边哭边说。

他的求情使太皇太后的脸部肌肉起了轻微的抽搐。犹豫半晌，她终于长叹一口气，朝等待命令的女官们一挥手，女官们将刀剑入鞘，退回原位。不料地上的王振反而抖得更厉害了。

"太皇太后，臣等……"

王振犹在颤抖，惊恐得忘了谢恩，好在杨士奇、杨溥五人还冷静，这时忙磕头谢恩。王振这才醒悟过来，跪行几步后，连磕十几个响头，感谢太皇太后的不杀之恩。

"唉，孙儿，你太小了，怎么晓得这些人自古就祸国殃民呢？要不，你高祖也不会铸铁牌挂在宫内禁止他们干政了。"

她抚着犹在抽泣的朱祁镇的小脸，忽然悲从中来。不过，她很快便控制住了自己的情绪，转而对跪着的王振说：

"王振，先帝以前的宦官都不准识字，而你入宫以前就是儒士，按说更应该知书达理、通晓大义。可你的所作所为，真让人失望。今后，你只能将皇上往好里带，明白吗？"

"罪臣……哦，不，奴才明白。"

王振这时已恢复了几分元气，忙恭恭敬敬地答道。

"我今天是看在皇帝和几位大臣的面上，这才留你一命。只是你须记住，永远不得干预国事，违者斩。好，你去吧！"

太皇太后如此凛厉的表情与严厉的口气，在座的人还是第一次领略。王振唯唯称是。等他磕够了头、谢过了恩爬起来时，朱祁镇的小嘴发出了同情的"呀呀"声：原来王振的额头已磕破，鲜血正从他脸上蜿蜒而下，看上去狼狈而又狰狞。

第四章

这是正统十四年（1449年）的秋天，气候一反常态，变得阴沉多雨。往年的秋高气爽、艳阳高照、熏风和煦的景象成为人们的一种记忆。许多人把天气的改变归咎于皇帝的北征。

"国无君，上天也不安稳。"

"是啊，皇上七月十六率五十万大军亲征瓦剌，已经过去一个月了。这一个月简直……简直……"

议论的人说不下去了，再说下去他们就要哭了。的确，这一个月来，京师也好，外省也好，大家的心都被朱祁镇这位二十二岁的皇上给牵住了。因为自从正统四年四月，瓦剌太师顺宁王脱欢病死，其子也先嗣位以来，瓦剌部的势力渐强，多次进犯塞北。对此，朱祁镇怒不可遏。

正统十四年秋七月初一日，当朱祁镇得到奏报称"瓦剌虏寇犯边，其势甚猛"时，他的怒气使得王振突发奇想，竟劝皇上亲征。此时的朱祁镇虽说已非昔日黄口小儿，也不再因踢球等事害怕王振了，但王振在他心目中却是"亚父"，他的话对朱祁镇有极大的影响力。特别是正统七年，张太皇太后病逝，"三杨"中的杨士奇也于次年病故，杨荣更是早已作古，仅杨溥还在朝，但已年老多病，少闻朝事，钳制王振的势力已不复存在，加上朱祁镇又将他提升为司礼监太监，掌握"批红"权力，代替他批答数量繁多的奏章，所以，那时大明王朝的家大半是王振在当。

所以，当他出了"御驾亲征"的馊主意之后，朱祁镇便误以为自己有曾祖和父亲宣宗般的雄才大略，竟毫不犹豫地答应了。仓促成行后，噩讯频传，乃至全国都陷入了恐慌。紫禁城上空更是乌云笼罩。当然，宫女们的日常生活暂时还没受到皇上亲征的多少影响。

"贞儿，贞儿姐！"

一阵焦急的呼声在坤宁宫门外响起，声音却不大，因宫中规矩极严，若大声喧哗，可能遭罚，所以连呼几声，正在房中替太后验收新衣裳的贞儿也没听见。门外的小宫女玉儿只好闪身进来，将已经长成大姑娘的丰满娇媚的贞儿拉在一旁耳语道：

"小瘦姐不行了。方才西苑那边送了新藕来，她正帮着削藕，不知怎的，却一头栽倒在地，吐起白沫来了。"

"那，这几件衣裳你拿回袍房，叫师傅改短些。还有，这件的袖子改窄些，后天给我送来。"

贞儿将几件不过关的新衣裳放在包袱里，塞给尚衣监的掌司。掌司知道，贞儿虽说只是孙太后身边的答应长随，却因自小入宫，人面熟，加上懂事知理，又跟了太后多年，颇受太后喜爱，所以神情中带着几分谄媚。只见他从衣袖中摸出个精致的绣荷包，塞到贞儿手里：

"贞儿姑娘，一点心意。你知道的，要见你一次真不容易。太后近年好像对做新衣裳不感兴趣了，下回要见你，还不知道要等到什么时候。今天，我就把话给你直说了吧。"

尚衣监掌司见传讯的小宫女玉儿正瞪大眼看他，便连哄带推地把个小丫头给弄到门外去了。接着，他将门一掩，一把抱住了贞儿。

"贞儿，我喜欢你，想你。我们结成对食吧，住一起，自己开个小灶，行不？"

不等贞儿回答，他便在贞儿脸上胡乱吻了起来。贞儿先前没有挣扎是因为她感到太意外了，做梦也没想到有人竟敢在这种时候向她示爱。再说，对方又是已经自宫了的太监。结对食，做菜户，和太监结伴生活在一起的宫女不少，但贞儿才十八九岁，在宫中禁锢得太久，情窦尚未开，还谈不到寂寞不寂寞，她对这些事根本就不感兴趣。但对眼前的太监，她也不讨厌，人高高大大的，长得挺清秀，太监亲她时，她意乱情迷了一阵后，便果断地将他推开了。

"太后要来了，你快走。"

尚衣监掌司一听，信以为真，挟起包袱就溜了。一边跑，还一边回头看贞儿，一副恋恋不舍的模样。

"有病啊！"

贞儿用手在脸上摸了摸，又凑到鼻前嗅了嗅，眉一皱，掏出手绢在脸上使劲儿擦了几把，便往膳房走去。

坤宁宫的膳房不小，因今天是八月中秋，厨师们一早就开始各显神通地忙碌。京城有名的饼庄也送了饼来，加上西瓜、鲜藕、时令的秋海棠、玉簪花，显得挺温馨。要是往年，这时节宫中早就闹开了。宫眷们、太监们三五成群，拿着用蒲包蒸熟的蟹，一边赏花行令，一边攒坐共食。食毕，饮苏叶汤，吃月饼，还有红白软籽大石榴、大玛瑙葡萄，大家嘻嘻笑笑，也是人间至乐。

不过，这会儿的紫禁城，中秋节的气氛并不浓。皇后的膳房里人虽多，却如皮影戏里的人物，都默然无声，竟有些冷清之感。忙碌的人们脸上罩着乌云。自上月十六日皇帝朱祁镇亲率五十万大军抗击蒙古人的入侵以来，至今整整一月。这一月噩讯频传，整个北京城陷于一片惊恐不祥的气氛中。这时候，能尽享八月中秋之乐的又有几人？所以贞儿对眼前的情景并不感到意外。

"小瘦呢？"

贞儿望着凌乱的膳房，问一个正专心致志摆放瓜果的小火者。小火者一抬头，把贞儿吓了一跳：

"你……你……是不是有个哥哥叫玉奴？"

这小火者长得太像玉奴了。

"不知道，我从小被人卖了，自个儿也不清楚，我要有哥哥就好了。"

小火者一脸向往地说道。

"你叫什么名字？新来的吧？"

"我叫六郎。"

"六郎？'六郎似莲花，莲花似六郎'的六郎？"

宫内有女史教习，常隔了纱帘贴字让她们认，贞儿自然是识字知书的。所以六郎一报名字，她就脱口说出了几天前听来的关于张昌宗的这则故事。

"姐姐，小瘦被抬到南耳房她和菜户住的房子里去了。"

玉儿大约是久等她不至，又从房间里钻了出来。在她的引导下，贞儿见到了小瘦。贞儿初来时，小瘦已人近中年，十九年过去后，她已俨然是个老妪。看见贞儿，小瘦枯皱的脸上有了些神采。

"贞儿，现在你是太后这宫中的老人了，我的事烦你操心，和太后说说，让她放我还乡，不要把我送到安乐堂或是浣衣局等死，好吗？"

小瘦说着抓住了贞儿的手。小瘦的菜户——齿落头摇的老太监孙公公，也嘟噜着要贞儿帮忙。

"贞儿，你是我选进来的。我和你爹还是亲戚呐。"

孙公公已然老去。也许是童年的事太遥远，贞儿显得有些漠然。她只是冲孙公公一笑，又谢了他几句，轻声道：

"公公和小瘦姐放心，凡贞儿能做到的，一定不会推托。"

贞儿说着，掏块碎银子出来，递给孙公公：

"烦请公公操劳，把小瘦姐的病状记下，到太医院为小瘦姐抓些药，再到宫外买点儿时鲜菜，做点儿可口饭菜。"

孙公公接过银子，对贞儿千恩万谢一番后，出门抓药去了。

"贞儿，我快要去了。贞儿，我死不瞑目啊！一辈子，就这样，没个人伦，过的什么日子！贞儿，听姐说。"

小瘦一把抓住了贞儿的手腕，脸上露出恳求的神色。

"你日后一定要找机会接近皇上，进宫为的不就是这个吗？我自恨长相丑陋，没你这份资质，所以只好当孤老。你可不能再走我的老路，你知道有多苦啊！真是赛过黄连，打落牙齿和血吞哪！"

小瘦说到伤心处，身体一阵痉挛。

"小瘦姐！"

贞儿揉着她的背，悄悄地流下了两行泪。

乾清宫的偏殿里，明显富态了许多但仍极有风韵的孙太后和一班朝臣正在那儿发呆。

忽然间，一匹快马穿过金水桥，急驰而进。守门卫士正要阻拦，马上的报使一马鞭甩过去，卫士应声而倒。

守卫们正欲用弓箭射杀前面坐骑上的报使，后面又有几骑快马过来。

"手下留情，有天大机密禀报！"

马上坐的武将也同前者一样，衣衫褴褛，满脸风霜，他们喊着，吸引了不少路人的目光。守卫们也意识到出了什么大事。他们拉弓的手垂下来，任由这几位将军风驰电掣般冲进紫禁城。

"文官下轿，武官下马，他们就不怕死吗？"

其中一个大胡子卫士不解地说道。

"莫非……"另一个卫士和大胡子对视了一眼，两人都张了张嘴，却谁也不敢说出来。

几骑快马掠过内金水桥，穿过宽阔的广场，直奔乾清宫而去。他们所经之处，凡目睹这几匹快骑的宫人、太监、卫士，无不瞠目而立。自从紫禁城建成以来，有哪匹马的铁蹄敢践踏这片高贵神圣的土地？

不祥的阴影迅速爬上了人们心头。

"报使到！"

在传令太监颤抖的喊声中，先前那个满身汗水、盔帽中冒着热气、脸色焦急憔悴、显然疲惫已极的报使顾不得任何礼节，几乎是爬爬跌跌地冲进了乾清宫的偏殿。

"禀……禀……禀太后，皇上他昨天陷于敌手，已经北去了！"

报使说完，一头栽倒在地，口角流出几缕鲜血，陷入了昏迷。好在这时另几个报使已经赶到，齐齐都跪在地下。

"什……什么？皇上他……被俘虏？"

孙太后和钱皇后一下子晕了过去。在场的司礼太监金英、礼部尚书胡濙、兵部侍郎于谦，还有朱祁镇同父异母的兄弟、留守北京的郕王祁钰等，先是惊恐得说不出话，等醒过神后，则乱成一团，哭的、闹的、发呆的，整个偏殿闹哄哄一片。但郕王似乎格外镇静些。他瞟了那几个大汗淋漓、几至虚脱的报使一眼，对带刀侍卫道："他们几位虽说事出无奈，可违了祖规，竟敢快马践踏紫禁城。斩了，厚赏家人。"

听令的侍卫脸上布满同情，但他什么也没说，便指挥一干人将报使们拉了出去。大殿里那么乱，没谁注意到这件事。上午的塘报官员们都已知道，八月十三日，也就是两天前，恭顺候吴克忠、都督吴克勤的后卫部队在宣府东南遭到蒙古人的袭击，二人双双战死；成国公朱勇、永顺伯薛绶率领的四万增援骑兵也在鹞儿岭遇伏，全军覆没。一阵恐怖的感觉掠过他们全身。

此时，皇城的午门外，人也越聚越多。在场的绝大多数是在京的官员们。他们议论着时局，焦点是方才急驰而进的快马。

"皇上，是不是皇上……"

他们大眼瞪小眼地相互看着，脸上的表情变得古怪。

围观的百姓中，不知谁说了句："莫非皇上战死了？"在场之人全都被吓住了。

不一会儿，几个乔装的锦衣卫校官即用布袋套住方才妄议的那个人的头，用绳子绑着他的手，拉扯着走了。人们默默地散了，全都神情惶惶。有几个官员也加入了这一行列，可回头见大多数同僚都候在门外等消息，便又踅了回来，继续凝视着高大威严而神秘的午门，似乎这样的凝视能够使午门说话。

"什么？不可能！这怎么可能呢？是不是信使报错了？"

皇上被囚的消息传到万贞儿耳朵里时，她正在给小瘦喂药。手一抖，药洒在素色的被子上，一片污迹。

"没错，是乾清宫当值换班下来的阿蛮方才亲口告诉我的。我看他惊得眼珠子都要掉下来了。"

玉儿虽然才十二三岁，却是一副极机灵的样子。在她看来，皇上被俘的消息肯定不如"阿蛮亲口告诉她"这件事重要，所以她脸上是一副自得的表情。

"贞儿，我苦命的贞儿，这皇上你是指望不上了。你咋这么命苦啊！"

被窝里的小瘦首先想到的竟是这件事，贞儿真是哭笑不得。

"来，玉儿，你看顾着她些。太后还在乾清宫的偏殿里吗？"

"嗯，这我就不知道了。"

"那，小瘦姐，你先将养着。别难过，也别老是哭，哭得太多，好人也会闹出病来。我去看看。"

贞儿说完，飞快地往乾清宫那边走去。可走到半道上，她又回来了。她知道乾清门是内廷与外廷的界线。她一个宫女，除了小时候随童昏天子朱祁镇进去过，以后就再也不敢越雷池一步了。但现在太后在那儿，而且她算准了太后此时一定犯了晕厥、头痛的毛病。太后上了点岁数后就有了这毛病，近年更是常发。除贞儿给她按摩能舒服些外，太医的药都难奏效，她估计自己这会儿过去一准让进。

于是，她回到自己的住处，换了套干净衣裳，略略理了理头发。此时她从镜子里看见自己那张白净的脸和柔媚的眼，又拿起铜镜照了照自己丰满的身子，不由惆怅地叹了口气。然后甩甩头，取了根包着棉花的玉棒，出门而去。

"去，去唤贞儿来。嗯，嗯！"

孙太后坐在偏殿的炕上，头痛欲裂。她呻吟着，要人传唤贞儿。郕王有些犹豫，但他旋即便孝顺地点点头，将太后的话吩咐了下去。不一会儿，出去的近侍太监将贞儿迎入。在贞儿的轻轻抚摩下，太后的痛楚稍减。

偏殿里，大臣们已由原来初获消息时的木呆一变而为群情激昂，谁也顾不得严格的朝仪，说话时个个脸红脖子粗的，个别人争论到你推我搡的地步。其中，翰林院侍讲徐珵和礼部尚书胡荧的争吵更是趋于白热化。

"……皇上亲率的五十万大军，都是我朝精锐之师，现在京师之内所剩的，不过驽马疲卒，且人数不足十万。土木堡离怀来城仅二十里，万一也先再调大兵，京师危在旦夕。我昨夜看了星象，我朝天命已去，唯有迁都南京，方可消此灾难。"

徐珵的话音刚落，就有许多为自身安危计的官员立即纷纷响应。

"京师是国朝根本之所在，文皇定陵寝于此地，就是为子孙后代计。京师若动，则必然助长也先的气焰，不但九边、北京难保，就是华北、西北也将沦入瓦剌之手，最乐观的前景也不过是划淮或划江分治，那皇上就再也不能回来了，只能……只能得个北宋徽、钦二帝的下场。你说，怎么能迁都呢？你那天象，是什么狗屁！"

当年的五大臣中，杨士奇、杨荣、杨溥、张辅已先后过世，只剩下胡荧这位四朝元老仍在担任礼部尚书。平日里，胡荧温和内敛，从不高声说话，是真正的谦谦君子。可如今事涉国本，他再也顾不得风度，竟连粗话都骂了出来。

"我看，徐侍讲也是为大家好。这京城离边寇太近了。若迁都南京，也先那些贼寇再怎么样，也不可能追过长江吧？"

一个老臣捋着花白胡子，恳求似的望着大家。

"糊涂，糊涂！"

一个年轻些的官员摇着头，也不知是指说话的人糊涂还是他自己糊涂。

"太后，您看这事儿怎么办？"

郕王打量着乱成一片的朝臣们，更加惘然了。

孙太后在贞儿的按摩下，渐渐恢复了生气。她坐起来，巡视着眼前的一切，双眉紧蹙，没有吭声。

贞儿闲下手，饶有兴致地看着这一切。她对郕王特别有兴趣，经常趁人不注意偷偷地看他。但郕王连望都没有望贞儿一眼，贞儿不无苦恼地叹了口气。

忽然，有人将一个白瓷茶杯掉在了地上，发出"咣当"一声响。紧接着，长身玉立、神情威武的兵部侍郎于谦挺身而出，指着徐珵和另几个强烈主张南迁的官员，喝道：

"徐侍讲贪生怕死，根本不配做国朝的官员！我看你还是滚出去的好。"

说着，他朝徐珵走去。徐珵个矮单薄，见他咄咄逼人的样子，先自怕了几分。

"滚出去！"

于谦指着殿门，厉声喝道。大殿内一时静得连掉根针都能听见。

"我们同殿为臣，你有什么资格叫我出去？"

徐珵反唇相讥。郕王嘴唇动了动，见孙太后仍沉默不语，便没多嘴。

"我不但有资格叫你出去，我还有资格叫你死！像你这样主张南迁、扰乱人心者，该斩！"

于谦顺手从一个御前带刀侍卫身上抽出一把刀，挥手朝徐珵砍去。吓得徐珵抱着头，飞也似的逃到了殿门外。

"太后，眼下之计，还是速集天下勤王兵马来京，通力死守，否则根基动摇，那真是要殃及国脉了。"

于谦急行至孙太后跟前，猛地跪了下去，恳求孙太后速作决断。

孙太后一直闭着眼睛，白净、富态、依旧秀美的脸庞显露出痛楚的神色。在满朝文武的耐心等待下，她终于睁开了双眼，发话了：

"皇帝率六军亲征，如今尚未班师回朝。国家政务繁忙，不可久旷，我看还是任命郕王暂时总领百官，监理国事吧。文武群臣自今日起，大小事务均听从郕王号令，明白了吗？"

"明白了！"众臣齐声应道。虽说许多人都想到了会有这一日，却没料到太后这般果敢与决断，竟然立马就做出了让郕王监国的决定，不由对孙太后多了几分敬佩。

郕王是宣宗的第二个儿子，也是朱祁镇唯一的兄弟，比祁镇小九个月，生母是贤妃吴氏。按明朝制度，亲王成年后便得"就藩"，即离开京师往所封地居住，开始时有拱卫皇室、弹压地方之意，后来则形同幽禁。祁钰之所以仍留在京师，实在是皇兄祁镇对他的一片情分。只是祁钰年轻，对这些并不放于心上，自然也没多少感激。郕王祁钰长得和朱祁镇很相似，二人都长身玉立，面容清秀，神情忧郁。只是郕王更瘦弱，更苍白，神情中偶有轻浮之态。对于皇位，他以前或许没有奢望过的，可现在呢？似乎天上正有块肉馅饼往下掉。所以，他不无激动地跪了下去：

"谢母后隆恩，儿臣一定尽心尽力，不辜负母后的一片厚望。"

郕王祁钰说着拜了下去，秀气的脸上闪过一丝奇异的神色。

郕王磕着响头，话说得极诚恳、极真切，但唇边那一抹隐不掉的笑意，却泄露了他内心的喜悦。

孙太后注视着匍匐在地的这位青年，心中百感交集。也许是想起了囚在瓦剌国里受辱的亲生儿子，有那么一刹那，她的脸上露出几许悲伤，但她旋即就收起了这种表情，变得慈祥、亲切。只见她走下宝座，亲自将郕王扶起，又帮他掸了掸衣服上的尘灰：

"孩子，我老了，脑子不灵了。你皇兄又……一摊子事儿，全指望你了。你可得好生听大臣们的话，特别是于谦，他可以做你的左膀右臂，放手去干吧。"

她拍了拍郕王的肩。郕王的身子抖了抖：

"母后，儿臣一定记住您老人家的话。"

郕王这一刻是真的感动了，他的眼里似有了泪水。

"我累了，该回去歇息了。贞儿，我们走。"

孙太后谁也没看，扶着贞儿的肩，蹒跚着离开了偏殿。她的背影再也没了以往的妖娆，而是一个真正的老人模样了。

"太后真的老了，一夜就老了。"

郕王注视着孙太后的背影，喃喃自语着。

这时，大臣们全都安静地注视着她们。孙太后走得很慢，但是步伐很稳。背后那无数道目光箭般刺痛了她的心。但她的泪却没有流出来，只是身体略有些颤动。

贞儿牵着太后的手，突然之间觉得自己长大了，有力量了。似乎是不满于她的这一想法，孙太后的长指甲倏地掐进了她的肉里。贞儿疼得打了个哆嗦，抬眼一看，孙太后腮边挂着一串清亮的泪。

郕王朱祁钰一直目送孙太后和贞儿的背影消失在拐角处，这才收回目光，憔悴的脸上有了一抹晦暗的笑意。

"去，通知我母亲吴贤妃。告诉她，替我烧几炷香。"

郕王对身旁的一个侍卫吩咐道。侍卫领命而去。郕王发了会儿呆，忽然对着北方"嗷"地长啸一声，当大臣们惊异地望着他时，郕王跪了下去：

"皇兄啊，你好苦啊！弟弟我不忍心你独自在北边受苦啊！让我替你受这份苦吧！哦——嗬——嗬！"

大臣们先是面面相觑，待明白原来这是郕王在向北方被俘的英宗表示哀痛时，就都跟着跪下了，有的老臣痛哭流涕，有的面无表情，有的低眉顺眼，有的则像误食了药酒的耗子，眼神里飞着危险的兴奋。

"太后，太后，怎么办？他一个人孤苦伶仃地在那蛮荒之地，如今肯定吃不下睡不着，万一……万一也先动了杀机，那可怎么办？"

夜深了，清宁宫里却依旧燃着蜡烛。只是烛泪太多，灯花显得比往日昏暗。孙太后坐在花梨木太师椅上发呆，神色相当憔悴。她脚下是一溜的箱笼，里边堆满了金银财宝。贞儿正在那里一样样登记造册，另外一些宫女还在不断地从里屋捧东西出来。那些珍宝璀璨得有些凄凉。

钱皇后——一个相貌平淡、看上去却极贤德的青年妇人，正在那儿没头苍蝇一般地绕着箱笼走来走去，一边喃喃自语。见孙太后没理她的话茬，她便扑到贞儿身上，痛哭起来。

"我儿，事已至此，哭也无益，还是赶快帮着贞儿把这些珍宝捆好，给也先的使者送去。贞儿，外头装了几车了？"

"回太后，已经满了八车，加上这些，九车吧。"

贞儿说话的样子有些儿痛惜，但她不敢动弹，钱皇后正搂着她的脖子呢！

钱皇后忽然不哭了，她神经质地摇摇头：

"不行，太少了，那使者说了，多多益善。玉儿，去，着有福他们出宫，到我娘家去凑些东西来，马上就去。我再到各宫转一转，免得那些没眼色的不舍得割肉。"

说罢，竟不等太后回话，顾自去了。两个原本收拾着东西的宫人立即跟了出去。

"唉，这个文琴，倒难为她这份苦心了。贞儿，你到吴贤妃那儿看看。上午她说有几箱东西要拿来的，怎么到现在还不见影儿？哼，总不会……"

她大概是被自己脑中的某个念头吓怕了，半张着嘴发起怔来，仿佛一条干渴的鱼。

贞儿同情地看了她一会儿，忽然从怀里摸出个布包，在太后惊讶的目光中，一层层打开。原来里边放着几对玉镯、几片玉环、几只玉戒和一把皇上赏赐的金瓜子。

"太后，我只有这么些东西，不知会不会寒碜？"

太后看了看贞儿空空如也的耳垂和手腕，眼圈一红，别过脸，挥了挥手：

"这时节，也顾不得稀罕与平常了，只是委屈了你。"

贞儿将布包里的玉环、玉镯、玉戒、金瓜子放入箱笼，然后站起身，等候孙太后的吩咐。果不其然，孙太后忽然就附在她耳边，交代了几句。贞儿点点头，领命而去。

天上，月儿已在中天，那么圆，那么皎洁，仿佛情人衣襟上光彩夺目的玉佩。走在月辉下的贞儿，看上去美丽而幽怨。当她路过一座宫殿时，被里边女人"呜呜"的哭声钩住了脚。她溜到窗边偷看，原来是玉儿在抢一个嫔妃的金首饰。

"不，不，皇后，这是皇上送给我的，您拿别的去吧。"

那嫔妃哭着护住了自己耳边、脖子上的东西，躲着玉儿的手。钱皇后往日那么温文尔雅的一个人，这会儿却横眉竖目地骂起来：

"好你个瞎眼的贱婢！皇上要是回不来，你要这些东西有什么用？皮之不存，毛将焉附，总不成你想用这些劳什子打锁链拴住自己？还不取下来！"

那嫔妃抽抽噎噎地哭着，纵有万千不舍，终是不敢再和钱皇后作对，慢慢儿地将那套金饰取了下来。

"玉儿，我们再到别的宫去。这些贱人，皇上在时，一个个只晓得搔首弄姿，争风吃醋。如今到了紧要关头，倒不晓得事体了，可气，可气！"

贞儿瞅见她们正要出来，赶紧闪身拐到一旁，往吴贤妃住处去了。

"哈，今天，你也有了今天！来，再给我斟杯酒！"

吴贤妃坐在桌旁，已经喝得有那么几分醉了。她那半老徐娘的脸上浮着一抹酡红，眼中波光粼粼，看上去风情万千。

"来，太后娘娘，别担心，不是还有钰儿在吗？他爱留在北边，就留在北边吧！咱们姐妹俩喝一杯。"

吴贤妃斯文地端起酒杯，朝对面空空如也的地方福了福，自己一仰脖喝了下去。她的醉话显然让身旁的贴身宫女、宫人害怕。一个老太监四处瞄瞄，见无异样，便附在吴贤妃耳旁私语了几句，吴贤妃一下变了脸色。她四处张望了一阵后，又举杯朝那虚空处福了福。

"这……这个……姐姐，你别伤心，我不是那忘恩负义之人。瞧，我不是取了那么多珍宝吗？有皇上赐我的香炉、玉如意、金莲花、宝石屏，我都献出来了，这就给您送去。"

她话音未落，即有宫人来报，说太后派贞儿来了。吴贤妃一听，那抹醉酒引来的春色顿时消失得无影无踪。

"是锦衣卫报的信？不可能，不可能！可是，怎么那么快啊？"

她望着老太监刘小三，喃喃地说道，脸上又恢复了她一贯的谦卑。

"贤妃娘娘，依奴才之见，她只是来催东西的。娘娘有些醉意，就不见了吧？"

吴贤妃正做不得主时，刘小三一张核桃脸凑上来，献计道。

"嗯，也好，就说我胃疼，早已歇息。"

吴贤妃施施然进了寝殿。她内心深处无时无刻不在膨胀的喜悦使得她难以自持，竟甩着衣袖走了几个贵妃醉步，恍惚间又看见了宣宗皇帝。

"我生的好儿子，总算出头了！"

吴贤妃走到梳妆台前，慢慢地撩起了衣襟，双手在自己肚子上摩挲起来，一副陶醉的模样。

门口，贞儿已经站得不耐烦了，但她挺沉得住气，仍旧笑盈盈地和宫人们聊着天。

忽然间，贞儿嗅了嗅鼻子："是酒坛破了吗？"

贞儿知道吴贤妃好酒，但目前仍在守丧期间，宫中的酒禁未解。宫人见她问起，正不知如何回答，老太监刘小三引两个端着箱子的太监出来了。

"贞儿好灵的鼻子。贤妃娘娘这两日身体一直不爽，要用酒做药引。王五、王六，东西给贞儿过过目，送到太后宫里去。"

"行，有册子吗？"贞儿毫不客气，照册子验收货物。验完了，嫣然一笑：

"各位有劳了，代我给吴贤妃请安。太后说，谢谢她了。"

贞儿提了灯笼，领了王五、王六正要走，忽见郕王面带喜色地大步走了进来。此时在这儿见到太后身边的人显然让他吃惊，不过他是个矜持的人，与他修长、清朗的相貌正好相配。他只朝贞儿点了点头，便匆匆地消失在黑暗的宫殿里，仿佛一个梦影。

"贞儿，贞儿！贞儿呢？贞儿……"

此时，在清宁宫的一座偏房里，小瘦正在床上挣扎、呻吟。她的菜户孙公公坐在旁边，用调羹舀了菜汤，要喂她吃，不料却被她一把揪住了袖口，菜汤洒了满地，原来小瘦把他认作了贞儿。

"贞儿，我要死了。求求你，让皇后恩准我的尸骨回老家。四十多年了，没和家人见过面，也不晓得他们的死活。就让我回去找个安魂的地方吧，贞儿！"

小瘦半抬起头，就那样瞪着眼睛咽了气。衰老的孙公公把汤碗一扔，抱着小瘦低低地哭了起来。

窗外，月亮又大又圆，冷冷的月辉洒进来，孙公公和小瘦俱莹白如雪。

这时，贞儿已回到太后的寝殿，正和太后窃窃私语，太后一言不发，只是面色时疑时惧，时愤时怨，两只手用劲绞着衣角，看得出心中在翻江倒海。良久，她叹口气，吩咐近侍太监传令于谦进见，又附在贞儿耳边说了几句，只惊得贞儿一跳："我去？"

"对，你去，亲眼见了，我才放心。"

贞儿一跪，哽咽道："谢太后信赖。贞儿一定不辜负您的期望。"

同样的夜晚，同样的月辉，与北京相距不远的土木堡，也先军中的大营里，也先正邀请被俘的大明天子朱祁镇赏月。

也先是个三十多岁的魁梧汉子，留着一部大胡子，待朱祁镇倒挺客气，也颇有些情趣。月辉之下，他命部下设席于营帐外，燃着篝火，庆祝佳节。也先请朱祁镇坐在自己对面，面前的几案上摆着奶茶、羊肉和几个不知从哪儿找来的月饼、瓜果，当然，还有马奶子酒。也先早已没有了元帝后裔的贵族气，变得和草原一般粗犷了。

这时离大元败走漠北已近百年，虽说蒙古势力彼长此消，没能重建对中原的统治，但一直是明朝生存发展的重大威胁。蒙古在洪武初年即分为三大部。其中兀良哈部，主要活动于辽河、西辽河、老哈河流域（今吉林、辽宁境内）；鞑靼部，主要活动于鄂嫩河、克鲁伦河流域和贝加尔湖一带；还有活动于科布多河、额尔齐斯河流域及准噶尔盆地的瓦剌部。永乐年间，三部中以鞑靼部最强，瓦剌部次之，而兀良哈部与明朝的关系较为密切。洪武二十二年（1389年），明朝分置朵颜、泰宁、福余三卫，安置兀良哈部众，故兀良哈部亦称为兀良哈三卫。

由于永乐初年明王朝把鞑靼作为重点打击对象，瓦剌部便像石缝里的草，趁隙逐渐强盛起来。自永乐十年（1412年）瓦剌部袭杀鞑靼可汗本雅失里后，多次要挟明朝财物、扣留使臣、南下骚扰。永乐十二年，明成祖亲率大军出征瓦剌部，受明朝册封的瓦剌部三首领之一顺宁王马哈木战败逃走，不久死去。其子脱欢在永乐十六年袭顺宁王的封号。宣德九年（1434年），脱欢袭杀鞑靼部首领阿鲁台；正

统初年，又攻杀瓦剌部顺义、安乐两王。这样，蒙古族两大强部瓦剌与鞑靼部众皆归于脱欢麾下。明英宗正统四年（1439年），脱欢病死，他的儿子也先嗣立，自称太师淮王。脱欢原先拥立的傀儡可汗脱脱不花根本无法控制也先。也先早就垂涎大明的土地，他在真真假假骚扰了大明王朝的长城一线边陲多年之后，终于选择正统十四年秋高马肥的季节发动了进攻。没想到竟有意外收获——俘虏了朱祁镇，这不能不让也先欣喜若狂。今天的赏月之举便是明证。

"没想到，我会在这儿欣赏到大都的月色。十五的月亮十六圆，今天是十六，赏月正好。多白啊，白得像羊乳！"

此时，也先伸了手，掬着看得见、摸不着的月光，心里说不出的舒畅。特别是听到骑兵行进时的金戈铁马声，他更是豪气万丈。于是，他走近单薄、苍白但有一种奇怪的安详的朱祁镇，用一种热切而惋惜的口吻说道：

"你的都城里，百姓也会这么赏月吧？哈！'毋见，毋予粮'——听说这是我攻打兀良哈三卫，他们前往大同求援时，你给大同镇守太监郭敬下的御旨。你难道不知道唇亡齿寒的道理吗？白读了那么些经书。"

也先伸手触了触朱祁镇的头，朱祁镇挺身而起，愤怒地瞪了他一眼，背着手走到东边，朝京城方向眺望。

"别看了，不会有人来救你的。五十万大军全部溃散，而我们只有三万人。我只是不明白，你们为什么要驻扎在那么个高岗上？没有水，死地一块。为什么不进怀来县城呢？怀来县离这不过二十多里远，犯了兵家大忌啊！真是愚蠢至极！看来，你这个皇上是要换我来当了。"

朱祁镇听着，身上犹如发了寒热病一般抖了起来。侍奉他的袁彬、杨铭敢怒不敢言地站在一旁。

也先高兴地端起羊皮袋，朝喉咙里灌了几口酒，抹着胡须道：

"元朝为什么会败亡？跟太监有关。你呢？要不是误用王振，也不至于此啊！听俘虏的喜宁说，他是一介腐儒，偏又好大喜功，还把你高祖铸的'宦官不得干政'的铁牌也砸了，对不对？本来，你们取道紫荆关班师回京，倒也不错，可是为什么快到蔚州时却由东南行改为东北行，折归原路取道宣府返京？当时我们还纳闷，怎么你们会往我的兵营中钻呢？以为你们布的是疑阵，后来抓到几个将领，才听说是你们那个王振怕大军会践踏他家乡的庄稼，所以改道，倒是不失良心。只可惜，他这样一来，把你给葬送了！"

也先又喝了两口酒，抓起羊肉撕了一大块，嚼了起来。

"你，是不是想起了你的曾祖朱棣？老家伙披坚执锐五次亲征漠北，追得我那些祖先屁滚尿流，倒也称得上功名显赫。我也先佩服这种刀尖锋上讨生活的人。可笑的是，你生长在宫中，长于妇人之手，手无缚鸡之力，胸中虽有点墨，却缺乏头脑，偏信奸徒，怎么能跟你祖先比呢？只好落个当囚徒的命运了。"

也先酒劲上涌，意气翻腾。大约是想起元朝败后自己这个民族的坎坷，他现在把一腔恶气全撒在了朱祁镇身上。他肆意地侮辱着朱祁镇，朱祁镇的两个伺奉全听得脸容抽搐，朱祁镇却仍背手而立，颀长的身体在月下像是一尊石雕。

"看到京城那边的火光了吗？我的铁骑很快就要冲进去了，我就要……"

也先正做着天子美梦，不料朱祁镇却倏地转过身来，一个滑步趋近也先身边，抓住了他的刀把。可是，他抽了几抽，那把刀却纹丝不动。

也先惊愕地注视着他，好一阵才反应过来。他仰脸哈哈一阵大笑：

"官家，你长得好秀气，这刀岂是你提的？"

他右手轻轻一拉，那把青龙偃月刀便"咣"地出了刀鞘。刀身很厚，钝而黑。也先朝一匹马劈去，马顿时惨叫着倒地而亡。

"重三十六斤。"

他用舌头舔着刀上的马血，逼视着朱祁镇。

朱祁镇看了看那匹马，脸色更为苍白却也更为安详了。

"你要怎样？"

"不想怎样，就是押着你，让你们王朝乱成一锅粥，然后……"

也先嘿嘿地笑起来。朱祁镇垂下了眼睛。他的眼睛细长、温和，浓黑的睫毛在苍白、清秀的脸上显得像生绢上一抹勾重了的笔画。

这时，恰好有一匹马儿飞速驰来，朱祁镇想也没想，就扑向了飞马。飞马一惊，往旁冲去，撞倒了朱祁镇，后蹄钩住了他的衣衫，带着他往前跑。

"皇上！"

袁彬、杨铭待要飞身去救，却不料他们两只脚上都拴了链子，行动幅度一大，反摔倒在地。好在也先这时像一道影子般闪至马后，将朱祁镇救下。

"你……你这是何苦？看不出，你倒有些儿倔劲！娜布其，他受伤了，你给他止止血，灌他些药，别让他死啦！"

也先将朱祁镇抱回帐内。随着喊声，从帐外进来一个健美的姑娘，他就是也先的妹妹娜布其。娜布其看见睡在褥子上的清秀青年时，不由愣了愣。她用热奶和茶水给朱祁镇洗伤口时，脸上多了几分温柔与羞怯。

"大王，大都那边送金银财宝来了！"

方才那个被朱祁镇一冲惊了马而多跑了半里路的骑兵又跑了回来。他擦着脸上的汗，对正望着京城方向的也先禀道。

"嗯，我算着也该到了。"

也先翻身上马，卫士纷纷跟从，一行人在报信骑兵的引领下，来到大营外围。

"我是大明天朝使者万贞儿，拜见太师淮王也先殿下！"

大营外，戎装的贞儿乍一看像个秀气的小伙子，显得格外英姿勃发。也先闻声一愣，不由多看了贞儿两眼。

"怎么，连女人都出阵了？牝鸡司晨，难怪要败亡了。也难怪，宫中的男人们早就没了卵蛋和胡子，说话不阴不阳的，怎能担任使者之职呢？"

说话间，他的马鞭梢直指贞儿身边的一个中年太监。太监神色尴尬地站在那儿，不知如何是好。好在贞儿这时抬起了手，像理云鬓似的拂开了也先的鞭子，也先不由得对贞儿刮目相看了。谁知这一看倒把他看得愣了个神。

"使者是后宫中的什么人？"

也先傲慢地问。

"以前是尚衣女官，现在是女教习。看来大王在漠北待久了，有些礼数恐怕已记不得。"

说罢，她直视着也先。而她身边的太监怕她冲撞也先，吓得赶紧扯了扯她的衣角，贞儿不睬，忽然放声大笑起来。

"笑什么？"

也先满脸狐疑地问道。

"笑大王，竟怕我一弱女子，手不离刃，又何必呢？身边还有那么多卫士，太抬举我的箭术了吧？"

也先看看自己攥着刀把的手，又看看如临大敌的卫士，不觉也哑然失笑。当他闻听贞儿说到"箭术"二字时，眉毛抬了抬。他一伸手，卫士中有人递过一把弓。此时月华如水，一只夜鸟飞过，也先箭发，夜鸟凄鸣一声坠地。

"大王好箭法！"

贞儿夸了一句，取过弓箭。弓太硬，她拉起来有些费力。她张弓原地打了个圈，慌得也先的卫士围着她打了个转。

忽然，她放箭了，将前面另一座帐篷边上悬着的铃铛射了下来。

"使者箭法也不赖！请。"

也先终于翻身下马，礼让贞儿一干人进去。身后八辆马车在卫士的押运下，往营中走去。就在这时，从方才被射掉铃铛的帐篷里冲出个艳光四射的贵妇，原来她就是也先的宠妃萨日娜。

"谁把我的铃铛射掉了，谁的狗胆这么大？"

萨日娜王妃的声音飘过来，也先似有些头痛，示意贞儿他们快走。

"启禀王妃。"

一个下女附在萨日娜旁边耳语了几句，萨日娜大喜：

"是吗？走，看看去。"

萨日娜和下女跑着去追也先他们，那敏捷的背影，就像两只花豹。

"太后，天子北狩，也是无可奈何之事。现在国本中空，人心惶惶，长此下去，恐非吉兆。先贤云，社稷为重，君为轻。保得住社稷，才保得住君啊。现在郕王春秋鼎盛，又乃皇上伯仲之中唯一之人。国有长君，社稷之福。如果久不立君，只恐群龙无首，乃至朝班大乱，动摇国体。当今之际，还望太后深明大义，早作决断。"

兵部右侍郎于谦的声音饱含着正义与责任感，听上去激昂慷慨，这声音透过窗户，散在清冷的月辉中，有种说不出的悲凉。

孙太后的清宁宫里，灯烛明亮。于谦、吏部尚书王直一干人正在里面切磋国家大计。面对于谦的慷慨陈词，孙太后默然无语。于谦注视着她，忽然长揖着伏地恸哭：

"太后，臣恳请您早作决断。"

孙太后的眼泪也流了下来。她起身将于谦扶起，叹道：

"于卿且等几日再说吧。不瞒众位，也先派使者送了信来，索要金帛财物。老身已派万贞儿和梁公公一干人送去了，最迟后日就要回来。那也先索要七车财宝，老身和钱皇后倾己所有，凑了八车，或许，就要让皇上回来也说不定呢！"

孙太后朝明显空旷了许多的屋内指了指，满怀期盼地说道。

于谦等人闻听后，先是面面相觑，待明白过来时，于谦猛地爬了起来，竟不顾礼仪地顿起足来：

"唉，太后呀太后，你上当了！想那也先，胸怀复元之野心，岂是这几车珍宝所能满足的？这些东西肯定是肉包子打狗，有去无回了！"

"可是，也先在信中说明白了的。"太后拿出也先给她的信，让于谦等人传看。于谦待要再说什么，忽然有太监进来禀告：

"太后，那也先的军队到城下了。"

太后一听，险些晕倒。于谦激动地踱了两步，指点着屋外，大声道：

"太后，您这回明白了吧？也先的狼子野心大着呢！如果我们再不立新君，他便可以挟天子为奇货，不战而胜，牵着我们的鼻子走。只有立了新君，才能挫败他此番阴谋。臣今日是只知有军旅，再不闻其他了，告辞。"于谦一甩膀子走了。太后对他的失礼毫无感觉，注视着被火光映红了半边的夜空，喃喃地说道：

"那，皇上他岂不是再也回不来了？"

太后犹在患得患失，一旁急得搓手的王直进奏道：

"太后，于侍郎所言极是。立了新君，再事整饬，想那也先只区区几万人马，大家若众志成城，谅他也无法攻城略地。只有这样，才能争取皇上他日南归。否则……"

王直不敢再说下去了。

孙太后垂首听着，心里翻江倒海，脸上却清明一片，不愧是深宫中历练出来的。

金英、王直和另外几位大臣紧张地注视着孙太后。倏地，孙太后抬起了眼皮：

"就按你们的意思办。金英，你连夜起草诏书，立朱见深为太子，祁钰为新君。"

说着，她闭着眼，朝大家挥挥手，示意众人离去。等纷乱的脚步声终于消失得一干二净时，她终于忍不住，双手将脸一蒙，伏在椅背上抽泣起来。

这时，小宫女玉儿匆匆进来："禀太后，钱皇后她摔断了腿。"

太后一把擦干泪，关切地问道："怎么回事？"

"禀太后，"从玉儿身后闪进一个钱皇后宫里传讯的宫女来，"钱皇后这两日伤心过度，整日哭泣，两天水米未进，说是要与皇上同受苦难。夜来皇后她在院中设香案祷告，祈求上天保佑，让皇上早日回来，不承想伏在香案上睡去，一跤从椅子上跌下来，腿骨就断了。"

"唤了太医吗？"

"唤了。"

"孙儿呢？他在钱皇后那儿还是在周贵妃那儿？"

"让周贵妃抱回去了。"

"玉儿，我们去看钱皇后。你，小四儿，传周贵妃将孙儿抱来，让她母子二人这几日暂时住到我这边来。"

说着，太后匆匆而出。一行人遑急的脚步惊起了几只夜鸟，鸟儿"呱"的一声从头顶飞过，仿佛一群古怪的精灵。

月辉如水。

德胜门虚开着，急促的马蹄声中，一小队骑兵喊叫着、喘息着退了进来。

"快，关闭城门，瓦剌兵就要打进来了！"

说话间，就有人去扯那护城河上的吊桥，却似有了故障，竟一时难以拉起。

"冲啊！"

城外追袭而来的一队瓦剌骑兵紧跟着冲上吊桥，涌进城里。

瓦剌骑兵们的铁蹄在静夜里显得格外刺耳，但街道两旁的房舍却依旧寂静无声。

瓦剌骑兵源源不断地涌进来，黑压压一片。

素有铁元帅之称的瓦剌骁将、也先的弟弟平章孛罗卯那孩兴奋异常。他跳下马，走近一间民房，抚摸着那精致的门和窗，还有栽在路边的石榴树，闭上眼睛，陶醉地吸了口气：

"大都，我们回来了，我们终于回来了！"

他一时站不稳，趔趄了一下，忙用手去撑那扇门，不料门却"呀"的一声开了。平章孛罗卯那孩走进去，发现是座空屋。

"不好，有诈！快，退回城外！"

平章孛罗卯那孩吃了一惊，赶紧翻身上马，一边喊着。身边的卫士吹响了牛角。不料牛角的"呜呜"声一响，四周突然大亮。明军像潮水般从四面八方围来。更有那神机营的火铳、火炮齐发，瓦剌骑兵顿时倒地一片。

"快，往外冲！"

平章孛罗卯那孩在卫士的护卫下，挥着刀，拼命往德胜门外冲去。城门虽未关，城外的吊桥却已收起。一些收势不住的瓦剌骑兵连人带马掉进河里。马的嘶鸣声、士兵的惨叫声在火铳声、喊杀声中显得格外凄厉。

"龟儿子，你也有今天！"

城墙上，穿着铠甲的监国祁钰和于谦、石亨并肩而立。城外忽有一支冷箭射入，险些射中祁钰，幸得于谦眼明手快，将祁钰拉到角楼内。

"着副总兵范广芳夹攻他们！"

于谦指了指城外正在涌来的敌兵。一个传令兵士马上挑起了两盏灯笼，左右摇晃三下，城外埋伏的范广芳部众即刻从左右冲出，包抄瓦剌军。

"快挂一盏灯笼，让守将郭镗乘胜追击！"

灯笼刚刚挂出，就被瓮城飞来的一支箭射灭。原来平章孛罗卯那孩一干人已走投无路，退入瓮城。灯笼一挂出，作战经验丰富的平章孛罗卯那孩就知道是什么意思。他不但是"铁元帅"，还是神射手，一箭就将灯笼射灭。

"于将军，看，他们进入瓮城了！那个人好像是他们的首领平章孛罗卯那孩！"

瓮城四周的城墙上火把通亮，石亨注视着乱成一锅粥的那些瓦剌骑兵，突然指着那穿红色战袍的将领说道。

"好，让他死吧！"

脸色苍白、看上去一直非常平静的祁钰终于说话了。从这一点上看，他和乃兄祁镇倒是一脉相承的亲兄弟。两人都那么修长清秀，有一种奇异的苍白与安详。

"倒油料，扔礌石、滚木，放火种。"

石亨一声令下，瓮城城墙上钩着的木桶、巨石、滚木纷纷坠下。弓箭手们往瓮城里射火种，"轰"的一声，瓮城里面顿成火海。烈焰中人喊马嘶，活似人间地狱。

祁钰从未见过此种惨状，他强作镇定地站了一会儿，终于支持不住。

"水，给我水！"

旁边的侍卫递给他一壶水，祁钰摘去头盔对着自己的头顶浇了下来。

这时，瓮城里已不复有声音，只有火在熊熊地燃烧。

第五章

天亮了。朦胧的光线中，贞儿打了个寒战，醒了过来。她有些迷糊地望着帐篷顶，不知身在何处。好一会儿，她才"呀"的一声跳起来。和她躺在一起的娜布其睡得很熟，贞儿踮起脚尖，溜到帐篷帘门那儿，谁知一掀帘门，娜布其就醒了。原来她手上有根绳子和贞儿的左脚连在一起，长度刚够她走到帘门那儿，也不知娜布其什么时候给她拴上的。

"去哪里？"

娜布其悄悄走过去，掏出一把牛角刀突然顶住了贞儿的后腰。

"送我们回去。两国交战，不斩来使，何况我们还送了这么多珍宝过来。你哥哥是个言而无信的小人。"

贞儿的胆子向来大，这会儿生死关头，更是陡然间生出了一股豪气。

娜布其看着她，忽然抓住她的手腕和自己的手腕放在一起。贞儿的白净细腻简直让整天风里来雨里去的娜布其羞愧。

"天哪，你白得像云彩，难怪……"

娜布其说到这儿"扑"地笑了。贞儿狐疑地望着她，娜布其笑得更厉害了。她那样子让贞儿不由得喜欢上了她。

"哎哟，真好笑，你做梦都想不到的。"

说着，她附在贞儿耳边，咬了会儿耳朵，贞儿只差没把眼珠惊得掉下来。

"什么？不可能！"

"你等着瞧吧！"

娜布其蹦着跳着，口里哼着曲子，看朱祁镇去了。

"这可如何是好？那些守将都不开城门，更别说献什么珠宝了。皇上，奴才办事不力，请多包涵。"

袁彬说话时声音有些哽咽，像是要哭出来。朱祁镇坐在贞儿带来的一大堆衣物中发呆。看得出，他肯定一夜未眠，而且哭了，眼睛红肿，唇边起了几个火泡。

"君为轻，社稷为重，让祁钰继位……这于谦，哼！"

朱祁镇倏地把手中捏着的一封信撕了：

"那些人，也未免太势利了。总不至于真像也先说的，明天让我去叫城门？"

袁彬和杨铭对视一眼，不知该怎样安慰这位昔日的天子、今日的阶下囚。

"杨铭，你父亲在时，你便随同出使瓦剌，算来也当了好几年的通事。依你看，这也先是个怎样的人呢？"

朱祁镇实在是为自己的性命担忧，却碍着一层天大的面子，不好启齿。偏那杨铭性子直，不知拐弯，只说也先这人武功高强，爱憎分明，有野心，也讲些义气。朱祁镇听了，沉吟不语。

倒是一旁站着的袁彬对此更有见解：

"皇上，也先不会怎样的，他还用得着您呢，放心吧。"

袁彬一席话说得朱祁镇安心了些，不由对袁彬笑了笑。这一笑，可让袁彬受不了啦。若是换了两天前，皇上见了他能这样笑，他早晕过去了。只可惜两天前他见皇上比上天还难，可土木堡一役，当五十多位王公贵族和无数士兵殒命时，他却恰巧在皇上身边保得了性命。他曾亲眼看见束手无策、掩面痛哭的王振被愤怒的一锤击碎脑袋而亡，也曾目睹皇上怎样弃马在土岗上面南盘腿而坐，飞箭流矢从他身边嗖嗖而过，他却是毫发无损。袁彬当时躲在一匹死马和土堆之间，见状赶忙过去，在皇上脚下方盘膝坐下。

"皇上，我是永顺伯薛绥军中小尉袁彬，上天让我来侍奉您的。"

当瓦剌军端着长枪就要逼近时，袁彬猛地跪在皇上面前，磕了几个响头，一边自报家门。

"袁彬，朕谢谢你。"

然后，几名瓦剌军士过来了，要抢皇上的甲胄。朱祁镇不肯，一个瓦剌军士举

刀就要砍，这时另一个士兵制止了他。

"别动，他不是凡人。你看他的衣裳，还有他的神态，肯定是个大官。"

众人抬眼一看，果然觉得眼前这人干净、从容得出奇。

"带朕去见也先。"

几个瓦剌军士手中的刀都掉地上了：

"皇上？我们捉住大明皇上了！"

虽说时间已经过去了两天，可袁彬每每想起这句喊声，却仍觉心疼。皇上，大明天朝的皇上，居然当了俘虏，多羞耻的事啊！

"袁彬，贞儿她们回去了吗？太后也是，这种险事怎么能让贞儿来呢？女人顶什么用！"

朱祁镇有些埋怨地说道。袁彬从回忆中醒过神来，他正要答话，不想却有人先说了：

"女人顶什么用？用处可大了！女人会生孩子，你会吗？"

在门外偷听许久的娜布其一掀帘子进来了，高声大嗓地抢白了朱祁镇一顿。

"这……这……你怎么能这样！"

朱祁镇见惯了低眉顺眼、娴静似水的深宫怨妇，哪里见过娜布其这样豪爽自由的女子？一时竟怔在那儿，不知说什么好了。

"嘿，你这儿衣裳可真多，送我一件吧！"

她拿起几件裘皮衣裳在身上比了比，开了句玩笑。她歪着头想了想，忽然紧张地对朱祁镇说："哎，我嫂子可贪啦，她要是看见这些衣服，肯定给你抢走一半。快藏起来吧。"

"那我一连穿五件吧，这样她只能看见外面这件，里面四件不就藏起来了吗？"

谁也没想到朱祁镇竟能这样自嘲，便都笑了。只是除了娜布其在欢快地真笑外，其余几人都是假笑。

"我的天，多漂亮的宝石啊！多美的珍珠啊！我的天，我爱死你们了！"

也先的寝帐里，如今到处堆满了箱子，箱子里俱是奇珍异宝。萨日娜原本就妖艳美丽，如今又添了满头珠翠浑身珍宝，看起来更是富贵逼人。只见她在屋子里不停地走动，一会儿拿起串珠花看看，一会儿取了金丝腰带瞧瞧，最后她干脆把脸扑在一堆珍珠上，发出欢快的哼哼声。

温／燕／霞／文／集

也先正在那儿梳他那漂亮的大胡子，一副若有所思的样子。而后他像下了什么决心似的，把梳子往地上一丢，大步走来，两手一把抱住了萨日娜的细腰。

"告诉你一件事儿，你可不许吃醋。我决定纳那个万贞儿当妃子，替我高兴吧！"说罢，噔噔地走了，留下萨日娜在那儿发呆。只见她慢慢从珍珠上抬起头，脸颊上粘着几颗珍珠，仿佛巨大的泪滴。

贞儿早就溜出了帐篷，她弯腰蹑脚地在四处侦察地形，同时也在寻找与她同来的几个太监。当她悄悄溜进一座帐篷，把耳朵贴上去偷听时，不料竟有一只手搭在了她肩上。

"贞儿姑娘，别来无恙？"

贞儿回头一看，不由大吃一惊："喜宁公公？你也……"

"可不是吗，奴才本来只是个戏子，偏偏演戏时多看了两眼皇上的爱妃，他就把我给阉了。后来又让我领兵镇守边关，这不是儿戏吗？我早就归顺了。现在，我是王府的总管，有妻室有牛羊，过的是快活日子了。"

但喜宁的语气里并无多少兴奋。

"公公……"贞儿刚说出这两个字，马上改口道，"管家，你可知也先为什么扣下我们？"

"这个就难说了。我去拜见一下皇上。"

喜宁顺手在贞儿脸上摸了一把，气得贞儿朝地下啐了两口。想了想，她跑过去一把揪住了喜宁的衣袖：

"喜管家，你归顺也好，不归顺也好，我不管，可是你得帮我。"

喜宁上下打量了她两眼："也许我是该帮你，到时，等你成了王妃再拍你的马屁就迟了。"

"你胡说，胡说！"

贞儿气急地跺着脚。她的声音把也先引出了帐篷。他朝喜宁使了个眼色，喜宁悄悄离去了，也先笑嘻嘻地走近贞儿。

"你想干什么？"

贞儿警惕地后退两步。也先放肆地打量了她片刻，忽然捋着胡须放声大笑起来。

"你别以为你的图谋能够得逞，了不起一个死字。"

贞儿怒目以对。但也先大胆、热烈的目光和魁伟的形貌却又使得她有些气短。

"我那么讨厌？喜欢我的女人可是比天上的星星还多。可我为什么就看上了你呢？"

也先说着一把将贞儿搂在怀里，慌得贞儿手抓脚踢。

"看你哥哥干的好事！"

萨日娜王妃不知从哪儿钻了出来，正冷眼看着也先胡闹。她身旁站着的小姑娜布其则是一副幸灾乐祸的表情。

"哥哥只怕昨夜的酒没醒吧。"

"他是酒不醉人人自醉，色不迷人人自迷，女人就是他的酒！"

萨日娜扔下两句话，跨上马，怒气冲冲地狂奔而去。

朱祁镇早就醒来了，或者说，他又一宿没睡。从小到大，他过的都是锦衣玉食的日子，如今吃的粗茶淡饭，席地而卧，又加心情极其恶劣，夜来如何能够成眠？所以，外面的一切动静他都听在耳朵里。

"糟了，贞儿他们回不去了！"

杨铭总是这样烦躁，有什么话非大声说出来不可。

"也不晓得昨晚的战事如何了，听说一直打到天亮。"

朱祁镇到底是一朝天子，此时仍不忘国家大事。说着，他撩起了一角门帘。恰恰他看见了也先搂着贞儿的一幕。

朱祁镇痛苦地闭上了眼睛。这时，喜宁点头哈腰地冒了出来。

"皇上，您安好？给您带了一罐茶叶来，正宗的碧螺春。"

喜宁大约在外面候了一些时，头发有些湿。朱祁镇身材比喜宁高出一截，他居高临下冷冷地扫视了喜宁几眼，忽然刻毒地说：

"袁彬，这地方的狗怎么还会说话呢？倒是一件异事！"

说着他放下了门帘，转身进了帐篷深处，幽暗的光线中，他看上去像一道沉沉的阴影。

喜宁捧着茶叶罐，脸上红一阵白一阵。他想想不甘心，便又跟着进了帐篷。

"皇上？现在我叫你皇上，你不脸红吗？看你做的好事，五十万大军被三万人打败！这不是天要灭你吗？你得意什么？如果不是你的祖宗坐了龙廷，就凭你，我看还不如我！"

喜宁说到这儿，脸变得扭曲，口吻越来越恶毒："你当初阉我的时候，没想到会有今天吧？这叫多行不义必自毙，你的死日到了。等太师淮王攻下大都，我要把你的那些女人都赶到窑子里去做婊子！"

啪！啪！

朱祁镇扭身冷不丁抽了他两个嘴巴，深潭般宁静的双眼喷出怒火。

"狗头，我掐死你！"

杨铭扑上来，左手捂住喜宁的嘴，这边用右胳膊肘卡喜宁的脖子。喜宁拼命地挣扎，眼看就要不行了，袁彬一把将杨铭拖开了。

"你干什么？这种时候，大局为重。"

袁彬朝退到帐篷更深处，固执地向他们展示着背影的朱祁镇努努嘴，杨铭长舒一口气，将喜宁放了。

喜宁擦着嘴边的血，指点着这主仆三人："有本事，你杀了我呀！咱们骑驴看唱本，走着瞧！"

"喜宁，你也是汉人子弟，大明臣民，做事做人也不能太没良心。"

袁彬的规劝却换来喜宁的一口唾沫。

"呸！"

袁彬忍无可忍，也效法朱祁镇，冷不丁扫了他几个耳光。喜宁唇边又多了几道蜿蜒的血迹。

"我——要——杀了你们！"

喜宁咬牙切齿地吐出这么几个字，悻悻而去。

一队铁骑在北京通往土木堡的路上飞驰。沿途都是溃败的瓦剌士兵。他们有的骑马，有的步行，有的抬着受伤的同伴，表现出一种坚韧的沉默。

铁骑不断掠过这些士兵，飞扑也先大营。中间一匹马上，除了骑手外，还有一具用布毯裹着的尸身。

"报——"

铁骑刚出现在也先大营哨兵的视线内，哨兵便飞马驰向也先的营帐，粗犷的喊声使整个早晨的空气为之战栗。

当贞儿等人被扣的消息传来时，孙太后正陪着郕王朱祁钰在御午门那儿代理朝政。此举若在平常，根本不可能出现，可郕王虽说当了多年亲王，毕竟才二十二岁，加上祁镇北陷虏廷，孙太后关注朝政，谁也没有异议。特别是祁钰，不知出于什么考虑，代理监国并不主动，事事仍要问过孙太后。

"什么，也先把贞儿他们扣了？回不来了？"

孙太后听见这个消息时，几乎晕了过去。

"太后，他骗了我们。"

祁钰不无怜悯地看着太后，缓缓地说道，似在提醒她的错误。"是的，孩子。"太后一摇头，眼泪洒了下来。

这时，于谦、石亨等人戎装而来。特别是于谦，心情显然很激动。

"启禀太后，瓦剌军退了，留下了五千多具尸首。"

于谦脸上布满硝烟、灰尘的痕迹，双眼满是血丝，但精神非常饱满，声音相当洪亮。

"谢天谢地，总算没事儿了。于将军，你辛苦了！几位看座。"

"谢太后。"

于谦等人谢了，水还没来得及喝一口，右都御史陈镒就跪奏道：

"太后，我朝之所以有此一劫，罪在王振。他构陷乘舆，危害社稷，请族诛之，以安人心，以平民愤。"

孙太后想了想，忽然从椅子上下来，将原先坐得偏些的郕王祁钰请到了正座。

"钰儿，不是早就让你代理朝政、总领百事，你怎么就忘了呢？你娘有些不舒服，我这就去看看。"

孙太后想，这些年王振的所作所为的确太过分，特别是正统七年（1442年）久病的太皇太后张氏辞世，老臣三杨也已于此前归天，王振更是气焰熏天。自己的儿子呢，偏由着他去。

记得当初庆贺三殿落成的百官大宴上，儿子祁镇得知王振没受到邀请而大发雷霆，干脆公开违背祖制，开中门召请王振单独与他同席，其余百官全部候拜于门庭之外。有皇帝撑腰，王振更是肆无忌惮，什么人也不放在眼里，简直可以说为所欲为。

孙太后虽在深宫，又有妇人不得干政的祖训，但祁镇并无定下这祖训的太祖那样的才干，有许多事他经常会向母后禀报，这样孙太后对朝廷发生的事了解还是较多的。她曾听人禀告说，朝中许多大官都对王振百般逢迎，有的甚至到了下作的地步。工部郎中王佑谄媚有术，一日，王振与王佑打诨：

"王郎中何以无须？"

王佑对曰："老爷所无，儿安敢有？"

王振大喜，遂让祁镇升他为侍郎。

当时，孙太后曾将百官中发生的一些传闻讲给祁镇听，祁镇却只是一笑："王先生自小看着朕长大，朕同样也看着他变老，焉不知他？"意思是要孙太后放心。孙太后见无法劝说儿子，便再也不管此事。而朱祁镇呢，早在心里将王振看成自己的至亲。正统十年（1445年），他下令赐王振白金、宝楮、彩帛诸物，并任命王振的侄子王山为锦衣卫世袭指挥佥事。王振的权力大到可以为所欲为的地步，不但决断朝纲、左右百官，甚至干脆就把太祖铸在宫中的那块"禁止宦官干政，违者斩"的铁牌给摘了，而朱祁镇对此根本就不管。

此时孙太后心想，儿啊，当初太皇太后是怎样教导你的？你怎么就忘了呢？这下好了，真的应了那句话：不听老人言，吃苦在眼前。现在，王振也死了，说什么都迟了。

所以，孙太后才不想接陈镒有关王振的话茬。

"母后，孩儿年轻，还需母后多指点才好。"

祁钰言不由衷地挽留道。

"唉！"

孙太后叹口气，再无多言，便辞了众公卿，去钟粹宫看望吴贤太妃去了。

"监国殿下，请诛王振一族！监国殿下！"

等祁钰回过神来时，他面前已跪了一群官员，他们痛哭陈辞，期盼监国祁钰能给他们一个明确的答复。

朱祁钰习惯性地看了看孙太后方才坐的地方，犹豫了半晌，才期期艾艾地说：

"你们讲的都有道理，我相信朝廷自会处置他们的。"

"不，监国，你听听，有多少冤魂在哭，五十万军士呀！还有他们的父母、弟兄、妻室、子女！不诛他全家，国无宁日啊！"

"监国！你快传旨吧！"

众大臣再次磕头恳求朱祁钰。朱祁钰一见这形势，怕往后出事担当不起，便起身往里走。门卫正欲关上他身后的大门，谁知激愤的大臣们却一拥而入，团团围住了朱祁钰。

"这……"朱祁钰长这么大，从未经历过这阵势。他手足无措地呆立在大臣的包围圈中，求助的眼神落在了司礼监秉笔太监金英身上。金英立即领悟，马上说：

"着锦衣卫指挥马顺去抄王振家。"

金英此言一出，大臣们和马顺俱都愣住了。这马顺可是王振跟前的红人、死党，怎能叫他去抄王振的家呢？

"不行，马顺是王振的同党，不能让他去！"

大臣中有人嚷了起来。众人都瞧着朱祁钰，朱祁钰却不吭气。

马顺以为朱祁钰是站在自己这边的，居然很没眼色地对大臣们发难。他一个劲地推着祁钰身边的那些大臣：

"出去，出去！听见了吗，不要在此扰乱圣殿！"

"你这助纣为虐的恶徒，你有什么资格叫我们出去？"

马顺话音未落，给事中王闳便大骂着冲上去揪住了马顺的头发，另一大臣将马顺推倒在地，撞得朱祁钰打了个趔趄。当他看到大臣们扑过去，边骂马顺边对他拳脚相加时，朱祁钰害怕地躲到了一旁，任大臣们发泄怒火。

"马顺他……他死了！"

蓦地有人颤声说道。这时，刚才还闹哄哄的宫内一下子安静下来。

"打死了算了，这个祸国殃民的东西，还有毛贵和王长随二人，也是王振死党，打死他们！"

王闳领着一帮人又去找早已自知不妙、正在瑟瑟发抖的毛贵、王长随两人。

"快，从门缝里出去。"

王振是金英的上司，金英和他关系历来不坏，如今见情形如此，生怕会殃及自己，便忙对毛贵、王长随两人小声说道。两人一听，收了呆相，赶紧往门外挤去。

可惜两人都不瘦，门缝太小，出不去。众大臣一拥而上，七手八脚地一阵猛打，很快便把他俩打得三魂出窍。

"天哪！你们做的好事，你们做的好事！"

从来没这么近距离地闻过血腥味的朱祁钰扯着金英就要走。一旁的于谦看得明白，忙上前扶住摇摇晃晃的朱祁钰：

"殿下请留步。王振乃罪魁祸首，不以重典处置不足以平民愤。群臣一时激愤，将这三人打死，毫无私心，只是从社稷考虑，并无其他不恭，还望殿下明鉴，对他们不予追究。"

朱祁钰这才稍稍镇定下来。他快步走过三具尸首，一边走一边说：

"马顺被打死，罪有应得。王振死党、他的侄子王山也应受到处罚。传我的令，将王山凌迟处死，即刻执行。"

"谢殿下！"大臣们欢呼起来，吓出一身冷汗的朱祁钰这才微微有些高兴了。

与此同时，也先大营军帐外的空地上，聚了一大帮人。

他们全都神情哀痛，有的在抹泪，有的手握刀把，叫嚷着要去报仇。

也先站在弟弟平章孛罗卯那孩烧成焦炭的尸体前，一言不发。许久，他俯身吻了吻尸首胸前的那块铁牌，冷静得可怕。

喜宁捅了捅萨日娜，萨日娜义愤填膺地抽出了自己身上佩带的弯月刀。

"大王，让我宰了他，"她手指朱祁镇的帐篷，"为平章将军报仇！"她看着也先，也先却似没听见，只细心地想把尸首上一块脱落的皮补好。萨日娜见众将都望着自己，有些人于悲愤中露出赞许的目光。她达到了目的，便收了腰刀，等着也先的吩咐。

"大王，明朝天子夺了我们祖先的天下，明朝年年还要我们入贡，现在又杀了我们那么多同胞，这种鸟皇帝，好不容易到手了，留他有什么用？"

另一个将军说着就要往朱祁镇帐篷里冲，却被站在一旁善于察言观色的喜宁拉住了。

"哥哥，哥哥！你死得太惨了！"

刚刚闻听消息赶来的娜布其哭喊着扑过来，抱着那具尸首失声恸哭起来，也先闭上了眼，泪水流进他的胡子里，他的手在发抖。

"拿衣裳来！"也先忽然大喊一声，当即有人抱了一套华服过来，递给也先。也先蹲下身想把衣服套在弟弟身上，可弟弟的身体哪还像身体啊，他终于忍不住抱着尸身和娜布其哭在了一起。

贞儿见无人注意自己，便悄悄地从人堆后面退了出来。萨日娜注意到她，也跟了过去。贞儿左绕右绕，溜到朱祁镇的帐篷前，见帘门口站着两个瓦剌士兵，她只好绕到后头。起先她想从后头把帐篷拉起来，可固定得太牢了，她只好掏出不知打哪儿摸来的一把刀，开始割帐篷布，左撕右扯的，居然给她弄了个洞出来。她钻了进去，把里面的几个人吓了一跳。

"皇上，我们赶快走吧！"

她走到盘膝坐在地毯上仿佛入定老僧一般的朱祁镇边上，轻呼着。

"贞儿姑娘，没用的。周围全是也先的骑兵，纵然能逃出帐篷，也冲不出去，你且耐心些吧。"

袁彬说罢和杨铭紧张地守护在帐篷帘门边，一人手里拿着棍子，另一人手里拿了块砖头。

"皇上，我这儿有把刀，您拿着吧。"

贞儿跪在朱祁镇面前，双手将刀奉上，朱祁镇犹如泥胎木塑，根本不睬她。

"皇上！"

贞儿伏地哭了起来。朱祁镇忽然睁开了眼睛。他冷冷地凝视了贞儿一会儿，伸出了一只修长的手，轻轻捏住了那把闪着蓝光的利器。

"你，用这刀自裁了吧！"

"什么？"

贞儿、袁彬、杨铭全都张大了嘴巴，不知他为什么要这样。这时，萨日娜和她的两个下女也从破洞里钻了进来。萨日娜的一声娇笑惊得袁彬、杨铭一同跳到了朱祁镇身边。贞儿站起身，护在皇上面前。萨日娜风摆杨柳似的走到贞儿面前：

"你在奇怪他为什么要你自杀吧？因为他吃醋了。不是吗？喜宁摸了你，大王也抱了你，大王不但要抱你，还要娶你。而你，却是他后宫的宫女，你看看，你是不是该死呢？"

萨日娜为自己的聪明而扬扬自得。她喜欢看这几个人痛苦的神情，尤其是这个苍白的年轻人和这个白皙的女子。

"皇上，我没有！"

贞儿"扑通"一声跪倒在地，颤声说道。

"闭嘴！"

朱祁镇轻轻吐出的两个字仿佛有千钧重量，将她的手压向地毯上的那把刀。

"皇上，贞儿是使者，死不得，她还得回去复太后的话。"

袁彬的头脑始终冷静，他跪在了朱祁镇面前，恳求道。

萨日娜觉得这一切非常滑稽，不由笑了起来：

"贞儿这名字很好听。他叫你死，你怎么还不死？真的想当王妃吗？哟，你的梦做得可真够美的。"

她说着，慢慢弯下腰，拿起了那把刀。她用刀在贞儿白皙的脖子上比了比，贞儿紧张地注视着她的手。

可是，萨日娜的手一偏，刀却向朱祁镇刺去。她一边刺，一边骂：

"你有什么资格叫她死？要死得你先死啊！你国家都快丢了，怎么还有脸活着！"

但是，在她的骂声中发出尖叫的却不是朱祁镇，而是贞儿。原来敏捷的贞儿替皇上挡了这一刀。

"你们还不快抢下她的刀！"

此刻贞儿也顾不了什么礼数了，一把抱着惊恐的朱祁镇，一边提醒被萨日娜惊得目瞪口呆的袁彬和杨铭。她的胳膊上挨了一刀，正汩汩地往外沁着血。

"怎么回事？怎么回事？"

方才的声音惊动了门口的卫士和一直注意他们的喜宁。这时喜宁带着一帮人闯了进来，正好看见杨铭手上拿着萨日娜的刀指着萨日娜。

"管家，他们想杀了我逃走。你看，都是她干的好事！"

萨日娜已经恢复了她王妃的威严。她指了指后面那个割开的洞和半靠在朱祁镇身上已经昏了过去的贞儿，扬长而去。

"将他拿下。"喜宁一声令下，几个军士扑过去，将杨铭擒住捆起。而后，喜宁抽了抽鼻子，阴阳怪气地说：

"不愧为天子，有胆量啊！连个宫女都这么大胆，不错，不错！袁彬，你怎么不说话了？"

喜宁围着一直警惕地守在朱祁镇边上、像山一般沉默冷静的袁彬转了个圈，倏地用手摸了一下他的下巴。袁彬居然微微地笑了。

"喜宁总管，你现在就像一条狗，总算找到了反咬一口的机会，是吧？"

袁彬话刚出口，就挨了喜宁一巴掌。袁彬没吭声，一缕鲜血从他嘴边淌了出来。

"你这个坏蛋！要不是你往日作恶多端，欺压兀哈良三卫的部众，怎么会有今天？你还助纣为虐，把我大明朝的秘密全告诉也先。你说，你到底还是不是人？"

朱祁镇再也憋不住了，他将贞儿往袁彬身边一推，冲过去，冷不防揪住了喜宁的衣服破口大骂。

但是随喜宁前来的军士马上制止了朱祁镇。他们拿绳索将主仆四人一齐绑了，拖到了也先的面前。这时，平章孛罗卯那孩的尸首已被抬走，也先、娜布其脸上的泪痕犹在。

"看，我没说错吧？"

萨日娜王妃刚才显然已经将事情叙述了一遍。这时，她指着朱祁镇几个，恨恨地说道。

"不可能，他不会这么傻。光天化日之下，到处是士兵，他怎么会想到现在逃跑？"

也先不满地白了萨日娜王妃一眼，冷冷地说道。

"哼！"

王妃恶狠狠地跺了跺脚，负气而去。由于她头上堆了太多的珠花翠环，走起路来一阵乱响，就像一匹拴了铃铛的母马。

"贞儿，贞儿！哥哥，她这伤口很深。快，去我帐篷。"

娜布其将已经醒来但面色苍白、神情委顿的贞儿背了起来，往她自己的帐篷走去。也先无可奈何地看着她，叹口气，由她去了。

"皇上，我没有那样，您要明鉴。"

娜布其背着贞儿经过朱祁镇身边时，痛得脸色惨白的贞儿仍不忘委屈地辩白了一句。

朱祁镇微微地叹了口气，追随娜布其她们的目光多了份关注。

也先默默地注视着朱祁镇，朱祁镇虽然受了惊，可他那自小养成的高贵气质却仍旧不知不觉地流露出来。他也同样默默地看着也先，两人身高差不离，只是一个修长一个魁梧，这样一来，彼此都感受到了来自对方的压力。

"我并不想为难你。还有，我要娶贞儿！"

也先说罢，跃身上马，驰骋而去。朱祁镇目送着他的背影，发了会儿呆，忽然喊道：

"袁彬！"

"皇上？"

"你必须把贞儿杀了，一定得杀了！"

朱祁镇咬牙切齿地说道。袁彬、杨铭互相看着，几乎不敢相信自己的耳朵。

"姐姐，怎么敢烦劳您来看我呢？"

吴贤太妃的谦虚里明显有着那么一种有别于以往的自豪。她有些神经质地亲自给孙太后端茶倒水递水果，但是殷勤得让人不舒服。

"妹子，咱俩一同伺奉先皇多年，早就情同手足了，还这么见外干什么？喏，这是高丽国进贡的老山参，听太医说你体虚，这东西正合适。"

说着，孙太后又从宫女手中接过一个包裹，轻轻打开后，是一个卷轴。孙太后徐徐展开，竟是一幅《黑兔图》。

"妹妹，这是先皇御笔，是当年先皇给我的寿礼。我想起来妹子与我是老庚，都属兔，现在转赠给妹妹。还有，这是先皇所赐的一件金缕衣，也一并送给妹妹。"

孙太后聪明一世的人，这回不知是糊涂呢，还是因为宫中珍宝都拿去送给也先

了，要么，就是故意用这些东西来提醒吴贤太妃，她才是真正的太后，所以才用这几件旧物作礼。

吴贤太妃先前还很殷勤地笑着，等孙太后把这几件东西一起拿出来时，脸色却忽然变了，变得既苍白又怨恨。

"姐姐，这重礼，我可不敢收。古人说，君子不夺人所爱，这是先皇给您的，我怎么敢要？再说，先皇若地下有知，一定会生气的。反正呀，我也习惯了他的冷落。好在呢，有钰儿。现在又蒙您青眼，让他监国，我也无所求了。"

吴贤太妃说罢，挑衅地扫视了孙太后几眼，一副扬扬自得的样子。而且，她只字不问朱祁镇的事，明显是有意为之。孙太后尽管人情练达，到底还是个有性子又被宠惯的女人。她的脸渐渐地也沉了下来。她本想立马发作，可转瞬间却又平静下来。

"那，你先歇息，我还得忙去。"

孙太后收起了画轴和金缕衣，招呼宫女走人。吴贤太妃盯着桌上的老山参看了看，忽然抓起来，追过去：

"姐姐，这个你也带着。我怕我体质不服，到时吃了这参汤，不要弄得病没好，反倒丢了命。"

"你……太过分了！"

孙太后拂袖而去。

"姐姐，我不是说你啊，你不记得了吗？当年我们都刚生下孩子不久，先皇喜欢的诚妃生病，不就是喝了你送的参汤就那样了吗？"

吴贤太妃追过去拉着孙太后的衣袖说，依旧是笑语盈盈、态度谦卑的样子。

孙太后严厉地盯着她："你是昏头了吧？要知道，成也萧何，败也萧何。哼！这山参嘛，我宫里养的一头母狗要下崽了，就炖汤喂给它吃吧，它吃了还晓得向我摇尾巴呢！"

孙太后和宫女跨出大门不见了。

吴贤太妃绞着手，又气又恼，愣怔了半晌，忽然间又露出一副担惊受怕的样子来：

"刘公公，刘公公！"

吴贤太妃的声音有些歇斯底里。弯腰驼背的刘公公影子般溜了过来。吴贤太妃又用她惯有的怨忧态度对着他说："刘公公，我得罪她了，怎么办呢？"

"太妃，不用怕她，她完了。现在，朝中的大臣联名上疏，要太后立郕王为新君。太妃，您等着吧，就这几天的事儿。太妃，您终于可以扬眉吐气了！"

刘公公像是吴贤太妃肚里的蛔虫，一语道破了天机。

吴贤太妃绞弄着的手马上松下来，低垂着的眉眼一睒，似带有些笑意。可转瞬间，她便高声骂将起来：

"放肆！谁要你说这些的？小心割了你的舌头，哼！要你操什么心，我和孙太后义结金兰，情同姐妹，我又怎会有这些非分之想呢？"

刘公公大约早就听惯了这一类心不应口、口不应心的假话，低着头退回到暗处。倒是边上两个伺候吴贤太妃的宫女忍不住掩嘴偷笑起来。

依旧是那轮中秋时的月，只是有些缺了，但月辉依旧。居庸关外也先的军营里，偶尔有马在打响鼻，还有梆声、秋虫声、刀剑声响起。这些响声更衬出夜的沉寂。

一条人影悄悄地靠近了贞儿居住的帐篷。而他身后，还跟着另一条人影。

帐篷里面，一盏酥油灯忽明忽暗地闪着。贞儿和几个看守她的下女都睡熟了。

突然，篷帘门被掀起，油灯灭了。一个黑影钻了进来。也许是天热，帐篷的顶上只罩了层白纱，月辉透进来，依稀能看清贞儿熟睡的面容。

黑影手中的刀慢慢指向贞儿的胸口，却一直没有刺下去。

忽然，黑影听到了外面的响动，便闪到门帘边上的暗影里，与帐篷融为一体。

又一个黑影进来了，那人直扑贞儿。眼看贞儿就要死于刀下了，先前进来的黑影敏捷地跃过去，一下将刺客的刀打飞了，刀撞在什么器物上，发出"咣当"的响声。

"谁？"贞儿一只胳膊上有刀伤，但她还是很灵敏地跃身而起，手中还握了一把小小的刀。

"有刺客！有刺客！"

看守贞儿的几个下女高声喊着，扭打在一起的黑影这时倏地分开，夺门而逃。

"哼，你等着瞧！"

后来的那个黑影恨恨地对先前那个黑影说道，然后两人分头而逃。等巡营的士兵过来时，只有贞儿她们在帐篷里。昏暗的油灯下，她们的脸上一片惊惶。

"刺客呢？"巡营士兵探头看了看，一耸肩，"莫不是你们做梦吧？我们这样的军营，谁有胆进来啊！没事吧？好了，你们都回去睡觉。"

士兵们把那些出来看热闹的人轰了回去，说着就要走。几个下女拽住他们，

"呜里哇啦"一阵说，士兵们挠了挠头。

"你看见了刺客吗？"

他们说话时，贞儿一直在深思，这时见问到自己，便摇了摇头。

"对不起，可能我真的只是做梦吧？"

这时她的目光轻轻扫过身边的一只木桶。木桶上方露出一截刀柄，看样子，刚才她们就是被这把飞落在木桶里的刀弄醒的。她假装不经意地转了个身，将那木桶拦住。

"这就对喽，继续睡吧！"

士兵们不顾那几个下女的争辩，头也不回地走了。

"他们为什么不相信我们的话？怎么能这样呢？"

"他们是来杀你的吧？为什么要杀你？"下女们再也平静不下来了，她们叽叽喳喳地问着贞儿，贞儿也无法回答。

"我不知道，谁想杀我呢？"贞儿白皙的脸色第一次变黄了。

"你这个笨蛋！"

"皇上，我下不了手。"

"为什么？"

"她……她并没有错啊。要杀，我们得把喜宁、也先他们给杀了才对啊，皇上！"

"对，皇上，她还救了您一命呢。"

"……"

"你说还有个人要杀贞儿，那是谁？"

"不知道，不过，我已经刺伤了他。"

朱祁镇的帐篷里黑黝黝的，君臣三个在那儿窃窃私语。然后，是沉重的缄默。良久，才听得一声长叹，也不知是谁。

而此时，也先和萨日娜也起来了。帐篷里亮着灯，也先在灯下用他那双明亮得慑人的眼睛盯着萨日娜。

"是谁干的？"也先沉声问道。

"谁干的？大王知道吗？大王都不知道的话，我怎么知道？哎呀，大王，你看你。"

萨日娜走近也先，搂着他，又亲又揉的，开始施展媚术。也先的脸渐渐不那么严肃了。萨日娜便撒娇地扯去了他的外衣，又脱掉了自己的外套。披散着的齐腰长发乌云般烘托着她娇艳的脸，也先端详了她一会儿，终于叹了口气：

"你呀你，肚子里的主意也太多了些。"

"嗯，大王，人家还不是为了你嘛！"

绵绵情话中，那盏灯熄了。

贞儿一直没睡，她在等待。当确定那几个看守全都睡熟了时，贞儿悄悄坐起，从桶里将那把长而锋利的刀拿了起来。她将刀凑在鼻前嗅了嗅，然后，将刀藏在一个地方。这之后，她躺在被子里，哭了起来。枕边和帐外，秋虫像是知晓她的苦恼，也在"唧唧"地颤声叫着，仿佛在给她的抽泣伴奏。

"吉时到——"

随着钦天监的一声呐喊，紫禁城午门钟鼓齐鸣，惊起了一群群觅食的鸽子。鸽子在蓝天上恣意翱翔着，鸽哨嘹亮而又欢快，仿佛在为新君登基发出由衷的祝福。

披戴整齐的代宗朱祁钰登上了太和殿的皇帝宝座。

"万岁，万岁，万万岁！"

文武百官整齐地欢呼着，一边行三跪九叩大礼。

朱祁钰一贯苍白、沉静的面容上，现出了兴奋的神采，眼神中闪过梦一般的恍惚。

"什么？他弟弟做了皇帝？这……这……我们的一番心血，岂不是白费了？"

同一天下午，探报把消息报进了也先军中。也先当时正和一伙部将在居庸关前指指点点，听到这一消息后，不啻五雷轰顶，险些从马上栽了下来。正在商议兵事的其他将领也立马炸了窝。

"大王，那，我们是不是把那皇帝杀了算了？反正留着也没什么用处。原本嘛，还可以用他来要挟明朝，现在有了新皇帝，这人留着迟早是个祸害。"

"对，杀了他，为铁元帅复仇。"

"大王，难道你就不念杀弟之仇吗？"

"走，为铁元帅报仇啊！"

众将领群情激昂，根本不等也先发话，就叫喊着策马回营。

也先阻挡无用，只好跟着追。马群扬起的黄尘弥散在空中，和那越来越低的云层混合在一起，给人一种不祥的感觉。

"你这奴才，连这么一件事都没办好，养你有屁用！"

萨日娜站在帐篷外的一棵树旁，正在训斥垂头丧气的喜宁。

"王妃，我敢肯定，那晚把我的刀打落的，就是袁彬。我看干脆把他给……"

喜宁用手比画着做了个切脖子的动作。

"随你便，他我不管，我只是不想再见那个女人。哎，你说，大王是不是不再想娶她了？"

萨日娜折了根草茎，在嘴里咬着，满腹狐疑地问道。

"大王已选定时辰了。"

"什么？"萨日娜悲痛而又愤怒，"我要杀她！"萨日娜从腰上抽出一把匕首，就要冲过去。喜宁赶忙拦住了她："王妃，大王的脾气你又不是不知道。况且，她是使者，还不能杀。依我看倒不如这样……"

喜宁附在萨日娜耳边，和她咬起耳朵来。萨日娜听着，脸上渐渐有了笑意。

贞儿的帐篷里忽然变得热闹起来。昨晚守着她的几个瓦剌女人正忙进忙出地为她搬来新被褥、新衣裳，甚至还送了一张梳妆台来。梳妆台呈椭圆形，镶了铜镜，边上是镂雕的云纹棱花。下女们赞美着镜子，对贞儿的态度明显亲切了许多。

当一个肥胖的瓦剌女子抱着一堆东西往帐篷里送时，遇上了萨日娜和喜宁。萨日娜手里拎着个小包裹，神色看上去略有些古怪。

"这些东西都是你操办的？动作倒是挺快的。"

萨日娜目送着那个肥胖的下女和她手中的东西，冷冷地瞅了喜宁一会儿，恨恨地说道。

"为大王办事，敢不尽心尽力？"

"哼！"

萨日娜白了他一眼，一扭一扭地来到了贞儿住的帐篷跟前。

"姑娘们，"她朝忙碌的下女们拍拍手，下女们忙放了东西，聆听她的指示，"我的帐篷里昨天有好多蚂蚁，你们先给我清理清理。"

下女们应声而去。萨日娜见四周无人，迅速钻进了帐篷。

贞儿原本正在看皇上写的信，当她听见萨日娜的声音时，便把信卷巴卷巴，塞进了自己的胸前。可是，萨日娜的举动却让她惊愕：

"来，换上这个。"

萨日娜顾不上向贞儿解释，几乎是逼着让她换了件蒙古袍，又将她原先的衣衫打成个包袱，然后拉着她朝外面窥探了一会儿，见喜宁在那边管住了下女们，她便拉着贞儿快步绕到帐篷后头。

"你骑上它，一直往东走，遇见查问的，不用开口，拿这个给他们看。"

萨日娜将一匹马交给贞儿，又拿了块铁牌给她。贞儿虽说一直照着她的话做，却仍旧疑惧紧张。直到此时，似乎才明白了她的意思。

"谢谢！"贞儿也顾不得后果了，即刻翻身上马，驰骋而去。

萨日娜注视了她的背影一会儿，蓦地唇边露出了一缕微笑。

"让她逃，逃回去她也不见得能进城。进了城也未必能活，不正好吗？"

喜宁的声音在她耳边回荡，萨日娜的笑脸终于像花一样绽放了，那么灿烂、美丽。

"皇上，这是刚熬的大米粥，我听杨铭说您想吃这东西，一早就打马到集市上买了些大米，您趁热吃吧！"

娜布其端一碗粥，站在朱祁镇身边，甜甜地笑着说。

袁彬和杨铭不知到哪儿去了，帐篷里只有朱祁镇在那儿闭目打坐。

"皇上，您不喜欢吗？"

娜布其娇嗔地推了推朱祁镇的肩，朱祁镇一阵摇晃。

"娜布其，谢谢。"

当娜布其的勺子伸到朱祁镇嘴边时，朱祁镇终于喃喃着向她道了谢。

"您终于和我说话了，还叫了我的名字。啊呀，我太高兴了！来，我喂你。"

朱祁镇看着天真可爱的娜布其，苍白、忧郁的脸上有了浅浅的笑意。他顺从地张开了口，像个听话的孩子似的接受着娜布其的照顾。

袁彬和杨铭在几个蒙古士兵的押送下，挑了两担水回来。当他们指着装满了水的水缸给蒙古兵看时，蒙古兵示意他们可以回帐篷了。谁知一撩帘门，眼前出现的却是这样一幅意想不到的画面，好在娜布其背对着帘门，朱祁镇的视线又被她挡住，两人都没有察觉袁彬和杨铭的到来。

"嘘！"

袁彬示意杨铭别出声，杨铭会意，两人相视一笑，便悄悄退了出来。

被萨日娜骂了一通的喜宁，一直尾随在他们身后，见状不由分说地疾走几步，将门帘挑得老高。

"好哇，不错嘛，你这皇帝当到家了，就是做了阶下囚，也不忘消受美人哪！"

喜宁阴阳怪气地讥讽起来。娜布其闻言，不由柳眉倒竖，杏眼圆睁。

"这里有你说话的份儿吗？真是越来越不知自己的斤两了。你不是舌头利索吗？那你就给我把这碗舔干净。"

娜布其将朱祁镇刚刚吃完了粥的碗伸到喜宁面前，一副讥诮的表情。喜宁一个劲儿地后退着：

"这个，公主，我……"

"你什么？你现在才知道我是公主了吗？知道了就更应该听话才对啊！"

娜布其厌恶地说道。

喜宁的牙巴骨咬了两咬，但迫于娜布其的气势，仍很快接过碗，舔了个干净。

"哈哈哈！你这狗奴才，你也有这一天！"

忧郁的朱祁镇终于大笑起来。

这时，帐篷外人喊马嘶的，一派喧嚣，而且在纷乱的脚步声中，听得见许多人高叫：

"杀了这明朝软蛋天子，为铁元帅报仇啊！"

"对，杀了他祭天！"

朱祁镇闻言一惊，娜布其脸色也为之一变，袁彬和杨铭赶紧冲过去，围在朱祁镇旁边，两人手上都握着根碗口粗的木棍，神色异常警惕。而喜宁却将那只干净的碗往地下一摔，尖笑着指着朱祁镇几个：

"哈哈，你们的末日到了！"

第六章

寂寞红

温／燕／霓／文／集

天突然之间下起瓢泼大雨来，将久旱的大地浇了个透湿。

一队骠骑飞驰进军营，直扑朱祁镇的帐篷。也先的青蟋马脚程快，跑到了众将的前面。

"诸位，诸位！不得莽撞行事！"

在一个木栅栏门口，也先将马匹一横，拦住了众将的去路，同时大声地劝阻。

"大王，你不是常常告诫我们，要上天赐福我们，让大元重新统一天下吗？现在，仇敌就在我们面前，你为什么反向着他？"

一个青年将领挥鞭指向不远处的那座帐篷，怒不可遏。

"对，上天把仇人送到我们手中，不如杀了他祭天。"

将领们纷纷附和，嘈杂的声音和天边隐隐的雷声混成了一片。

也先捋了捋浓密的胡须，大声说道："诸位，两军交战，通常死伤无数。你说，这明朝天子在乱军中居然毫发无损，而且见了我们的面之后，毫无悲哀，那么从容与镇定，难道不是天意如此吗？"

说话间，一道霹雳倏地下来，青白色的光芒像一根扭结的银针，将苍茫的天与地缝在了一起。

也先的青蟋马突然凄惨地嘶叫一声，倒地而亡。也先虽然惊愕，身手却极敏捷，纵身便跃到了一旁。

“看！天哪！”

方才坚持要杀朱祁镇的青年将领指着也先那匹焦黑了一半、犹在冒烟的马，惊恐至极。

也先一见，眼睛都直了。他摸了摸自己的身体，发现浑身仍旧完好时，腿一软，立即跪倒在泥泞的地上，向那乌云翻腾、雷电交加的苍天叩拜起来。众将也被这凶险的一幕惊得面无人色，眨眼间全都下马跪拜起来。

“都是你们犯了天怒，还不赶快谢罪！”

也先身子掉了个方向，向着朱祁镇的帐篷叩拜起来。

朱祁镇大约是被那声近在咫尺的炸雷惊动了，此时正巧撩起了一角帘门。他倚门而立，注视着风雨交加的外面，大约是想起了以往宫中锦衣玉食的日子。当他无意间瞥见也先他们在向自己这边顶礼膜拜时，凄迷的眼神中有了几许讶异，他侧过脸问杨铭：

“他们在干什么？瓦剌难道有这等怪习俗吗？”

“回皇上……”

“什么皇上，现在皇上应该是祁钰了，朕是太上皇，你们按规矩该叫我爷爷。”

朱祁镇自我解嘲地说道。

“是，爷爷。”杨铭的认真让朱祁镇和袁彬笑了起来，杨铭却憨直如故：

“回爷爷，杨铭虽在瓦剌多时，这等情况也还是头回见识。”

杨铭有些不好意思地挠了挠头。朱祁镇的目光却逐渐亮了起来：

“看，有匹马死了。”

“好像是也先的马！怎么雷只击他的马？”

袁彬眼更尖，他的话语里满含着遗憾。

“他们朝这边来了。”

朱祁镇眼中的感情色彩立即敛去，又变得像以往一样深邃而不可捉摸了。

然而，当也先一干人冒雨走近跟前，全都仿效汉礼向他作揖时，朱祁镇的眼睛还是睁得鸡蛋那么大。

“问太上皇安好！管家听着，自今日起，每两天进羊一只，七天进牛一只，逢五逢十作筵席，每天进牛奶马奶，好生待太上皇，明白了吗？”

也先和众将全身湿漉漉的，衣裤上满是泥巴。豪雨中，也先将喜宁唤了出来，

仔细向他交代了一通。

"是，大王！"

喜宁本来就瘦小，如今淋得跟落汤鸡似的，更显得干瘪。答话时，他用恶毒的目光狠狠地剜了朱祁镇和袁彬一眼。

朱祁镇的表情因出乎意料而激动，袁彬却朝喜宁做了个得意的鬼脸。

"嗯，这才差不多能让我吃饱。"

只有杨铭最实际。他摸着明显瘪下去的肚子，快活地喃喃自语起来。

电闪雷鸣中，已换回戎装的贞儿骑着快马来到了一座紧闭的城门前。

"守城的士兵听着，我叫万贞儿，是孙太后宫里的。快快通知守将王丛将军，让我进去！"

贞儿声嘶力竭地喊着，可狂风骤雨却将她的声音撕扯得支离破碎，城墙上的明军虽然看见她骑着马不断地原地打转，又是挥手又是呐喊的，却听不清她的话。

"是瓦剌探子吗？让俺的箭来收拾他！"

一个长相粗鲁的士兵说道。

"柱子，莫乱来！再听听他说什么。"

制止柱子的士兵瘦得可怜，面貌神情却甚是机灵。他一发话，被唤作柱子的粗鲁汉子不吭气了。两人竖起耳朵听了一阵，瘦士兵奇怪地说道：

"是个女的！叫什么芝儿？芬儿？"

"嗯，她好像还提到了太后！"

柱子终于也听清了一句。瘦士兵一拍大腿：

"她肯定是万贞儿！前几日上面不是叫留神这人吗？得赶紧报告王将军！"

瘦士兵也不管柱子有没有听明白，一溜烟似的跑了。

城墙下，又饿又累又冷又怕的贞儿已经快要虚脱了。她趴在马背上，一任雨打风吹，似睡着了一般。歇息了一阵后，她夹了夹马肚子，策马跑到城门口，不断地拍打城门。

"开门，快开门！我有要事求见王丛将军！"

这时，她瞥见远远的雨雾中有一伙人策马冲过来了，她拍门拍得更急了。

"快开门哪！快开门，我是贞儿！再不开门，他们又要把我抓回去了！"

贞儿回头看着那伙越来越近的人马，焦急地哭了起来。只是脸上身上全是水，

根本分不清哪是泪、哪是雨。

　　就在那伙追兵逐渐逼近时，城上的士兵开始朝他们放箭。追兵们躲避着往贞儿身边靠近，只是箭矢太密，一时倒也靠近不得。

　　"哼，休想抓住我！我死也要死在这儿！"

　　贞儿跳下马咬牙骂着，同时从腰上抽出那把利刀。

　　就在这危急关头，城门的角门忽然开了。

　　"是贞儿姑娘吗？"对方打量着她，仍坚持等一个答复。

　　"是我，您是王丛将军吧？太后和我说起过您这儿有颗痣。"

　　贞儿急急地指了指耳后。披挂整齐、明显处于战备状态的王丛惊愕地"哦"了一声，随手将她拽进了角门。门方闩死，就听见外头有人在喊了：

　　"万贞儿已叛投了，她现在是我们的细作，你们可莫信她！"

　　"对，我们也先大王已经纳她做妾了，哈哈哈！"

　　"你们的皇帝都给我们抓了，正在那儿当龟孙子呢！"

　　追兵们见抓捕贞儿无望，便施展骂功。正骂得起劲时，一队骑兵从侧面向他们袭来，瓦剌士兵一见不好，打了个呼哨，望风而逃了。

　　"逃了？没有内应，她有那么大本事？谁干的？"

　　听说贞儿逃了，也先暴跳如雷。他环视着众人，胡子都气得翘了起来。

　　下女们你瞅我我瞅你的，没人敢作声。萨日娜事不关己地细心审视着自己那十个手指头，仿佛上面开了花似的。

　　喜宁忽然缩头缩脑地走上前来，附在也先耳边说了几句悄悄话。也先不相信地摇摇头：

　　"我不相信他会有这能耐。"

　　"不信你可以试一试。"

　　"那好，叫袁彬出来。咦，娜布其呢？"

　　也先奇怪地问了一句。

　　"娜布其？你得找那个太上皇去。这些天啊，娜布其就跟疯魔了一样，老黏在他身边不走。"

　　萨日娜阴阳怪气地说道。也先张了张嘴，话还没说出，喜宁已领着袁彬过来了。

　　"殿下，您找我？"

袁彬恭敬地向他请安。也先捋了捋胡子，朝一旁的侍卫使了个眼色，侍卫突然抽刀刺向袁彬。袁彬下意识地一闪，使出个扫堂腿，这边就势将侍卫的刀夺了下来。

"快，杀了他！"

喜宁一声喝，众侍卫忙将袁彬团团围住。但也先不发话，他们谁也不敢动手。

"嗯，身手不错，不愧锦衣卫出身。这么说，贞儿是你放跑的？"

"回殿下，我一直陪着爷爷，因为爷爷胃疼，我在给他推拿。"

"胡诌！"

萨日娜气呼呼地说道。也先像是很爱看她凤眼含嗔的俏模样，拍了拍她的手："谁能证明？"

"娜布其公主能证明，她一直和我们在一起。"

"对，我能证明他们的清白。"

娜布其满面春风地过来了，俊俏的脸上闪现着幸福的光芒。可是，当她走到萨日娜身边时，脸色却变了。她抓着也先的胳膊摇了摇：

"哥哥，贞儿是用铁牌出去的。"

她用眼横着萨日娜，明显地带着些挑衅意味。

"可是，我的铁牌一直挂在这儿。你的呢？"

萨日娜拍拍自己腰间的铁牌，娜布其顺手摸了摸自己的腰部，忽然失声叫道："奇怪，我的牌子怎么不见了？"

她蓦地转过身，指着喜宁：

"肯定是你偷了我的铁牌！早上我和你迎面走过，你碰了我一下，不是你是谁？哥哥，我敢断定是他偷了我的铁牌，他才是放走贞儿的那个人！"

"大王，我冤枉啊！"喜宁一副百口莫辩的委屈模样。

娜布其奔到也先身边，摇着他的胳膊，要他马上处置喜宁，那娇嗔的模样让也先气也不是笑也不是。

"我看是那个贞儿自己偷的。你这些日子不是待她情同姐妹吗？恶意对好心，这就是汉人。"

萨日娜开始说风凉话了。

"启禀殿下，已经派人去追了。"

一个部下凑过来，向也先禀报。

"饭桶，一群饭桶！你回去吧，好生伺候你家爷爷。"

也先骂罢，示意袁彬离开，态度挺温和。这一切，似乎都该归功于那天的雷击。如果不是自己的马遭雷击死了，也先对朱祁镇绝不会如此礼遇。当然，或许他现在对朱祁镇又有了新的打算。

"贞儿，贞儿！可怜的贞儿。"

迷迷糊糊中，贞儿听见有人在呼唤自己。睁眼一看，原来是孙太后和朱祁镇的钱皇后。只是钱皇后的样子让她吃了一惊，一只眼睛红肿、流泪，一只腿也缠着，要撑拐才能走动。

"太后，皇后，贞儿辜负您老人家了，呜——"

贞儿本是个坚强的女子，但想起生死未卜的那几天，仍旧娇弱地呜呜哭个不停。

"贞儿，别哭了，你已经到家了。唉，贞儿，皇上他好吗？"

孙太后安慰了贞儿几句后，叹了口气，沉默了一阵，这才小小心心地问出这么一句，像是怕扰了谁的清梦似的。也许是这几天哭得多了，太后现在少有泪水，目光中有一种干涩的明亮。钱皇后素来木讷，这会儿只知闷头流泪。

"皇上他挺好。那个也先，对皇上还是有敬畏之心的。皇上身边现在还有袁彬、杨铭两个伺候。噢，太后，皇上还写了几封信，用油布包了放在我身上……信哪去了？哎呀，可不得了！"

当贞儿发现自己已换了衣衫时，猛地从床上跳下，惊慌失措地寻找起来。

"贞儿，给你换衣裳的玉儿已经把信给我了，真难为你了。"

太后难得地握住了贞儿的手，又轻轻搂了搂她。钱皇后也跛着脚给贞儿倒了杯水，贞儿顿时一阵感动：

"太后，皇后，我……"

她哽咽着说不下去了。

"以后你不能叫我皇后，要叫太后。太后呢，你得叫太皇太后。贞儿，皇上在那边可吃得惯那儿的饭菜？他这人最要时鲜东西。在那漠北，什么也没有啊！"

钱皇后先是纠正了她的称谓错误，然后又愁肠百结地为朱祁镇担心。说着说着，又抹起了泪水。孙太后没接钱皇后的话茬。她把贞儿拉到床边，硬是要她睡下。贞儿睡下后，她又给贞儿盖了床薄薄的夹被。

"贞儿，你四岁进宫到我身边，就跟家里人一样。这次，可苦了你了。"

贞儿方才就已经被太后感动得不行，如今更是觉得圣恩隆重。她不顾太后反对，坚决地翻身下床，跪谢太后、皇后。

"起来。贞儿，告诉我，你一个人是怎样逃出来的，说真话。"

太后依旧是慈祥和蔼的，但她的目光与语气却不再可亲了，连她拉贞儿的动作都似乎恢复了往日的威严。

"太后，是也先的王妃萨日娜帮我逃走的。"

"是吗？"

孙太后睁圆了她那双多少有些疲惫、却仍然美丽的眼睛，表示了她的惊讶，然后，便等着贞儿说下去。

贞儿一五一十地将也先怎样欲纳她为妾，萨日娜如何派人欲取自己性命，而后又怎样送铁牌给自己帮助自己出逃，喜宁怎样助纣为虐欲杀皇上，自己如何替皇上挡了一刀等事情详述了一遍。太后的神色渐渐阴沉了下来。

"想不到一百年都快过去了，元顺帝的子孙还是改不了好色的毛病。这事儿你禀告皇上了吗？"

"禀报了。"贞儿想到了那个夜晚另外一个拿刀的刺客，便低下了头。

"皇上的意思？"

"皇上……皇上……"贞儿脑瓜子一转，决定把皇上险些因此杀了自己的事瞒过，"皇上自然是不同意的。"

"唉，他那脑筋，也太死板了。贞儿，你也不为主子想一想，那也先若娶了你，皇上在那边，你还能照应着些。可是，你怎么……唉！"

望夫心切的钱皇后长吁短叹起来，一副追悔莫及的样子。看样子，她是希望贞儿能够给也先做妾的。只要有利于皇上，她什么都舍得。

孙太后倒不觉得事情有这么简单，她示意贞儿继续往下说。

"太后，皇后，奴婢甘愿替皇上去死。可那也先并不糊涂，他那王妃又极厉害的。再说，皇上在那儿，我是他的宫人，真那样做了，只怕不但救不得皇上，还会害了他。反正我那时是准备一死了之，以谢皇上、太后圣恩的了。"

贞儿跪在地上，不无慷慨地陈说了一番。太后不敢置信地打量着她，良久才说道：

"贞儿，我看着你长大，一贯以为你只是机灵随和，懂事体，却不知道你有花木兰似的胆魄与刚烈。你刚才说还和也先比了箭术，没想到，小时候陪皇上玩，参加那个幼军，倒练了这手本领。好，是个好女子！唉，只是皇上在北边，如今的这位，我又不便要他厚赏你，只能赏你一袋金瓜子了。"

她的话刚说完，就有一个长得单薄的太监捧了个木匣子过来。孙太后从里边拿

了一小袋金瓜子，递给贞儿。钱皇后则从手上退下个玉镯，要贞儿戴上，贞儿死活不肯要。

"谢太后，谢皇后……"

贞儿伏在地上，早已感动得涕泪交流。

"去吧，好生歇息几天，等你好了，我有要事让你办。"

孙太后朝贞儿挥了挥手，举止中有说不出的倦怠。

贞儿谢了，起身往自己的住处走去。一边走，一边从脖子下取出也先送的玉圭来看。当她走到一个拐角处时，一个颀长面白的太监拦住了她：

"是万贞儿吗？"

"是的。"

"奉皇上旨意，请你到东厂走一遭。"

乾清宫里，景物依旧，但金銮宝座的主人却换成了郕王朱祁钰。换上了皇帝朝服的他，比原先多了几分威严，只是他那略显神经质的笑容却难以改变。此刻，他便是那样笑着，一边抖动着手里的一页纸，说：

"太上皇修书来说一切都还好，各位放心吧。还有，对朕即位一事，太上皇是赞成的。"

他不由自主地又笑了起来。一班朝臣谁也没作声。朱祁钰感到了静寂中那股莫名的压力，于是他的笑声戛然而止。

"你们说，这万贞儿从来大门不出、二门不迈的，怎么就能从也先营中逃出来呢？这倒不寻常了。"

朱祁钰忽然说道，秀气的眉宇间起了个浅浅的"川"字。

"启奏皇上，是不是也先收降了她，派她回来当坐探呢？不然的话，她一个弱女子，绝对不能从那插翅难飞的地方逃出来。"

一个老臣出来跪奏道。

"于卿，你怎么看？"

由于自己的登基与于谦有极大的关系，朱祁钰自然将他视为左膀右臂，对他委以重任。于谦字廷益，钱塘人，永乐十九年（1421年）进士。宣德初年授御史，随宣宗朱瞻基亲征汉王高煦。高煦降时，宣宗命于谦口数其罪。于谦慷慨陈词，声色俱厉，高煦伏地战栗不已，一旁的宣宗看得龙颜大悦。后来于谦巡按江西，雪冤狱数百，又为陕西民众除害，乃升为兵部侍郎。由于朱祁镇北狩，于谦护卫京师有功，又请太后立郕王为新君，所以朱祁钰即位后，立即升于谦为兵部尚书。朱祁钰对于谦心存感激，也信赖有加。只是于谦为人刚直廉洁，对新皇上并不阿谀，而且数辞厚赐，让朱祁钰对他既敬又畏。于谦是个正直之人，他主战不主和，拥立新君即位，可以说，做这一切时他毫无私心。所以，他威望极高。朱祁钰倚重他，也情有可原。

"启禀皇上，可否让老夫与贞儿一晤？也可探知些原委。"

"去吧！不过，她这会儿该在东厂了。"

"什么？那，皇太后知道吗？"

"朕一心只为公计，并不想与皇太后为难。"朱祁钰淡淡地说道。

"圣上，这……这……容我到皇太后那儿禀告一声吧。"于谦急匆匆地告辞走了。

"没有！我冤枉，我没有叛变，更没有当坐探！请陈公公明察。"

臂伤未愈、满脸病容的万贞儿坐在东安门外东厂的差房里，惊恐地争辩道。贞儿本是个胆大且内心深处有点儿男子气的女子。在也先营中，她尚未感到多少恐惧，可如今置身于满是刑具的差房，却使她汗毛倒竖。

"不用怕，你只要把事情原原本本给我道来即可。你贞儿是太后跟前的老人了，我们怎敢得罪？看茶。"

陈公公是个慈眉善目、看上去斯文瘦弱的中年人。他看贞儿时的目光有些柔和。而且，他招呼小太监送茶来时的手势也很温存，贞儿的神经松弛了一些。

"公公，我一介女流，又是宫内听差的，四岁入宫，就没出去过，做梦也没想到会有这样一个差使。后来想想，情知这是太后她老人家一片苦心。我是她身边的人，皇上……"

"太上皇。"陈公公纠正道。

"对，太上皇见了，心里肯定晓得太后格外挂念，不然也不会破规矩让我当使者了。"

贞儿说着自己的事，脸上却愣愣怔怔的，一副难以置信的表情。那几天的经历太像梦境了。

"听说你还会射箭，啥时学会的？还有那也先，真的要娶你？"

"是……是啊，公公你怎么知道？"

贞儿下意识地环顾了一番四周，忽然问道：

"也先把吴公公他们送回来了，是不是？"

她柔媚的眼睛放出兴奋的光。陈公公叹了口气：

"贞儿，可惜你只是个女子，要是身上多长了点儿，你这脑瓜这么好使，出将入相也可能呢！不瞒你说，他们的确回来了。"

"我能不能看看他们？"

贞儿期待地望着陈公公。陈公公显然对丰满白皙、柔媚动人的贞儿大有好感，他点了点头：

"只能看看，话不能多说。"

"贞儿给东厂的人提走了？她犯了什么事？有什么罪？她从四岁起就服侍我，这回不过派她出了趟宫，代我看望了一下太上皇，难道就该背着我将她提到东厂拷打？居然连招呼也不和我打一声，也太过分了吧？"

孙太后坐在椅子里，手里把玩着一只小巧的宣德香炉。她说话时根本不看坐在对过的于谦，口吻也是淡淡的，唯其如此，更让人感到她的震怒。

"回皇太后，这都是臣的错。臣办事不力，没有交代清楚。"

于谦不想在新君和皇太后之间留下什么芥蒂，便把事儿都揽到自己头上来了。

"于卿，你督战有功，力保京师，扶持新君，固我国本，为民解忧，老身知道你的苦衷，你也不必代人受过了。只是这太上皇南归一事，还需你等多加努力。他还年轻，过几天才满二十三岁，万一……"

孙太后再也无法矜持下去了，掏出手帕抹开了眼泪。

"臣明白。望皇太后多多保重。"

于谦跪在地上，重重地叩了几个头。

"太上皇，我考虑了几天，准备送你回朝。你做准备吧！"

"什么？送……送我回朝？"

朱祁镇原本正在帐篷里和袁彬下棋，不料也先、喜宁、娜布其以及几个首领却急匆匆地走进来，也先忽然蹦出一句要送他回朝的话，不由让朱祁镇大吃一惊。他的手一抖，一盘棋子全乱了。

"对，大王开恩，送你回去。只是你得先修书几封，到时好送给边关的守将，向朝廷通报。"

喜宁说着，捧上纸砚笔墨，一副阴阳怪气的样子。

朱祁镇不等袁彬伸手，一骨碌从地毯上爬了起来，将东西接过。

"杨铭，快磨墨！袁彬，铺纸。"

朱祁镇看了看帐篷里的陈设，有些犯愁。杨铭磨了墨，见没有案桌，灵机一动，抽了块木板，往头上一顶，自己再一跪，高度正好适合朱祁镇挥毫写字。

"快，快铺上纸啊！"朱祁镇急得嚷起来。袁彬却不慌不忙，他机警地瞄了瞄一反常态、显得深邃的也先和站在他身后快快不乐的娜布其，嘴唇动了动，却没说什么。

朱祁镇到底是做过一朝天子的人，一看袁彬这神情，发热的头脑当即冷静了下来。

"有什么条件？"

他像一只受伤的蜗牛似的，又缩回了他兴奋的触角，恢复了惯有的沉着。

"我朝久居漠北，物资匮乏，尤其缺少江南的丝绸、茶叶，还有金银珠宝，蟒服彩巾。如有美酒，也可送上，反正多多益善。"

也先捋了捋他漂亮的大胡子，脸上露出"看你怎样"的快活神色。

"哥哥，你真要送他回去啊？你不是说让我……"

娜布其附在他耳边小声说道。也先嗔了她一声，轻轻推开了她。娜布其又气又羞，愤而离去了。

"这个……前几天，太后不是遣使前来送了八车奇珍异宝吗？那都是朕宫殿里的上好宝贝，在其他地方，要想见到这些东西都是难上加难。大王当初也说，东西送来了，就让朕回朝，可如今看来，你说的不过是句空话。"

朱祁镇将饱蘸了墨的毛笔又放回了砚盘上。喜宁恶狠狠地瞪了袁彬一眼，谄笑着走上前去。

"太上皇，依奴才之见，这信您还得写。想那新君刚即位，总不至于对您的处境视而不见，舍不得那些劳什子吧？如果他不管您，那别人的口水都会把他淹死，因为，他登基不正是托了您的福吗？可是，万一他根基稳了，您要回去，那就难上加难喽！"

朱祁镇背手而立，谁也不知他在想什么。

旁边的也先捋胡须的神态有些急了，他正待开口，喜宁扯了扯他的衣角。

"爷爷，是不是再考虑两天？"袁彬小声地说道。

"爷爷，不写了吧？他们想要挟我们。"

直肠子的杨铭不管不顾地说道。也先倒不以为忤，朝杨铭竖了竖指头：

"好，敢说心里话的好汉子，我也先就敬这种人。起来吧，我看你也跪累了。"

哪知杨铭却是个牛脾气。他本都已经起身了，听也先这番话后，却又"咕咚"一声跪倒，别过脸不理也先。

"有趣，有趣！"

也先被杨铭逗乐了，哈哈大笑起来。

似乎是被这笑声刺激，朱祁镇忽地转过身，抓起笔，"唰唰唰"地写将起来。

"陈公公，吴公公他们在哪儿呀？"

贞儿跟在陈公公身后，往房子深处走去。她问话的声音惊颤颤的，显见得心里害怕。

"还在里头呢。这儿呀，没别的，就是房子多、家伙多，是练胆子的好去处。小心，这儿有个坎。"

走廊中黑漆漆的，贞儿走得很艰难。陈公公轻轻的说话声在这里被放大，嗡嗡的，有回声。更兼两旁连绵的木栅牢房和石砌牢房、不知何处的滴水声、犯人的惨叫声，还有空气中飘散的血腥味，这一切，都是贞儿闻所未闻、见所未见的。

"到了。牢头，把门打开。"

陈公公拉了拉一扇牢门，喊道。到了地下室，周围似乎更阴暗了。

"哎，公公，不知您驾到，小人该死，该死！"

正在偷偷喝酒的牢头赶紧把酒藏起，又诚心诚意地扇了自己两个耳光，一边把牢门开了，一边贪婪地偷窥着贞儿。

贞儿走进去，立即捂住了鼻子。也许是牢内太暗，贞儿一时间竟没看见自己要找的人。

"陈公公，啊呀！"

她正要问陈公公人在哪儿，忽然间有只手伸过来，抓住了她的脚。贞儿吓得尖叫着跳起了一尺高。

"贞儿，是我，老吴。请你……叫他们给口水喝。哎哟，疼死我了！"

"我也要喝，贞儿。"

"贞儿，我们冤枉啊！"

原来地下的稻草上横七竖八地躺着当初跟随她出使的几个太监，他们全被打得皮开肉绽。吴公公更是面目肿胀，煞是可怖。

"天哪，怎么会这样？陈公公，请你给他们喝点儿水。吴公公，小曹、小彭，怎么样，没伤着骨头吧？"

贞儿蹲下身子，挨个儿看着他们，忍不住抽泣起来。牢头在陈公公的吆喝下端来了水。陈公公白了他一眼：

"都是宫里做事的，放聪明点儿。"

他朝贞儿努努嘴。

"小的明白！"

这时，一个听差的太监气喘吁吁地跑过来。

"公公，于……于谦大人来了，说是要见贞儿。"

"啊，贞儿，你的救星来了。走，快回去。"

陈公公拉着贞儿的胳膊，急急地往外走去。

"贞儿，救救我们！"

牢门的落锁声中，吴公公、小曹、小彭他们的喊声格外瘆人，贞儿不由打了个寒战。

御花园里，树木有些凋零了，但几十盆秋海棠还是开得很好，红艳艳的映得人眼明心亮。

吴太后穿着件大红真丝的常服，凑在花前，看着嗅着。她那保养得很好但残留着习惯性的幽怨的脸上，终于露出了少见的明快笑容。

"占断香与色，蜀花徒自开。园林无即俗，蝶蜂落仍来。青帝若为意，东风无限才。古今吟不尽，百韵愧空裁。"

吴太后吟着诗，眯起眼睛，似陷入了久远的回忆。一旁的皇后汪氏笑笑，没出声。祁钰的宠妃杭氏是一个表面文静、眼里却透着厉害的主儿，听了吴太后的吟诵之后却立即恭维道：

"母后好记性，这是谁的诗啊？"

"谁的诗？我也记不起了。你呀，就是不爱翰墨，只爱涂脂抹粉，不过倒是个巧人儿。"吴太后这话也不知是褒还是贬。

忽然，一阵风来，几片海棠花瓣落下，吴太后弯腰拾起花瓣，叹了口气，口里喃喃着又吟起李商隐的《宫辞》：

"君恩如水向东流，得宠忧移失宠愁。莫向尊前奏花落，凉风只在殿西头。"

吴太后这些日子心情极好，诗兴也跟涨水时的船似的，一个劲儿地跟着涨。但

这首诗她却吟得伤感了。大约是想起先帝在时自己的失宠吧。吴太后手中的花瓣被她揉成了花泥。

"太后，您看，她来了！"

杭氏悄悄指着前面的圆洞门，紧张地说。吴太后一看，好兴致当即像受惊的蝴蝶一样飞了。原来，是孙太后、周皇太妃及一干宫女抱着太子——朱祁镇的儿子两岁的朱见深过来玩了。

"咱们起驾，快点！"

吴太后敦促众人，这边将脸一扭，准备不见孙太后。

"母后，这样……是不是做得有些过分了？"

汪皇后长得高大、健壮，面若满月，一望便知是个刚直的女人。她居然拉住吴太后的衣袖不让走。

"放肆！你怎么胳膊肘往外拐？"

吴太后训斥着汪皇后，汪皇后却仍不松手。

"就是。啊呀，太后，再不走，她就过来了。"

杭氏也扯住了吴太后的另一只袖子。吴太后本不是个有主意的人，到这时再一犹豫，孙太后已经过来了。她平静地直视着吴太后，明显是等着她先见礼。

"圣母皇太后安好！"

吴太后正忸怩着，汪皇后率先给孙太后问了安。她这一来，吴太后、杭贵妃等人也只好跟着问安了。

"太后好心情啊！看你，前些日子还说病着，这几天倒见着胖了。"

孙太后的性情本来比较沉稳，可连遭变故之后语锋也比以往尖刻了许多。

"姐姐说的哪里话来。前几日我心口疼，这才过御花园来散散心。太上皇……他可好？不是说贞儿回来了吗？"

吴太后现在不再吝啬她的同情了，孙太后却流露出打落牙齿和血吞的坚强：

"听贞儿说，他身体还好。来，太子，见过太后！"

孙太后不失时机地抱过朱见深，握住他的小手，向吴太后行礼。

"啊呀，长得越来越清秀了，像他娘。"

说着，吴太后打了个哈欠："姐姐，我要先告辞了，恕我失礼！"

"心口又疼了吗？这病，难断根哪！"

两人就这样暗藏机锋地道了别，相向而去，刚才还闹哄哄的御花园里，立时安静下来。

深秋的夜晚，有些露白风凉的意味了。朱祁镇坐在帐篷旁边的草丛里，望着寂寥的星空出神。许久，他才慢悠悠地问道：

"你说，他会让我回去吗？"

"爷爷，会的。他如今坐了您的皇位，还好意思不接爷爷您回去？那他岂不是要招来万世骂名？"杨铭大咧咧地说道。

朱祁镇叹口气："我只怕，只怕……"

他的话说不下去了，接着便抽泣起来。

"爷爷也别心急。明天一早就得动身，还是早些回帐篷休息吧。"

袁彬没有介入这个话题，但他显然是有想法的。

他们刚回到帐篷，打扮得很漂亮、脸上布满笑意的娜布其就领着两个下女过来了。

"爷爷，现在天越来越凉了，我看你不经冻，还是多垫两床棉褥子吧！喏，这儿有两壶上午刚买的酒，热好了，喝了好睡觉。"

昏暗的酥油灯下，看得出娜布其有些突如其来的忧伤。她帮朱祁镇铺好被褥后，又亲自为他斟上酒，还打开食盒，夹起一块肉要喂他。"娜布其，朕……我这两天腹泻，不能饮酒。"

朱祁镇瞟了瞟袁彬、杨铭，有些不好意思。正在这时，门外响起了萨日娜的声音：

"娜布其，娜布其！你快出来，有事要你帮忙！"

娜布其不快地噘了噘嘴，跑了出去。两根油亮乌黑的大辫子在背后灵巧地甩动着，让帐里的三个男人生出许多遐想。

"皇上，要是您的宫里有个这样的女人就好了。我看您娶了她吧！"

杨铭总是敢说许多别人不敢说的话。朱祁镇听了哑然一笑：

"嗯，她倒也可爱，是块未琢的璞玉，只是到了宫里，怕要被闷死。"

"皇上，喜宁这人，我们还得多防着他些。"

朱祁镇和杨铭有关娜布其的话题被袁彬这冷不丁插进来的一句话给搅了，三人一时都没作声。好一阵，朱祁镇才叹了口气：

"看来，当年我是做错了。其实，我真的很喜爱他。他的扮相俊美，声遏行云，顾盼之间动人心魄，不然，也不会那样把他给留下来，他可能是天底下最恨我的一个人吧？"

没有人给他肯定或否定的回答，只有秋虫在轻轻嘶鸣。

"我不要你管，我见他有什么不可以？"

娜布其怒冲冲的声音从另一座帐篷里飘出来，接着，她人也跑了出来，融入了夜色中。

萨日娜注视着小姑消失的背影，美艳的脸上露出一缕坏坏的笑意。她永远都打扮得一丝不苟，而且永远都在关心她那十根手指的指甲。此刻，她又垂下头去看自己的手了。

"大王，你真的该管管她了。"

萨日娜说着，站起来，绕过一张蒙着虎皮的巨形木椅，走到了也先背后。

也先、喜宁以及几个常在也先身边的将领正在看一个干瘦的巫师烧羊胛骨。

"啊，这纹理是树枝形和网状的，吉祥。看来，明天出动，肯定金银财宝大丰收，大王好运气啊！"

巫师一席话说得也先高兴了，他一拍掌："上酒菜！"

几个下女端着银盘鱼贯而入，把酒菜摆在他们面前。也先这才反身将萨日娜拉到身边坐下：

"爱妃，你刚才说要管谁呀？"

"娜布其呀！"

"唉，那丫头，不就是有点儿喜欢那个太上皇吗？没关系，他不敢对娜布其怎么样。萨日娜，我和娜布其自小没了娘，两人相依为命，你一定要对她好，像我对她一样好，明白吗？"

也先说着递给萨日娜一杯酒，萨日娜一饮而尽。

"这才是我的好萨日娜呀！"

也先用手搂住萨日娜，君臣几个痛饮起来。

"凭什么？凭什么她的'太后'前面要加'圣母'两个字？现在的皇帝不是她儿子，是我儿子！我看她呀，就是凭着手里还有太子这张牌，哼！"

吴太后从御花园回来后，一直生闷气。到晚上朱祁钰来问安时，她仍在发脾气。

"儿子，你可别傻了。这皇位不是我们篡来、抢来的，是他自己当了俘虏，大臣们再三请求，她太后也发了话要你当的。你怕什么？听母后的，废了太子！"

吴太后从椅子上起身时的姿势之猛，将疲惫的朱祁钰吓了一跳。她的话一出口，朱祁钰更是惊慌失措：

"母后，您安静些，安静些！"

他环顾了一下四周，将母亲按在太师椅上，自己也坐在了一旁，小声道：

"母后，朕明白您的心情。只是此事须从长计议。"

"儿啊，母亲为你吃的苦，你明白就好。还有，你那皇后胳膊肘往外拐，这可不行。我看杭贵妃倒比她乖巧。"

吴太后原先对汪皇后并无恶感，可自从那天在御花园里汪皇后当众揪着她的衣袖，让她不得不违心地向孙太后问安后，每每提起她，吴太后心中总有股恶气在冲撞。

"她的脾气……唉，慢慢来吧。"

朱祁钰对母亲倒是很孝敬，见母后手扶着膝盖，便用轻轻握起的一只拳头帮她捶了起来。吴太后很享受地闭起了眼睛，倏地，眼皮又睁开了。

"儿啊，告诉我，君临天下是什么滋味？"

朱祁钰一怔，良久，眼中忽然涌上泪水："母后，你说呢？"

母子俩的手握在了一起，旋即又相视而笑，笑声的响亮让他们彼此都觉得惊讶和陌生。

"太后，太后，您喝点莲子羹吧。"

昏黄的烛光下，贞儿的脸格外美丽。她十九岁了，正是青春年华。虽说经过那几天的磨难和白日的一场惊吓，却花颜不减。她站在孙太后床前，端着一只青花玲珑瓷碗，轻声地唤着。但太后没有应答。

"太后，您已经这样睡了好几天，该起来了。再这样下去，您真的会生病的。太后，求求您了。皇上还在北边，咱们这儿都靠您顶着呢！"

一阵拐杖声响，用布蒙住一只眼的钱皇后过来了。她见贞儿正声泪俱下地恳求孙太后起床，不由跟着帮了几句腔。不料忽然间却有一只枕头朝她飞了过来：

"吵什么吵？我还不知道我是顶梁柱吗？一群没用的东西！"

孙太后爬起来，云鬓散乱，脸色晦暗，一副憔悴不堪的模样。

钱皇后见她盛怒，忙放掉拐杖想下跪，不料拐杖一歪，人也跟着往一旁倒，幸得贞儿眼明手快，将她扶住。

"好了，你回去歇着吧。这些天，你也太伤心了，这样下去，身体要垮掉的。

寂寞红

温/燕/霞/文/集

还有，你的眼睛和腿该让太医再瞧瞧，不要落下什么残疾。万一他回来呢？唉，你的一片诚心，众人都知晓啊，老天为什么就不开开眼呢？"

孙太后这些日子也开始信起佛来，胸前挂了一串佛珠。此刻她一边说话，一边就捻起佛珠来，然后又念念有词地祈祷了一会儿，这才吩咐玉儿道：

"玉儿，你叫肩舆把钱皇后抬回宫里，好生伺候。"

孙太后的声音有些嘶哑，玉儿的应答声却像叮咚的泉水一般清亮。她蝴蝶似的从暗影里飞出来，扶着钱皇后出去了。

"贞儿，你来。"

贞儿端着碗过去，要喂孙太后喝莲子羹，孙太后却示意她将碗放下，一边手拍着床沿：

"贞儿，坐，坐这儿。"

孙太后让贞儿在床沿边坐下，目光慈祥地打量了贞儿一番。

"贞儿，你聪明机警，连于谦大人都夸你是个奇女子。在我身边干这些杂活，真的埋没了你。"

"太后，我……我要一辈子服侍您。"

贞儿惊恐地滑下来，跪在太后面前，生怕她要赶自己走。

"贞儿！"

孙太后的语气里饱含威严，贞儿迟疑着爬起来，重新坐回刚才那个位置，神情颇为忐忑。

"现在，太子在东宫那边，虽然有那么多保姆、乳母，但没几个干练的。孩子的母亲呢，又是村妇出身，除了胆大粗蛮、略有几分姿色外，并无多少可取之处，唉……"

孙太后叹了口气，似乎觉得自己的儿子在选女人方面观点有些奇异。譬如贞儿吧，是他自小的玩伴，人也长得妩媚，可朱祁镇在太后宫中进进出出，却始终未曾临幸她。孙太后也曾从侧面询问过，他说是自小玩惯了，只觉得贞儿是个男子，令孙太后啼笑皆非。在太后眼中，真正毫无女儿情态的，倒是那个周贵妃。

说起来周氏能成为贵妃，也确有段奇缘。她原是看守皇家猎场的猎户的女儿。朱祁镇亲政后，有一年到那儿秋猎，他射中了一只鹿，但马也惊了，受惊的马带着他狂奔到一个岔道口。这时，一个打柴的少女从灌木丛里窜了出来。这少女见了惊马也不躲，反而将手伸进嘴里打了个呼哨，狂奔的马儿竟奇怪地停住了。惊奇的朱祁镇忙下马和她聊天，少女并不害怕，反而谈笑风生，把个朱祁镇乐得呀！当天就把她带回了行宫。这就是当今太子的母亲周氏周贵妃。

但是，周贵妃所受的教养注定她在宫里是异类，不管怎么说，起码孙太后不喜欢她。

"我派你去东宫辅佐太子，教他成人。"

孙太后注视着贞儿，贞儿的身子抖了抖：

"谢太后，只是……我……"

贞儿明白自己这辈子是完了。自古以来，有哪个皇帝将太子的保姆变作了妃子？这种先例几乎没有。因为皇上难得与东宫的宫人打交道，她还有什么指望？

"贞儿，明天就过去。"

"是，太后。"

两行眼泪沿着贞儿的面颊滚落下来，每滴泪都有千斤重，不但打湿了她的衣襟，还把她的脊背都坠弯了。

清晨，雾蒙蒙的。几辆马车行驶在崎岖的山道上。远远地有几百名瓦剌士兵跟着。辚辚的车轮声，嘚嘚的马蹄声，还有士兵行进时脚步的沙沙声，再加上秋风摇动两旁树木的声音，显得肃杀一片。

马车拐过几个弯道，在一座坚固却布满坑洼、显得疮痍满目的城门前停下了。

"爷爷，下车吧！"

袁彬和杨铭将朱祁镇扶下车。朱祁镇今天换了贞儿他们送来的秋衣，又梳洗了一番，站在秋风中，自有一番玉树临风的气度。

"太上皇，就看您的啦！"

也先从后面那辆车上下来，他身着戎装，一副意气风发、志在必得的神情。

"太上皇，时辰到了，您就请往前走吧！"

喜宁反身做了个手势，倒数第一辆马车上忽然传出阵阵乐声，原来喜宁不知打哪儿抓了几个吹唢呐的艺人，让他们吹了一曲《朝天子》。

朱祁镇望着晨曦中黑乎乎的高大城墙和关得严严实实的城门，犹豫着往前走去。

身后，喜宁指挥一干士兵和着乐曲，高声大喊：

"城南守将杨洪听令，太上皇驾到，开城门接驾！"

然而，城门继续紧闭着，城墙上依旧毫无动静，显示出一副拒绝的神态。

朱祁镇站在城门前面的空地上，疑惑地看着袁彬："昨天，朕修的书不是已送到杨洪手里了吗？怎么不见他接驾，难道……"

他的嘴唇抽搐，说不下去了。

"爷爷，别急，兴许在睡觉呢！"

杨铭笨拙地安慰着朱祁镇。袁彬没说话，"噔噔"几步窜到城门前，"嘭嘭嘭"地敲起门来。

"我是锦衣卫校官袁彬，现护卫太上皇驾到，着杨洪前来开门！"袁彬原来竟有这么副好嗓子，铜钟似的在清晨的空气里嗡嗡震响。

忽然城墙上有人回话了：

"启禀太上皇，"这几个字的腔调拉得很长，"守将杨洪到别处公干去了，我等守的是皇上城池，没有军令，不敢开门，望太上皇见谅！"

朱祁镇先前还满怀希望，一听此言，他立马就要瘫下去，杨铭眼疾手快一把将他托住，只听朱祁镇口里呢喃道：

"祁钰，你好狠，好狠！"

"太上皇，您自己得传谕啊！"

喜宁有些急了，从也先身边跑过来，提醒道。

"对，朕要亲口传谕，要他开门，开门！"

朱祁镇嗫嚅了一番，忽然疾跑至城门处，和袁彬一起拍门，边拍边喊：

"上面的守军听着，朕是太上皇，速开城门迎接！"

袁彬急得用头去撞城门，一边撞，一边哽咽着："开门呀，开门！"不几下，就撞得头破血流。

可是，上面却寂然无声了。正在这时，从城墙左边的水窦那儿突然爬出几个人来，他们有的端着椅子，有的捧着宝盒，还有的端着酒菜，一身泥土、神情沉重地鱼贯来到朱祁镇面前：

"奴才叩见上皇。上皇万岁，万岁，万万岁！"

送东西的士兵们跪下见礼。朱祁镇坐在士兵端来的椅子上，龙颜惨淡：

"为什么不开城门？为什么？"

"请上皇回头看看，瓦剌兵全跟在后头呢！看，那边扬起的烟尘，是他们的马匹踏起的。"

一个士兵奏道，朱祁镇回首注目了片刻，无可奈何地长叹一声，手中拿着的酒杯倏然落地，摔了个粉碎。

第七章

转眼间到了深秋，天地间弥漫着一股肃杀之气。但是，在这个黄昏，落日玫瑰色的余晖却将紫禁城装点得金碧辉煌、绚丽多姿。

两岁的太子朱见深正在庭院中玩耍。他伸着胖嘟嘟的小手，一个劲儿地追着前头的贞儿，口里嚷嚷着：

“我要，我要布老虎。”

可是，接连几次他都没有够着贞儿手中的东西，这下可不高兴了，一噘嘴，立马就赖在地上搓起了脚板：“我要嘛，呜呜！我就要！”

“好了好了，给你，坏小子！”

贞儿蹲下身子，在他脸上轻轻拍了拍，然后将布老虎塞在朱见深手里，一把将他抱起，那个一直跟在旁边的乳母战战兢兢地提醒贞儿：

“贞儿，可不敢多惹他，他会说话了，说不定哪天见了周贵妃，见了皇太后，就说咱们打了他脸，那可是掉脑袋的事。”

她显然是对方才贞儿拍朱见深的小脸感到不满。

“奶妈，这些我懂得，谢谢你的关照。”

贞儿笑起来甜甜的，话也说得柔和，奶妈叹口气：“还不是为你好。咱们做下人的，不好做啊！”

“是，奶妈，你回屋歇吧，晚上我会照料他的。”

贞儿说着，用嘴在太子脖子上胳肢了几下，痒得小太子咯咯直笑。

"乖小宝，喜欢小妈吗？"

"喜欢！"

"喜欢小妈哪里？"

"喜欢小妈——这里！咯咯咯！"

小家伙一把抓住了贞儿丰满的乳房，那种奇异的感觉让贞儿打了个哆嗦。

"小妈，我要吃奶奶。"

当贞儿将太子抱回房间时，太子将头扎在她怀中，张着嘴，一副娇憨的样子。

"坏，打屁股蛋蛋！"

贞儿让朱见深俯身趴在自己膝盖上，在他的小胖屁股上捶了两捶。太子觉得有趣，笑得更欢了。两人正闹着时，忽然，那个和贞儿一道出使送珠宝的吴太监跑过来，气咻咻地说：

"贞儿，贞儿，不得了啦！"

"怎么回事？小环，把太子抱过去。吴公公，你喝口水，静一静。"

"静不了啦！贞儿，你听说了吧，要换太子啦！"

吴公公附在贞儿耳边低语了一番，只惊得贞儿双手乱搓：

"孙太后就不能管管吗？"

"太后现在是今非昔比啦，说不上话。"

"那，满朝文武就没有一个为太上皇着想的？本来就是人家的天下，他接了手，怎么连太子也换掉？真不够义气！"

贞儿压低声音嘟哝着。吴太监"唉"了一声，说：

"按理儿呢，是不该做这么绝，文武大臣中反对的也不少。可人家现在是皇上。你想想，现在宝座是他坐着，可百年之后呢，又得还回人家的儿子啦，这叫他怎么能睡得着觉哟！所以啊，咱们得预备着收拾东西了。"

"且慢，吴公公，你在宫里待这么多年了，可别见风就是雨的。"

贞儿说着白了一眼那几个渐渐聚拢来的保姆奶妈，朗声道："咱们现在该干啥还干啥吧！去，给太子洗澡去。乖，洗了澡才能吃面条。"

"不，我不吃面条，我要吃炸肉串。"

朱见深嚷嚷着。贞儿走过去，用臂环住他："乖，你要再吃炸肉串，明儿个头上就长肉串出来了，懂吧？"

朱见深一听，双手恐惧地护着头，乖乖地点了点头。

"嘿，你还真别说，这贞儿，确实有一套，才来多久啊，就把个淘小子给治服了。"

"可不是吗，要不太后能让她去送珍宝？"

边上的太监宫人悄悄议论起来，贞儿却充耳不闻。她慢慢儿地走进房里，站到那面铜镜前，发起呆来。

铜镜里，一个面目姣好的女子也在怔怔地望着她，眼角眉梢都是浓得欲滴的幽怨。

也许是临危受命的原因，朱祁钰成了一位勤勉的皇帝，每天早朝他都准时到。但这天，他却没有临朝，而是在坤宁宫的皇后寝殿里大发脾气：

"朕现在总算看清你的真面目了，你一而再、再而三地反对易储，还不是因为见济是杭贵妃生的而不是你生的？要是你自己有孩子，你会反对朕另立太子吗？妇德妇容妇功妇言，你有几德？好好想想看！"

朱祁钰正喝着茶，这时将茶杯往跪着的汪皇后面前一扔，茶水和碎瓷片四散飞溅。汪皇后倔强地昂着头，默默地淌着泪，一副不服输、不低头的样子。

"你说，她给了你什么好处，你处处向着她？不就是你当初做王妃进宫朝觐时她给你赐了座吗？哼，想不到，居然有你这么蠢的皇后。你说你这样护着见深，他大了接了朕的位，你会有好日子过吗？"

朱祁钰一把扯落了皇后头上的凤冠，又狠狠地揪住了她的头发，将她的脸儿抬起，好让她看清他的怒容。

"皇上，臣妾只是觉得，人要有良心。想当初，你是该离开京城就藩的，可是，太上皇念着只有你这么一个兄弟，就让你镇守京师，这不是开恩了吗？现在，上皇蒙尘，太子在你监国的时候就已册立，你现在废去，不让天下臣民看出私心了吗？就算大臣们不反对，天下人就不骂咱了吗？"

汪皇后的话才说到一半，朱祁钰就松开了揪她头发的那只手，眼睛瞪得有鸡蛋那么大：

"好，说得好！好一个书香门第出身、知书达理、大公无私的皇后！你说得对，朕有私心。可朕不怕，朕这皇上是他自己请朕做的，是他送给朕的。他要不当俘虏，朕何时有过这种妄想？所以，此乃天意，咱得顺从天意。不过，你既然敢说这番话，朕还是要考虑的。朕怕了你，行吗？"

寂寞红

温燕霞文集

朱祁钰说着理了理自己的衣裳，背着手走了。

汪皇后跪在地上，捡起那顶被皇帝扯掉的凤冠，轻轻地掸了掸灰尘。然后，她起身来到一个红木大柜子前，从腰间掏出钥匙，打开柜门，从里面捧出一个紫檀木镶贝母的匣子，匣子上还上了锁，她轻轻地打开后，一道金光腾跃而出，原来这是她的皇后金宝与金册。

"你们啊，在我这儿，看样子待不长喽！"

汪皇后捧起那用红丝绦连着的两块金片，紧紧地贴在满是泪水的脸上，摩挲着，口里喃喃着，一边饮泪抽泣。

秋深了，天空中飘起了细细的雪花。也先和他的一帮首领骑着马，从营地外疾驰而归。

"大王，该回漠北了。再不回去，冬天一到，天寒路冻，得走好一阵子呢！"一个黄胡子将领大声说道。

"是啊，咱们也该老婆孩子热炕头地享享福了。"另一个瘦将军接口道。

"大王，咱们谁也没想到能抓住大明的皇帝。想当初，不过想扰扰边境，捞些财物走人，现在得了这许多珍宝，太值啦！"

"就是啊，大王！"

众人七嘴八舌地说着，也先却始终皱眉不语。一直到下马，要进帐篷了，他才把手一挥：

"叫喜宁过来。"

"哈哈哈！我要你慢慢儿地死，明白吗？这是水浸了的生牛皮，等你在这儿渴了，困了，睡上两觉，然后晒上一两天，牛皮就干了，然后，就勒得紧紧的，你就会没气了，够意思吧？"

在一个小山坳里，喜宁亲自动手将袁彬捆绑在一棵小树上。他身旁，站着两名牵着马、拿着刀的瓦剌士兵。喜宁一边在袁彬颈上绕牛皮绳，一边残忍地说着。

"喜宁，你这绝户，你不得好死！"

袁彬破口大骂。喜宁哼了一声，朝一个瓦剌兵使了个眼色。瓦剌兵突然弯腰，用棍子挑了些马粪抹在袁彬口里，三人相视大笑。

"喜总管，喜总管，大王有令，不得杀袁彬，要你速去见他！"

一个瓦剌骑兵打马而来，边跑边喊。喜宁看了那两个兵士一眼：

"怎么有人知道我们在这儿？"

矮个儿士兵摇摇头，高个儿士兵却傲慢地说道：

"喜总管，我是铁元帅下头的人，铁元帅不在了，可我的上司还在。再说，处死他……"高个儿士兵用马鞭指指袁彬，"根本用不着这样偷偷摸摸！"

"大王有令，不得杀他，违者斩！"

转眼间，骑兵已到，他严厉的口吻令喜宁不敢违抗。喜宁原想让那两个瓦剌士兵替袁彬解掉身上的牛皮绳，可他俩根本不买他的账，他只好亲自给袁彬松了绑。谁知袁彬获得自由后做的第一件事就是将他按倒，用马粪糊了他一个满脸花。

"哈哈哈！狗咬狗两嘴毛！打呀，你们打呀！"

高个儿瓦剌士兵兴奋地喊了起来。另两个瓦剌士兵也在用蒙语讥笑。袁彬卡着喜宁脖子的手忽然松了。他朝喜宁啐了一口，又瞪了那几个笑得前仰后合的士兵几眼，掉头大步而去。

"袁彬是个好汉子！"

传令的瓦剌士兵敬佩地叹道。四人骑着马跟在袁彬后头，往也先的大帐走去。

御花园里，万贞儿抱着太子朱见深正在荡秋千。秋千架一飘一飘的，把贞儿的裙袂高高撩起。有时，裙子将朱见深整个脸都遮住了，他便在裙子里"咯咯"地笑。

"这孩子，够野的。"

"贞儿和他，有缘分呢！唉，她呀，不像咱们，这么没心没肺。"

推秋千的两个奶妈一胖一瘦，她们看着贞儿和太子关系密切，心中多少有些酸不溜丢。她们小声议论着。贞儿沉浸在一种幸福中，对她们的议论根本充耳不闻。

"宝宝，乖啊，听小妈的话，啊！"

没人时，她总是这样将太子紧紧搂在怀里，口里甜蜜地絮叨，心中涌动着母性的快乐。

"小妈，小妈小妈，我还要飘飘，再飘飘！"

朱见深玩起来胆子可不小，他连珠炮一样大声地说着，手指不断地往高处比画。

"推，你们用劲儿推啊！"

贞儿对奶妈怒喝道。两个奶妈却不敢动手，胖奶妈道："贞儿，好怕人，万一有什么闪失，可不是咱们能担待的。"

"叫你们推就推，啰唆什么呀！有闪失，我全家杀头，总可以吧？"

贞儿不高兴了，两个奶妈对望一眼，只好将秋千荡得高高的，像一只飞起的鹤。

黄昏时分，紫禁城的小巷里，胖奶妈正匆匆地走着。忽然间，斜刺里走出个宫女来。

"刘奶妈，借一步说话。"胖奶妈正迟疑着是否搭腔，宫女附在她耳边说了两句话，胖奶妈先是受宠若惊的样子，继而又惊恐万分。

"不，我不能。"她拼命地摇着手。

"不，你能，你一定得做。你该明白现在是谁的江山了吧？"

宫女两眼直盯着胖奶妈："你那个大小子不是放在他奶奶家养着吗？前两天，太后派人去看了，长得可壮实了。太后叫你好好干，别操心。"

胖奶妈哆嗦着嘴唇，哭又不敢哭，说又不敢说，终于颤抖着伸手接过宫女递给她的一个小纸包，脚步不稳地拐过一道墙角，不见了。

宫女注视着她的背影，转弯退回到她出来的地方。那儿停着一辆轿子，杭贵妃坐在轿子里，脸色阴晴不定。宫女见了她，赶紧附上去悄悄说了几句话，杭贵妃这才微微一笑，拍了拍宫女的肩，起轿走了。

太阳已经完全沉下去了，四周一片苍茫。也先的军营里，空地上燃起了许多篝火。一些士兵在烤羊肉、喝酒，几个瓦剌女人在跳舞，气氛很是欢腾。

"今天大王怎么开恩了？是不是要回家去了？"

一个士兵边撕咬着一条羊腿，边问身旁的伙伴，伙伴看舞蹈看得出神，被吃肉的士兵捅了一肘子，才醒过神来。

"听说咱们的大军在北边又破了城，捞了好些财物，还有好多漂亮女人呐。"

"哎，听说明儿个要送那个太上皇回去了呢！一山不容二虎，大明朝这下有了两个皇帝，有好戏看了。"

另一个士兵指着远处的朱祁镇，诡秘地说道。

众人一阵轻笑，然后就又全神贯注地吃喝起来。

"太上皇，明儿您就真回去了，您多喝点儿呀！"

朱祁镇坐在也先的下方，喜宁颇为殷勤地端酒夹肉，朱祁镇却难以下咽。不知为什么，他脸上满是忧色。

萨日娜紧紧地依偎着也先，见也先盯着跳舞的女子不转眼珠，萨日娜的脸色渐渐阴沉下来。

娜布其没来凑热闹，她躲在帐篷里哭泣，哭了半晌，又展开朱祁镇画的扇面来看，看看又哭。这时，帐外传来一阵嘹亮、悠扬的歌声。娜布其愣了愣，忽然起身快步来到王兄也先的身边。

"哥哥，明天我也要去。"娜布其坚决地说。

"去哪儿？"也先有些莫名其妙。

"跟他走哇！"

娜布其指了指朱祁镇。恰在这时，朱祁镇也朝她看，两人的眼光一对，顿时都看得有些痴了。

"不行，除非他不走，让他明媒正娶你，用几座城池做彩礼才行。"

也先一口回绝了妹妹，娜布其低着头不吭气，泪水扑簌簌而下。也先见状有些心软了，便搂着妹妹的肩，安慰道：

"娜布其，咱们瓦剌骑兵里英勇剽悍的人多得像天上的星星，只要你看中谁，哥哥就把谁赐给你。"

"不，我就要他！"

娜布其固执起来也先也没辙。他叹了口气，正想说什么，忽然间，他附近的几个兵士猛地冲上来，想刺杀他。人群一阵大乱，但也先很镇定，他的护卫也很镇定，刹那间，酒宴歌舞的场所变成了肉搏战场，一片刀光剑影，血雨纷飞。

一个化装的明军士兵已经趋近也先身旁，也先持刀和他搏斗，他身强力壮，刀法凶狠勇猛，明军士兵虽说也骁勇，一时间竟奈他不何。也先一边打一边大喊："把他给我送进帐篷。"

其实，异变一起，也先的副将和几个士兵就已经把朱祁镇团团护住，转移到帐篷里去了，倒是也先自己，此刻成了明军士兵攻击的重点。

"哥哥，小心！"

娜布其正不知所措间，忽然发现又一个明军士兵扑向了也先，她边喊边拉着同样不知所措的萨日娜朝也先跑去，想是要去增援他。不料萨日娜跑动时被自己的长袍绊了一下，摔倒在地，很快又被厮杀的人踩了几脚，疼得她一声声尖叫。

娜布其要冷静得多。她手握短刀，从侧边绕过去，正好一个与也先厮打的明军士兵背向着她，娜布其挥手过去，短刀直插士兵的后背，士兵一声惨叫，倒地不起。娜布其望着脚下满身鲜血的士兵，一阵惊愕，不由自主地回首朝朱祁镇的方向望去。只见朱祁镇在帐篷门口冷冷地瞧着她，娜布其一声低吟，从人群中狂奔而出。

个子不高、看上去有些文弱的喜宁，原先一直猫在一旁，这时看许多瓦剌士兵团团围拢来解救也先大王，便也胆壮地冲上来，挥刀乱砍，看上去极其勇猛。

由于化装前来刺杀也先的"夜不收"（侦察兵）太少，寡不敌众，他们很快就被击败了。二十来人中，大部分当场被砍杀，还被活捉了几个。

"大王，他们是锦衣卫中的夜不收，厉害角色。"

喜宁蹲下身，翻了翻死去的士兵身上悬着的铁牌，禀告道。

"是谁派的？新皇帝吗？等一下好生伺候他们，问问明白。"

也先的手指受了点伤。他将伤指放进嘴里吮着血，扫视着被俘的几个士兵，一边自言自语。

这时，被缚的几位夜不收士兵一对眼色，忽然齐声大喊：

"太上皇，没能救您出去，对不住了！"

言罢，个个牙巴骨一动，没多久，便神色痛楚、口鼻流血地倒在了地上。

"他们牙齿里边有锡纸包着的毒药。"

喜宁掰开了一位士兵的嘴，缓缓地说道。

也先的大手捏成了一个拳头："此乃真好汉，我也先敬佩这样的人。副将听令，以士兵礼葬了他们。明天，按计划进行。"

已是半夜时分了，孙太后还没就寝。她心神不定地在房间里走来走去，一忽儿换件衣裳，一忽儿把已经夹杂着几根银丝的齐腰长发梳成辫子，一贯沉静的脸上，露出焦灼的表情。

"太后，您歇息吧，天晚了。"

玉儿长大了些，现在，她已取代了贞儿在太后身边的位置，成了太后的贴身侍女。她有些睡眼惺忪地劝道。

"太后，就是有消息，也该在明后天，您想，那也先的军营离这里还有好几十里呢！"

一个老太监也劝慰着孙太后，孙太后猛地抓住他的衣襟：

"于谦大人没骗我们吧？他真的派了夜不收去救太上皇吗？"

"是的，奴才听见他传的口令。"

老太监坚决地回禀道，孙太后怔怔地望了他一会，眼圈倏地红了。她信步走出去，来到了一个布置得很精巧的佛堂，在蒲团上跪下，虔诚地祷告起来。

东宫的寝殿里，这时却乱成一团。太子朱见深忽然又呕又泻，很快便两眼翻白，四肢抽搐，慌得贞儿一干人四处乱窜。

"快，叫太医，禀告孙太后！"

贞儿抱着朱见深，大声喊道。而后，她便将朱见深的小脸紧贴在自己胸口，口里不断喃喃着，祈求菩萨保佑。

胖、瘦两个奶妈也在忙前忙后，特别是胖奶妈，对太子的病格外关心。

"受惊吓了或是惹了什么吧？我不是说了吗，秋千不要荡那么高，这下好了，玩病了！"

胖奶妈说着递了碗参汤来，要喂朱见深，贞儿一把拦住了她："他现在不能喝东西，你没看见他吐吗？"

"这是参汤呀，固本的，救命用得着。"

她的眼睛躲闪开来，语调也有些不自然。贞儿多看了她一眼，胖奶妈忽然就发了性子：

"好好好，不吃不吃。就你能！"

说着，她快步冲出屋外，将参汤倒了。这时，两个太医已到。看见太子这副模样，全都吓坏了。

"快，撬开他的牙关，给他喂水。"

一个太医翻了翻太子的眼皮，又把了把他的脉，另一个则趴在地上嗅了嗅他的呕吐物。

瘦奶妈端了水来，帮着贞儿往太子嘴里灌水，胖奶妈拿着碗悄悄地往外走去，神情有些不自然。

"刘奶妈，你干什么去？现在人手不够，你快来帮忙！"

贞儿似有意若无意地唤了一声。胖奶妈手一抖，碗掉在地上摔破了，她急忙跑回去帮忙。

"你搞什么鬼，快搂着他的头！"

贞儿吩咐着，一边按太医的指示，帮着打开太子的嘴。太医将手指伸进他的口里轻轻一抠，太子"嗷"的一声，又吐了一地。

"再灌水，再让他吐！"

另一个太医赤着脸喊。太子要出了事，还有他们随伺太医的命好活吗？所以，他们和贞儿一般着急。

"我的儿，你怎么啦？我的儿，你这是怎么啦？"

这时，孙太后赶到了，还在门口，她就哭喊起来了，等进了殿一见这阵势，腿便成了软皮条，哪里站得住？一个趔趄，差点摔倒，好在玉儿扶住了她。

"儿呀，你可千万不能……千万不能有什么闪失呀！你是奶奶的命根子啊，你晓得吗……儿呀，快醒醒！"

太医们正忙着抢救朱见深，孙太后近不了身。她哭喊了一阵后，毅然跪倒在地上，手里捻着佛珠，求神佛保佑她的孙儿。其余得闲的宫人太监见状，也纷纷跪下，和太后一起祈求太子平安无事。

东宫门外的暗影里，一个偷窥的太监见到孙太后的肩舆进去后，便偷偷溜走了。他拐弯抹角地来到杭贵妃住的长乐宫门口，轻轻地弹了弹门板。宫门"吱呀"一声开了道缝，太监溜了进去。

"这么晚了，你有什么事儿要禀告？"

隔着窗户纸，传出杭贵妃冷冷的声音。

太监在窗户外哈了哈腰："回贵妃，好像东宫病了，奴才看见孙太后过去了。"

窗户里头一时没回话，但灯影里可以看到杭贵妃做了个兰花指。许久，她才说了声："知道了。"

而后，灯灭了，一切寂静无声，只有水银般泻下的月辉，洒了这太监满身。

下秋雨了，绵绵的牛毛细雨被风吹成了一匹匹白纱，在萧瑟的大地上扑腾。

宣府的守将郭登和几个将领正在城墙上往外眺望。

"没了，全都没了。二十五个人呀，都是首屈一指的好汉，可惜呀。"

郭登摇头叹道。

"大人，难道上边不知道这样做是以卵击石吗？也先几万人，咱们去几十个人，这样去救太上皇，不是肉包子打狗，有去无回吗？"

一个年轻的副将疑惑不解地问道。郭登没吭气，另一个老将咳嗽一声，解析起来：

"大人，依我看，这恐怕是做给太后和其他朝臣们看的，圣上他……"

"住嘴，圣上的事也是你我能说的吗？"

郭登抢白了老将一通，老将立马悟到了自己的多嘴，有些后怕地拍了拍自己的脸颊，又猛地咳嗽起来，听起来像肺里装了一只破风箱。

"看，是太上皇来了吧？"

年轻将领眼尖，指着远处缓缓而来的一队人马，喊道。

郭登手搭凉棚眯起眼睛看了看，颔首沉声吩咐：

"各就各位，一切听令而行！"

"遵命！"

他身边的几个将领领命而去。郭登下了城墙，来到一辆马车边上，探头看了看里边的几个箱子，脸上既有坚决，也有几分无奈。

"大人，太上皇修书要财宝，您何必从自己家里拿？取这些东西时，太太哭晕在地，说以后的日子没法过了。您用库银也行啊！"

站在马车边上的一个家丁絮絮叨叨地说着，不期然却挨了郭登一巴掌：

"该死的东西，太上皇与我有姻亲，作为臣子，我无法接他大驾入城已是汗颜了。作为姻亲，我连这点心意也不该表一表吗？库银，哼，圣上没旨意，动了一指头也是掉脑袋的事！"

见兵丁很委屈地捂着嘴巴，他语气缓和了些："罢了罢了，这些道理岂是你能明白的。走，开侧门。"

郭登一声令下，侧门"吱呀"一声打开，郭登和几个兵丁赶着马车来到城外。随后，侧门紧紧关上了。

郭登回头看了一眼，一切都很平静，这种平静使他满意。他不慌不忙地来到离城门丈把远的地方，站在那儿迎接太上皇大驾。

"爷爷，您小心！"

"嗯。"

"他们没什么诚心。"

"知道。"

一辆旧马车里，车篷破了，到处都在滴水。袁彬取了自己头上的斗笠，护着朱祁镇的背，一边小声提醒道。朱祁镇的脸罩在斗笠里，眼睛在阴影里黑着，下巴却显得格外白，看上去更加悒郁。

"奶奶个头，给这么辆破车！"

前头的杨铭在驾车。因为没有篷布，斗笠挡不了这种斜雨，他脸上、衣衫上全是雨水，冷得他直骂娘。

"要不咱们赶车往斜里跑，逃得了就逃，妈的！"

杨铭以为边上骑马的瓦剌兵不懂汉语，嚷嚷道。谁知话音刚落，一把闪亮的马刀就直指他的咽喉。"你跑啊，跑得了我喊你爹。"瓦剌士兵用东北腔冷笑道。

"杨铭，别胡闹！"

朱祁镇严厉地训斥道。杨铭响亮地擤了一下鼻涕，冲骑兵一笑：

"兄弟，咱又冷又饿，自己逗自己玩儿呢。跑，你就借我两个胆子吧！"

骑兵收回了马刀，同时扔过一句硬邦邦的话："明白就好。"

说话间，马车已经来到宣府城外，停下了，和郭登的马车遥遥相对。不一会儿，喜宁从后面策马过来。

"太上皇，您修的书呢？"

喜宁伸一只手出来，朱祁镇缓缓地从怀里掏出一封信，递给了他。

"喜总管，多谢你关照，朕在信上把你护驾的功劳都写上了，让新君好好犒赏你的家人。"

朱祁镇打量着满腹狐疑的喜宁，淡淡地说道。

"这……谢太上皇。只是……嗯，有点儿不得劲儿啊！"

喜宁抖了抖信，叫袁彬下车。

"你过去，把这给他们，叫他们大开城门，反正我们这次只有十几个兵，他们还有什么疑惑的？东西一定得先拿来，否则不给人。"

喜宁说着，示意两个兵士搜查袁彬，见没什么可疑之处，方才放他过去，喜宁紧紧地盯着。袁彬过去和郭登寒暄之后，将信捧上。郭登看了，忙赶着马车过来。

"臣郭登叩见太上皇，太上皇万岁万万岁！"

尽管地面泥泞，可郭登仍毫不犹豫地跪下叩头，搞得满身泥水，脸上也脏兮兮的，一副悲伤的样子。

"爱卿，平身。"朱祁镇乍见故人，分外激动，下车扶郭登起来时，竟淌下了眼泪。

"郭登，我奉也先大王旨意，送上皇回京。而且，按大王的旨意，上皇返京后一定要恢复帝位，否则刀兵相见。你说，你为什么不开城门？"

喜宁带着几个瓦剌士兵走过来，气急败坏地指着郭登大声质问。郭登礼貌地一揖：

"请喜总管息怒，我先敬上皇肥鹅美酒，以表寸心，详情我稍后再告诉你。"

他不慌不忙地示意兵丁将酒菜食盒献上，这才转身指着马车上的东西正式对喜宁说：

"喜总管，这是一些礼物，给也先大王的。如果也先大王有诚意，我这就迎上皇回去了。"

说着，他就去赶朱祁镇坐的那辆马车。不意那十几个骑兵却"唿啦"一声，将马车团团围住。

"哼哼，你们也太势利了，就如此轻慢于太上皇？没有卤簿仪仗，也不开城门？告诉你，也先大王的书信上写了一条，你们要是诚心迎接上皇，一定得大开城门，否则，休想！"

他挑衅地扫视着朱祁镇和郭登。朱祁镇紧张地看着郭登，郭登无奈地垂下了头。

"郭登，朕命你马上开城门，迎朕回京！"

朱祁镇惯有的镇静没有了，他拉着郭登的手，急得都要哭了，袁彬和杨铭也紧张得脸发白。

"上皇，臣……臣无能为力，当今圣上有旨，无论如何，不能开城门，万一……"

他瞟了瞟四周的山丘，神色很是警惕。朱祁镇一听大怒，立时就扇了郭登一掌，慌得郭登赶紧跪下谢罪。

"不行！你给我开，一定得给我开！"想到故土近在咫尺，自己却被拒之门外，朱祁镇再也控制不住，他扼着郭登的咽喉跟疯了似的，可郭登却不屈不挠，只是一个劲儿地说：

"上皇，国已有新君，臣不能再听您的号令了！请恕臣罪！"

郭登满脸难色，但口吻却很坚决。朱祁镇一震，忽然喷出口鲜血来，人往一旁栽去。

"郭登，你太忘恩负义了！上皇在位时如何器重你，为什么到现在一点良心都没有？"

袁彬再也忍不住了，指着郭登的鼻子大骂。而杨铭则要扑过去揍郭登，无奈他扶着太上皇，动不了手，只好在那儿干瞪眼。

"奶奶的，你开城门呀！"杨铭目眦欲裂地喊道。

"不，古训说，君为轻，社稷为重，我不能从命。"

郭登毫不动摇。喜宁一看，绝望了，他猛地拔刀架在朱祁镇脖子上，其余的士兵则用刀指住袁彬、杨铭，郭登和他的两个兵士也被人用刀指着咽喉。喜宁狞笑道："你开不开？你若不开，他立马就变成野鬼。"

他的刀渐渐切向朱祁镇的脖子，朱祁镇的皮肤给割破了，鲜血一滴滴洒下来。

"上皇，臣……臣无能为力。"他的声音已不再镇静，微微地颤抖着，像毛了边的纸。喜宁的刀锋又下去了一点，鲜血流得更凶了。

"郭登，你见死不救，只为私计，你会留下百世骂名的！你这个老匹夫！"

袁彬和杨铭破口大骂，而朱祁镇已经快要昏倒了。郭登脸色青了又白，白了又青，终于大喝一声："好，今天郭登拼着一死，就把这城门给开喽！"

郭登铁青着脸，命令身后的士兵去通知开门。

"不，将军，城门不能开！"

谁知那士兵倒有主见，且毫不畏惧。喜宁不动声色，只是将手轻轻抬了一下，朱祁镇便惨叫着倒在地上，脖子上的血染红了胸前的衣裳。

"快，快开门啊！"

郭登声嘶力竭地大喊，无论如何，他不能让上皇的血溅在他面前。士兵也怕了，飞也似的跑过去拍打城门，"嘭嘭"的声音听上去空洞无人。城墙上一阵人影晃动，估计是他们看清了这边的情况，正在商量对策。

"上皇，对不起，不用这苦肉计，您哪能回去啊？快，用这个给他抹上，包一下。"

喜宁换了副笑脸，从马褡袋里取出一盒黑色药膏和一块白布，递给正慌得手足无措的袁彬和杨铭，同时笑嘻嘻地说道。

"喜宁，你不得好死。"杨铭大怒，待要站起来，手却被朱祁镇抓住了。他躺在袁彬怀里，脸色苍白，眼神像冰一样冷。对喜宁的话，他充耳不闻，他的整个灵魂好像都在刚才飞散了。

"皇上，没事，只破了层皮。"袁彬手脚麻利地将他的伤口包扎好，安慰道。

郭登在瓦剌士兵的押送下，正往城门走去，一边走，一边大喊："开城门，迎上皇大驾！"

说话间，两扇高大、结实、黑沉沉的城门轰然打开，一队士兵分立城门两旁，剑拔弩张，好不森严。

袁彬、杨铭扶着朱祁镇往城门走去，喜宁和十几个瓦剌兵紧跟其后，唇边有隐隐的笑意。三个人脸上俱是泪、汗、雨，腿不约而同地抖着。快了，近了，就要进城了。他们每走一步，心就狂喜一分。

忽然间，离城墙不过几米远的地下，有几块草皮给掀了起来。身手敏捷的瓦剌士兵鱼贯而出，悄然无声地紧随在后。

"有埋伏，关城门！"

城门旁和城墙上的士兵同时发现了敌情，他们大声喊道。郭登闻言，吃了一惊，一边抽刀出来，另一只手拉住朱祁镇就要往里冲，可惜他慢了一步，朱祁镇已被早有准备的瓦剌士兵裹挟而出。袁彬、杨铭的双脚就要踏进城内，这时也被瓦剌士兵拉了出来。

"皇上，皇上！快，快去救皇上！"

郭登话音未落，肩上吃了一刀，顿时血流如注。几个明军士兵过来救他，和瓦剌兵展开了激烈的肉搏战。

"快，送他上马车，把他拉回去。"

喜宁说这话时已经跑出了城门外。

"快，射他！"

已经被救下的郭登大声喊道。城墙上，那位年轻将领已将箭矢瞄准了喜宁。就在喜宁快要跑到马车边上时，他背上中了一箭，箭尖从前胸穿出，顿时气绝。

"弟兄们，快，冲进去啊！"

在远处埋伏着的大股瓦剌骑兵，这时在也先的带领下，已赶到城门外。城门那儿因还有格斗，门还未完全关上。眼看瓦剌军就要冲杀进去了，也先的两侧却忽然战鼓齐鸣，铁骑奔涌。原来郭登早已作了安排。

"弟兄们，冲啊！"

也先却不愿放弃这个唾手可得的攻城机会。他手执盾牌高喊着，策马率先向城门冲去。

这时，城门快关拢了，可方才那两个和郭登一齐出城迎候太上皇的士兵还在和瓦剌兵搏斗，关城门的士兵不忍将他们弃之门外，留了道缝："小黑，老朱，你们快进来啊！"

"快关死城门！听见没有？"

"可他们呢？"关城门的士兵仍是不忍。郭登拿刀指向他："快关！"

这时，大队的瓦剌骑兵冲了过来，眼见得就要杀进城来。郭登见情况紧急，带伤亲自帮着关城门。可是，有一个瓦剌士兵的尸体倒在城门角落里，门合不上。被郭登呵斥的守门士兵前去搬尸体，被瓦剌兵劈中。他拼着最后一口气，将尸体拖出几步，接着，自己也扑倒在地。而门外的小黑和老朱也在此刻战死，尸首倒在城门外。

"砰"的一声，沉重的城门关上了。巨大的门闩刚落下，就听见瓦剌兵撞门的咚咚声。

"放箭！"

城墙上，整装以待的几排弓箭手轮换着上前，由于距离近，他们几乎箭无虚发，瓦剌兵伤亡惨重。因腹背受敌，也先一声令下，边上的传令兵吹响了撤军的牛角，众骑兵团团护着也先，渐渐突围而去。

先行的朱祁镇，此时坐在马车里，早已万念俱灰。雨下大了，风将破车棚吹起，斗笠早就不见了，他就那样木桩般坐着，任风雨将自己浇个透湿，脖子上的伤口渗出的血水，使他看上去很恐怖。

这回赶车的是瓦剌士兵，杨铭和袁彬坐在朱祁镇身旁，每人紧紧地攥着朱祁镇一只手，都没说话。

阴雨中，紫禁城的高门深院显出了几分与以往不同的阴沉。东宫的气氛和这天气一般，沉重得都能拧出水来。

在一间宽大的殿堂里，孙太后抱着大病初愈、神态有些发痴的朱见深居中而坐，两侧是钱皇后和周贵妃。万贞儿、随伺太医，还有一大群保姆、奶妈、宫人、太监，统共十几人，则齐齐跪在地下，等候太后的发落。

"你们太不尽心了，居然出了这种大事！我已经报请了圣上，圣上也赞同我的意见：查！查他个水落石出，看看孩子是生了病还是有人玩花招。现在，你们先自掌嘴三十，给我狠狠地打。贞儿和太医，自掌十下。"

太后声色俱厉地说罢，垂下头，和钱皇后一起，亲自给朱见深喂食，只是这吃的每一样都要由那个长得像玉奴的小火者先用银针试探，试过没有问题了，才能给太子吃。

"奶奶，真好玩儿，他们为什么打自己啊？"

蔫不唧儿的朱见深见这满屋子的人都在自己打自己，忽然快活起来。

"宝宝喜欢看吗？喜欢？好，别停下，继续掌嘴。"

于是，大殿里的噼啪声持续了许久，有几个宫女都打得嘴巴流血了，却不敢停下，只好含泪继续着。幸得朱见深怕血，他指指其中一个宫女，害怕地躲在太后怀里：

"奶奶，不要，不要了。我要贞儿小妈！"

"贞儿，你起来。"

太后终于赦免了贞儿。贞儿抱过孩子，微微有些红肿的双颊浮出了一丝淡淡的笑意。

"宝宝好啦？乖，小妈喂你吃苹果。"

"好了，都起来吧。只是你们给我听着，太子若有什么闪失，不但你们别想活，还要株连九族！"

跪在地下的胖奶妈一个哆嗦，手下意识地捂住了左腋下的口袋，脸上露出恐惧的神色。贞儿目光锐利地盯着她，若有所思的表情中掺杂着一丝冷笑。

"烦请姐姐给我通告一声，我是东宫的刘奶妈，找杭贵妃身边的玲儿有急事。"

胖奶妈在杭贵妃居住的长乐宫门前探头探脑了许久，却不敢进去，好不容易壮起胆子和一个看门的宫人打招呼，又遭了白眼。

"你是那边东宫的，到这儿巴结什么呀？"

看门的宫人比较年轻，也比较势利。她上下扫视了胖奶妈一遍，见她衣衫不整，头发纷乱，便有些不屑了。

"姑娘，我可是丑话说在前头，万一事情被耽搁了，你可吃罪不起啊！"

胖奶妈也不是盏省油的灯。此话一出口，看门的宫人果真慌了。

"你等着！"

她扔下这句话后，便急急进去了。片刻之后，她再出来回话时，变得恭顺了许多。

"请进吧！杭贵妃要见你。"

胖奶妈的窘迫、焦灼即刻被一种兴奋所替代，从宫人身边走过时，她重重地"哼"了一声。

"德行！"

看门的宫人冲她背后做了个鬼脸，小声嘀咕道。

"你说，有什么事儿呀？"

杭贵妃正在檐下逗弄画眉鸟儿玩，见了胖奶妈，她不冷不热地问了一句。

"我想见玲儿。"

胖奶妈见过礼后，固执地说道，同时东张西望着。杭贵妃扭过身，俏生生的一

张脸上布了一层淡淡的笑意。她上下打量了一遍胖奶妈后，朝她招了招手：

"来，你来。玲儿有事去了，有什么话尽管跟我说。"

胖奶妈犹豫了片刻，跟着杭贵妃进了殿，殿内没别人，胖奶妈便小声地把太子如何被救、太后如何要查的事说了一遍。她说话时有个毛病——越走越近，杭贵妃只好不断地后退，同时用手在鼻子前扇了扇：

"那你找玲儿干什么呀？这是东宫的事，跟我们这儿八竿子打不着呀！"

杭贵妃忽闪着那双漂亮灵动的大眼睛，漫不经心地说。

"禀娘娘，玲儿给了我这个，眼下我是不敢回去了。太后要查，打碎的碗还在，我回去就没命，求娘娘救我一命！"

胖奶妈掏出小药包给杭贵妃看，杭贵妃一下就变了脸色。胖奶妈趁机跪下，不断地磕头央求将自己留下。

"嗯，这样吧，我去找玲儿问问看，如果属实，你就在这儿待着，没谁敢为难你。来，喝口水，坐一坐。"

杭贵妃的脸上堆满了亲切的笑容，还亲自倒了杯水给胖奶妈。胖奶妈受宠若惊，手一抖，一杯烫水全浇在了自己手上，疼却不敢吭声，只好悄悄地吹着冷气。

杭贵妃飘然离去，走到门旁，还回首冲她妩媚地一笑。

胖奶妈定了心，捧着空茶杯，望着殿内富丽堂皇的陈设发呆。

隔壁的房子里，杭贵妃正在同一个中年太监说话："隔壁坐着的那人疯了，你看着办吧，要干净的法子。"

"是，娘娘。"

中年太监领命而去。杭贵妃想了想，又将他招回。

"玲儿的嗓子完全哑了，不能说话了，是吗？"

说罢，她别具深意地凝视着中年太监，太监避开了她的眼睛。杭贵妃见四周无人，抓起他的手，摸了两摸，太监身体抖了抖，沉声道：

"是，娘娘，她最近得了场病，成哑巴了。"

"是啊，这孩子，命多苦啊！"

杭贵妃温言软语地叹道。在她温存的注视下，太监匆匆而去。杭贵妃的笑容倏地没了。

"废物一帮！"

她狠狠地朝地上啐了一口。

乾清宫的寝殿里，朱祁钰正在接受太医的按摩。这时，近侍太监金英悄悄过来，附在他耳边说了几句话，朱祁钰立马坐了起来：

"好，这下真的撤军啦？于爱卿有功啊，是他派的夜不收将也先吓走了吧？厚赏那些军士家属。唉，可怜上皇，到那天寒地冻的漠北，又如何消受得了哟。"

他牵起衣袖抹了抹眼角。

"那郭登，如何处理？"

"他居然敢抗旨开城门，差点引狼入室，酿成大祸，按理罪不容赦，该斩。不过，看他诚心迎归太上皇，就罚没家产，全家刺配岭南吧。"

朱祁钰的精神比方才好了许多。金英边听边起草诏令，正写着时，冷不丁朱祁钰问了一句：

"金公公，皇太子的生日是七月十三吧？"

"回皇上，我记得是十一月初八。"

刚刚答完，金英就知道自己说错了。只见朱祁钰气呼呼地望着他：

"金公公，你年纪大了，脑子不记事了。我自己的儿子七月十三生的我还不知道？你说的十一月初八是沂王朱见深的生日，记住了吗？"

"记住了，皇上。"金英迟疑了片刻，终于乖巧地答道。

"记住了就好。改天，就把太子的事给办了吧。"

朱祁钰说这话时，将"太子"两字咬得很重，金英倏地明白过来。他迎着朱祁钰的目光看了会儿，点点头。朱祁钰这才微微一笑，然后重又趴到床上，任太医在他身上揉搓。

"皇上，这事儿，是不是再和满朝文武商量商量？不然……"

金英发了半天愣，终于还是走近两步，跪在朱祁钰床前，一边磕头，一边劝道。

朱祁钰听罢，用手支着头，似笑非笑地望着金英：

"金公公，你真的老了。我听说，按惯例，老了的太监，一般都送到浣衣局和内安乐堂，任其自生自灭，死了就送到净乐堂，一把火给烧了，连个坟都没有。你们在宫中辛苦一辈子，落这么个下场，朕也于心不忍啊。"

"皇上，恕奴才糊涂，皇上……"

金英吓得又"嘭嘭嘭"地磕起头来。朱祁钰满意地一笑：

"唉，金公公，头呢，你就别再磕了吧。只是告诉你一个理儿：老子的天下儿

子坐，这是天经地义。就是另立太子，也没什么大不了的。他在位上的时候，会立别人家的孩子当太子吗？那才是真正的笑话！大臣们要是反对，朕顶着。至于名目嘛，这得你去想。去吧！"

朱祁钰挥挥手，金英退了出去。朱祁钰本来闭着眼睛享受按摩，突然间睁开眼，吓得正在偷看他的太医赶紧垂下了眼皮。

"太医，朕方才说话了吗？"

"没有。皇上，屋里一直很安静。"

太医耸耸雪白的眉毛，从容地答道。

"安静就好，朕最讨厌多嘴多舌的人。"

"是，皇上。"

金銮殿上，礼部秉笔太监金英正在宣读诏书：

"父有天下，必传于子。故此，立嫡子朱见济为皇太子，改朱见深为沂王。原皇后汪氏，其德不足以率六宫，改为静妃，立杭氏为皇后……"

朱祁钰紧张地注视着下面黑压压跪着的大臣们。大臣们头都不敢抬，更没人出声。朱祁钰刚刚松了口气，不料却有一个老臣出列奏道：

"臣以为……"

朱祁钰冷冷地瞧着他。老臣虽是满头冷汗，却终于嗫嚅着继续道：

"臣以为应还储于沂王！"

"大胆！拉下去，杖责五十！"

朱祁钰一声断喝，行刑太监应声而出，将老臣拖了出去。在阵阵惨叫声中，朱祁钰又问了一遍：

"众卿意下如何？"

"皇上圣明，万岁万万岁！"

金英带头说道，众臣一片颂扬之声。于谦跪在地上，刚毅的脸上略有不安。他张了张嘴，却什么也没说，只是长叹一声。

迷蒙的雨雾中，也先的大队人马踏上了返回漠北的漫长归途。

朱祁镇坐在马车里，神情恍惚。风大，他有些冷。袁彬和杨铭不时用自己的身体去暖他的背。

也先和萨日娜并驾齐驱。也先看上去虽不高兴，但仍显得英气勃发。而萨日娜因换了戎装，也显出了几分刚健的美。

娜布其忽然从后面打马而来，她越过也先和萨日娜时，手指塞在口里，朝他们打了个呼哨。

"这孩子，也太野了。"也先无限慈爱地注视着她矫健的背影，脸上的笑容甜得像一盆刚割下来的蜜。

"该找婆家了。哎，你真的想把娜布其嫁给那个没用的人吗？你对他那么好干什么？我真是想不通！"

没有了喜宁，萨日娜规矩了许多。也先想了想，指了指天：

"天意！他毕竟是大明天子。乱军中大难不死，这就是天意。还有，那天本要杀他的，闪电却击中了我的马，太可怕了。所以，要恭敬他，你也要恭敬他。"

萨日娜不作声了，两人默默往前骑着。

娜布其打马飞驰的身影矫健异常。当她越过大队士兵赶到朱祁镇的马车边上时，她娇美的脸上露出了笑容。只见她从马背上抽下一床褥子，递给朱祁镇：

"喏，这是床虎皮褥子，你披在身上吧。"

尽管朱祁镇对她一反常态地冷淡甚至仇恨，娜布其却痴心不改，依旧对朱祁镇嘘寒问暖。可是，朱祁镇根本不买她的账，他瞥了一眼虎皮褥子，冷冷地说：

"上面有血，有明军士兵的血。"

然后，他冷冷地看了娜布其一阵，扭头观赏旁边的景致去了。娜布其大窘，她将虎皮褥子一扔，扬鞭策马朝前奔去。

娜布其哭了，她的泪流得很凶，但风很快就将她的泪水吹干了。当她看见路旁有个水洼时，她毫不犹豫地跳下马，在水洼子里拼命洗起手来。

朱祁镇的马车从她身边经过时，袁彬怜悯地看了看她。

"皇上……"

"你想说什么？她一刀就捅死了那位壮士，她的手再也洗不干净了。"

朱祁镇突然觉得有些冷，缩了缩身子。袁彬没言语，只是伸出两只手，将朱祁镇紧紧地搂住，好像他是一个三岁的孩子。杨铭则将自己的一件外衣解下，披到他身上。君臣三人相依相偎在这严寒之中。

这时，行进的瓦剌士兵中不知是谁唱起了忧郁的思乡歌曲，先是一个人轻轻地哼，接着，两个，三个，慢慢地成了合唱。歌声在越来越荒凉的四野飘荡，朱祁镇、袁彬、杨铭望着越来越远的故土，全都流下了热泪。

当又一阵风刮来关内的气息时，朱祁镇他们的马队已经消失在地平线上，看上去，就像一条微微扭动的黑蠕虫。

凄风冷雨中，贞儿抱着朱见深最后回望一眼东宫。在她身前身后，到处是抬着物件搬家的宫人，贞儿的眼中满含泪水。

"小妈，咱们为什么走啊？你为什么哭啊？"

朱见深瞪着一双明澈的大眼睛，奇怪地问。贞儿"嘤"的一下哭出来，把他吓坏了，他嘴一扁，即刻也大哭起来。

"乖宝宝不哭，小妈带你去另外一个地方住，那里有好多草，里头有虫子，可好玩了！"

"小妈，我要吃奶。胖奶妈呢？我要吃她的奶。"

朱见深的手又摸到了贞儿胸前，哭着说。贞儿腾出一只手轻轻将朱见深的小胖手拿开，和旁边撑伞的宫女对视一眼，然后阴阴地说道："胖奶妈啊，她变成鱼了，住在龙王爷那儿，再也不回来了。"

"那，我也要去！"

"胡说，要掌嘴是吧？"贞儿抬起一只手，吓得朱见深赶忙摇头。贞儿见他那样，便亲了亲他，接着唱起一首歌，开始哄朱见深。旁边一个宫女为她撑着伞，两人深一脚浅一脚地离开了东宫。风雨中，她们的背影看上去是那样凄凉无助。

第八章

隆冬时节，纷纷扬扬的雪花使广袤的天地显得拥挤而热闹，似有无数轻盈的披着白纱的女子在舞蹈。

这天是冬至，紫禁城里又有了热闹的气氛。宫眷、内臣都穿了蟒衣，屋子里挂着绵羊太子的画。司礼监制作的九九消寒诗图也送到了各宫之中，悬挂在内室。那诗大体说的是节气时令。图呢，不是寒梅就是雪鹤，与冬景相吻合。这一习俗从太祖时就有了，至今已传了几代。当初的意思大约是想警醒人们记得农事，而今却只是习惯，看的人也只作消遣，并没有谁会太在意。

然而，在原太子、现沂王朱见深住的一所小偏殿里，贞儿却正为司礼监送来的九九消寒诗图生气。

"呀，这是什么玩意儿，张牙舞爪的，虎不像虎，龙不像龙，不知道太子怕这玩意儿吗？往年的消寒图多好，不是梅花就是松树，要么是白鹤，今年怎么啦？这么难看！不要了，拿回去吧！"

贞儿刚摊开那幅图来看，火气儿就冒了上来，因为奶妈手中抱着的朱见深一看那黑乎乎的纸上跃出一只相貌凶狠的野兽来，就"哇"地大哭起来。贞儿将图一卷，递还给送诗图的小太监，小太监却不敢接。

"贞儿姐，这……这是吴太后特地选的，说是这殿里阴气重，特意叫画师画的，我可不敢抗懿旨。对不起您了。"

小太监一边说，一边脚底抹油溜了。

"贞儿姐，还是挂上吧。喏，挂那间屋子，小王爷不太去的地方。没关系，这样别人问起咱也好交差啊。哦哦，不哭，咱们走。"

奶妈说罢给朱见深喂奶去了。贞儿将那图再一次展开，眼里冒出怒火来：

"太不像话了！"

她卷了图轴，往慈宁宫方向匆匆而去。

慈宁宫里，孙太后坐在床上没起来。她披头散发，面容憔悴，时不时从身旁的青花脂粉箱里掏出宣宗皇帝赏给她的各种小玩意儿，看一会儿，抹一会儿眼泪。

"皇上，您知道吗？祁镇他在北边受苦，我呢，也快活不下去了。要不是惦着儿子和孙子，就随您去啦！皇上，您九泉有知，也该睁开眼看看啊，现今的老二和他娘，太不像话了，都快把我们母子几人给吃啦！"

一辈子争强好胜、总占着上风与高枝的孙太后，终于流露出了一个女人心底的软弱。她喃喃地说罢，便用棉被蒙着头，痛哭起来。

这时，被她从里面闩住的房门被人轻轻叩响了，是宫女玉儿。

"太后，贞儿姐姐来看您啦！"

孙太后哽咽着应了声，赶紧抓起边上的毛巾擦了把脸，又套了件裘皮衣，用发簪把长发簪在脑后，这才打开了房门。

"太后，贞儿给您请安！太后，您怎么啦？哪儿不舒服了？让贞儿给您按摩按摩吧。"

看到太后的模样，贞儿吃了一惊。她赶忙悄悄地把手中的画轴儿从背后递给了玉儿。

"没事，就是一宿没睡好。太子怎么样了？哦，我倒忘了，他现今不是太子了，是沂王。他好吗？玉儿，去给你贞儿姐姐取杯枣汁来，叫于公公来梳头。"

孙太后边说边拉着贞儿的手往里让。贞儿从未见她这样憔悴，不由心酸起来，她泪眼汪汪地看着太后。

"贞儿，真没什么事儿吗？"太后仍旧不放心，回身站住，打量着贞儿，问道。

"太后，没事就不兴来看您吗？沂王他很好。昨儿给他称了称，又长了两斤。"

"那就好，只是你们现今住的地方太阴冷，多是前朝被冷落的妃子住的屋子，有些破败了。夜晚不冷吧？"

"唉，将就着吧。只是那红箩炭能不能让惜薪司多给些儿？有孩子嘛，常洗换东西，用得着。"

贞儿说着打量了一下四周："太后怎么没挂那九九消寒诗图？"

"哼，什么呀，画了一头鹰不像鹰、老鸦不像老鸦的鸟蹲在树枝上，翻着双白眼，我把它给扔了。沂王那儿呢？"

"嗯，画的是一只老虎吧，还行。"

贞儿不想再惹太后生气，便打了个埋伏。正好这时梳头太监过来给太后梳头了，贞儿便和玉儿在一旁说着悄悄话。

"于公公，真不明白你的手是怎么回事，怎么头发给你这么一捋，就连心肝肠肚都顺畅了呢？真是奇怪啊！"

孙太后被于公公伺弄得很舒服，黯淡的脸上放出点儿光来。她闭着眼睛，很享受地叹道。

"太后。"一个老太监悄悄进来，瞄了贞儿两眼，笑了笑，便垂手立在一边，看神情像有要事禀报。

"没事儿，都是自家人，说吧。"

"是，太后。那个杨纯大学士和太子太傅王一宁来了，就在门外。"

"啊？大白天的，给别人看见可不好，快让他们进来。"

孙太后有些顾忌地环视了一遍周围，急急地宣他们进来。待杨纯和王一宁进来后，对太后了如指掌的贞儿就示意玉儿跟自己走到外间，同时把门掩了。门还没掩拢，梳头的于公公和传讯的太监也奔了出来，四人彼此望望，都没作声。贞儿见状，先告辞了。自从胖奶妈的尸首在御花园的池子里被发现后，她特别担心见深的安全。

里屋，紧闭着的殿门旁，太后、杨纯、王一宁三人窃窃私语，不时还抬眼四边睃睃，显然有些担心。

"谢谢你们二位的好意，就怕当今皇上……"孙太后顿了顿，终于还是说了出来，"不高兴。他这人，自小性子倔。想那老臣谢然，只在殿上说了几句反对废立太子的事，就给杖毙在殿外。万一为此连累二位，老身可就有罪喽。"

"太后别这么说，如果不是太上皇圣明，那年为我昭雪，老臣说不定就冤死了，哪儿有今天啊！"

杨纯五十多岁年纪，早年在刑部当差时，曾受人诬告获罪。后折子送到朱祁镇手里，朱祁镇一看案情，觉得不合情理，下令复议，这样才恢复清白，后又受到重用，所以对太上皇忠心耿耿。

"太后请放心，臣等都做好了死的准备。孝悌忠义，这是做人的信条，圣上他……"

王一宁年轻些，看模样浓眉豹眼的，是一副火暴性子。他说着说着声高起来，吓得太后朝他嘘了两声，他下面的话就给咽了回去。

"奏折明儿就送上。如果皇上能本着公心同意咱们的提议，派使团迎回太上皇，那真是谢天谢地了。要不行的话，咱就拼着命给他提个醒。"

王一宁攥着拳头说道。

"瓦剌的使团走了吗？我想让他们带些冬衣过去，那北边天寒地冻的也太冷了。"

孙太后红着眼圈问杨纯。杨纯和王一宁对视一眼，叹了口气：

"唉，别提那使团了，皇上差点儿把来人都给杀了。后来还是于谦大人劝着，才没动手。不过人早给赶跑了，说是不讲和，也不给边贸。瓦剌那边原本有许多东西是靠着咱们这边贸易才有的，如今关系一断他们也觉着不便了，所以才想送回太上皇，看样子太上皇回来有望。"

杨纯说是这么说，脸上却是一副不容乐观的样子。

孙太后呆呆地出了会儿神，忽然向他们做了个万福，吓得杨、王二人赶忙拜倒在地。

"太后，别这样。"

"太后，太后！"

两人磕着头，眼中都冒出泪水来了。太后也抽泣起来，三人就这样无言地怔在那儿。

漠北的荒原上，此时已是一片冰天雪地，也先的老营名为苏武庙，却不见庙宇。牧民与也先军中一样，皆扎帐篷而居。朱祁镇的帐篷扎在一棵枯树旁，是当地所谓的"地窝儿"帐房，矮小单薄，难御严冬。此刻虽是白日，朱祁镇、袁彬、杨铭三人却抵足而坐，相依取暖。

"皇上，昨儿出去拾牛粪，看见那边有野兔子，可肥呢。怎么样，我帮你捉两只来？"

杨铭搓着手，兴奋地说。也许是路途劳顿，他们全都瘦了，且都留起了胡子。朱祁镇看上去像一介寒儒，连他的笑都有些儿酸楚：

"你当那兔子是你养在笼里的，想抓就抓呀？没那么好的事！"

"不，皇上，我们昨天已经下了套子，去看看吧。已经这样窝了两天啦，再不动动，只怕要懒得脚抽筋。"

袁彬说着替朱祁镇穿衣裳。为了御寒，他们把能穿的衣服都穿上了，头上有帽的戴帽，没帽的扎头巾。三人的模样都有些怪，互相瞅了瞅，不由捧腹大笑。

"天哪，咱们成了什么人了，比台上的丑角儿还滑稽。"

朱祁镇说话时，已经不再用"朕"字了。他现在一点儿以前的架子都没有了，很平和，三人说笑玩闹起来就像老朋友，气氛倒也融洽。

三人上了马，驱驰而去。路上，有几个士兵看见了他们，也只是朝他们挥了挥手，并无阻拦之意。

"皇上，他们现在不管咱们了，咱们逃吧！"

杨铭开玩笑地喊道。

"逃？也先知道我们逃不出去，逃到半道上，还得回来。这草原上，全是他的人，就是他们不收拾咱，别人也把咱给拾掇了。再说，这一带地广人稀，说不定还饿死冻死了呢。"

袁彬大声地说着。因风雪弥漫，北风呼啸，尽管他们使了这么大劲，落在后头的朱祁镇却仍未听得很明白。

"什么？"

他紧夹两下马肚，追了上来。

"他叫咱们逃，逃回京城去。"

袁彬指了指杨铭。朱祁镇苦笑了两声，也大声说道：

"好，逃吧，逃出那窝棚子，来拾懒兔子。咱们也许该轮流守在大树旁，这样说不定每天都能拾到一只在树上撞死的兔子！"

说罢自己哈哈大笑起来，笑声中，显出几分无奈与认命。

"嘿，皇上，你看这儿！哎呀，真套住了！"

杨铭翻身下马，捡起了一只被套住的已然冻硬了的死兔子，高兴得跳了起来。袁彬四处一望，皱眉道：

"不对呀，昨儿这里没有土墩子，现在这土墩子这么高。我记得咱们下套的地方该有个树桩，这儿也没有。"

"哎呀，你看这，这是什么？一条腿，人腿！"

忽然间，一旁的朱祁镇慌张地退了两步，指着脚下惊呼起来。

袁彬和杨铭赶忙蹲下来，将雪扒开，只见一个壮实的中年男子躺在雪中，已经气息奄奄了。

"快，背回去，也许还有救。"

朱祁镇闲得发慌，这会儿见有事做了，不由有些兴奋。

"皇上，这人是瓦剌人，你看他的装束。"

袁彬指着地下汉子的衣着，犹豫地说。

"知道。是个猎户吧？这兔子定是他套的。快，抬他到马背上。"

朱祁镇亲自动手抬人。袁彬和杨铭一看，不敢怠慢，忙合力将汉子抬上马，由杨铭护着，袁彬则拎着兔子，三人打马回营。

也先的帐篷里生着火，烤着全羊，还温了酒，却空无一人。也先有些醉了，他刚从帐外回来，胡子上结着冰。他一进帐篷就大声喊起来："萨日娜！萨日娜！"

在一道布幔的背后，萨日娜被英俊挺拔的年轻将领鲍斯尔搂得紧紧的，两人正在如胶似漆地接着吻。一听喊声，萨日娜和鲍斯尔一齐打了个寒战。

"快，这儿！"

萨日娜将鲍斯尔推到布幔背后，又把悬挂在绳子上的几件袍子拉开，把他遮了个严严实实。

"哎呀，大王，您这是怎么啦，又到其其格家喝酒去了？看你，都成白胡子爷爷了。"

萨日娜拿起把笤帚，帮也先扫着雪。也先没说话，看了看火塘边上放着的两只碗：

"谁来了？"

"没谁，不就等您吗？大王，您现在见了其其格，都不理我了，我就热好酒，烤好肉，看看这香味儿能不能把您引来啊。"

萨日娜说着，就解了衣袍，敞着胸，歪倒在也先身上。她的脸因方才的兴奋和现在的紧张而红艳异常，也先又是酒后，被她一撩逗，两人便倒在地毯上。萨日娜用余光扫了扫布幔那边，眼珠一转，顺手扯过被子，将也先和自己从头到脚全蒙上。

"这是干什么？嗯？"也先扯着被子，萨日娜却"咯咯"笑着，捂住不放：

"大王，您就这样等着，等着我让您舒服吧。"

说着，她朝布幔后边的鲍斯尔做了个手势。可鲍斯尔隔着幔布看不见，可把萨日娜急坏了。

"大王，这样蒙着被子，跟黑天儿一样，什么也看不见，什么也不想，就只有您和我，不好吗？"

说着，她低下头，用嘴在也先下面折腾起来。也先先是一愣，接着一喜，一阵欲死欲活的快感使得他发出了哼哼唧唧的声音。

布幔后的鲍斯尔听到这儿，偷偷溜出来，哈着腰，踮起脚尖猫一般地从他们身边快步窜了过去。但也先根本没听到，他被那前所未有的快感攫住了。黑暗中，他一把揪住萨日娜丰满的乳房，喘着粗气道：

"爱妃，爱妃，你这样太讨人喜欢了！来，再来！"

被子掀起一道缝，亮光照在伏在那儿的萨日娜脸上，只见她唇边荡起了一抹笑意。

鲍斯尔从帐篷口出来时，正好遇见朱祁镇几个策马回营，他立马站在一旁。袁彬、杨铭没看见，朱祁镇却瞅见了。鲍斯尔冷冷地看了他一眼，朱祁镇打马而过，没睬他。鲍斯尔松了口气，悻悻地策马走了。

"公主，看！他又从王妃的帐篷里出来了。"

在娜布其的帐篷里，一个下女撩着门帘，指着精神抖擞的鲍斯尔，愤愤地说道。

娜布其正在梳她那满头乌云般的长发，闻言跳将起来，凑过去，正巧看见飞驰而过的朱祁镇君臣三人和心有余悸的鲍斯尔。

"你看见过几次了？"

娜布其一边编着辫子，一边恨恨地问道。

"三四次了，每次都是大王到其其格家去的时候，好奇怪哟！"

下女的年龄小，还不太懂事。她这一嘟哝，娜布其眉头皱得更紧了。她想了想，胡乱地取了围巾，将头包了，披上大氅，走进了风雪之中。

"嘿，你可醒了，来喝点儿汤，你套的野兔熬的汤。"

朱祁镇的帐篷里也生起了火堆。吊着的砂锅里，熬着兔子汤。朱祁镇、袁彬、杨铭三人守在那汉子跟前。见他终于睁开了双眼，杨铭不由高兴地舀了勺汤，要他喝。

"太烫了，吹吹。"

朱祁镇现在也知道疼人了。杨铭吹了吹汤，喂到汉子口里。汉子喝了几口后，终于舒出口气来。

"谢谢！"

他挣扎着要爬起来，却因体弱，还是倒了下去。

"你会讲汉话？哎呀，太好了！"

君臣三人都感到了意外的惊喜，只是袁彬不久之后又皱起了眉头。他把朱祁镇拉到一旁，小声提醒他：

"皇上，会不会是也先派他来刺探咱们的？"

"唉，就你多虑。要说以前，新君没即位，我还是奇货可居，现在到了这儿，杀又不能杀，留着是闲人一个，还得多吃他的口粮，他早恨不得把我送回去，哪还有心思派人刺探咱们呀！再说，有这么刺探的吗？他哪知道咱们会去拾野兔，而且还走错了道呢？"

"皇上圣明，是我多疑了。"

朱祁镇一席话，说得袁彬心服口服。

"……我是猎户，叫卫沙狐狸。我奶奶是汉人，是我爷爷抢来的，我自小儿跟她过，所以会讲汉话。您就是那位大明天子吧？我给您磕头了。您大难不死，必有后福，您还会回南边去的！"

卫沙狐狸说着，真的爬起来磕了两个响头。他的话使得朱祁镇眉开眼笑，谈兴不由浓了起来：

"你成家了吗？"

"没有，家里穷，娶不起。爷爷、奶奶、父母都没了，就我光杆儿一个，一人吃饱全家不饿。"

朱祁镇同情地注视着他。卫沙狐狸忽然又磕了两个头："大明皇上，您和这两位爷是我的再生父母，我就跟在您身边，为您当牛做马吧！"

"行，留下吧。来，喝兔子汤。"朱祁镇说着白了杨铭、袁彬一眼，君臣三人会意地笑了。见他们笑，卫沙狐狸也跟着笑，破旧的帐篷里因这笑声而暖和了许多。

帐篷外，娜布其身上洒满了雪花。她几次犹豫着想走进帐篷，最终却改变主意，踅身往也先的帐篷走去。

也先和萨日娜这时已亲热完了，但两人余兴未了，仍旧拥坐在火塘边上，脸上神采飞扬的。

娜布其一撩帘子，一股冷风扑进去，惊动了他们二位。

"娜布其，快进来暖和暖和。你看你，一身雪花，又到哪儿疯去了？"

也先对妹妹总是宠爱有加。娜布其朝也先做了个鬼脸，又看了萨日娜一眼：

"你们刚才一直在这儿吗？"

"是啊！哎，大王，喝酒吧。"

萨日娜有些心虚地转移了话题，也先对妹妹的问话却很认真：

"怎么啦，娜布其？"

"没什么，就是好像有个人从这儿走了出去。"

"什么时候？"也先目光疑惑地盯着萨日娜，娜布其也看着萨日娜，萨日娜娇艳地一笑：

"大王，她眼花了，您不是和我在这儿吗？您想想，可能不可能？"

她朝也先眨巴了几下眼睛，也先会意地拍拍她的手："好了，娜布其，没人出去，我一直在这儿哪！来，到哥哥身旁坐坐。"

"不了，我有事。"

娜布其愣了愣，随即转身出门，融入了漫天飞雪中，像一头敏捷的小鹿。

乾清宫门口，上朝的百官三三两两聚在坪上，等着觐见皇上。他们小声议论着，不知发生了什么事。杨纯和王一宁也在。

"那折子昨天连夜送上去了，不知怎么样呢。"王一宁扫视着眼前的一切，有些担心了。

"皇上临危受命，上朝一直都很准时，还带病议政。今天，看这情形你我只怕凶多吉少哇！"

杨纯到底老练，他捻着胡子，说出了自己的猜测。

"喏，那是于大人吧？我们能不能就教于他？"

王一宁想奔过去，被杨纯拉住了。

"于谦大人是皇上的这个……"他将手往自己的胸口贴了贴，"他怎么会为太

上皇说话？"

"不，于大人只有一片公心。皇上前些日子看他整饬武备很辛苦，要给他双俸，他都给辞了。"

"可是废皇太子的时候，他签了名。"

杨纯对于谦有成见。

"你我不是也签了名吗？"

杨纯不吭声了，两人商量着朝于谦走去。不料那个当初因主张迁都而被于谦挥刀赶出大门的徐珵却先于他们迎了上去。

"于大人，于大人，请留一步说话。"

徐珵现在改名徐有贞了，他似乎根本不记得自己和于谦之间有过什么过节儿，上前说话时神态自如。于谦礼貌但很冷淡地和他打了个招呼。

"听说，你改名儿了，不叫徐珵，叫徐有贞了？"

"是，让于大人见笑了。徐某不才，好发谬论，如今有了改过之心，所以更了名。只是皇上似乎对我有成见，还望于大人在皇上面前多美言几句。"

于谦笑了笑："老徐啊，你聪明机警，上知天文下晓地理，老老实实做学问，当你的钦天官不顶好吗？说吧，什么事？"

"这个……皇上没给差使，也没了俸禄，家中坐吃山空，实在没办法了。听说国子监祭酒空缺，于大人能不能为我举荐？事成了，我一定重谢。"

徐有贞可怜巴巴地说。于谦思忖了片刻，捋捋胡须，充满同情地说道："谢不谢就用不着说了，咱们同殿为官多年，何须如此客气。皇上那儿，有机会我自会替你保举。"

"那我先谢谢了。"

徐有贞退到了一边，让于谦过去。当于谦走远之后，他那一脸谦卑的笑容即刻不见了，代之的是一种仇视的表情。

"于大人，于大人！"王一宁喊着，刚想奔过去，传令太监喊道：

"皇上召见于谦大人，百官候着，待会儿上朝。"

于谦冲王一宁抱抱拳，表示抱歉，这边匆匆进去了。王一宁和杨纯互相看着，都有些忐忑不安。

"真是岂有此理！居然敢跟朕唱反调，朕非治治他们不可！"

寝殿里，蓄着须、稍许长胖了些的皇帝朱祁钰拍着案上的两份折子，正在那儿大发雷霆。司礼监秉笔太监金英和几个太监唯唯称是，谁也不敢去触他的霉头。见了于谦，他们全都松了口气。

"皇上，臣给您请安！"

于谦正要下跪，被朱祁钰一把拉住。

"去，给于大人端碗冰糖炖梨来。怎么样，于爱卿，你的喘病好些了吗？"

难为朱祁钰盛怒之下还能记起谦的哮喘病，金英有些妒忌地偷偷剜了于谦一眼，于谦正感动着，根本没注意。他连连点着头：

"皇上，劳您记挂，臣好多了。"

"好，你好了，朕心里也轻了一半。来，你看看这两份折子，什么意思！这皇上并不是朕争着要当的，是于爱卿你，还有百官商议以后，皇太后也颁了懿旨，朕才登基的！为的什么？还不是为了社稷江山！如今倒好，朕成了窃国大盗！太上皇落到今天这步田地，难道是朕的错？岂有此理！迎回上皇，可以；但和瓦剌讲和，却万万不能！亏他们说得出口，这些年，我们死伤多少人？损失多少财物？他说讲和就讲和了？没那么便宜！"

朱祁钰越说越恼火，最后拍起了桌子。于谦反复看了那两道奏折，刚想发表意见，朱祁钰却恼怒至极，一甩袖子，率先出去了。

"上朝！"

于谦疾走两步，拦住了朱祁钰："皇上，那徐珵……哦，现在改名徐有贞了，您没给派差使，他没俸禄领，全家生活无着。现在国子监祭酒一职不是空着吗，皇上能否考虑考虑？"

朱祁钰停住脚步看着他，想指责他又说不出口，只好叹了口气，一边恨铁不成钢地说："于爱卿啊，别人那样对你，你不计较，反而为他说话，实在是难得。他的事朕自会处置，你就不用挂心了。"

"天上青石板，眼睛闪啊闪，白天看不见，夜晚点盏灯。"

贞儿抱着朱见深，在各个殿里来回走动，一边走，一边念，朱见深也跟着念。有时两人互相胳肢一阵，笑得前仰后合的，甚是亲密。

"贞儿来了真好，没咱们什么事了。"瘦奶妈正给另一个宫女掏耳朵，两人唠着私房话。

"这丫头，厉害着呢！自从胖奶妈刘嫂出那事儿后，小王爷的一应食物，她都要用银勺验过。"

"哎，你说那刘嫂怎么回事？好端端的，她跑御花园干什么去？那地方，不是

咱这种人随便进的呀！"

宫女疑惑地扭过头来，瘦奶妈也就停住手不掏耳朵了。

"哎，还记得小王爷那次病吗？险些丢了命，听说就是……"

两人咬起了耳朵。不期然贞儿的声音却突然响起来：

"清明世界的，你们俩搞什么鬼呀？以后少这样，万一给谁见了，不定告一状，说咱什么什么的，明白吗？有话尽可以大声点儿说，反正这屋子空荡荡的，人也没几个，有点声音还热闹些。是吧，小王爷？小捣蛋？刚才小妈念的，说的是什么呀？"

贞儿就是有这套本事，说了谁谁还不会恼她。她到底是个通情达理的好姑娘。

"是……星星，小妈刚才念的，是星星。"

朱见深终于想起来了，贞儿这些天教他念的是一首关于星星的童谣。贞儿她们听了，都连声夸朱见深聪明。

"他呀，比那个现在的太子要机灵得多呢！"

"不像他娘，他娘是个蛮子，可倒是有一个争气的肚子，生了这样一个儿子。"

"……"

三人正说得热闹，吴太后身边的宫人朱紫儿忽然进来传懿旨，说是太后、杭皇后她们带了太子、公主等一帮孩儿在煤山上赏雪，请贞儿姐姐也带沂王去，大家一块儿玩乐。

"皇太后、周贵妃她们去没去？"

贞儿漫不经心地问了一句。

"不知道，只说叫你们快去。"

朱紫儿长了双牛铃眼，看人时又有些瞪着，面相不善。朱见深见到她就直往贞儿怀里躲。

"朱紫儿，你也看见了，我们王爷今天身子骨不畅，不能受风寒，就不去了。"

贞儿拍着朱见深的背，笑吟吟地说道。这理由本来很充足，但朱紫儿却不买账。

"不行。贞儿姐，吴太后说了，都要去，你敢抗懿旨吗？反正我已经传过旨了，去不去由你。"

说着，朱紫儿一扭腰身，扭着臀走了。贞儿考虑了片刻，这边着人去禀告皇太后和周贵妃，这边和瘦奶妈、保姆给朱见深穿上皮袄，戴上皮帽，换了棉靴，又带了小棉被、暖炉，还有吃食一类东西，往煤山那边赶去。

金銮殿上，朱祁钰面若寒霜。他将那两份奏折卷在手中，折来折去的，好一阵没说话。他脚下，黑压压地伏了一大片大臣。杨纯和王一宁并肩跪在那儿，头上都冒出了晶亮的汗。两人互换了个眼神，不由得绝望地闭上了眼睛。

果不其然，朱祁钰发怒了。他将奏折狠狠地往地下一摔，猛地站起来。

"杨纯、王一宁里通外虏，为瓦剌求和，是何居心？拉出去！"

他一声断喝，锦衣卫士闻风而动，将大呼冤枉的两人拖了下去。众大臣一阵躁动，但旋即又安静下来。这种紧要关头，谁也不敢向皇上劝谏，哪怕是于谦也只是张了几下嘴，将满肚子话咽了回去。

朱祁钰一言不发地甩下众人，扬长而去，弄得殿上的大臣们面面相觑。

煤山上，披着大红披风的吴太后、打扮得妖娆多姿的杭皇后以及众嫔妃、公主，正在山前绮翠楼那儿赏雪。嫔妃、公主们堆雪人，打雪仗，笑语喧天的，好不热闹。

"月下看花，江边听涛，楼头赏雪，真是快慰人心之事。这雪，你看，多像棉絮啊！"

吴太后有些诗才，平日喜欢吟诗，也常发感叹。如今兴致勃勃，自然少不得要用些绮丽的辞藻来描绘自己的心情。

"是啊，太后。我看您比那谢道韫还要才高半斗呐。谢道韫只会吟诗，却没福做太后。而您又会吟诗，又福禄双全，岂是她能比的？"

杭皇后展开她的如簧巧舌，哄得吴太后笑得脸都打皱了。

"看你，巧八哥儿似的，难怪皇上宠你。哎，怎的不见贞儿她们？"

吴太后现在舒心了，人也略胖了一些，说话时一改往日低眉顺眼的柔顺样儿，变得有些骄横。

"那儿，看见了吗？那穿宝蓝色衣裳的。"

杭皇后眼尖，指着左下方小径上站着的一大一小两个人影，兴奋地说道，同时拿眼睛瞟了瞟旁边的一个年轻太监。年轻太监似乎点了点头，又似乎什么也没做地往旁边的雪地上走了过去。

"这贞儿，有些古怪。你看，大家都在玩，挤人堆儿，她却做这清高样儿，站在那儿，给谁看哪？真是什么样的主子养出什么样的侍婢，拉出的屎味儿都一样臭。"

吴太后时不时地要含沙射影地骂孙太后几句，否则她心里不舒畅。

"唉，这人哪，听说刑徒出身，身上流着贼血，有股子蛮劲，不然哪有胆子出宫又逃回来啊？哎，说不定她都已经被人糟蹋了，万一生下个杂种可就惨啰！"

杭皇后说罢"咯咯"地笑起来，吴太后听了，却瞪眼盯着她看，看得杭皇后猛地刹住笑，不知自己犯了什么错，神情很是惶惑。

"对，你说得对。过来，过来呀，我告诉你……"吴太后附在杭皇后耳边，絮叨了一番，听得杭皇后眼睛一亮，不过这神情马上又被紧张替代了。她紧紧地盯着方才那个年轻太监的背影，目光里有一种惊悚。

吴太后顺着她的目光看了过去，涂得红红的嘴唇忽然张大了。

那年轻太监一步没走稳，摔了一跤，摔跤时他的脚铲动了一块面盆大的石头。此刻，那石头正翻滚着朝万贞儿和沂王朱见深滚去。由于这一面比较偏，玩儿的人少，贞儿牵着朱见深，正背对着石头，用枯树枝教朱见深在雪地上画画儿。

吴太后正要叫喊，杭皇后却攥紧了她的手。吴太后愣了愣，终于明白了杭皇后的用意，她的目光中也流露出和杭皇后一样的笑意。

眼看石头就要砸到贞儿和朱见深头上了，不料打斜刺里却飞出个宫女，口里"咿咿呀呀"地嚷着，手里比画着。贞儿听见后忙一扭头，正巧看见那滚动的石头，她大叫一声，马上抱着朱见深往旁边一滚，石头擦着贞儿的身体滚了下去，惊得几个目睹的宫人都发出了尖叫声。

那宫女嗷嗷叫着，用手在胸口前比画了一番，意思是她很担心。原来这宫女正是当初拿药给胖奶妈的那个玲儿，现今她被割了舌头，再也不能说话了。当贞儿向她道谢时，玲儿的目光飞上了绮翠楼，唇边的微笑有些恶毒。贞儿顺着她的视线望去，正好看见吴太后、杭皇后她们，她像是悟到了什么，用手拍了拍自己的胸脯表示庆幸。"小妈，小妈，那石头呢？石头哪儿去了？"朱见深年少无知，从地上爬起，四处寻找方才的石头。

"太子，你没事儿吧？"

贞儿抱起沂王，浑身上下乱摸了一通，当她听见朱见深因怕痒而"咯咯"乱笑时，噙在眼中的一泡热泪这才洒落下来。

从慈宁宫通往煤山的路上，走着一队人马，正是闻讯而来的孙太后她们。孙太

后坐在肩舆里，神情很是惶急。

"快，快些！这丫头，就不能推托吗？跟着那老狐狸，准没好事儿。"

她一边拍着肩舆，一边喃喃自语着。然而一个从后面撵来的太监却拽着抬轿太监的衣角不放：

"快放下，我有要事禀告太后。"

抬肩舆的几个太监见他说得急切，只好将肩舆放下。孙太后也有些着急了，伸头问道："小蒜，什么事儿？"

小蒜看看四周，把嘴伸到孙太后耳朵边："皇上把杨纯和王一宁给押到锦衣卫的大狱里去了！"

"啊！快，回去，回去！"

孙太后这时管不了孙儿了，她要去找皇上！

"母后，请息怒。这里有壶刚沏的香片茶，清醇可口，母后要不要来上一杯？"

乾清宫的西暖阁里，朱祁钰站在孙太后边上，表面上执礼甚恭，但眉梢眼角却隐隐透着不羁。孙太后坐着，胸部起伏得厉害，看得出她在尽量抑制自己的怒气。

"皇上，听说你把杨纯、王一宁下到诏狱里去了？"

"是，母后。他们为瓦剌求情，要求讲和，这在目前实属无理之请，儿无法满足他们。而且，只能严加惩处，否则此口一开，咱们又要吃亏。那些瓦剌人太坏了。"

朱祁钰侃侃而谈。孙太后慢慢地呷了两口香片茶，又不慌不忙地问："请求迎归太上皇，也属无理之请，也应治重罪喽？"

"不，母后误会了，儿不是这意思。想太上皇为朕兄长，所有这一切，皆为他所赐，朕不敢有一刻忘怀。朕每天无时不在思虑，该如何让他早日南归。杨纯、王一宁的奏折，跟太上皇一事并无多大关系。"

朱祁钰的瞎话显然刺激了孙太后，她重重地放下茶杯，茶水溅了出来，洒了她一手。"皇上，他们的奏折我看了，并不像你方才所说的那样与太上皇毫无关系！"

话说到这儿，她才倏然意识到自己失言，但已来不及了。朱祁钰的瞳孔慢慢收缩，到后来，小得像两粒绿豆。他看孙太后时的眼光冷得吓人："母后，别人说您干政，朕是不敢信的。想母后应该知道祖宗家法的，不会糊涂到如此地步吧？难道是儿听错了？"

他软中带硬的话一下噎住了孙太后。孙太后沉吟着不吭声。朱祁钰倒也沉得住气，悠闲地喝起茶来。两人就这样耗着。

入夜，雪住了，风却更大了，"呜呜"的吼声犹如狼嚎，给这塞外的夜更添了几分凄冷与恐怖。一轮淡淡的月亮挂在天上，将积雪照得一片银亮，看上去亮如白昼。

朱祁镇的地窝儿帐篷在风中摇摇晃晃似要倾倒一般。但睡在里面的人也许是习惯了这种摇摇欲坠的场面，仍安然入梦。

在一块大地毯上，朱祁镇居中而卧，袁彬帮他暖脚，杨铭帮他暖背，卫沙狐狸则睡在冲帘门那一方，为的是随时警卫。

这一夜，朱祁镇因为寒冷，没怎么睡熟。迷迷糊糊中，杨铭将手压在了朱祁镇胸上，另一条腿也架到了朱祁镇的肚子上。他这一动作，将袁彬吵醒了。袁彬正欲动手将杨铭的手脚放下，朱祁镇却朝他摇了摇手。

"让他睡。他和卫沙狐狸打了一天的猎，太累了。"

朱祁镇指指鼾声如雷的卫沙狐狸，小声道。这时杨铭也打起了呼噜，两人此起彼伏，一唱一和的，听得朱祁镇和袁彬暗笑。

忽然间，一声悚人的长嚎在帐篷边上响起，接着又有同样凄厉的和声掺杂进来，似乎是什么野兽的合唱。朱祁镇长于深宫，虽常去狩猎，却从未听过如此可怕的吼声。袁彬也是京城人，后来虽长年在军旅，对动物却所知有限。两人听了这声音，面面相觑。

"狼！该死的，是狼群！"

卫沙狐狸方才还呼噜打得震天响，这时却弹跳而起，抓了腰刀，躬身守在帘门那儿。而杨铭却还在呼呼大睡。

"怎么会有狼呢？"

朱祁镇和袁彬几乎同时问出这句话。

"嘘！咱们这窝篷在最边上，人气少。最近雪大，狼没找到食物，饿了。听，它们正往这儿拱呢！"

卫沙狐狸不愧是个老猎人，经他一指点，朱祁镇和袁彬果然听见了爪子抓挠篷布的沙沙声。袁彬也抽了刀出来，护卫着朱祁镇。朱祁镇没见过狼，此刻的好奇胜于恐惧。他朝袁彬摆摆手，走过去，将杨铭叫醒。

"快醒醒，狼来了！"

"狼来了？来哪儿呀？莫非它们也要进帐篷睡觉？"

杨铭揉着眼睛，以为是在和他开玩笑。可当他一看清屋内情形时，终于明白这不是梦。他因没找到刀，临时抄了根棍子，和卫沙狐狸一人守一边儿。

一只凶猛的狼突然撞起帘门，蹿了进来，眼睛放着绿光，活像皇后凤冠上的猫眼宝石。它的牙白得异乎寻常，竟晃得朱祁镇闭起了眼。那只狼无疑很老辣，它似乎仅凭嗅觉就锁定朱祁镇为猎物，张牙舞爪地直朝他扑过去。

"看刀！"

说时迟那时快，卫沙狐狸一挥臂，刀锋一横，杨铭也举棍击去，只听得狼一声嗥叫，摔倒在地。它的前爪这时已搭上了朱祁镇的肩，而袁彬因怕伤了主人，竟施展不出来，正呆呆地站着。狼倒下去时，那股强烈的膻味，还有它的喘息，使朱祁镇五脏六腑一阵痉挛。

"它死了？这就死了？"

朱祁镇不敢置信地喃喃自语着。卫沙狐狸没接话茬，拎起险些被他劈成两半的狼飞快地丢到帐篷外，只听一阵你争我夺的声音，一股浓重的血腥味扑鼻而来。死狼被帐篷外的狼群分食了。

"可怕！真可怕！"

朱祁镇摇着头，这才觉得恐惧像水似的漫过了全身，将他浸得冰冷。

"呜……呜……"

狼嗥得更凄厉了，它们朝帐篷发起了第二轮攻击，地窝儿帐篷被它们拱得直摇晃。卫沙狐狸急得大喊：

"快，快点灯！扔火把出去！吹牛角号，把人都唤起来！"

袁彬闻听，赶忙掌了灯，又抓了把烧火塘用的枯枝点着，然后扔了出去。杨铭吹响了牛角，"呜呜"的声音将夜色搅和得一片凄惨。朱祁镇手忙脚乱的，也找了只木桶来敲，"梆梆梆""梆梆梆"地响成一片。

"快，狼来了！打狼去！"

"太上皇，你们没事儿吧？"

"别怕，不要出来！"

不一会儿，就有许多人往这边赶了过来，也先的声音似乎也在里头。瓦剌人由于长年生活在草原，狼嗥的声音经常听见。如果不是狼偷袭羊群、马匹，袭击人类，他们并不动手打狼，特别是在这样的雪夜，众人都有自保的心理，加上羊群没叫，也就懒得多管闲事。而朱祁镇他们的窝篷，当初根据他们自己的意愿，选在一个土岗旁边的歪脖子树旁，与那些帐篷隔着一段距离，他们不弄出响动来求援，别人还真不知道他们遇到了危险。

"呀！" "呀！"

众人拿着火把、武器喊叫着，敲击着一切可以弄响的物件，逐渐向狼群包抄过来。十几头狼悲鸣着、喘息着在原地打了几个转后，一头老狼忽然长嚎一声，狼们就像听到了号令的士兵，竟一齐狂奔而去。

"太后，那些事情绝不是偶然发生的。您想想，沂王上次呕吐，然后是胖奶妈失踪，最后莫名其妙地淹死。今天如果不是哑女，沂王和我可就没福气受您老人家的恩典了。"

"那，只有她们了，不会是别人。"

孙太后支颐坐在油灯下，鬓角偶有白发闪烁。她看着贞儿，思索了片刻，终于喃喃地说出了这么句话。坐在一旁的钱皇后、周贵妃都看着孙太后，企盼她有什么真知灼见能给贞儿解疑。

贞儿期待地看着太后，那份焦灼稍许淡了几分。

"她们有这么坏吗？"贞儿不是很相信。

"哼，这种事，司空见惯。贞儿，我跟你说，以后对见深这孩子，你可得上心，无论如何不能遭人算计。"

钱皇后左眼上蒙着纱布，看上去有些儿怪异。周贵妃听得目瞪口呆，许久，才回过神来，大着嗓门道：

"太后，她们要是再敢这样，我非用刀把她们给捅喽！"

"放肆！这里有你说话的份吗？"

太后一声猛喝，吓得周贵妃又是一个愣怔。钱皇后用手肘捅了捅周贵妃，又示意了下周围，周贵妃便娇憨地蒙住了自己的口。

"无论如何，得小心。"

孙太后似乎想到了什么，原先一直紧锁的眉头松开了。

第二天，皇太后孙太后在慈宁宫设便宴，宴请吴太后、杭皇后等人，因为这天是沂王朱见深的生日。皇上早晨过来请安时，特赐了一对玉如意，现在，这对用黄丝绦系着的玉如意就供在皇太后殿中的案上。膳房里飘出的香气，使寒冷的空气有

了些暖意。

大殿里，穿得花团锦簇的宫眷们坐了满满四桌。孙太后、吴太后、杭皇后、钱皇后、周贵妃等坐在一桌。小寿星朱见深穿得喜气洋洋的，被同样装扮得喜气洋洋的贞儿抱着，坐在这一桌的下首。"来，贞儿，抱他到这儿来。"

孙太后招呼贞儿将孩子交给了自己。她给朱见深戴上了一把打造精致的长命金锁。

"平平安安长大，长命百岁啊！来，寿公公，先喝口浑酒，再让贞儿喂你一碗寿面吧！"

孙太后用勺子从碗里舀了点儿浑酒给朱见深喝，呛得他做了个鬼脸，鬼脸之后却是个滑稽的笑脸，让大家看了无不捧腹。

"乖乖，奶奶抱一抱！"吴太后接过孩子，又扭头问杭皇后，"礼物都给了吗？"

"给了。"杭皇后说着在朱见深脸上亲了亲，看上去异常亲切、和蔼。

孙太后和贞儿悄悄交换了个眼色。贞儿正要去抱孩子，不料杭皇后一声尖叫，惹得众人都看着她。

"这……这小坏蛋，尿我一鞋子。坏，打屁股！"

杭皇后笑着打了朱见深两下屁股，贞儿趁机接过了孩子。一旁的宫女早给杭皇后拿了孙太后备下的新鞋，给她换了。

"太子怎么没见着啊？"

孙太后问道。吴太后和杭皇后的脸立刻沉了下去。

"唉，那孩子体弱，像她！"吴太后轻轻戳了戳杭皇后，"身子骨不结实，这段时间老是生病。"

"太子命大福大，没事儿，多活动活动，一准会好的。来来来，这宫外新送来的浑酒，是南方糯米酿的，很甜。还有，这糟盐猪蹄、炖鹅掌、炙羊肉，都是在宫外有名的老字号里买的。新来的大厨手艺不错，这羊肉包、冬笋炒肉都很好吃！"

孙太后一声令下，几大桌妇人便开吃了，一时间满殿只闻杯盘交错、咀嚼吞咽的声音，倒也其乐融融。

塞外朱祁镇的帐篷里，这天却是冷清清的。外面又扬起了雪花，朱祁镇百无聊赖，用火塘里的炭块儿在木板上画画，画来画去的，竟画的是娜布其的肖像。

袁彬、杨铭在那儿费劲地切着羊肉。朱祁镇抽抽鼻子，将木板儿一扣，叹口气道：

"这羊肉，我吃得都快吐了。多想吃那些……"

他话没有说下去。袁彬回头望了望他，还做了个张嘴大咬的怪相，边自我解嘲地说：

"爷爷，这羊肉其实吃了好，温补，您不觉得身子骨硬朗一些了吗？"

朱祁镇苦笑了一下，接着用抹布将娜布其的脸抹去，在木板上画了一株白菜、一条黄瓜，然后以一副馋涎欲滴的神情看着它们。

"不要鸡鸭鱼肉，只要这两样就足够了。"

他喃喃自语着。忽然，他问了一句："今天是十一月十三吧？"

"对啊！"杨铭说着，把肉都穿到木条上，往上抹着佐料。

"今天是太子的生日，他三岁了。"

"是吗？那，我们今天多做两道菜，再来个红烧牛肉、红烧牛尾，庆贺庆贺。"

杨铭永远不知愁。袁彬闻言，却到外面取雪擦了手，然后反身走到朱祁镇身边，默默地帮他按摩起来。朱祁镇闭着眼睛没吭声，忽然间，两颗泪珠悄悄地从眼角滑了出来。

"嘿！这天，可够冷的！"

这时卫沙狐狸挑着两桶水，眉毛胡子花白地进得帐篷里来。见此沉郁的情景，他眼珠一转，从身上解下个布包，打开来，然后凑到朱祁镇跟前，神秘地说：

"皇上，知道前天夜里狼为啥来吗？有人偷了一头小狼崽，弄死了，却把尸体丢到我们帐篷边上。看，我早上拾到的。"

他指着布包里的东西道。朱祁镇的注意力果然转移了。

"是吗？唉，看来舐犊之情，连狼也有哇！"

眼看他又要伤感了，帐门帘儿倏地被人高高挑起，雪人儿似的娜布其跑了进来。

"啊呀，皇上，您不冷吗？王兄怕您冻着，特地送您一件皮袍，快穿上吧！"

"谢谢，不敢当！"

朱祁镇眼里流露出欣喜，口中却仍在客套。娜布其不由分说地将旁边的袁彬拨拉开，替他穿上了。

"呵，可真暖和啊！"朱祁镇这下可顾不得面子了，由衷地赞叹道。

"娜布其，娜布其！你在里头吗？"

外面响起了萨日娜的声音，朱祁镇一惊，赶紧将皮袍脱下，塞回娜布其手中。他脸上又现出那种冷冷的沉静来。这时，帘门儿一掀，也先和萨日娜走了进来，身后还跟着几个下女。

"今天是皇太子的生日，也先特来祝寿。"

朱祁镇几人一听，不由目瞪口呆。也先哈哈大笑起来："奇怪吧？我的细作们可是一流的，很多事只怕你未必比我清楚。来呀！"

也先手一挥，又有几个下女捧进了大大小小七八个食盒，萨日娜不情愿地打开了另一个大木箱。

"这是铁脚皮，把火炭放里边，通宵有暖气。这还是你们大兴县的工匠制作的呢！"

也先指着铁脚皮，高兴地捋了捋胡子。

"坐下，都坐下。今天您代表皇太子当一回寿公，看我们的。"

也先又一挥手，下女变戏法似的掏出一把马头琴。也先拉了起来，娜布其满面欢笑地跳起了欢快的舞蹈。也先看了一眼萨日娜，她有些勉强地加入了舞蹈的行列。也先用眼睛寻找了一会儿，然后朝下女中一个容貌出众的女子招了招手：

"其其格，你过来呀，唱！"

那女子有些顾忌地看了看正恶狠狠盯着她看的萨日娜，怯生生地坐在也先身边，唱了起来。她的歌喉甜润、优美，听得朱祁镇泪水满面。

"谢谢，谢谢！"

他弯下腰，朝他们深深地鞠了一躬。

慈宁宫里，吴太后、杭皇后都喝醉了。孙太后使了个眼色，玉儿和另外几个宫女扶着她们往孙太后的寝殿走去。

孙太后悄悄地朝其中一个老太监点了点头，老太监迅速走了出去。

玉儿等人扶着吴太后、杭皇后进了寝殿，服侍她们睡好，掩了门悄悄退了出去。

"这婆娘，用的、睡的一辈子都比我好。现在……现在她要开始眼红我了。"

吴太后躺在床上，忽然撑起身子，左摸右摸一番后，开始说胡话。杭皇后却歪斜着身子躺在那儿轻笑，那副媚态让人看了以为她面前站着五十个色眯眯的男人。

她们身后的布幔忽然微微动了一下，一个黑影轻飘飘地荡了出来。寝殿里很阴暗，黑影看上去既真切又模糊——居然是死去的宣宗皇帝！

"那……那是谁？"

当黑影飘移到吴太后、杭皇后床前丈把远的地方时，停住了。

"天……天哪！是……是大行……皇、皇上！"

杭皇后到底年轻，眼要尖些，她颤声说罢，扑过去紧紧搂住了同样疑惧的吴太后。

"你们，你们谋害太子，罪不容赦，罪不容赦！"

似乎在头顶上，有个低沉的声音响起。吴太后、杭皇后一听，惊得酒全醒了。她们扑腾着从床上滚下来，跪在了地上，两人浑身颤抖地不断磕着头。

"你们谋害太子，罪不容赦，罪不容赦！"

黑影飘然移去时，这声音又响了一遍。吴太后和杭皇后这回连牙齿都打起架来了，她们磕着头，口里不断地喊着：

"皇上饶命，皇上饶命！"

然而回答她们的却是死一样的沉寂。只有外间隐约的笑语声传来，听上去恍如隔世。

吴太后和杭皇后看着空荡荡的前面，瞪着一双眼，半天说不出话。

第九章

春天到了，春雨也来了。但这一天的雨水却缺乏春的妩媚与多情，它狂暴、恣肆，粗大的雨点无情地鞭打着大地上的一切。

轰隆隆！

突然，在几道青白色的狰狞闪电之后，一声巨大的响雷在紫禁城上空炸开了。这声雷是如此近而响亮，虽在白日，也吓得许多人做起了噩梦。

"娘，娘！"

坤宁宫里，生病的太子朱见济愣怔了几秒之后，大声喊叫起来。但只喊了两声，就翻起了白眼，慌得杭皇后、吴太后脚都抽筋。

"太医，太医！快，掐人中！"

其实太医已经在给太子救治了，但吴太后仍视而不见地乱喊。

轰——噼——啪！

又一个霹雳从天而降，再度受到惊吓的太子四肢痉挛起来，杭皇后和吴太后哭声大作。

"去，去叫皇上！儿啊，你快醒醒啊！你可不能走啊，你走了我也就不活了呀！"

杭皇后一把眼泪一把鼻涕地哭着，不提防被同样也哭着的吴太后扇了个嘴巴：

"你瞎嚷嚷些什么？哦，宝宝乖，快醒醒，奶奶带你到宫外看猴戏！"

吴太后蹲在太医边上，念经似的念着。两个老太医一边给太子做针灸，一边直冒冷汗。

皇帝朱祁钰正在奉天殿临朝，当第一声炸雷响起时，他打了个哆嗦。

"皇上，也先遣使送上皇还京，是因为神祇保佑咱们大明，让也先悔悟了，还望皇上许其自新，并派遣使臣前去鉴别他的真伪。如果也先是诚心诚意的，还望皇上奉迎上皇归来。"

一个老臣诚恳地奏道。朱祁钰眼睛望着地，没接他的话茬。老臣忽然间恸哭起来，一边哭，一边捶胸，朱祁钰一看生气了：

"你这是干什么，啊？你这是干什么？锦衣卫，拉他出去！"

锦衣卫校官奉命而来，却被于谦等众臣拦住了。殿上几十个大臣齐齐跪下，都哭了起来。呜呜的哭声中，朱祁钰烦躁已极，他口里呢喃着：

"这日子没法过了，真的没法过了。"

他把耳朵严严实实地捂了起来。

"皇上，把太上皇迎回来吧！请皇上这就派使臣去……"

众人的哭声渐渐小下去，满殿都是擤鼻涕的声音。这时，另一个年老的大臣说话了，声音嗡嗡的，听起来有些可笑：

"是啊，皇上，那也先又派使者来了，见还是不见？"

"不见！你们这班人啊，不知生的什么心肝。想当初，朝廷就是因这通和坏事，才惹来这么多麻烦。朕打算和他们绝交，卿等屡屡进谏，为的什么？至于太上皇，朕不是不迎，关键要看人家是否真有诚意。如果他又像当初一样来骗我们，然后趁机侵犯京城，卿等又当如何？"

说到这儿，朱祁钰更加不悦了，他脸一沉："朕不是贪图这个帝位，朕是被你等赶鸭子上架的。既如此，你们这样众说纷纭又是什么意思？"

大殿里一片安静，那十几个大臣都低头不敢吭声了。这时，于谦站起来，上前几步，跪下奏道：

"皇上，天位已定，宁复有他？大臣们言和，也只是为了迎归上皇而使的权宜之计。皇上圣明，请定夺。"

于谦磕了几个响头。朱祁钰的脸色这才稍稍好看了些："于爱卿请起！"

正说到这儿，第三个炸雷又落下了，这一次好像落得特别近，也特别响。朱祁钰本来正端了茶水要喝，手一抖，水洒了自己满身，太监还没来得及上前伺候，

"哗啦"一声巨响，有什么东西掉了下来，紧接着，一阵风雨飘洒进来。原来，殿顶被响雷炸了个大洞，炸碎掉落的屋瓦只差寸余就砸在了朱祁钰头上。

"哎呀！老天爷爷！"

朱祁钰和群臣一见，无不色变。大家异口同声地惊呼之后，又不约而同全都跪下了。朱祁钰也不例外，他跪在宝座下，伏地战栗不已。

雨水哗哗地浇下来，不多久，地上就有了一片积水。那些跪在地上的大臣们，身上全都濡湿了，但他们仍旧磕头不止。

"皇上，快迎回上皇吧！这是老天在惩罚我们！"

寂静中，不知是谁喊了这么一句，接着，大臣们一齐附和。

刚刚磕过头的朱祁钰还没缓过神来，如今又被众人这么一吆喝，不禁六神无主。他无助地扫视了一眼众人，耳听得又是一声炸雷，他忙磕了个头，然后闭起双目，大声说道：

"朕听你们的，迎上皇回京吧！"

"谢皇上，皇上万岁万万岁！"

大臣们伏地磕谢，个个脸上都沾了雨水污迹，看上去既庄严又滑稽。

这时，一个浑身湿淋淋的太监急步走来，见此情景一愣，旋即迅速走到皇上近前跪下，急急地向皇上说了几句话。朱祁钰一听，脸色更加苍白了。

"散朝！"

他不等大臣们起来，便起身匆匆离去了。

慈宁宫里，孙太后正在吩咐一个老太监："出宫须得小心，就说是办货的。这银子，就交给于谦夫人，由他派人送往杨纯、王一宁家中。什么世道，居然就把人打死在诏狱里了，也真是可怜！"

孙太后说着牵起衣襟抹了抹眼泪。老太监怀揣银子，撑了伞，消失在茫茫的雨幕之中。

孙太后倚门发了会儿呆，然后绕到佛堂，在黑黝黝的佛堂里打起坐来。自从祁镇北狩，短短的大半年里，她的满头乌发已经花白，脸上也憔悴了不少。

宫女玉儿悄没声地走进来，附在太后耳边说了几句。孙太后听着听着，满脸俱是惊疑。

"是吗？有这等事？没砸坏人吧？"

"没有。"玉儿摇摇头，然后，又像想起什么似的，略略有些兴奋地说道，

"太子病得很重了！"

说罢，便看着孙太后。孙太后本来是要舒口气出来的，见到玉儿的眼神，她把后半口气憋回去了，垂眼合十，跪在蒲团上向菩萨拜了三拜。

"这孩子，越来越可爱了，长大后会是个人物！"

钱皇后因躯体残疾，难得出门，但她倒是经常去看望被贬后居住在一个偏殿里的汪静妃，有时还带着见深和贞儿前往。此刻，她和汪静妃并肩而坐。汪静妃呆呆地看着自己手中抱着的朱见深，说了这么句话后，便忽然流起泪来。

"唉，妹妹，你我的命，都赛似黄连啊！"

钱皇后在绣花，手中的竹绷儿小小的、圆圆的，她的脸却尖得吓人，加上瞎了一只眼睛，看上去自是有些怪异。她说罢伸手要抱孩子，孩子一见她的眼罩，就扭着身子往后躲。

"你看，我现在都成了怪物。就算皇上能回来，我也没用了。"

钱皇后忽然间悲从中来。这时，那道雷炸了下来，三人尖叫一声，挤成一堆。正和保姆热了奶糕送进门来的贞儿，也吓得跳了起来。

"阿弥陀佛，这雷像是落在咱们附近呐，可怕！来，宝贝，吃东西了。"

贞儿接过孩子，一勺一勺地喂他吃奶糕。朱见深极听贞儿的话，只要贞儿一瞪眼，他就会赶忙把含在口里的奶糕吞下。

"唉！"

钱皇后和被废的汪皇后同时出起神来。

"启禀钱……钱皇太后，吴太后那边要请贞儿和沂王爷过去。"

一个浑身透湿的小太监奔过来，匆匆地说道。贞儿和他打个照面，"啊"了一声——他正是那个中秋节早晨贞儿在太后宫中看见的长得像玉奴的小牛儿。

"牛儿，你怎么到吴太后宫里去了？"贞儿很诧异。

"唉，还不是那天王爷生日，快散席时杭皇后让人带太子来了一会儿，太子喜欢奴才，就把奴才调过去伺奉太子了呗。贞儿姐这一向可好？"

牛儿很是乖巧。他和玉奴不一样，玉奴总是忧郁的，他却老笑，笑得"咯咯"响，很讨人喜欢。

"太子病好些了吗？"

汪静妃有意无意地问道。牛儿看了她一眼，摇摇头："方才都昏死过去了，这会儿还不晓得怎样呢！"

"是吗？那吴太后要贞儿和王爷过去干什么？"

钱皇后眼睛不好使，针扎破了手指头，她边吮着手指，边警惕地问道。

"奴才不知，只是叫快去。奴才得回去了。"

牛儿说罢，扭头跑进了风雨中。贞儿抱着朱见深，看了看外头："这风天雨地的，去到那儿，不浑身湿透才怪呢！"

"别去了，我看没什么好事儿。"

汪静妃对杭皇后和太子自是一肚子的怒气怨气，她愤愤地说道。钱皇后沉吟了片刻，终于说道：

"贞儿，还是去看看吧。可惜咱们现在是失势的凤凰不如鸡，也不好用肩舆了。这样，多带几个宫人去服侍，快些回来，回来后向太后禀报。"

钱皇后考虑到自己丈夫还在那遥远的漠北，不太敢得罪吴太后她们。贞儿想了想，向宫女要了把银勺放进怀里。

"多带些吃的，还有水。尽量不用别人的东西，省得麻烦。"

贞儿语带双关地说道。然后，她在几个宫人的簇拥下，抱着朱见深过去了。

"儿子，儿子！父皇来看你了，快醒醒！"

朱祁钰看着躺在床上奄奄一息的儿子，肝肠欲断地呼唤着。太医来喂参汤，参汤却原样从太子嘴角里淌出来。朱祁钰急得眼泪都流了出来。

"太医，太医，你得治好他！治不好，你也别想活！"

他忽然恶狠狠地说道。在场的四五名太医吓得全都跪在地上发抖。

"皇儿，什么时候了，还讲这些干什么？快，太医请起，快起来想办法。"

吴太后急得团团转，但她还留着几分清醒，见朱祁钰训斥太医，她赶忙过来打圆场，太医们这才战战兢兢地起身。

"太后，沂王还没过来吗？他的轮回酒（尿）或许有用。"

一个须发皆白的老太医颤声禀道。而一旁的朱祁钰和杭皇后一听，却傻眼了：

"什么？让太子喝沂王的尿？这成何体统。"

"不行，你给朕另想办法！"

朱祁钰首先表示反对。杭皇后也不甘示弱：

"不成，这不成！哪有让太子喝尿的理儿？你们别蒙我，蒙我就是蒙皇上，可得灭族！"

杭皇后有些歇斯底里地大叫起来。朱祁钰瞪了她一眼，她的气立即就泄了，在

寂寞红

温/燕/霞/文/集

一旁绞着手抽泣不已。

"太医，这给太子喝轮回酒，真有用吗？"

吴太后一副病急乱投医的样子。那几个太医早被皇上、皇后的怒气吓破了胆，都跪在地上不敢抬头，回话也是支支吾吾的。那献计的老太医脸上淌着汗，终于能成声回话了：

"回太后，臣等也是没法子了，才试用这么一招的。"

"朕倒是听说，那些下了诏狱、挨了几十杖伤了内脏的罪人，都用这轮回酒来救命，倒也不妨一试。只是……能换别的孩子吗？"

"回皇上，一定得用和太子年岁差不多的男童之……之尿才行啊。这宫中，合适的男童也只有沂王了。到宫外找，又怕来不及。"

老太医结结巴巴地答道。朱祁钰的脸微微往下沉了沉，因为老太医一番话正说中他的心病。尽管他才二十三岁，正是春秋鼎盛之年，宫中嫔妃也不少，但却未能如人所愿，做到广续子嗣，仅杭皇后生了这么一条命根子，现在病重如此，他能不急吗？

"行，宣沂王来！"

朱祁钰一咬牙，终于决定采纳太医的意见。

"启禀皇上，沂王已经到了，正在外面等候。"

一个老太监轻声说道。

"让他尿，快让他尿尿！"

朱祁钰的声音中憋着股怒火。然后，他拂袖而去。忽然，他又回身走到吴太后身边：

"娘，带我去佛堂！"

他拉着吴太后的手，眼泪再一次流了下来。

朱祁钰跪在蒲团上，虔诚地捻香祷告，祈求上苍保佑他的儿子，保佑他的皇位固若金汤。

吴太后也在一旁不断地跪拜磕头，口里念念有词。母子两个眼角旁边都泪痕未干。

忽然间，一阵刺耳的笑声从阴暗的甬道上飘来，接着一个稚嫩的声音脆脆地说道：

"哎哟，公公，可笑死我了！太子……哈哈……太子喝尿！哎哟喂，笑死我了！"

"小杀头的，你还敢笑，看我打你！"

一个老太监追着小太监跑到了佛堂。小太监原是牛儿。只见他犹在捂嘴，眼中还满是笑意。老太监一眼看见皇上和皇太后，立即推金山、倒玉柱地拜了下去。

"奴才该死，奴才该死！"

朱祁钰和吴太后已经给气傻了，他们一个捂着胸口，一个手发抖："你……你……你居然还敢笑！"

吴太后一巴掌打过去，牛儿摔倒在地。

"杀了他！锦衣卫，杀了他！枭首示众！"

朱祁钰窜到屋外，大喊起来。顷刻间，几个身强力壮的锦衣卫校官走了进来，将忽然间懂得了恐惧、正在那儿大喊"公公救命"的牛儿拉了出去。

"啊呀，皇儿，你醒了！你可醒来了！"

这时，杭皇后兴奋的声音响遍了整个大殿，刚从佛堂过来的吴太后、朱祁钰一听，对视一眼，两人全都跪下，"咚咚"磕了几个响头：

"谢上天保佑。"

"谢菩萨保佑。"

然后，两人起身疾步走到床前。只见皇太子朱见济睁开了眼睛，气息微弱地说："我要吃饭。"

"好，儿，这就……这就去给你拿饭！"

朱祁钰、杭皇后、吴太后三人一齐俯向床上的朱见济，脸上洋溢着无法言喻的惊喜。

"见深呢？赏他一块玉佩！"

朱祁钰对身旁的太监道。

外面的雨已经停了，天色放亮了许多。贞儿抱着朱见深和几个宫人正走着，突然一个年龄较小的宫女指着前边惊叫起来：

"看，那木架上挂的！我的妈呀，是……"

小宫女腿一软，摔倒在湿漉漉的地上。

贞儿几个顺着她刚才指的方向看去，发现院坪上那个临时搭起的木头架上，放着一个笼子，笼子里是……牛儿的头颅！木架旁边，拥了一帮宫人和太监，谁也没说话。有几个妇人在悄悄地抹泪。

"牛儿，玉奴！玉奴，牛儿，你们……"

贞儿自言自语地喃喃着，眼前又闪现出玉奴的一双大眼，这双眼睛一眨不眨地凝视着她！定神一看，原来她恍惚间竟已走到木笼前，和牛儿站了个面对面，那盯着她的，正是牛儿的眼睛。只是记忆中，玉奴的眼睛冷冷，而这牛儿的眼睛，却浮着一丝隐约的笑意！

"我要，我要！"

朱见深胆子历来小，不料这次却一反常态，见了牛儿的头，竟以为那是个玩物，伸了手吵着要。在场的人都吓了一跳，贞儿猛醒过来，赶忙用手遮着他的眼，抱着他飞也似的逃走了。

泥泞的道路上，七八辆马车正往漠北行去。太监杨善坐在车子里，一副愁苦的样子。边上的马黑麻人如其名，脸黑且多麻子，倒是个乐天派，他拍了拍杨善的手：

"大人不必愁苦，皇上所给的敕书虽然只是议和一项内容，没有迎归上皇一事，但我想既和议了，他也先也没必要留着上皇，咱们能把上皇迎回来。"

杨善叹了口气："说的倒也是，只是皇上也没给也先要的金帛彩缎，你说这怎么办事？没办法，前几天，我只好典卖家产，又借贷于人，这才购买了些绣品、衣料、脂粉。家里为此闹翻了天，当家的一气之下上吊了！"

杨善说着，抹了抹眼睛。马黑麻愣了半晌，这才呆呆地说："皇上啊，不好说。当初大同、太原的守将，还有宣府守将郭登，接了上皇的诏谕，给也先送银子货物都不敢从库中拿，还不是自己给？给了还落不到好，皇上不但不奖赏你为国分忧，最后还将他们流放苗疆，唉！"

他沉痛地拍了一下大腿，忽然又露齿一笑："哎，伙计，你说咱们那玩意儿都没了，娶老婆有什么用啊？这不是自己骗自己玩吗？"

杨善没料到他突然会有此一说，不由也笑了："风气嘛。但凡有些身份头脸，俸禄够的，不都在宫外置了宅子、买了夫人？有的还娶了几房姨太太，那王振就有三个！"

"那他不是害人吗？我要是那些女人，宁可逃去当窑姐儿，也不嫁咱这种废人。"

两人说笑着，神情略略轻松了些。这时，马车遇到几个大土坑，必须下来推车走，杨善和马黑麻也下来相帮着。他们必须在天黑前赶到驿站。

太阳出来了，塞外的万物忽然间都舒展了自己的容颜，变得明媚多姿起来。草儿青了，花儿开了，羊群在上面白珠子般滚动，一个个帐篷看上去像丛丛簇簇的蘑菇。换上春衫的人们显得格外轻盈、漂亮。譬如娜布其，就显出前所未有的美丽。

"去吧，去打猎吧，你不是说你以前当皇上时常打猎吗？"

娜布其和朱祁镇站在帐篷外头的草地上，朱祁镇换上春装后看上去有些瘦弱，娜布其的明艳使他微微眯上了眼睛。

"唉，算了，你去吧。"

朱祁镇面对娜布其心情很矛盾。一方面，他太寂寞，娜布其又正当花样年华，那股青春气息颇为撩人。另一方面，他对娜布其亲手杀死来救驾的锦衣卫军士一事总是耿耿于怀，在他的观念中，能杀人的女人是不是女人，还是个问题。

"那好吧！"

娜布其眼中浮起了泪花，一甩辫子，独自跑进草原深处，摘起那些野花来。她一边摘花一边掉眼泪，最后干脆扑倒在草地上，痛哭起来。

"大王，你就不能再陪我一会儿吗？这些日子，你都到其其格那儿去，你不喜欢我了吗？"

也先的帐篷里，打扮得珠光宝气、娇媚可人的萨日娜拉着也先的手，一脸戚容地问。

也先身穿戎装，佩着长刀，背着箭袋和箭囊，看上去英姿勃发。他有些不耐烦地拨开萨日娜的手：

"好了，你不是看见了吗，我去打猎，到时好给你做几件皮袄哇！娜布其呢？"

"还不是去找那个酸不溜秋的太上皇去了。"

"找就找呗，只要她愿意，让他娶了她就是。"

也先大咧咧地说道。

"哼，我看啊，娜布其这是剃头挑子一头热，不信？你可以试试看。"

萨日娜恶毒地说。也先怔了怔，没表态，反身朝朱祁镇的帐篷走去，刚走到一半，就看见娜布其手捧两个花冠在帐篷外快快地徘徊，心里不由一痛。

"娜布其，娜布其！"

"哥哥！"

娜布其闻声跑过来，刚跑到也先跟前，就扑在他怀里哭了起来，像一个受尽委屈的孩子。

"怎么啦？谁欺负你了？快告诉我！"

也先抚摸着娜布其乌溜溜的辫子，焦急万分。

"不是，他……他总那样，不冷不热的。"

娜布其反手一指朱祁镇的帐篷，哭声又大了几分，听得出其中有撒娇的成分。也先拍着她的背，帮她擦干了眼泪，口里哄着她。

"就为这个？多没出息。好了，没事儿了，走，我帮你提亲去！"

也先拉着娜布其的手，直奔朱祁镇而去。此时朱祁镇正和袁彬在草坪上下棋，卫沙狐狸和杨铭在旁边洗衣裳，一边洗一边说笑，君臣四人显出一种亲密温馨的气氛。

"太上皇，您安好？"

草地很厚，也先和娜布其走路又敏捷如鹿，他们走到跟前，开了口，这才把四人惊起。

"哟，大王！我们挺好。您这是要去打猎？听说大王好箭法，朱某很佩服。"

朱祁镇和也先似乎处得不错，起码初期的敌意没有了，大家都表现得很平和。

"彼此彼此啊。太上皇从容冷静，就像……就像一把藏在剑鞘里的剑。"

也先的比喻让在场的人都笑了起来。

"太上皇，借一步说话！"

也先忽然拉着朱祁镇走到帐篷里面。娜布其犹豫了一下，没敢跟上去。但也先却回头朝她招了招手：

"你也来！"

娜布其迟疑了片刻，跟了过去。袁彬、杨铭和卫沙狐狸互相扮了个鬼脸，脸上流露出会心的笑意。

"太上皇，我就这么一个妹妹，我想跟你提个亲，把她嫁给你。"

也先严肃地盯着朱祁镇，满脸俱是期盼之色。一旁的娜布其则捻着辫梢，羞得低下了头。朱祁镇叹了口气："大王，不是朱某不领情，实在是不合时宜啊。你看我身为囚徒，又怎敢误她一生呢？"

"看你说的！娜布其她不在乎这些，她愿意侍奉您。"

也先说罢看着娜布其。

"是的，陛下，我愿意侍奉您一辈子。"

娜布其满脸红云地说道。

"不管我能不能回归南边，你都愿意嫁给我？"

朱祁镇冷淡的表情不见了，眼中也跃起了几簇火苗。

"愿意！"

娜布其的声音很小，口吻却很坚决。朱祁镇被她感动了，但旋即这感动就被他那似乎是与生俱来的冷静所替代。他退一步，朝也先和娜布其行了个大礼，慌得那兄妹俩也赶忙还礼。

"上皇，您这是干什么？"

也先急得大喊，娜布其的脸色刹那间白了，嘴唇也颤抖起来。她了解这位年轻的太上皇，她知道在他那貌似瘦弱的躯体里，有着怎样一颗固执的灵魂。

"大王陛下，很抱歉，恕朱某不能从命！不是我不喜欢令妹，实在是情势如此，朱某为阶下囚，怎能在此地做新郎？倘若有朝一日能够南归，再登宝座，我朱某一定以国礼娶令妹，封她为妃，如何？"朱祁镇的口吻中有真诚，但也有几分讥诮。

朱祁镇话音刚落，娜布其就捂着脸跑出了帐篷。也先惊得眼都直了，脸上白一阵红一阵的，许久才喘出一口气来。

"你是说，你不愿意？如果他们不迎你回去，你也不愿意娶娜布其？"

朱祁镇垂下头，仍旧只是叹气。

"你……你……哎呀，真不可思议！"也先气得拔出了刀，在那儿挥着，却始终不敢砍下去。末了，他一跺脚，回身追娜布其去了。

"皇上，为什么你那么讨厌娜布其？我看她对你挺好的。"

袁彬、杨铭、卫沙狐狸都围了过来，他们全都是一副不忍和不理解的表情，就连轻易不提问的袁彬，也问了这么一个问题。

"娜布其姑娘是很好，我很喜欢她。可是，她那性格是不适合到宫里去的。在宫里，她会像采下的鲜花一样失色。再说，我们目前这种境况，要是娶了她，南边也许就再不来人了。还有，万一来了人，又娶了她，那也先难道不会因此提些苛刻要求吗？"

朱祁镇到底是坐过多年皇位的人，他考虑的问题比袁彬、杨铭他们复杂得多。

"可是，娜布其姑娘怎么办呢？她那么痴情，我看她会受不了的。"

卫沙狐狸很是替娜布其伤心与不平。朱祁镇点点头："无可奈何呀，只好让美人伤心了。"

他也有些黯然神伤。忽然间，一匹快马驰来，马上坐着一个明眸皓齿的下女。

"请问，大王呢？"她的声音银铃似的在空气中振响，卫沙狐狸一下子呆住了。

"往那边去了，看，就在那儿。"

杨铭朝草原深处一指，那儿果然有两个人影。看他们的样子，像是也先和娜布其。

"谢谢！"

下女一夹马肚，飞驰而去。

"天哪，要是能讨她做老婆，我就是死了也甘心。"

卫沙狐狸无限仰慕地叹道。朱祁镇点着他的额头，笑了笑。但很快他脸上的表情又变得阴郁茫然起来。

英姿飒爽的下女骑着马，那么圣洁美丽，矫健而又神秘，这使得她在草原上飞奔的样子看上去就像在飞翔。她很快找到了正在互相宽慰的也先兄妹。

"大王，有要事禀报。"

下女的脸色有些尴尬与为难，也先鼓励她："没事儿，说吧！"

下女于是禀报了一番。也先的黑胡子立即无风自荡，仿佛一片风帆，额间的青筋也暴露出来，像盘踞在额上的蚯蚓。他二话没说，飞身跃上下女的马。娜布其倒并不怎么感到意外，她在她的王兄上马的同时，也跃上了马背。

"驾！"

兄妹俩骑着同一匹马，流星般地往不远处的芦苇荡驰骋而去，留下俊美的下女在草地上发愣。

"萨日娜，咱们走吧，走得远远的，再也不见他们，好不好？"

在一个小小的湖边，芦苇丛绿森森的。英俊的青年将领鲍斯尔紧紧搂着躺在芦苇丛中的萨日娜，吻着她那乌云般的长发，热烈地恳求着。萨日娜抚着男人的背，很享受地叹了口气：

"不，这样儿挺好。"

"我知道，你既享有王妃的富贵荣华，又有我的勇猛，女人要的你都有了。可是，我要你。"

他扳过萨日娜的身体，脸对脸地凝视着她：

"我要和你生一大堆孩子，然后，当爷爷，做奶奶，看到家里的人像那些羊羔一样多，我们会很幸福。"

萨日娜的脸色随着他的描述黯淡下来。鲍斯尔适时地进行"策反"：

"可是，你要是在这儿再待下去，只会落得个人老珠黄的下场。你看，大王现在宠上了其其格，对你比以前冷淡多了。你要跟着我，我会爱你一生一世。只是，我不能给你这些。"

鲍斯尔摘下她头上的一朵珠花，叹惜着。

"但是，我有双手，我有满身的力气，我会打猎，我们一定能过好的。"鲍斯尔的脸上现出痴迷的表情。萨日娜的眼中开始有了泪花。她咬着嘴唇，想了想，终于点了点头：

"那，我们到哪儿去呢？"

"大都！我们到大都去！在那儿做个小买卖，买套宅子，养一堆娃娃！"

"大都？"萨日娜脸上开始放出了异样的光彩，神情也热切起来。

"我们什么时候走？"

"明天晚上，怎么样？"

"嗯！"

两人正沉浸在幸福的憧憬之中，忽然间，萨日娜拉着鲍斯尔，尖叫着跳了起来。

"你们干的好事！我劈了你！"

脸色铁青的也先举着刀，就要冲过来，却被娜布其紧紧拖住了。鲍斯尔倒也面无惧色，他将萨日娜往身后一拉，用自己的身躯将她罩住，仿佛一头护犊的母牛。

"大王，是我的错！请您处置我吧！"

他那种大无畏的神情倒让也先手中的刀砍不下去。娜布其眼中也流露出钦佩的神色。

"你说，怎么处置你？"

也先恶狠狠地盯着他们俩，喘着粗气问道。

"听凭大王处置，只要你放过她。"

鲍斯尔单膝跪了下去，萨日娜绞着双手，哀求地看着也先。也先不看她，闭着眼睛举起了刀。

"哥哥！"

娜布其不忍地叫了一句。萨日娜见状，忽然疯了似的扑过去，托住了也先举刀的手，扭头对鲍斯尔大喊：

"死人，你快跑哇！"

她和也先扭打在一起，旁观的娜布其有意无意地将马缰绳丢在了鲍斯尔脚下。但他却视而不见。忽然间，他冲过去，掰开了也先和萨日娜，而后挡在他俩中间。

"不，大王，你放过她，然后再杀我。"

他从地上拾起了那把因扭打而掉在一边的刀，高高举过头顶，一副视死如归的表情。也先恶狠狠地瞪着他们俩，使劲地喘了一阵粗气。倏地，他扑过去，死死地卡住了鲍斯尔的脖子。鲍斯尔比他年轻，也比他强壮，却奇怪地没有反抗。眼见着他的脸变了色，身后的萨日娜突然尖叫一声：

"大王，我这就死在您跟前，只要您饶他一命！"

"萨日娜！"娜布其大喝一声。也先愣了愣，手上忽然松了劲，起身哀叹一声：

"好了，萨日娜！我把你赐给他，你们赶快走，走得越快、走得越远越好，省得我到时反悔杀了你们！"

也先说罢，跃上马背，风驰电掣地飞奔而去，转眼间消失在芦苇丛中。

"娜布其，我……"

萨日娜说不下去了，掩着脸哭将起来。鲍斯尔默默地搂着她，没有言语。

"唉，你呀！还不快随我来。"

娜布其眼神复杂地打量着神情憔悴因而更加真实，甚至更加楚楚动人的萨日娜，又不无仰慕地凝视了魁梧英俊的鲍斯尔几秒钟，甩着辫子在前头走了。

干燥的荒原上，杨善、马黑麻的马队已经走得很疲惫了。暮色四合中，他们迷了路，正在那儿着急。

"通事呢？快去问问后面瓦剌使团里的那些大老爷，这路怎么走？"

杨善黑了许多，满脸风霜之色。马黑麻也没了先前那份逗乐的兴致。他们回头望着后面那几辆车，神色有些不耐烦。

"老爷，老爷！使团的头儿说，现在先在这儿打尖，大家埋锅做饭，明天上午就能到了。"

通事骑着马来回跑了一趟，带了这么个答案回来。

"这些老爷，不就是嫌给的赏赐不多吗？太势利了！"

马黑麻变得有些愤世嫉俗。杨善疲惫地一笑，点点头："也罢，今儿个大伙儿休息足了，明天好舌战群儒！"

"什么群儒，是群蛮！"

马黑麻不屑地说，杨善不同意他这个观点："老兄，你可别小看那也先。这个人懂汉文汉话，读的书未必比咱们少，不一定好对付呢！"

正说话间，远远地有两骑奔驰而来。等他们走近了，马黑麻和杨善俱吃了一惊：马背上的一男一女可不俗哇！男的英俊剽悍，女的明丽娇艳。原来他们正是被也先驱逐出来的萨日娜和她的情人鲍斯尔。

"嘿！"

在这大漠上能看见如此一对美人，马黑麻不由高兴地和他们打了个招呼。脸上有些擦伤的萨日娜朝他们微微一笑，又凑到已经便装打扮的情人耳边说了几句悄悄话，两人挥挥手，一夹马肚，改道而去，大约是鲍斯尔要避开后面瓦剌使团的那些人。

"萨日娜，你现在什么也不是了，后悔吗？"

鲍斯尔扭身问萨日娜，脸上的神色自豪而又忧伤。洗尽铅华、装扮朴素的萨日娜比往日显得羞涩清丽了一些，她闭起眼睛流了会儿泪，低声道：

"不，只要你一辈子待我好，我不后悔！"

萨日娜的口吻很坚决。

"那好，咱们快走！"

鲍斯尔一扬马鞭，甩了个脆响，两人烟似的消失在苍茫的暮色中。

夜晚了，天上的月儿很亮，夜空如洗，草原在这月光下熠熠生辉。也先的帐篷里传出忧郁的琴声和歌声。朱祁镇、袁彬、杨铭三人正在草地上散步，听到这催人泪下的音乐，朱祁镇挪不开脚步了。他痴迷地听着，忽然间鼻子一酸，眼圈也红了。

"此曲只应天上有，人间能得几回闻哪！"

袁彬叹道。朱祁镇点点头："比起宫中教坊司的音乐，也要胜出几分。有情，有韵，因而有味，能动人心脾。"

"我倒听不出什么好来，呜里哇啦的，没什么劲！"

杨铭愣头愣脑地说道。

"这才叫对牛弹琴，有趣！"

朱祁镇不失时机地揶揄了杨铭一句，君臣三个继续往前走去。这时，卫沙狐狸和白天送信找也先的下女迎面走了过来，两人边走边说，显见得很亲热了。一见朱

祁镇他们，卫沙狐狸便急急走到他们跟前，兴奋地说：

"皇上，您知道吗？萨日娜王妃和人有了私情，被大王发现了，现在，他放萨日娜和她的情人走了！"

"这……这怎么可能呢？"

朱祁镇的脸唰地白了，仿佛这事情发生在他的嫔妃身上，那震惊的程度，实在不亚于也先本人。也先居然不杀掉那两个贱人，这太不可思议了！朱祁镇难以理解。

"难怪大王今天的歌声如此哀伤，那是心有所感啊！"

袁彬总算解开了心中的疑团。

"他们，去哪儿了？"

杨铭更关心的是那对情人的行踪，下女摇了摇头：

"不知道，他们就那样悄悄地走了。"

"那萨日娜，倒看不出她有这份真情意。有多少女人梦想着王妃这个位子啊！"

卫沙狐狸是个很容易被打动的人，他说话时眼中仿佛有泪光在闪烁。

"啊——快来呀，救人哪！"

这尖叫来得如此突然，又是如此凄厉，众人听了，不由魂飞魄散。

"那边，河湾那边！"

袁彬到底是锦衣卫出身，立即判定了声音的方向，领着大家往河那边跑去。随着呼救声的持续，有许多人闻声而出，都跟着他们跑了过去。

河湾边，黑黝黝的芦苇丛边上，几个光屁股的半大小子仍旧撕扯了嗓门在那儿喊，还有几个则没头苍蝇一般到处乱找：

"奶娃！你在哪儿？"

"娜布其公主，你在哪儿？"

"啊，娜布其掉下去了？快，快点火把！"

"快拿套马杆，前头绑上铁钩！"

"……"

众人乱成一团，袁彬、杨铭还有几个会水的瓦剌人纷纷跳下河湾，寻找娜布其。

朱祁镇站在岸上发呆，眼神非常恍惚。

"大王，娜布其公主到河湾里洗澡，恰好巴颜那帮孩子也在那儿玩耍，有个小子滑下去了，娜布其公主去救他，结果……结果自己被水冲走啦！"

还是那个原先向也先报信的下女骑马赶了过来，她闯进帐篷时，也先正喝得醉醺醺地抚摸着娇嫩的其其格。听下女这么一说，也先险些儿将其其格推倒：

"侍卫，快备马，点火把！"

帐篷外侍卫们应声的当儿，下女们就将这些东西准备好了。也先连外衣也没穿，就在侍卫的簇拥下疾驰而去。

当他们一行赶到时，娜布其已经静静地躺在河岸上了。她乌黑的长发披散着，苍白的脸上很是安详。一帮人正跪在她身边恸哭，也先一见，连下马都不会了。

"娜布其？娜布其！"

也先哀号着滚落在地，爬爬跌跌地向娜布其扑去，哭得几乎气绝。

朱祁镇、袁彬、杨铭、卫沙狐狸，还有那些下女、洗澡的孩子，也都哭了。

众人的哭声如此悲切，把月光都哭黯淡了。月光下原本优美的河湾，如今变得狰狞无比。

慈宁宫里，此刻却呈现出一派天伦之乐。孙太后笑容满面地抱着孙儿逗乐："乖孩子，你父皇就要回来了，高兴不？"

"高——兴！"

朱见深的口齿非常清楚，但他似乎不喜欢孙太后。周贵妃伸了手要抱他，朱见深一把将她的手拨开，气得周贵妃笑着骂了他一句。朱见深却不管，只顾伸了手，要贞儿抱。周贵妃看得既妒忌又奇怪。贞儿接过朱见深后，开始哄他睡觉。而孙太后、钱皇后、周贵妃又继续说她们的体己话，整个慈宁宫里洋溢着久违了的喜气。

"你说，会让皇上住哪儿呀？"

周贵妃看了看钱皇后，钱皇后有些羞涩地扭了扭腰身，没说话，孙太后微微一笑："按理，得住皇后那儿。"

接下去的话，她没讲出口，但意思大家都明白了。只见周贵妃一喜，而钱皇后却神色黯然。她站起身，一拐一拐地走到窗户口，望着夜空发起呆来。

也许是天渐渐暖了，紫禁城的夜并不像以前那样沉寂。许多窗口都闪着昏黄而温暖的灯光，可这并不能温暖钱皇后的心。

"孩子，祁镇他不是个忘恩负义之人，你放心好了。"

孙太后悄悄儿走过来，抚着钱皇后瘦弱的肩，安慰着她。钱皇后再也忍不住，"嘤"的一声靠在孙太后肩上哭了起来。

"哼！"

周贵妃性子一贯直爽偏狭，她可不管这醋吃得有没有道理，也不管孙太后她们看见是否高兴，总之她重重地哼了一声之后，就站起来找贞儿去了。

院坪上，贞儿正在和总也哄不睡的朱见深互相胳肢着闹着玩。朱见深的笑声是那样清脆，周贵妃一听，心头火起，走过去，不由分说便在贞儿背上打了一巴掌：

"死奴婢，你这样闹他，他还怎么睡？难怪这孩子越来越不懂事了，都是你惯的！"

贞儿因自小进宫，人又乖巧，素来太后都宠着她，特别是皇上北狩这一年，她更被太后看重。而她也自认为自己为孩子尽了心力。如今周贵妃这样训斥她，她眼圈不由红了。

"不许你打小妈！不许你打她，我打你！"

朱见深竟伸了手，要打他的亲娘，这下可把周贵妃气坏了。她扬起巴掌就打了贞儿几个嘴巴，口里一边骂着：

"我就打她！我就打她这不识好歹的东西！"

她的嗓门又高又亮，在夜色里飘荡着。贞儿捂着脸，不敢出声，只是泪水"吧嗒吧嗒"地往下掉。

"小周子！你干什么？快给我住手！"

孙太后不知何时听到了动静，出来了。她一声断喝，周贵妃这才收了手。转脸见孙太后盛怒，她嗫嚅着说：

"这小子，居然连我这个亲娘也不认了！"

说着，她也委屈地哭了起来。孙太后知道她脾气不好，也就懒得多管，她只是走过去拉住贞儿的手，安慰着她："好了，别哭了，带孩子睡觉去。"

"奶奶，我告诉你，你低头呀！"

朱见深扯着孙太后的衣襟，奶声奶气地说。孙太后弯下腰，将耳朵贴在他嘴边，朱见深用他以为很小、实际却很大的声音告了他亲娘一状：

"奶奶，那个娘姨打我小妈，她是坏蛋！"

周贵妃一听，立时顿起脚来："你看，你看，太后，我不是养了只白眼狼吗？

我咋这么倒霉呀！"

孙太后苦笑了几声，拍了拍周贵妃的手，劝她不要介意。"孩子小，不懂事，大了就认你了。嗯，你也二十一二了，怎么还跟他一般见识？真是！"

一番话，说得周贵妃破涕为笑，便是贞儿，那红红的眼里也略有了些笑意。

乾清宫寝殿里，朱祁钰和杭皇后睡在那张阔大的龙床上，正睁着眼睛说话呢。

"他这一回来，对咱们，不是挺那个吗？"

杭皇后紧紧搂着朱祁钰，娇滴滴地说。朱祁钰摸着她光洁的背，眼神有些阴郁：

"也没啥，往小南城一住，还能翻天不成？"

"可是，总觉得不对劲儿呀！哎，我说，你不能派人半路上把他给……"杭皇后止住声没再往下说。朱祁钰期盼地看着她，杭皇后这才清了清嗓门，低声说道："他回不来了，半道上病死了，谁能怪咱们呀！"

杭皇后说罢轻声笑起来。朱祁钰叹了口气："好个狠心的皇后！不过，你怎么前些日子不告诉朕呢？现在说也晚了，随杨善去迎接的人，都是铁杆儿太上皇派。再说，那些日子的雷电挺怪，朕也问了卦，说是心肠不够仁厚。哎，这话是不是应你身上了？"

他半撑起身子，脸对脸地看着杭皇后，半开玩笑半认真地说道。杭皇后气得在他脑门上戳了一指头：

"是，就我坏，最毒妇人心呗，哪儿像你啊，是个明君！"

"你不服是不是？不服就来呀！再来咱们就生个儿子。"

杭皇后还待说什么，嘴却被朱祁镇吻住了。不多久，两个人就进入了只知你我、不复有他的忘我境界了。

清晨，雾蒙蒙的，一队人马逶迤而来。他们渐行渐近，绕过一道土岗，穿过雾阵，终于沐浴到第一缕朝阳。阳光照在穿戴一新的朱祁镇身上，使他看上去分外英俊和年轻。

"大王，请回吧！你已送出五十里了，让朱某感激不尽！"

朱祁镇对和他并肩而行的也先抱抱拳，诚心诚意地说道。也先打扮得十分威武，身后又有几百骑兵跟随，看上去雄赳赳气昂昂的，但他脸上却布满忧伤。

"也罢。想当年，宋太祖千里送京娘，也终有这一别呀。只是咱们从此之后，

是再也不能谋面了。等来生，你不做皇上，我也不做大王，咱们不打仗，只喝酒，当个好朋友！"

也先说着，翻身下马，朱祁镇也跟着下马。这回他主动从袁彬手里要过也先赠送的酒囊和大海碗，倒了两碗酒，一碗给也先，一碗给自己。

"大王，这一年，多谢你关照有加，让我得保残生。如今又蒙你厚意，送我南归，谢谢！这酒，我且饮干了！"

朱祁镇将碗中的酒一饮而尽，也先一仰脖，也将酒喝得一滴不剩，然后两人倒拿着碗，相视而笑。

"这，是舍妹的一缕青丝，她身上的一块玉佩，请你收下。因为，你是她爱恋的第一个男人。"

也先哀哀地掏出个小布包，里面放着娜布其的遗物。朱祁镇默默接过，仔细包好，将它放进自己怀中。

"谢谢。我会在宫中替她立个牌位，每年她的忌日，我会为她祭奠的。"

两人的眼中都有了闪闪的泪光。也先忽然解下自己所穿的战袍与背上的弓箭献给朱祁镇。朱祁镇收了，也将自己的一件皮袍、一幅他绘的娜布其与也先并肩而立的画像送给也先。也先先前还忍着泪，如今见了这画上栩栩如生的妹妹面容时，不禁搂着朱祁镇失声痛哭起来，朱祁镇也抽泣不已。

"大王，时辰不早了，该让太上皇一行上路了，不然赶不到宿营地。"

一个老者提醒也先，也先和朱祁镇互相拜了三拜，分别上马，洒泪而别。

"太上皇，路途漫长，怕有不测。这五百骑兵，且暂作你的随从，一路走好！"

也先在马上朝他抱拳一揖，忽然打马而去。

"谢谢，谢谢！"

朱祁镇仰起苍白的脸，想把那汩汩流淌的泪水压回去。可泪腺像是来势凶猛的泉眼，就是不肯干。朱祁镇只好用衣袖将脸掩住，哽咽道："走！"

大队人马随即滚动起来。蓝天、白云、绿草、红花，还有星星点点的羊群，蘑菇般的蒙古包，都渐渐被抛在了身后。前面，则是那茫茫的戈壁滩。

一个月以后，京城里已经是盛夏季节。紫禁城里的树木浓荫欲滴，各宫中夹道和院坪上的花姹紫嫣红，到处都是一片热闹景象，人们似乎沾了点儿天气的光，脸上多了些笑容。只是这笑容似乎随时随地都会被乌云遮住，是一种有节制的笑意。

慈宁宫里，这种喜气和笑意却是张扬的、明快的。宫门口挂着"吉祥如意"的红灯笼，阶前摆了一溜灿烂的一串红、大丽花。孙太后、钱皇后、周贵妃及朱祁镇的其他嫔妃全都穿戴一新，脸上漾着笑意。朱见深和几个公主也打扮得花团锦簇的，他们满院子跑着，像一朵朵滚动的花球。贞儿换了件水红色的衣裙，化了清淡的妆，鬓边簪着几朵红花，看上去格外妩媚。

但是，当一个老太监跑过来，把迎接太上皇的安排告知孙太后时，孙太后的脸色立即黯淡下来。

"只有两匹马、一顶轿去居庸关接太上皇？皇上呢？皇上只出东安门迎接他？真是一切从简啊！"

孙太后冷冷地笑了几声，老太监看看四周，用手遮着嘴，小声说：

"听说，还是太上皇给皇上写了避位诏书，皇上才肯迎上皇进京的。"

"那，太上皇从哪儿进城？"

"百官在安定门接驾，上皇乘丹陛驾自东安门进，然后皇上出迎。"

"那，许咱们见驾不？"

孙太后焦急地问，老太监无限同情地看着她，摇了摇头：

"今儿个好像不让了，听说直接就把太上皇送到南宫的崇质殿。以后，只怕皇后她们都得搬那儿去！"

"为什么，他为什么要这么狠？难道让我们妇人、孩子看看太上皇，还会威胁他的皇位不成？亏他想得出，那南宫有多少年没住人了，都成野狐出没之地了，让太上皇住进去，他良心上怎么过得去？真没想到，他是这么一个白眼狼！"

孙太后顾不得体面，蹲在地上哭了起来，早就慢慢儿围拢来的嫔妃们闻听后，也都黯然神伤。钱皇后、周贵妃陪着太后一道儿哭，慈宁宫的气氛又有些凄清了。

东安门内，全副披挂的朱祁钰和他的兄长、上皇朱祁镇相见了。时隔一年余一个月，两人的身份发生了天壤之别的变化。朱祁镇突遭变故后，脸上多了几许沧桑，看上去比以往成熟了些。而朱祁钰也因这一年多的帝王生涯平添了几分自信，以往的阴郁与傲岸如今被警惕所替代。

由于百官俱在场，兄弟俩久别重逢之后还是表现了一番温馨，两人行礼时都哭了。然后，便仿唐朝天宝之乱后的玄宗、肃宗的禅让之礼，各叙授受之意，彼此谦让良久。一直到朱祁镇把自己退居南宫、宁当太上皇、再不干政的话当着百官的面说出口，朱祁钰的脸上才有了些许的笑意。两人寒暄一阵之后便是告别了。

"上皇风尘劳顿，有亏龙体，还是早些歇息为好，请！"

朱祁钰眼看着百官蠢蠢欲动，有些人还想上前向太上皇嘘寒问暖，心中便感不爽。他微微一笑，以一种关切的姿态将只比他年长几个月的太上皇扶上了丹陛大驾。

"皇上，能否见见太后、文琴和孩子们？"

朱祁镇瞪着一双泪眼可怜巴巴地恳求道。但是，朱祁钰已经坐上凉步辇，消失在大红宫门里了。

就这样，时年二十三岁的太上皇朱祁镇，坐着丹陛大驾，满腹辛酸地被抬进了冷清、破败的南城崇质殿。

殿外，古树参天，浓荫使这僻静之地更显出几分阴森。还有那没膝的荒草，时有兔鼠出没。殿内一派久无人住的模样，到处是蛛网尘灰，虽说临时收拾了一下，但那种荒芜的感觉仍让朱祁镇心惊。

"就住这儿？"

他几乎不敢置信。他甚至还有些奇怪，奇怪自己以前当皇上时怎么不知道还有个这么荒凉的地方。

"太上皇，您歇好！"

抬丹陛的几个太监向他辞了行，鱼贯而出。接着，两扇油漆剥落的宫门"吭"的一声紧紧闭上了。朱祁镇望着留给他使唤的两个行将就木的老太监，腿一软，一屁股坐在了椅子上，可椅子缺了一条腿，他差点摔倒，还好一个老太监总算机敏，一把将他扶住，否则准要摔个四仰八叉。

"这就是我南归以后过的日子？"

朱祁镇喃喃自语了几句后，忽然冲出崇质殿，扑到宫门那儿擂起来，他一边擂一边喊：

"让我出去，让我出去！让我到大街上当个老百姓，卖大饼，好不好？"

然而回答他的只有鸟鸣和他自己捣鼓出来的动静。朱祁镇垂头丧气地靠在门上，突然间觉得自己不会流眼泪了。

第十章

寂寞红

温／燕／霞／文／集

　　转眼七年过去了。这七年里，朱祁钰在于谦等大臣的辅佐下，举贤任能，整饬武备，治理黄河，与瓦剌的马市贸易、朝货贸易也重新恢复并得到发展。看上去，一切都似比以往要清明、繁荣些。也许是由于这个原因，尽管太上皇朱祁镇一直住在大内南城，但百姓也好，百官也好，只在偶尔的时候才会想起原来还有这么一档子事、这么一个人。

　　然而，朱祁钰却将太上皇当成了他的一块心病，老是压得他喘不过气来。卧榻之旁，岂容他人酣睡？他觉得自己越来越无法容忍这位仍旧享有号召力的太上皇了。

　　初秋的一天，朱祁钰散了早朝之后，突然动了往南城走一走的念头。天气有些燥热，他乘了凉步辇，往东南方向而行，去看他皇兄居住的地方。南城比较偏远，去一次费时不少。这些年，他去过好几次，但每次去都是悄悄的，不张扬，也不带旁人，更不进去。他只消在那紧闭的宫门前站上几分钟，那颗始终忐忑不安的心就会安稳一些。守门的卫士及值班太监已经知道他的脾气，所以每回他去，他们都会将南城里最近发生的事一五一十地告诉他。

　　然而他这次去，却有些意外。那些卫士、太监共有六七个人，他们正挤成一堆，你推我搡地似乎在抢夺什么东西。

　　"怎么回事啊？"

朱祁钰生性严肃，他不喜欢别人聚众喧哗，更别说打斗了，所以他的声音中满含怒气。他的话音未落，那几个卫士、太监便从地上爬了起来，被压在最底下的那人竟是个军士打扮的年轻人。他满身满脸尘土，见了皇上，吓得和其他人一样"咕咚"一下又跪了下去。

"这是什么地方，你们还扎人堆儿玩，嗯？"

朱祁钰天威一怒，其中一位值班的老太监赶忙磕头禀告：

"启禀皇上，奴才高平等人见守卫王瑶身上挂着的镶金绣袋和一把镀金刀实在像内廷之物，疑他是偷的，故此商量着要借来一验。怎奈这人力大无比，我们几个竟始终奈他不何，所以，这才以多斗少，将他打趴在了地下。"

老太监高平一边说，一边偷眼看着那最后爬起的王瑶。朱祁钰吃了一惊，他示意王瑶将绣袋献上。王瑶无奈，只好解下那因打斗沾了灰尘的镶金绣袋及镀金刀一并呈给皇上过目。

"此物你从何得来？"

朱祁钰在随侍太监搬来的龙椅上坐下，一边仔细验看那做工精美、无疑为内廷之物的刀袋，一边问王瑶。王瑶见这架势，已经害怕了。天本来就热，他现在更是汗如雨下：

"回……回皇上，小人和里边御用监少监阮浪玩得好，此物乃他所赠。至于来源，阮浪并没有说与小人听，小人不知道。"

"是吗？"朱祁钰拖长腔调反问了一句，东西却不再交给王瑶，而是反手递给了他的近侍太监。王瑶吓得伏地颤抖不已，话却是一句也不敢说了。朱祁钰眼珠一转，看见左掖门旁边放着一顶轿子，还有几个宫人在一旁等候。他突然朝守门军士招了招手：

"先看着他，别让他跑了！"

"他跑不了，皇上。"守门军士此刻也顾不得私人交情了，挟起王瑶就捆。王瑶原先还有些愣怔，此刻明白了自己的处境，忙大声喊起冤枉来。但他嘴一张，便被太监高平用一团烂布堵住了。他这一手显然赢得了朱祁钰的欢心，他指了指那顶小轿。高平不等他问，便跪下启奏道：

"启禀皇上，今天逢双日，皇太后到里边探视去了。"

"逢双日她都来？"

"当初上头是这样通知的，但太后基本上四天来一趟。"

"开掖门让她进去？"

"是的，皇上。"

朱祁钰呆呆地望着那顶轿子，不吭声了。这时，几个负责采买的太监回来了，他们开了左掖门边上关着的小木窗，又拉了一下绳子，里边传出隐约的铃声。接着，那边便来人，将采买的米面菜蔬全都接了进去。

"怎么回事？太上皇的日常饮食不都是由膳房做好了送进去吗？怎么还另外采买？"

"回皇上，这几年，太上皇又添了三个皇子、四个皇女，每日传送的膳食不够。这……这钱皇后她们才做了女工绣品，由宫人带出宫外卖了，换些东西！"

高平话没说完，朱祁钰就气坏了："你们这帮人，肯定克扣物资，想陷朕于不仁，该当何罪？还不掌嘴！"

"是，奴才该死，奴才该死！"

高平狠命地打了自己一顿嘴巴，朱祁钰这才心里舒服些。"那阮浪是在里边伺候太上皇的吗？"

"是。"

"好，看在你还老实的分上，免你受罚。朕告诉你，孙太后、太上皇都是朕的至亲，他们的安全至关重要。你等常私自开门，出了事情，这干系担得可就大了。"

他说罢看着高平，高平用心地品味着，似乎明白了什么。

"奴才懂得。"

"嗯。还有……"朱祁钰回头望了一眼宫墙里边的参天大树，有些枝条几乎紧贴着宫墙，他轻描淡写地说道，"里边的树是不是太多啦？夏天蝉鸣噪得慌，岂不是扰了太上皇的清梦？"

"是，奴才这就伐了去！"

"嗯，去吧！"

朱祁钰挥了挥手，回身上了凉步辇，不久就消失在层层屋宇之间。

朱祁钰来访的当口，南城里边的朱祁镇却是老夫聊发少年狂，穿着单衣，打了赤脚，领着已经十岁的沂王朱见深，还有三四个年纪差不多的女儿，在树上掏鸟窝、抓蝉玩儿。

"父皇，这儿有只天蚕，看，它吐了这么长的丝。"

一个小公主叫道。

"弄下来，给娘娘。娘娘说这种天蚕肚子里有丝，用天蚕丝做的衣裳可好穿了。"

朱见深倒是会精打细算。和他在同一棵树上一个更高的树杈上掏鸟的太上皇朱祁镇，忽然"哧溜"一下溜到朱见深身边，然后摊开手掌：

"看，小鸟！"

"啊呀，太可怜了，还没长毛呢！父皇，放它回去吧。你不记得我上次掏的那只小鸟吗？两天就死了，因为我们没有鸟妈妈的长嘴，喂不了食。给我。"

朱见深长得瘦高条儿，面目很是俊秀，比起父亲，他更多了几分温情的色彩，看上去也更活泼些。说着，他从朱祁镇手中小心翼翼地拿起那两只柔软的小东西，"噌噌"两下爬上树去，将它们放回了鸟窝。

"太上皇，请您带孩子们下来喝绿豆汤，太后吩咐的。"

一个清亮的嗓音飘过来，接着，贞儿移步到了树下。可朱祁镇打了个手势，让孩子们都藏起来。贞儿仰脸找了找，忽然惊叫道：

"沂王爷，你脚下有条毛毛虫！"

"哇！在哪儿？"朱见深一下从树上溜了下来。原来他最怕毛毛虫，贞儿一把将他捉住，弯弯的眉眼笑成了两道漂亮的弧线：

"好哇，可让我逮住了。太上皇，下来吧，太后正等您呢！"

朱见深趁势要靠在贞儿怀里，被她一扭身躲开了。这时的贞儿已经是个成熟的女人了，身材丰满，皮肤白皙，眼角眉梢都是笑意。朱见深有些痴迷地看着她胸前颤动的双乳。

"好了，都下来吧。"

朱祁镇下树后只淡淡地朝贞儿点了点头，便牵着两个女儿走了。贞儿惆怅地看着他的背影，脸上一副受伤的表情。朱见深显然注意到了她的失落。他扯了扯贞儿的衣袖，附在她耳边，小声地说：

"贞儿姐，他喜欢瘦女人，肯定是嫌你太胖了。不过这没关系，以后让我来喜欢你好了！"

"看我不掌你嘴，坏！"

贞儿作势要打他，朱见深爆出一阵欢笑，快活地跟在父皇后头跑掉了。

贞儿走在最后，时不时捏捏自己的手腕和腰身，无可奈何地叹了口气。

"楚王好细腰，宫中多饿死。唉！"

贞儿觉得无聊，便拐到宫门那儿，扒着门缝看外面的热闹。看着看着，她抹开

了眼泪，肩膀一抽一抽的，哭得好伤心。

崇质殿里，已然老去的孙太后、钱皇后、周贵妃及另几个嫔妃围成了一个圆圈，大家喝着绿豆汤，显出前所未有的温馨。

"……他呀，太累了，那么多妃子，就是没一个怀孕生子的。这就是命，谁叫他心这么坏。七年了，硬是没让皇上走出这宫门一步。"

钱皇后对朱祁钰非常不满。孙太后无可奈何地叹了口气，不过，旋即她的脸上又亮了起来。

"那怀献太子，看样子不行喽！"

"是吗？那小东西万一不在了，咱们沂王不是可以复立吗？"周贵妃虽然又长了七岁，炮筒子性格却没改。她这话一出口，就遭了朱祁镇一顿抢白：

"妇道人家，你瞎说什么？"

忽然间，两眼红红、神情紧张的贞儿飞步过来，拉着孙太后的手走到门旁，紧张地说道：

"太后，不好了，您快回吧。方才我趴在门缝那儿，听高太监说，皇上不高兴，要把您也留在南城，您快走吧。"

"是吗？有这等事？祁钰他也做得太绝了。"孙太后手忙脚乱地开始收拾东西。朱祁镇想了想，也劝太后赶快走。

"娘，您得走，万一您也被留在这儿，咱们在外边可就瞎了。"

朱祁镇话刚说完，紧闭的左掖门突然打开了，进来了一群持斧执锯的年轻太监。

"把这些树都给我砍了！"

高平指着方才朱祁镇掏鸟窝玩的那几株树，颐指气使地吼道。对一旁朱祁镇和太后询问的眼神，他视而不见。

"高平，这树怎么了？砍了它这儿不是热得慌吗？"

朱祁镇的怒气一点一点往上升，高平这才爱理不理地鞠了一躬："回太上皇，奴才是奉皇上旨意来伐树的。你听，这蝉叫得太响了，怕影响您的休息。快砍哪！凡沿墙近墙的都给我砍了！"

"不像话，太不像话了！"

朱祁镇气得浑身发颤，孙太后也冷笑数声："这太阳也够辣的，他怎么不把太阳给遮了？"

"奴才该死，奴才该死！"

高平看看太后，又下意识地瞄了瞄那仍旧开着的左掖门，孙太后敏感地和朱祁镇交换了一个眼色：

"好了，你们好生歇息着。树少也好，蚊虫少，清静。皇上的恩典，总是有道理的。玉儿，咱们走。"

孙太后招呼几个随侍宫女出去，这边可把高平和另外两个太监急坏了。他们明白，朱祁钰的意思是要留太后在里边的，可皇上又没有明说，万一会错了意，岂不是要掉脑袋？所以，他们只好眼睁睁地看着孙太后一行离去。

"阮浪！阮浪！"

朱祁镇心里烦闷，在崇质殿前高叫阮浪，自从他到南城后，这阮浪一直在侍候他。这人虽老，耳有些背，却有良心，朱祁镇比较倚重他。但这回喊了数声，阮浪杳无回音，朱祁镇正纳闷间，高平诌笑着上来说道：

"启禀上皇，那阮浪，因疑他偷了大内的东西，方才采买回来时，已被锦衣卫下到诏狱里去啦！现在，您这儿的事，由奴才总管了。"

高平有些洋洋得意，朱祁镇则无比震惊："什么？他偷了大内什么东西？怎么逮他时也没有跟我说一声？"

"这个……怕是与上皇有点儿牵连。听说他偷了镶金卧龙刀袋，还有一把刀，又把刀袋送给了门将卫士。有人说，是上皇送给他的，让他结交卫士。这阮浪此去，只怕凶多吉少了。"

高平阴险地偷看着朱祁镇，朱祁镇的脸上却阴沉得不见一丝表情：他直视着高平，抬抬眉毛，问道：

"怎么讲？"

"太上皇，您还不知道阮浪吗？这七年来，他对您可是忠心耿耿，便真是您赐的，他也会死咬着不松口。因为不松口是死，松了口，连上皇也得落个结交门将、谋复帝位的名儿，那他不也是只有死吗？"

高平看似亲密、实则恶毒地媚笑着说。

"哦，你倒很清楚嘛！是你告的密吧？"

高平还来不及辩解，脸上便噼里啪啦挨了朱祁镇的一顿打，打得高平赶忙跪倒在地，口称饶命。

"太上皇，太上皇，奴才没有，奴才只是向您禀报……"

"哼！"

朱祁镇揍高平时用了力气，把手给弄疼了。他甩着手，目光锐利地盯着高平，高平好半天才敢抬起头来。他的额上尽是泥土，汗水在上面划出了几道痕，看上去颇滑稽。他恨恨地瞪了朱祁镇一眼，转身跑到伐树的太监跟前，狂叫道："你们瞧什么瞧？有你们好看的，等着吧。快砍！"

恰此时，"轰"的一声巨响，一株大树倒在地上，惊起一群飞鸟。

"砍了，把树全砍了，一棵也不要留！"

高平挥舞着胳膊，更加疯狂地喊着。

拥挤的街道上，刽子手正在行刑。太监阮浪和王瑶被裸体绑在搭建得很高的刑台柱子上，两人口里塞了核桃，说不出话，只会呜呜乱叫。下面围观的人群中，人们议论纷纷：

"知道犯什么事儿了吗？"

"说是帮太上皇谋复帝位，所以处以极刑！"

"要刮三千六百刀，得三天才完，可怜呐！"

人群中有人悄悄地捂住了眼睛。这时，两个刽子手动作整齐、优美地在阮浪和王瑶的左乳上割下了第一片肉，空气中立即震荡着非人的呜咽声。血从两具躯体上往下淌，看上去恐怖至极。

"我的妈呀，不行，不行，我受不了啦！"

有人呢喃着推开众人，想挤出人圈，可哪儿挤得动呀，他只好蹲在地上呕吐起来。

刑台上，阮浪和王瑶左乳上的伤口已经有巴掌那么大一片了，他们不像被割之初那样扭动身躯，而是头歪到一边，很安然地接受那锋利的刀刃，因为他们已经昏过去了。

流淌下的血水，在刑台上像溪流般地蜿蜒，在浸透了刽子手的鞋底之后，开始滴答着往下漏。酱紫色的血迹挣扎而去，看上去极似凶险的巨型爬虫。

夏夜的紫禁城，似乎有一种温馨的氛围，坤宁宫更是人影幢幢、灯火辉煌。但朱祁钰、杭皇后、吴太后的面色却与明亮的灯光正好相反，显得黯淡、绝望。

床上，怀献太子朱见济正在抽搐，向人世做着最后的告别。接着，他喉咙里发出一句低沉的喊声，身子一挺，眼一翻，咽下了仅存的半口气。

"我的儿呀——"

"太子啊——"

一阵撕天裂地的哭声蓦然响起，整个紫禁城的灯火为之一黯。

"皇上，皇上！"

"皇后，您醒醒！"

"快，吴太后也昏过去了……"

随着哭声、喊声的响起，坤宁宫更忙乱、更阴沉了。

紫禁城的所有装饰又变成素白的了。到处挂着白纸糊的灯笼，穿着孝服的人们在缄默地进进出出。

乾清宫的寝殿里，朱祁钰虚弱地躺在床上。吴太后坐在他床头，双眼痴呆地望着虚空。于谦也站在一旁，神色哀戚。

"皇后，皇后！"

朱祁钰忽然挣扎着坐起来，口里喊着，睁眼四处张望。于谦见状，赶紧上前一步，将朱祁钰扶住，眼中含着泪水。

"皇上，皇后她……已经到极乐世界……关照怀献太子去了。他们娘儿俩在一起呢！"

吴太后像棵老树，到底还是要比朱祁钰经熬些。她抱着儿子的头，老泪纵横地说道。朱祁钰发了会儿呆，忽然凄楚地一笑：

"好，娘儿俩在一起，也好有个照应。"

而后，他挣脱吴太后的手臂，跳下床，摇摇晃晃地站着。几个近侍太监上前扶他，却被他甩开了。他挥着胳膊大声地喊：

"尚寝官，尚寝官！"

尚寝官慌忙跑进来："皇上，有什么吩咐？"

"绿头签呢，你怎么还不拿来？"

"是，奴才这就拿去。"

尚寝官跑到屋外，转了个圈，回来时手里拿着个红漆雕花托盘，托盘里放着写了那些嫔妃名字的绿头签牌。

"朕今晚要淳妃。"

说着，朱祁钰双腿一软，险些倒下，幸亏两个太监从后面将他托住，才勉强站直。于谦担心地看着他，好心劝阻道：

"皇上，您身子骨虚……"

"于爱卿，你也担心朕不行吗？朕一定行，一定得让她们多生几个皇子出来，不然就让人看笑话了！"

朱祁钰咬牙切齿地咆哮起来，吴太后看得心一痛，颤巍巍地走过去，扶住儿子的肩："皇上，我的儿啊！"

此刻她也顾不了什么体统了，再次搂住朱祁钰的头，放声恸哭起来。朱祁钰在她怀里先是木然，随后他的眼珠转了转，仿佛尝到了痛苦的孩子，猛然间咧嘴大哭起来。母子俩的哭声简直响遏行云。

这时，一个太监疾行过来，禀告道："皇上，东厂密报，群臣俱在左掖门那儿聚会，商量复立沂王为太子一事！"

"啊？这不反了！"

朱祁钰和吴太后惊得跳了起来，于谦也是浑身一颤，当他看见皇上和太后的神情时，不禁又打了个寒战。只见两人脸上挂着泪，眼睛却被陡然间生出的怒火烘干了，亮晶晶的，发出吓人的光芒。

左掖门大殿里，五府六部的堂上官都到了，大家你一言我一语地对东宫一事争论得热火朝天。其中石亨、徐有贞的嗓门最大。

"……圣躬不宁，内外忧惧，京民震恐，盖为皇储未立，唯其如此，伏望皇上早建元良，正位东宫，以镇人心。诸位大人，这么说可以吧？"

徐有贞抖动着手中草拟的奏折询问大家。众人有说可以的，有说不可的。石亨捻了捻胡须，说道：

"现在诸公只是一意奏请复立东宫，但如何能知晓皇上意向在谁呢？"

说着，他和徐有贞交换了一个眼色，徐有贞会意，忙说："我看还是复立沂王吧，一则众望所归，二则皇上目前再无别的男丁，属意沂王的可能性最大。"

"我赞成！"石亨首先表态。接着，其他人也纷纷表态。

"那，就请各位在奏折上签个名吧！"

徐有贞说着签下了自己的大名，石亨接着也签了名。众人见了，也纷纷效仿，不一会儿，奏折上就密密麻麻签了一大串名字。

"这下好了，皇储一立，就无他患了！"

一个老臣捋着胡须，满意地叹道。话说完了，但他的嘴并没有马上合拢，因为，满面病容的皇上突然出现了。他的身后，是那随时准备支撑他身体的于谦。

"皇上圣安！"众大臣一时面面相觑，胆小的已吓出汗来了。还是石亨机灵，立即跪下叩头问安，其余众人也跟着见礼。朱祁钰冷冷地扫视着他们，许久，才毫无表情地说道：

"诸公都是朝廷的股肱，今日在此为社稷谋，朕感激不尽。只是立皇储一事，是国事，也是朕的家事，诸公如此逼迫于朕，也未免太不近人情吧？"

"皇上，请息怒，臣等……"

徐有贞正要辩解，朱祁钰却一甩膀子，扬长而去。也许是知道大臣们在盯着自己看，他瘦弱的腰背挺得很直，连紧跟在后的于谦都感到诧异。可一走出群臣的目光，朱祁钰便"哇"地吐出一口鲜血来，人也倒在了于谦怀里。于谦正要喊，朱祁钰伸手一把按住了他的嘴：

"快，送朕回宫，朕的身体状况不可让外人知。"

于是，于谦及几个近侍太监悄没声地扶着皇上上了轿，往乾清宫方向去了。

一个尾随在他们后面偷窥的太监，见状忙悄悄地踅回大殿，将所见情况向忐忑不安的石亨等人做了汇报。

"于谦是兵部尚书，手握重兵。皇上还有锦衣卫，真要定咱们一个谋逆，也不是不可能。"

徐有贞附在石亨耳边小声说道。

"怎么办？"石亨心里其实有了主意，但他要让徐有贞说出来。

"晚上去我家吧，狮子胡同的外宅那儿，行吗？"

"嗯。"

两人交换了意见，各自离去。

夜很黑，也很闷，像是要下雷暴雨。一顶青布小轿在街肆上左弯右绕地行了一阵后，来到了一条宁静的胡同里。石亨从轿里出来，小心四顾之后，这才匆匆走进位于胡同中间的徐有贞外宅。他轻轻叩了三下门，门开了条缝，石亨一闪身进去后，宅门又严丝合缝地关上了。

在一间雅致而隐秘的客厅里，徐有贞、太监曹吉祥、右都御史罗通几人坐在一起，正窃窃私语，见了石亨，大家只点点头，并没有寒暄，复又小声商议起来。

徐有贞神秘地说："石兄，外面盛传于谦等人已经派人前去迎立襄王世子了。万一于谦等人有了拥戴之功，石兄、诸公和小弟便没有容身之处了。小弟昨夜已观天象，大运在南城这边，此是吉兆。机不可失，时不再来。事成，则社稷之福；不成，家族之祸。当在三日之内行动。"

于谦的副手右都御史罗通说："皇上这几日都要早朝，群臣午夜以后必定待漏阙下，等待朝参，咱们应该在这时下手，把他们一网打尽。"

"对！我、张兄、罗兄、吉祥兄共领官军进南城迎太上皇出宫，夺门入殿登皇位。"

想到拥戴上皇后的荣耀，石亨喜形于色。

"那，孙太后和南城那边通知了吗？"

徐有贞转脸看着曹吉祥，曹吉祥点点头："已经密访过了。"

"好，后天晚上午夜时分行动。"

乾清宫里，沉疴不起的朱祁钰正挣扎着向亲信于谦、王文交代要事：

"于卿、王文，你等速派人前往襄阳，迎襄王世子回京，朕百年之后，立他为君。还有，对那班谋逆的朝臣，你得帮朕出口气。"

朱祁钰说着，又咳了几大口血出来，他的病症竟和他父亲宣宗皇帝一模一样。于谦、王文对视一眼后，慌忙和太医、太监一起帮他捶背。

"朕累了，要歇息，你们自去安排！"

朱祁钰挥挥手，要于谦、王文走。于谦、王文两人含泪告辞，走了两步，于谦却又被朱祁钰唤回。可是，当于谦走到他身旁时，朱祁钰只嗫嚅着说了"南城太上皇"几个字后，便又挥手让于谦速去。

"要是再有来生，这鬼皇帝我是再也不做了。"

于谦听见身后的皇上边喘边叹，不由洒下了一串热泪。走出乾清宫后，于谦站在阳光下发呆。他很孤独，也很迷惘，而比他先一步出来的王文，却对方才皇上单独留下他谈的机密感到好奇。

"皇上他说了什么？"

"欲言又止，还不是老心事！"

于谦言罢，长叹一声。王文瞅瞅四下无人，小声道："襄王世子仁德，朝野都说他贤明，这你也知道。宣宗帝驾崩后，本来当时有议论要立襄王为上位的，张太后一片公心，怕别人说偏心自己的亲生儿子，当众指着太上皇说：'这就是新天子。'为了避嫌，还把襄王的封地由长沙改到襄阳。皇上现在传位于他，能服众。但孙太后那边怕通不过。你说，咱们怎么办？"

王文年纪比于谦大些，他怕于谦不知这段内幕，一一说了出来。其实这在当时的朝野之中，已是公开的秘密，于谦又焉能不知？于谦听着，眉宇间有了几许沉重。良久，他才长叹一声：

"王公，这次咱们恐怕要有辱君命了。当初恳请皇上即帝位，实是一片公心。皇上呢，废太子改皇储，又禁止百官朝贺南宫太上皇，这本已亏了孝悌之义，在朝野落下个不仁的名声。大家商议着复立东宫，还政于原太子，这本身没有错，纵有君命，我也不能因此就处置他们。"

"可是，于公，要是咱们不听皇上的，万一那帮人复立了太子，还会有咱们的好日子过吗？"

王文急得拍大腿，但于谦却主意已定："你我当初建议立新君，是为的私己吗？只要合圣人之义，对社稷有利，你我便是舍去身家性命又有何妨？总之，这复立东宫一事，于礼于义都是对的。我也多次劝过皇上，他不听。现在箭在弦上，由不得他了，也是一件好事。"

王文听罢，愣了半晌，忽然流下了两行热泪。

"于公，你我的末日就要到了。"

他哽咽着说道。于谦却不信："王公你说哪里话来？便是东宫复立，他难道还会如此糊涂吗？"

"唉！"王文一跺脚，再不说话，低着头，抹着泪，匆匆而去。

于谦也叹了口气，迈着沉重而坚毅的步伐，朝着与王文相反的方向匆匆走了。

慈宁宫里，孙太后坐在幽暗的殿堂中，心神不宁。过了一会儿，正当壮年的太监曹吉祥大步流星地闯了进来，太后一见，立即起迎。

"怎么样，取来了吗？"

"取来了！"

曹吉祥呈上一个精致的紫檀木匣，太后轻轻打开后，里边是一块用绫布轻裹着的王府金符。这金符是宫中用来号令王府的专用标记。如今太后命令手下取了来，她那颗悬着的心终于落了下去。

"给太上皇的衣裳送去了吗？"

"已经派人送到了。"

"太上皇说了什么没有？"

"启禀太后，这回高太监没让奴才进去。"

"没事，送到了就好。"

孙太后说着，倦怠地闭起了眼睛。曹吉祥见状，很知趣地退了下去。孙太后在

空荡荡的殿里坐了会儿后，找了个机密地方，将那个木匣子藏了个严严实实。

"这不是天还热吗？怎么就送秋衣来了？哦，对了，朕要光禄寺办点儿酒食来，送来了吗？这些日子，米菜越送越少，是想饿死我吗？"

崇质殿里，朱祁镇有些奇怪地问贞儿。继而他又气愤起来，为了这些日子自己所受的待遇。贞儿想了想，有些迟疑地说道：

"高太监把守得严，没让曹公公进来。小窗口是开的，高太监在旁边站着呢，曹公公没敢多说，好像……好像朝我使了个眼色。皇上，也许衣裳里边有东西？"

"是吗？至于吗？"

他的手往衣裳上捏了捏，不知为什么，情绪忽然好了许多。只见他扬眉一笑："贞儿，你这脑瓜子呀，就是奇特，敢情是那次去也先那儿弄出的毛病吧？"

他看了看贞儿丰满的身段，有些揶揄地笑道："女子贵在轻盈、素淡，你是不是该把皇后她们种菜地的活儿包下来呀？反正你这么壮实，当个花木兰绰绰有余。"

"哎呀，皇上，不理您了！"

贞儿难得有机会和这个冷冷的太上皇多说几句话，再说，又满心存了些指望，如今见朱祁镇心情比较顺畅，又适逢四周无人，不由生了几分娇羞妩媚，本以为朱祁镇会有所反应，不料他竟如此讥讽于她，贞儿不由有些委屈。她正欲婉转几句时，朱祁镇却突然将脸一板，指着门外说：

"去，扶皇后上来！"

贞儿扭头一看，钱皇后等一帮嫔妃过来了。钱皇后撑着拐杖，上台阶不便，但她又不想让嫔妃们搀扶，再说那些嫔妃也没这意思，她们见了上皇就跟苍蝇见了裂缝的蛋一样，立马飞扑过去。钱皇后寂寞地站在台阶下。贞儿抑制着自己的情绪迎过去，但她下台阶时还是险些落了眼泪。

"皇后，您歇会儿吧。"

由于供给日少，太后又不敢来，宫中膳食常出现断顿，钱皇后只好率领众嫔妃做女红、种蔬菜，以补家用。这会儿她们刚浇了菜回来，都有些疲惫了。特别是钱皇后，身体有残疾，却事必躬亲，让朱祁镇大为感动。

"文琴，有些事，你不必烦劳，叫下人去做就行了。"

"下人，现在不是都调出去了吗？原来也就给了几个人供咱们差遣，看这样

子，以后做饭都得自己动手了。"

钱皇后着实有些累，再说她自惭形秽，不愿在这些艳丽的嫔妃中久待，她很快就回去休息了。倒是那周贵妃，远远地见了方才贞儿和朱祁镇单独在一起，心生妒恨，竟当着众人的面刻薄道：

"下人也不必多，有时只要一两个会狐媚的，见咱们不在，缠着皇上，皇上也未必不高兴呢！"说罢她尖笑起来。朱祁镇本来正在摸那件秋衣，却没找到什么，正懊恼间，又叫周贵妃这样一说，不由怒火中烧。他突然拉着周贵妃，将她往门外一推：

"出去！出去！"

"啊——哈哈……呜呜！"

周贵妃一直恃子而骄，几曾受过这种气？她捂着脸，哭着冲了出去。其他嫔妃幸灾乐祸地对视了几眼，一副似笑非笑的样子。朱祁镇环顾一番，气不打一处来，一拍桌子吼道：

"听见没有？都给我滚出去！"

众嫔妃像炸了窝的鸡，慌乱地退去，留下朱祁镇一个人，望着那件从样式到布料都很普通的袍子发呆。思忖了片刻，他又拿起那件衣裳，仔细地搜查起来，当他摸到衣领那儿时，神情为之一振。他赶忙叫一个老太监拿来剪刀，一下将领子铰了下来。

"皇上？"

太监惊呼一声，朱祁镇朝他摆摆手："刘公公，你也下去吧。"

太监躬身施礼，弯腰驼背地蹒跚着走出了殿门，那衰老的模样让朱祁镇长叹一声。但他的手却不闲着，很小心地从领子里边找出了一块折叠成条的白绢布，绢布上写满了字。朱祁镇看着，手不由抖起来。

"天不灭我，天不灭我！"

朱祁镇搓着那块布条，激动地在殿内走了几个来回，口里喃喃自语着。忽然间，他伏在几案上抽泣起来，泪水打湿了他脚下的方砖。

这天深夜三更时分，全副武装的石亨、罗通和神情激昂的徐有贞、张𫐐等人领了一千多名士兵，静悄悄地行进在街道上，偶有行人遇见他们，即被逮住，塞入道旁停着的马车中。到了长安门，石亨从腰上解下钥匙，开了宫门，守宫门的值班太监还没反应过来，也被塞住口，捆成了一团粽子丢在耳房里。

"快，快进！"

众军士小心翼翼地鱼贯进了宫门。看着黑漆漆的皇城，石亨忽然有些气短起来。他附在徐有贞耳边，心虚地说道：

"你说，事情一定能成吗？成得了，咱们还是人；成不了，咱们也就变鬼了。"

"石将军，休说此话，咱们都已经走到这一步了，成也得成，不成也得成，干吧！"

徐有贞一席话，让石亨又有了新的勇气，他压低嗓门道："传令，加速前进，小心脚下。"

士兵们听令后，一个接一个地往后传。队伍果然行进得更快，不多久，便到了偏僻的南宫。他们先是叩门，可南宫的宫门紧闭，叩不应。

"怎么办？咱们响动这么大，锦衣卫一会儿知道了，门要是再不开，咱们麻烦可就大了！"张轨东瞅西看了一番，神情惶惑地说。

"搭人梯，翻墙进去开门！"

罗通大声命令着，已经有军士搭人梯去了。石亨还在沉吟间，徐有贞却一眼瞥见了宫门外堆放的那些从南城内砍下的大树，他兴奋地喊起来：

"快，来十几个人，抬这木头，把门撞开！"

"不行，太响了。"

张轨很害怕，徐有贞挥着胳膊，红头涨脑地吼道：

"响怕什么？咱们兵都带进来了，如果请不出太上皇，咱们在场的全得死。老石，咱们快动手！"

说着，他自己先去抱木头，石亨、罗通、张轨等人见状，赶忙过去，外带十几个士兵，众人一合力，那棵巨木便被抬起。

"一，二，三——撞！"

徐有贞喊着口号，撞了十几下，总算把门撞开了。当军士们一拥而入时，里边守门的卫士和太监全都傻傻地站在门旁，不知发生了什么事。见了石亨，他们有些意外：

"石将军，这是怎么回事？"一个卫士奇怪地询问道。

"奉皇上圣旨，你们别管了。"

说话间，有人缴了他们的家伙，门外的士兵还在往里进，众人喧哗起来。忽然间，崇质殿里闪烁出一点烛火，原来朱祁镇听见响动，燃烛出来察看。当他看见眼

前黑压压一片士兵时，惊惧得不敢相信。他以为是自己的复辟阴谋被发现，皇上派兵来缉拿自己了，慌得转身就要进殿躲起来。

"臣等觐见皇上。吾皇万岁，万岁，万万岁！"

徐有贞、石亨、罗通、张轨赶忙伏地，叩问圣安。朱祁镇手中的烛火"啪"的一下掉在地上，却没有灭，仍旧亮着。

"皇上，我们请您复登大位来了。快，此事宜速不宜迟，请您赶快登辇。"

徐有贞搀着朱祁镇，往步辇走去。可抬步辇的士兵却惊疑不定，不敢移步。石亨当胸揪住一个军士的衣服，喝道：

"听见没有？快，让皇上登辇！"

军士们这才行动起来。徐有贞小心地将朱祁镇扶到步辇上，甚至没空和齐齐拥出殿外探视的钱皇后及众位娘娘说一声，便和石亨几个亲自抬着步辇疾步而去。

"皇后，皇后，皇上复位了！"

周贵妃这会儿倒机敏了，立即拉着钱皇后的手跳起来，钱皇后却不敢相信，只是一个劲地问贞儿：

"贞儿，你最早出来的，是这样的吗？真是这样的吗？"

"没错，皇后，恭喜您，恭喜各位娘娘！"

贞儿搂着朱见深，忽然有种悲从中来之感。这感觉是那么强烈和突然，甚至与情境不合，但她真的感到很悲凉。上皇如此待她，复不复位于她又有何益？她只是哀叹自己那水一样逝去的年华，她的泪是为自己流的。

乾清宫里，朱祁钰在太监的侍候下，正在穿朝服。太监见他不停地咳嗽，心疼地劝道：

"皇上，身体要紧，今日就别上早朝了，明天去不也一样吗？"

"咳咳！不行，朕有话要说，不说不快！啊——咳！"

说着，他猛咳一声，吐出口鲜血来。一旁的太医赶忙捧了碗药，让他服下，他坐在那儿喘了好一阵子气，这才软弱无力地撑着膝盖站起身：

"去，赶快起驾！"

昏蒙的月光中，病歪歪的朱祁钰在太监的搀扶下，登辇往奉天门方向上早朝去了。

与此同时，朱祁镇他们已经来到了东华门，他们浩浩荡荡的一支队伍即刻惊起了守门的卫士与太监。他们手执武器，百倍警惕地观望着，后来见是石亨、徐有贞等人，疑虑渐消。

"参见石将军！这时候来，不知您可有皇上圣谕？"军士看了看朱祁镇的步辇，正要上前查问，朱祁镇忽然探头说道：

"朕是太上皇！"

"啊？"

那些守卫看看朱祁镇，又看看石亨、徐有贞和黑压压一片军队，像是忽然明白了什么。方才问话的军士赶快解去佩刀，伏地磕头不已，其他守卫见状，也赶紧效仿。于是，东华门大开，石亨、徐有贞等人随着步辇疾行慢行，总算来到了奉天殿。

"皇上，快登宝座！"

朱祁镇的心情太过激动，竟然腿软难行。徐有贞和石亨两人挟着他，飞步进入殿中。殿中很乱，宝座被人移置一边，石亨、徐有贞亲自将杂物搬走，把宝座安好，又迅速抹干净，背起朱祁镇就放到了宝座上。朱祁镇喘着气，激动地指着石亨说：

"你，是石亨吧？背朕的这位呢？"

"皇上，臣是都御史徐有贞。"

"唉，当年朕怎么就没遇见你们呢！"

说话间，石亨已命卫士敲响了钟鼓，一时间，凌晨时的寂寥被这震耳的声音击破，许多宫眷都从睡梦中吓醒了。而已经快到东华门的朱祁钰，更是吓得险些从步辇上栽了下来。

"怎么回事？"

他问前头提大红真纱导引灯笼的太监，太监也不知所以。恰此时，一小队军士跑步过来，为首的喊道：

"太上皇复位了！太上皇复位了！"

抬步辇的太监一个踉跄，步辇打了个斜，差点儿就翻了。但朱祁钰并没有感觉到太多的不妥，因为他听到那一声喊之后，当即就昏了过去。

朝房里，等候早朝的百官有些在窃窃私语，有的则在抓紧时间补上五更天这一"还魂觉"，总之很安静。于谦和王文俱在座，王文瘦了许多。见没人注意他们，王文附在于谦耳边道：

"于公，晚了，襄王府的金符被皇太后取走了，他们动手了。"

于谦叹口气："为人臣子，当尽忠尽孝尽义，咱们做的事，无愧于天地神灵，怕什么？"

"你呀，呆子，你总有一天会后悔的！"

王文拂袖而起，恰在这时，钟鼓齐鸣，洪亮的声音使百官俱愕。王文反身盯着于谦，凄然一笑：

"怎么样，于公？妇人之仁只能害人害己！"

说着，他又笑了几声。于谦心情复杂地和众官一起疑惑地往外走去。这时，徐有贞飞奔而来：

"各位，快整队入宫拜贺太上皇，太上皇复位了！"

"啊？"

众人面面相觑，也不知是喜还是忧。王文看了于谦一眼，愤然往前走去，他不愿再和于谦站在一起。由于时间急迫，没人说话，大家默默地听从徐有贞的调度，正冠整队入宫拜贺。

"吾皇万岁，万万岁！"

众人匍匐在地，喊着，心内却怀疑自己在梦中。但宝座上已然老成了许多的朱祁镇的声音，却将他们的恍惚感打破。

"朕……朕复位了！"

几天后，朱祁镇再次召见百官。此刻，他已穿戴一新，神态自若，威严了许多。朱祁镇用一种饱经沧桑的严厉的语调缓慢地说道：

"众位爱卿，朕居南宫七年，心已忘于天下。不意奸臣谋逆，武清侯石亨等会合忠义，奉迎朕躬，复正大位，改年号天顺。众卿不必多虑，仍旧用心办事，共享太平。"

"谢皇上！皇上万岁，万岁，万万岁！"

欢呼声响彻云天，朱祁镇脸上呈现出交织着平静与狂喜的光芒。他红着眼圈，充满感情地宣布：

"朕特封总兵官武清侯石亨为忠国公，食禄一千五百石；给诰券，本身免三死，子免二死，追封三代。都督张𰚗为太平侯，食禄一千三百石。都御史杨善为兴济伯，食禄一千二百石，俱为子孙世袭。授徐有贞兵部尚书兼翰林院学士入内阁参与机务，给诰券，本身免二死，子免一死，追封三代。曹吉祥赐敕书，嗣子曹钦升五级，其侄曹铉为锦衣卫世袭指挥佥事。袁彬、杨铭为锦衣卫世袭指挥佥事。"

文武百官没想到皇上的宝座都没坐热，就那么快地赏赐了各位复辟有功的大臣，心内对朱祁镇所说"心已忘于天下"感到怀疑。而提督操练右都御使罗通见石亨诸人都得了封赏，唯独没有自己，不由泪流满面，心一横，出列跪奏道：

"皇上！皇上，臣同石将军、徐学士等人一同领军进南城以成大功，却不蒙皇上召问，也无赏赐。皇上不顾全论功行赏之典，臣心实有不甘！"

罗通此言一出，百官无不惊骇，连朱祁镇也有些为他的大胆吃惊。但他的心现在仍被一种喜悦充盈，所以没有追究他这种要挟君主的态度，而是微微一笑：

"罗通倒是直性子，好。你的事，朕自有安排。"

"谢皇上恩典。"

罗通伏地叩谢，心情略微舒畅了些。当他听到朱祁镇下面说的一番话时，不由为自己方才的大胆心惊，同时也为自己的幸运而额手称庆。只听朱祁镇用异常高昂、愤怒的声音说道：

"于谦、王文内结王诚、舒良、高平等奸朋恶党，逢迎景泰，易立储君，废黜汪后，卖权鬻爵，包藏祸心，阴有异图，欲召外藩入继大位，事虽属传闻，情实显著。且于谦、王文等辈皆邪诡奸佞，国之大慝，现将于谦、王文、王成、高平等人拿下，以为不臣者之戒！"

大臣们先是被他一番如海圣恩搞得目瞪口呆，接着，又被他的这番言词吓得汗如雨下。早有准备的于谦态度从容，锦衣卫校官刚走过来，他就引颈就戮，一副视死如归的态度。

而王文却表现得很激烈。他先是冲着于谦大喊："于公，怎么样，我说没人识得你一片好心吧？皇上，我们冤枉！您知道，召亲王进京，必须有金牌信符，遣人必须有脚力马牌，事关内府、兵部车驾司，岂能轻易办成？一定是有人构陷我们，皇上若不信，可以亲自去查验金牌！"

朱祁镇没有制止他，也没有发话，他只是用一种冷到极点的目光瞪着于谦。于谦在他的逼视下，并没有退缩，而是哈哈一笑：

"皇上，我只是想人活着，上以黼蔽皇猷，下以润润生民。要迎立其他外藩，也并非不可以，我是兵部尚书，军队能不听令于我吗？但臣并没有这样做。还有，石将军等人商议复立储君时，臣也并非不知。臣若有异心，将他们一网打尽岂不是轻而易举？"

尽管于谦说得很在理，但此刻的朱祁镇如何听得进去？他一拍椅子，大喝道：

"你想谋反吗？"

"皇上，臣一片忠心，天地可鉴。"于谦一腔浩然正气，让朱祁镇不由有些折服。下面的徐有贞、石亨一看，马上交换了一下眼色。石亨启奏道：

"启禀皇上，昨天臣已将兵部车驾司主事沈敬下诏狱审讯，他招认确实缺了襄王府金牌。印绶、尚宝两监的宦官闻讯检阅王府金符，都在，就缺襄王府的。沈敬说，是于谦、王文差人取走了，沈敬畏势不敢上告！"

"胡说！你这是为构陷罗织罪名。金牌早被皇太后取走了！于谦，你聋了吗？你不会告诉他们，景泰帝早就要你将石亨他们下诏狱，要你处理太上皇，而你违命成全了他们吗？"

王文气得大喊。朱祁镇一听，有些震惊，他犹豫地看着于谦。徐有贞唯恐朱祁镇动摇，忙说道："皇上，于谦不杀，必为后患。"朱祁镇下意识地点点头，于谦忽然哈哈大笑：

"王文，我说了吧，咱们是辩也死，不辩也死。就算皇上赦得你我，石亨、徐有贞他们同意吗？所以什么也别说了！"

此言一出，跪在地上的大臣们有的已经流出了眼泪。便是朱祁镇，也有些敬佩于谦了。但他很快就冷静下来，发布了圣旨：

"于谦、王文谋逆，当凌迟处死，籍没其家，即刻执行！"

在凌迟处死阮浪和王瑶的同一地方，如今又是一片血迹斑斑了。于谦那不成模样的尸身曝晒于骄阳下，行人绕道而行。周围三三两两地站了些锦衣卫军士。朱祁镇下令，须曝尸一周，才能归葬。

忽然间，有两个穿着孝服的中年男人推着棺材哭着走了过来。一个是都督同知陈逵，另一个曹吉祥部下的指挥朵儿。

"干什么的？怎么，是陈同知和朵儿指挥？你们这是……"

军士没想到竟然有人敢冒天下之大不韪，来给于谦收尸，而朵儿则一边长歌当哭，一边洒着酒，算是祭奠。陈同知要理智些，他朝问话的军士行了个大礼，哭着说：

"你们都在于大人手下干过，难道还不知道于大人的为人吗？京师保卫战后，石亨等人都得了赏赐，那时，朝廷要给于大人的公子晋爵，于大人硬是不要，朝廷要给他双份俸禄，他也辞了。你们去过于大人家中吗？连草民也不如啊！如今，他却死得这么惨！"

陈同知的一番话，让守卫的军士们热泪盈眶。但军令如山，他们不敢违抗，朵儿这时已洒完了坛中的酒，也走过来，哽咽着说：

"你们上司若问起，就说天气炎热，尸身放在此处有可能会引发瘟疫，所以让人埋了，这不就可以交差了吗？再说，王文、沈敬的尸首不是收走了吗？"

"皇上没说他们要曝尸。"

军士很是为难。后来，其中一个头目模样的人想了想，下定决心道：

"朵儿指挥说得有理，大前天处死于大人的军士不是有一个已经死了吗？昨天夜晚，另一个也上吊死了，这事儿透着古怪。皇上都知道了，估计把于大人埋了皇上也不会多说什么。"

于是，陈同知和朵儿将于谦的遗骸收了，一路哭号而去。沿途的街道上，设了许许多多的祭坛，祭坛边上没有一个人，上面却燃了香烛，放了白花和祭祀的三牲，有的还写了挽联。一些奉命而来的锦衣卫士兵正在那儿收缴祭品，见了陈途和朵儿，他们不但没为难，反而远远地让出一条道来。不知是有意还是无意，有个锦衣卫士兵将一块白幡一扔，居然正好搭在了于谦的棺木上，就像有意置于其上的一样。

在一条小巷里，一所低矮、狭小、破旧的宅院前，朱祁镇站在那儿发愣："这就是于谦的住宅？"

他又一次问石亨和徐有贞，他们两人低着头，小声地说了个"是"字，便不敢再出声。

"你们不是说他贪赃枉法吗？这也太清寒了。是不是他还有外宅？"

"没有了，皇上。"这回石亨倒不敢说瞎话了。朱祁镇板着脸，拾级而上，进去一看，所有人都目瞪口呆。里边的陈设简陋破败，简直不如一介布衣。只有正室大门上上了两把大铜锁。徐有贞像发现了猎物的猎狗似的，兴奋得鼻子都抽动起来了：

"皇上，想必这于谦是那种大奸若忠之人，最会玩障眼法，这室内，臣敢说一定全是金银珠宝。"

"嗯，有可能。卫士，把锁砸开。"

石亨附和道。可当卫士将门打开后，徐有贞、石亨都险些要哭了——里面有很多木箱子，但打开来一看，尽是景泰帝所赐的蟒衣、剑器与玺书。朱祁镇严厉地看了徐有贞两眼，徐有贞忙说：

"臣有罪，臣妄言了。"

朱祁镇翻了翻那些保存得完好如新的东西，背着手在那儿站了许久。一直到他自己觉得累了，这才长叹一声：

"于谦实是有功的，可惜啊！唉，不说他了，起驾！"

徐有贞、石亨悬着的一颗心这才放回了肚里，走起路来也轻快了许多。

看上去有些破旧的郕王府里，阔别七年的老主人朱祁钰又回来了，他已经奄奄一息，根本不认得人了。吴太后则状似疯傻，坐在朱祁钰面前，不断地一个人独自发笑。夜幕沉沉，灯烛昏暗，加上伺候的奴仆又少，而且走起路来都静悄悄的，整个王府宅第显出一片鬼气。

忽然，夜空里爆出几朵灿烂的礼花，那响亮的声音、璀璨的色彩，让人心醉神驰。吴太后呢喃着来到窗前，推窗远望，眼中的泪汩汩地淌下来。

"这下她得意了，儿子又做回皇上了，孙子又当回太子了。"

她咬牙切齿地说罢，倏地直奔朱祁钰而去，她拍打着床板，不断地高喊：

"祁钰，你这个窝囊废，你怎么这么没用？你为什么当初不听我的话，把他给杀了！你活该！"

被窝里的朱祁钰困难地睁了一下眼睛。他苍白的嘴唇抽动着，却说不出一个字，一双枯槁的手在空中乱抓。吴太后惊恐地看着他：

"钰儿，钰儿！"

那双在空中乱抓的手忽然将吴太后的手腕攥住了，而后，朱祁钰眼一翻，身子一挺，驾鹤西去了。

"儿啊！儿啊——"

吴太后的哭声虽然响亮，却被又一阵猛然响起的礼炮声遮住，绚丽的礼花透过大开的窗户，映照在披头散发抚尸痛哭的吴太后和死不瞑目的朱祁钰身上，使他们平添了几分鬼气。吴太后哭够了，恍恍惚惚地站起身，取了一条绳子往梁上一搭。不多久，灯光就映出了她布袋一样晃荡着的身影……

奉天殿内，百官皆伏于地，正在静听皇上朱祁镇宣读孙太后为郕王所制谕旨：

"……祁钰败坏纲常，变乱彝典，纵肆淫酗，信任奸回，毁奉先傍殿，建宫以居妖妓，便殿受戒以礼胡僧，滥赏妄费而无经，贪奢暴饮而无度，府藏空虚，海内穷困，不孝不悌，不仁不义，秽德彰闻，神人共怒，上天震威，屡垂明象，祁钰恬不知省，拒谏饰非，造罪愈甚，既绝其子，又殃其身，赐谥号曰'戾'，毁其陵墓，后妃一概殉葬！"

朱祁镇的声音前所未有地洪亮，大臣们似乎是要与他呼应，在他话音落地后，齐齐地高呼："皇上圣明！"

接着，韶乐大作，节奏庄严而欢快，应和着殿外的鞭炮声，一片喜洋洋。

东宫寝殿里，贞儿正在试图让已经是小小少年的朱见深一个人睡，但他却拉着贞儿的衣裳不让走。

"小妈，我一个人睡不着，你睡这儿，这儿。"

朱见深拍拍旁边给她留的空位，固执地说道。贞儿叹了口气："太子，周贵妃那天不是说了嘛，要让你一个人睡，你现在长大了，男女授受不亲呀！"

贞儿一边说着，一边却脱去了外衫，只穿了一件红抹胸。她的白嫩丰腴，特别是她那丰满的胸部，让朱见深充满渴望。

"小妈，我才不管周贵妃呢，她从来不给我吃她的奶，哼！"

朱见深说着，一把扳倒贞儿，然后紧紧抱住贞儿，掀开她的抹胸，贪婪地吃起她的奶来。贞儿搂着他，脸上流露出陶醉的神情，双手不由自主地在朱见深稚嫩的躯体上轻轻抚摸起来。不多一会儿，朱见深便发出了均匀的呼吸声。贞儿轻轻地抽出奶头，望着帐顶发起呆来。渐渐地，她的目光转移到了朱见深身上，她亲了亲他，又将他的小手拿起，捂在自己饱满的胸上，妩媚的脸上浮出了意味深长的笑意。

夜有些深了，朱祁镇却仍然满面笑容地到慈宁宫向太后问安。太后高兴地拉着儿子的手，问个不停。大约是应了人逢喜事精神爽这句话，母子俩都比前些日子年轻了许多。寒暄刚毕，孙太后忽然想起了一件事，便起身取来紫檀木匣和一封奏折。她先把奏折递给朱祁镇，一边奇怪地说道：

"这叫王林的小官儿倒关心你，说皇后有残疾，不足以统率六宫，建议你换个皇后。这折子是直接上给我的。你说，咱们若真这样做，对文琴岂不是太不公平？"

朱祁镇没急着接话，他仔细地将奏折看完后，立即喊道：

"传令官，传旨，把这上折子的人痛打五十大棒，流放边陲！"

待传令太监领旨去后，朱祁镇坐在母后身边，拉着太后的手，激动地说：

"母后，皇后真情可嘉，殊为少见。我已想好，待朕千秋万岁后，让她与我同葬，不然，怎么对得起她一片苦心、一片痴情！"

"儿啊，你懂事了。虽说贵为天子，人伦之情，终是不能忘的。哎，还有那贞儿，吃了那么多苦，还替你挨了一刀，你怎么就对她没有一点意思呢？小时候，你们倒在一起玩得挺好的。"

孙太后对贞儿始终觉得有些歉疚。朱祁镇低头想了想，忽然有些羞涩地一笑：

"娘，也不知怎么的，就是对她没那份心思，总觉得她像个男人似的，是那种能够一起嬉戏玩耍之人。还有……"他沉吟不说了。

"还有什么？是嫌她不洁净吗？其实她回来后，趁她昏睡的时候，我叫稳婆检查了，还是个处子。不过，你不喜欢她，也有道理。她这人啊，太机灵了一些，表面随和，内心有许多想法，一旦得势，不得了。再说，她小时候有个术士观她的相，说是不宜男，而且她又是刑徒出身，我看可能的话，封她兄弟一个小官儿吧，也不枉了她那一份心。"

孙太后很高兴儿子不喜欢贞儿，这让朱祁镇多少有些意外。这时，他忽然注意到那匣子，忙问道："那是什么？"

孙太后狡狯地一笑，将襄王府金符取了出来，朱祁镇"噌"地站起，又一屁股坐了下去。

"糟糕，错杀于谦了！"

他有些痛苦地连声叹息，孙太后却一把按住他的肩，语重心长地说：

"孩子，经过这么一场大变故，你该明白，量小非君子，无毒不丈夫。你是皇上，只要龙廷坐稳，错杀一两个人算什么？"

"是，太后。"朱祁镇的声音有些颤抖。孙太后知道他心里不好受，便无限慈爱地在他的太阳穴上按摩起来。朱祁镇淌下了两行清泪。孙太后忽然间想起一件事，停住了手。

"皇儿，你让祁钰的后妃都殉葬吗？"

"是啊，母后。这是祖制。"朱祁镇唇边的微笑有些阴毒。孙太后叹了口气，说道：

"皇儿，能不能让汪静妃留下？她当初被废，是因为反对祁钰易储。你在南城的这些年，她带着两个幼女生活得也很苦，但对你们还是挺记挂的。你就留她一命吧。咱们不能做那狼心狗肺之人，你说是吗？"

朱祁镇将着胡须，思忖了许久，始终没有表态。孙太后有些焦急了，她搓着手，在朱祁镇面前走来走去。

"皇上，就当我和太子一起求你，好吗？看，这是太子写的信。"

孙太后拿起桌上的一封信，展开给朱祁镇看。朱祁镇长叹一声："娘，您怎么知道朕会有此种决定的？"

"知子莫若母哇！想当年，你那么厚待他们，他们却有负于你，你自然气极，对不对？"

"嗯，见深这孩子，几个字倒写得不错。那，依母后的意思，汪静妃就留下？让她出居郕王府吧。"

朱祁镇无可奈何地卖了个面子。孙太后喜不自禁，但一看朱祁镇沉郁的脸，她又缄默起来。

烛光映照中，孙太后和朱祁镇的脸看上去都有些神秘莫测，也许是天黑了，幽深的大殿里阴影重重，一切都晦暗不明，仿佛在预示着什么，又似乎在证明着什么。

第十一章

春去秋来，斗转星移，倏忽间又一个七年过去了。这时是天顺七年的夏季，天气酷热，紫禁城里也洋溢着一股与气温相对应的浓烈火药味。这火药味主要源于石亨、曹吉祥、徐有贞等人的明争暗斗，而导火索则藏在朱祁镇心中。

这是七月中旬的一天，早朝散了之后，朱祁镇略感不适，正想小睡一会儿。忽然间，一队锦衣卫士走了进来，接着，是神情傲慢的石亨。见了皇上，他只打了个千儿就算是行过礼了。

"皇上，这些是千挑万选出来的顶尖高手，做您的护卫更合适，所以，臣就斗胆给您换啦！"

石亨此言一出，朱祁镇立即勃然而起："石将军，你不宣而入，又擅自换朕的禁卫，谁给你的权利？"

朱祁镇比原先壮实了些，留着须，已然一副中年男人的模样。他盛怒之下的脸色铁青得可怕，石亨却不在乎。他走过去，扯扯皇上的衣袖，很亲昵地说道：

"皇上，您忘了？您这一班的卫士中，前不久不是有人举着木棍闯进了坤宁宫吗？您当初不是也跟臣说过要换掉他们吗？臣费尽心机，才从三大营中选出了这些精英。还不见过皇上！"

"是。叩见皇上。皇上万岁，万万岁！"

卫士们下跪见礼时的动作整齐划一，矫健优美，让朱祁镇的面容稍稍舒展了些。但当他瞥见石亨仍旧笔直地站着时，他心中有个地方"咚"地响了一下。他捻着胡须，向石亨微微一笑：

"石将军一片苦心，朕心领了，就留下他们吧。"

朱祁镇的脚气病又犯了，此刻疼痛难忍。石亨却不知趣，此时又请求朱祁镇准许他在祖墓前立石碑：

"臣奏请皇上准许陕西布政司委官采石料，翰林院撰碑文，发臣原籍渭南县附近的民夫为臣祖上立碑，以遂臣之孝心！"

石亨说着递上一份奏折，明摆着是要朱祁镇御笔朱批，朱祁镇略略有些犹豫：

"前回工部奏过，说是从无先例。不过，既是石将军奏请，朕就遂了你的意吧。"

朱祁镇爽快地签了朱批，石亨满意地谢了皇上，正要退出，徐有贞领着一个身材修长、容貌清秀的青年官员走了进来。

"臣叩见皇上！"徐有贞看见石亨不由愣了愣，两人皮笑肉不笑地打了个招呼。而那个青年官员刚刚跪下去，朱祁镇就把他拉起来了。

"好，岳正，你年富力强，又是咱们直隶人，比那些花花肠子的南人直率，还是朕亲自点的探花，现在召你入阁，当尽力辅佐朕。"

"谢皇上。"

岳正的轩昂气度和皇上对他的器重，使石亨、徐有贞不无醋意。徐有贞任何时候都不错过表功的机会，他媚笑着说：

"皇上，臣的观人术如何？"

"不错，谢谢你为朝廷举荐了这位青年才俊。可惜就是官小了些，只封了个吏部左侍郎兼学士，朕看……"

朱祁镇看样子极赏识岳正，正欲加封，早已被徐有贞气得肚子里冒泡的石亨却突然打断皇上的话道：

"陛下既然得人，自是要观察一番，若真像徐公举荐的那样能干称职，稍后再加官晋爵也不为迟。"

岳正不敢置信地看着石亨，石亨却安之若素。徐有贞在一旁冷笑。朱祁镇默然不语，良久，他才挥挥手：

"石将军言之有理，那就暂且这样吧。岳侍郎，你且留下。"

石亨和徐有贞怏怏而退，岳正受宠若惊地看着这位面如寒铁的皇上，不知他为何单独留下自己。

"岳侍郎，你看石将军、曹吉祥二人如何？"

"这个，臣是晚辈，只知他们英勇善战，有夺门首功。"岳正嗫嚅而言，唯恐措辞不当，皇上怪罪。尽管他如此小心，朱祁镇听完此话后，还是捻须冷笑道：

"英勇善战朕不否认，可什么夺门首功，朕倒不这么认为。天位本是朕的，只是奸徒贪位，乃至有夺门一说，哼！"

岳正起先摸不清朱祁镇的路数，如今听皇上这么一说，他心里有了底。他思忖片刻后，眼珠一转：

"皇上，臣认为，他们权柄太重。"他字斟句酌地不敢说下去，待朱祁镇鼓励地看着他，这才鼓起勇气说，"臣看可以用离间计。"

"嗯，说给朕听听。"

当岳正献完计策后，朱祁镇眼睛一亮，心中却似打翻了五味瓶，一时难以形容。这七年来，天下还算太平，但他这天子当得可真憋气。有夺门功的这几位几乎将他当傀儡，他早就想收拾他们，只是时机不够成熟，关键是还念着他们的一份情意，所以迟迟未有举措。可近来石亨、徐有贞、曹吉祥几人结党营私，对他多有所求不说，还常常居功要挟他。有人上了奏折，言明曹、石等人是因为景泰帝病重，想抢功才迎他复位的。后来朱祁镇自己一想也是这么回事。倘若他们不迎他复位，祁钰也活不了多久。到时他再登基，别人还能说他什么？所以，在看透曹、石、徐的用心之后，朱祁镇觉得自己的心变硬了。

蝉声如雨的中午，在西苑的太液池中，朱见深、贞儿坐在一条船上，正和另外几条由太监掌舵的船比赛。贞儿穿着男装，英姿勃发中透着妖媚。虽说此时她已经三十有五了，却因皮肤白皙、保养得法，看去仍美如少女。她很矫健，把船划得飞快，其他几条船有意落在后头，朱见深先是拼命鼓掌呐喊，后来却不错眼珠地看起贞儿来了。贞儿那么饱满、丰润，让朱见深忽然有了一种奇怪的感觉，他拍拍巴掌：

"好了，停下！这样，我这条船进荷花丛，你们在外待着。"

朱见深这时已经虚岁十七，长得很像年轻时的朱祁镇，也是修长、清秀，只是少了他父亲的冷静，脸上总有一丝羞怯与梦幻般的遐思。

"太子，我可不会水，万一……那不行，得让他们跟着。"

贞儿的口吻很温柔，语气却是坚决的。

"不嘛，我只想和你待在一起，看你热得。"

朱见深掏出块帕子，帮贞儿擦了擦脖子上的汗，手有意无意地掠过贞儿的胸部。不知怎么的，这自小就有的动作，却让两人的全身一阵酥麻。贞儿那双细细弯弯极柔媚的眼睛，斜斜地乜了朱见深一眼，佯装生气地将他的手打开：

"太子，你现在长大了，可不许再这样！万一……万一让贵妃和皇上知道了，准会让我离开你的。"

她嘴上这样说，手却是另一番动作，假装拭汗，将衣襟撩起，露出半抹酥胸。朱见深贪婪地偷窥着，被贞儿轻轻打了一巴掌。

"真的不许看！"

"谁说的？不但要看，还要摸。我从两岁摸起，它是我的。"

他伸手将贞儿搂在怀里，伸手欲摸，贞儿却拼死不从，到最后，居然"嘤嘤"地哭了，慌得朱见深一连声地问她："怎么啦？"贞儿抽泣着说：

"你说怎么啦？我不过是个没名分的宫侍，又年长你许多，而且，礼部正在为你选太子妃，我……"

贞儿是真的伤心了，朱见深深情地看着她，慢慢地，就像小时候一样，倒在了贞儿怀里，一边用帕子替贞儿揩泪，两眼却不转睛地看着贞儿隆起的胸部，嘴上呢喃着：

"太子又怎么样？我只想摸你。你说你老，我可是觉得你比哪个都好看，真的。"说着，他又要去掀贞儿的衣襟。贞儿趁拭泪之机，四周瞅了瞅，见那几条船都在远处，便嫣然一笑：

"唉，你是我的冤家，有什么法子呢？喏，看吧。"

她说着撩起了一角衣襟。朱见深一见，激动万分地探过脸去，紧紧地咬住了他自小就把玩熟了的乳房，但他的表情却不似儿时的陶醉，而是充满了性的渴望与狂野。

贞儿偷眼看着他扭动的躯体，心头掠过一阵狂喜。她等这一刻、盼这一刻等得太长、盼得太久了！为了有今天，她用在朱见深身上的心思还少吗？她快活地呻吟着，手渐渐地伸向了朱见深的下体……

当他们都湿淋淋地坐起来时，朱见深搂着贞儿，疲惫而又兴奋地说：

"贞儿，你太好了，这世界上，只有我一个人知道你有这么好。你的皮肤、你的乳房、你的腰、你的臀、你的腿，还有你的眼睛、你的嘴唇……啊，真是美妙得难以形容！"

他说着又在贞儿脸上亲了一口，然后附在贞儿耳边说了几句话，臊得贞儿在他

手上轻轻咬了一口：

"坏蹄子，这种话你都说得出口！"

"怎么说不出口，你是我的小妈呀！我以后还叫你小妈。小妈，小妈！哎，我想不通，当初你出使送珍宝，我那个皇上老爹怎么就没看中你呢？你看他找了些什么女人呀，全都又高又瘦，两个加起来还没你一个人肉多。我可不像他，我是唐明皇再世，你是杨玉环投胎。"

朱见深舌头有些大，有时还会有点口吃，故而在人前话并不多。可在贞儿面前，他却常常口若悬河，一点都不结巴，而且常有一些奇思怪想和奇谈怪论，让人诧异。不料贞儿这时却又哭了，一边哭一边说：

"太子，我现在是你的人了，以后要是有谁欺负我，你可得为我做主啊！"

"那还用说吗？我要让你当太子妃！"

"真的？"

贞儿喜极，猛地拉开衣襟，将朱见深裹在她丰满的怀里，但旋即她的脸色就黯淡下来了：

"唉，没用的，这不可能了。首先，你娘不会同意，皇上不会同意；其次，文武百官也不会同意，说不定咱们的事朝野都当笑话来讲。"

贞儿灰心丧气地叹息着。朱见深少年意气，根本没想这么多。他只是亲吻着贞儿的胸脯，发誓般地说：

"小妈，你等着瞧！就算你现在当不了太子妃，日后我当了皇上，我一定封你为后！"

贞儿愣了愣，接着，慢慢扳起他的脸，认真地说：

"好，你要记着你说过的话。你要做不到，可别怪我不客气！"

贞儿又露出了以前训朱见深时的表情，朱见深也像小时候一样乖乖地点着头：

"行，就这么说定了，我们拉钩吧！"

于是，贞儿肥嫩的小指就和朱见深修长的手指钩在了一块，两人像唐明皇与杨玉环一样对天发了誓，也算是天地为他们这奇异的爱情做了个见证。

文华殿门口，岳正正和曹吉祥说话。

"忠国公石亨将军经常派他门下到您府上，您知道这是为的什么吗？"

曹吉祥这时已是一个虚胖老头模样了，他警惕地打量着这个新入阁的青年官员，哈哈一笑：

"只不过曹某蒙石公厚爱罢了，并无他意。"

"曹大人，这您就错了！"岳正神秘地说。曹吉祥一震："怎么讲？"

"石将军派人到您府上，其实是为了监视您，看看您有没有什么短处，然后报告给皇上。曹大人，我看您可得小心，最好还是及早全身而退，这样才能福泽后代。"

说罢，他朝神情惶恐的曹吉祥意味深长地点点头，扬长而去。曹吉祥发了会儿呆，匆匆出宫找石亨去了。

石亨这时刚刚西征还京，谒见了皇上之后，皇上特许他在新造的宅第中休息。曹吉祥策马到了他的新宅门口，不由目瞪口呆。只见屋宇高大、华美、壮丽，几逾皇宫。曹吉祥默默观察了一会儿，这才让门房通报。进到里面，更是回廊曲径，亭台楼阁，让人疑为仙境。门房将曹吉祥带至后花园，石亨渔夫打扮，正坐在亭子里钓鱼，边上是一群千娇百媚的姬妾。

"哟，忠国公大人，您好福气啊！"曹吉祥盯着那帮美女不无辛酸地说道。石亨呵呵一笑："哪里哪里，曹公怎么有空来？去，你们都去吧。"

石亨怕姬妾在这儿勾起曹吉祥的不快，便遣开了她们，但旋即又唤住一位妇人：

"云娘，你把这新钓的鱼烧一条来，摆些酒菜，我得好好和曹公公唠一唠。"

"不必了，石将军。"曹吉祥神情倏地有些沉郁了，石亨觉察到了，忙问：

"曹大人，莫非朝廷中有什么事？"

"正是，有言官上疏，陈你弟侄家人冒功任职锦衣卫官校五十多人，部曲亲故窜名'夺门'籍得官者四千余人。还说你我弄权纳贿，石氏在大同置有大量田产，所产粮食又售给镇边军作粮饷，赚朝廷的钱。又说我唆使家人亲戚侵占民田。你说，这些事都是谁给捅出去的？"

石亨眯缝着眼睛想了想，拿过曹吉祥的手，在他掌心里写了个"徐"字。

"对，我猜也是他。这些年，他仗着比咱俩读的书多，又会观星相、看人相，百般讨好皇上。你知道吗，皇上不但经常召他密谈，还时常到他家吃宴席。石将军，不是咱俩，皇上哪有今天？你说，他又何尝给过咱们这种待遇？更可恨他推荐的那个新学士岳正……"

曹吉祥有意打住话，望着石亨。石亨虽是一介武夫，倒也不傻，他望了曹吉祥一会儿，阴沉地问：

"他是不是在你面前说我什么了？"

"对！咦，他是不是也在你面前说我什么了？"

石亨点点头，两人不约而同地说："离间计？"

"不过，看他这么猖狂的样子，后头像是有皇上撑腰。"

曹吉祥此言一出，石亨有些震惊："你是说皇上怀疑咱们了？"

"老石，不是怀疑，是恨咱们。你想想，外有你，内有我，咱俩合起来干，说得不好听，连皇上都悚。这些年，也许咱们有些倚功自重，皇上不开心喽。"

曹吉祥一番话，说得石亨直点头。"我说这阵子皇上好像不如从前待咱那么厚了。"他沉思了片刻，忽然计上心来：

"老曹，你看咱是不是得这样……"

石亨贴近曹吉祥咬了会儿耳朵，曹吉祥不由眉开眼笑："高！老石，姜还是老的辣呀，我真服你了！"

坤宁宫里，朱祁镇、钱皇后、万宸妃、周贵妃等一干嫔妃正在认真仔细地观看面前站着的三个少女。一个是端庄、贤淑、才貌双全的吴玉珠，一个是疏眉淡眼、弱柳扶风的柏鹤谊，一个是娇小玲珑、乌云如瀑、美目盼兮的南国美女王晚霞。

"皇后，这三人各有千秋，朕一时也难以定夺。你说哪个好？朕听听你的意见。"

钱皇后这时虽然一副衰老、丑陋的样子，但朱祁镇从不忘记她对自己的恩情，对她一直非常尊敬。尽管他在南宫时就殊宠万宸妃，但在这种场合，他一直对钱皇后礼敬有加。

"这个……最悦人眼目的，我以为是王氏，长得多精致啊，顾盼之间，有种咱们北方人少有的灵动，但失之于媚；柏氏人淡如菊，像画上的人儿，只怕身体太弱，不堪皇后重任；依我看，倒是那吴氏最好。"

对钱皇后这一番评品，朱祁镇却不是特别赞同，他摇了摇头道：

"那吴氏，眉宇间有股傲气。我看那王氏倒挺适合太子。"

钱皇后闻听，在他手背上轻轻打了打："真是这样吗？"言罢，低头微微一笑。

"你笑朕好色？"朱祁镇附在钱皇后耳边说了句玩笑话，钱皇后却捅捅他，因为大殿内很安静，万宸妃、周贵妃都妒忌他们的亲热，还有司礼太监牛玉也在等皇上定夺。

"嗯，三个都留下吧，妥善安排她们吃住，明白吗？"朱祁镇一时难以决定，干脆打了个马虎眼。牛玉应允着，三个少女齐齐谢了恩，和他一起退出了大殿。

"皇上，我看那柏氏好。见深性子弱，不能找个强于他的。"

周贵妃头一个发言，万宸妃也不甘落后："我喜欢那王氏，多机灵、多漂亮的一个孩子，看着就舒服。"

"哦，你也这么认为？"

朱祁镇看看自己的宠妃，大有知遇之感，同时也恍然间明白了刚才钱皇后的那声诘问。原来这王氏竟和万宸妃长得很相似呢！他微微地笑了。

寂寞红

温/燕/霞/文/集

乾清宫大殿里，朱祁镇和岳正正在听一个使者的汇报。使者眉飞色舞地报告说：

"皇上，大同游击将军石彪不愧是忠国公调教出来的，英勇无比。这次鞑靼来侵，石彪可是狠狠打了个胜仗，斩获的首级数也数不过来。"

"嗯，这就是说，石彪并没有冒功领赏？"朱祁镇似乎松了口气。

"皇上，臣能否问他一句话？"

岳正忽然插了句嘴，朱祁镇疑惑地看了看他，点点头。岳正不动声色，问那使者：

"请问，石彪将军枭挂首级的树林在什么地方？"

使者支吾了半天，终于随口道："在战场之北。"

"好。"岳正说着，从腰间取出一卷图轴。这是一张精心绘制的西北御敌要势图，他将图摊开，请朱祁镇和使者来看：

"这儿，这儿，都是沙漠，包括打仗的地方，也是沙丘地带，根本没什么树，哪有树林？头怎么挂？"朱祁镇严厉地盯着使者，使者腿一软，跪在地上直喊饶命。

"带他下去。"朱祁镇不想再见到这个先是弄虚作假、继而懦弱卑怯的使者。太监一听，将他拉了出去。在使者的哭喊声中，朱祁镇颓然坐下：

"欺人太甚，欺人太甚！竟骗到朕头上了！哦，对了，岳正，你查了当时迎驾的实际人数吗？"

"查了，从第二天光禄寺赐酒馔的名单上查到的，当时实际人数只有四百多人。"

岳正的回答让朱祁镇又是一怔："这么说，有一千多人根本没有迎驾，而是冒功的了？"

"是。"岳正垂下眼帘，沉痛地答道。朱祁镇叹口气，拍着他的肩说：

"好，你干得好。"

"谢皇上厚爱，臣万死不辞！"

岳正慌得赶忙跪下，一边磕头，一边道谢，眼中闪着激动的泪花。

"不！我就要贞儿当太子妃！"

朱见深呢喃着坚持自己的意见，根本没注意到一旁坐着的周贵妃脸已成了紫猪肝。她哆嗦着嘴唇，咽喉发干地说：

"她跟我同庚，比你大十九岁，都做得你的娘了，又一身痴肥，你到底看中了她哪一点？你是太子，你要她，我这当娘的也管不着，但当太子妃，除非日头从西边出！"

周贵妃猛地拍了一下桌子，又忽地站起以示决心。也许是生了三个孩子、人又太清瘦的缘故，她看上去比贞儿老多了。

"说啊，你说啊！"

周贵妃在气头上，不免露出村妇本色，一指头往朱见深额头上戳去，不意一直脆弱地垂着头的朱见深却一把将她的手拂开，气呼呼地说：

"好，你不同意，等哪一天我自己能做主了，谅你也管不了！"

"天爷，这话可不能随口乱说！"

周贵妃这回可不糊涂，她拉着朱见深的手，看看四周，紧张地提醒他：

"皇上一直喜欢万宸妃生的老大见澍，这一向都有风声在传他想换太子。你这话若传到他耳中，还不说你心怀异志、图谋帝位吗？所以……"

周贵妃替朱见深整了整衣裳，几近恳求地接着说道："太子妃一事，你万不可固执，一切都听从皇上安排。女人，小事一桩，不必因小失大，懂了吗？"

朱见深没说话，良久，才点点头，不过马上又叹了口气：

"唉，要是祖母在就好了，父皇多少还听听她的，可惜呀！"

想到去年过世的孙太后，想到童年、少年时她对自己的疼爱，朱见深心中一阵难过。

大雨过后，紫禁城仿佛刚刚洗浴完毕的美女，浑身透出一股湿漉漉的妩媚来。朱祁镇坐在西苑的拥翠亭中，看迎翠池里粉荷怒放，一片娇妍。但美景并未打动他，他依然忧心忡忡。前几天，京城上空出现了扫帚星。召问现任钦天监，那人的解释让朱祁镇明显地感到牵强。于是，他趁到西苑散心之机，携徐有贞同行，希望这位在他少年时曾准确地预言过他亲征瓦剌结局的老臣能用寥寥数语消释自己心中的疑团。现在，朱祁镇凭栏而望。徐有贞站在一旁思忖了片刻，小心翼翼地说道：

"臣大前天晚上，也就是石亨将军西征还京的同一天夜间发现彗星见于危宿，状如粉絮，色青白，拂拂而动。到昨天夜里，东行三度，微芒长五寸，指向西南，此种星象，嗯……恕臣直言，指有奸臣当朝，这是上天在警示人君，要有所提防啊！"

"那，该如何防范呢？"

"臣看，应广开言路，让御史们弹劾他们。"

"嗯。"

朱祁镇琢磨了半晌，觉得这不失为一个好办法。于是，他命太监送上新茶，君臣两个在那品茗论事，谈得很是畅快。他们谁也没注意到，一个随行的小宦官从他们开始谈话起就一直猫在亭子旁边的假山洞里偷听，这时正悄悄从另一旁的洞口出去。他刚走下假山，即被一个卫士拦住了：

"小狗子，你干什么呢，在上面鬼鬼祟祟的？"卫士半开玩笑半认真地问道。

"军爷饶命，我肚子疼，实在憋不住，到上面拉了泡屎。"

"告诉你，这是大不敬，我可以让你挨顿狠打。"

卫士说着，瞅瞅没人注意他们俩，便退到假山角落里猥亵地一笑。小狗子本就长得女相，这时更是露出娇羞之态，嘟着嘴说：

"军爷，赶明儿，我还上你那儿去？只是，你上次答应给我买的衣裳还没给呢。"

"小臭蹄子，委屈不了你！他妈的，你长得太嫩了，比娘儿们味儿还好。"

军士一边说，一在小狗子身上摸索起来，两人都很陶醉的样子。

这日天阴，下着雨，微服的朱祁镇在石亨、曹吉祥、李贤、岳正等人的陪同下出了紫禁城，到石亨家赴家宴。由于隔得不远，朱祁镇拒绝坐轿：

"走一走，平日朕难得出宫，今天也看一番热闹。"

朱祁镇走在热闹的街道上，兴致勃勃。

"石将军，你那新居如何？"

"这个……谢皇上圣恩，降旨着工部营建。能入住如此华屋，臣三生有幸。"

石亨陪着朱祁镇，旁边是曹吉祥。其余人等，则远远跟在后头。曹吉祥给石亨

使了个眼色，自己便假装系鞋带，落在后头。石亨见左右无人，很神秘地说道：

"皇上，这几日扫帚星出现，听说是朝廷有奸臣当道？只是不知这奸臣是谁？"

"你听谁说的？"朱祁镇脸上的笑容即刻没有了，又是一副面若寒冰的神色。石亨清清嗓子，小声道：

"咦，皇上前天不是在西苑那儿请过徐侍郎喝茶吗？听说是上好的庐山毛尖。"

"他还说了什么？"

"这个……臣不敢说。"

朱祁镇停住脚步，看着他。石亨迟疑了片刻，终于还是嗫嚅着说："他还说，皇上还问过他该如何防范。"

他顿了顿，眼见得朱祁镇的脸拉长了二尺，这才接着说道：

"这件事，满朝文武都知道了。"

"这个人如此卖君自大，殊不可信！"

朱祁镇勃然大怒。这时，他猛一抬头，看见了一座辉煌壮丽的宫殿，不由一愣：

"那是你的新居吧？"

"是的，皇上。"

石亨有些惴惴不安了，其余官员这时陆续围拢在朱祁镇身边，都在啧啧称叹他的府第，石亨的鬓角冒出了汗珠。朱祁镇的脸色却出奇的平静。他环视一下众人，高声说道：

"众卿以为比之皇宫如何？"

石亨头上的汗飞快滑落，众人也一时面面相觑，不知该如何作答。谁知朱祁镇却忽然拉着石亨的手，话锋一转：

"忠国公戎马倥偬一生，劳苦功高，朕以为，什么样的房子他都当得起！"

"谢皇上！"

石亨顾不得满街行人，就要跪谢，却被朱祁镇拦住了：

"将军免礼，朕说的都是真心话。"

"是，谢谢皇上圣恩。"石亨的眼中似有了几分愧色。

天阴沉欲雨，狂风大作，一道道闪电将夜幕撕裂。但徐有贞家中却洋溢着和煦的情调。

　　只见偌大的厅堂里，烛火通明，徐有贞在和妻子下棋，一位美丽的小妾在弹琵琶助兴，三人其乐融融。忽然间，有人在"嘭嘭"地敲门：

　　"皇上有旨，请徐侍郎大开中门！"

　　徐有贞一听，慌忙抓了朝服就往身上套，一边嘱咐夫人："快，快摆香案！"

　　夫人、小妾、丫鬟齐努力，将香案摆好，又燃了几炷高香。这时，中门大开，进来的却是一帮锦衣卫：

　　"皇上圣旨：徐有贞独擅威权，排斥勋旧，着锦衣卫北镇抚司捕查！"

　　"什……什么？"徐有贞素以善谋著称，却从未想到自己会有这一天。他连冤都没来得及喊一声，即被锦衣卫士枷走，留下夫人、小妾和闻声而出的家人童仆在那儿大眼瞪小眼。

　　"天哪！"

　　一直瞪着眼睛发愣的徐有贞夫人，这时惨叫一声，昏倒在地。

　　噼啪！

　　天上，一串闪电之后，是一个炸雷。嗡嗡的雷声震得大地发颤，更给惊恐不安的徐家人增添了几分恐慌。

　　乾清宫寝殿里，朱祁镇正在神色不宁地走动着。他时不时地看一下窗外的天空，眉宇间有几分疑惑与犹豫。这时，太监牛玉过来向他禀告：

　　"皇上，已经把徐有贞抓到诏狱里去了。"

　　"动作这么快？老牛，你看这天，可透着点古怪。都讲春雷响，怎么入秋也打雷呢？"

　　说话间，一个响雷砸落在地，接着，又是一阵瓦响。原来下冰雹了，鸡蛋大的冰雹从窗户飞进来，险些击中朱祁镇。朱祁镇赶紧着人将窗户关拢，然后静听那一片噼啪声。牛玉惊慌地唤着人："小胖子，小胖子，快去外头看看是怎么回事。"

　　"天哪，跟那年一样的雷！难道要出什么事儿吗？"

　　朱祁镇被屋外的电闪雷鸣搞得惶恐不安。正喃喃着，小胖子跑进来，气咻咻地禀道：

　　"皇上，不得了啦！方才奉天门那边的管事太监过来说，奉天门的东吻牌被雷击毁了！"

　　朱祁镇闻言一愣，快步走到书橱边，取下一本《占书》，翻到"雷击""雨雹"条目，只见上面写着："凡雷电、雨雹所起，必有愁怨不平之事……为兵为饥，在国都则咎在君相，任能用贤则咎除。"他读罢，不由长叹一声："天意！天意不可违啊！牛玉，你派人速去传朕旨意，免对徐有贞用刑，降他为广东右参政。另外，宽恤天下刑狱。"

"是。"牛玉应着，取了笔墨，开始写皇上圣谕。

贞儿这段时间简直像变了个人，走路轻快了，脸上老是带着笑，白皙红润的皮肤弹指欲破，丰腴的身体散发出迷人的气息。现在，她和太子的事在东宫已经众人皆知，这样，无形中她的地位就升高了许多，连一些往日比较傲慢的管事太监见了她，此刻也点头哈腰的，让贞儿体会到前所未有的舒畅。

这天，太子在经筵之后，直奔贞儿房里。贞儿体丰怕热，太子让人把自己消暑的西瓜、绿豆汤全赏给了贞儿。贞儿着人用井水镇了西瓜，换了一件薄薄的新衣，施了朱彩，正望眼欲穿地盼着朱见深过来。门一响，她却调皮地躲到了门后。

"贞儿，贞儿！"

朱见深推门逡巡一番，没见着她，异常失望，正欲离去，一眼瞥见帐钩上悬着的一条红抹胸，便走过去，取下来拼命地嗅着。

"好不要脸的小色鬼，你怎么能这样呢？"

贞儿披散着乌亮的长发，酥胸半掩、风情万种地走过来，口里嗔怪着。朱见深身边宫女虽然不少，可他何曾见过这种阵势？不由目瞪口呆地望着她。

"冤家，你傻了？哼，想是不认识我了，听说那三个女子都是绝色呢！"

贞儿口里怨恨着，丰白的胳膊却蛇般绞在了朱见深身子上，直让朱见深意乱情迷。

"什么绝色，在我眼中，都不如你。"

朱见深拥着贞儿不由分说地入了帐内，贞儿兴奋得直哼哼。可不是吗，三十五岁才初尝男女情事，教她如何不痴迷？而朱见深以前虽抚摸过个别小宫女，但从未有过和贞儿接触时的激动。这些日子，两人几乎天天沉溺于鱼水之欢，简直到了疯狂的地步。

"乖乖，那三个人中，谁最有希望成为太子妃啊？"

贞儿目前最关心的是太子妃的问题，但她很机敏，话问得滴水不漏。朱见深方缱绻完毕，累得躺在贞儿怀里不动，贞儿又问了两遍，他才懒懒地说：

"嗯，我也不清楚，好像皇上、皇后他们更喜欢那个吴氏。"

"那你呢？"

"不知道，就那么看一眼，没什么感觉。"

"那，哪个好看你都不知道？不会这么笨吧？"

贞儿很好奇，也很着急，同时也很失落。她知道，自己能够得到太子的宠爱，已经是万幸了，至于当太子妃，那只是个永远不能实现的梦想，但一想到别人将当上太子妃，她心中还是难受。

"小妈，真的，你不用管这些，我最喜欢的是你。"

朱见深说着，在她身上吻了起来。贞儿正享受着这位自己自小抱大的少年的柔情蜜意，不提防有人在屋外高喊：

"周贵妃驾到！"

"快，快起来！"

贞儿急着要穿衣接驾，但朱见深一逞少年心性，再说也是有意想向母亲示威，竟死抱着贞儿不放，一边坏笑着说：

"就不让你起来，要见让她到咱房里来见。"

"不行，太子，这样别人会说你失德，你这太子的地位也就悬了。快，听话，再不起来我打屁股了。"

关键时刻，贞儿又拿出当年管教朱见深的劲头。太子没辙了，只好穿戴起床。贞儿手脚虽麻利，梳头发却是件麻烦的事，可又不能披头散发去见周贵妃啊，于是灵机一动，将头发在脸盆里浸湿，一边用毛巾擦着，一边推朱见深出去：

"你先出去，我马上就到。"

"好，我告你弄虚作假。"

朱见深揪了揪贞儿的头发，接着表情一变，装得很斯文地来到大殿。

"儿拜见母妃。"

朱见深见母亲烦躁不安地在殿中走动，赶忙上前见礼。周贵妃打量了一下儿子，见他头发有些散乱，脸上漾着潮红，似乎瘦了许多，不由疼恼交加：

"你这些日子都干什么啦？"

"在读书。"

朱见深很真诚地说。

"不对，你是在和人鬼混！叫贞儿来。"

周贵妃高声大嗓地喊了起来，恰在此时贞儿披散着一头湿漉漉的长发疾步而来，一见到周贵妃，她就跪了下去，磕了三个大响头，周贵妃的脸色稍微缓和了

些。

"你出去，我有话和贞儿说。"

周贵妃不想让太子听，打发他走。朱见深朝贞儿悄悄扮了个鬼脸，有些得意地背着手走出去了。贞儿目送着他，表情有些紧张。周贵妃望着这个虽和自己同年却被儿子宠幸的女人，神情颇为尴尬。

"贞儿，你是宫里的老人了，历经宣德、正统、景泰、天顺几朝，见识多，人也聪明，怎么做出这等糊涂事来？色为伐命斧，你知不知道？你看太子现在成什么模样了？"

周贵妃疾言厉色地说道。贞儿伏在地上，流泪不止，好一阵才哽咽着说：

"贵妃娘娘，奴婢知错了。"

"知错就好，从此后不许你再近他的身。你下午就到我宫中来伺候，我正好用得着你这样的老人。"

周贵妃特意用重音强调了"老人"二字，言罢轻蔑地打量了贞儿好一阵，终于还是点点头：

"也难怪太子会被你迷惑，倒是有几分姿色。怎么运气那么坏，居然没被皇上看中？听说，当初瓦剌汉子还抱过你、啃过你，骚劲够足的。呸！"

周贵妃不知是气还是妒，居然当面唾了贞儿一口。贞儿是最爱清洁的人，如今一泡痰挂在额上，却不敢擦，更不敢动。她只是不断地流泪，拳头攥得紧紧的，她听见心里有个声音在喊：

"有朝一日，有朝一日，这仇，我是一定要报的！"

愤怒使贞儿的眼神变得锋利而冷漠，像小时候太后宫中那只名叫"霜眉"的猫。

初秋了，天气开始转凉。这天下着微雨，朱祁镇因闻听御花园堆绣山中的四季桂和几株丹桂开了花，便来了兴致，带着一帮亲信大臣在观花亭赏花。他端坐在中间的龙椅上，四周的围栏上则坐着石亨、徐有贞、曹吉祥、岳正、李贤等人。

"皇上，奴才没说错，这花儿就是开得好！您这么勤政的皇上，连上天都看重您，不然，也不会在您刚想闻丹桂花香的时候，它就开了花啊！"

曹吉祥在献殷勤。朱见深微微一笑：

"嗯，你倒消息灵通，连桂花什么时候开都弄得清清楚楚。不是你提醒，今儿个不来，不就错过了吗？"

"皇上不来，这花安敢谢？"

石亨打趣了一句，众人忙附和。朱祁镇也很高兴，他嗅了嗅，长舒一口气："啊，香彻肺腑哇！"

"皇上，您看，那株最高的丹桂开得最好，下去看看吧？"

曹吉祥说罢，看了一眼石亨，石亨立即起身：

"皇上，请。"

"难得戎马倥偬的忠国公也有这份雅致，朕这爱花人，当然得近闻芳馨喽！"

朱祁镇一带头，于是一帮大臣便跟着来到了桂花树下。也许是要搬椅子端茶水的缘故，一些太监也混迹其中。岳正资格最浅，自然走在队伍末尾，走着走着，忽然被一个迎面回去找东西的太监撞了一下。

"大人，奴才该死。"太监哈哈腰，向他道歉。

"没事儿，去吧！"

岳正心情很好，根本不介意此等小事。朝廷重臣中，像他这样年轻、英武的才俊真是少见，他的微笑中有些许的得意。

"人闲桂花落——多好的诗！妙就妙在'闲'与'落'二字上。唔，香极了！朕这一闻，脑子也清醒了。"

桂花树下，朱祁镇闭上眼睛猛吸了一阵气，大臣们见状，也跟样做出一副陶醉模样。曹吉祥似乎对花有些过敏，突然间打了个大大的喷嚏。

"该死，臣该死！"

他狼狈的样子引得朱祁镇哈哈大笑。高大的石亨站在人丛后面，静观众人的表情。他特意看了一眼志得意满的岳正，突然向朱祁镇建议道：

"皇上，折些花枝给万宸妃吧，她小名儿不是叫桂香吗？正好应了名儿。"

"嗯，难为你想得周到，折吧。"

"要折就折这株树上的，看，最上面那几枝，一嘟噜一嘟噜的花球，看着就让人流口水。"

石亨到底是武夫，他的赞美使朱祁镇不禁笑着摇了摇头。

"皇上，这折花人，奴才看得让岳正去。你看他，长身玉立，神清目朗，真是有潘安之貌、子都之美呢！"

曹吉祥献了一计，朱祁镇一听有道理，即开金口：

"岳正，朕让你去折那最高枝上的花束来！"

"是，皇上！"

岳正见皇上在众人面前钦点自己大名，不由兴奋莫名。他脱了鞋，很麻利地攀上了桂花树，引得众臣在底下大为羡慕：

"岳学士，你这真是月宫折桂啊！"

"岳侍郎，你好福气啊！"

一片羡慕声中，朱祁镇大为开心。

"老曹，想不到你还有些风雅呢！"他夸了一旁的曹吉祥一通。曹吉祥赶忙道谢。这时群臣一阵欢呼，原来岳正已经折了一大把花递下来。曹吉祥迅速看了一眼石亨，忽然指着那根旁逸的高枝，大声说道：

"岳学士，要那枝斜的，斜的梅枝插起来才好看。"

"对，那枝很好。"朱祁镇难得这么高兴，嗓门也大了。

岳正应着，斜了身躯，去够那根树枝。这时，一样东西从他怀里掉落下来，弄得他自己也吃了一惊：

"咦，什么玩意儿？"

他的嘟哝声未落，却听底下的朱祁镇一声断喝：

"岳正，你给我滚下来！"

原来，从他怀里掉落的，居然是一只绣着金凤的绣鞋！而且从那形制质地上，一望就知是皇上嫔妃的绣鞋。朱祁镇气得脸色铁青，其余众人皆大气也不敢出一声。只有懵里懵懂的岳正，怀抱着一堆花枝，望着曹吉祥手中的绣鞋发呆。

"皇……皇上，臣冤枉，臣怀里原本没有这东西的！"

说着，他"扑通"一声跪了下去。大学士李贤急急地挤过来，为他辩解：

"皇上，岳学士为人正直清白，是谦谦君子，不会干此等龌龊之事，定是有人栽赃！"

"你给我闭嘴！为人正直清白？偷人家绣鞋是清白，是谦谦君子？你说别人栽赃，东西在他怀里，难道别人还能塞进去不成？"

李贤见皇上盛怒，不敢再辩，屈身而退。

"皇上明鉴，臣蒙皇上垂青，新近入阁，怎会干此等卑劣之事而自毁前程？皇上，我冤枉啊！"

岳正知道此事的后果，他不由痛哭流涕。曹吉祥附在皇上耳边道：

"皇上，东西在他怀中，这事谁也冤枉不了他。"

"唔，那我问你，这鞋怎么不在别人怀中，独在你怀中？"朱祁镇忍着怒气，问道。

"臣委实不知。"岳正惶惑着无法解释清楚。突然间，他想起来了：

"皇上，臣方才从亭子里下来时，有个太监迎面过来，和臣撞了个满怀，肯定是他把鞋塞进我衣服内的。"

"哦，你说太监，现在指认一下呀！"曹吉祥说道。

可是，岳正却寻不出那位太监来，只能瞪着眼睛干着急。

"笑话！有什么太监迎面过来？大家又不是没长眼睛。再说，一只鞋放进你怀里你竟会没有感觉？真是知人知面不知心！"

石亨添油加醋地这么一说，朱祁镇怒气陡然上升，他冷冷地说："给我杖责二十，流放广东！"

一场君臣同乐的赏花会，就这样不欢而散。

"什么？贵妃娘娘把她要过去了？肯定是你们这些人编排了她的不是，要不怎么会这样？"

朱见深简直不敢相信这个消息是真的。他扯着嗓门，对着众人大喊一通。一些小宫女、小太监吓得赶紧低了头，老些的宫人们只是叹着气劝他冷静。

"太子，贵妃娘娘要走你一个宫侍，这是寻常事，用不着生这么大气，万一气伤了身体怎么办？再说贞儿这样的老人，宫里多的是，再找一个就是了。"

太子的瘦奶妈早就无乳可喂了，人也干瘦得像条麻布袋。她自愿留在宫中服务，已是个职位不高的女官了。此刻她仗着自己奶过太子，口不择言地说道。几个知道太子脾气的老太监一听瘦奶妈此言，当即闭眼摇头，心中直怨这老女人不识趣。果不其然，太子心中的暗火燃成了熊熊烈火：

"谁说贞儿这种人有的是？你是？她是？你们也不屙泡尿照照自己，能跟贞儿比吗？"

说着，他拂袖而去。他要去把贞儿要回来。他走得很快很急，几个随侍太监得一溜小跑才能跟上他。

"贞儿，没关系的，我一定能把你要回来！"

他咬着牙，心里反复说着这句话。

似乎是心有灵犀，当朱见深往周贵妃宫里赶时，贞儿正在受周贵妃的责难。

贞儿过来后，周贵妃居然让贞儿刷马桶、扫茅厕，还让她跪在地上擦那些家

具。贞儿四岁进宫，虽说是小答应，却因人勤快乖巧，太后又喜欢，倒不曾受过多少刁难。如今，人到中年了，又刚受过太子宠幸，心里本巴望着日子有些转机，不料一跤跌下来，倒当起最末等的粗使丫头来了。更可气的是，周贵妃不断地朝地下吐痰，吐一口就要贞儿擦干净，可一擦干净，她又接着吐，还有几口痰吐到贞儿身上了。

"……你哭，你委屈？我这个当娘的才委屈呢！我那细皮嫩肉的儿子，倒让你这个老刑徒给糟蹋了，你说我该不该唾你？唾你一千口我也不解恨哪！"

世上事真是无一不难，周贵妃要持之以恒地吐出痰来，也够她累的，她不得不借说话之机休养生息，养精蓄痰。

贞儿听着，脸上很温顺很平静，只见她一丝不苟地擦着地上的痰迹，对自己衣服上的污秽，却眼角都没瞟一下。

周贵妃突然不吐痰了。她蹲下来，仔细地研究着贞儿，只见贞儿一副宠辱不惊的样子。她慢慢地站起身，转到外间，对一个老太监耳语了几句，老太监摇了摇头：

"贵妃娘娘，这样怕是不妥吧？万一太子跟咱要人，咱拿不出，怎么办？"

"就说给放出宫了。总之，这女人留不得，你没瞧她刚才的模样，水波不兴地忍着，心里还不知道怎样恨我呢，太阴险了。她要在太子身旁，太子怎么奈得她何？"

周贵妃一副担忧的表情，对此老太监又发表了不同的看法：

"娘娘，贞儿这人脾气最好，人缘也最好，宫里上上下下的谁不夸她呀！"

言下之意是看不出贞儿的阴险。周贵妃嘴一撇：

"哼，你懂什么？女人我见得多了，她有几根肠子我还不知道？做了她！只是千万要机密。万一有个闪失，你就得满门抄斩！"

周贵妃咬牙说出最后四个字，然后一扭身，留了个高挑、冷漠的背影给老太监。

老太监叹了口气，想了想，终于还是来到一个橱子前，从一个小抽屉中取了包药粉，将药粉倒在一只描金红花碗盛的绿豆汤里。而后，他朝周贵妃做了个手势，便来到大殿，装出非常同情的样子，悄悄地将绿豆汤端给贞儿。

"孩子，你的事我们都看到了，别太难受。人嘛，神仙老虎狗，都得做。看你热的，喝了它吧！"

老太监的几句话，说得贞儿眼泪淌了下来，她感激地朝老太监道了谢，端起碗正要喝，可老太监眼中那突如其来的泪水和复杂的眼神，特别是他那双不太自然的手，却使贞儿有所警惕，她抹了把汗，将碗放在案桌上：

"公公，我怕娘娘会看见，到时连累您不好，先放这儿吧！"

"贞儿！"

老太监极失望地呢喃了一句，蹒跚着走了。贞儿看看阒无人迹的大殿，又看看自己衣袍上的痰迹，她正要伸手去擦，不料太子突然从门外闯了进来。

"贞儿，快跟我回去！"

"太子！我……呜呜！"

贞儿一直未曾流泪，但此时见了太子，她就像离散多年后终于找到亲娘的孩子，幸福、伤心一齐涌上心间，让她双泪长流。

"天哪，半天不见，你就……就憔悴了这么多！"

朱见深端详着贞儿，心疼至极。说着话，他在贞儿脸颊上亲了一口。太子到来一事，早已有人去告诉了周贵妃。周贵妃施施然过来，正巧见到他在吻贞儿，她狠狠地咳嗽了一声。

"母妃，我来接贞儿回去！"朱见深礼貌而冷淡地说道。周贵妃白了贞儿一眼，坚决地说：

"不行！"

"为什么？"朱见深瘦长的躯体倏忽间好像又长高了一寸，他脖子上的青筋挣出来，像几条粗壮的蓝蚯蚓。

"她不适合你。"周贵妃站起身，抓住儿子的手，恳求地说，"孩子，你听娘一句话，她真的不适合你。"

"你是说她的年纪？娘，是我要她，我都不嫌她老，你嫌她干什么？娘！"

朱见深企图打动周贵妃，但周贵妃软硬不吃，就是不松口。朱见深吸了口气，眯缝着眼，上前一步，冷冷地说道：

"也行，你不让她回去，我就天天睡不着。从小我就和她睡惯了的，睡不着嘛，身体自然会垮，垮了身体呢，父皇肯定要另立太子，另立太子了呢，你当然很高兴，是不是？"

他说完真的掉头而去。周贵妃眨巴着眼睛想了好一会儿，终于悟到了利害。

"太子！太子！"她焦急地喊着，但朱见深已经不见了。她气冲冲地走到贞儿身旁，冷不防甩了她两个大耳光：

"滚回去！只是我警告你，今后你要是想怎么捣乱，我一定让皇后用家法治你！还不快滚！"

　　贞儿携着包裹，迈着轻快的步伐，走在空无一人的永巷中。她轻轻地哼着歌，忽然间扭了几下腰肢，白皙妩媚的脸上露出欢快、得意的微笑。下意识地，她又从脖子上把也先送给她的玉坠拿出来吻了一下，一边喃喃自语：

　　"也先大王，我不嫁给你不也挺好吗？哈哈，小太子！"

　　她仰起蝤蛴般的脖子，对着天空"咯咯"地笑起来……

第十二章

夜晚时分的乾清宫，灯火幽幽。朱祁镇正对着桌上放着的一缕青丝、一块玉佩、一套战袍出神。他将青丝和玉佩拿起，放在鼻前嗅了嗅，忽然哽咽着低叹一声："娜布其，朕辜负你了！这些年，居然忘了给你立牌位。"

然后，他掀起墙上挂着的一幅字画，里边，赫然挂着当年他在漠北给娜布其画的肖像。肖像虽画得粗糙，却极传神。娜布其正微笑地凝视着他，目光恒远神秘。他慢慢放下覆在上面的字画，轻轻拍了拍巴掌，太监牛玉躬身进来：

"皇上。"

"朕要你做的灵位牌做了吗？"

"皇上，做是做了，可是往哪儿放啊？"

牛玉有些不解。朱祁镇一叹："面北烧了吧！"

"现在？"

"嗯。"

牛玉忙碌一阵，将娜布其的亡灵牌位取出。朱祁镇的手指在"娜布其"三个字上摩挲了一阵，眼眶有些红湿，他对牛玉说：

"朕脚气病又犯了，行走不便，你就代朕再烧些祭品吧，虽说不是清明节，但朕想阴间阳世总会有门相通的。"

"是，皇上。"

牛玉虽有不解，但办事态度却极认真。他马上吩咐小太监用白纸叠了些车船，又剪了些纸马纸人，放在院子里烧了。

"唉，人生不满百，常怀千岁忧，真是人生如梦啊。牛玉，门达上次奏称袁彬爱妾的父亲诓骗他人钱财，朕同意查处，但要他以活袁彬还朕。他现在怎样了？朕倒有些想见他。"

牛玉有些迟疑地答道："启奏皇上，袁彬上次给放出来了。可门达最近又侦得袁彬收受石亨和曹吉祥两家钱物，并曾用官家木材营造私舍，私取内库的器皿，夺取民女为妾，已经押入镇抚司狱中。这事儿上次门达还请示过皇上，皇上您想起来了吗？"

朱祁镇沉吟片刻，终于搔搔头："不是你这么一说，朕倒忘了。袁彬这些事如果属实，那他也太让朕失望了。"

"是啊，皇上对他真是圣恩隆重，先是越级升他为指挥佥事，不久又升为同知。他成亲，是您派皇舅给他主的婚，他说宅第狭小，皇上您马上命工部给他修造新第，还引了太液池水到他家。听说皇上当年在漠北还曾用身子暖他，为他驱寒。按理说，他不会如此不知好歹。"

牛玉的一席话，让朱祁镇有所感悟，他摸着胡须，"嗯"了一声，算是赞同。

诏狱的一间阴暗潮湿的房间里，袁彬已经被拷打得遍体鳞伤，正躺在地上呻吟。皂隶杨埙瞅瞅四周无人，赶忙从门洞里塞了几个馒头给他。

"袁大哥，你可千万不能认罪，要认了罪，就该杀头了。"

杨埙非常同情袁彬，他小声地说。袁彬挣扎着爬起来，朝杨埙作了个揖，有气无力地说道：

"谢谢杨兄，我是活不了啦，所有的罪名我都认了。这样活着，真的比死还难受。"

杨埙见他那样子，实在难受，便不顾一切地开门进去，取了个土碗，要袁彬赶快小便。

"诏狱里受刑的犯人都喝这个，雅称轮回酒。前朝李时勉被打断了七根肋骨，就是靠这个才活下命来的。快喝。"

杨埙帮着袁彬喝下了那碗尿，然后目光炯炯地盯着袁彬，激愤地说：

"袁大哥，你冤枉！你为了皇上，命都舍得，平日为人也够谨慎。如今别人害你，皇上他肯定不清楚，我明日就为你去击登闻鼓申冤。"

"使不得呀，小弟，你千万别给我惹祸啊！"

袁彬大惊失色。

嘭嘭嘭！

次日早朝时，长安门外的登闻鼓被人击响了，击鼓的正是杨埙。鼓声一响，即有几名锦衣卫校尉过来询问何人击鼓，有何冤情。杨埙慌忙跪下：

"小人是锦衣卫镇抚司狱皂隶杨埙，特告逯杲为所欲为，横行不法，构陷同知袁彬一事，请天子澄清冤情！"

他这话一说完，锦衣卫校尉们面面相觑。一个好心的问他："你知道你在告谁吗？他不是你的顶头上司吗？"

"知道。"杨埙毫无惧色，另一个锦衣卫校尉啧了啧嘴：

"佩服你啊，老兄！"

说着，就有人去禀报皇上。不一会儿，来人带回皇上口谕，说是着逯杲接审。杨埙一听，不由瞠目结舌：

"这……怎么会这样呢？我告他，他反来审我！肯定是你们不愿据实禀报！"

杨埙气不打一处来，说话结巴起来。几个锦衣卫校尉不理他，将他带回了诏狱，只不过他已由皂隶变成了犯人，而且就关在袁彬旁边。

"逯杲，你不得好死！"

他指着阴笑的逯杲大骂，逯杲笑得更欢了："是我不得好死还是你不得好死？去吧！"

他一摆头，一帮皂隶涌了进去，对着杨埙拳打脚踢。不久，就传出了杨埙凄厉的喊声。

石亨的新宅气势恢宏，形制壮丽。但在这样的白日，却显得有些儿冷清。此刻偌大的院坪上，只有一个仆人在挑水，一个仆人在扫地。当他们确定四周无人时，便迅速闪进了一间宽大幽深的寝室。他俩东翻西看没发现什么，有些失望，但仍不死心，便沿墙一路轻轻敲打过去。忽然其中一人在一个很薄的高木柜前停住了脚。他轻轻敲了敲，声音有些异常，他赶紧招呼另一人过去。两人回头察看了一番，见一切都很正常，互相点点头，手上同时用力，悄没声地将柜门拉开了。里边居然是空的！

"咦？"

二人对视一眼后，互相打了个手势，便四只手伸进柜里乱摸一气，终于将里边的暗门打开。

"你守着，我进去。"

其中那个身形高大的仆人闪身进去，留守外边的人便跑到房门前守望着。这时，高大的仆人已踮着脚走进暗室。暗室其实并不暗，因在二楼，屋顶铺了明瓦，屋内东西明晰可辨。只是屋宇宽大，居中摆着一张高大华丽的龙床，龙床边的衣架上悬着几件绣着飞龙的明黄蟒衣，沿墙几个大木柜上了锁，估计放着珍宝。另外，还有成排的刀剑火器，以及几株半人高的白珊瑚、红珊瑚饰品，这一切都让进去的仆人讶异和兴奋。

这时，贴在房门那儿守望的矮个儿仆人飞快地跑了进来，将高个儿的仆人拉出，把暗门关上，并顺手将柜门复原。他做了个噤声的动作，两人便都贴墙而站，手里则握着把寒光闪闪的匕首。

"嗯，你可千万小心！要是让他知道了，没咱们的好果子吃！"

一个年轻娇美、看样子是石亨宠姬的女子笑着走进了房间，身后跟着一个身材壮健的男子。女子悄悄地说着话，男人却不搭腔，进房后把门一关，转身一个恶狼扑食，紧紧将女子搂住，张口一下就把女子的舌头噙住了，两人呜呜着倒在了床上。

矮个儿仆人扒着柜门缝看到这儿，和高个儿仆人对视一眼，扮了个怪相。

"哎，跟你说，你叔叔今儿可能不回来，说是晚上皇上要宴请孛来的使团。如果天晚了，他就去金凤楼的小狐仙那儿宿了，咱们就在这儿歇吧。"

"那可不行，叔叔得见他们，我堂堂的大同游击将军就不用见了？告诉你，没有我们石家子侄，这孛来，说不定又像当年的瓦剌一样，早就长驱直入了。所以，宝贝儿，咱干了小婶娘，还得到皇上那儿装正经去！"

柜内的两人听到这儿才明白，原来外头那位和石亨宠姬偷情的，居然是石亨的侄子石彪！

"你们男人呀，总是吃着碗里看着锅里，没个够！老东西是女人多多益善，你更是，连长辈都不放过……哎哟，妈呀，你……你太好了！跟你，不枉为人一世！"

女人和男人哼哼叽叽地折腾起来，急得里边的两人头上直冒汗。幸得这时屋外传来一阵喧哗，床上的这对男女慌忙起身，并逃之夭夭。

高个儿想推门而出，矮个儿将他扯住，两人又屏息倾听了一会儿，这才悄悄闪身而出。

夜晚，天上没有月亮和星星，但紫禁城的几处院落里却灯火通明。原来，鞑靼部的首领孛来派使者进贡乞和，出于礼貌，朱祁镇设宴款待使者。对于这群客人，朱祁镇心情颇为复杂。当年曾经俘虏他、后又对他以礼相待的也先，后来杀脱脱不花，自立为可汗。但在十八年前，他又被部下所杀。于是，瓦剌部在景泰年间势力衰落，而鞑靼部逐渐崛起了。其首领孛来屡次侵扰明朝西北诸边，朱祁镇多次遣大将率军出征，但除两次偶尔重创敌军外，收效并不大。倒是石彪在西北战功最为卓著。石亨西征，也颇有成效。故而这次孛来遣使讲和，朱祁镇命石亨、石彪叔侄二人陪同。哪知那孛来的十几个使者一看见这叔侄俩，竟齐齐拜倒：

"石王安好！"

响亮的一声问候使石彪脸上春花怒放，石亨也面有得意之色。叔侄二人还礼时，都有意无意地看了朱祁镇一眼。朱祁镇显得很漠然，他端坐在宴席正位，修长的手指合着迎膳乐的旋律，打着节拍。当孛来使者向他礼拜时，他也只是淡淡地回了个礼，然后举起了酒杯：

"各位使者远道而来，先喝一口酒，洗洗风尘！"

他很随意地拉开了便宴的序幕，接下来的局面便不由他控制了。孛来的使者们、石彪、石亨还有其余一些官员都是些酒仙，大家先还有些拘谨，等酒性上来后，便再无大小、等级之分，全喝一块儿去了。

"啊，豪饮，这倒让我想起那也先来了。可惜也先被人杀了，倒是条好汉子！"

朱祁镇说着，眼角却不时朝石亨、石彪瞟去。他们叔侄二人此刻正被那些使者包围着，殿内响着一片"石王""石王"的喊声。朱祁镇的眉头终于皱出了个浅浅的"川"字。

"看来那流言不假啊。石王，石王！"

朱祁镇轻轻地说，一旁的逯杲、门达正要答话，忽然有个太监过来，以手势招呼边上的逯杲出去。

"皇上，他们回来了！我去看看。"

逯杲快步走出门外。曾在石亨柜中待过的高、矮个儿两位仆人，此刻已经换上了锦衣卫校尉服饰。见了逯杲，他们神情很激动地上前和他耳语了几句，矮个儿还呈了一封信札给他：

"所见所闻，都如实奏上了。"

"嗯，干得好！"

逯杲反身进到殿内。石亨、石彪叔侄非常注意他和朱祁镇交谈的举动，两人不时侧目回望。朱祁镇很高兴地朝着正被字来使者包围着、此时正好回头看他的石亨举了举酒杯，石亨赶忙转身，双手托着酒杯朝皇上做了个大揖：

"敬祝吾皇万岁，万岁，万万岁！"

他这一喊，大家都跟着喊，朱祁镇捋着他那修剪得挺整齐的胡子，笑出了少有的欢快。

坤宁宫中，院坪上用大缸种着南瓜、冬瓜、豆角等蔬菜，在初秋时节显出一片丰收景象。身残的钱皇后虽然一直很受朱祁镇礼遇，但作为女人，她却已失去了吸引力，内心的孤寂使她两鬓斑白，但表情却透着坚毅与平和。

此刻，她正和三个太子妃人选坐在一间明亮的殿堂里。殿堂的三分之一处用木板隔开，悬着一层纱帘，纱帘外，宦官教习正在听吴氏、王氏、柏氏三人背诵本朝仁孝文皇后的《内训》：

"贞静幽娴端庄诚一，女子之德行也。孝敬仁明慈和柔顺，德行备矣。夫德行原于所禀，而化成于习。匪由外至，实本于身。古之贞女，理性情，治心术，崇道德，故能配君子，以成其教……"

三人背得熟稔流畅，娓娓动听，钱皇后与教习都满意地点了点头。这时，门外响起太监的喊声："皇上驾到——"

钱皇后等殿内诸人一听，当即跪倒。钱皇后脸上露出欣喜的微笑。可当她看见皇上竟是由高大的锦衣卫校尉背进来时，不由吃了一惊：

"皇上，您怎么啦？啊，您怎么啦？"

她的呼声中饱含着真切的关心，而且这一点可以从她情不自禁地一跃而起中得到证实。只是她仅有一条好腿，又起得太猛，拐杖没撑住，身子眼看要倒下去，一旁跪着的吴氏一声娇呼，将钱皇后紧紧地搂住了。

朱祁镇扫视两眼地下跪着的木鸟般呆望着的另两个少女，对吴氏不由多了一层赞赏。"嗯，身手敏捷。"他夸奖道。

"谢皇上夸奖！"

吴氏的一声道谢更哄得皇上、皇后两人高兴，他们相视一眼，欣慰地笑了。

"这孩子，咋这么懂事呢？"钱皇后也夸了她一句。

"皇上，您的腿病是不是又犯了？"钱皇后在吴氏的搀扶下，缓缓走近朱祁镇。到了他跟前，钱皇后低头细细地观看着朱祁镇两条已经肿胀起来的小腿，心疼万分。

"你们都下去，朕有话要和皇后说。"

朱祁镇一声令下，众人纷纷奔出，不一会儿，大殿内便只留下他们夫妻二人。钱皇后照例坐在他的右面，让有一只好眼的那一边脸对着他。

"皇后，这些年你可为朕受累了，朕谢谢你。你看，朕昨夜拟了份诏书，想给你外家封个爵位，你看如何？"

朱祁镇将诏书给她看，钱皇后激动地谢了，却拒不接受这份恩典。她握着朱祁镇的手，恳切地说：

"皇上，臣妾出身寒微，本不是什么金枝玉叶，能为您吃苦，臣妾三生有幸。至于封爵一事，臣妾不敢受。家里人衣食不愁，何需爵位？再说宦海误人，臣妾只想他们平平安安过日子。"

钱皇后简明地说完缘由后，便不再吭气，但她的缄默中分明有一种温情。朱祁镇长叹一声，将她的左手拿起，放在掌中轻轻摩挲着。钱皇后那只好眼中滚动起了泪花，不过旋即她便平静下来了，轻轻问：

"有难事儿了？"

"嗯。"朱祁镇在她面前变得十分和顺。他想了想，忽然问钱皇后：

"你看太子立谁为好？"

"什么？不是已经有太子了吗？"钱皇后惊诧得失声喊了起来。

朱祁镇不作声，钱皇后急了：

"是不是有人在诋毁太子？"

朱祁镇点点头，钱皇后抓住他的手恳切地说道："皇上，太子跟着咱们，吃的苦太多了。而且，他博览群书，人也斯文深沉，肯定能当个明君。至于别人的话，未必属实，还望皇上兼听明察。"

朱祁镇想了想，"嗯"了一声。钱皇后温存地替他揉着太阳穴。

"心里烦的话，您不妨出去走一走。可惜我这样子，不能陪您。"钱皇后叹了口气。朱祁镇也叹了口气，口吻很沉重："是啊，朝廷里尔虞我诈、互相倾轧的事情太多了，并不太平啊！"

说着，他闭上了眼睛。

石亨站在寝室里那个打开的木柜前，死死地盯着里面看，石彪则紧张地看着他。

"四根头发，我自己亲自缠上去的，现在全都断了，有人来过了。瞧——"

石亨说着，手指向了柜子底，底上洒着一层隐约的炭粉，如今上面留下了杂乱的鞋印。石亨和石彪两人慢慢直起身，扭脸对视起来。

叔侄俩没说一句话，但彼此的意思都在目光里写着，于是，便不约而同地点起头来。

曹吉祥在宫外的宅第虽比不上石亨的雄伟壮丽，却也鹤立鸡群，在周围的四合院中，透着江南住宅的精巧。曹吉祥、石亨默默无语地沿着雕栏玉砌的回廊往大门外走去，两人的表情都很沉稳、很悲壮。

"曹公，就这样说定了？"

石亨伸出右手，迎向曹吉祥，曹吉祥立即用左手在石亨的右手上轻轻击了三下，两人微微一笑。

"那，石某这就告辞了！"

石亨今日来，只带了几个亲信，且都和他一样，换了便装。一见石亨出来，那几个亲信便把轿子抬到了台阶下头。石亨朝曹吉祥挥挥手，坐上轿子，很快便消失在道路的拐弯处。

"石公，改日再请您过来喝我老家送来的烧刀子，那劲儿可大了！"

曹吉祥朝已经走得不见人影的石亨一行打着哈哈，一边拾阶而上，一双肉泡眼却机警地瞥着四周。他看见自己住宅周围有些可疑的人在闲逛，唇边不由露出几丝冷笑。沿着方才送石亨出来的回廊，他来到二楼一间密室。密室里，有曹吉祥的嗣子昭武伯曹钦，曹吉祥的侄子曹铉、曹铎、曹睿，还有门下几员大将，中间是一桌纹丝未动的酒菜。

"爹，你看，那些全是皇上派的锦衣卫。他们日夜监视咱们，已经有些时日了。"

曹钦站在一扇雕花格窗旁边，窥探着周围，冷冷地说。

"皇上这是什么意思啊？没有咱叔，他能有今天吗？忘恩负义的家伙！"

曹钦门下蓄养的一名达官马亮气呼呼地说道。话音未落，却猛地挨了曹吉祥两个耳刮子和一顿臭骂：

"你想死了不是？这种话能说的吗？你个兔崽子，你个王八羔子！"

曹吉祥说着又要举手揍他，却被曹钦一把架住了胳膊："爹，咱自家人，说了也就说了，何必认真。"

曹钦朝曹吉祥眨眨眼睛，曹吉祥没再找马亮的麻烦，却用手指把在座的其余几位点了个遍：

"你，你，你，你们，没有你们的骄横跋扈、鱼肉乡里，我至于这样吗？好了，现在咱们的好日子来了！"

曹吉祥说着，抹起了眼泪。曹钦、曹铉对视一眼，慢慢走到曹吉祥身边，安慰了他一番后，曹钦铁青着脸说：

"爹，方才石将军来，有些话虽然没有明讲，可跟咱想的是一路，与其坐而待诛，不如来他个鱼死网破！"

"对，兵部尚书马昂、怀宁伯孙镗明早要率京军前往陕西征讨，他们早朝陛辞后出发。趁这朝门开启之机，我带兵从外而入。爹，你呢，领禁兵为内应，来他个内外夹击，将马昂、孙镗杀了，朝廷一时无法组织讨叛的兵马，而后，爹，你就可以夺取帝位了！咱们呢，都是开国大臣，哈哈！"曹钦讲话时眉飞色舞、双眼放光，听的人也摩拳擦掌、兴奋异常。唯独曹吉祥，像风暴眼似的，保持着一种与他周围的人截然不同的平静。

"叔叔，咱不能坐等他灭族啊！"

曹铉、曹铎、曹睿眼巴巴地等着曹吉祥拿主意。曹吉祥沉吟了半晌，才含糊地说："这皇上的位置，有太监坐过吗？"

曹吉祥的几位族人平日只爱舞枪弄棒、寻衅闹事，胸中却无点墨，这一问，自然把他们给问住了。倒是方才挨了曹吉祥两耳刮子的马亮慢吞吞地说：

"启禀大人，曹家的魏武帝曹操，是您本家，他不就是东汉宦官曹腾的养子吗？"

"嘿，真有你的！来来，咱们曹家几兄弟敬你一杯！"曹钦擂了马亮一拳，又招呼大家敬了马亮一杯，把马亮高兴得跟捡了宝似的。

"嗯，这倒说得过去！"

曹吉祥闭着眼，摇头晃脑地喃喃自语了一阵，蓦地睁开那双被肉挤成一道缝的泡泡眼：

"诸位，事儿，就这么定了。明天凌晨开早朝门时行动。成，则大家还是人；不成，则大家都做鬼了！"

曹吉祥一掌拍在饭桌上，汤碗里的一把调羹飞落，在地上摔得粉碎，众人不由一凛，周身的汗毛全都竖了起来。

"爹，咱们得通知一声石将军，让他和咱们联手，这事儿就十有八九了。"曹钦考虑得还是比较周到。

"嗯，得派个人去。睿儿，你去。"

"不行。"曹吉祥话还没说完，就被曹钦打断了。

"爹，如今四处都是逯杲、门达的手下，想必石将军家周围也是一样。咱们曹家弟兄几个都在军营里，这时去，必定引人注目。我看还是马亮去吧。"

"马亮？这……"曹吉祥生怕马亮不可靠，所以犹豫。曹钦却一拍胸脯：

"爹，马亮是我铁杆兄弟，心连心肉连肉的，您完全可以放心。"

"那，快去快回！"马亮应声而去。当他下楼的脚步声消失了时，曹吉祥便吩咐自己身边的另一个亲信阿三跟过去。

"小心些。"

"是，大人。"

这阿三个儿小，身手敏捷，走起路来猫似的悄然无声。曹钦不以为然："爹，至于这样吗？"

"孩子，事关曹家几百口人的性命，怎能大意呢？来，先吃些喝些，等会儿出去也有股酒味儿。"

于是，在座的人开始吃喝起来，只是神色都很凝重，一副味同嚼蜡的模样。

乾清宫的寝殿里，万宸妃正搂着朱祁镇撒娇。"皇上，太子的事儿怎么说呀？"

"唉，妇道人家管这么多事干什么？你只管伺候好朕就行了。"

朱祁镇绞弄着万宸妃的如瀑乌发，半开玩笑半认真地说。万宸妃冰雪聪明的女子，闻言后先是一愣，继而捂着脸抽泣起来：

"这么说，见澍没有希望了？你还说，他最聪明，最可人意，可这有什么用？一成年，就得放外藩，我这做娘的，多少年才能见他一次啊，呜呜……"

万宸妃的哭声渐渐大了，朱祁镇从床上坐起来，皱着眉，很无奈地说：

"春儿，我虽是天子，外人看来权力无边，可有很多事并不是我一人说了算。见深是长子，自然就是太子，这是祖制，废长立幼是要留万世骂名的。"

"皇上，求求您，求求您了！呜呜……再说，太子也不是没有失德之事啊，他现在就和那个万贞儿睡在一起了。"

万宸妃希望能够挽回局面，情急之下竟诋毁起太子来。不料朱祁镇脸一板，极严肃地说：

"宸妃，朕如此宠爱你，实是因为你是个明事理、有妇德之人，谁知你竟也如此浅薄，如此下去，何以表率六宫？太子失德不失德，朕自有所察。至于你说他和万贞儿一事，朕看不过是口渴饮水一类的小事，于德何损？"

一番话，说得万宸妃泪不敢流了，娇也不敢撒了。她溜下床，半裸着跪在床下，拼命地恳求朱祁镇原谅。

"皇上，皇上！臣妾妄言了，臣妾有罪！"

见她如此模样，朱祁镇又心疼了，便将她搂抱上来。万宸妃泪痕未干，又绽出一个有些凄婉的笑脸，红润的嘴唇在朱祁镇脖子上细细亲吻着。

"好春儿，这才是我的好春儿！"

朱祁镇抱着万宸妃喃喃着倒在了床上，房间里顿时又春意盎然了。

马亮骑马走在渐渐昏暗下来的街道上，神情很是恍惚。有几次，马差点撞到行人身上，待到路人一声尖叫，他才猛然勒住缰绳。就这样颠啊颠的，他来到了石亨的宅第门口。

"干什么的？"

朦胧中有人一声断喝，吓得马亮打了个愣怔，抬眼一看，只见宅门大开，周围满是锦衣卫军士，马亮随口答了声"过路的"，便纵马拐入一条小巷。不一会儿，他看见石亨、石彪被锦衣卫锁着带走了。

"糟糕！"

马亮心中暗叫一声，思索了片刻后，不由打马狂奔。可是，走到一半，他却改奔朝房方向去了。

朝房设在广安门外的一排房子里，是大臣们等待早朝用的，也有客房，用于安顿那些早朝后即远行的朝臣。此刻的兵部尚书马昂、怀宁伯孙镗、薛顺侯吴瑾即宿于朝房。

"我是曹吉祥门人，曹钦要反了，快带我去见马大人。"

马亮翻身下马后，因急着要通报消息，也顾不得小声了。

"什么？曹钦反了？快，快写疏奏！"

马昂惊得险些从床上栽了下来，这边连衣裳也顾不得穿，便抓了笔，在一张纸上简单地写了六个字："曹钦反！曹钦反！"

"快，从门缝中投进去！记住，一定要拍门叫醒守门卫士。"

"是！"孙镗接过疏奏，拉着马亮跑到广安门口，"嘭嘭"地拍起门来。

"什么事？"里边的军士警惕地问道。

"快，你给说一下。"孙镗推了马亮一把，马亮忙高声说：

"军士，烦请把疏奏送上，曹钦他们反了，要来攻打皇城，叫皇上快做准备！"

里边的军士一听，赶紧提了灯笼，将疏奏捡起，接着，里边传出一阵喧哗。想是向皇上汇报和调兵遣将去了。

那个跟在马亮背后的曹吉祥的亲信阿三赶着辆马车，将这一切看在眼里。他不动声色地调转车头，慢慢往原路走。等他岔入另一条巷道时，便将马缰一卸，丢下车，飞身上马，一路狂奔地来到曹家，惊得外边窥探的锦衣卫交头接耳了好一阵。

"曹大人，完了！石将军、石彪已被皇上拿下。马亮叛变了，已经到朝房告发咱们去了！"

阿三趔趔趄趄地来到楼上密室，气咻咻的一通话，惊得众人冷汗直滴。

"好个马亮，我要杀了他！"曹钦眦目欲裂。曹吉祥拍了拍他：

"现在不是骂娘的时候，快动手吧。走，跟我来！"

说着，曹吉祥亲自掌了灯，领着曹钦、曹铉、曹睿及门下几个部将往庭院深处走去。曲里拐弯地走了一通之后，来到假山旁的一间房子里。而方才报信的那个亲丁阿三却有意落在后面，曹吉祥看了他一眼，似乎还朝他点了点头，随后就走了。阿三瞅空溜进了内宅大门，而曹吉祥他们则进了一间厢房。厢房里摆设很少，只有一张大床最为醒目。曹吉祥掀起床板，露出一个大洞。

"从这儿出去，让外头的锦衣卫死等咱们吧！"

曹吉祥在紧张中不免有些为自己的先见之明得意。

"爹，您做得可真机密。要不是您这一招，咱们只有束手就擒了。"

"现在，好歹咱能找几个垫背的，死了也值！最好能把那皇帝老儿一刀给削喽！"

曹铉一边跟着钻地道，一边大声说道。

地道不短，加上狭窄崎岖，走了约莫半刻钟，他们才从出口来到一所不大的宅院里。

"小七儿，小七儿！"

曹吉祥在一扇亮着灯火的窗框上弹了弹，口里轻呼着。不一会儿，那个名叫小

七儿的人掌灯开门出来了，却是个满脸皱纹的老头。

"曹爷，来啦？"

"快，给我们几个准备准备。"

曹吉祥并不多言，小七儿什么都明白。他引着他们穿过长长的巷道，来到后院，那儿是马厩。接着，他打开一间房门，里边满是各种战袍盔甲和种种兵器，并且上面都写着他们每人的名字。

"按名字拿，没错。"

小七儿说着，自己也披挂起来。

"爹，阿三那个王八蛋也跑了！"

曹钦忽然气急败坏地说，曹吉祥却无动于衷。

"树倒猢狲散，这本是常理，有什么好奇怪的。孩子们，分头走吧！"

曹钦、曹铉、曹睿、小七儿几个相继骑马出动了。当院子里只剩下曹吉祥一人时，他脱去战袍，换上方才穿来的常服，从原来的地道返回家中。他径直进了寝室，把已经睡熟的爱妾叫醒：

"绯云，为我唱一支曲吧，倪瓒的'前调'，起句'下一局不死棋'，轻轻地唱。"

绯云云鬟散乱睡眼蒙眬中自有一种慵懒娇羞，她一边抚琴，一边用她那低沉柔婉的声音唱道：

"下一局不死棋，论一着长生计；服一丸延寿丹，养一口元阳气。看一片岭云飞，听一会野猿啼。化一钵千家饭，穿一领百衲衣。枕一块顽石，落一觉安然睡。对一派清溪，悟一生玄妙理。"

曹吉祥听到这儿，几滴眼泪沁了出来。

与此同时，一辆装满干草的马车正缓慢地驶向城门边。曹吉祥的亲丁阿三车把式打扮，正坐在马车上。

"干什么的？这么晚了，不准出城！"守门的兵丁拦着不放。

"军爷，军爷，行行好，我是城门外南口子赵家村刘老爷家的雇工，刘老爷派我到城里给曹吉祥爷爷的照夜白送干草，可照夜白不爱吃，听说是嫌湿了，着我赶紧出城去换干草。看，这是曹爷那边给的腰牌。"

阿三拿出腰牌给守门军士验过，守门军士核准后，只好开城门放行，嘴里却一边唠叨着：

"曹爷曹爷，他能当得了爷吗？妈的，什么照夜白，吃草都这么挑剔，这不是他们给惯的？只怕下回这马都要喝人奶喽！"

阿三附和着他骂了两句，军士很是受用的样子。阿三"啪"地一挥鞭子，将马车赶出城门外。城门关上之后，阿三迅速把马车赶到一片树林子里，口里打了声呼哨，接着，只见车上的草垛子似被什么东西震了一下，"哗哗"地掉落在地，里面的车篷露出来，俨然是一辆形制华丽的马车。

"怎么样，没事儿吧？"

阿三撩开车帘，里边团团挤着四个七到十二岁不等的男孩子，他们全都惊恐不安，另外还有一个愁眉苦脸的年轻妇女端坐其中。

"妈，为什么咱们得走啊？咱不回爷爷家里了吗？"

最小的那个男孩扎在妇女怀里，东问西问。女人"啪"地打了他一掌："跟你说了不准讲话，更不准说咱们姓曹，你要说了爷爷的名字，出去就得死！阿三，拿茶来！"

"大少奶，这……"阿三有些犹豫，大少奶将脸一板："啰唆什么！"

阿三将一个葫芦递给她。大少奶脸色顿时变得温和了："来，孩子们，吃了就不怕车颠了，不会想作呕了，还能睡好觉。"

她给每个孩子喂了几口，孩子们喝下去之后不久，即开始抓挠喉咙，发出"呜呜啊啊"的痛苦声音。妇人看着他们，泪流满面，阿三也满眼泪水。

"哑了也比死了好啊！阿三，咱们快走。说不定那边能赢呢！"妇人满怀期盼，阿三却不搭腔，他默不作声地把马车赶得飞快。马车跑了一阵，阿三停下车，撩开车帘，脸上的神色让妇人害怕地缩进了里头。

"阿三，你要干什么？"

"主母，小人阿三有句话，你须得听从。依我看，曹爷这事绝对成不了。几日之内，曹家就面临着灭门之灾，咱们从明日起，就得扮作夫妻。为了活命，只能辱没你了。"

说着，他下车跪下磕了几个头，然后，驾马车飞奔而去。年轻妇人看着膝下那几个已经不能说话、正泪眼婆娑看着她的孩子，抑制不住地放声哭了起来。

这天晚上，朱祁镇难得地起了雅兴，正在书房里画画。他刚画了一只牛头，忽然有人启奏，说是逯杲求见。

"让他进来。"

"皇上，那袁彬已悉数认罪。杨埙也承认，他击登闻鼓，是受了大学士李贤的指使。这是他们的口供，请皇上明鉴。"

逯杲递上奏本，朱祁镇特意拣了袁彬的那份来看，一边看，一边叹气："唉，真是知人知面不知心，他那么好的人，如今居然会和曹、石沆瀣一气。这样吧，着你和朝廷司法官员一同会审杨埙、袁彬，让牛玉代表朕监看全过程。"

一间阴沉沉燃着烛火的大殿里，会审的朝廷官员坐了几大排。一会儿，皂隶们将袁彬、杨埙从马车上押下带了进来。逯杲似有意似无意地踱到杨埙面前，小声道：

"方才给了你一块酱牛肉是不是？你可以尽快吃掉，这样脑子清楚些，我告诉你，一切都得按那天教你的说，否则定让你求生不得求死不成，明白吗？"

"明白。"

杨埙嚼着酱牛肉，很虔诚地答道。袁彬站得远些，听不清他们说的话，他的神色很是内疚和不安。杨埙冲他笑，袁彬戴着枷朝他远远做了个揖。

"时辰到，带杨埙！"

换了一件新衣裳但满身伤痛、行走不便的杨埙蹒跚而来。牛玉不无同情地看着他。逯杲凑过来，小声道：

"您看，是不是要把大学士李贤抓来对质？"

牛玉圆滑地说："这样吧，等杨埙供出了大学士，咱们再收拾他也不迟。"

"是。"逯杲有些无可奈何。这时，三法司官员已经开始询问杨埙：

"杨埙，你是否受李贤指使诬告良臣？"

谁知杨埙眼一瞪，大声说道："我是一个皂隶，整天在监牢里看守，哪里见过大学士李贤？这一切，都是逯杲逼供的。我不说，他就让我求生不得求死不能。看，这是来这儿之前他给我的酱牛肉，为的是让我吃了有力气撒谎。"

杨埙从怀里摸出吃剩的半块酱牛肉，拿在手里晃动着。众人一时大眼瞪小眼，但他们惧怕逯杲，都不敢吭声。

"看见了吧？这是一个刁民，居然敢如此诬陷，把他俩都给我带下去！"

逯杲吹胡子瞪眼地拍了一通桌子，一场会审就这样草草结束。众人望着火急火燎而去的逯杲，一时不知发生了何事。

"三法司会审的结论是什么？"

太医正在给朱祁镇的腿做针灸，朱祁镇很享受地闭着眼，一边问牛玉。

牛玉叹口气："袁彬拟用绞刑，但可以钱物赎罪。杨埙拟为斩首。"

"逯杲是非杀袁彬不可了啊！哎哟，太烫了。嗯，这不差不多。朕看这样吧，袁彬交出赎金后，调南京锦衣卫闲住。将朕原来赐给他的府第拆毁。杨埙定为终身监禁。你现在让袁彬到朕这儿来一趟，朕有话和他说。"

这个夜晚的乾清宫，由于袁彬的到来而呈现出一种忧伤、凄婉的气氛。朱祁镇坐在龙椅上，袁彬跪在地上。

"皇上，臣有辱您的圣恩，臣有罪，臣该死啊！"

袁彬泪流满面。朱祁镇手里拿着娜布其留下的那缕青丝和那块玉佩，神情黯然。良久，他才说：

"起来吧。来，坐这儿。"他指指对面的凳子。袁彬推辞再三，终于还是半欠着屁股坐了过去。两人相对无言地坐了好一阵子，朱祁镇才叹口气道：

"你这一去南京，只怕再也回不来了。你不怨朕吧？"

"不，皇上，您圣恩似海。怪只怪我袁彬福浅，不知珍惜，反而肆意妄为。"

袁彬说得很诚恳，朱祁镇打断了他的话：

"有些事，朕也知不是你所为。但对家人亲属，你确实失于管束，乃至让他们为所欲为。"

"是，皇上，臣有罪。"

"唉，快别说这些了。"朱祁镇说着，忽然很好奇地一转话锋，"袁彬，你我漠北一年，亲如兄弟，朕复位后，你夫妇进宫见朕，也只执家人礼。你说，朕当初委派你刺探曹石两家，你怎么就坚决不干呢？莫非你真的与他们渊源很深？"

"皇上，这确实是构陷。我为人一贯淡泊，这点皇上您早知道。臣只是觉得，私窥他人之事，不合圣人之义。"

"袁彬呀袁彬，你读过多少圣人之书？难道圣人就同意臣子私置龙床、私绣蟒衣，允许他们蓄养兵丁，犯上作乱吗？这，难道就符合圣人之义？"

"皇上，臣确实不知他们会如此狂妄、怀有异心！"

袁彬说得很沉痛。朱祁镇沉默了片刻，低声说道："朕已经让逯杲、门达办理此事了。你不肯替朕办的事，且看他们如何行动，反正早晚得去了这块石头。"

他看着袁彬，眼神中既有袁彬熟悉的当年在漠北时的沉静，也有一种陌生的偏执。袁彬叹口气。君臣两人坐在殿中，静听隐约飘来的丝竹声。朱祁镇的情怀被触动，他迈着伤腿，艰难地往窗口走去。窗外月华如水，一切都那么静谧而富有诗意。

朱祁镇大约想起了七年前那个夺门之夜的月华，不由感慨万分。他兴奋地走了几步，谁知双脚一阵剧痛，便呻吟着朝下倒去。幸得袁彬手快，一把将他扶住。当袁彬将朱祁镇扶到龙床上，卷起他的裤脚，看到朱祁镇的腿肿胀如冬瓜，皮肤像蜡一样闪着光亮时，袁彬大吃一惊：

"皇上，这腿怎么越来越严重了？"

"朕时日不多了，你明白吗？"

朱祁镇凄然一笑。"皇上！"袁彬不由哀叹一声，双泪长流。

阴暗、潮湿的诏狱里，石亨、石彪分开关在毗邻的屋子里。但墙壁砌得极厚，虽然彼此都在各自的房间里骂，却谁也听不见谁的声音。

"妈的，把老子关在这儿，你有胆就别放了老子。放了老子，老子肯定闹你个底朝天！"

石彪在囚室里大声叫骂多时，一直无人理会，这时他只小声嘀咕了几句，牢门居然就打开了。逯杲带着六七个皂隶正阴沉沉地盯着他。

"石将军，这回，你就算有胆谋逆，可也是没命出去了。得看你骨头有多硬，受不受得了啦！上！"

逯杲一摆头，众皂隶一拥而上，将骂骂咧咧却因木枷在身无法施展身手的石彪按住，然后，用杨木夹棍中的硬棍将石彪的脚固定于其中，上面快速束紧绳子，再用一根棍支牢足底，使石彪动弹不得。接着，另一名孔武有力的皂隶抄起一根长约六七尺、围四寸以上的大棍，从右边猛力敲击石彪的足胫，痛得石彪发出鬼哭狼嚎般的叫声。

"好生着实打着问啊！"

逯杲此言一出，皂隶们立即放开手脚整治石彪，一边打，一边问。这句"好生着实打着问"告诉他们，对石彪可以用最重的刑。如是一般拷打，称"打着问"，重一些的则说"好生打着问"。对这石彪用了"着实"两字，纵是铁人也经不住啊！所以石彪几乎马上就供认了他的罪行：

"私置龙床蟒衣，有非人臣之望……"说着，即昏死过去。

"彪儿，是你在喊吗？娘的，这诏狱，墙原来这么厚！"

隔壁，一贯养尊处优、如今却重枷在身的石亨已经有些面无人色了。当他听见隔壁传来的隐约的喊声时，终于抛弃了仅存的一点幻想。

但是，他怎么也没想到，就在他胆战心惊时，逯杲领着皂隶，往他囚室里放了一笼老鼠进来。那些老鼠饿极了，一出笼子，就吱吱叫着到处乱窜。

"逯大人，这是怎么回事？哎哎，这到底是怎么回事啊？"

石亨正疑惑间，忽见皂隶拎过一只桶，用刷子往自己脸上、手上、脚上涂香油，不由恐怖得大喊大叫。逯杲朝他抱了抱拳，恭敬地说：

"忠国公，这是公事公办，您老可别见怪。这呀，叫老鼠打牙祭。"

说罢，他和皂隶们快活地大笑起来。那些老鼠不知是听了这笑声还是受了香油的诱惑，争先恐后地往石亨身上爬去。石亨扭动着、大喊着，老鼠们不为所动。不一会儿，他脸上、手上、脚上就被饥饿的老鼠咬成了三个老鼠窝。

没多久，石亨不动了。接着，他慢慢儿往下溜去，但颈上的木枷使得他躺不下去，就那样斜倚在墙角。不多时，老鼠们吃饱了，又相继从他身上溜下来，眨眼间不见踪影。石亨被老鼠咬得面目全非，仿佛只有一丝游气了。

天渐渐有些亮了，东安门朝房门外，战马嘶鸣。曹钦、曹铉等人领兵正在大开杀戒。因已是三更时分，百官都陆续到朝房待漏，等候早朝。当曹钦他们领兵赶到时，正遇上逯杲从家中出来前去待漏，曹钦一见，策马上前，把惊慌逃窜的逯杲撵得跌倒在地。曹钦一刀砍下了他的首级。曹钦将首级用刀挑起，高声大骂：

"逯杲，好个忘恩负义之人！当初如若不是爹爹到那王八皇上那儿举荐你，你能爬上今天这位子吗？爬上就爬上了，还坑害咱家。不是你逼得这么紧，咱家何至于有今天这一难！"

曹钦说着一挥手，把逯杲首级摔得老远，又跳下马，亲自将逯杲尸首砍碎，鲜血溅了曹钦一头一脸。

"马亮！你他妈的有胆子就出来，看老子不把你砍成肉酱！"

曹钦大喊着，曹铉的嗓门也加进来了，他们到处寻找马亮。这时正巧吴瑾出来察看情况，曹铉上前，不问青红皂白，一刀将他劈为两半。吴瑾的两个侍从也死于乱刀之中。

东朝房里，已知外面情况有变的官员们纷纷逃窜躲藏。马亮生怕被曹钦找到，情急之中爬到房梁上去了。他刚刚躲起来，曹钦等人就破门而入。一看里边只有几个老得逃不了的老臣，并没有马亮，曹钦立马转身奔向西朝房。

西朝房里，一些待漏的官员根本不知外面发生了什么事。

"是西征的将士回来了？"

"有这么快吗？奇怪。咦，李贤大学士，外面有人喊你。"

这位官员听到喊声把门打开，远远就见有伙人骑马奔来，李贤疑疑惑惑地刚出门，便见来人持刀迎头劈下，他惊叫着一闪身，刀从耳旁擦过，血滴了他一肩。

"喂喂，干什么？我是大学士李贤啊！你们是什么人？"

他喊着，欲转身回奔，不意方才开门的官员见屋外有变，已经把门关死。这时，又有士兵提刀从身后向李贤劈来，眼看李贤就要身首异处了，这时，一把刀横里伸出，把即将落在李贤颈上的利刃"咣"的一声挡开。

"没长眼睛吗？这是李贤尊长。李大人你受惊了。"

曹钦骂着，跳下马，似乎非常心疼地用手摸了摸李贤的伤耳，疼得李贤打了个哆嗦。

"李大人，你莫怕，真的莫怕。咱曹家父子都是迎驾有功的，今天被那逯呆诋毁构陷，意欲加害，此举实在是被逼无奈，不得已为之啊！现在逯呆已被咱杀了，咱只想请皇上明察。"

"是，是，逯呆鹰犬，害人无数，谁不痛恨？现在既然已经除了他，就可以请命于皇上了。"

李贤忍着疼痛和惧怕，开始劝解他。曹钦唇边露出一抹冷笑，点头道：

"李大人言之有理，晚辈请李大人现在就帮我写题本投进。"

曹钦亲自将李贤扶进位于东朝房内的吏部朝房。吏部尚书王翱等尚不知有变，见此情景，不由一惊。

"莫怕，王尚书，曹钦事出无奈，但恩怨分明，你一直对咱好，咱不会伤害你，只想借你纸笔一用。有布吗？替李大人包包！"

曹钦神经质地笑着，说话的声音异常刺耳。王翱见曹钦部下已把守了出口要道，只好答应曹钦，将纸笔递给浑身哆嗦的李贤，这边找了条面帕，沾了水，替他把血揩净。而这时，李贤的题本也写好了。

"还得烦请二位将题本投进。"

曹钦等于拿两人当了人质。李贤、王翱无奈，只好前去东长安门，将题本从门缝中投进。然而，里面的军士收了题本后仍拒不开门。曹钦大喊：

"叫你开门你不开，这不是在逼我吗？军士，放火烧门！"顿时，一片熊熊火光映红了夜空。然后，曹钦举刀欲杀李贤：

"你有鸟用，写个题本都说不明白事情，弄得别人不睬咱，你这人活着有什么意思？"一边说一边就要下刀，却被王翱一把拖住：

"曹大人，手下留情，非李大人无用，是你这题本别人没法照办啊。钦儿，积点阴德好不好！"

王翱拖着他的手，老泪纵横，曹钦这才放过李贤，转身杀别的人去了。劫后余生的王翱、李贤瞅个空子，忙趁乱窜入一条僻静的小巷，两人这才得以逃脱。

"小妈，是什么响？好像有人在喊似的？"

东宫里，朱见深迷迷糊糊之中伸手去摸贞儿，口里呢喃着。但他的手却摸了个空，这一下把他给彻底惊醒了。他爬起床，发现屋外站了一大群人，都在翘首望着火光熊熊的天空。

"怎么回事，啊？贞儿呢？"

朱见深拽住一个人就问，可他们谁也不清楚。这时，站在靠墙的楼梯上往外瞭望了许久的贞儿下来了：

"是东、西长安门起了火。刚才好些禁卫士兵往乾清宫方向去了，好像有人说到曹钦的名字。"

"是曹钦反了吗？"人群中不知谁问了一句。贞儿环视一眼大家，点点头。

"有可能。诸位，大家别光看热闹，得早作准备，能找到什么防身的家伙都拿在手里，有备无患。快去！"

大家听了贞儿的话，觉得言之有理，吵吵嚷嚷地散了。贞儿一眼瞥见孩子般站在那儿的朱见深，一把将他拉进了屋里。

"快，穿好衣裳，坐在屋里。把门闩好，不管外面怎样，你都不要出去。"

贞儿说着，一边帮朱见深穿衣，一边命手下宫人取了些食物果蔬来，自己找了两根大木棒放在床边，这边将门闩好，一副严阵以待的表情。

"至于这样吗？就算真的是曹钦反了，皇城也不是那么容易进来的。"

朱见深既钦佩贞儿的麻利和远见，又觉得她这种过分小心有些可笑。

"我的小太子哎，这叫有备无患。快，坐这儿来！"

贞儿坐在床上，又指了指自己身边，两人和衣紧挨着坐着，神情中既有不安又夹杂着少有的兴奋。

"嘚嘚嘚嘚……"

怀宁伯孙镗和儿子孙轼、孙辅骑在马上，疾驰着奔向太平侯张瑾的家。清脆的蹄声打破了夜的宁静，曾经参与过夺门之变的孙镗对此记忆犹新。到了张瑾家门口，孙镗几乎是滚下马的：

"张瑾！门丁！听见吗？我是怀宁伯孙镗。曹钦叛乱了，快请张瑾率兵平叛！"

孙镗和儿子拼命拍门，喊着，闹得远近的街坊邻居都起来看热闹，张瑾家却仍在装聋作哑，毫无动静。

"怎么办，爹？"孙辅、孙轼有些手足无措了。孙镗略一犹豫，忽然有了主意："这样，你二人速去宣武街的征西将士营房，就说刑部囚犯越狱造反了，擒贼者重赏。"

"是！"孙辅、孙轼飞马而去。孙镗瞥见有几个邻人过来看热闹，灵机一动，大呼起来：

"各位父老乡亲，刑部囚犯越狱了，现正在造反，能杀贼者跟我来，重重有赏！"

他一路骑马一路喊过去，不多一会儿，身后就跟了上百手执木棒大刀的壮士。半路上，又遇见披甲跨马的工部尚书赵荣，他身后也跟着一帮临时招来的百姓，两股人马合起来约有上千人。孙镗、赵荣大为兴奋。

"赵尚书，你率领他们去西长安门，再请人去招募些百姓过来，堵住去东华门的路口。我这一帮人去东长安门。走啊！大伙儿撒丫子跑啊！光宗耀祖、领大赏的时候到了呀！"

孙镗一声招呼，一半人马跟他而去。到了东长安门，只见火海一片，原来里边的守门卫士见曹钦烧门，干脆加了些薪柴进去，使大门变成了一道无法逾越的火墙。曹钦见攻克无望，反身朝西长安门进攻，也同样放起了火。

这时，孙轼、孙辅征集的二千多名征西将士已策马赶到，与孙镗会合了。孙镗指着东、西长安门方向，大喊："将士们，看见有火光的地方了吗？那是东、西长安门，是曹钦反叛了朝廷，叛党不多。大家奋力出击，杀贼者皇上定有重赏！"

孙镗领着这二千精兵，朝叛军杀去。叛军多是曹吉祥、曹钦的家兵，人虽只有寥寥数千，却大多为蒙古骑士，英勇善战。兵部尚书马昂此时也领了精兵前来援助。双方打得异常惨烈，从天亮激战到中午，曹睿被斩，曹铉中流矢受伤，叛军方显不支，开始往朝阳门方向撤，试图破门而去。

"叛贼，休想逃！"

孙镗的大儿子孙轼孤身挺进，跃马挥刀直朝曹钦劈去，一刀砍伤了曹钦的右臂。但很快孙轼便被曹钦的亲兵团团围住，力战几个回合之后，被亲兵们砍死！

"轼儿，轼儿呀！曹贼，我要杀了你！"

孙镗眼睁睁看着儿子被杀，不由肝肠寸断，眦目欲裂。他喊叫着领兵向前冲去，却受到曹军的拼死反击，接连有好几名兵士阵亡。跟随的百姓、兵士见状，纷纷后退。孙镗将刀一横，嘶喊着：

"不准后退！后退者格杀勿论！"

说话间，有个兵士想从他面前逃走，孙镗上去，一刀将那奔逃的兵士砍为两截。这样，那些溃逃的兵士不得不重新上前杀敌。

"孙将军，你在哪儿？"

这时，马昂的精兵已经从别处转战过来，正好和孙镗会合了。马昂大声喊着，众人一阵欣喜，不由群情振奋，开始猛追穷寇。

"弟兄们，城门全都关了，出不去了。到我家去，死也死在家里！"

受伤的曹钦见出城无望，忙率领剩下的残部逃回家作殊死抵抗。他们进了宅子后，将门紧紧关起，又用东西顶住，窗户上布满弓箭手，马昂、孙镗等人赶到后倒是奈他不何。

这时，暮色四合，天突然下起了倾盆大雨。平叛军的上千个火把全被雨水浇灭，形势显得更险恶了。

"不能拖，再拖他们说不定就跑了！"

马昂看看天色，一咬牙，下令道："听着，所有军士百姓，如果杀了曹家叛贼，曹氏财产皆由你们分去！"

这一声令下，顿时点燃了大家的贪欲。军士们、百姓们摩拳擦掌，有的从民宅里借了伞，又将火把燃起。而后，趁着光亮，兵士们蜂拥上前，可谓前仆后继。由于人太多太密，曹家的弓箭手根本忙不过来。而且这阵势也把他们吓坏了，有许多弓箭手四下逃窜。这样，平叛军很快就破门而入，接着杀声四起，搅得血气四溢。

"大人，我杀了曹铎！"

有士兵拎了曹铎的首级出来，在孙镗、马昂眼前晃了晃，又用曹铎头发将脑袋系在自己腰间，进去抢东西了。

因受伤一直躲在角落里的曹钦，眼见大势已去，不由万念俱灰。他趁乱摸到井口边，大喊一声：

"臭皇帝！你等着，我曹钦化了厉鬼，也要索你命来！"

言罢，他一头栽进井里。许久，井下才传来沉重的落水声。

曹吉祥坐在富丽堂皇的寝殿里，喝得醉醺醺的。他的爱妾绯云再也不能唱曲子了。她歪倒在椅子上，嘴角边挂着几缕血痕，显然早已死去。曹吉祥瞪着一双红红的眼睛，忽然搂着绯云哭起来。

"绯云，不是不怜爱你，是怕我死了后你被他们糟蹋呀！你这样干干净净地死了，咱们到阴间再做夫妻，好吗？"

曹吉祥说着，在绯云苍白的脸上轻轻吻了吻。然后，他站在窗隙前看了一眼，只见火光熊熊，黑压压的士兵正向宅子围过来。曹吉祥大声地喊着一些家丁的名字，然而，回答他的却是窗外那越来越响的嘈杂声。

"这些狗东西，逃得比兔子还快，妈的！"曹吉祥骂着，拎了早就准备好的油桶，往室内浇油。接着，他点着了火。"噌"的一下，火苗腾空而起，曹吉祥看着那艳丽的火舌，放声狂笑。

"王八羔子们，你们什么也不会得到的！"说着，他持剑自刎了。

这时，火越烧越旺，奇怪的是，火势却朝另一个方向去了，倒是把曹吉祥的尸首留在那儿，看上去异常恐怖。

在一个非常偏远的小镇，阿三、曹家大少奶和四个孩子全都衣衫褴褛、蓬首垢面。当他们从街市上走过时，正巧有一堆人站在墙前看布告，一边看一边议论：

"真没想到，石亨、石彪、曹吉祥、曹钦都反了，他们不是皇上的亲信吗？"

"皇上不是给过他们免死诰券吗，怎么也没用？"

"唉，不是说伴君如伴虎吗？听说他们也太猖狂了，不然皇上也不会把他们全都杀了。"

"岂止杀了，杀了还不解恨，这不写着，全都枭首示众！连个全尸都没留下。"

"是满门抄斩吗？"

"差不多吧。"

"曹家一共三百多口人，都给杀了，孩子也斩了，太可怜了！"

众人议论着散了，恰巧这时有一阵风来，吹落一张告示，告示飘啊飘，飘到了阿三脚边，阿三见四周无人，忙将告示拾起，揣入怀中，然后拉着曹家大少奶的手，又朝那群惊恐的哑孩子做了个手势：

"快走！"

这时，两个最大的孩子忽然哭了起来，嘴里呜噜哇啦地说着些什么，被阿三打了两巴掌后，咬着嘴唇不敢作声了。一行七人很快消失在一片破屋群中。

乾清宫里，朱祁镇已经奄奄一息，他执着朱见深的手，大口喘着气。司礼太监牛玉一帮人也跪在床前，大家都噙着泪，静听皇上的遗言，并做着记录。

"孩子，父皇今天……怕是过不去啦。要是有什么不测，你须速择吉日即皇帝位，百日之后成婚，明白了吗？"

"明白，父亲。你会好的，你会好的！"

朱见深将脸埋在朱祁镇修长的但已经有些枯干的手掌里，哭了起来。

"还有，皇后钱氏名位素定，你当尽孝，让她享受天年。皇后他日寿终，跟朕合葬。"

"嗯！"朱见深点点头。

"见澍等亲王，都是你的兄弟，不要互相残杀。给他们每人一个好地方，让他们建立藩国。"

朱祁镇说到这儿，渐渐闭上了眼睛，看样子是凶多吉少了。朱见深哭声渐大。似乎是受了这哭声的感召，朱祁镇忽然伸手紧紧拽住朱见深的胳膊，嘶声说道：

"孩子，朕死后，众妃不要殉葬，殉葬不是古礼，太残忍了！"

"是，父皇，孩儿记住了。"

朱祁镇微微一笑，口里忽然喊出一个名字："娜布其！"然后他便长舒一口气，沉入了永恒的黑暗中。

下卷　寂寞的寂寞

　　寂寞的寂寞，是海一样的寂寞，深邃而又暴虐。茫无际涯中不经意翻腾的一片浪花，即可将某个寂寞的女子击碎。花团锦簇的沉沦中，寂寞像一束火苗闪过。而这时，寂寞的女子犹如典故中的那只燕子，犹在画梁上呢喃，却不知将失巢于火。所以，深宫的寂寞是灿烂的寂寞，也是更为寂寞的寂寞。

第十三章

天顺八年二月二十三，虚岁十八的朱见深登基，是为明宪宗皇帝。这天他早早地被万贞儿唤醒，先是遣官告天地宗社，接着具孝服告几筵行礼，具服于奉天门前行告天地礼，赴奉先殿告祖宗，在母后牌前行五拜三叩头礼，这才至奉天门即位。当他端坐宝座上时，神情已经有些疲惫了。

当——当——当！

嘭——嘭——嘭！

午门上钟鼓齐鸣，震得人心情激荡。浓得几乎成了团的喜气在奉天殿内流淌。百官们上表称贺，行五拜三叩头礼。当他们整齐地匍匐下去又整齐地爬起来时，看上去就像一道道涌动的波浪。

"吾皇万岁，万岁，万万岁！"

这种自小听惯了的赞语让朱见深于熟悉中感到有些陌生，他们这是在说谁呢？正愣怔间，司礼太监牛玉将内阁首辅李贤主笔的大赦诏令递到了他手中：

"皇上，得由您来颁诏书。"

朱见深抖擞起精神，用他惯有的洪亮嗓音大声读道：

"天顺八年二月二十三新君即位，凡此日凌晨之前，官吏军民人等犯有死罪，除在十恶之条以内者，其余不管已发觉未发觉、已结案未结案，均免其死罪。"天顺七年十二月以前军民人等所欠各项税款，悉予蠲免，天顺七年受灾税粮悉予免

265

除，改元后的成化元年税粮减免三年……"

这份长达三千五百字，共四十三款的大赦诏令虽然念得朱见深口干舌燥，却没有口吃，倒是挺顺畅的，所以他脸上的表情是那么欢愉与得意，内心充溢着一种无法言喻的激动——从此之后，自己就是天子了！

夜晚，北风呼呼地刮着，但朱见深和万贞儿却不怕冷，他们俩避开众人耳目，偷偷溜到御花园来看月夜雪景。下弦月的光芒很淡，但莹白的雪却使它看上去更具魅力，月下的一切都因此变得飘忽、柔美，甚至凄恻。

"你说，我怎的就像爹？他不是夏不举扇冬不近火吗？我也是。你看，我可以用这雪擦脸、洗手，你行吗？"

朱见深淘气地抓起一把雪，在脸上、手上擦起来，贞儿一把捉住了他的胳膊：

"小冤家，到时进到屋里一烤，你不生冻疮才怪呢！快别淘气了，你如今是天子了，天子总该有点儿天子样啊。"

万贞儿披着件火红的狐狸皮子做的大氅。据说此衣为当年高丽国所进，后来先皇宣宗帝把它赐给了孙皇后。朱见深和祖母的感情很好，祖母病危时，他已对贞儿产生了隐约的爱意，便开口把这件大氅要过来了。淡淡的月辉中，贞儿看上去愈加妖媚动人。

"小妈，你真漂亮！"朱见深在贞儿脸上亲了一口，然后用一种撒娇的口吻说，"天子该是啥样儿的？天子不也是人吗？我看爷爷、父亲他们也是平凡得很。"

"嘘，这话可不能在外头说。你是天子，不是一般人，不然大家怎能对你有敬畏之心呢？在外人面前，此话万万不可说。另外呀，我看你刚即位，有些事你务必多考虑，最好做出一两件事，让大臣们折服才好。"

"做什么呢？须得小妈你替我好好想一想，谋划谋划。"朱见深半开玩笑半认真地说道。贞儿却当了真，爽快地说："行，待会儿到床上，我细细替你谋划，只是你不要怨我干政才好。"

贞儿谆谆教导着他，朱见深朝她作了个揖：

"谢谢小妈！小妈是女中豪杰，有胆有识。实说吧，小妈，这皇帝我还是会当的。自幼长在帝王家，看了这么多皇帝，不会也看会了。嗯。唔？哦！在那些大臣面前，我保准让他们摸不着头脑，如何？"

"嗯，是个好样儿的少年天子。哎，咱回去吧，我已着玉儿烤了地瓜，你不是最喜欢吃吗？等吃饱了，小妈再帮你摸头，今儿个可把你累坏了。还有啊，我那个不来了，也不知是不是有了。"

"是吗？你要生皇子啦？你生了皇子，我一定立他为太子。"

朱见深的一句话，让贞儿高兴得险些大喊起来。她笑着，正要挪步，御花园门口忽然间灯笼闪动，人影幢幢，一片喧哗。

"皇上，我说了不能偷着出来吧，这不是来找您来了吗？喂，是找皇上吗？皇上在这儿！"

"我就出来这么一会儿，他们还来找，真多事。"

朱见深话音还未落，牛玉便领着那些近侍太监、值备护卫"咚咚咚"地跑来了，一见到眉毛头发俱白的小皇上，他们全都"咕咚"一声跪了下来。

"皇上哎，您可把大家急坏了！再找不着您，我们的小命可就没喽！皇上，您快请回吧，周太后在那儿等着您呢！"

牛玉叩了几个头，又气又急地说道。朱见深见他们个个头上冒着热气而身子却在发抖，心内觉得好笑。他暗中在贞儿腰上挠了一把，贞儿忍不住"扑"地一笑。牛玉不满地白了她一眼，等朱见深上了肩舆后，牛玉不客气地说：

"万侍长，您也是个老人了，难道还不懂宫中的规矩吗？真是越来越不成体统了！"

说罢，他扬着头，跑着往前赶。贞儿好端端地被他这么抢白一顿，心中那个气呀，简直无法言表。但她什么也没做，只是默默地跟在后面走。不料快到乾清宫了，牛玉将胳膊一伸：

"万侍长请回，今儿个皇上要好好歇息。还有，周太后此刻在宫里。"

万贞儿一愣，但她并没发火，而是缓缓地朝牛玉福了福："谢谢牛公公提醒。"她的神情是那样诚挚，牛玉似乎有些为自己方才的举动感到歉疚，瞅瞅四周无人，他小声地说：

"万侍长，您是个明白人，像您现在这样，已经是千古第一人了。至于其他，恐怕很难。所以，别授人话柄。良药苦口，忠言逆耳，我说这些也是为您好，明白吗？"

说罢，他也不等万贞儿回答，拱动着肥胖的躯体，又拼命往前跑。

贞儿在雪地里站许久，一直等到那些护卫的灯笼不见了，四周阒无人迹时，她才慢慢儿往昭德宫走去。前些日子，朱见深着人把昭德宫收拾布置了一番，归她使用，而且也有了可供使唤的下人，但贞儿现在的心情却格外沉重与气愤。

他以为他是谁？他凭什么这样子待我，啊？

贞儿拼命绞弄着两只手，仿佛牛玉变成了一只虫子，正躺在她掌心里。到后来才发现她把自己给掐出血来了。

乾清宫的寝殿里，朱见深摊手摊脚地坐在椅子上，周太后站在他身旁，正用一条毛巾为他揩脸，一边揩一边斥骂万贞儿：

"我就知道那个骚狐狸不干好事儿，她不就会用这一套来迷惑你吗？她当你还是孩子哪！皇上，你以后少理她点儿！"

谁知朱见深却"腾"地一下站了起来，朝她不耐烦地说：

"好了，娘。咱母子俩除了她，是不是就没话说了？她好不好，我自然晓得，您不用操这份心！"

周太后张口结舌了一阵，然后叹口气，说起了她此番的来意：

"儿啊，前日听说，你已下旨到制敕房办理两宫太后尊号了，是吗？你准备怎么着？也像前朝一样，给孙太后加上'圣母'两个字，叫吴太后'皇太后'？"

周太后尽管年纪大了许多，当年在农家养成的个性却丝毫未变。此类事，若换了有教养之人，定然不肯自己开口的，她却全然不懂忌讳，又或许是觉得跟儿子还是直抒胸臆的好吧！

"母后，这事情，并不是儿一人说了算的。除了制敕房，还有内阁，他们的意见，儿还不能不听呢！"

朱见深皱着眉头，不咸不淡地回道。周太后从鼻子里"哼"了一声："我当皇太后，是因为有个好儿子，当得名正言顺。她连石头也没生出一块，她凭什么称太后，这不是笑话吗？"

"可是，父皇有遗命，儿能不执行吗？"

由于自小不在母亲身边长成，朱见深对母亲并没有多少感情。有时甚至觉得她和钱太后是一样的，无所谓亲疏。但只要一想到自己到底是周太后生的，心又软了下来。毕竟身上淌着她的血，能迁就的还是迁就吧。

"我不管什么遗命不遗命，反正你现在是皇上，你看着办吧！夏时，回宫！"

周太后甩下这么句话，招呼同来的太监宫人，径自回仁寿宫去了。朱见深无可奈何地叹口气，坐在案前枯想了一会儿，终于提笔写了起来。

"母后皇后（钱氏）宽惠柔顺，配地承天，表正六宫，母仪四海。母妃皇贵妃

（周氏）端庄淑慎，赞辅茂修，备隆恩德……皇上这不明摆着是要咱一碗水端平，来个两宫并尊吗？"

内阁首辅彭时性子爽直，他读罢皇上给内阁起草的敕谕，不无揶揄地说道。

"子为皇帝，母当太后，这不错。但是，若无子嗣呢？这太后当得了吗？况且她肢体残缺，根本就不配！"

中官夏时明显地是在转达周太后的旨意。彭时不理他，缓缓说道：

"现在的事情跟宣德年间不同，当年胡后是上表让位，退居别宫，故后来不加尊号。可是钱皇后名分在这儿，怎么能不尊她为太后呢？"

"那就上表让钱后退位嘛！"夏时仗着周太后这棵大树，有恃无恐。他这态度把彭时气坏了。他看着在座的另几位内阁大臣，希望能得到他们的支持。谁知大臣们有的装聋作哑，有的顾左右而言他，只有病歪歪的李贤出来支持他：

"先帝临终有遗命，我都记录在册。再说先帝在的时候，都没说让钱皇后退位，现在谁敢提这件事？若谁做了，谁就是万世罪人！"

李贤一番话，说得夏时无言以对。但想到自己是在为皇上的生母争尊号，他的腰杆不由又硬了，便冷笑数声：

"我看呀，彭大人、李大人定是受了钱皇后的好处，不然何以如此偏袒？这样一来，你们不是陷皇上于不孝吗？"

"笑话！太祖太宗神灵在上，谁敢有二心？再说，钱皇后没有子嗣，她自己也就那个样，为她争利，她能给我们什么好处？"

彭时声色俱厉地说罢，环视众人一眼，没人说话，气氛很是沉闷。这时李贤喘着气，接了话茬：

"彭大人说得对，我们之所以力争，实在是出于良心公理。我想皇上是个大孝之人，不如就来个两宫并尊吧，他总不会只尊生母，不尊嫡母吧？"

彭时有些无奈，夏时也不满意。他们两个，一个想独尊钱太后，一个则试图独尊周太后，但现在显然谁也无法取胜，便只好采纳李贤的"两宫并尊"的方案。

这样，钱太后上的尊号是"慈懿皇太后"，周氏上的却只是"皇太后"，到底还是钱太后胜出一筹。

"儿啊！你宅心仁厚，堪当大任，先皇在天有灵，定会为你骄傲自豪！"

当朱见深捧着皇太后尊号册宝到慈宁宫拜见钱太后时，钱太后感动得热泪纵横。她依旧戴着朱见深小时候就熟悉的黑布眼罩，坐在椅子里，头发花白，人显得

既瘦又老。而她时年不过三十有七，真是个苦命的女人。

"皇太后万望保重，若宫里需要什么，只要跟儿说一声就行。喏，这是福建进贡的乌龙茶，浓香久远，母后要是爱喝，儿叫他们到时多送些来。"

朱见深倒是个细心的孩子，他这一举动，使在场众人均大为感动。

"皇上，谢谢您了。"

钱太后准备起来还礼，被朱见深轻轻按住了。钱太后一阵唏嘘之后，哽咽着道：

"孩子，得空，去郕王府看看汪妃。你小时候生病，多亏她的人参救治，否则没有今天。还有，于谦的后人据说生活窘困，如孩儿得空，也可看顾看顾。"

"太后，您的话儿记住了。您自己和您家中有什么事儿吗？"

朱见深的眼中蓄着泪水。钱太后摇了摇了头："他们都很平安。平安就好，我也很好。孩子，你刚即位，一定有很多事，你先忙去吧！"

钱太后说完，闭上了眼睛。一行泪悄然滚落，朱见深怕她控制不住会当着自己的面哭泣，赶忙告辞，前往仁寿宫去给生母周太后上尊号。他们刚走出殿门，就听见里边传出钱太后的幽幽哭声。这哭声凝聚着一个女人毕生的痛苦，其哀婉足以打动铁石心肠。

"牛玉，明天让钱皇后的几个兄弟还有晚辈都进宫一趟，见见她吧。"

朱见深害怕这种哭声，下完旨，他撩起长腿，直朝仁寿宫跑去。

"皇上圣明，臣这就去办。哎，皇上，您可要小心啊！小石子，你这笨蛋，快追上皇上，护着他！"

牛玉落在最后一个，但他嗓门倒不小，声音直追朱见深的脚步。

仁寿宫大殿里，周太后正边吃板栗边数落跪在地上的万贞儿：

"你别以为你用肉绳子拴住了男人，他就得听你摆布。也不屙泡尿照照自己，有这个命没这个福。明白地告诉你，这皇后，你是永远指望不上了！你记得上回我告诫过你吗？叫你不要带坏了皇帝，他还小，可你偏不听。前几天外边风那么大，你居然敢怂恿他去御花园散步，你这不是要害他吗？还不给我自掌嘴巴！"

周太后长得健壮，整天精力充沛，说话时中气极足。万贞儿纵有千般委屈，这会儿却丝毫不敢流露，她正要掌嘴，边上的一个老太监凑上来，对周太后说：

"太后，好歹她已经是皇上的人了，是不是……"

"怎么啦？我是她婆婆，她有不是的地方难道我不该管教吗？快掌嘴！"

周太后一生很少惧怕过什么，她现在也照样不惧怕儿子。她很快乐地欣赏着万贞儿自掌嘴巴的样子，最后竟咧嘴嘻嘻一笑：

"嗯，你这样子倒比原先鲜艳些了！"

周太后看着贞儿嘴边的鲜血，满意地点了点头。

"皇上驾到——"

忽然间，传令官的声音响起，吓得周太后起身时打了个趔趄。贞儿则眼珠一转，计上心来：

"哎哟喂，哎哟喂！我肚子疼啊！"

她按着肚子，哀哀地哭喊起来，慌得周太后踅身返回，捂着她的嘴恶狠狠地说：

"杀千刀的，你不准喊！快，把她的嘴堵了！"

周太后急急地吩咐刚才那个老太监，老太监点点头，可周太后一走，他不但没堵贞儿的嘴，反而把她拉起，并且好言相慰：

"万侍长，您没事儿吧？要不要唤太医来？"

他的语气是那般殷切，万贞儿越加委屈了，竟不顾一切地放声大哭起来，一边哭，一边更快更狠地抽着自己的嘴巴。

"哎哎，你这是干什么呀？"

"娘，谁在哭啊？"

朱见深在外头的殿里刚把皇太后册宝双手奉给母亲，就听到了这熟悉的声音。

"没什么，一个宫女挨了打呗，没事。哼，只有'皇太后'这三个字？她的呢？是不是还加了'慈懿'两个字？我不要！"

朱见深本来正皱眉沉思着，试图弄明白这哭声是怎么回事，冷不防周太后使这么一个小性子，竟将册宝塞还到他手里，弄得所有人面面相觑。朱见深颇为尴尬地站在那儿，一时不知如何是好。蓦地，万贞儿满嘴是血地从幽暗的里间冲了出来，一边哭，一边口喊"冤枉"：

"冤枉啊，皇上，臣妾冤枉啊！"

万贞儿"扑通"一下跪倒在朱见深脚下，失声痛哭起来。

"这……这到底是怎么回事？快说啊！"朱见深把册宝重重地往几案上一掼，把正在生气的周太后吓了一跳。

"贞儿，你起来让我看看，快让我看看呀！"

朱见深亲自将万贞儿拉起，察看了一番她已然肿胀的嘴唇，又看了看眼光闪烁的周太后，不由勃然大怒。他车转身，指着周太后，声色俱厉地吼道：

"是你吗，娘？你怎么能这样？我说了，我的事你别管，你怎么就是不听？走，我们走！"

朱见深拉着贞儿的手，旁若无人地扬长而去。

"这……他这是怎么啦？"周太后两手拍着，瞪着一双大眼睛，不解地问牛玉。

"太后啊，您遇到对手啦！这贞儿可不是好对付的。唉，不说这个，我得找皇上去了。"

牛玉不知怎么的，就是瞧不惯万贞儿。他火上浇油地丢了句话给周太后之后，便蹒跚而去了。

周太后看看殿外院坪上儿子和万贞儿亲密的背影，倏地悲从中来，不由涕泗滂沱地哭了起来。

"……若不是我的亲生母亲，哼！"

朱见深今天被周太后气得不轻。他站在院坪上，还要接着往下说，贞儿拍了拍他的手掌心，轻轻说道：

"不要说了，周太后也是为你我好，她没有错。你是她生的，不管她怎样，都得孝顺她。是我的错。她打我，原也是为我好吗！我只是怕……"

万贞儿瞥瞥四周，故作娇羞地垂下了头。

"怕什么？"

"我这一阵天癸未至，只怕已有喜了呢。"

"真的？是真的吗？"

朱见深喜得险些跳了起来。

"嘘！"贞儿拉了他一把，朱见深这才伸伸舌头，装作一本正经的样子，继续前行。

钟粹宫里，吴玉珠、王晚霞、柏鹤谊三位皇后候选人正坐在一起聊天儿。三人中，吴玉珠与柏鹤谊同年，都十六了。王晚霞最小，才十五岁。吴玉珠长得端庄周正，有一种逼人的美丽。由于出身于书香门第，加上天资聪颖，吴玉珠棋琴书画样样精通。也许是在家父母太娇宠，她的性格有时难免显露些骄横。这会儿，她正在讥笑王晚霞的头发：

"怎么这样黄啊？还有，你的眉毛也没画好。来，过来呀，应该把这些杂毛除掉，这样眉形就出来了。"

说着，吴玉珠用她的糯米牙咬着白丝线，将王晚霞的眉毛修了一下。她修眉的动作轻柔、熟练而又优美，看得出她是精于此道的。她自己的眉也的确修得很好，若远山一抹，隐有无限春意。

"哎哟，姐姐，我不修了，我让它难看，反正皇上这一阵子只住昭德宫，有万贞儿一个人就够了，哪有空理我们哪？再好看有什么用？"

王晚霞年幼活泼，她坦率的话语让矜持的吴玉珠和沉默寡言的柏鹤谊觉得好笑。

"你打扮就为皇上吗？"吴玉珠笑问道。

"是啊，我一个人在家经常不梳头的。"

王晚霞说着，想起了杭州的家，有些伤感起来。

"哎，听说那个万贞儿很迷人的。"王晚霞口无遮拦地说。柏鹤谊尴尬地看了看吴玉珠，没搭腔。吴玉珠自信地笑了：

"我就不信她能迷人迷到老，她今年怎么着也该有三十五六了吧？真想不通皇上怎么会看上她。"

吴玉珠很是不平。柏鹤谊想了想，说："听说皇上从两岁起就跟着她了，日久生情嘛，只怕你我都不是她的对手。"

柏鹤谊的话让吴玉珠生出些反感："你是说皇上会为了她而置我们于不顾？"

"难说呀。算了吧，我们不谈这些。哎，晚霞，你方才说你在家经常不梳头，那你父母不会打你吗？"柏鹤谊性格拘谨，一听这话就知道她家的家教很严。

"哎呀，怎么会呢？我有五个哥哥，家中就我一个娇娇女啊！"

王晚霞说着笑起来。她娇小玲珑、弱眼横波的南国模样的确让人心醉神驰。吴玉珠有些不屑地哼了哼：

"恃宠而骄，这算什么本事。"

她这话一出，柏、王二人不说话了。良久，吴玉珠才给自己打了个圆场：

"哎，我来弹琴，谁来唱歌？"

柏鹤谊胆小地看看四周："反正我是棋琴书画样样不会，只会绣花做衣裳。"

柏鹤谊说着自己不好意思地笑了起来。

"吴姐姐，上回我哼的江南小调你记住谱子了吧？弹来听听。"

"嗯，好吧。"

吴玉珠稍稍回忆了一下，戴上指套就开始拨筝。细细长长一根根的丝弦，在她手里就像有生命似的，发出委婉的私语。

"啊，姐姐，你真了不起，难怪宫中上下都最喜欢你。"

王晚霞天真烂漫的赞美不由让吴玉珠神采飞扬，她轻轻跟着琴声唱了起来。

"皇上，您早该过去看看她们了，她们进宫几个月了，您还没正式去看过她们一回呢！"

钟粹宫外，只见牛玉一帮人陪着朱见深慢慢走来。对牛玉的话，朱见深不置可否。这时天已傍晚，橙红色的夕阳将一切映照得绚烂、美丽，几个穿着素淡衣衫的宫女行走的身影看上去曼妙动人。朱见深忽然停住了脚，侧耳谛听起来。听着听着，他的眉头略略一皱：

"这是谁在弹唱此种轻薄俚曲？"

他快步朝钟粹宫走去。有一个宫女正要进去报信，他用手势制止了。他循声进去，在大殿里看见吴玉珠，她的鬓边簪着朵丝绒花，正用喉音颤颤地唱着：

"书离怀，寄情词。思一行征雁，无一行征雁。腰肢瘦，怯一种春寒，挨一种春寒。人去知几时还，只落得一声长叹，一声短叹。猛想起幽欢，叙一段牵连，写一段牵连……"

"好，唱得好，好一段牵连！你牵连谁啊？说呀？"

朱见深虽略有恼意，但他并没有高声吼叫，三位没见过什么世面、惧怕天威的少女吓得"咕咚"一声全都跪倒了。王晚霞更是惊慌，竟带倒了凳子，打在自己脚上，疼得她顿时喊了声"妈"。

"你妈离这儿太远了。怎么样，没伤着吧？"朱见深调侃着，一瞥之间不由被王晚霞柔媚的容貌惊倒，当即一怔。当他依次再看那吴玉珠、柏鹤谊时，这愣怔不由又加了几分。她们三人的确太美丽了，朱见深一时忘了发火。

"皇上，奴婢有罪，奴婢原不会这曲子的，是晚霞妹妹前些日子教的。这会儿大家都有些想家，就学着弹唱。奴婢该死！"

吴玉珠娇躯伏地乱颤，一副惊惧无比的模样。朱见深没说话，只是打量了她几遍后，突然伸手将她鬓边的花扯了扔在地上：

"这花不好看。"他眼珠一转，看见柏鹤谊梳着简朴的鬓髻，只在髻上插了一根蛇形金簪，不由大为赞叹：

"这倒是十分雅致！"

柏鹤谊的脸立马红了。吴玉珠的神色略略变了变，一副不服气的样子。倒是那王晚霞，已抹干泪痕，正睁了双秋波似的眼睛偷偷地打量着修长俊朗的皇上。

"以后不许唱这些俚曲，明白了吗？"

朱见深素喜音律和杂剧，他也不是不爱听吴玉珠弹琴和唱歌，但吴玉珠是太子妃人选，有朝一日还可能贵为皇后，母仪天下。在这种情况下，吴玉珠的歌喉哪怕赛过黄莺，他也不想听、不愿听。他的皇后必须是端庄贤淑的，就像一朵质地厚重的花。所以，他方才听到吴玉珠的俚曲才会那么生气。不过，他如今气消了，又觉得不便在此勾留，撂下这几句话后，他转身就走。

朱见深来得突然，走得也突然，三个少女被这来无踪去无影的皇上弄得无所适从，跪在地上发呆。好一阵子，吴玉珠这才手撑着地，慢慢地先起来了。她没看另外两人，而是走进自己的寝室，坐在铜镜前，解散了头发，琢磨起发式来。王晚霞和柏鹤谊却没她这么洒脱，两人坐在椅子上，默默地流起了眼泪。

"怎么样，汪直，牛公公说了些什么？"

贞儿的床上放了一大堆新衣裳，她一边试，一边问着一个身材高大、相貌英武的青年太监。

"回娘娘，牛玉这回酒喝得不多，奴才没能套出他更多的话，但我听说吴玉珠的父亲暂时住在京城，听讲准备请牛玉出去吃宴席。"

"是吗？那其他两位姑娘的家人在不在京城？"

"好像不在吧。现在，这皇后估计是吴玉珠的了。据说已经纳过彩、问过名，也纳过吉了，剩下的不就是纳征、请期、亲迎了吗？"

"哦？"

万贞儿把一件衣裳放在身上比画了两下，又百无聊赖地丢回床上，然后朝汪直无奈地笑笑：

"汪公公，您这阵子腰伤不是犯了吗？我叫人给做了个暖袋，是用羊皮缝的，可以装热水焐腰。在小皮那儿放着，您去拿吧。"

"谢谢，太谢谢了！您对我们这些奴才真是太好了。"

汪直感动得热泪盈眶。贞儿敛了笑，正色说：

"汪公公，这都是应该的，不管主子奴才，不都一样人生人养吗？咱们自个儿别轻贱自己，你说是吗？"

"哎，对，对！"

汪直感激涕零地走了。贞儿坐着出了一阵子神，蓦地操起剪刀想把那几件新衣裳铰了，可后来转念一想，又改了主意。她唤来了小宫女，将浸了猪胰子的茶油用刷子细细地刷在脸上、手上、脖子上，整个人看上去闪闪发光。然后，她走进膳房，让杂役打开两个大木桶的盖子，蒸汽飘散出来，贞儿置身其间，缥缈似仙。

"皇上，这些都是没官妇女，尤其艰苦。"

朱见深站在破败、脏乱、一片忙碌的浣衣局里，耳听着李贤的介绍，眼神却极惘然。因为那些对他的到来熟视无睹、正继续拆洗被褥和捶衣衫的妇女与他所见过的妇女差异太大了。他身边的宫人，哪怕是低等宫女，也打扮得花枝招展。至于那些嫔妃，一辈子以修容为要务，岂肯轻易对付？所以，他看见的女子，个个容光焕发，娇妍动人，而这些女子则衣衫破旧，容颜苍老，神情悲苦。

"有多少人？"

"包括年老宫人在内，一共三千多人。"

"什么？这么多人？一天得费多少柴米啊！"

朱见深已然有了当家做主的意识。这时，迎面走来一个十一二岁的小姑娘。小姑娘长得甜美可爱，手里端着一大盆衣物，蹦蹦跳跳的似乎并不知悲苦。朱见深因看她，脚下不提防打了个趔趄，小姑娘觉得有趣，竟咯咯地脆笑起来。

"哎哟，皇上！不知您驾到，奴才该死！死丫头，还不赶快跪下？"

浣衣局主管太监过来，猛然见到皇上，不由大吃一惊，赶忙跪下谢罪。而那小姑娘跪是跪了，却不害怕，一双乌溜溜的眼睛盯着朱见深，还朝他做了个鬼脸。

"大胆！"牛玉见了，忙大声斥责了一句，小姑娘伸伸舌头，不敢再看了。

"咦，这丫头倒有趣。你姓什么？哪里人氏？"

朱见深少年心性未改，本就不喜欢别人看见自己后那副拘谨的样儿，现在见了这女孩不由兴起，上前询问起来。

"回皇上，奴婢姓蓝，叫蓝水月，是广西浔州府瑶族人，父亲是土官蓝天霸，已经不在人世了。奴婢前些年和母亲、表姐等人一起籍没入宫的。"

"这么说，你家在大藤峡那边了？"

"嗯。"

说到大藤峡，朱见深的心情沉重起来。大藤峡位于广西布政司浔州府境内，东西数百里长，南北上百里宽，是瑶族和壮族居住区。自唐宋以来，这里就是羁縻州县，有明以来，从洪武、永乐至正统、天顺，这里无一日安宁。

景泰七年起，大藤峡瑶民在侯大苗的统领下，聚众上万人，攻城池，杀官吏，放囚犯，抢劫财物，杀害居民，所过之地，玉石俱焚。特别是朱见深即位前的天顺七年十一月十三日，瑶民竟突袭攻陷梧册，当时广西总兵官泰宁侯陈泾正驻兵梧州城内，有数千士兵，而瑶民仅七百人而已。结果瑶民不但劫了官库，放了囚犯，还擒了按察副使周涛为人质，气得朱见深直跺脚。

所以，当他突然在浣衣局接触到籍没入宫的土司之女蓝水月时，他的心情既喜又忧。喜的是可以从蓝水月口中询知一些情况，且她又如此聪明机灵。忧的是蓝水月犹如一只小手，触动了他心中的伤疤，让他感到疼痛。

"……我还有个表姐纪小芙也在这儿，她是贺县人，也是土官之女，跟我一样，籍没入宫了。哎，那就是她！表姐，表姐，你快来呀！"

蓝水月忘了皇上在这儿，也不顾太监的斥骂，一下子爬起来，蝴蝶般飞过去，将那十三岁左右、挑了满满一担水的小姑娘拽了过来。

"这是皇上，你跪下吧，我已跪过了。"

蓝水月一副天真烂漫的娇憨之态。而纪小芙虽说只长她一两岁，却老成、懂事得多。她深深拜下去的同时，口里居然还轻声道：

"奴婢纪小芙叩见皇上。皇上万岁，万岁，万万岁。"

她有一副非常柔婉的嗓音，而且身段高挑、苗条，深目高鼻，白肤黄发，很有些蛮夷风情。朱见深很喜欢这姐妹俩，当即下旨：

"这两人，蓝水月放昭德宫侍候万侍长，纪小芙让女史教习调教，到时指不定是个女秀才呢！还有，留下少量浣衣局内有职务且不愿出宫的女子，其余全部释放归家。另外朕看内府供用过于浪费，减去南北两京供用库及司、苑等局的岁用白粮、豆麦、茶、蜡各三成。"

"是，皇上！"

牛玉等随行太监谁也没想到这少年天子会有这番周到的考虑，不由喜出望外，同时又有些疑惑。

一根红线从纱帐内蜿蜒而出，一头系在帐内贞儿的脉搏处，另一头则被按在一位老太医的指下。贞儿坐在纱帐内大气不敢出一声，帐外的太医也紧张得满头冒汗。由于宫中禁止太医给嫔妃以下诊病，所以今天贞儿是冒了个险，太医焉能不怕？

"怎样啊，陈太医？"

贞儿着急了，陈太医皱着眉没吭气。良久，他才迟迟疑疑地说：

"万侍长，从你的脉相上看，不似有喜，倒像是血虚。这样吧，老夫替你开个方子，你吃几副看看，也许不定哪天就有喜讯了。"

"谢谢陈太医！若哪天应验了您的吉言，一定重重谢过。"

陈太医哆嗦着写了方子，连赏也不敢领，便匆匆走了。贞儿掏出银两，催促小太监赶快去给她抓药。

"万侍长，"已经二十七八岁的玉儿走进来，手中还牵着活泼可爱的蓝水月，"快见过娘娘。"

蓝水月依言拜过万贞儿。见万贞儿一脸懵懂，玉儿便将皇上如何到浣衣局，如何替她选中蓝水月的事儿给说了，贞儿这才明白过来。

"那就到尚衣监给她领衣裳吧。倒是个机灵的小丫头，难为皇上这么周到。"

万贞儿仔细端详了蓝水月之后，心里忽然有些惆怅，心想什么侍候我，不过让我替他调教罢了，一旦长成，还不是花一样被他攀折？

当——当——当！

不知哪座殿的钟声敲响了，惊起了一群鸽子。鸽子扑腾着翅膀往外飞去，鸽哨悠扬而忧伤。它们在朝阳映照下的影子像游泳的鱼。而追逐着鸽子身影的，是从宫门里涌出的成百上千名中老年宫人及没官妇女。

"玉英，我是爹啊！你在哪儿？"

"华舫姑姑，我是你的外甥阿球，特地来接你的呀。"

"弟弟！"

"阿姐！"

宫门外，早已接到通知的宫女家人们，已经在那儿候了大半个早晨。三月的冷风将他们的脸吹得通红，但他们的心却是热的。他们和宫内出来的妇女们互相应和着叫唤着，声音一浪高过一浪。上千人在宫门口寻找着、辨认着、欢喜着、失望着，不久，就汇成了一片喧闹的哭声。

"好了，各位莫哭了，早些回家团聚去吧！"

负责维持秩序的太监们开始驱赶着人群。驴车、马车、独轮车"吱吱呀呀"响起来了，人群开始四散而去。

然而却也有些宫女没有见着任何亲人。她们多数是白发苍苍的老妪，站在那儿，像待宰的牲口似的等着别人来认领。可是，千帆过尽皆不是，她们最终成了被遗忘、被抛弃的人。

望着渐渐寥落的广场，她们突然间感到了恐慌，倏地冲向即将关拢的宫门。

一个头发花白、豁了门牙的老宫女一边跌跌撞撞地跑，一边颤巍巍地大喊：

"等一等关门！等一等关门！我不回家，我家里人都死绝了，四十二年没回家呀。我得回宫里去！"

她这一高呼，引得剩下的几十名老妪全都跟着往回跑，口里凄厉地哭着、喊着，希望在宫门关闭的最后一刻重新回到那个狭小但是熟悉的紫禁城去了却残生。她们跑得飞快，眼看就要赶上了，但门却"砰"的一声紧紧关上了。

"天哪，让我们怎么活啊！"

老妪们不约而同地跌坐在大门口，失声恸哭起来。茫茫人海里，何处是乡关？她们的神情中有说不出的迷茫与悲伤。

春来了。春风吹绿了紫禁城里的树木，照亮了人们脸上的笑容。

清明节的前两天，朱见深召见了于谦之子于冕。于冕跪在地下，泪涕交流，神情之哀婉令朱见深也起了共鸣。他走下宝座，将人到中年的于冕扶起：

"于卿请坐！"

"谢皇上大恩！"

于冕谢了，接过太监递来的毛巾，揩干了泪水。

"于公历事先朝，劳苦功高。当国家多难之时，他挺身而出，保得社稷平安，公道而自持，实为俊伟之器、经济之才，可惜为权奸所害。"

朱见深背着双手，一边沉思，一边字斟句酌地说着。一旁的李贤、彭时点头称是，而牛玉则飞快地记录着。

"……先帝在时，已知其枉，而朕幼小之时便对于公的建功立业起了仰慕之心，心内实是哀悯其忠良啊！明日即是清明，你家可行祭祀之礼，在尽孝道的同时，也代朕表一份心意。"

朱见深此时不过十六岁多一点，却能如此圆熟轻巧地处理这件大事，不由让在座之人对他刮目相看。

"皇上，我代表先父，代表全家，一起谢您了！"

于冕怕自己在君前失仪，不敢号哭，但心内的激动却使他浑身颤抖起来，他拼命地叩着头，一直到额上淌血了，仍在不断地叩头。

"皇上圣明，臣等五体投地！"

已经病得差不多的李贤想起于谦的凄惨下场，再听到朱见深此时的一番话，不由百感交集、眼红鼻酸。而彭时虽对于谦是陌生的，却一直敬仰他的两袖清风、一身正气，不由也受了感染，跟着唏嘘不止。

"牛玉，去，把那坛绍兴进贡的女儿红取来。"

朱见深不知是被大臣们感动了还是被自己感动了，他那少年的脸上浮现出生动的表情来。当牛玉将那坛酒取来时，他双手捧着，亲自递给于冕：

"这是于公家乡的酒，明日，你代朕洒祭于公，如朕亲临！"

"谢皇上隆恩……"

接着，是于冕再也无法抑制的哭声，还有李贤等人的啜泣声、颂扬声，朱见深在这伤感的气氛中，体味到一种施恩于人的快乐！

凌晨时分，曦光初露，紫禁城内一片繁忙景象。奉天殿外卤簿大驾威严，甲士林立齐整，鼓乐喧天热闹，一切都有着册封皇后时应有的庄严。内官们早已在宫中设了皇后受册位和册节宝案，在殿上设了香案，在丹陛设了女乐。而皇帝大婚的正、副使者以及百官也已鱼贯而入。

咚——咚——咚！

三鼓时刻，穿戴衮冕、神情肃穆的朱见深来到奉天殿升座。此时乐声大作，礼部官、执事官及百官行四拜礼后，最后一缕乐便也消失在空气中，留下一份恰到好处的寂静。承置官奏请颁赐皇后册宝，由奉天殿中门出，沿中陛而下，到宣制官面前扬声说："有制！"

立在那儿的正副使赶忙跪下，接着，承制官训练有素、优美动听的嗓音划破了这庄严的肃静："册命吴氏为皇后，命卿等持节展礼——"

执事官举着册宝案，由奉天殿中门出，再经过一系列烦琐的礼节之后，送册宝的队伍终于来到中宫门外。这时音乐四起，戴着九龙四凤冠、显得明艳动人的吴皇后满面春风地从居处来到殿上，面南站立。而引礼官引着内外命妇进来，俱跪伏在皇后身后。穿戴一新的万贞儿也跪在其中，只是满脸愤愤之色。柏鹤谊一副病恹恹的样子，看不出高兴与否。王晚霞跪在那儿，却有些掩不住心内的好奇。

"皇后长得跟仙女一样，啧啧！"

"真不知她爹娘咋养的，咋就生出了这么好看的一个女儿呢？"

女人们在任何时候都免不了要嚼一番舌头的，哪怕在庄严的此时。贞儿听了，不由挺直上身，愤恨地盯着皇后美丽的背影看。

吴皇后似有感应，她几乎马上就回了一下头。回头的那一刻，她愣住了：直挺挺地跪着的贞儿在那一堆伏着的妇女中太惹眼了，况且，她的目光又是那样的充满仇恨与挑衅。

"她是谁？"

她悄声询问旁边捧着册宝的内官，内官也回了一下头，他有些惊讶地小声说道："是……是万贞儿啊。"

吴皇后的眉毛高高挑了起来。这时，内使监令高喊："有制！"

尚仪官在一旁引领吴皇后在乐声中四拜之后，皇后跪下，接过内使监令交过来的皇后宝册。

"奉制册命皇后礼毕！"

正副使再拜复命，烦琐的仪式这才宣告结束。

兴奋的吴皇后将宝册交给司宝之后，回到殿内。天有些热，汗水将她脸上的脂粉冲淡了些。她的眼睛还残留着方才的亢奋，却又掺杂了一些先前未有的恼怒。

"去，把那个万贞儿给我叫来！"

她吩咐贴身女侍小红。小红比皇后年长，她犹豫了片刻，终于还是去了。回来时，她身后跟着万贞儿。

贞儿今天打扮得非常漂亮，茜红色的外衣衬得她乌发如云、肌肤赛雪，加上粉面轻施螺黛，更显得眉若远山眼似秋水。她丰腴的形体、成熟的举止，正是女人一生中最有韵味的时候。相比之下，端坐椅中的吴皇后虽然年轻貌美、华丽异常，却终是缺了那样一点生动和气韵。

"为什么不跪？"

吴皇后一直在等着万贞儿跪下，万贞儿却只向她福了一福，而后气定神闲地站在那儿，好似根本不认识吴玉珠，气得吴皇后忍不住朝她大声喊叫起来。谁知贞儿却仍是福一福，同时婉声道：

"皇后有所不知，妾身年纪大了，老得膝盖打不过弯来，难以见礼，让您见笑了。"

说着，她秋波一转，极妩媚地笑了起来。吴皇后虽为六宫之尊，却只不过是个才十六岁的少女，心性又高傲，哪里受得了如此挑衅？她站起来，正要发作，先前传万贞儿进来的侍女小红见状，赶忙连推带搡地将万贞儿拉了出去。

"万侍长，万侍长，今天是大喜的日子，可不能出什么差错。你是宫里的老人

了，该知道规矩的。"

小红说者无心，万贞儿却听者有意。换了往日，她可能会一笑置之，但今天她本来就一肚子气，竟一改以往的好脾性，一巴掌扇在小红脸上：

"老人老人，你就不会老吗？"

她恨恨地骂毕，扬长而去。平白无故挨了这一巴掌的小红捂着腮帮子，委屈得眼泪直往外冒，恰好这时好胜的吴皇后跑了出来，一见小红这模样，她的眼睛眯成了一道缝，就像一只愤怒的猫，有些不敢置信地问道：

"小红，谁敢在这儿打你？"

小红摇着头，没说话，眼泪珠子却纷纷扬扬洒落。

"启禀吴皇后，是万侍长打她。"

边上一个宫女回道。吴皇后瞅着小红，一阵冷笑：

"打得好！你若不把她拉开，挨打的就是她而不是你了！"

吴皇后说罢，"噔噔"地进了殿内，把门一摔，吓得两头受气的小红也不敢哭了。

"吴皇后这脾气啊，有好戏看喽！你以后少管她们。"

方才那个宫女附在小红耳边，很兴奋地说。

入夜了，坤宁宫洞房里喜烛高照，朱见深赤裸着上身，拥被坐在龙床上，一边伸了手，招呼道：

"过来啊！"

卸了妆的吴皇后少了一分雍容，却多了一分清纯。她羞怯而缓慢地挨到龙床上，又磨蹭了许久，这才钻进被筒。朱见深欣赏着她娇美的容貌，脸上带着调皮的笑意。

"皇后果然国色天香。来，让我看看。"

他说着就要去掀吴皇后的衣襟，吴皇后轻轻尖叫一声，倒把朱见深吓了一跳，吴皇后自己也吓了一跳。等终于明白眼下是大喜的洞房花烛夜时，她这才很被动、很生硬地脱去衣衫，然后闭着眼睛，任由朱见深折腾。而她自己则始终像块木头，毫无反应。

"你这人，就不能应和着朕些吗？太寡淡无味了。"

不多久，朱见深就感到乏味了，他嘟哝一声，负气地从吴皇后身上翻下，侧身睡在一旁。喜烛仍在燃烧，只是光焰不太亮了。昏暗中，有泪滴从吴皇后眼角渗

出，缓慢地淌下。吴皇后的手开始试探着伸到朱见深身上，却被朱见深拂了下来：

"好了，都累了，歇着吧。"

吴皇后一听，心性儿顿时上来了。她翻身坐起，一只手绞弄着披散下来的长发，一边慢声细语地问道：

"皇上，您是嫌我没有她那么有味儿，是吗？"

"什——么？"

朱见深拉长语调反问着，一边转过脸来。他那双本来长而清冽的眼睛此时睁得圆溜溜的，神情看上去很是陌生。

"你是什么意思？她碍你什么啦？谁跟你说起那些事儿的？这也是你问的吗？"

朱见深对立吴氏为皇后本来就了无兴趣，虽说方才有那么短暂的一刻也曾为吴氏的美貌倾心，但他早已习惯了贞儿对他的那种掺杂着母爱的性爱，一看见吴氏那怯生生的模样便索然无味了。不提防这吴氏又于此时提起万贞儿，还用这样一种千般怨恨的口吻，朱见深不由恼怒起来，遂一口气逼问过去。

"皇上，我……我没有什么。只是今天她见了我，连礼都不行，还打了我的贴身侍女小红，这也未免太过分了吧！"

吴氏千不该万不该在这时提起这事儿来。朱见深一听，不以为然地抬抬眉头：

"贞儿的脾气我知道，肯定是你怠慢了她，不然她不会这样的。"

朱见深这种态度，把个吴氏气得"嘤"的一声哭了起来。朱见深不耐烦地将手一挥：

"要哭外边哭去，我可要睡了。"

言罢倒头便睡，不久就响起了均匀的鼾声。吴氏蜷着腿，坐在床角上，痛苦地饮泣着。那对喜烛似也知道她的心事，"噗"地一下灭了。夜色里，只有吴玉珠时不时在幽怨地抽泣一声，充满凄楚和悲愤。

这一夜紫禁城里还有一个未眠人，那就是昭德宫的万贞儿。她没有哭，而是在秉烛做绣工。蓝水月等几个宫女陪在一旁，大家的表情和贞儿保持一致，都是沉郁而幽怨的。岁数最小的蓝水月已经在打瞌睡了，年龄大些的宫女则安静地立在一旁，看贞儿刺绣。她绣的是朱见深送给她的一幅月里嫦娥的画。她的针走得急，有几次都刺伤了自己的手指头，但她只是将伤口的血吮掉，便又埋头刺绣。不多时，这件精细的作品就显现出雏形来了。

天亮时分，月里嫦娥已经全部绣好，正在绢上翩翩欲飞。贞儿将绣像和朱见深的原作摆在一起，在众人的恭维声中，满怀伤感地品味了半天。忽然间，她立起身，让宫女研了墨，挥毫在绣图上题录了一首宋方壶的前调《居庸关中秋对月》中的句子："广寒宫好快活，碧天遥难问姮娥；我独对清光坐，闲将白雪歌，月儿你团圆我却如何？"

然后，她赶走那些宫女，将笔一掷，倒在床上，埋头轻泣起来。

这时窗外天已大亮，又是一个好天气。

第十四章

御花园里，已经有一片花圃改成了菜地，种着茄子、南瓜、冬瓜、黄瓜等蔬菜。周太后手持粪勺，正在亲自为菜施肥。她身边，吴皇后、万贞儿、柏鹤谊、王晚霞等人都在装模作样地浇水、拔菜、松土。

"丫头们，咱们虽身在皇家，可不能忘了老本。当初太祖在凤阳也是挺辛苦的。宣宗帝在的时候，有一次去谒陵，张太后还让宣宗帝吃了农家菜。所以你们别看着这些菜发愣，得动手哇！"

周太后擦着汗，扫视着儿子的一帮嫔妃，心中无限欣喜。当她看见万贞儿捂着鼻子在一旁干呕时，脸上不由浮起了一种复杂的神色。

"你怎么啦？受了风寒？"

她走过去，带着一种勉强的亲切，问了这么一句。

"启禀太后，奴婢这几日受了凉，身子不爽。"

万贞儿的声音细如蚊蝇，周太后失望地"哦"了一声之后，再不理她。吴皇后从她身边走过时，见万贞儿发愣，便故意将她撞了个趔趄。周太后见状，挺高兴地朝吴皇后招了招手。

"玉珠，玉珠，看，这儿有只蜻蜓。听说你会用蜻蜓、蝴蝶和干花作画，什么时候给我作一幅？"

"玉珠愿意为母后效劳，只请母后吩咐。"

吴玉珠在周太后面前毫无骄横气，而是显得柔婉、贤淑。

"看她，怎么跟我们在一起就没这么好？"

王晚霞有些不解，柏鹤谊笑了笑："母后是长辈呀。来，咱们把这行菜给浇了。"

柏鹤谊和王晚霞抬着水桶从闷头干活的万贞儿身旁走过时，很好奇地多看了她两眼。她们的水桶早不晃晚不晃，偏这时晃出些水来，恰巧淋在贞儿的裙子上，王晚霞赶紧朝她赔不是：

"贞儿姐，对不起，让我给你擦擦。"

王晚霞说着从腋下抽出手帕，就要给贞儿擦抹。贞儿神情恍惚地冲她笑笑：

"没关系。"她说着又看了王晚霞和柏鹤谊一眼，脸上的笑容更加温婉了：

"你是晚霞？她是鹤谊？真漂亮啊！"

贞儿的赞美是真诚的。王、柏二人对视一眼，既高兴又羞涩。两人有些不好意思地笑了。

"你也很美呀！"王晚霞看起来嘴无遮拦，其实非常善于讨人喜欢，贞儿果然就喜欢上她了，正要多和她们说几句话，不料吴皇后一声招呼：

"晚霞，鹤谊，你们给我过来！"

吴玉珠紧挨着周太后站着，声音冷冷的，目光仇恨地瞪着万贞儿。王、柏两人无奈，只好过去。其他宫女见状，也纷纷弃贞儿而去。到后来，剩了贞儿一个人在菜地的一头忙乎，孤零零的。

这时，钱太后身边的一个宫人气喘如牛地跑了过来，上气不接下气地对周太后说："启禀太后，钱太后不行了，皇上请您和各位娘娘赶快过去。"

"啊，钱太后？"贞儿打了个趔趄，眼中马上有了泪水。周太后拍拍自己掌中的泥土，轻声嘟哝道："这人怎么什么时候都败别人的兴致？那好，大家快去。"

慈宁宫里，一切都显得陈旧黯淡。在一间阴暗的寝宫内，钱太后已经奄奄一息了，但她还硬撑着，口中呢喃着对朱见深说：

"叫……叫你娘来。"

"太后，您等等，她就来了。"

朱见深坐在床沿上看着钱太后，脸上流露出悲悯的神态。对于这位身体残疾、孤苦一生的太后，他内心深处是很敬重的。他揣摩钱太后油干灯枯却一口气不肯落，主要是为了与先皇合葬一事。

果不其然，当周太后一干人等匆匆赶来时，钱太后的气息立即短促起来。

"妹子，妹子！"钱太后迫不及待地抓住周太后的手，喉咙里发出咕噜咕噜的声音。周太后看这情形，果断地将手一挥：

"你们先出去，出去！"

吴皇后、万贞儿等人又急匆匆地蜂拥而出，仿佛一群缤纷的甲虫。朱见深回头用目光寻找着万贞儿，万贞儿恰也在找他，两人四目相对，不由会心地一笑，一旁的吴皇后看得眼中出血。

"哼！"

吴皇后白了万贞儿一眼，领着一帮人高傲地站到一旁去了。贞儿却似不知众人在冷落自己，依旧气定神闲地倚墙而立，看上去雍容华贵，自有一种动人之处。

"死不要脸！"

吴皇后恨恨地咕哝了一声。她的声音很小，贞儿绝对听不见，但她像是有感应，眼睛不迟不早地朝吴皇后望去，正好遇上吴皇后在用目光刺她。贞儿敛了笑意，眯缝着的眼睛里，一束更强更亮的光箭一般射向吴皇后。两强相遇，吴皇后不敌，她有些不知所措地移开了目光，低下头，和旁边的柏鹤谊说话去了。

"我……没有别的要求，就是……先皇遗命，我死后，要和他合葬。妹子，皇上，你们……你们答应我！"

钱太后一手抓着周太后，一手抓着朱见深，像是挣扎着要起来。周太后脸上原本还浮着物伤其类的悲哀，一听这话，她不由分说拨拉开钱皇后的手，生气地一扭身，不理钱皇后了。

"妹……子？"

钱皇后喉咙里艰难地挤出这两个字后，一口气续不上来，就那样睁着眼睛，带着她毕生的幽怨和满腔的悲苦，去和她的丈夫相会去了。

"娘，钱太后去了！"

朱见深颤声说着，一边伸了手，将钱太后的眼皮合上，这边眼泪不断地往下流，使他看上去完全像个忧伤的少年。周太后看着钱太后的尸身，气呼呼地说：

"深儿，娘跟你说，这合葬一事，我是抵死不同意的。你看着办吧！"

朱见深泪眼迷离地盯着自己的生母，很惊异她在此时还能如此坦然并且毫无悲切地谈起这件事。好一阵，他才哽咽着说：

"娘，这是先皇遗命。再说，她这一辈子也太苦了！"

朱见深的悲切似乎感染了周太后，周太后怔了怔，眼睛也红了：

"你只知她苦，你可知我苦？"

说着，也不知是为自己还是为钱太后伤心，她哀哀地哭了起来。一听见哭声，吴皇后率着一干嫔妃进来了，她们对钱太后并没有多少感情，但女人对于哭是很擅长的，不一会儿，慈宁宫就哭声如歌、泪流漂枕了。

内阁大殿里，在京的文武大臣及翰林院、科道等官共九十九人，正在就钱太后附葬裕陵一事进行廷议。

"皇上即位后两宫并尊，如此不仅钱太后要附葬裕陵，周太后千秋万岁之后，岂不也应该附葬？"

内阁彭时此言一出，众人当即议论纷纷。

"是啊，钱太后附葬，周太后也附葬，好是好，只是没有先例啊？"

"先例还不是人开的？咱们若开了二后附葬先例，后人若再有相同情况，不就可以仿效了吗？也算是造福后人吧。"

虽然众说纷纭，莫衷一是，但到底大家还是倾向于二后附葬。

然而代表周太后的中官夏时，却坚决不同意这一方案：

"不行！周太后有懿旨，钱太后得另葬。"

他一句话噎得大家说不出话来。彭时冷笑一声：

"周太后岂不是视先帝遗命为儿戏？"

夏时张口结舌了一番之后，自己也觉得无法打圆场，只好抬出皇上来：

"周太后为皇上生母，皇上能够不孝吗？咱们且让皇上定夺吧。"

"是啊，让皇上拿个主意。"

于是，一群人浩浩荡荡地出了门，要请皇上定夺。

"慢着，这样下去，肯定无功而返。我看哪，还不如这样吧。"彭时避开夏时，附在几个老臣耳边私语一番，老臣们顿时频频点头，连连称赞："妙，妙！"

乾清宫之西的小殿弘德殿，在正德、景泰、天顺年间是君王召见臣子之处，但朱见深即位以后，却把其中的一间改成了画室，除了中间一张大方桌外，四周挂满了他日常所绘的山水小景、神像、金瓶，幅幅作品皆出尘脱俗、潇洒飘逸。朱见深散朝之后，经常到这儿绘画、歇息，有时还邀一帮画师，到这儿切磋技艺，谈玄论道。这会儿，他的画室里就有几位画师正在细看朱见深的画。由于还在钱太后的大丧期间，皇上和几位画师全穿着浅色衣，戴乌纱帽、黑角带，但他们的神情却并无多少悲戚。

"哎呀，皇上，您这儿的画作不亚于仁智殿了。"

前不久才以善画被征入内廷、入值仁智殿的钟钦礼，一边观赏着朱见深的作品，一边感叹：

"皇上的画构图繁密，设色沉着雅丽、明艳温润，颇得宋人笔意。"

钟钦礼性格洒脱，全然不受君臣之礼的拘束。他说话时，居然拍了拍朱见深的肩，朱见深不但不以为忤，反而兴致勃勃：

"你的画，朕实在喜欢。只是有时候所画山水峰峦惨淡，烟云灭没，有些鬼气森森的，跟你纵笔粗豪的性子倒相去甚远。"

"啊，皇上，您看人真是鞭辟入里、入木三分。臣内心其实经常虚无缥缈，所以才满目残山剩水。而皇上您却外表沉着，内心炽热狂放，所以皇上的门神图才如此奇特。再者，您的崖石以泼墨斜刷而成，看上去劲拔老到，流韵怡人啊！"

钟钦礼由衷地赞美了皇上几句，把个朱见深喜得什么似的。这时，钟钦礼忽然来了兴致，将衣袖一抨：

"皇上，且让臣为您作画一幅吧。"

钟钦礼说罢，也不等朱见深回答，径自从笔架上抽了几支用象牙、玳瑁做笔管的御笔，蘸了墨，就在太监们早已为朱见深铺好的宣纸上挥毫如劈。他先前还有些顾忌，画一画看一看朱见深和旁边深以为怪的诸位同行。可画着画着，他已全身心沉浸其中，竟旁若无人了。只见他走笔如飞，脸上的神情如痴如醉，画至得意处，竟捋着胡子怪叫：

"吾乃天下老神仙！哈哈！"

说着，将笔一掷，手舞足蹈起来。

"天哪，皇上的御笔断了！"

牛玉喃喃着拾起那支珍贵的玳瑁笔管御笔，惶恐地看着朱见深。其余几个画师早就被钟钦礼放浪形骸的举动吓坏了，见此情景，全跪了下去，替钟钦礼求起情来：

"皇上，他不是有意的。"

钟钦礼自己先是奇怪，气氛怎么变了？待明白过来是怎么回事时，他的膝盖不由一软。但他还没完全跪下去，就被朱见深拉住了：

"哎哎，这是怎么回事？都起来都起来！朕说过的，以文会友、以画会友时不必拘泥君臣之礼，若你们动不动就这样，岂不是焚琴煮鹤，也太煞风景了吧？"

朱见深又好笑又着急，好不容易才将几个画师从地上劝起来。

"皇上，这笔……"钟钦礼嗫嚅着，不知如何是好。

"哦，这笔啊，是内府请宫外的吴兴笔工朱阿牛制作的，最为精良雅致。看，冬天他的笔管裹锦施绫，春天则裹紫罗，夏秋用象牙，水晶等，你们若是喜欢，拿去就是，反正每月十四、二十四日，都要进贡御笔各十管，朕已有许多存货了。"

朱见深命牛玉抱出几捆笔，分赠给在场的画师们。画师们欣喜若狂，朱见深被他们的情绪感染，也笑逐颜开，提笔挥毫写下了"天下老神仙"几个字。

"老钟，喏，这几个字就算朕赐你作私印的吧！"

"谢皇上！"

钟钦礼当真只作了个揖，就将皇上赏赐的字幅接下。

其他画师立即起哄，围着朱见深讨要墨宝，朱见深一时忙得不可开交。一帮人正闹得高兴，外面忽然传来一阵喧哗声，旋即便有太监来报：

"皇上……"余下的话，他是附在朱见深耳边悄悄说的。朱见深一听，将笔一撂，扭头对画师们说：

"那你们几个改日再来吧！"

说着，朱见深匆匆出了门，乘了肩舆，来到文华门前头。放眼望去，只见那儿齐刷刷地跪了近两百名文武官员。这阵势，不由让朱见深发慌。

"这是……这是怎么回事？"

朱见深虽然按时早朝，但常常只是走个形式，平日也很少召见大臣。如今一见这么多官员跪在跟前，他不由得吓出了一身冷汗。

"皇上，大行慈懿皇后作配先帝二十余年，诚孝一心，孚于中外，是以先帝眷礼优隆，始终无间。今懿皇太后之丧，与皇太后千秋万岁后应俱合葬裕陵，慈懿皇太后居左，皇太后居右，配享英祖，礼亦宜然……"

一见皇上来到，百官们见过礼后，竟众口一词地背起请命疏来了，其声琅琅，直上云霄。朱见深呆呆地站在那儿，白皙的脸上沁出了豆大的汗珠。

"皇上，他们也太不成体统了，请您回去吧！"

牛玉扫视着这帮官员，又看了看朱见深的脸色，揣度他肯定不愿面临这样的场面。谁知朱见深就那样板着脸，在椅子上坐下了。他静静地听着，清秀的脸上呈现出和他父亲很相似的平静。

"皇上，臣等实在是一片公心啊，望皇上明鉴。"

彭时膝行着来到朱见深跟前，将请命疏双手呈献给朱见深。朱见深接了，粗略过目一番后，集中注意力，鼓足勇气，这才顺畅地说出一番话来：

"你们所说的，固然是正理，但是圣母在上，事有滞碍，朕屡请母命，仍未蒙应允。朕平素孝奉两宫如一，若因此违忤，岂得为孝？今当于裕陵左右择吉地安葬，崇寿如礼，朕也觉得此乃两全之策。"

朱见深此言一出，文武百官皆呼"皇上圣明"。朱见深拭了把汗，疲惫而又兴奋。因为他发现，自己如果愿意，也是可以大胆直面群臣并且不怎么口吃的。

"他同意了两宫合葬？好，那我就死给他看！"

仁寿宫里，周太后听报以后，正在左蹿右跳地寻死觅活。她披散着头发，力气又大，几个宫女都拦她不住。

"太后，太后，此事好商量，何必这样？好，我这就去禀告皇上！"

中官夏时吓坏了，赶忙一路紧跑慢跑地赶到文华门。恰巧这时朱见深表完态后，百官们都在欢呼万岁，夏时不敢过去，就招呼牛玉过来，通过牛玉，再把太后的情况禀报给朱见深。朱见深眉头一皱，说一声："嗯，知道了。"然后起身撤椅。

"皇上，您当念先帝遗命，遵奉典礼为重啊！"

大臣们见夏时来了，皇上又要走，知道肯定是周太后在作怪，不由痛心疾首、慷慨陈词起来。

"……皇上，您若一味听从太后，将置道义于何处？"

"皇上，太后不遵祖宗法度，破坏人伦纲常，太过分了！"

"皇上，您要是不给我们一个答复，我们就一直跪下去！"

"对，跪下去！老天哪，你开眼看看哪……"

人群中，过激的言论一句接一句迸出，朱见深根本无从分辨。更要命的是，不知哪个大臣先哭了起来，接着，在场的近两百名大臣们也跟着恸哭。他们有的真哭，有的假哭，但不论如何，这整个的气势足够宏伟，场面足够壮观。

"去，去禀告太后，就说朕稍后再去看她。"

朱见深吩咐完毕又在椅子上坐下了。年轻的他有一种与年纪不相吻合的沉着。他默默而有趣地看着，一副超然的表情。

"让他们哭，哭死了才好！怎么那么可恶！"

周太后刚刚安静下来，如今一听夏时带来的消息，又气得大叫大嚷起来，她暴怒的样子就像一个穿着华服的村野悍妇，让人不敢靠近。

"太后，这事儿怕不好办。您想想，要是皇上不允他们，这事儿就没法了

结，皇上面子往哪儿放？再说，不让钱太后合葬，实在有悖情理。我看，不如这样……"

夏时适时地献上一计，暴怒的周太后听了，不但敛了怒容，反而眉梢眼角立即布满了笑意：

"嗯，就照你说的办！去，去跟皇上说，就说我同意让她合葬了。哼，看你到时怎么样。想那么便宜，没门！"

周太后说着，"咯咯"地笑起来。

"皇上，太后她同意了。"当牛玉接到周太后宫人的报告，附在朱见深耳边悄悄告诉他时，朱见深有些吃惊，同时也很高兴。

"是吗？那好，起驾！"

朱见深说罢，也不朝百官们打招呼，竟自起身走了。

"那，他们怎么办？"

牛玉指着那群愈加群情激昂、痛哭流涕的大臣们，担心地问。朱见深看了看悬在天上的太阳，揶揄道：

"他们诚心可鉴，就让他们多哭一会儿吧。等太阳落山的时候，你再让他们起来。"

"是，皇上。"

牛玉没料到皇上会来这一手，不由啼笑皆非。当朱见深坐上肩舆离去时，他的手在腿上轻轻地敲起了鼓点，脸上绽出调皮而得意的笑容。

"什么？你居然想得出这么个歪点子，真有你的！啊哟，笑死我了，笑死我了！"

昭德宫里已经摆好了晚宴，万贞儿坐在桌旁搂着朱见深的头，笑得前仰后合。而朱见深也跟着她左摇右晃，两人其乐融融的样子，让在一旁侍候的蓝水月羡慕得不得了。

趁人不注意，蓝水月闪入万贞儿的寝室，她抓起一块布，揉了揉，塞进自己的胸前，然后，她挑眉撮嘴、抬头挺胸地走到铜镜前，心满意足地照了起来。

"水月，水月，你躲在这儿干什么？"

宫女帆儿跑过来，见状大吃一惊，接着是一阵大笑。蓝水月却不笑，她挺着大胸，严肃地走过去：

"帆儿姐姐，在我们苗疆，女人的胸都有这么大的。我娘也有这么大的胸，我在看我长大了以后是不是像我娘。"

她那副天真无邪的样子让帆儿长叹了一声：

"好了，以后小心些，别让万侍长看见就是。走。"

"看见也没什么，我看她挺好的。"

蓝水月满不在乎地跟在帆儿后面，一边冲着她的背影做了几个怪样，一边兀自发笑。当她们返回大殿时，贞儿正在为朱见深剔着鱼肉上的刺：

"我的小皇上，来，吃这边的。你呀，我就怕你噎着。你小时候吃鱼，可着急了。有一次婺源贡来几条荷包红鲤鱼，又嫩又鲜，馋得你恨不得一口吞下一条，结果噎住了，吃了好多韭菜和醋，才把鱼刺拉出来。"

"哈，你又在揭我老底了，我不干！"

朱见深瞥了瞥两旁侍立的宫女，见她们都做掩嘴葫芦状，不由撒娇地在贞儿肩上捏了一把。这一捏之后，他忽然凑到贞儿跟前，一动不动看起她来：

"你瘦了，真的，瘦了好多。你看，"他的手在贞儿下巴上摸了起来，"原来这儿有双下巴的，像婴儿一样的下巴，多好看。现在也没了。"

他这一说，可把贞儿的满腹委屈给勾上来了。她眼圈一红，忽然用手蒙着脸就往卧室里冲去。

"贞儿，贞儿！"

朱见深赶忙跟过去，贞儿这时已扑到床上，正在那儿抽泣。朱见深过去嘘寒问暖好一阵，贞儿就是不吭声。就在朱见深将要失去耐心时，贞儿用她藕节似的手臂环住了朱见深的脖子：

"小妈没什么，只是想你想的。你想想呀，咱们十多年时间天天在一起，早也在，晚也在。如今你当皇上了，有皇后了，我也就见不着您了，这才瘦的嘛！"

万贞儿柔媚的眼波一颤，朱见深全身都软了：

"小妈，我这些天特别想你，真的。她们都像白开水，淡而无味。"

朱见深由衷地说罢，便要吻万贞儿，万贞儿却躲开了：

"淡而无味你还流连忘返？你想想，都有六个夜晚没和我在一起了。喏，这幅月里嫦娥，是皇上大婚的那个夜晚我秉烛绣成的，绣得好吗？送给你。不过，我以后可不想再绣这些东西了。再这样下去，小妈定然早衰的。"

万贞儿将那幅月里嫦娥刺绣拿给朱见深看。朱见深念到那几句诗时，不由感动起来。

"小妈，今儿我一定翻你的牌子。"

"算了吧，还不是由牛玉他们司礼监说了算。这事儿，也透着奇怪，幸谁不幸谁，该由皇上定啊，凭什么由他们把着？而且，我听人说，牛玉和吴皇后家拉得很紧。"万贞儿神秘地说道。

"是吗？不过吴皇后那性子，朕实在不喜欢。"朱见深说的是真心话。言罢，他缠缠绵绵地想和贞儿亲热，贞儿也坏，只由他抚摸，却不让他有别的举动。

"小妈，我要你！"朱见深火急火燎的。万贞儿却笑着摇摇头，一边退步一边娇笑着说："皇上，你别这样猫似的偷嘴，要就长夜尽欢，大家都尽兴，岂不是比这样仓促完事更欢快吗？"

"啊，你这个坏小妈！好，听你的。咱们现在就传膳吧，我可饿了。吃饱了饭，我再吃你。"

朱见深做了个老虎口，"啊呜"了一下，然后拉着贞儿跑到饭桌边。

太阳将要落山了，那帮大臣还跪在文华门前。有几个年纪大的已经哭得晕了过去，太医正把他们抬出来抢救。为首的彭时也已哭得嗓音嘶哑，他眯缝着肿泡眼，看了看太阳，表情复杂地征询同僚的意见：

"皇上若再无旨意，咱们哭还是不哭？"

几个大臣一合计，觉得还是得哭。

"是啊，若就这样了结，岂不前功尽弃？再说，每个人好像都满腹辛酸呢。"

说话的大臣用手一指周围，果然见许多人如丧考妣地哭得一佛出世、二佛升天，每个人的膝下都被涕泪打湿了一片，只是哭声有些沙哑，不似先前响亮了。彭时有些无奈地摊摊手：

"有明以来第一次满朝文武哭谏，皇上竟能安之若素，倒也奇了。"

"要不怎么能当天子呢？"

彭时几个说了一通闲话，各自闭眼想了会儿伤心事，接着又开始号哭。

这时，有几个站在一旁的锦衣卫校官和看热闹的太监，不知怎么的，突然也"喔嗬喔嗬"地哭起来，文华门外真可谓热闹非凡。

也是这帮大臣有福，就在他们几乎集体晕厥时，太监牛玉来了，他大声说：

"各位请起，皇上、皇太后同意各位的两宫附葬的提议了，各位快请回吧！"

"噢！真的吗？太好了！"

方才还哭得肝肠寸断的大臣们，这时一抹眼泪，全都露出了笑脸，只是他们跪

得太久，胖的、年老的腿脚已经发麻，歇了好一阵才能起身。尽管大臣们都身心疲惫，但文华门前还是响起了一片欢呼声。毕竟他们又战胜了至高无上的皇帝一回！

暮色苍茫中，几匹快马从街上飞驰而过。快马驰过街市，转入市郊，果园、农舍、田畴全都彩带般从旁迅速闪过，但马上的人似乎还嫌脚程太慢，仍用鞭子抽打着马儿：

"驾！驾！"

马儿箭一般地穿过一片果园，接着，奔上崎岖的山道，又穿过陵园正门，好不容易才来到裕陵。

中官夏时从马上下来，他的腿似乎被马鞍弄伤了，走起路来一拐一拐的。与他同来的还有工部侍郎蒯祥。这蒯祥乃吴县人氏，其父蒯福是明初著名的木工，曾主持过南京宫殿的木作工程。蒯祥自小随父学艺，长成后子承父业，继续主持南京宫殿的木作工程。他于永乐十五年（1417年）主持北京宫殿的施工。正统四年重修三大殿，也由他负责设计和施工。天顺末年，他规划设计建造了裕陵。如今，两宫欲附葬，墓道必须修改，所以夏时将他找了来。

由于蒯祥此时已年过花甲，加上路赶得急，下马之后，不免气喘了半日。夏时却等不及了，将他搀到隆恩殿，问管事太监要了图纸，摊开来说：

"蒯侍郎，周太后的意思是这样的，瞧，这是先帝的玄堂，钱太后的墓穴位于左侧，距离仅数丈。"

他看着蒯祥，蒯祥脸上的肌肉颤了两颤，用手在图纸上一比画："这之间封住，不相通，是吗？"

"蒯侍郎说得太对了，周太后正是此意。那，这右边，是周太后千秋万岁后的墓穴，这墓穴与先帝的玄堂之间留一条通道。"

"明白了。"蒯祥点点头，却又有些于心不忍，"这样对钱太后是不是太过分了？再说，皇上知道吗？"

夏时狡狯地反问道："蒯大人，这么大的事儿，您说凭我这么个喽啰，敢这样跟您要心眼吗？"

蒯祥神色多少有些黯然。夏时又叮嘱了一句：

"这事儿，朝中知道的，除了……"他指指头顶上方和脚下，神秘地压低了声音，"就只有你我了，该怎么处理，我想蒯大人完全明白。"

"这个，你放心好了！"蒯祥说着，在图纸上做了个记号，然后将图纸卷好，两人并肩而出，融入浓黑的夜色之中。

暮霭渐浓，吴皇后显得兴奋而略带焦灼。她不断地从床上拿起衣裳到镜子前比画，一听见脚步声就跑出去。

"小红，牛玉来了吗？"

原来，她正等着牛玉通知她今晚被"临幸"之事。在明代，皇帝"临幸"嫔妃，一般由司礼监安排。皇帝大婚前，整日住在昭德宫，那时司礼监无权干涉。可自有了皇后之后，因能左右皇上的临幸之事，牛玉的权力就陡然大了好几倍，连皇后都不敢小觑他。

"皇后，牛玉太监来了。"小红进来匆匆禀道。

"让他进来。"吴玉珠有些激动，她将桌上的一个金元宝抓起，拿在手中，敛敛神等着，脸上的神情又恢复了惯有的清高与端庄。

"皇后，今儿又让皇上临幸您了。"

牛玉走来，一副低头哈腰的样子。

"嗯。"吴皇后的神情有些矜持，当她高抬着她美丽的头颅从牛玉身边走过时，她的手在牛玉身上划了一下。

"吴皇后不但是个美人，还是个好人。"

牛玉望着吴皇后高挑苗条的背影，由衷地说。而那块金元宝，在他说话时，已经很稳当地被他藏了起来。

"水月，牛玉还没派人来通知我吗？"

万贞儿坐立不安地在门口张望着，蓝水月支棱着两只耳朵听了听，摇摇头：

"回娘娘，还没来呢。"

"玉儿呢？"

"玉儿姐姐梳头去了。"

"这么晚了，她梳什么头？"

万贞儿不悦地说着，径直走向玉儿的房间。玉儿原在孙太后身边，孙太后去世了，她又服侍了钱太后。后来朱见深让她过昭德宫来，贞儿有些不舒服，对玉儿自然多了一份注意。玉儿长得冷艳，二十七八岁的年纪并没有让她见老，反而看上去别有一种不同的韵味。也许是皇上经常到昭德宫来的缘故，玉儿变得越来越爱打扮了。

"玉儿，出来。我那些衣裳收拾好了没有？我得去混堂司洗澡了。"

贞儿就着幽暗的灯光，看见玉儿穿了件杏黄的衣裳，斜倚在床上。刚洗的头发松松地挽在脑后，只在鬓边缀了串小小的茉莉花球，看上去很是媚人。

"哎呀，贞儿姐，我今儿肚子疼得很，哎哟……也不晓得吃坏了什么……哎哟喂！"

玉儿呻吟着，额上沁出细细的汗珠来。贞儿伸手去摸，摸得掌上湿漉漉的，她很疑心地在玉儿蚊帐上揩了揩手，脸上现出一份关怀来：

"叫人给你到太医院拿些药吧。"

"不用了，我已经着人给我煮了些姜汤。"

玉儿说着，伏在床上，呻吟得更厉害了。

混堂司的澡堂子不少，一溜的平房，有几十间。在那些宽阔、阴暗的房子里，用砖石砌着一排排池子。那净了身却未能选入内廷的男子们，外号曰"无名白"，此刻正不断地用木桶往里边倒热水，房间里雾气蒸腾，无名白们通常还要负责给洗澡的内官们擦澡，不过可以讨赏，所以冬季是他们喜欢的季节。

如今，天气正热，来洗澡的人虽然很多，但少有擦背的，无名白们便有些无精打采了。至于女宾部，嫔妃们洗澡时只能由宫女侍候。因司礼监已经通知说皇上今晚临幸皇后，皇后要来沐浴，混堂司的澡堂子今天自比往日多了几分奢华。只见宫女们往池子里放着玫瑰花瓣，还倒了几滴珍贵的苏合香油。云蒸雾绕的澡堂子里，便忽然浮起了淡淡的芬芳，宫女们都有些陶醉了。

"哎，万侍长，今儿个不是皇后来沐浴吗？"

忽然间，一阵喧哗打破了这份糅合着清香的宁静。一个宫女的声音急急地响起之后，是万贞儿透着成熟韵味的低沉嗓音：

"这我管不了，皇上说他今晚要住在昭德宫。水月，快拿衣裳过来。"

万贞儿的话令宫女们不知所措，她们居然就那样看着万贞儿宽衣解带，用她白皙丰腴圆润的身体将那池芬芳的热水给享用了。

更糟糕的是，当贞儿洗得正酣畅时，吴玉珠前呼后拥地来了。

"皇后，今天请您用这边的池子。"

无可奈何的宫女们已采取了应急措施，在另一间嫔妃用的房间里准备好了沐浴用的花瓣热水，甚至还多放了几滴苏合香油。

"不，我要用我的这间澡堂！"

其实，这澡堂并没有规定给皇后单用，有时太后、皇上喜欢的嫔妃也可在这儿沐浴，但吴皇后却在短短的一周时间里，将这间澡堂变成了她独享的处所。

"这……这个……万侍长她……她已经在里边了！"

宫女们自知瞒不过，只好如实汇报，谁知话音未落，即挨了吴皇后一个大巴掌。打完宫女后，吴皇后率着一帮侍婢，气呼呼地冲进澡堂。

"贞儿姐，贞儿姐，不得了啦！快穿衣裳！"

蓝水月一看来人这架势，赶快取了衣服要贞儿穿上，贞儿却不管，依旧在那儿细细地揉着搓着，一展自己的丰腴之美。

"好个不要脸的老妖精！给我把水放喽！"

吴皇后一声令下，宫女们便将石池子的拴石给取了，池子里的水"哗哗"地流了出去，不多久，万贞儿就像条鱼似的，被晾在干干的池子中。

"万贞儿，你别装聋作哑！你不知道司礼监已经安排了我来沐浴吗？"

吴皇后像只高傲的雌鸡似的飞到万贞儿面前，那种勃然大怒的模样使她看上去非常幼稚。

"知道啊，可我是皇上叫我来的。"

万贞儿圆润的脸上绽出柔媚的笑容，把个吴皇后气得差点撞到墙壁上去了。

"你……你太放肆了！小红，去取家法来！我倒要看看，今儿个你能狂到哪里去！"

吴皇后生性刚烈，她早就对万贞儿一肚子气，今天正好让她找到了个错处，自然不肯放过。见她如此盛怒，特别是让人取家法去了，万贞儿不想触这个霉头，便赶紧穿衣服。

"把她的衣裳收起来！你们愣着干什么？快给我收！"

吴皇后坐在宫女临时搬来的椅子上，两眼冒火地盯着万贞儿丰满的胴体。

"肥猪！"

此言一出，众皆愕然。有些年长的宫女不禁为吴皇后捏了把汗。这万贞儿和皇上，那不仅仅是情爱关系呀！皇上等于是她养大的，她若在皇上面前谗言几句，皇后受得了吗？所以，混堂司的宫女们没有蹚这浑水，她们偷偷地溜了。

"你们还不快收衣裳！"

吴皇后再发号令之后，她带来的宫女只好上前七手八脚地将万贞儿的衣服抢了，还按着贞儿，将她穿的胸衣也剥了，露出一对丰乳。

"你不是很美吗？那就让大家多看看你吧！"

吴皇后性子中恶毒的一面显露出来了，万贞儿不承想她竟敢如此凌辱自己，不由又气又恼，"嘤嘤"地哭了起来。

"可惜皇上不在，你装给谁看哪！反正我是不怕眼泪的。"

吴皇后泰然地喝着茶，轻轻笑道。这一刻，她得意而又美丽，宛如一只捕食后的母豹。

"贞儿姐，贞儿姐！小妈，小妈！"

穿了一身月白衣裳、显得风流倜傥的朱见深，一踏进昭德宫的门就轻声呼唤起来。大殿里静悄悄的，几束烛光在昏朦中闪烁。夜风拂着布幔，案前又放了几钵茉莉，一切都显得幽静而温馨。

"啊，皇上！不知道您来了，奴婢该死！"

这时，从里面匆匆忙忙跑出个宫女，一见朱见深，吓得赶忙跪在地上，一边娇羞难忍地抱着胸。原来，正是那肚子疼的玉儿。她似乎正在更衣，欲穿未穿的一件红衣裳褪到臂上，露出酥白的胸，更兼她云鬓初理，脸上还施了淡淡的妆，看上去越发艳丽妩媚。

"你是玉儿？你今天可是好看得出奇！"

朱见深说完，便呆呆地盯着玉儿的胸看。玉儿像是要把半裸的乳房遮起来，忙扯了扯衣裳，这一扯不仅没遮住，反而将胸脯全都袒露出来了。

"啊呀，皇上……"

玉儿羞得一撩长发，将自己的半边脸儿掩住，又低了头，一副娇羞迷人的样子。

"玉儿，玉儿！"朱见深再也控制不住自己，一把搂过玉儿就往地上放。

"皇上，不能在这儿！"玉儿轻声惊呼着，唇边的笑意浓浓的、甜甜的。

朱见深欲火中烧，根本不听，好在玉儿机警，往布幔边上挪了挪，半遮半露间，便由得皇上轻薄去了。

也许是玉儿的呼声惊动了外面的帆儿，她悄悄地走过来，正好窥见了这一幕，不由捂着眼睛跑到了一旁，又拍拍胸口，像是抚慰自己。而随朱见深过来的牛玉和几个近侍太监则站在门外，一副啼笑皆非的表情。

"家法在上，嫔妃宫人有不敬皇后者，杖责三十！"

吴皇后捧着那本装帧素雅的家法，口齿清楚、声音清脆地念道。然后，她神情可爱地看着万贞儿，笑了笑，用一种几近温婉的口吻说道：

"那么，打吧。"

宫女们蜂拥上去，将赤身裸体的万贞儿按倒在地，然后，由一个身强力壮的宫女提棒杖打万贞儿。万贞儿凄厉地惨叫起来，吴玉珠一派天真地坐着，尖尖的手指在椅子边上敲打着，一副毫不怜惜的样子。蓝水月见状，悄悄溜出混堂司，回宫报信去了。

"哎呀！哎哟！我的妈呀……呜呜……"

万贞儿细皮嫩肉的，如何受得住这般残酷的杖打？她惨叫着，却不肯求饶。吴皇后这时恢复了一个天真少女的表情，支着腮帮子，很好奇地看着不堪毒打、正在地上滚动的万贞儿，一边不解地说道：

"她为什么不求饶呢？只要她求饶，我就不打她了。"

但回答她的不是求饶声，而是万贞儿粗俗的骂声。

当蓝水月气咻咻地往昭德宫跑时，朱见深已经宣泄完毕。他静静地站着，看玉儿穿衣服。他看玉儿时的表情很冷静，也很陌生，玉儿被他的这种目光瞧得非常不自在，不由得娇呼一声：

"皇上，我……"

"没事，你去吧。牛玉，万侍长怎么还不回来呀？"

朱见深若无其事的神态让兴奋的玉儿突然间感到一阵强烈的失落。她哀怨地瞅着朱见深，像是要哭出来一样。朱见深却像没看见，扭头走出来，一个劲儿地要牛玉赶快去找万贞儿。

"启禀皇上，贞儿姐她去混堂司沐浴了，马上就要回来的。"

方才偷看了皇上和玉儿燕好的帆儿上前回答，她答话时弯腰垂头的，似有意露了道乳沟出来，朱见深却视而不见，帆儿有些失望地退下。

"玉儿姐，玉儿姐！不好了，皇后正在用大棒子打万侍长，打出了好多血……皇上？"

蓝水月火急火燎地跑来，边跑边连珠炮似的说出一大串话。见了皇上，她并不惶恐，又急急地陈述了一遍已经发生的事，然后就瞪着一双漂亮的大眼睛，等着皇上的裁决。

"岂有此理，岂有此理！走，过去看看！"

朱见深跨过门槛，大步流星地往混堂司赶去。牛玉想起自己已经替皇上翻了皇

后的签牌，忙跟上去解释：

"皇上，今儿个本是安排您临幸皇后的，不想搞岔了，这才有此误会。"

他不说倒罢，一说朱见深更火了。他停住脚，居高临下地看着比他矮半个头的牛玉：

"什么搞岔了，你不是分明有意这样做吗？全内宫和朝野之人，不是都拿万侍长当怪物看吗？说不定，你们也把朕当怪物看。难道朕和万侍长的事碍着你们什么了吗？个个都恨不得除了万侍长才痛快。朕告诉你，我从今日起，天天住这昭德宫，混堂司我也不去了，你看着办吧！"

朱见深越说越气，一甩手又回到了昭德宫。

平白挨了顿训的牛玉无奈，只好在蓝水月的陪同下赶往混堂司。

朱见深坐在昭德宫大殿里生气，玉儿瞅见后，忙切了片西瓜，又用勺子把瓜肉挖到碗里，再洒上些蜜糖和桂花末，风情万种地要喂朱见深吃，不料朱见深却将她的手一推：

"好了，烦不烦？"

一抬头，见到玉儿委屈的样子，他勉强收了火气，张嘴含了片西瓜，可一吃到嘴里就喷出来了：

"我的妈呀！西瓜里还洒桂花末，那还能吃吗？真是画蛇添足。"

朱见深闷得慌，也不管玉儿怎么想，起身到屋外凉快去了。玉儿端着那碗西瓜，委屈得双泪长流，而那个偷窥的帆儿见到玉儿这模样，不由高兴得咧嘴直乐。

"你笑什么？去，把碗拿去洗。"玉儿自恃被皇上宠幸过，不由自涨身价，她将西瓜碗递过去，要帆儿洗，帆儿却不买她的账：

"哟哟哟，玉儿姐，你今儿个怎么这么神气呀？攀上高枝啦？"

她一副揶揄的样子，气得玉儿瞪圆了眼睛看她。

"等着瞧！"玉儿扔下一句话，甩手而去。帆儿愣了半晌，忽然唇边浮出一抹冷笑："等着瞧就等着瞧，莫非还怕你不成？哼！"

"天哪！万侍长，贞儿姐，她把你打成这样儿？太狠心、太残忍了！我绝不轻饶她！"

院坪上，忽然响一阵脚步声，接着是朱见深焦灼心疼的喊声。玉儿、帆儿正要奔出去看，却见摇曳的灯光中，万贞儿被人背了进来，只见她长发散乱，脸白如雪，颈脖上、手臂上、腿上到处是鼓起的青瘀紫痕，看上去特别可怕。

"皇上，我……我冤枉，您……您不是说，要……到昭德宫住嘛，我才去……洗的澡，您看，她就下……下这狠心……"

万贞儿执着朱见深的手，泣一声说一声的，弄得朱见深眼圈都红了。牛玉却有些不知好歹，这时竟凑上来替吴皇后说话：

"不过，万侍长，您是老人了，也该知道宫中规矩，不管怎样，您到旁边的池里洗，不就一天的云都散了吗？"

"牛玉，你有没有眼睛，这时候还敢护着她？一个知书达理的女子，怎会如此轻率骄横？就算万侍长有错，她能这样不知轻重吗？"

朱见深看着贞儿身上的那些伤痕，真是急在口中，疼在心里。牛玉不敢作声了。朱见深待要再说，陈太医一路小跑地进来了。依旧是朱帘低垂，不过这次贞儿倒伸了只手出来，让陈太医轻轻按了按，这一按不打紧，汗珠却从陈太医头上轻轻滚落下来。

"怎么样？"

朱见深关切地注视着陈太医的表情，陈太医环顾一下四周，将皇上拉到一边：

"娘娘好像有喜脉了。只是这一来，怕难以保住啦！"

"什么？"朱见深一听，眼睛都直了，他急急地扑过去，打量了贞儿一番后，又扳着陈太医干瘪的肩头，命令道：

"不管怎样，胎儿你一定要给朕保住，保不住就拿你全家是问！"

"皇上！皇上，您饶命吧！"

陈太医"咕咚"一下跪下，拼命地叩头求饶，这时万贞儿朝朱见深招了招手：

"皇上，怎么回事啊？"

她脸上泪痕点点，又兼云鬓散乱、花容惨淡，竟另有一种迷人的韵致。

"没事儿。"朱见深吻了万贞儿一下，尽量宽她的心。万贞儿咧嘴笑了笑，忽然腹中一阵剧痛。"哎哟！"她一喊，铺在身下的白被单居然就红湿了一大片。

"太医，不得了啦！太医！"

朱见深急得面无人色。陈太医一看，再一把脉，便汗如雨下："快，进人参汤！"

玉儿、帆儿手忙脚乱地将人参汤端来。朱见深接过碗，一口一口地喂到满脸恐惧的万贞儿嘴里。

"我是要死了吗，皇上？"

她可怜兮兮地望着朱见深，朱见深一把将她搂住：

"不会的，贞儿，你放心吧！"

牛玉在一旁看着，神情甚是不安。他想了想，轻步走出殿外，朝一个年轻太监耳语了几句，年轻太监便赶快走了。

年轻太监来到坤宁宫时，吴皇后正在那儿弹琴，一边弹一边哼唱着，一副怡然自得的模样。

"启禀皇后，牛公公说……"年轻太监拜见了吴皇后，小声向她述说了情况。吴皇后一听，顿时愣住了：

"是吗？她身体不是挺壮实的吗，竟如此不经打？"停了停，她又问，"是让我现在去找周太后？"

"对，越快越好。"

"嗯，你去吧！"

吴皇后这时已经完全平静下来，她的唇边似乎还露出了一丝淡淡的笑意。

"去周太后宫中。"她的声音仍多少有些儿颤抖。

几盏大红真纱灯笼在夜色中闪闪烁烁，往仁寿宫而去。当皇后一行来到仁寿宫门口时，正巧碰见结伴而出的王晚霞和柏鹤谊。前些日子在她们三人之间形成的友谊此刻已荡然无存。见了吴玉珠，王晚霞和柏鹤谊赶忙行了个大礼：

"臣妾拜见皇后。"

"臣妾祝皇后安好！"

吴玉珠矜持地笑笑："这么晚了，怎么才从太后宫中回去？你们倒真有孝心，真能哄着太后啊！"

"臣妾不敢，是太后让我们帮她搓麻绳来了。"

王晚霞笑嘻嘻地说道。吴玉珠脸色缓和了些。

"那，你们回去吧！"

吴皇后似乎不满意柏鹤谊的缄默，特地剜了她一眼。柏鹤谊假装没看到，和王晚霞行了礼后，双双快步离去。吴皇后注视着她们的背影，目光里有一种复杂的神情闪过。

夜半时分，熟睡的朱见深被贞儿的一阵哭声惊醒，忙令宫人掌了灯，问她怎么回事。

"皇上，我完了！好不容易怀了胎，又被皇后弄掉了。你说，我这么大年纪，万一再也怀不了孕，我活着还有什么意思？呜呜！她年纪小，不懂事，我处处让着她，可她却嫌我出身低微，骂我是贱人，她这不是连您也一块儿骂了吗？她骂我，难道我从小带您还有什么过错吗？她是痛脚趾越痛越踩，无论我怎样礼敬有加，她就是瞧不起我，实际上就是妒忌我。她还说您有病，会喜欢我这么个老女人，莫非她就不会老吗？哎哟，痛死我了！"

贞儿说着叫唤起来。朱见深睡得迷迷糊糊的，被她这一哭诉，顿时对贞儿生出无限同情，他紧紧地搂着贞儿，亲着：

"小妈，你说，你要怎样才能消气？"

"我还敢有什么气？我只怕再这样下去，她要加害于我，到时我就没法再照顾您了。"

贞儿这时已经敛了哭声，代之以轻轻的抽泣，听上去很是酸楚。朱见深睁大眼睛发了会儿呆，认真地说道：

"小妈，不管别人怎么说，也不管她们多年轻多漂亮，我只有在你身边才感到心安。我也不知道为什么会这样。"

他转过身，脸对脸地和贞儿躺着。贞儿叹了口气，在他腹股沟那儿轻轻抚摸起来。一阵舒适的表情爬上了朱见深的脸。

"小时候，你的疝气经常发作，一发作，太医神仙都没用，就得我整夜整夜这样帮你轻轻摸着，不然你就睡不着。"

万贞儿深情地追忆着，然后话锋一转：

"我没有别的要求，只要你废了她。"

"你是说废了皇后？我倒愿意，反正我也看不惯她。哼！那么轻率，全无女人的贤淑，废了就废了。只怕太后和朝廷不同意。她毕竟并没有太失德的地方。"

朱见深有些为难。贞儿一听，转过身子不吭声了，留了个白而厚的背给他。

"小妈，你别生气，我废了她就是。只是……我们怎样才能废掉她呢？"

朱见深皱眉苦思起来。万贞儿眼珠一转，计上心来。她转过身子，先在朱见深的耳朵上轻轻咬了咬，而后才盯着他的眼睛问：

"皇上，你说的是真心话吗？"

"那当然！"朱见深将手环到贞儿脖子上。贞儿点点头：

"那好，我告诉你些事儿。"

她附在朱见深耳边说起来，越说朱见深的表情越气愤，到最后，他在床上捶了一拳：

"岂有此理！"

"你看你，生这么大气干什么？小心这儿又犯毛病了。"

贞儿的手又像小虫子一样在他腹股沟上蠕动起来。她一边摸着一边慢悠悠地说出一条计策，直听得朱见深双眼发直。许久，他才"嗷"地喊了一声：

"小妈，你太聪明、太厉害了！真是打蛇打七寸，看她还能猖狂到几时！就照你说的办。"

"是吗？"

贞儿说着，将薄绫被子一拉，两人顿时罩在一片昏朦的黑暗中。不久，房里就响起了他们俩嘻嘻的笑声和喘息声。

第十五章

"出来！你让她出来！"

朱见深站在仁寿宫周太后的寝宫门前，冲着那扇紧闭的房门大吼。周太后平伸着两手，像护着小鸡的老母鸡似的护着那扇门，生怕朱见深会推开门闯进去。寝宫里，吴皇后坐在周太后的床上，正在暗自垂泪。每当朱见深在外面吼一声，她在里边就打个哆嗦。

"母后，好，你护着她，那你就护去吧。反正这事儿我跟她没完！贞儿好不容易怀了胎，竟被她打得大出血，也不知保得住保不住。你说，她哪来的这股狠劲儿？"

朱见深的话让周太后和吴皇后双双吃了一惊。周太后本来对贞儿一万个看不上，这下子倒生出了一份关怀：

"得赶快叫太医呀！吃点鹿茸人参什么的，也许还有救。皇后的性子是刚烈了些，可万贞儿也太不像话了，再不惩治她，她该爬别人头上拉屎去了！"

周太后心里到底还是容不下贞儿。朱见深冷笑一声：

"那皇后就该将她打得大出血？"

说着，他躲过周太后的胳膊，在寝宫的门上狠狠捶了两拳，将里边的吴玉珠吓得从床上溜到床下，蹲在那里簌簌发抖。

"皇上，这事儿万侍长的确有错。皇后年纪还小，您就饶了她吧！"

牛玉仗着自己一直在先帝跟前侍候，和周太后、吴皇后关系又好，竟不合时宜地替吴皇后辩白起来。朱见深眯着眼睛看了他一会儿，他的眼光是那样冷峻而深沉，牛玉不由打了个寒战。他以为皇上该发他的火了，谁知朱见深却倏地掉转身：

"嗯，你说得有理，公正。"言罢扭身就走，脚步既急又快，看得出火气正旺。牛玉和周太后对视一眼，两人微微地摇摇头，都不知这少年天子肚子里装的什么主意。

贞儿躺在床上，脸色惨白，妩媚的双眼此时呆滞无神地望着帐顶，表情看上去可怕极了。

"没了……是胎儿。"

陈太医的话听上去那么缥缈，像是在梦里。可是，案桌上的青瓷盘里盛着的，不就是那团从她腹中掉下来的骨血吗？有小孩拳头那么大，紫丢丢的。如果不是吴皇后的杖责，它在自己肚子里该是一日大于一日。十月之后，胎儿降生，极可能是个皇子。皇子当了太子，自己不就是太后吗？可惜，这所有的希望都变成了泡影。而罪魁祸首就是吴皇后，还有这个草菅人命的陈太医。

"去，唤陈太医过来！"

贞儿的声音听上去跟母狼嚎似的，有股瘆人的狠气。

"陈太医已经吓得瘫倒了，半天起不来。"

玉儿过来回话时，表情有些古怪。她这些天格外漂亮，却又有一种奇怪的忧伤。

"玉儿，你过来。"

贞儿见玉儿的神色中掠过一抹迟疑与紧张，她心中的疑窦更深了。

"你这两天怎么啦？怎么有时就像做梦似的？"

贞儿看着她。玉儿张了张嘴没吭声，眉宇间漾起一股喜气。贞儿一凛，紧接着又虚弱地笑了笑，声音更加温婉：

"去，把陈太医找来，我有事要问他。"

玉儿赶忙应了，似乎很高兴离开她。不多时，帆儿她们将陈太医搀了进来。陈太医一见到贞儿，就跪下去，口称"饶命"。帆儿几个很知趣地退了出去。贞儿支撑着病体坐直了身子，一边不动声色地看着涕泪交流的陈太医。陈太医大约是给贞儿的安静吓得，居然猛地抬起了头，目光正好和贞儿对了个正着。他想低下头去，却又不敢，只好让贞儿的目光直刺着自己。

"陈太医，你说，这事儿怎么办？我还能再有吗？"

陈太医不敢正面回答万贞儿的话，他眨巴着的眼睛就像两口刚掘通水脉的井似的，倏忽间涌了许多晶亮的泪水出来，把他的核桃脸冲得干干净净。

"这事儿，按说，杀你的头，你是连冤都没法喊的。满门抄斩嘛，谁要在皇上面前捣鼓一番，也说得过去。只是……"

贞儿温言软语地喃喃自语了这么几句，停住口不说了，温柔地看着陈太医。陈太医已然吓得咳嗽起来。

"娘娘，娘娘，给奴才一个机会吧！"

陈太医咳醒了头脑，忽然膝行到床下，脸上俱是巴结的神情。贞儿冷冷地望着他。陈太医四处瞅瞅，居然不等贞儿发话，就爬起来，附在贞儿耳旁说了起来。贞儿听着，先是满面怒意，接着是疑惑，而后一丝阴郁的笑容爬上了她的唇边。

"你听谁说的？你知道无中生有的下场吗？"

"贞儿娘娘，这都什么时候了，我敢拿脑袋开玩笑吗？是方才听帆儿讲的。"

"嗯，依你之见呢？"

"不妨放长线，到时您等着钓大鱼就是了。"

陈太医紧张地看着贞儿，生怕她会拒绝。贞儿沉吟了片刻，皱着眉说道：

"那皇上呢？这能瞒过他吗？"

"这个……容奴才想一想。"陈太医用枯姜般的手指在脑袋上敲了两敲，一双老眼忽然放出灼人的亮光。而后，他喷着唾沫，在贞儿耳边说了半天，最后惶惑地问道：

"贞儿娘娘，您看这样行不行？"

贞儿抬了抬眼皮，似乎很无趣地打了个哈欠："陈太医，姑念你年老昏聩，此事不与你多计较。你也是快六十的人了，知道该怎样管住舌头，明白吗？"

"明白，明白。娘娘千岁千千岁！"

陈太医在地上猛地叩起头来，嘴里胡言乱语着，一副虎口余生的模样。

夜晚，吴皇后守着一盏孤灯，珠泪双流。哭了一阵子，她实在闷得慌，便又弹起了琴。琴声幽怨，更显得一片愁云惨雾。弹了一阵子，又想哭了，只好唤小红过来：

"把屋里的西瓜送几个给牛公公。"

小红应了声，却又站住了："娘娘，只怕牛公公现在也无济于事。依我看，还是得……赔个礼才行。"

吴皇后的手在琴弦上一划而过，琴声铿锵如金戈之声："这办不到！"

"娘娘……"小红还要劝说，吴皇后却举起手阻止住了她：

"普天之下，有这个理儿吗？我宁肯不当这皇后，也决不向那贱人赔礼！"

吴皇后话说到这份上，小红再不敢多嘴。当她抱着西瓜上路时，顾自摇头叹息了一番：

"唉，不懂事啊，到时候可就要悔断了肠哟！"

她自言自语着，脸上一副恨铁不成钢的模样。

王晚霞住的长春宫，四角有转角廊与各殿相连。转角廊内均有彩画，画的多是吹笙弄箫、百鸟朝凤以及八仙过海等故事，只是时间长了，色彩有些黯淡。王晚霞原本也喜欢翰墨丹青，见这些彩画可爱，无聊时便到此处观赏、散步。

这天傍晚，不知打哪儿飞来了一只翠鸟，忽然停在转角廊的梁上。它那鲜亮的羽毛引得王晚霞和众宫人失声惊叹：

"哇，好漂亮的翠鸟！捉住它！"

王晚霞掩着嘴，小声命令道。宫女、太监领了命，便抄扫帚的抄扫帚，拿粘网的拿粘网，大家悄悄地包抄过去。谁知没走几步，翠鸟"呱"的一声飞走了，梁上却忽然掉下一卷东西来。

"好像是画卷吧？"王晚霞看着那卷东西，一边说着一边命宫人打开来看。

"哇，我的天哪！快，去禀告皇上，就说这儿发现宝贝啦！"

"是！"宫人小跑着离去后，王晚霞抚摸着那几幅画，口里呢喃道："天助我也，天助我也。"

昭德宫幽暗的大殿里，朱见深正匆匆朝前走着，他身后远远地跟着几个太监。忽然间，朱见深瞥见一角红裙在前头的墙角处一闪。他敏捷地回头朝太监们打了个"止步"的手势，太监们站住不动了。

"皇上？"玉儿穿了件绯红的裙子，披散着齐腰长发，却在鬓边插了几朵鲜红的小花，配着她那绯红的唇、黝黑的眼圈，显得非常妖媚。

朱见深定定地看着她，又往四周瞅了瞅，一闪身过去了，两人就在墙角处亲热起来。

"你不许跟贞儿说，明白吗？"

朱见深一边欢愉而激烈地动作着，一边气咻咻地说着。

"为什么？皇上，我……"

玉儿委屈至极，她那大大的眼睛里倏地涌出泪水来了。朱见深不理她，继续动作着。当最后的剧烈过去之后，他便瘫着趴在玉儿身上，闭着眼睛养起神来。玉儿的姿势很不舒服，但她不敢动，只好承受着，脸上的妆被汗水、泪水冲得条条道道的，看上去有些滑稽。

这时，蓝水月从一个阴暗、隐蔽的地方闪出，拎着鞋，光着脚，猫似的走到贞儿的房门口，轻轻敲了敲。

"进来。"随着贞儿的声音，门开了。开门的却是柏鹤谊，她照例一身素净打扮，眉目举止颇有些当年宣宗废后胡善祥的幽怨。

"贞儿姐姐。"蓝水月看了柏鹤谊一眼，很机灵地附在贞儿耳边小声地说了起来。贞儿没表情地听着，但她放在薄被上的手却在颤抖。

"乖，你先去洗澡，睡个好觉吧。来，这白玉瓜是皇上赏的，你拿一个去吃吧！"

贞儿指了指桌上的那堆白玉香瓜，对蓝水月说。蓝水月谢了，挑了一个最小的，又向柏鹤谊行了礼，这才轻移莲步悄悄出去了。

"这孩子，大了不得了。"

柏鹤谊目送着机灵轻俏如狐仙的蓝水月，有意无意地对贞儿说了这么一句，贞儿的脸色更加苍白了。

"那，贞儿姐姐，我这就告辞了。改天我再来向您讨教，您可得多指点我啊，我有哪儿不对的，您尽管骂我。"

柏鹤谊的嘴原本也可以很甜的，只是平常不显山露水而已。贞儿却不接她这个话茬，而是认真地说道：

"你方才说的，都是真的？"贞儿看上去疲乏极了，一副有气无力的神态。

"嗯，反正皇后宫里的人都知道。听说牛太监受了她不少好处。还在先帝定下名分之前，吴皇后的父亲就找过牛太监，我还听说先帝原本……原本是看中……"

柏鹤谊停了停，贞儿看着她：

"是你？"

"不，是王晚霞。"柏鹤谊很困难地说出了这几个字。贞儿若有所思地"哦"了一声，等着她继续往下说。柏鹤谊却忽然低头羞涩地一笑：

"哎呀，贞儿姐姐，我真的要走了。"

柏鹤谊和贞儿道了别，刚推开门，就见朱见深头发津湿地站在门口，两人似乎都被这巧合吓了一跳。

"臣妾拜见皇上。"柏鹤谊垂着头，朝朱见深飞了个眼波。朱见深愣了愣，转眼看见床上的贞儿正无助地凝眸看着自己，忙胡乱朝柏鹤谊点了个头，便快步走到贞儿床前，一屁股坐了下来。

"贞儿，小妈，你好些了吗？让我看看。"

朱见深伸手去摸贞儿，贞儿却将他的手一把挡开，俏脸儿一扭，生气了。

"小妈，怎么了？"

朱见深有些心虚，万贞儿却不说任何话，只是伤心地啜泣。朱见深慌了，以为自己方才的行迹暴露，忙向贞儿解释：

"小妈，我虽然和她在一起了，可我并不喜欢她，我心里只喜欢你。"

他一说这话，贞儿的啜泣便变成了恸哭，她一边哭一边诉：

"我的命好苦哇！孩子也跟着遭罪啊，你也这样薄情啊！"

她哭着，肉乎乎的粉拳一下一下地落在朱见深背上、肩上，朱见深却不敢挪开身子。他像一个做错事的孩子，拼命地哄着万贞儿。哄了好半天，贞儿才渐渐安静下来。

"是玉儿吗？"

"嗯。"朱见深垂了头，有些不好意思。贞儿凄然一笑：

"唉，我无话可说。我只是伤心，伤心你被蒙骗了。"

"怎么呢，小妈？"

朱见深瞪大了一双眼睛，好奇地看着贞儿。

"现在满朝都在传，说当初先帝看中的是王氏，而不是吴氏。是吴氏的父亲贿赂了牛玉，这才将吴氏临时换上去的。还有，皇后宫里的人都说，吴氏高傲乖张，喜欢艳曲淫词，不能表率六宫。"

贞儿说着，将朱见深抱在自己怀里，缓缓撩开了衣襟。朱见深将脸埋在她丰满的双乳间，深深呼吸了两口，这才满意地舒了一口气出来：

"小妈，你身上的气味真好闻，甜甜的。哎，那你的意思呢？"

"我的意思？我有什么意思，我一个老女人，又丑又低贱，皇上若不肯为我出头的话，我只有让人骑在头上拉屎，任由她们欺负就是！"

贞儿说得凄婉。自从她和皇上好上后，整个宫中确实都在非议她，让她难堪者也不少，这些朱见深都明白。他心一疼，搂着贞儿亲了亲，表决心一般地说：

"小妈，你说怎么办吧。反正这吴玉珠我也怪腻味的，说是知书识礼，却轻浮失度。哎，我已打定主意听你的，将她废了。要是真能废了她，我就立你为后，以弥补小妈为我受的苦。"

"好，你要说到做到。你若真有此心，也不枉小妈从小把你抱大了！快说，要做不到怎么办？"

贞儿不顾肢体疼痛，激动地转了一下身，疼得她龇牙咧嘴的，这边却不忘伸出小拇指和朱见深拉钩。

"我一定说到做到，不然，就教我生个儿子没屁眼。"

两人拉钩时都被这句粗话逗笑了，屋子里的气氛顿时缓和了许多。

"禀皇上，王娘娘说，长春宫那边发现古画了，请您过去看看。"

忽然间，玉儿在外边娇滴滴地喊起来。

"什么？古画？小妈，我去看看。"

朱见深一下子来了精神，起身时衣襟却被贞儿拉住了："晚上回来陪陪我，好吗？"

贞儿的媚眼里此刻满是企盼和幽怨，朱见深一下被打动了，他情意绵绵地吻了贞儿一下：

"放心吧，小妈，你等着我。"

朱见深说着，招呼太监们匆匆而去。他的背影刚一消失，贞儿脸上的线条就整个儿变得冷硬起来，她眯缝着眼睛，尖声喊道：

"帆儿，你过来！"

长春宫里灯火辉煌。王晚霞面若春花，正目不转睛地看着在灯下仔细观画的朱见深。

"我的天爷哎，这幅是王摩诘真迹，真正的泼墨山水松石。这是吴道子的释迦牟尼，干净利落，气势雄伟。这是苏东坡的草书，看，用笔丰腴跌宕，有天真烂漫之趣，真不得了！这些真迹宝物，谁会藏在那上头呢？奇了！"

朱见深说着，又望了望大殿的横梁，开玩笑地说道："说不定哪天这儿就落下一幅宋徽宗的山水来了呢！"

朱见深说着，目光忽然触着了王晚霞那双黑如点漆的眸子，不由愣住了。他走过去，将王晚霞拉到一旁：

"你多大啦？有十五吗？怎么看起来跟个小丫头似的。"

朱见深似赞叹又似遗憾。王晚霞秋波一转，温婉地笑了。她的笑容异常甜美，朱见深禁不住轻轻拍了拍她的脸颊：

"像个画上的人儿，长得真精致。"

此言一出，王晚霞兴奋得几乎都要哭了。她仰起娇媚的脸，天真地看着朱见深，一时间不知该说什么，便只好嘻嘻地笑。朱见深心念一动，扭头吩咐牛玉：

"明儿就翻她的牌子吧！"

王晚霞肯定听见了这话，她忽然间不好意思起来，竟一个人跑进了屋里。

"小丫头一个！"

朱见深哈哈一笑，拿着画卷回昭德宫去了。当他的背影消失时，王晚霞急速奔出，眼睛中有了淡淡的泪光。她向着墙发了会儿呆，缓缓走回卧室。她插上门，又放下了步步锦窗板，然后从床底下拉出一只上了锁的樟木箱。打开樟木箱，里边是满满一箱衣料。王晚霞从衣料中抽出一个绫子包裹的卷轴，轻轻打开——又是几幅古画。

"孩儿，皇上喜欢丹青，若你不被注意，可用此画吸引他。若是能以此换得你的前程，倾家荡产又算什么？"

王晚霞耳边似又响起进宫前夕父亲悲壮的临别赠言。此刻，她坐在地上，紧紧抱着那个画轴儿，美丽的脸上满是泪痕。

夜色中，牛玉在宫内的一条巷道中匆匆地走着。忽然，从黑暗中扑出几个人来，将牛玉堵上嘴塞进一条口袋中，然后扛起就跑。不一会儿，牛玉被扔进一间阴暗的房间。接着，有人将他从口袋里放了出来。刚掏去他嘴上的布，牛玉就迫不及待地说道：

"哎，各位爷，是不是搞错了？我是皇上跟前的牛玉啊！"

他打着转，惊恐地看着周围十几张暴戾而陌生的脸孔，还有那些各式各样的刑具。这时，坐在灯光暗处的一个头领模样的男人将桌子一拍：

"大胆牛玉！竟敢勾结羽林前卫都指挥使吴俊，收受贿赂，蒙骗太后、皇上和百官，将落选的吴玉珠重新推荐复选，取代先帝看中的王晚霞，并伪称先帝遗命，让吴氏鸠占鹊巢成为皇后，铸成大错，你该当何罪！"

又是一声惊堂木拍响，倒把个已经吓得蒙头蒙脑的牛玉给惊醒了。只见他习惯性地跪在地上，一边叩头一边大喊冤枉：

"各位爷，这是从何说起啊？吴氏立为皇后，先帝确有此意。此事内阁几位大人都知情，怎能说我伪造先帝遗命呢？再说，奴才并没有见过吴俊，如何收得他银两？还望大人明察！"

"看来，你是不见棺材不掉泪喽？带吴俊！"

阴影里的男子一声令下，不多时，吴皇后的父亲吴俊便披枷戴锁地上来了。看他遍体鳞伤的样儿，肯定吃了不少苦头。

"吴俊，你说，你为了女儿能当皇后，送了多少银两给牛玉？"

"回军爷，送了三百两银子。另外，还有一处宅子。"

吴俊目光呆滞地哑声答道，牛玉惊愕地看着他，忽然疯了似的尖叫起来：

"吴俊，你不要作孽！你扯上我干什么？你这样做，天理不容啊！"

"大胆狂徒，还敢嘴硬！给我好生打着问啊！"

暗影里的男人咬牙切齿的几句话说出后，一阵"哗啦啦"的刑具响，接着是牛玉非人的惨叫。吴俊听着，条件反射地发起抖来。

只一会儿工夫，再把牛玉拖出来时，他已鼻青脸肿、面目全非了。暗影里的男人再一次问道："你说，你到底受了吴俊多少贿赂？"

牛玉没吭声，一个男人扳起他的脸看了一下，抄起一瓢冷水，朝他脸上浇去，牛玉这才哼哼着醒转过来。男人又问了一遍同样的话，这回牛玉搭腔了：

"收……收了银子三百两，还有宅子一处。"

话一说完，他头一垂，又晕了过去。

"没了男根，就是不经打。好了，就这么结案吧！"

阴影里的男人站起来，很是高大威武，竟是昭德宫的管事太监汪直！他从吴俊身边走过时，忽然朝他抱了抱拳，吴俊鼻子一酸，委委屈屈地抽泣起来。

"不行，你不能这么做，这没有道理，皇上！"

周太后挥舞着她粗壮的胳膊，嗓门又高又大，加上幅度很大的动作，仁寿宫的大殿一下变得狭小起来。

"这皇后本身就不是父皇选的。您想想，父皇在世时，可曾跟您说过这事儿？原本就是吴俊贿赂了牛玉，他才伪称先帝遗命，将被选退的吴玉珠偷梁换柱地换上来！再说，她言语轻率，性格又高傲，连朕都不放在眼里，竟管到我头上来了，我不喜欢她！"

朱见深原本居中而坐，这时却激动地长身而起，也和周太后一样，双手比画

着，高声大嗓地嚷嚷起来。左右坐着的李贤、彭时等大臣面面相觑。

"皇上，吴皇后才册立一个月，就这样把她废去，如何向朝野交代？恐怕还是要慎重一些。"

李贤拼着老脸喘着气说。彭时也挺身而出，争辩道：

"皇上，吴皇后除了杖打万妃，并没有多少失德之处，如此废去，怕不成体统！"

"对对，还是慎重些好，免得到时朝野议论，说宣宗帝废了后，您也如此轻率。"

另外两个大臣跟着帮腔。周太后见他们一边儿倒，反倒不吭气了。朱见深把眼一瞪：

"朕不管！如果你们不同意废掉吴皇后，朕就要削发入山，出家为僧！"

"啊，皇上，这可万万使不得！"

李贤、彭时目瞪口呆地看着这个神情激动、脸色苍白、口不择言的年轻皇帝，急得嘴里都要冒泡了。

"孩子，你怎么这么糊涂呀？"

周太后好像怕他现在就会遁入空门，紧紧拽住他的手，眼泪都急出来了。朱见深暗笑，这边却仍坚持己见，弄得周太后没法，只好打圆场：

"按说呀，这吴皇后倒也不错，知书识礼，秉性纯粹，人也温和贤淑。只是她是落了选的，而且先帝在时又已选立王氏，这先帝遗命谁又敢不遵守呢？我看，就依了皇上吧！"

周太后的立场一鲜明，除了李贤和彭时，其余大臣纷纷改口赞同，最后李贤、彭时只好长叹一声，表了态：

"皇上，这废后诏该怎么说？"

"这个，朕亲自来写，不劳你们了！"

大获全胜的朱见深兴奋得双眼放光。他忽然变得和善通达起来，让在座之人哭笑不得，只好看着他挥毫疾书了。

乾清宫里，百官正在上朝，朱见深精神饱满地念着他亲拟的废后诏书：

"朕谨遵先帝之命，册立皇后。本来先帝已定王氏，育于别宫，以待婚期。怎奈太监牛玉收受吴氏之父吴俊贿赂，蒙骗太后及朕，将王氏改为吴氏，以致错将吴氏立为皇后。吴氏行为放肆，言语轻佻，德不称位，有负社稷之重托、朕之重望。

现已征得太后同意，废吴氏为庶人，居别宫。望尽知朕之苦心。"

朱见深念完了，下面顿时议论如潮。朱见深不无淘气地看着那些完全被这个消息闹蒙了的大臣们，觉得特别有趣。然后，他清了清嗓子，宣布了对牛玉、吴俊等人的处理：

"太监牛玉隐瞒先帝遗言，收受贿赂，蒙骗太后和朕，偷梁换柱，暗易皇后，视国家大事如儿戏，本当处死，念其在宫中多年，免其死罪，贬往南京孝陵种菜。吴氏之父吴俊利欲熏心，百般行贿，贬成登州！"

朱见深念罢，长身而起，虎目含威地扫视着大臣们："众位爱卿，还有什么高论吗？"

大臣们大眼瞪小眼地观望了一会儿，见无人出头为吴皇后父女及牛玉说话，便有人乖巧地喊起了万岁：

"吾皇英明，吾皇万岁万万岁！"

朱见深高兴了，将手一挥：

"诸位免礼，散朝！"

坤宁宫里，领旨而来的太监们正在替吴皇后收拾东西。大殿内外一片狼藉。吴玉珠木呆呆地坐在椅子上，对这一切视而不见。只是当尚宝监太监宣布要收回皇后册宝时，吴玉珠这才迟缓地站起来。她直着眼，梦游般地交出紫檀木柜的钥匙。谁知太监将木柜打开，动手要把包装精美的皇后册宝拿走时，吴玉珠却猛地尖叫一声，扑过去，不许别人动：

"你们不要动，不要动！这是我的，这是我的！"

然而这时有谁会听她的呓语呢？太监们将她拉开，将册宝取走了。吴玉珠跌坐在地上，抽泣不已。由于她被贬到荒芜的西内别馆居住，又是庶人身份，小红等宫女都不能随行。宫女们也异常势利，昨天还一副巴结相，现在却全都落井下石，特别是小红，在那儿窃窃私语：

"我说了要她去赔礼，她不去，这下遭报应了吧？"

按老规矩，照例是拨些老弱病残的宫女给她使唤。此刻，负责西内别馆事务的老宫女常婆婆已经来到吴玉珠跟前。

"孩子，起来吧。也许皇上只是一时之气，说不定哪天又回心转意了呢。"

常婆婆将吴玉珠扶起，宽慰着她。吴玉珠欲哭无泪。

这时，全部东西已收拾完毕，披头散发、花容惨淡的吴玉珠跟着搬家的队伍朝西内别馆走去，眼神中充满了绝望。后面，是一大群嫔妃、宫人，大家的脸上都有一种物伤其类的凄凉。柏鹤谊和王晚霞双双走过来，一人拉着她的一只手，哭了起来：

"姐姐，怎么会这样啊？你走了，我们怎么办呢？"

柏鹤谊无比真诚地哭泣着。王晚霞则一边哭，一边往吴玉珠手里塞了块衣料：

"姐姐，这是我娘给我的，送给你吧。你要多保重，我们今后一定会经常去看你的。"

吴玉珠本来很凄凉的脸上忽然挤出了一丝苦笑：

"好了，妹妹们，姐姐这辈子是完了。你们二位今后谁若高升，可别忘了苦命的姐姐啊！"

说着，她以衣袖掩面，趔趄而去。王晚霞伏在柏鹤谊肩上，放声哭了起来。柏鹤谊的唇边却浮上一抹不易察觉的微笑。

吴玉珠路过昭德宫时，看见门前摆了一溜木槿、茉莉、米兰、芙蓉花，嫣红粉白的，灿烂一片。更兼宫门上挂着几串红灯笼，金黄的流苏在风中摇曳出一团喜气。吴玉珠狠狠地瞪着那扇黝黑的门，在心里一千遍一万遍地诅咒那个令她陷入此种境地的女人：

"万贞儿，你不得好死！"

一声凄厉的非人的惨叫突然在昭德宫上空炸开，所有的人在这一刻都停住了脚步。

吴玉珠面无人色地站在那儿，手捂着嘴巴不敢置信：方才真的是自己在喊吗？

哦，是的。瞧，喉咙喊得有些疼，还有些痒，还一个劲儿地往上沁着一股热乎乎的东西。倏地，一朵鲜红的花朵在她唇边怒放，接着，一股鲜血直喷地面，在阳光下划出一道红色的弧线。而后，吴玉珠腿一软，昏倒在昭德宫门口。

吴玉珠搬出坤宁宫那天，万贞儿起床下地走动了。这是她因受杖责而小产以来第一次下床。她的身体素来强壮，这次又被照顾得格外小心，所以调养得红光满面。

"玉儿，花摆好了吗？灯笼有没有挂好？"

贞儿这段时间对玉儿的态度很奇怪，时而亲切，时而蛮横。玉儿呢，以前可以说是贞儿的应声虫，现在却有些对她爱答不理了。贞儿这会儿喊她时，她正懒懒地坐在椅子上，神情煞是疲惫。

"玉儿，听到我的话了吗？"万贞儿气呼呼地走过去，玉儿这才支着膝盖站起来："回娘娘，都已准备好了。"

"准备好了就行。待会儿有贵客从门口过，咱们总不能太失礼呀！"

万贞儿今天穿了新衣，头发也梳得油光水滑，满面俱是春光。她无法掩饰自己内心的喜悦。

"来，吃块油炸臭豆腐。听说是浙江那边的贡品，挺有味道的。"

贞儿朝蓝水月招招手，水月便将手里捧着的一个青花小瓷罐子打开，又递了根竹签给玉儿。谁知玉儿一嗅到臭豆腐的味儿，立刻干呕起来。帆儿在一旁恨恨地看着她。

"你怎么啦？好像最近早上你老是这样。"

万贞儿仔细地打量着玉儿变得黯淡、憔悴的脸，似乎漫不经心地问道。玉儿愣了愣，没吭声。蓝水月在后面不屑地撇撇嘴，被贞儿一眼看见。

"去，给玉儿姐姐取蜜糖水来。"

贞儿在蓝水月额上戳了一指头，蓝水月伸伸舌头，赶快调了杯蜜水来。谁知玉儿一喝，呕吐得更厉害了。

"帆儿，还不唤太医来！玉儿，你跟我来。"

尽管万贞儿的神情极为和蔼，玉儿却有些犹豫。到了贞儿的卧室，贞儿将门严严地一关，指着床对面的椅子："坐吧。"

玉儿缓缓地坐下了，忐忑地望着万贞儿。万贞儿手里把玩着一只红丝线编织的蝴蝶，睨着她冷笑了一会儿，然后把蝴蝶扔到玉儿脚下：

"你够能的，啊，我一会儿工夫不在，你就把皇上给勾引了？皇上说你是个骚货，他是这样说你的吧？"

贞儿的温言软语中充满太多的刻毒，玉儿当时就撑不住了，她泪流满面，好一阵子，才哆嗦着嘴唇，艰难地说道：

"贞儿姐，皇……皇上是宠幸了我，我……"

她用衣袖擦着眼泪，说不下去了。贞儿从床沿上溜下，快步走到她跟前，用手指戳着她的额头，一声狠似一声地骂：

"你什么？你分明就是个贱货！那天有那么热吗，还假装热得受不了，露出半个胸脯，还半路拦着皇上，在墙角就干起来。你这不是天生的贱货是什么？"

贞儿骂着，顺手就甩了玉儿两个耳光。玉儿先还默默地忍着，可当贞儿将她的嘴打出血来之后，玉儿猛地站起身，脸上露出胜利者的微笑：

"你没资格打我！"

"什……么？"贞儿愣住了。玉儿点点头，含泪笑了：

"对，你没资格打我，因为……"她逼近万贞儿两步，且个子比贞儿高，这样一来，她看贞儿时竟有一种居高临下之感：

"因为，我们两个都是被皇上干了的女人！"

玉儿说着，撩起衣襟，将嘴角的血仔细揩去，又拍拍肚子："我已经有身孕了！"贞儿盯着她的肚子，气得脸煞白，手冰凉，正待发作，玉儿却拉开门扬长而去。

"好，有你好看的！"

贞儿咬牙说出这几个字，正巧这时帆儿轻手轻脚走了进来：

"娘娘，陈太医来了。"

"让他进来。"贞儿整整衣襟，端坐椅中，脸上又恢复了惯有的亲切、柔媚。

黄昏时分，文华殿的正殿里灯火通明。朱见深穿着常服，端坐在御座里，神色已是疲惫至极。但参加经筵的依品级东西排列的官员们却精神百倍。他们中有知经筵事的李贤、彭时，担任经筵官的翰林院学士、史官们，另有鸿胪寺官在发口令，随着他们的一声"进讲"，讲官便出列，跪在御案前为皇帝朱见深讲《大学》：

"格物，致知，诚意，正心，修身，齐家，治国，平天下……"

讲官们讲得口干舌燥。陪读的官员们心中翻腾着崇高的感情：总算将这个经筵弄成了。虽说天子门生听得昏昏欲睡，却到底证明了他们的一片拳拳之心没有白费，他毕竟还在听啊！

说起来，这经筵制度古已有之。早在汉宣帝时，就曾召诸儒讲五经于石渠阁。入宋之后，经筵制度成为常制，每年春二月至端午日，秋八月至冬至日，逢单日由讲官轮流入侍讲读。洪武时，太祖曾命翰林学士宋濂、待制王伟等讲《大学》《周易》等书。永乐、宣德时，成祖、宣宗也曾召翰林官讲《大学》《孟子》等，但未形成制度。至正统时，英宗朱祁镇幼年即位，礼部进经筵仪注，定每月的初二、十二、二十二由内阁及翰林官会讲文华殿，其余单日令讲读官四人入讲经史。朱见深即位后，翰林院集编修上奏疏，要求开经筵，要求皇帝日御文华殿，午前讲学，午后论治，且风雨寒暑不废。朱见深对此深表赞同。所以，才有了今天的经筵课，只是课开得晚，还没讲多少，天便快黑了。

"……所谓平天下，在治其国者；上老老，而民兴孝；上长长，而民兴弟；上恤孤，而民不倍，是以君子有挈之道也……"

这一章轮到彭时讲了，他声音洪亮，兴致极高，正想好好展示一番自己的才华。不料御座上的朱见深此时却打起了呼噜。彭时叹口气，将书卷抱在怀里，委屈地看着李贤。

"皇上累了，让他睡吧！"

李贤无可奈何。不料他接下来的一阵咳嗽却将朱见深惊醒。

"好了吗？讲到哪儿了？"

他睡眼惺忪的样子惹得大臣们一阵窃笑。

"皇上，您累了，今天就到这儿吧。"

李贤像照顾孩子一样地照顾着这位少年天子。朱见深一听，马上赞同：

"好吧，就到这儿吧，朕肚子怪饿的。"

说着他就要走，彭时却一把拦住他："皇上，今天是十二，下回应在十天后接着讲。"

朱见深不好意思地挠了挠头，然后毫不犹豫地说："算了吧，朕还是自读为妙，省得大家都累。"

彭时、李贤等大臣听了，只好相视苦笑。

昭德宫里，几个身强力壮的太监正在往外抬玉儿。玉儿被套在一条毯子里，嘴上塞了东西，"呜呜"地拼命挣扎着不肯走，力气大得令人难以置信。汪直等几个拉她的太监们嘴上扎着毛巾，身上还涂了陈太医带来的药，他们接触玉儿时显得谨慎和害怕。

"天哪，她前几天还好端端的，怎么会得这种怪病？"

蓝水月倚在贞儿身边，不解地问。帆儿脸上若有所思。陈太医则微微有些得意，时不时瞟贞儿一眼。贞儿却似没看见他一样，默默地看着太监们将玉儿塞进一顶密封的轿子里抬走。

"帆儿，药水熬好后每人喝一碗，否则怕小命不保。去看看好了没有。"

贞儿吩咐着帆儿，帆儿赶忙敛了心神，跑到膳房里去催。蓝水月好奇，也跟着去了。陈太医瞅瞅四下无人，这才敢开腔：

"娘娘，臣看她……嘿嘿，保你满意！"

不料万贞儿却回头恶狠狠地盯着他："你知道你在办什么事儿吗？若多一个人知道，我就要了你的老命！"

“是，娘娘。”

陈太医的脸一下子变成了死灰色。

荒凉的西内别馆里，只有几点幽暗的灯光在闪烁。吴玉珠坐在暗处不断地哭泣。她才十六岁，只做了一个月零一天的皇后，便被打入冷宫，这种天大的变故几乎将她彻底击垮。

“娘，爹！我要回家，我要回家！”

吴玉珠嘶哑着嗓子一声又一声地喊着。这时，常婆婆掌了灯，和小宫女纪小芙慢慢地走过来了。当灯光照在吴玉珠身上时，常婆婆和纪小芙大叫一声，灯也摔在地上灭了。

“玉珠，孩子啊！你……你太可怜了！”

黑暗中常婆婆伤心的声音令人战栗。

“常婆婆，我怕！”纪小芙抽泣着说道。

“婆婆，我怎么啦？”吴玉珠害怕地问道。

“喂，常婆婆，出了什么事？”

这时，二十来岁的太监马轮儿打着灯笼急急地跑了过来。当他看到吴玉珠时，也愣住了，眼中闪出惊恐的光：

“你……你……你怎么这样儿了？啊？”

吴玉珠一听，一把抢过马轮儿的灯笼就跑。她的白衣在黑夜中飘闪出一种凄凉的美。她穿过一间又一间阔大、幽深、神秘的殿堂，冲开一扇又一扇尘封紧闭的房门，终于来到她那间阴沉、简陋的居室。居室内有一面镜子，冷月般泛着寒光。

“我怎么啦？我怎么啦？”

吴玉珠呢喃着，几乎是一寸一寸地挪到镜子前。当她终于提起灯笼将自己的身影映照在镜子里时，她哼都没哼一声，就倒了下去。斜挂在妆台上的灯笼照着她，只见她白衣、白脸、白发……她那昨天还丝绒般乌黑闪亮的青丝，如今已如皑皑白雪了！

“可怜的孩子，可怜的孩子！”

马轮儿、常婆婆和纪小芙这时赶了过来。常婆婆叹息着，老泪纵横。马轮儿在吴玉珠身边站了一会儿，忽然蹲下身，非常小心地抱起吴玉珠往床边走去。吴玉珠苍白美丽的面容上布满痛苦，马轮儿的心忽然颤了颤。

“婆婆，她是伤心成这样的吧？前两天，女史教官讲了伍子胥一夜白头的故事，她也可以写进史书了。"

纪小芙的声音异常甜美动听。常婆婆看了看她，不无惋惜地说道：

"小芙，你是太聪明了，不然那女史教官也不会通路子把你贬到这儿来。她是怕你不久之后会抢走她的饭碗啊！"

小芙有些黯然地垂下了头。

"小芙，今晚你陪着她睡，一定要警醒，好好照看她啊！我出去一下。"

马轮儿说"她"的时候，清俊的脸上布满同情与柔情。

"马哥你放心。她真是太可怜了，比我和你都还要可怜，是吗，常婆婆？"

小芙天真的话语勾起常婆婆一脸的辛酸："小芙，你要好好念书，好好做事，争取日后有个好结局。别像我，干了这么多年，连皇上的面都没见过几回。"

"那，上次放人走，你为什么不回家呢？"

"我呀，家里人都死光了，还是求了周太后，这才留在宫里混一碗饭吃。"

常婆婆撩起衣襟揩了揩眼泪。小芙叹口气，少年老成地说道：

"好好念书、好好做事就能做娘娘吗？做了娘娘又怎样，还不是一夜白了头！"

"小芙，你这嘴真厉害。来，帮哥把这些东西放好。"马轮儿拿着一包东西进来了。

"核桃？黑芝麻？哪来的？"小芙一蹦两尺高。常婆婆瞅瞅热心的马轮儿，沉声道：

"马轮儿，你可得弄清楚自己是吃几碗饭的，明白吗？"

马轮儿怔了怔，挠了挠头："常婆婆，我知道。这些东西吃了可以乌发。嗯，我怎么瞅着她像我妹子？"

"啐，好你个马轮儿，你爹赶一辈子驴车，你妈天天掏大粪，要是能生出这么俊的妹子，我叫你爷爷！"

常婆婆一席话惹得三人一阵笑，只是马轮儿和常婆婆的笑声似乎非常苦涩。而床上的吴玉珠不知什么时候已经悠悠醒转。她侧身躺着，眼珠直勾勾地盯着墙，活像一具僵尸。

在一座比吴玉珠住的西内别馆更荒芜、更破败、更阴暗的偏殿里，一盏豆油灯闪着鬼火般的微茫。万贞儿一身皂服，更见其成熟风韵。她坐在椅子上，身边站着陈太医和太监汪直。

"她怎么样了，汪直？"

"回娘娘，前两天不行，寻死觅活的，后来安静了些。"

汪直一看就是极机灵的模样，万贞儿对他的回答很满意：

"难得咱们有缘。这些年，我在你身上费了不少心思。你看看宫里，有几个管事太监像你这么年轻？今儿个该你费些心思了。"

"回娘娘，您一万个放心，外人绝不知道这里头住了什么人。"

汪直很高兴能有这么个机会为皇上的宠妃效力，兴奋得鼻头都红了。

"胎儿没事吧？"贞儿多少有些担心的样子。陈太医一听，点头哈腰地献媚道：

"没问题，娘娘。我已请示过汪公公，改天把我妹子叫来看一看。她是全京城闻名的稳婆。"

"嗯，那好。你们兄妹也得花些心思才行。好，带她过来！"

"是。"汪直说着进了里屋。不多时，他背着玉儿出来了。玉儿披头散发，形容憔悴，一见万贞儿，已被割去舌头的玉儿口里"呜噜哇啦"地喊着，就要扑过去拼命。汪直紧紧地抱住了她。万贞儿冷笑一声：

"汪直，你放开她，让她来撞我。她家不是在大兴县吗？她爹叫刘玉柱，她有三个哥哥、两个姐姐、一个弟弟，现在全家有几十口人。如果她不知好歹，把自己弄死了、弄伤了，或是把胎儿弄坏了，那她全家的死期也就到了！"

"嗷！"

听到这儿，汪直怀里的玉儿尖叫一声，翻了一下白眼，昏死过去了。陈太医赶紧过去把脉：

"娘娘，没事儿。"

"没事儿就好，有事嘛……"她拖长了音调，妩媚地一笑，"有事儿大家都得担待着，我可是丑话说在前头！"

一阵风吹来，屋里的油灯摇摇晃晃，将他们的影子拉扯得凶狠如鬼魅，有一种说不出的怪异。

当贞儿回到昭德宫时，朱见深正在那儿享受太监的按摩。见了贞儿，他高兴地跳起来，拉着她的手连珠炮似的说：

"怎么样，全都好透了吧？你是该出去走走，换换新鲜气儿，对身子有好处。"

看得出，他在为贞儿的康复感到由衷的高兴。贞儿用她一贯的柔媚语调温存地

说：

"今天的经筵把你累坏了吧？帆儿，我不是让你烧了艾叶水吗？待会儿把水倒在大木盆里，让皇上好好泡一泡，到时……"

她看看四周，见无人注意她，便斜着眼一笑："到时让我来给你松松筋骨，去去疲乏。"

"是吗，小妈？"朱见深似乎有些心神不定。迟疑了片刻，他终于还是忍不住问了出来：

"听说玉儿得了怪病，被送出宫了？"

"是啊。你耳目这么灵通啊！惦记她了？"贞儿若无其事地说道。

"怎么会呢？"朱见深显见得有些惦念玉儿，口里却否认着。贞儿微微一笑。

"皇上，太医的话还会有假吗？怪只怪她生得太好了，红颜薄命嘛！"

她语带双关的话听得朱见深一愣，但这时帆儿进来说水放好了，贞儿将他一拉，两人进到水汽氤氲的房间，再嗅到贞儿的体香，他便什么也不记得了。

第十六章

仁寿宫里，朱见深陪着太后在下棋，太后赢了一盘，非常高兴。

"怎么样，你终于输了吧？"她像小女孩似的拍起巴掌来。朱见深微微一笑：

"母亲棋艺大进，孩儿怕经常要成为您的手下败将了。"

"你是皇上，平日由你说了算。可要是连下棋都总是你赢，那哪儿成呀？来来，再来一盘。"

周太后欣喜地摆弄着棋子。朱见深眼珠一转，趁机抛出了蓄谋已久的一个主张：

"娘，孩儿想立万氏为皇后。"

"啪"的一声，棋盘被周太后推落在地，棋子四处乱滚，就像太后此刻咕噜噜乱转的目光：

"你疯了吗？你怎么会有这种念头？天哪，你就不怕朝野笑话你吗？她有什么地方让你那么着迷！我真是想不通。"

周太后连珠炮似的射出一串话后，眼珠一下子又滞住了。她呆呆地盯着眼前这个修长、清秀的儿子，仿佛受了惊吓一般。

"我也不知道什么原因，只要听到她的声音，见到她的人，我心里就很安稳！"朱见深想了一会儿，有些迷惘地说道。周太后忽然蒙着脸抽泣起来：

"你要是立她为皇后，我就不活了。我总不能让一个跟我一般大的人叫我婆婆啊，那不是什么脸都丢光了？呜呜——"

周太后使出她当年猎户女儿的性子，又哭又闹的，搅得朱见深直挠头："好了，娘，这不是跟您商量吗？"

"没什么商量的，为娘的只有刚才那句话，你要立她为后，我就不活啦！"

周太后说罢气呼呼地瞪着朱见深，朱见深只好双手一摊，自我解嘲："那，您就当儿子没说这话吧！"

中午时分，朱见深召李贤、彭时陪同进膳。李贤和彭时受宠若惊，因为朱见深即位以来，这是他第一次赐筵大臣。

"来，这是燕窝八仙鸭子、攒丝鸽蛋、口蘑炒鸡片、氽鱼脯，都是新来的大厨做的，味道极可口。噢，对了，这儿还有万妃进的一品江米镶藕，特别鲜嫩，二位不妨尝尝。"

朱见深说着，亲自替他们二人各夹了几箸菜。

"皇上，皇上，这可使不得！"李贤激动得声音都颤抖起来了。彭时也颇不安，他们本来就不太敢坐，这一来，更是立不是坐不是了，满脸的尴尬。

"哎哎，吃吧，别这样。"

朱见深说着大嚼起来，李贤和彭时只好跟着举箸。吃了没几下，朱见深把碗一放，以一种略带狡狯的神色看着他们二人：

"两位爱卿，朕欲立万氏为皇后，二位意下如何？"

李贤这时正在小心地吃一块鱼，听了皇上的话，吓得他一下被鱼刺卡住了，咳了两下，又强忍住，一副可怜样。而彭时夹着的一块鸡，也掉到了桌子上。

"皇上，前两日京城上空又见彗星，且今春以来，灾异迭见，此事须慎重考虑。"

李贤说时，瞥了一眼彭时，彭时会意，马上附和：

"皇上，此事定须小心。皇上大婚，本在新丧之际，吴皇后册立月余，便遭废黜，如今若册立万氏，那……那真是空前绝后了！"

朱见深一边听着，手中一边把玩着一只精致的瓷调羹，一副若有所思的样子。当李贤、彭时终于说完了时，朱见深笑笑，赏他们每人一只鸡腿：

"两位爱卿辛苦了，来，多吃些。"

李贤、彭时倍加感动，虽然腹中已饱，却仍遵命将大鸡腿悉数吃下。

"皇上，有希望吗？"

夜晚，昭德宫寝殿里，贞儿搂着朱见深，轻声问道。朱见深望着帐顶出了会儿神，长叹一声：

"不行，没指望了。对不起，贞儿，我真的无能为力了，真是枉当了一个皇帝！"

说罢他歉疚地凝视着贞儿。贞儿失望至极，同时又夹杂着委屈与沮丧：

"皇上，这皇后的位置，臣妾是死了心了。但是，我如今连名号都没有，这算什么呢？况且，吴皇后这一顿打，我，我……"

贞儿说到这儿，万分伤心地抽泣起来。

"小妈，你别难过，就算你当不成皇后，我一定封你为贵妃，问题是，你得生个孩子下来。"

朱见深说着去摸贞儿浑圆柔软的腹部，贞儿哭得更伤心了：

"呜呜——如果不是她，我那孩子也不会掉，现在我这么大年纪了，再要怀上，多难哪！"

"不难不难，我以后多住你这儿就是。"

朱见深对贞儿确乎有一种发自内心的依恋与挚爱。万贞儿泪眼婆娑地凝视了他一会儿，忽然撑起半个身子，把脸靠在朱见深胸膛上。

"皇上。"她柔婉而深情的声音自有一种扣人心弦的魅力。朱见深"嗯"了一声，便用手摸着她乌黑柔顺的长发和浑圆的肩，脸上的神情多了一份成熟。

"皇上，您要是真心疼我，我倒有个主意。"

贞儿抬起头，脸对脸地看着朱见深。朱见深抬抬眉，秀气的眼睛里闪过询问的神色。可等了半晌，万贞儿却没开口。朱见深急了：

"小妈，你快说啊！"

"唉，我不敢说，我怕你到时会骂我。"

贞儿是真的很忐忑，她期期艾艾地不肯吐露，这倒把朱见深的好奇心彻底勾起来了。他翻转身子，将头枕在贞儿腿上，仰脸看着万贞儿：

"小妈，你无论说什么，我都不生气，不发火，这总行了吧？"

"嗯，还不够，你得同意！"

万贞儿肥嫩的手指在朱见深额上轻轻戳了戳，朱见深将她的手指放在口中，轻轻咬着，一边含混地说：

"行，你说，只要不放火杀人，不让我为难，不害别人，我肯定同意。"

"哟，这算什么话呀！我不害人，就怕你会为难，但对你却是没有任何坏处的。"

万贞儿在他脸上亲了亲，朱见深一把扳住她的头，附在她耳边道：

"朕愿闻其详。"

"那，您听着啊。"

尽管房中再不会有别人，但万贞儿还是小心地将手掌掬在嘴边，这才窃窃私语起来。朱见深听着，脸上神色变幻不定，先是疑后是惧，接着是喜，继而又是虑。等到贞儿说完后，他的脸上冒出了汗珠。

"皇上，您说了不生气，也说了会同意的，您觉得这主意行吗？"

贞儿不无担心地看着朱见深，朱见深皱着眉想了半天，拿不定主意地反问了一句：

"你说这主意行吗？怕只怕蒙不过去啊！"

"唉，什么蒙不过去，只要您同意，有您帮着，莫非谁还敢来察看不成？"

朱见深仍旧皱着眉没作声。贞儿望着他的眼神逐渐变得哀婉、绝望，并且眼里很快渗出几大颗泪珠来。朱见深缄默良久，终于握住贞儿的手，狠了狠心道：

"小妈，只要你快乐，我同意你这么做，只是……"他欲言又止，贞儿凄楚地点点头："我明白，是王氏还是柏氏？"

"可能会立王氏吧。"

贞儿没说话，只是紧紧地抱着朱见深，抽泣起来。

转眼到了十月初，天气已经有些寒意。王皇后独坐在夜晚的坤宁宫里，耳听着瑟瑟秋声，感觉到了真正的秋凉。她披着红盖头，像一尊泥塑，那样美丽，却又那般呆滞。她显然已经等得很久了，因为烛泪已经盘结成团状、柱状，仿佛冬日的冰凌。有好几次，她的手都挨到盖头的流苏了，却最终没敢把它揭起，一双手无力地垂落在膝盖上。

这时，宫女小红蹑手蹑脚地走过来。她似乎挺喜欢这个新皇后，只听她无限同情地说：

"皇后娘娘，皇上……皇上他今晚有事，不在这儿住了，让您先睡。"

王晚霞娇弱的躯体似雨中残荷似的抖了一下："他，他是到昭德宫去了吗？"

"这个……娘娘，奴婢不知。您还是早些睡吧。"

小红本来伸手要揭王皇后的红盖头，临了却改变了主意："皇后娘娘，我给您

端水来，您洗洗脸。"

"不用了，你们都出去吧。"

别看王晚霞人小，性格也活泼，事到如今，倒显出她骨子里的沉着与镇静来了。打发走了小红她们，王晚霞又纹丝不动地枯坐了好一阵，这才缓缓起身，轻移莲步，摸索着来到梳妆台前。她颤抖着手，把那灿烂的红盖头扯下，摇曳的烛光中，她看见镜中的自己灿若云锦，娇似春花，但皇上怎么会熟视无睹呢？

"今天是洞房花烛夜，你也不来吗？为什么？为什么？"

王晚霞伸手去摸镜中自己美丽的容颜，泪水滚滚而下。她一边机械地动着手，口里则喃喃自问着。最后，她再也克制不住，哭倒在梳妆台上。

昭德宫里，朱见深躺在床上，贞儿正卖力地做着推拿。

"怎么样，舒服吗？"

"舒服。小妈你舒服吗？"朱见深说着坐起来，"新婚之夜，新郎失踪了，你说，她不会想不开吧？"

朱见深略微有些担心。贞儿满意地一歪脑袋："唉，要我有皇后当啊，才不在乎新郎来不来呢！你放心，她不会怎么样的，了不起像吴玉珠一样，一夜白头而已。不过，真的非常感谢您，您对我太好了！"

贞儿站起来，肚子微微有些圆。朱见深似是想起了吴玉珠，叹口气。见贞儿期待地望着自己，朱见深不忍拂她的意，忙将手搭了上去，两人相视一笑：

"宝宝大了些吗？"

"大了些吧……"

两人坐在床沿上，喁喁私语起来，一派浓情蜜意的景象。倏地，贞儿站起来，从角落里摸出几支蜡烛点上，又在蚊帐上贴了几个大红喜字，还取出一方红盖头披在头上。

"皇上，今儿就当我新嫁，您为我揭一回盖头吧。"她娇娇的脸上浮现出激动、期盼、渴望的神色，朱见深被她感染了，也变得激动起来。

"好的，小妈，今儿是我们俩的花烛之夜。来，咱们拜一拜天地吧。"

于是，两人像民间的新婚夫妻似的对拜起来。

吴玉珠坐在灯下，正在用秀丽的蝇头小楷誊写白居易的《上阳白发人》：

"上阳人，上阳人，红颜暗老白发新。绿衣监使守宫门，一闭上阳多少春。玄宗末岁初选入，入时十六今六十。同时采择百余人，零落年深残此身。忆昔吞悲别亲族，扶入车中不教哭；皆云入内便承恩，脸似芙蓉胸似玉。未容君王得见面，已被杨妃遥侧目。妒令潜配上阳宫，一生遂向空房宿。宿空房，秋夜长，夜长无寐天不明；耿耿残灯背壁影，萧萧暗雨打窗声。春日迟，日迟独坐天难暮；宫莺百啭愁厌闻，梁燕双栖老休妒，莺归燕去长悄然，春往秋来不记年。唯向深宫望明月，东西四五百回圆。今日宫中年最老，大家遥赐尚书号。小头鞋履窄衣裳，青黛点眉眉细长；外人不见见应笑，天宝末年时世妆。上阳人，苦最多。少亦苦，老亦苦，少苦老苦两如何？君不见昔时吕向《美人赋》，又不见今日上阳白发歌！"

当她终于写完时，将笔一掷，不料却打在正巧进来的马轮儿胸前。

"哎哟，你什么事这么急？"

吴玉珠的头上披着块素色绣花头巾，将她的白发遮住。她清减了许多，虽有些憔悴，看上去却别具美感。看到马轮儿的狼狈样，她暂时忘了痛苦，失声笑起来。

"娘娘，告诉你一个消息，是听守门的老牛头说的。他说，他两个时辰前从昭德宫门口过，正好遇上了皇上。后来他问了随侍的太监，说是皇上今儿不在坤宁宫过夜，而是在昭德宫，你说奇不奇？"

马轮儿压低嗓门将这消息告诉吴玉珠，然后热切地望着她。吴玉珠先是一怔，继而却尖笑起来，只是她笑得很辛酸，皱眉咧嘴的，后来果然变成了哭脸：

"好！好个情深义重的皇上，好个薄情寡义的皇上！可怜啊，可怜王晚霞还以为自此后冠压群芳、独尊六宫了呢！比我当初还不如，起码我还有个洞房花烛夜。我看她的苦日子还在后头！哈哈哈哈！"

吴玉珠接着一阵狂笑，直笑得捧腹坐地不起，待马轮儿去拉她时，却蓦地发现吴玉珠又晕了过去。

"娘娘，娘娘！"

马轮儿四处瞅瞅，见只有风吹帘动，眉梢间不由升起一股喜色。他温存无比地将吴玉珠放在床上，又轻轻唤了两回，见吴玉珠毫无反应，他便将门掩起，而后扑在吴玉珠身上疯狂地亲吻、抚摸起来。

"你……你这畜生！我打死你！我……我要杀了你！"

不期然吴玉珠突然醒来，她先是吃了一惊，继而勃然大怒。她一边压低嗓门骂他，一边用手拼命拍打、推搡马轮儿，试图将他健壮的躯体推开。但马轮儿已经横下一条心，任她打、任她骂，就是不松手。

"呜——你这样子，我不活了，我不活了！"

吴玉珠哭着，待要高声喊叫，忽听外头有人敲起门来：

"娘娘，娘娘，你要喝莲子汤吗？"

原来是纪小芙。

"不用了，你去吧。"吴玉珠颤声答道，然后偷眼看了看已经整理好衣裳站在床前的马轮儿，只见他身材挺拔，深目高鼻，挺英俊的一个人儿。吴玉珠叹了口气，一时不知该说什么。

"玉珠，你真的像我妹妹！"

马轮儿的热情接近赖皮，而且他已经准备着再挨打。谁知吴玉珠却蓦然冷笑一声，接着站起身，将正嬉笑着的马轮儿一把抱住：

"好，今夜他再做新郎，我今夜也再做一回新娘。"

说着，她解起马轮儿的衣裳来。马轮儿目瞪口呆地望着她。可当吴玉珠的酥胸微露时，马轮儿轻吟一声，禁不住将玉珠扳倒在床上……

夜太黑了，柏鹤谊觉得宫女手中的两个灯笼根本不管用，它们在秋风中摇曳着，看上去光亮是那的微弱。她抱着胳膊站在仁寿宫黑漆漆的宫门前，等着太监回话。

"娘娘，太后让您进去。"

这时，掖门咿呀一声开了，太监说罢在前头领路。柏鹤谊一边走，一边在心里复习那些不知已经背诵了多少遍的话。

"太后，我……"

对，应该是一副贤淑、温婉、无怨无悔的表情，这样才能给人公正的感觉。柏鹤谊心里想着。

"娘娘，请。"

仁寿宫的大殿里灯火辉煌。儿子再度当新郎，周太后挺高兴。她招来教坊司的女乐，让她们演奏助兴。只见那些歌舞者与奏乐者们穿着大红罗销金裙袄，披着青绿罗彩画云肩，头上扎着大红罗抹额，在明晃晃的烛光下，看去明艳动人。

"孩儿跪叩母后，祝母后圣安。"柏鹤谊谦卑柔顺的样子煞是动人。

"来，孩子，过来。"

周太后似乎还挺喜欢柏鹤谊的，让她坐在自己旁边，并指着殿中正引吭高歌的

一个太监道：

"这是中官阿丑，他的歌唱得比教坊司的人还好听。"

柏鹤谊看那太监，人不过三寸丁，却有颗极大的头，脸上五官奇丑，却不讨人厌，像个滑稽的木偶。没想到他这么小的身躯却有一副响遏行云的好嗓子。他正在唱张孝祥的《水调歌头·金山观月》：

"江山自雄丽，风露与高寒，寄声月姊，借我玉鉴此中看……"

刚唱到这儿，周太后就一拍巴掌，大声喊道：

"阿丑，你这个太雅致了些，不好听，唱段调子吧。"

周太后指的是民间流行的俚曲儿，阿丑颇为难：

"太后，皇上要是知道了，我的头肯定又要大一圈，那我的脖子边上，你得给我做了个架子才撑得住啊。要么我唱石孝友的'浪淘沙'吧。"

阿丑说罢，忽然掏出个红纱巾披在身上，又向宫人要了朵花插在鬓边，而后扭臀摆髋的，兰花指跷得老高不说，喉咙里还发出娇滴滴的妇人声：

"好恨这风儿，催俺分离，船儿吹得去如飞。因甚眉儿吹不展，叵耐风儿。不是这船儿，载起相思？船儿若念我孤栖，载取人人篷底睡，感谢风儿。"

他一边吟哦高唱，一边做着各种怨恨、娇嗔、羞怯的动作和表情，逗得众人大笑。特别是周太后，笑声豪放至极，前仰后合的，显出少见的快乐。

"好好，赏他金瓜子，众人赏甜点心。你们先乐一阵子，待会儿再来。哎，孩子，怎么啦？"

周太后笑够了，这才想起柏鹤谊此时前来拜见，应是有些紧要事的。她很亲切地抓起柏鹤谊的一只手，问道。

"启禀太后，孩儿听到了一件事，只是不知该不该禀告您老人家。"

柏鹤谊修长、白皙的双手绞弄着衣角，低垂着头，看上去煞是娇怜可人。

"说吧，孩子。"

周太后高兴时很像农庄上的祖母，纯朴、和蔼。

"母后，皇上今天夜里没有住在坤宁宫的洞房里，他上昭德宫去了。"柏鹤谊轻轻地说。不料太后听了却一声高呼：

"什么？真的假的？"

"千真万确，坤宁宫换班的宫女路过我那儿时，和宫里的管事太监说的，管事太监是她叔叔。"

"岂有此理，岂有此理！好了，你们都回去吧。咱们走，到昭德宫去。"

周太后怒不可遏，柏鹤谊用手怯怯地扯了扯太后的袖子："母后，我……我就不去了。皇上他……从来没到过我那儿，如果他知道这事儿是我说的，岂不是更讨厌我了？"

柏鹤谊说的是真话，她也真的伤心了，眼睛一眨巴，泪珠子便吧嗒吧嗒地往下砸。

"他一回也没翻过你的牌子？那牛玉怎么搞的！现在的司礼监太监莫非也是吃屎的吗？好，你回宫去吧，有我呢！"

周太后说着，大踏步地率众而去，其气势就像当初她爹在山里放狗追野兽。

阴暗的房间里，玉儿在拼命地蹦、拼命地跳，但是，胎儿却安然不动。玉儿摸摸大腿内侧，忽然无比悲伤地哭了起来。她一边哭，一边捶胸顿足，恨不得自己立马死去。等她哭够了，便睁着一双肿胀的眼睛四处寻找，看看是否有能够致自己于死命的东西。

"呜呜，呜呜——"

可是，找了一圈，却什么也没有。玉儿看着黑沉沉的窗户，冷不丁抽下自己的腰带。她将腰带搭在窗格上，这边打了个结，然后将头套进去，人往下沉去。谁知她人重，腰带绷断了。玉儿拾起断腰带，在自己颈上拼命勒着，一直勒到自己翻白眼，她才恨恨地住手。

"怎么样，玩够了吗？"

紧闭着的房门忽然被推开，面目阴沉的汪直走了进来。玉儿仇恨地瞪着他。汪直却不以为意，他看着玉儿，慢悠悠地说道：

"你不敢死，你也不敢真的让孩子落掉。因为你和我一样，都是不能寻死的。我们只要寻了死，外边的亲人比我们死得还快。喏，拿去吃吧。"

汪直不知从哪儿掏出个柚子来，剥好了放在玉儿手上。玉儿白了他两眼，忽然发狠地往嘴里塞着柚子，凶狠地嚼着。

"对喽，就得这样。再怎么样的时候，都不要委屈自己，好死不如赖活着，懂吗？也许，你生了个太子呢？想一想吧。"

汪直拍了拍玉儿的脸颊，出去了。玉儿"噢"的一声将柚肉吐出，却是艳红一片。鲜血顺着嘴角往下流，正好滴在她微微隆起的小腹上。

"出来，万贞儿，你给我出来！"

周太后站在昭德宫门口，扯着嗓子大喊。她身后站了几排宦官、宫女，个个雄赳赳气昂昂的，一看就知道是有备而来。周太后高大的身子在灯影中更显得硕大。

"太后，太后！出什么事儿了？"

值班太监和卫士们打开门，见此情形吃了一惊，忙不迭地问。

"没事儿，就是想找贞儿唠唠家常。快叫她出来。"

周太后一边急如星火地走着，一边虎着脸说道。当她走进大殿时，一脚就把一只凳子踢翻了，发出"嘭"的一声巨响。

"这……皇上……皇上也在里边。"

刚刚披衣起来的近侍太监为难地指了指贞儿的房间。

"那就连皇上一块儿叫起来！还不赶快去请驾！"

"是。"近侍太监一溜烟地过去了。不一会儿，神色倦怠的万贞儿便小跑着过来了。一见周太后的神情，她明白了，赶紧跪在地上：

"妾身万氏拜见太后。"

然后，她就垂着头，等太后发话。太后冷冷地哼了哼，拉长腔调训斥道：

"你也是个老人了，还懂不懂规矩？今儿个是皇上大婚的日子，你怎么敢让皇上歇在你这儿？你也太张狂、太放肆、太可笑了！万贞儿，我警告你，今后你要是再这样肆意妄为，我可要家法处置了！"

周太后一掌拍在桌子上，碰翻了一只茶杯，好在近侍太监身手敏捷，竟一把抄了起来，只是茶水却泼了贞儿满身。

"臣妾知罪，臣妾该死！"贞儿猛地叩了几个响头，而后才委委屈屈地替自己辩解：

"太后有所不知，皇上这几天疝气又发了，难于入眠，一定要奴婢抚摩着才能安睡。再有，皇上怜奴婢身子沉重，特来探看。"

"皇上疝气又发了吗？怎么没听太医说过？"她盯着贞儿的腹部看了一会儿，不无讥讽地说。

"你倒长了个好肚子，经得住打。几个月啦？三个多月了，那些太医吃什么长大的呀，怎么连这些消息都不禀告呢？"

周太后的神情明显缓和了许多。这时，朱见深急急地走了出来。

"母后，深夜到此，有什么事儿吗？"

"没事儿，就是想你了。你的疝气好些了吗？"

周太后有些怀疑地看着儿子。朱见深舌头都不缩一下，很顺溜地给了她一个肯

定的答复：

"谢母后记挂，方才已经不疼了。"

"不疼就好，走，我送你到坤宁宫去。今儿个是洞房花烛之夜，你无论如何得过去。"

周太后的倔劲儿又上来了，朱见深这回却不买她的账：

"皇后恐怕已入睡，我今夜就睡这儿。"

他说话时拉下了脸，眼睛显得既黑又深，口吻冷淡而生硬。周太后愣了愣，又呆了半晌，最后沮丧地摆摆手：

"唉，就算狗咬耗子多管闲事儿吧。好好，咱们走。"

她一句俚语将自己和儿子一块骂了，说完就转身离去，动作之迅速，竟令朱见深反应不过来。等太后一行远去了，他才苦笑着摇摇头：

"我倒成了耗子！贞儿，没事吧？"

看着贞儿在太监的扶持下艰难地起身，朱见深很是关心。

"没事儿，母后也是一片好心。都怪我，没做好。"

贞儿很少在朱见深面前埋怨周太后，哪怕受了再大的委屈，她也只是平淡地叙述，决不添油加醋，更不负气乱说，这使得朱见深颇为感动。

"这样也好，咱们的洞房花烛夜……那么特别。"

贞儿说着挽起朱见深的手，信步来到庭院中。秋风吹着，那种寒意恰到好处。天上，一轮月儿冰清玉洁，一切都安静而美好。

"今月曾经照古人，古人何曾见今月？你说，咱俩是哪辈子结下的缘分呢？我就跟欠了你的似的。"

朱见深搂着贞儿，抬头看着明月，一边悄声细语。

"上辈子你欠了我的。那时，我是你老婆，你天天在外花街柳巷的，让我含怨而死。所以，这辈子你得还我的债。"

贞儿仰望着明月，忽然有了少女心性。

"不对，上辈子你卖草鞋，我欠你的草鞋钱，对不对？"朱见深打趣道。

"好哇，你这么编排我，罚你抱我进去！"

"行！"

朱见深一个大小伙子，有的是力气。虽说贞儿这想法有些荒唐，他却觉得新奇，竟二话没说，将丰满的贞儿抱进了寝宫。

宫中日长，已经不记得是第几次日落月升了。总之，又到了夜晚，一直未曾蒙幸的柏鹤谊躺在被窝里，已经偷偷哭了好一阵子。窗外月华如水，她睁大眼睛看着那一缕射进来的月光，美丽的脸上呈现出寂寞、绝望的神色。

不知哪儿的墙根处有几只纺织娘在婉转地唱着。柏鹤谊睡不着，干脆披衣起床。她呆呆地站在窗前，低头看了会儿月亮，就掌灯去墙根寻找纺织娘。纺织娘似乎在故意和她作对，此起彼伏地吟唱着，让她倏忽间觉得自己置身于田野。

突然，她在镜子前停住了。烛光下，镜中的自己是那般幽怨而美丽。她禁不住放好烛台，对镜端详起来。看着看着，她开始缓缓脱去衣衫。朦胧中，镜子将她的裸体映照出来，美得令她自己吃惊。

"皇上，您为什么不来看看我呢？"

柏鹤谊喃喃自问了一声，蓦地轻摆柳腰，舒缓地舞蹈起来。渐渐地，她越舞越快，烛光似被她惊吓，将她投在墙上的影子拉得美丽而怪异。

这时，外面忽然传来喊声：

"皇上驾到，柏娘娘接驾！"

"啊！怎么会这样？他为什么要这样？啊，我太高兴了！好，就来了，就来了！"

柏鹤谊手忙脚乱地套上件袍子，头发也凌乱不堪，但却因此别具风情。当她风一般冲过去接驾时，那模样简直是欣喜若狂。

砰，砰！噼——啪！

几道耀眼的焰火随着清脆的响声冲向天空，散作形态各异的闪光的花朵，使夜空变得绚烂多姿。鞭炮声、锣鼓声、丝竹声、歌声、笑声，将上元节的夜晚搅得热闹非凡。

紫禁城里灯火辉煌。昭德宫门口，便装打扮的朱见深和民妇打扮的万贞儿正喜笑颜开地准备出行。

这时，周太后坐着肩舆过来了，后面还有两顶轿子。她走下肩舆时脸拉得老长，对前来拜见她的万贞儿爱理不理的。

"皇上，我自作主张，替你把王皇后、柏妃也给带来了。哪有上元节出宫赏灯不带皇后去的？你们两个过来。"

她一挥手，从轿子里相继走出也已乔装改扮的王皇后和柏鹤谊。王皇后穿着桃红衣裙，艳丽动人，柏鹤谊穿着杏黄衣裳，素淡如菊。当她们拜朱见深之后站在丰

满、因身孕而臃肿的万贞儿边上时，所有的宫人心中都升了个疑问上来：

皇上爱上了万贞儿哪一点呢？也许是她的肌肤？也许是她的眼波？抑或是她那股成熟的风韵？但若以相貌而言，万贞儿真的无法和这两个春花般的女子相比。

"臣妾拜见皇后。皇后这一向可好？哎呀，柏妹妹，你的手可有点儿凉呐。水月，给柏娘娘拿件背子来。"

不意万贞儿对王皇后和柏鹤谊却极热情，她这透着真诚的举动让所有人吃惊。

"哎呀，不用了。倒是你有了身子，要小心些才是。"

柏鹤谊说着话，眼睛却微微乜向朱见深，朱见深看了她一眼，微微一笑。他对王皇后的兴趣似乎没有这么浓。当贞儿要王皇后和他并肩走在一起时，朱见深轻巧地让开了。

"你们多照顾一下老太太吧！"

他对王皇后和柏鹤谊说。

"是，皇上。"王皇后灿烂地笑着，看上去快活而知足。柏鹤谊则多少有些幽怨，她转身时的那种眼神让朱见深怔了怔。

"这个柏妹妹，她倒像西子湖畔来的，这么柔婉。"

贞儿一直在旁细细地观察，见状她笑着打趣了几句，眼中却闪过冷冷的一抹光。

"皇上，咱们走吧。哟，娘娘，侄儿万安能见着您可真是太高兴了。"

一个肥胖的老臣屁颠颠地过来，向万贞儿问安。万贞儿见她自称"侄子"，又这么亲热，却想不起他是谁，不由一愣。

"他叫万安，听他说，跟您还是本家。"

朱见深介绍道。

"是吗？你祖上是哪儿的？"

万贞儿一直为自己出身寒微而耿耿于怀，不期然却突然横里杀出个"侄子"来，而且是大学士。虽说自己这个姑姑比他小近二十岁，可被人称作姑姑倒也不赖，所以万贞儿很是热情。

"哎呀姑妈，侄子祖上也是山东诸城万家的，和您同宗哪。以后还望姑妈多关照。"

"你这侄子可也太老些了。"朱见深见他那马屁精样儿，有些忍俊不禁，"哎，钟钦礼和阿丑来了吗？"

朱见深性喜绘画，对戏曲也颇爱好，因此和画师、伶官有些交情。阿丑在钟鼓司供职，只是个小内使，但他擅诙谐，又会演戏，所以常蒙太后、皇上召见。

"皇上，奴才一直就在您边上，您怎么就没看见呢？"

朱见深旁边忽然闪出一个装束奇异、穿着婴儿服、梳着冲天辫却粘了长长的假胡须的矮人儿来，正是那位阿丑。他一现身，朱见深、周太后、万贞儿一帮人全笑得前仰后合。而蒙皇上召见的画师钟钦礼却蓬头垢面，腰间倒挂着个用金丝织锦套着的大酒葫芦。

"皇上，怎么还不走哇？再不走，那些灯都让别人看去了！"

钟钦礼满身酒气，趔趔趄趄地走来，一副放浪形骸的样子。

"天哪，快一边儿去，您这样可不能往皇上身边靠，味儿太浓了！"

万安将钟钦礼拨拉开，自己挤在皇上旁边。朱见深却一把拽住了钟钦礼的袖子："老神仙别走，朕就爱看你这真样儿。阿丑装别人是真，你不装更真，朕喜欢。母亲，走吧？"

"哎，好嘞！儿子，多少年了，娘一直想去看这样一场灯会啊。咱们哪，今晚不骑马，不乘轿，从这儿开始走，走个痛快，看个痛快！噢，对了，待会儿有个景致让你看，你可别吃惊！"

周太后神秘而得意地说道。

"母后看上去可是年轻了不止十岁。"

万贞儿趁机大献殷勤。谁知周太后打量了体态臃肿的万贞儿一眼，拉长语调说：

"哟，我可担当不起，你母亲该有七十了吧？我有那么老？哼，咱们走快些！"

周太后一番话，当真让万贞儿无地自容。但她却不以为意，只淡淡地说：

"太后，您看上去真的很年轻，不信问问她们看。"

贞儿的眼光扫在王皇后和柏鹤谊身上。她们俩刚才想笑又不敢笑，如今见问，正好咧开嘴，趁机笑道：

"太后，您看上去真的只有三十岁出头。"

"哎哟，那我不成妖精了？"周太后白了万贞儿一眼，含沙射影地说道。

说话间，她们已来到乾清门那儿。这时，从黑幽幽的阴影处呼啦一下跑出一百多个花枝招展的宫人来。

"奴婢拜见皇太后！"

"奴婢祝皇上龙体安康！"

"问皇后圣安！"

宫女们拜倒在地，犹如一片花球。她们七嘴八舌的问候把个朱见深搞糊涂了。

"喂喂，这是干什么？你们是怎么回事？"

朱见深大惊失色，贞儿拉拉他，指了指太后。

"哈哈哈！怎么样？把你吓坏了吧？我想啊，今晚把她们一起带出宫去，与民同乐。起来，起来，孩子们。"

周太后兴奋异常。朱见深不以为然，正要反对，转眼看见母亲高兴的样子，贞儿又在向他使眼色，只好顺水推舟：

"母亲，热闹倒是热闹，可自太祖以来，一直没这规矩啊。"

"哎呀，什么规矩不规矩的，我在宫中待了这几十年，这规矩可把我规矩怕了。有时我想，当年若留在山中，倒是鸟儿般快活呢。如今你是天子了，我这当太后的就不兴破一回规矩？儿子，不是我说你，这些宫人也可怜呢！名义上是你的人，你哪儿顾得过来呀！也捎上她们去散散心吧。"

周太后一番话更让朱见深目瞪口呆。不过片刻之后，他又深有同感地点点头：

"母亲说得也是，自宣德至天顺，屡选宫人，其中颇有忧思怨嗟，如今能借观灯之机稍慰寂寞，也是可行的。虽说本朝并无此先例，但在唐朝景龙年间，中宗就曾与韦皇后微服出游玩灯，并领宫女数千人齐出游玩，颇为壮观。不意母后今日有此兴致，那就开宫门吧！"

朱见深一声令下，宫门大开。全部微服的卫士们早已布置好警戒，朱见深一手挽着母亲，一手挽着万贞儿，兴致勃勃地迈出了宫门。

紫禁城外的街道上，各种制作精巧的荷花灯、宝莲灯、冬瓜灯、南瓜灯、美女灯、龙灯在微风中摇曳生辉，争奇斗艳。观灯的人本来摩肩接踵，可皇上的卫士却将他们驱至一边。当他们知道皇上和宫眷都来观灯时，脸上又多了一层欣喜。

"我的天哪，哪个是皇上？"

有一个被挤在后边的模样俊俏、顾盼之间显得颇妖娆的中年民妇兴奋地喃喃自语，可她什么也看不清，语调中便有些委屈了。

"我抱你起来看吧。"

一个满脸胡须的中年汉子说着将她抱了起来。原来，他们就是多年前从也先身边逃出的萨日娜和她的情人鲍斯尔。现在的萨日娜叫陈秀娥，早已没了往日贵妇的骄横，但仍旧美丽。她以前的情人、如今的丈夫鲍斯尔改名为赵贵，他倒是苍老了

许多。看得出来，他们很恩爱。

"娘，你看见皇上了吗？"

边上一个十岁左右的女孩儿问道。她模样标致，一双凤眼流露出迷人的神采。她有些像年轻时的萨日娜，可比萨日娜多了几分清灵。

"爹，我也要看。"

一个六七岁的男孩儿扯扯萨日娜的衣袖，撒娇道。

"好好，娘就下来，让你们看。"

萨日娜正要下来，忽然间她呆住了：她看见了朱见深边上挺着个大肚子的万贞儿。

"贞儿！呜……"

她刚张开嘴喊出两个字，就被汉子用手一把捂住了：

"你想找死吗？"

他一贯温存的眼中闪动着愠怒的光，萨日娜委屈地看着他：

"我想见她。我放了她走，我有恩于她。说不定她能给我们一些好处。我整天卖烤羊肉、烙大饼，早卖腻了。"

她的声音虽轻柔，但语气却是暴躁的。鲍斯尔抱着她的手一松，将她放下，有些伤心地看着她：

"你后悔了吗？可要是留在那儿，你早和也先一道被人杀了。不过，贞儿你不能见。朝里都说她妒心极重。而且你当初还害过她。我们还是保得平安最好。萨日娜，听我一次，好吗？"

他们用蒙语小声说着。

"爹，娘，你们怎么啦？"

他们的女儿赵巧云奇怪地望着他们。他俩一愣，赵贵赶忙将女儿抱起，陈秀娥则将儿子抱起。夫妻俩默默地看起灯来。

"皇上，刚才是有人叫我吗？会不会正巧我爹娘，还有我哥哥弟弟他们也在这儿观灯呢？我都多少年没见他们了。"

万贞儿陪着朱见深登上街边一座观景楼，一边看下面姹紫嫣红的风景，一边疑惑伤感地说道。

"名叫贞儿的人多得不得了，未必就是唤你呢。看，那盏嫦娥奔月灯做得多漂亮，就像真的似的，她的胳膊还会动呢！"

寂寞红

温／燕／霞／文／集

朱见深看看周太后她们都已安顿好，就拉贞儿到窗外的廊檐下，指着不远处的一盏灯赞叹道。

"看，像景德镇粉彩瓷杯上画的人儿，可精致了。你说，这人的脑袋瓜怎么就那么会想呢，真是太了不得啦。"

贞儿望着金碧辉煌的四周，脸上浮出几疑在梦中的恍惚表情。

"此景只应天上有，人间哪得几回见哪！"

朱见深的酸劲儿又上来了。忽然间，他把手放在贞儿肚子上：

"哎，你说孩子在肚子里能看见外边的事儿吗？"

他的手在贞儿腹部停留了好一阵，许多嫔妃隔窗都看见了。周太后也看见了。她端起一盘红枣，叫宫女给贞儿端过去：

"去，给她吃。哼，要不是看在孩子的分上，想得美！哎，我说你们两位的肚子也给我争气一些呀！怎么样，有动静没有？"

周太后殷切地看着王、柏二位，她们俩全都不好意思地垂下了头。周太后看看外边那个和万贞儿耳鬓厮磨、不知有多亲热的儿子，似乎明白了什么。她沉着脸，小声问：

"皇上临幸过你们多少回啦？"

"一回。"王皇后和柏鹤谊几乎异口同声地回答道。她们说完这话后，不由互相望着，眼神极为复杂。

"这个骚狐狸精，真不知她哪来的媚劲儿。真把我气死了，气死了！"

周太后气得就要捶桌子，王皇后忽然轻轻拉住了她的手：

"太后，是不是让阿丑过来，给咱们讲个笑话听啊？"

"对，太后，您不用为这些生气，我们不会怨皇上的。"

柏鹤谊任何时候都不忘在太后面前表现她的乖巧。

"好孩子，有太后在，你们别愁。"

周太后心里已拿定了主意，脸上又有了笑容。

"阿丑，过这边来！"

周太后把坐在角落里正和钟钦礼喝酒的阿丑唤了过来。

"讲段什么笑话呢？我想一想，想一想。"

阿丑一摸自己的胡子，不料胡子却掉了，吓得他赶忙把扎胡子的丝线往耳边套，但胡子还是游离于下巴之外，让周太后她们忍俊不禁。

"好，在下就讲一个司马温观灯。也是元宵节，他夫人想外出观灯。司马温说：自己家里就有灯。他的夫人一听，嗷嘴道，还兼看游人。司马光一听，不高兴地说：难道我不是人，是鬼吗？"

阿丑说完这句话后，将脸一低，再抬起头时，却变作了一张粉白黛绿加红舌的鬼脸，吓得众人大声尖叫。

"嘿嘿，怎么这么热闹？"

这一下把一直在窗外游廊上赏灯聊天的朱见深和万贞儿引来了。朱见深一见阿丑这模样，嘻嘻笑了：

"哪来的大头鬼？只是装束太过鲜艳了些。"

"你倒像那穿百衲衣悦母的老莱子，不像鬼。"

贞儿也拍掌笑道。周太后嚷嚷道："阿丑过来，这笑话不好笑，罚你饮这杯酒，再讲一个。"

"谢太后。"阿丑过去饮了酒，一抹嘴，说：

"我酒量不甚好，原是要撒酒疯的，只是前几日听了一则故事，却不敢撒了。"

"怎么呢？"周太后最喜听阿丑讲些村俗的掌故，忙问。阿丑往耳朵上扯扯他那又掉落下来的胡子，说道：

"话说御马监老吴有个表叔，是个极好酒的。只是无论他饮了多少，总要撒酒疯。一天回到家中，向老婆讨酒喝，老婆舀了一碗给他喝。没多久，他就手舞足蹈，追着丫鬟又抱又闹的。他老婆过去一巴掌刮在他嘴上，骂道：'天杀的，吃了浸苎麻的水也撒酒疯！'老吴的表叔听得呆了，好一阵才摸着嘴叹道：'我说今日这疯怎么撒不太来呢！'"

众人听了，哄笑起来。周太后笑骂道："死阿丑，你是嫌我这酒不够醇厚，像浸苎麻水吗？下回把你泡酒缸里，看你如何！"

"阿丑，教坊司最近有新院本奏来，是嘉兴府知事沈鲸作的《鲛绡记》。朕看其中的魏从道最好由你来扮，再找个高挑些的饰沈琼英，倒是别有趣味。"

朱见深金口一开，可把阿丑乐坏了："皇太后，娘娘，皇上方才说要让我饰魏从道。要是这杂剧开演了有人看得作呕，那可不关我的事！"

众人按他的话一想，而此时，原本情景凄苦的《鲛绡记》肯定要变成滑稽戏了，不由会心地大笑。此时窗外华灯大盛，焰火冲天，周太后觉得待在楼内颇无意趣，便率领大家投身于街市。百姓们见皇上与民同乐，甚是高兴，又唱又跳的，一片热闹景象，把周太后乐得脸上笑开了花。

"皇上，只怕宫人不好管理。"

贞儿瞥瞥四周，悄悄扯了扯朱见深的衣袖，提醒他。

"难道还有人敢逃走不成？"

朱见深回身扫视着那些兴高采烈、东张西望的宫女们，不以为意。

"唉，皇上，你真是不知宫人的苦楚。多少年背井离乡，活着却又像没活，了无人生乐趣，饮食起居都不得自由，形同幽禁，我看今晚只怕有麻烦。"贞儿叹道。

"是吗？"朱见深停住了脚步，直到这时，他才发现贞儿的话是对的。因为四周人山人海，原本在身边护卫的便衣侍卫们也被挤得所剩无几。宫人们三三两两地被人群阻隔、分散了。朱见深看见一个面熟的宫女岔入了一条小巷，一闪身不见了，他禁不住大喊一声：

"卫士！去，去把她们追回来！"

卫士们一行动，街市顿时大乱。朱见深和贞儿被人推得趔趄了一下，朱见深有些慌乱，贞儿当即像鸡婆似的张开双臂护着朱见深，口里大喊：

"卫士，还不快来这边护驾！"

"太可怕了，太可怕了！"朱见深望着纷乱的人群，拽着贞儿的衣袖不放，一边喃喃自语。而相隔不远的周太后则在王皇后、柏鹤谊等人的簇拥下看着灯如潮人如海的热闹，笑得合不拢嘴。

"真是太平盛世太平景象啊，多好的夜晚！"

从不风雅的周太后，今晚终于风雅了一回。

第十七章

元宵节之后的第二天，趁观灯之机逃逸的五十四名宫女中就有四十三名被抓回。因为她们大抵自幼入宫，不谙民情，不识牛马，加上身无分文，而皇上的耳目爪牙又遍布京城。第二天傍晚，被抓获的四十三名宫女就送回了紫禁城。

"这些给脸不要脸的下贱东西，带她们过来，我要亲自处置她们！"

周太后闻听有宫女趁乱逃跑后，气得打碎了四只茶盏、三只碗，还因拍桌子拍得太狠而弄伤了手。如今一听有逃跑的宫女被抓回来了，她既恨又喜。恨的是这些人不给她面子，她第一回破宫禁领她们出宫，她们就敢如此大逆不道；喜的是她们又回来了，可以由她任意处置。所以，她早早地就让梅英搬了椅子放在殿门口，眯缝着眼睛坐在那儿，一副猫逗老鼠的残忍表情。

"太后，她们来了。"梅英指着门口，轻轻地说道。

不一会儿，太监押着那帮用绳子拴了手脚、衣衫肮脏、披头散发的宫女们来到庭院上。周太后恨恨地扫视她们几眼后，拿起木棍猛击了身旁的茶几一下，吼道：

"统统给我跪下！"

呼啦啦一阵响，宫女们扑倒在地，有乖巧的，便纷纷叩头，边哭边喊道：

"太后，太后啊！奴婢一时鬼迷心窍，求您老人家高抬贵手啊！"

"太后，我们再也不敢了！"

"太后，奴婢并不想逃跑，奴婢是走散了，不认得路啊！"

344

宫女们哭天抢地的，吵得周太后头都大了。她朝身旁的太监做了个手势，太监们吹响了口中的竹哨子：

"嘘嘘——不许闹，太后有懿旨！"

宫女们立刻噤若寒蝉，连鼻涕挂在嘴边都不敢揩。

"你们这些杀千刀的下贱坯，老娘好心好意让你们出去开开眼界、见见世面，你们居然敢逃！逃得了和尚逃得了庙吗？按规矩，你们逃了，家中人便是个死字！可是你们这些贱婢又蠢笨如此，还不是回到老娘掌心里了？给我打！狠狠地打，打死为止！"

周太后说着，抄起木棒就朝跪在前排的那些宫女们劈头盖脑地打去。宫女们抱着头，只是哭爹喊娘，却谁也不敢挪半步。那些早就摩拳擦掌的太监们，这时也飞舞着木棒打起来。当其中一个脸上有黑痣的年轻太监举起木棒要打脚下的一位宫女时，宫女抬脸惊呼：

"拴儿，是我呀！"

拴儿不忍心下棒，朝旁边的一个宫女打去。挨打的宫女不干了，立即爬着扑到累得气喘吁吁、正坐在椅子上歇息的周太后跟前，指控道：

"启禀周太后，拴儿徇私，不打他的菜户玉莲，还请太后严惩。"

"狗东西，你倒好眼力、好心眼儿，拉下去，再狠狠地打！去，让拴儿和玉莲对打。"

周太后踢了这宫女一脚，然后想出一个怪招，把拴儿和玉莲拉到近处，又让人取了木棒交给玉莲：

"打呀，谁打赢谁活命！"

拴儿一听这话，愣了愣，而这一愣之际，玉莲手中的木棒已挥出，直击拴儿脑门。拴儿被打后痴痴地看了玉莲两眼，头上流下血来：

"你，你……"他只来得及说出这两个字，就倒地而亡。

"天哪，你好狠的心，一棒就把人打死了！"

周太后看着地上拴儿的尸首，颤声说道。而玉莲这时扔了木棒，正看着拴儿发呆，听太后这么一说，她凄厉地尖叫一声，扑倒在拴儿身上，一用劲，咬断了自己的舌头，鲜血顺着她的嘴角往外涌。趁着尚有知觉，她一双手努力地伸向拴儿的颈，紧紧地抱住之后，自己腿一伸，也跟着拴儿去了。

"你呀，得赶快派人去，让太后高抬贵手，留她们一条活路吧！再打下去，人死不了，还要药医，岂非自找麻烦？"

朱见深正在昭德宫里摆弄一些精巧细小的酒杯，一副爱不释手的样子，对万贞儿的话听而不闻。万安在边上低头哈腰地献媚。

"皇上，这是奴才从景德镇民窑里搜罗来的。喏，这是婴戏杯，这是三秋杯，这是鹦鹉啄金杯，比官窑的产品如何？"

"嗯，优雅俊美，玲珑奇巧！"朱见深叹息着，一边对着日光举起了酒杯，细细欣赏着。

"瞧，瓷壁薄如蝉翼，色泽浓艳，的确是上品，只是这么绮丽的东西，似乎更适合闺阁把玩。价钱不菲吧？"

"皇上，永乐之剔红、宣德之铜炉如何？"万安欣欣然有些得意。

"嗯，到如今，只怕价值十万文了吧？你这杯呢？"

"比这有过之无不及。"

"那，岂不是让你破费了？"

朱见深说归说，其实脸上是一副挺愿意让他破费的样子。万安低头一笑：

"皇上，奴才祖上留了百亩薄田，有些收益，这点价钱奴才还担负得起。只要皇上您高兴，奴才就是倾家荡产也心甘哪。"

"那倒不必，你若破产了，再伸手向你姑妈要，朕这姑丈岂不亏得更多？哎，贞儿，你刚才说什么来着？"

朱见深总算回过神来，他们说话时，贞儿一直站在旁边静静地看着，等朱见深问了，她才将方才的话重复了一遍。朱见深有些愤愤然：

"打死了也罢，她们太不知趣了。"

"皇上，就算臣妾求您了。臣妾本也是她们中的一员，看着她们如今这样，臣妾心里疼啊！"

万贞儿说着，掉下了几滴眼泪。朱见深心软了，吩咐万安道：

"那，万安，你且代朕传口谕，就说适可而止，以后还要用她们的。"

"对了，如果太后不肯罢手，你就说皇上说的，可改用刺青，在她们每人脸上刺几个字，也可警诫别人。"

万贞儿似漫不经心地补充了一句，万安的眼睫毛颤了颤，忙答了声"是"，然后拱着肥胖的身躯，摇摇摆摆地走了。

仁寿宫门口，已经伤痕累累、血迹斑斑的宫女们趴的趴、躺的躺、死的死、伤

的伤，有的气息奄奄，有的哭爹喊娘，一片人间地狱景象。

"太后，再打就全死了。"

梅英有些物伤其类，周太后哼了一声，没吭气。太监们还在继续击打，但是已经有些乏力了。这时，万安迈着鸭子步，颠儿颠地跑过来：

"太后，皇上有口谕，说是手下留情。"

万安瞥见庭院上的情景，有些急了，大老远就喊起来。

"哼，什么手下留情，分明又是那老妖精作怪。"

周太后颇不情愿，但她也累了，再说儿子又有口谕，好歹他是皇上，自己不能太任性。所以，周太后便顺水推舟地吩咐道：

"把她们都给我拉下去，不准抓药，任由生死！"

王晚霞自那夜出宫观灯后，就一直处于紧张、忧伤之中。她的贴身侍婢小红跑了，她为此很是伤心。她自认为对小红还不错，小红也多次说她比吴玉珠好，可她为什么要跑呢？是不是觉得跟着失宠的自己没什么出路？一念及此，她又觉得小红的逃跑情有可原。后来听说有些逃跑的宫女被人抓回，王皇后的心便揪了起来。她不断地派人去探问，心中希望小红不再回来。她正担心着，一个太监匆匆跑来报告：

"皇后，已经有四十三名宫女被抓回来了，现在正押往仁寿宫，里面没看见小红。"

"噢！"

王皇后压抑着那份夹杂着酸楚的高兴，平静地点了点头。

"也好，走了，到宫外嫁个平平常常的丈夫，生一堆孩子，倒也过得和美，不像在宫内，男人不像男人，女人不像女人，活个什么劲儿！"

王皇后自言自语地叹道。

"皇后，昨儿皇上不是让人通知国丈老人家来这儿探视您吗？他现在已经到了，正在外面候着。"

这个消息令王皇后又惊又喜："我还以为皇上昨天是说着玩的呢！老人家在哪儿？快请他到客厅里去！噢，对了，我先前吩咐你们准备赏赐的东西都备好了吗？备好了就好。快去迎国丈爷进来。"

王晚霞的脸上涌现出甜蜜的笑容，这边忙不迭地更衣化妆。穿戴上美丽的皇后礼服、凤冠霞帔之后，纯美如少女的她变得成熟而华贵。然后，她坐在椅子上，揣着一颗兔子般乱撞的心，等着父亲到来。

不一会儿，太监即领着同样打扮一新的王皇后的父亲、中军提督王镇进来了。王皇后的双眼立即被泪水蒙住，迷离中只见父亲拜倒在自己脚下，口里念念有词：

"臣王镇叩见皇后，祝皇后……"

"父亲免礼，快请坐下。敬茶。"

王皇后以一种与她的身份地位极不相称的轻捷步态走过来，将父亲搀起，扶在椅中坐好，自己这边再也控制不住，呜呜咽咽地掩面哭起来。

"皇后，皇后吾儿，且收泣声。这大喜的日子，怎么哭呢？"

王镇说着，自己也禁不住放出悲声来。好在值更宫人和太监都是懂规矩的，早驱散了闲散人等，又掩上房门，一任这对父女去哭诉。

"父亲，女儿苦啊……"

王晚霞扑在父亲怀中，且哭且说，将自己入宫后的苦水全倒了出来。王镇听着，泪如春溪淌下，缓缓地漫过饱经风霜的面颊与茂密的胡须。

"孩子，命如此，哭也无益。再说，贵为皇后，是多少人梦寐以求的造化，你只是不惯约束而已。也怪父母，从前在家中对你太过娇纵。我儿，你须得振作精神，遵从宫禁，表率六宫，否则，父母兄长在外怎么也放不下心来。"

王镇很快从伤感中挣出，他擦干泪，开始谆谆教导女儿。他说了许多外人对他家的羡慕，她当皇后之后家中的荣耀。千言万语一句话，要她无论如何得保住皇后之位。

"……那万贞儿与皇上，并非一般嫔妃与皇帝那么简单，她等于是皇上的母亲，皇上对她终身都将怀有一种爱恋。她现在可以操纵皇上，以后年老色衰了，皇上也还会关照她。这是你们所有的人都不能与之比肩的，哪怕再年轻、再漂亮，都无法将万贞儿弄得完全失宠，你信我的话吗？"

王镇在朝中很有几个旧友，自从王晚霞入宫，特别是册立皇后之后，他们时常到王镇家去通报宫中的情况。他们介绍得最多的是万贞儿与皇上的事，王镇又是个好琢磨的人，如今好不容易有了一次探视女儿的机会，自然要提醒女儿注意。

"父亲，你说的这些，宫中已经有人说过了。不过，贞儿对我倒还好，因为我的脾气不像吴玉珠那么傲慢好胜，我什么都由着她，我想她总不会再和我过不去吧？"

"哎呀，孩子，你可太天真了。对这人，你不能光看外表。你想，她在宫中三十多年，若她不是早先就在东宫看护皇上，和皇上有这么深的渊源，这把年纪的

她早该干粗活去了。如今万千宠爱在一身，她自是十分小心在意，防着被人夺了宠去。你说，她心里还能真正容得下你们吗？吴玉珠就是前车之鉴。你刚才说得好，你比吴玉珠脾气好，什么都由着她，这是对的。你要把自己缩起来，像蚌似的躲进壳里，这样她牙齿再利也难于伤你。只要你不惹她，估计问题不大，皇上总不能二废皇后吧？所以，你比吴玉珠要幸运些。你一定要想办法保全自己。保全了自己，也就保全了咱们全家，明白吗？"

王镇的一番话，直说得王晚霞瞪大了眼睛。她痛苦地注视了父亲许久，好不容易才狠心地点了点头：

"父亲，您的教诲女儿一定铭记在心。父亲，母亲和哥哥们可好？"

"都好。噢，对了，这儿有你母亲和三个哥哥写的信，这是他们送给你的礼物，有衣料，还有你爱吃的家常点心。你母亲还亲手给你做了双鞋，看，多好看……"

王镇将夫人做的鞋拿出来给女儿看，谁知王晚霞一把抱住鞋，呜呜地哭起来。

"孩子，好了，别这样。上次……上次那画儿，都给皇上了吗？唔，父亲卖了十几亩田，又买了一幅画，你就转赠给皇上吧。"

王镇在携进宫的包裹里摸索了一会儿，找出那卷画轴，他正要展示给女儿看，一个太监进来了：

"启禀娘娘，国丈爷的轿子已在宫外等候了。"

意思再明白不过，要催王镇走。一直和颜悦色的王皇后这时脸上不由生出了几分怒容：

"告诉他们，我准备留国丈爷进膳。"

"启禀娘娘，皇上有圣谕吗？若没有，就请国丈爷先回家歇息，等下回皇上发话了，再来赏膳，如何？"

说话的太监已年近五十，比王镇年纪还要大出许多，人情十分练达，回答得滴水不漏。王皇后再也没有将父亲留下的借口，只好含泪送走父亲。父亲走后，她挥笔写下"制怒"两个大字，让宫人高高地贴在墙上。

春天了，正是草长莺飞时节，皇上领着万贞儿、王皇后、柏鹤谊等一干嫔妃正在西苑赏春游园。贞儿的身子已经很笨重了，她时不时地要扶着蓝水月的肩歇上一歇。蓝水月经过一段时间的调养后，变得异常美丽。朱见深似乎特别喜欢她，时不时要摸她的脸一把：

"小丫，你什么时候才能长大呀？"

他这失于轻薄的玩笑即刻遭到了万贞儿的指责："皇上，身为一国之君，你该庄重些吧？"

"嗯。"朱见深点点头，嘻嘻一笑。王皇后似乎不愿意和皇上走在一起，她时时和侍婢并肩而行，仿佛没长大的丫头。柏鹤谊则一心要黏在皇上身边，只要得空，便趁机用她柔媚的目光去撩拨朱见深。朱见深显然喜欢这种稍带挑逗的眉目传情，神色中有抑制不住的兴奋。

"皇上，您一双眼睛不够用啊。看，满园春色，姹紫嫣红，如何能够看遍？"

贞儿也学得咬文嚼字起来。

"小妈火眼金睛，须臾便识破我的诡计，太可怕了。"

朱见深仍旧笑嘻嘻的，一副以不变应万变的从容。贞儿端详着略微成熟了些的他，不由有些担忧：

"皇上，咱们到那石山上去吧。"

贞儿不想看见四周那些花枝招展、时刻伺机而动的美丽嫔妃，便捧着笨重的肚子，往石山上爬。朱见深倒也不阻拦，两人爬到一半时，贞儿被石头碰了脚，疼得叫唤起来。

"哎哟！这儿疼得不行。"

贞儿一屁股坐在石头上，脸上的表情很痛楚。不知什么原因，她的肚子突然歪了。不远处的柏鹤谊最先发现这个情况，她死死地盯着看了两眼。这时朱见深也看见了，他朝贞儿使了个眼色，贞儿赶忙背转身，用手摸索了一番，等她再回头时，肚子又正常了。柏鹤谊大惑不解。朱见深咯咯地笑了一阵后，说道：

"你呀，就是喜欢充英雄，这下如何？梁芳，你还愣着干什么？快把娘娘搀下去啊！"

朱见深替她抚摸了一阵后，自己依旧往上爬去。王皇后和侍婢从另一条路上走，这时离朱见深站的地方不远，朱见深朝她招招手：

"过来，这儿好玩！"

"不了，皇上，臣妾头晕。"

王皇后扫视了一眼已经坐在石山下的椅子上、正虎视着她的贞儿，克制住自己的兴奋，迅速地拒绝了。

"扫兴！"

她转身走时听朱见深在那儿嘟哝，眼泪霎时涌上来。她恨不得痛哭一场。但她

头一扬，风正好吹来，将泪水吹干了。

这时，柏鹤谊绕到了贞儿看不见的石山另一边，正费力地往上爬去。她那样娉婷、瘦弱，又穿一身鹅黄衣裳，看起来就像随风摇曳的一枝弱柳，婀娜多姿。但眼下她遇到了难题——她的一只脚被卡在石缝里抽不出来，而朱见深就在她上方，她不由娇呼：

"皇上，皇上！"

她怕贞儿听见，声音很小，朱见深却听见了。他俯身看着柏鹤谊，脸上露出淘气、快活的神情。

"空谷幽兰啊！"

他回头瞥了一眼贞儿，蓝水月正在为她按摩脚，她疼得龇牙咧嘴的，一时无暇他顾。朱见深朝梁芳使个眼色，梁芳会意，身子一横，将朱见深挡住。朱见深敏捷地跳下，将柏鹤谊抱了起来。

"哎呀，皇上，这多着人哪！"

柏鹤谊双手环在朱见深脖子上，这边却娇羞地低下了头，口中喃喃着，一副楚楚动人的模样。朱见深心一动，将柏鹤谊抱进下面的石洞中，就那样站着，把柏鹤谊滋润了一回。

"啊，你真美！"朱见深事毕在柏鹤谊绯红的颊上亲吻了一下。柏鹤谊正要温存一番，不料外面却传来贞儿的呼声：

"皇上，皇上！您在哪儿？"

原来她竟扶着蓝水月的肩，跛着脚寻了过来。

"快，你从那边走。"

朱见深像被拿获的奸夫似的，急得一脸煞白，赶忙将柏鹤谊推向洞的另一个出口，这边自己忙做出小解的样子：

"贞儿姐，我在洞里小解呢！"

他的声音有些儿颤，朱见深用另一只手苦恼地掐了掐自己的喉咙，做了个恨铁不成钢的怪相。这时，贞儿走了进来。

"皇上，您怎么变得这么村俗了？嗯，好臭。快出来吧，您不是说今儿大家就在这花园里用膳吗？现在膳房送膳食来了。"

贞儿狐疑地打量了洞内一番，没见着什么异常，脸上顿时阴转晴，声音也清脆起来。朱见深紧张的心情也为之一松。

"走吧，我背你。"

朱见深说罢，少年心性顿起，竟背着贞儿健步如飞地冲了出去。

"哇，我的天哪！"宫女嫔妃们惊叹着，既羡慕又妒忌，同时还很失落。

"皇上，不能这样，您是天子。"

梁芳快步上来劝谏道。贞儿也意识到不妥，忙要求下来。可朱见深够固执的，硬是把她背到了太监们临时搭起的餐桌旁。

餐桌旁只摆了两张椅子，一张是皇上的，另一张谁都觉得应该由皇后来坐，可王皇后却淡淡地站在一旁，好像那椅子与己无关。万贞儿被皇上放下后，一屁股坐在椅子上，朱见深似乎也认为这是天经地义的事，居然就下旨传膳。

"皇上，万娘娘的位子在那边，这是皇后坐的。"

一个平日很少说话的老太监忽然过来跪奏道。一时间，四野俱寂。朱见深恼怒地瞪着他，却又无法反驳。贞儿看看沉默不语的众人，知道自己此举太逾越礼数了。她憋着满肚子火，佯装着要站起来，王皇后却一把按住了她的肩：

"不，不用了，我在那边吧。贞儿姐脚疼，动不了，就坐这儿吧。"

王皇后说着往嫔妃们坐的小桌子走过去。她的谦逊出乎很多人的意料，连朱见深和贞儿都有些蒙了。他们面面相觑了好一会儿，贞儿耐不住了：

"我还是过去吧。"但她的身子却跟铆住了似的。朱见深没吭声，而是举筷夹了一块肉放在她碗里：

"吃吧。起来，你还跪着干什么？"

朱见深踢了旁边跪着的老太监一脚，面色铁青。但老太监不但不起，反而哭谏起来：

"皇上，奴才闻知尊卑有序上下和。陛下既已立后，万娘娘乃妾，妾主岂可颠倒？您这样做，似乎是对万娘娘好，其实是害了她，让众人都觉得她不懂礼数啊！娘娘，难道您没听说过'人彘'的故事吗？戚夫人若不恃宠而骄，想与吕后分庭抗礼，她又怎会落得如此下场！"

老太监一把眼泪一把鼻涕地哭谏着，朱见深和万贞儿听了，半天张不得口。特别是万贞儿，原本脸上挂着怒容，等老太监说完后，她却起身将他扶起：

"公公言之有理。皇上，您就自个儿用膳吧。我脚没那么疼了，现在可以过去。"

贞儿此举同样大出众人意料。她走过去时，众嫔妃脸上有的流露出幸灾乐祸之色，有的却很佩服。但贞儿似乎并不在意别人如何看她，只见她一拐一拐地来到王

皇后身旁，深深福了一福：

"皇后，臣妾方才脚疼挪不动，失礼了，您现在请过去吧。"

她一副恭敬有加的样子，朱见深看了，不觉赞叹她的机警与大度。王皇后仿佛受了惊吓，很是恐慌地站起：

"贞儿姐，不用了。要不，您也坐这儿，咱们姐妹几个，也好拉拉家常啊。"

"那也行。来，姐妹们，吃吧。"

贞儿大方地坐下，然后笑着拿起了筷子。她一发话，众人纷纷举筷，顿时一片咀嚼之声。只有贞儿对面坐着的柏鹤谊，神情恍惚，好几次和别人撞了筷子。贞儿注意地看了她几眼，似乎想起了什么，一抹不悦从她眼中闪过。但当柏鹤谊凝视她时，贞儿却回了她一个和蔼亲切的微笑。

"来，吃这盘牛肉。"

贞儿的声音是那样亲切，柏鹤谊听了，却不知怎的感到了几丝凉意。

同样的春日，同样的春色，可在吴玉珠住的西内别馆，却显得寂寞凄凉。破败的房舍，陈旧的设施，空旷的长满杂草的院子，就连殿前的几钵花也白得那样伤感。

在一间阴暗的小耳房里，常婆婆正在给她的菜户老侯掏耳朵。

"听说了吧，仁寿宫那儿一到夜里就有人嘤嘤地哭，还有打杀声、求饶声，把周太后都吓出病来了。"

老侯呲巴着豁了门牙的嘴，含糊不清地说道。

"八成是元宵节那次被打死的宫女吧？唉，她们太年轻了，以为出了宫门就鱼儿入海了，哪晓得皇上张了大网，把她们又捉回来了。听说还是贞儿求了情，不求情的话，肯定全死。"

常婆婆叹道，老侯冷笑一下：

"现在也差不多死光了。当场挺尸二十四个。剩下的重伤，又不准吃药。有些虽说喝了轮回酒，可这女人的尿好像不顶事儿，不行。我听人说，只怕都要进净乐堂的铁炉子。"

"嗨，你说，咱怎么就这么命苦呢？无儿无女地伺候了一辈子人，到老了，连一口棺材、一块坟地都没有，更别想有人来给咱烧纸祭奠了。"

常婆婆说着抹起眼泪来了，老侯不以为意地打了个哈欠。

"你哭什么呀？若像你这么想人家吴玉珠早该上吊了。"

"哼，我看她活着也跟死了差不多，整日疯疯癫癫的。好在马轮儿不错，经常给她开开心、解解闷。"

"哎，你这一说，我倒想起来了。有一次小黄说，马轮儿夜里就住在她房里，这是怎么回事？"

老侯一副神秘兮兮的样子。常婆婆白他一眼："你又想干什么？总不至于斗鸡输了想向人家要东西？我告诉你，你可别再做什么缺德事了。马轮儿住不住那儿我不知道，就是住了，也不关我们的事，你可别多管闲事！"

"哎哟，我不过觉着稀奇罢了，您怎么就啰唆这么多？"

老侯很夸张地抗议着。常婆婆看看他，忽然站起身，在抽屉里翻动起来。不一会儿，她把抽屉猛地一推，扑到老侯身上又打又闹：

"死东西，我那对银镯子是我妈给的，你又弄哪儿去了？是不是又偷去还赌债了，啊？你这杀千刀的老杂种，你这断子绝孙的绝户！你还我镯子来！"

常婆婆哭天抢地地闹着，声音在空荡荡、阴沉沉的大殿内四处乱撞，把满窗的蛛网震得摇摇晃晃。

"好了，好了，下回赢了再还你还不行吗？"

老侯对常婆婆的抓挠同样不以为意，他哄小孩一样地哄着她。常婆婆扎在他怀里，撒娇地边哭边打他。这时，披散着一头长发、穿了件白衣裳的吴玉珠抱着只黑猫幽灵般来到他们的房门口，轻声道：

"常婆婆，你不晓得这房子破吗？你再喊这屋顶就该塌下来了！还有老侯，你也是，不斗鸡就会死呀？"

说罢，也不等常、侯二位张口，径自转身缓缓离去。

"你歇一歇，回头我托膳房的老陈到宫外给你买两件衣裳，这总行吧？我现在有些事，得先走。"

老侯推开常婆婆放在他身上的手，出了门，又仔细观察了一番。当他看见吴玉珠飘飘悠悠的白色身影时，便猫着腰跟了过去。

昭德宫贞儿的寝殿里，帆儿正穿着贞儿的衣服在照镜子，蓝水月在一旁欣赏："真好看，帆儿姐。什么时候你也能当上娘娘呢？"

"去去去，小丫头，这事儿要是让贞儿知道了，我们可得这样。"帆儿在脖子上比画了一下。

"知道。"蓝水月拿了凤冠，正要试，听到脚步声，两人慌忙把凤冠放回原

位。但帆儿身上的衣服却来不及脱了,她只好拉着蓝水月,"哧溜"一下钻进了床边的布幔里。这时,贞儿急急奔了进来:

"咦,没人也关门?"

贞儿四处看看,没见着人,便大胆地脱掉了湿漉漉的外衣,只穿着一件亵衣。但贞儿的亵衣下居然露出一大截棉胎!

"该死!"贞儿自言自语着,从一个锁着的箱笼中又取出一床裁成圆形的棉胎,她拿着在身上比了比,接着便将身上汗湿的棉胎取下,绑上新的,穿上件干净外衣后,俨然又是一个即将临盆的孕妇。

床幔后面的帆儿和蓝水月目睹此种情状之后,惊得险些站不稳。蓝水月的手在床柱上撑了撑,床跟着摇了摇。贞儿走到了门口,又觉着奇怪,不由想过来看个究竟。这时蓝水月已拉着帆儿机灵地钻入了床底下,两人缩在角落里大气不敢喘一下。贞儿四处看了看,没见什么异样,正想走,却见帆儿洗抹布的木盆在一旁。她用手摸了摸周围的东西,是湿的,她嘴角边露出一丝冷笑,缓缓走了出去。

床底下的帆儿和蓝水月互相对视两眼,又拍拍心口,庆幸自己没被发现。但她俩还不放心,坚持在床底下蹲了好一阵子,这才缩手缩脚地往外爬。帆儿先出来,可她立刻就后悔了。一抬头,她就看见了一幅裙袂从门槛上飘过来,脚上踏着的珍珠花履让她惊恐万分。这时,门被轻轻地关上了。

"娘娘,我什么也没看见。我不会说的,求求您,求求您!"

她由下往上仰望着贞儿,只觉那往日温和亲切的脸庞上蕴藏着一股杀气。她更加口不择言了,一边伸手抱着贞儿的腿请求饶恕。床角落里的蓝水月一见这架势,赶忙又往里缩了缩,还找到一块破布将自己盖上。贞儿没说话,只是背着的双手忽然挥出,一根茶杯粗的木棒狠狠敲在帆儿头上,直打得帆儿头破血流,当即昏死过去。蓝水月在床底下簌簌发抖。贞儿迅速奔到衣橱前,将一块玉佩放入帆儿的怀里,这边反手往自己额头上敲了一下,把另一根早就准备好的棒子丢在帆儿手边,而后尖声大叫:

"来人哪,有贼!啊,怎么是帆儿?"

闻讯而来的太监、宫人即刻聚了一堆,汪直走在前头,他看了看贞儿,又看了看地下的帆儿,眼睛闪动了一下。

"我推门进来,没人,可是床动了几下。我又喊了好几声,还是没人应,我就从外面抄了根木棒,想看看是谁。哪知一进门就被人敲了一下,看,一个这么大的包。我也打过去,哪晓得居然是帆儿。天哪,帆儿,帆儿,你醒醒呀!快,去太医院抓些药来。"

万贞儿让大家看了她额上那个包之后，立刻蹲下身，将帆儿抱在怀里，边哭边喊，其哀痛、后悔的神情让所有人都觉得帆儿能被她打真是幸福。

"娘娘，看，橱柜拉开来了，她当时肯定在偷东西。天哪，她居然敢穿您的衣裳！看，她曾躲在床底下，瞧这儿。"

贞儿说话时，汪直一直在四处察看。这时他指着床底下的痕迹，还有贞儿故意敞开的柜门，斩钉截铁地说道。贞儿感激地看了他一眼，汪直又以捕头的口吻说：

"娘娘，您搜搜她身上，看看有没有偷什么东西。"

贞儿摇摇头，对一个宫人说："不行，我不能看血，我的手都软了。来，你来搜一下。"

贞儿让帆儿的同伴来搜帆儿的身，自己艰难地站起来，在一旁直冒虚汗。

"看，娘娘，这是您的玉佩！"

宫女举起玉佩，不敢相信地看着帆儿血污斑斑的脸。

"知人知面不知心哪。"

有几个宫女叹道。汪直点点头："这就对了。娘娘上次的珍珠衫上少了两颗红宝石纽扣，想必也是她拿了。"过去的事就不提了。原本我想让东厂来查的，后来怕搞得人人自危，也就作罢了。没想到她越偷越上瘾，这才有了今天的事情。"

万贞儿此时已坐在椅子上喝茶。她面色苍白，看上去很虚弱。汪直在房间里转了两圈，还不放心，又低头往床底下看了看。幸得蓝水月此时已用布将自己从头到脚蒙住，房间又幽暗，加上床底下还堆了许多杂物，汪直没发现什么。

"好了，都散了吧，抬她下去。"

汪直对刚才搜帆儿身上的宫女说道。宫女抱住她，却惊恐地喊了起来：

"凉了，她死了！"

她跳到一旁，再也不敢近前。

"天哪，怎么会这样？"贞儿在一旁伤心地哀叹，眼泪滂沱而下。汪直叹口气，将帆儿抱起。

"去通知净乐堂，让他们快把她拉走。"

汪直一边抱着帆儿往外走，一边吩咐手下。

"水月，水月！"

贞儿不敢在这幽暗又充满血腥味的地方待下去。她喊着蓝水月的名字，在一个矮胖宫女的搀扶下跟着也出去了。

"水月呢？"

贞儿在走廊上问，矮胖宫女想了想："好像刚才看见她出宫去了。"

"这孩子，总这么贪玩，跟我小时候可不一样。"

万贞儿像是赞扬又像是责备地说了一句。

蓝水月趴在床底下，浑身颤个不停。她不敢出声，但泪水却拼命地流，流得满下巴都是。她美丽机灵的双眼因恐怖而睁得溜圆。似乎是怕自己出声，她将拳头塞在嘴里咬着。她的神色很是绝望，因为她根本不知道自己什么时候该出去。很可能等着她的也是与帆儿同样的命运。

这时，她听见外头有了动静，像是有人进来了。接着，她看见一双男人的脚走到了床边。她抖得更凶了。而后，一张男人的脸倒着垂了下来，原来是方才出去了的汪直。他这一举动，吓得蓝水月几乎失声尖叫起来。

"快出来吧，现在没人了。"

这句话居然是用瑶语说的！水月既惊又喜，但她还是不敢应声，更不敢动。这时汪直又说话了：

"你快出来。我也是瑶人，像你一样，父母被杀了，他们把我阉了送进宫的。快点，再不出来就来不及了。"

汪直的瑶话讲得有些结巴，但在蓝水月听来，不啻是一种福音。她终于爬了出来，还好，汪直没骗她。

"快，出门往右拐。有人问，就说你拉肚子上茅坑了。"

汪直在小丫头肩上轻轻拍了拍，自己四处张望了一下，见没什么异样，赶紧将门轻轻掩上，往左边甬道走去。

"看，这是哔剥子，打到额头上会响。这是蒲公英，等它再老些，你可以将它吹飞，它飘起来的样子像是一把小伞。"

西内别馆的荒地上，吴玉珠和马轮儿漫步在荒草丛中，两人正说着话。当然，像以往一样，多半是马轮儿说给吴玉珠听。这时马轮儿正举着一朵蒲公英在向吴玉珠讲解，吴玉珠听得津津有味。

远处的回廊上，老侯猫着腰闪到一根油漆剥落的柱子旁，正偷偷朝他们这边张望。沉浸在幸福中的吴玉珠和马轮儿根本没去顾忌四周，他们说着，笑着，两人的脸上都绽放出少有的欢快笑容。

"小时候，我常带妹妹上山砍柴，妹妹就去采花、采野果。春天的时候，我们的柴担像一对花球，妹妹满头都是花，我们唱着山歌，多快乐啊！"

马轮儿英俊的脸上浮现出甜蜜的表情，吴玉珠则一脸神往。

"我从来没去过山上，山上美吗？"

"美啊，美极了。"马轮儿陶醉地闭上了眼。吴玉珠打量着他健壮的身体和秀丽的多少有些女性化的脸，叹了口气。她依旧国色天香，只是那阳光下熠熠闪亮的满头银丝，使她的美貌看上去有些妖异。

"你妹妹漂亮吗？"她小心翼翼地问道。

"漂亮。"马轮儿说着，眼中淌出几滴泪水。

"你就是为治她的病，才找路子净身进宫的吗？"

显然，有关马轮儿妹妹的话题他们不是第一次谈了，但不知怎的，马轮儿却暴怒起来。他瞪着眼凶狠地说道：

"你不是知道吗？知道还问？"

吴玉珠吃了一惊，继而她的神色有些惶恐不安。

"对不起，对不起。"她那修长白皙的手不自觉地抓住了马轮儿的胳膊。马轮儿一愣，脸色立即缓和下来：

"我不是有意要发你的火，我只是……只是……"

马轮儿说着，掩面抽泣起来。吴玉珠回望四周，见无人注意，她拉着马轮儿缓缓躺在草丛中。野草将他们的身影掩盖住了。草儿在风中有些得意地微微摇晃着。

"嘿，有事儿！"

老侯探长脖子，透过草丛，隐隐约约看见马轮儿在吻吴玉珠。他两手轻轻一合，枯皱的脸上露出阴险的笑容。他猫着腰，一闪身走了。

薄暮时分，贞儿正在指挥宫女、太监们搬房间。

"放这儿，放窗户边。嗯，水月，给我端一钵茉莉进来，放在床头边。"

房间内陈设已基本就绪，贞儿挺着大肚子，脸上露出满意的神情。蓝水月捧了一钵盛开的茉莉花进来，美丽的脸上不复有往日的机灵与可爱，而是变得十分忧郁。

"她怎么啦？小脸儿拉那么长。"

贞儿不太高兴地说。蓝水月闻言，脸上立刻堆起了纯真的笑容：

"娘娘，我只是头有些晕，没别的事儿。"

"是吗？我摸一摸。"

贞儿的手覆在蓝水月额上时，蓝水月不禁打了个寒噤。

"嗯，有些儿热。叫厨下给你蒸一碗午时茶，喝了好祛风寒。是不是夜晚贪凉没盖被子？别看现在天热，可不许在地下睡。"

贞儿一副嘘寒问暖、关怀备至的样子，蓝水月的脸色更难看了。她歪斜着身子，似想躲开贞儿的手。这时，方才忙着抬东西的汪直走过来，注意地看了蓝水月一眼，机警地说道：

"启禀娘娘，水月是我老家人，您可得多关照些。"

"是吗？怎么以前没听你说过？"

"唉，也是前两天闲聊才知道的。水月，你跟我过来，帮我拿一下东西。"

汪直领了水月要走，贞儿却盯住他不放："那边怎么样了？不会有事吧？"

"没事，就在这两天。我等一会儿就过去。走，水月。"

"是吗？"贞儿摸着肚子，神情有些激动。

汪直拉着水月来到寂寥无人的院坪上。水月忽然抽泣起来，口里呢喃着：

"我害怕，我害怕！我昨夜梦见她把我也打死了。"

"水月，"汪直蹲下身，双手紧紧扳着水月的肩，口吻不容置疑，"水月，你要忘掉这一切，把帆儿当作该死的小偷。因为我们必须活下去。只有活下去，才能告慰我们死去的父母亲人，明白吗？以后你千万要小心，要是让人知道了你偷看的事，咱俩都没活路，记住了吗？"

"嗯，"水月点点头，又抹了把眼泪，"我想小芙姐姐，她现在在哪儿？"

"噢，她现在在西内别馆服侍吴玉珠，听说她参加了女史教习班，学得很不错，你去不去？"

汪直有些心疼地看着蓝水月，蓝水月摇摇头：

"贞儿娘娘不让。你说，在宫里要活着，就得害人吗？"

蓝水月稚气的眼睛里流露出困惑的光芒。汪直愣了愣，点点头：

"不是要害人，但你得提防人。再就是当别人妨碍了你的时候，你就得像踢一块石头似的将它踢开。好了，以后咱们少说话，多做事。我们得干活儿了。"

坤宁宫里，王皇后正在画画。她画的是几枝残荷，一片凄清的意境。画好之后，她让新来的贴身侍婢合欢把画拿远些、高些，自己眯了眼睛，细细地观察了一番，不是太满意。

"好了，放桌上吧。"

合欢依言将画放好，王皇后想了想，提笔在空白处题下了一首古诗：

"枯鱼过河泣，何时悔复及？作书鲂与鳏，相教慎出入。"

"咦，这不是'枯鱼过河泣'吗？娘娘，这儿又没有鱼，你为什么用这首诗呢？"

合欢目不转睛地看了一会儿，忽然不解地说道。王皇后大吃一惊："合欢，你怎么知道的？"

"宫内教习前些天才让我们学了《杂曲歌辞》，正好讲了这一首呀！它讲的是一条被人捉起晒干的枯鱼，写信给鲂、鳏两个同类，要它们以己为戒，出入谨慎，千万小心，如此方能避开灾祸。我说得对吗？"合欢笑吟吟地说道。

"你倒认真，不错。只是人生苦痛识字始，我倒希望你多做些女红更好。"

王皇后一副郁郁寡欢的表情。合欢正想说什么，忽然朱见深手执纸扇风流倜傥地走了进来，身后跟着太监梁芳。

"臣妾拜见皇上！"

王皇后和合欢齐齐跪了下去。

"起来，起来。哟，这画的是残荷，题的又是'枯鱼过河泣'，怎么如此悲苦？朕今天翻你的牌子了。"

可能是在昭德宫住得太多了，朱见深又想起了王皇后。他原以为王皇后会喜不自胜，谁知她却头一低，惶急地说道：

"请皇上见谅，臣妾这几天身子不爽，只怕有负圣意。"

"是吗？怎么司礼监的尚寝官没在牌子上做记号呢？你脸上也没贴花红啊？"

朱见深白了梁芳一眼，梁芳忙不迭地辩解："皇上，王娘娘前几天就好了的，这事儿决不会弄错！"

王皇后脸红了红："启禀皇上，臣妾是头晕咳嗽，只怕感风寒，于圣驾不利。"

说着，她真就咳嗽起来，朱见深忽然觉得她那种弱不胜衣的模样特别动人，不由将她搂住：

"没关系，朕身体还算康健，这点儿小病奈我不何。朕今晚就歇你这儿吧。"

"哎呀，皇上，这……"

王皇后着急起来，那神情就像个撒娇的小姑娘。朱见深见她这样婉拒，像是突然悟到了什么："你是怕别人说吗？"

他这个"别人"指的是谁，在场的人都知道。王皇后见心思被点破，一时间倒不知该如何是好了。

"你别多虑了，今晚就这么定吧。"

朱见深的拗执劲儿上来了，他这样说时脸上似乎有一种示威的表情。

这天仁寿宫里照例热闹非凡，但这次没有教坊司的女乐，却在大殿里架了几台纺车，周太后正在教柏鹤谊等一干嫔妃宫女纺线。纺车"吱扭吱扭"地响着，但大都纺不出线来。周太后在柏鹤谊的纺车前停下，忽然发现柏鹤谊纺出了一段线，她特别高兴：

"你们看，柏氏手多巧，这儿就数她学得快。你们快纺，纺出来赏香瓜一个。来，你跟我来吃香瓜。"

周太后像以往一样，对柏鹤谊的喜爱溢于言表。她俩走过去时，有几个笨手笨脚的嫔妃狠狠地剜了柏鹤谊几眼，柏鹤谊佯装不知，脸上洋溢着兴奋、得意的神情。

"坐，坐，吃瓜呀！"

周太后亲自将瓜塞到柏鹤谊手中。柏鹤谊谢了，小心翼翼地吃了两口后，瞅瞅四周，忽然凑到周太后跟前，小声地说：

"太后，奴婢有一事不解，想向太后您老人家讨教一番。"

"什么事儿这么神秘呀？说吧。"

"是这样，太后，那天，我们到西苑游园，我看见……"柏鹤谊把那天自己的所见及疑惑一说，周太后不由愣住了。

"会有这事儿吗？那可也太奇特了。哎，不过你这么一提醒，我倒想起来了。听说吴皇后打她那天，把孩子给打下来了，怎么这么快又有孩子呢？总不会……"

她倏地住口不说了，盯着柏鹤谊的眼神有些凛厉："你还跟谁说过？"

"奴婢发誓，除了太后您以外，没跟任何人透露。"

柏鹤谊不承想周太后的反应会是如此，不由悔急交加。周太后见她这样，脸色缓和了些：

"行，这样最好。你呀，人是极精细的，只是……"

周太后说到关键处，可能是突然想到了一个妙主意，眉梢眼角便都布满喜意：

"嗯，就这么着。孩子们，你们回去吧，我有些事儿，得出去一下。走，到昭德宫去。"

周太后总是雷厉风行。她立即率了梅英等一干贴身宫女、太监，浩浩荡荡地往昭德宫去了。柏鹤谊走在回宫的路上，想象着万贞儿的狼狈相，忽然快活地笑出了声。

"娘娘，你笑什么？"

贴身宫女很是惊讶，不由惊奇地问道。柏鹤谊皱皱眉，柔声说道：

"没什么，我只是有点儿笑气病，时不时要发作一下。"

"噢！"

贴身宫女恍然大悟，黑暗中也咧了咧嘴，希望自己有朝一日也能像娘娘一样得笑气病。当然，前提是也当上娘娘。

第十八章

贞儿坐在摆布一新的卧室里，心神不宁。茉莉花似乎有意跟她作对，散发出比往日更为热闹的香味。蓝水月跪在地下，小小心心地帮她按摩着脚掌。恍惚之中她好像又回到了过去，正以和水月一样的姿态替孙皇后揉着腿肚子。

"水月，行了，你去喝口水吧，松松筋骨。"

贞儿每每想到自己的过去时，便对下人变得宽容了许多。水月"嗳"了一声，站起来时小嘴儿咧了咧，显见得膝盖跪疼了。贞儿觉得自己对她们还可以，起码没有经常让她们"扳著""提铃"，了不起斥骂几句，打几个耳刮子。当然，玉儿和帆儿例外。

"娘娘，皇上到皇后那儿去了，今晚可能不会过来了。"

这时，一个受命出去打探皇上行踪的太监回来了，气咻咻地禀报道。

"嗯，知道了。都出去吧！"

贞儿朝他们慵倦地挥挥手，心里如同打翻了五味瓶，啥滋味都有。但其中最明显的是一种莫名的恐惧，惧怕被这位可以当自己儿子的皇上冷落、遗忘、抛弃，就像一个瞎了半辈子的人突然间重见光明之后萌生的那种对失明的恐惧。

"皇上，你不是说不喜欢她们吗？可你怎么……"

贞儿禁不住掩面小声啜泣起来。就在她陷于这种突如其来的忧伤中不能自拔时，外面忽然一阵喧哗，接着是水月匆匆跑来的脚步声：

"娘娘，娘娘，不好了！太后来了，好像怒气冲冲的。"

"是吗？你去跟太后说，我正在洗浴。然后你马上从角门那儿出去，请皇上过来。"

尽管贞儿想不起自己最近到底有什么地方得罪了太后，但她本能地感觉到一种威胁。而且她直觉地认为，可能与她的怀孕有关，毕竟这是她到目前为止最大的秘密。况且那天在西苑，绑在肚子上的棉胎移了位，当时那么多人在场，难保没有人看见。再说，还有玉儿的事，只要稍有泄露，对她都是天大的灾祸。唯一值得庆幸的是，这一切都有朱见深在撑腰。

贞儿把灯拧小，坐在幽暗的房间里，浑身因惧怕而战栗起来。

"洗浴？她怎么不去混堂司的澡堂子里洗？"

周太后不耐烦地在大殿里走来走去，本来就圆的眼睛瞪得像牛眼那么大。

"启禀太后，混堂司的澡堂子是立秋以后才开的。"

虽说知道周太后在故意刁难，可万贞儿的贴身宫女还得恭恭敬敬地回答。蓝水月见没自己的事儿了，赶紧悄悄地溜走。她得去找皇上，而且得赶快去。

别看她小，她可是懂眼色的。

房间里，万贞儿正在神情不安地来回走动。她时不时地看一眼燃着的香头，在计算着时间。汗水止不住地从她头上淌下，她觉得自己快要虚脱了。因为，她隐隐约约地听见了外头周太后的喊声：

"她在哪儿？快叫她出来！"

看来真是来者不善，善者不来啊！贞儿抹着汗，一副绝望的神态。这时，她忽然脑子一转，小声唤来寝殿外值备的太监，如此这般地吩咐了一阵。太监应声而去，随即又回来，将取来的一瓶液体递给贞儿。贞儿处理了一番后，往床上一倒，"哎哟哎哟"地叫唤起来。

"怎么，难道她身上长了铜锈，要一寸一寸地擦？"

周太后已经怒不可遏了。她冲着替她掌扇、端茶的宫女大声地吼着。宫女们唯唯诺诺，不敢作声。

"带我去看她！"

周太后原本对柏鹤谊说的那件事还有诸多疑虑，因为在她想象中，万贞儿若是假孕，是瞒不过皇上的。而皇上——她的儿子，又怎会容忍他的妃子做出此等欺宗

渎祖之事来？所以，她不太相信。但她很愿意就此找找万贞儿的茬，所以才来了。可现在贞儿躲躲闪闪的，她倒认为贞儿十有八九是假孕了。她冷笑数声，要宫女带她去找万贞儿。

就在这时，从里边匆匆跑出一个太监来：

"太后，不好了，不好了！万娘娘刚才洗澡时摔了跤，流血了。快，陈婆婆，你快去看看。"

这陈婆婆是陈太医的亲妹妹，是京城有名的稳婆，宫中嫔妃产子多由她接生。这段时间她一直住在昭德宫，怕的就是这种情形。陈婆婆应着，飞快过去了。

"是吗？怎么这么巧哇？"

周太后觉得事情越来越有趣了，她站起身，拍拍那太监的肩：

"走，带我过去。"

"这个……太后。"

太监眼见得推不掉，只好领着她穿过长长的甬道。而陈婆婆已先于她们跑过去了。还在走廊上，就听见万贞儿的呻吟声。待推开房门，一股血腥味飘过来，让太后皱起了眉头。

"贞儿呀，我说你都快临盆了，正想来看看你，怎么你那么不小心呢？来，让我看一看。"

周太后捂着鼻子走到贞儿床前，伸手就要去摸贞儿的肚子，贞儿呻吟着，翻滚着，陈婆婆取出瓶药水，让她嗅着。见太后伸出一只手，她忙制止道：

"太后，她现在有些危险，能不能请太后老人家坐在椅子上先等一等？"

"她肚子这么大，好像挺紧的，让我摸一摸。"

周太后再次伸出了手，眼看就要触到贞儿的肚子了，忽然从门外闯进一个人来：

"母亲，您怎么到这儿来了？怎么样，快生了吗？唔，真难闻。母亲，这味儿不好，再说，有秽气，请您出去休息吧。"

来人是救星朱见深。一见太后那姿态，他也急了，竟急不可耐地把太后拽了出去。

"哟哟，你怎么了？我是想看看贞儿的胎位正不正。"

周太后还是有些疑虑，但朱见深却不理她，拉着她快步来到大殿上。

"呼——呼！"

他猛吐了几口浊气，又大吸了几口新鲜空气，一副死里逃生的样子："天哪，再待一会儿，我都要吐了。"

"皇上，不是我说你，产阁那地方，本就不该你去的。"

周太后看看儿子的脸色，似乎能够理解他方才的举动了。

"快要生了吧？贞儿身体本就胖，只怕她有些难处呢。"

朱见深叹道。周太后打量着儿子，见他唇上蒙着淡淡软软的胡子，五官精致稚嫩，完全还是个孩子样，再一想到万贞儿的年龄，她就气不打一处来，好像儿子被人欺负了似的。

"儿啊，母亲倒真的很想看一看贞儿的肚子是尖是圆呢。尖肚子大都生儿子，圆肚子生丫头片子的多。"

周太后紧紧盯着儿子那修长、沉静的双目，并希望从中能捕捉到一丝惊慌。但朱见深却不慌不忙地笑了：

"母亲，她的肚子既圆又尖，说不定是龙凤胎呢。只是梁芳前几日帮我请了个宫外的术士，他替朕算了，说是宫中有孕的妇人，可能对您有些妨碍，所以您还是尽早回宫的好。这话儿子曾经禀报过母后，可能您老人家忘了。"

这是贞儿和朱见深当初为防太后察看定下的说辞，没想到倒真的派上用场了。周太后依稀记得有这么回事，如今一经提醒，不由有些害怕了。

"那，我赶快回宫吧。再说天色也晚了，得歇了。"

周太后灰溜溜地起驾回仁寿宫去了。她一走，朱见深立刻奔到贞儿寝殿，将门一关，也不避讳陈婆婆，抱着贞儿直叫唤！

"天哪，吓死你了吧？看，一脸的冷汗。陈婆婆，去，叫宫人取热水来，你侍候娘娘抹个澡！"

朱见深说罢拍拍胸口，他也吓得够呛。贞儿抹过澡后，却仍跟虚脱了一般，连说话都有气无力：

"皇上，今儿我是死里逃生哪。您说，是不是有人走漏了风声？太后今儿个可来得太突然了！"

贞儿脸色白里透青，手一直在打战，朱见深看到她这样子，不由得有些愧疚："在你生下来之前，我再也不离开你了。"

"是吗？那，臣妾可就太感谢您了。"

贞儿软绵绵的胳膊围在朱见深的腰上，热情地吻着他。朱见深陶醉地闭起了双眼。但是，贞儿突然推了推他：

"皇上，您要回坤宁宫去了吧？回去吧，省得她等，她也怪寂寞的。"

贞儿欲擒故纵地说。谁知不提皇后还好，一提她，朱见深的脸色立刻变了：

"不回去！活该她当孤老。哼，居然……"

朱见深没说下去。想到自己方才粗鲁地行幸王皇后的事，朱见深心里很不是滋味，他感觉那像一次强奸。王皇后看着他的眼神那么陌生、紧张，哪有贞儿这般柔情？倒是那个柏氏还有些意思。

"皇上，您在想什么？"

贞儿睁着一双明亮的媚眼，一直在看他。朱见深笑了笑，用手指在贞儿脸上划了划：

"你是不是在骗我？"

"什么？臣妾没有哇！"贞儿紧张起来，朱见深一把扪住了她丰满、柔软又富有弹性的乳房，坏坏地说：

"你还说没有骗我，没有骗我你怎会有这么细腻、这么有弹性、这么柔嫩的皮肤？我看她们都没有你好。你肯定只比我大两岁！"

"是吗？你要不要我再好一点儿呀？"

贞儿一挑逗，朱见深肯定吃不消，没多久，他就开始伏在贞儿身上喘气了。

"妈呀，你真的太好了！贞儿，我真喜欢你。"

"皇上，您对我好我知道。可是，您还这么年轻，而我年长您这么多，日后我老了，您就不会再理睬我了。"

这份忧虑一直石头般压在贞儿心上，她说着说着，忽然哭了起来。朱见深免不了山盟海誓一番，两人这才搂抱着沉沉睡去。

坤宁宫里，王皇后猫一般蜷在床上发呆。前面桌上，一灯如豆，屋外的梆声听上去像夜在叹息。宫女合欢坐在桌子边上，头一点一点地打着瞌睡。更有那突如其来的雷声、雨声，使王皇后倍感凄凉。

"合欢，合欢，去睡吧。"王皇后走下来，轻轻地拍了拍合欢的肩。合欢打个愣怔，醒了：

"是皇上回来了吗？"她懵懵懂懂地跪了下去，对着王皇后叩起头来：

"奴婢该死，奴婢该死。"

"好了，皇上他不会回这儿睡了，你上床去歇吧。"

王皇后哭笑不得地将她拉起。合欢一脸惊讶：

"都这么晚了，他上哪儿去睡呀？"

"上哪儿去睡？三宫六院，都是他睡的床，他还会愁没处睡吗？"

王皇后无限悲凉地一笑，看上去比哭还难看。

"是不是那个贞儿生了？"

合欢这会儿才算真正醒了。王皇后点点头："估计是吧。去，叫他们把宫门口的红纱笼给灭了。"

"那，咱们都睡觉？"合欢的脸上充满欢欣。她真是太想睡了。王皇后苦笑一下，有气无力地挥挥手：

"睡吧。"

但是，她却是睡不着的。合欢出去以后，她开始铺宣纸，然后饱蘸墨汁，写下了"怨歌行"三个字。

玉儿躺在铺了一层麦秸和布的炕上，正痛楚地拱动、翻滚着。她的嘴被毛巾堵着，脸是肿胀的，豆大的汗珠虫子一样满脸游走。摇曳的灯光下，她的眼神看上去疯狂而绝望。

"怎么样，陈太医，陈婆婆？"

汪直站在一旁，看着紧张却仍无计可施的陈太医兄妹俩，一副有劲儿使不上的模样。

"是臀部先出，她的骨盆又小，再挨些时间，只怕孩子要没了。"

陈婆婆伸着一双血淋淋的手，惶惑地看着汪直。陈太医的脸上冒出汗来了：

"娘娘交代了，无论如何得要孩子，不管男女都得保住，否则我们就没命了。汪公公！"

他突然跪倒在汪直脚下，叩起头来：

"您快拿主意啊，快拿主意啊！"

"嘿，你算什么狗屁太医！快起来，这关头，哭有什么用？"

他们俩走近玉儿跟前，看着气息渐渐微弱、眸子已经有些黯淡的玉儿，手足无措。这时，一直默默地站在一旁的陈婆婆发话了，她冷冷地说道：

"汪公公，法子倒有一个，就是不知使不使得。再就是还有几分凶险。"

"什么法子？"

汪直和陈太医凑过去，仿佛这样陈婆婆的方法就奏了效一样。

"用刀把她的肚子剖开，把孩子取出。"

"啊？这……这怎么行呢？这人不是会死吗？不行不行！"陈太医指着扭动得

不如方才有力的玉儿，急得脖子上青筋直蹦。汪直考虑的明显不是这个问题。他很冷静地看着陈婆婆：

"会伤孩子吗？你以前有没有做过？"

"这个……以前给一个大户人家的妾做过，孩子救下了，大人可是没了。"

陈婆婆说着打开炕边上放着的藤篮，取出蓝花布包着的一把剔肉刀，又倒了点烧酒擦着，那沉着的样子让两个男人不得不折服。

"行不行？再迟些可就大人孩子都没了。"

陈婆婆专心致志地擦着刀，头也不抬地说道。汪直有些同情地看了看玉儿，谁知已经昏昏沉沉的玉儿却突然朝他点了点头，还抬起软绵绵的手在自己肚子上做了个"剖"的动作。汪直的眼睛有些湿了，牙巴骨一咬，狠声说：

"切吧！"

"你们俩把她的手和脚绑起来，越快越好。"

陈婆婆又扔给他们两根长长的布条，可炕上无法绑。陈婆婆大喝一声：

"按住！"

汪直、陈太医按住玉儿的手脚，陈婆婆把刀贴在胸口，喃喃念了几句经文，然后，非常迅速地在玉儿下腹拉了一刀，一股血水喷涌而出，溅了陈婆婆一脸，使她看上去异常狰狞。但陈婆婆浑然无觉，她专注地在玉儿血糊糊的肚子里掏了一把，玉儿身体一阵颤抖，而后就不动了，而一个同样血糊糊的孩子却已经抱在了陈婆婆胸前。

"嗯——啊！嗯——啊！"

孩子的哭声划破了夜的沉寂，但因屋子的门窗皆用黑棉被蒙住，外面根本听不见。

"啊，是个公子！这下好了，我的娘啊！"

屋里的三个人同时松懈下来，特别是陈婆婆，倚在墙上，半天动弹不得，枯皱的脸上也不知是汗水还是泪水。而死鸡一样的陈太医这会儿倒有了精神，只见他小小心心地给孩子喂了几勺黑乎乎的液体，不多久，孩子就睡了。

"玉儿，玉儿！"汪直口里喊着，这边伸了手去把玉儿的脉搏，接着又摸了摸她的口鼻。他叹了口气，伸手轻柔地将她圆睁着的眼睛合上了。

"快走吧。"汪直取了块原先换下的旧门帘，将玉儿的遗体盖上，把血衣收到包袱里，又将睡着的婴儿放入藤篮，一边催促正在换衣洗脸的陈婆婆。

"这儿怎么办？"陈太医惊恐不安。

"我自会收拾。咱们从这边走。"

在汪直的带领下，三人借着从破旧门窗射进的晨光，穿行在重重房舍之间。他们走过的房屋高大、宽阔、破败，真不知是在哪儿。因为汪直每次去接他们总是亲自赶马车，车篷厚厚的，坐在车内像瞎子一样，根本不辨方向。可是，当他们左转右转，终于转到贞儿住的宫殿前时，这才知道，原来玉儿就藏身于昭德宫里。当然，也可能是旁边哪座闲置的偏殿，总之不会太远。

这时，天已麻麻亮，正是皇上准备上早朝的时辰。院子里有卫士、肩舆，汪直一看，赶紧将他们领入一处低矮的房子里。等了好一阵，才见睡眼惺忪的皇上很不情愿地上了肩舆，在众人的簇拥下上早朝去了。

"快，这边走。"

汪直领着他们拐入了一条长长的甬道，好不容易才来到了贞儿的寝殿门口。汪直有节奏地敲了几下门，贞儿刚送完皇上，正好醒着，一听这约好的暗号，飞身扑来将门打开，让三人进了屋。

"怎么样，好了吗？男的女的？"

贞儿将门关上后，迫不及待地询问起来。汪直将遮在藤篮上的布撩起，贞儿一眼看见婴儿的小鸡鸡，喜得她抱着汪直打了个圈。

"哎呀，我太有运气了！玉儿呢？"

"死了。"

"是吗？我的天哪！我会年年为她烧纸钱的。"

万贞儿假惺惺地双手合十念叨了几句。然后，她像将军一样骄傲地吩咐道："按计划行事。"

"是。"

三人分头行动起来。首先汪直取了玉儿身下的血布铺上，贞儿躺上去，陈婆婆换上刚才的血腥衣裳，这边汪直将准备好的鸡血取出。最近这些日子，这样的鸡血他每晚都吩咐厨下准备好。这血名义上是给贞儿治病用，其实他把鸡血递给陈婆婆后，陈婆婆将她涂在了贞儿的阴部和大腿上。

"好了，可以去叫人烧热水了！还有，孩子马上能醒吗？"陈婆婆看看依旧紧张不安的哥哥陈太医，不放心地问道。

"我算准了药量，估计待会儿就能哭了。实在不行，咱生久些，等他哭了再说。"

"嗯，行。娘娘，你喊起来。"

贞儿听话地大声呻吟着，汪直则把值备宫女的门敲得山响："起来，起来！娘娘要生了。"

于是，整个昭德宫喧哗、热闹起来，喜气中飘散着隐约的血腥气。等太监、宫人们忙到天大亮的时候，太监们立刻去朝班上唤回皇上。大家都紧张地等着。

终于，从万贞儿的寝殿里传来了一声婴儿的啼哭，孩子哭得非常响亮，响亮得像是愤怒，又像是伤心。接着，是贞儿一声中气十足的喊声：

"儿子，我有儿子了！我终于有儿子了！"

产阁外的朱见深得报后一跳八尺高，也和贞儿一样振臂高呼："朕有儿子了！朕有儿子了！"

昭德宫门口张灯结彩，鼓乐齐鸣，鞭炮声声。礼花散发着微弱的火光钻入白日的天空，一切都是那般喜庆和欢乐。

打扮得花团锦簇的万贞儿抱着孩子站在大殿里，笑得合不拢嘴。她身边许多来贺喜的嫔妃、命妇神情复杂地望着她。

"怎么样，皇上快到了吗？"

她不时地在门口张望一下，美丽的脸上掠过一丝期盼与焦急。

"快了，乐队已经往这边过来了，听到了吗？哎，咱门口的锣鼓停一停啊！"

汪直帮着贞儿"生"了这么一个儿子，不觉腰粗气壮了许多。他忙上忙下地张罗着，显得和贞儿特别贴心。蓝水月好像已经从帆儿的事件中恢复过来了，燕子似的飞进飞出。

"恭喜你喜得贵子呀，贞儿。喏，这是给孩子的金锁。"

王皇后的高姿态令贞儿心花怒放，而其他嫔妃一见皇后都礼待万贞儿了，自然不敢怠慢，遂众星捧月般将贞儿围在中间，看那模样，像是自己也跟着生了儿子似的。

"姐姐，这是送给您的一件衣料，一点心意。"

柏鹤谊过来了，笑得很甜蜜。她似乎胖了些，一阵风吹过时，贞儿注意到她的小腹有些儿凸。

"哎呀，姐姐，您可太有福气了。皇上亲自过来给您册封来了呢！看，他来了，手中捧的是金册，还不是皇贵妃的银册。您真是比皇后还有面子呢！"

当朱见深穿着一新、亲自捧着金册走到院坪上时，一个不怎么懂事的嫔妃羡慕地说道。好在这时乐声大作，她的话没几个人听见。但王皇后该是听到了的，她脸

色稍许有些尴尬，不过很快就恢复正常了。

"皇上驾到——"

礼官一声大喊，在场的众人纷纷跪下。但礼官立即把王皇后给扶起来了，引她站在皇帝身后。然后，他用洪亮的声音喊道：

"妃万氏，特封皇贵妃，命卿等持节行礼。"

礼官说话时，朱见深将手中的金册双手递给跪着的万贞儿，万贞儿满含热泪地接过金册，叩谢之后，站起身接受其他嫔妃及命妇的祝贺。抱在保姆手中的孩子似乎也知道要凑这份热闹，不迟不早地哇哇大哭起来。

"哦，哦，孩子不哭，不哭！哎，哎，笑一个，笑一个。"

朱见深好奇地接过孩子，一边抖着，一边用手指逗弄着孩子稚嫩的脸庞，清秀的脸上闪现出父爱的光芒。

这时，周太后身边的贴身宫女梅英指挥宫女挑着礼担过来了。

"放这儿，放这儿。启禀皇贵妃，太后吩咐下午把孩子带过去，她要看一看。"

"噢，行的，好的。"

万贞儿和朱见深对视一眼，两人都喜悦万分。如今的结果正是他们预谋的目标，不想竟真的实现了，不但朱见深有了第一个皇子，贞儿因此封了皇贵妃，就连一贯排斥万贞儿的周太后，此刻也不免要礼待她一番。

"各位，中午就在外面赐宴，大家务必尽情吃喝！"

朱见深一高兴，发出一个如此疯狂的圣旨，膳房的管事太监一听，吓得撒腿就跑：

"老秦，快，再到别宫膳房搜些东西过来，皇上要请客，有上百人呢！"

"是吗？"

膳房里正在忙碌的众人闻听，立即炸了窝，有的往外跑找人，有的往里跑找菜，乱成一团，但人人都喜气洋洋。皇上喜得贵子，到底是件喜事啊！

而最高兴的当然要数万贞儿了。她接过皇贵妃金册后，和朱见深聊了会儿，便瞅空跑到几个太医边上。陈太医、陈婆婆兄妹俩一见她，立即笑逐颜开。万贞儿抱着孩子福了福：

"陈太医，承蒙您和陈婆婆的关照，这孩子总算顺利地降生了。来，赏陈太医、陈婆婆各黄金十两、珍珠一两。"

"谢娘娘！"陈太医和陈婆婆喜不自禁，当即拜谢。贞儿又笑着看了看另两位太医，而后有意无意地问道：

"柏妹妹有喜了，哪位太医随伺？"

"禀娘娘，是老朽。"

那瘦高个的太医答道。

"噢，是朱太医呀。"

她朝朱太医眨了眨眼。朱太医不是很明白，愣怔了一会儿之后，总算悟到了，赶紧亦步亦趋地跟着贞儿走。

"娘娘有何吩咐？"

"你明儿上午到我这边来一趟，我有事拜托。跟谁也别说，记住了吗？"

贞儿脸上的表情和她的话语完全挂不上钩。说完她就走到人堆里去了，剩下朱太医独自在那儿琢磨。

"听，听到乐声了吗？那么热闹，有唢呐，有琴，有鼓，有笛子，多热闹的一支曲子啊！"

白衣如雪、白发如霜的吴玉珠手里拿着箫，倚在西内别馆的宫门口，倾听着远远飘来的音乐，一边喃喃地自语道。马轮儿陪着她，正从锁着的门缝里往外瞧。他拧了拧那把锈迹斑驳的锁，天真地说：

"你想不想出去看一看？这锁不牢。再说，我跟锁门的老牛头交情不错，就是叫他开锁放咱们出去也行，不过只能一会儿。"

"我不去看，我根本不想去看！"

说罢，吴玉珠吹起箫来。这箫曲完全是她随意吹奏的，那种凄楚哀凉简直无法言说。马轮儿痴痴地听着，听到后来，便一屁股坐在台阶上，抹起眼泪来。远处的常婆婆、老侯、老牛头几个也听得黯然神伤。

"她心里苦哇！"

常婆婆对吴玉珠充满同情。老侯吐了口唾沫："她苦？她比咱们好，起码还享过几天福。"

"就是。"

老牛头附和着，常婆婆没理会他们，掀起衣角抹泪。老侯指着她："看，有病不是？人家下雨她拉尿！"

"玉珠妹子，别吹了。求求你，别吹了！"

马轮儿哽咽着央求吴玉珠。吴玉珠顺从地停下不吹了。她倒没流泪，眼珠子冒着灼人的红光。她发了会儿怔，忽然将马轮儿从地上揪了起来，咬牙切齿地说道：

"我要你帮我做一件事。"

"什么事？只要你吩咐，马轮儿粉身碎骨也心甘。"

"好，要的就是你这句话。把耳朵靠近来。"

马轮儿巴不得有这样一个一亲芳泽的机会。当他凑近吴玉珠时，他另一只手自然地搂住了她的腰。

"我要你……"吴玉珠呼出的热气喷到了马轮儿耳朵上，但他听了却全身发冷：

"这……这能行吗？"

"只要认得真，铁杵磨成针，怎么不行？"

吴玉珠不高兴了。马轮儿一看，当即重新表态：

"行，只要咱们琢磨好了，你说咋做咱就咋做。"

"那，你这两天得空到我屋里来吧。小心避开他们。"

吴玉珠目示远远窥视着他们的老侯几个，唇边漾起一抹冷艳的笑意。

宫外一座不大不小的宅子里，陈太医和他的妹子陈婆婆关着门，点着大蜡烛，正边吃糕点边在屋里仔细地观看锦盒里的珠宝。陈太医夹起一颗宝石，眯着眼，对着烛火照了照：

"嗯，这颗是鸽血红宝石，最珍贵的。这是水晶，看，里边还有水胆。喏，再吃几块，这昭德宫里的甜点精工细作，在皇宫里都有名，百姓哪能尝到这个？"他自己又狼吞虎咽地吃了几块。

陈婆婆没牙的嘴嚅动着。她凑过来观赏了一会儿，从盒子里取出一颗拇指大小的粉红色宝石，放在手心里掂了掂，然后考问陈太医：

"你知道这是什么宝贝吗？"

陈太医用手摸了摸，不怎么稀罕。"捡的？"

"哼，你真是有眼无珠！你等着瞧。"

陈婆婆说着，将蜡烛拿到外间去了。"哎哎，你干什么？"陈太医大喊。忽然，他发出一声尖叫：

"这……这是夜明珠？"

只见他手上的宝石放出淡淡的荧光。借着这荧光，他竟能于黑暗中看清陈婆婆

寂寞红

温／燕／霞／文／集

脸上得意的微笑。

"哪来的？"陈太医的声音有些发颤。

"偷的。"陈婆婆的回答让陈太医跳了起来。

"在皇宫中偷的？"

"那是当然。万贞儿那里尽是皇上赏赐的宝贝，到底有多少，她自己也不清楚。不偷她偷谁？"

陈婆婆说着，从一个橱子的暗格中又取出个小盒子，打开一看，里边全是各种金银珠宝。

"也有城里其他大户人家的。顺手牵羊的事，不做太可惜。"

"哎哟，我的娘耶！我命休矣。走吧，妹子，咱们赶快收拾东西走吧。贞儿今天加封皇贵妃，本来我还想等她和皇上给我官升一品呢！"

陈太医拍着大腿，痛惜至极。陈婆婆从里屋挽了两只蓝布大包袱出来，又取了件衣裳要他换上：

"哥，你还在做这个美梦。如果不是你等着今天上午领赏，我早走了。怕只怕咱们今天走已经迟了。还好我早做了准备，待会儿马车会来，载咱们到朝阳门边的一个老乡家。明天一早咱出城，到南方去。你呢，索性扮个婆婆吧，这样就不显山不露水了。咱能在那画桥烟柳的繁华之地了却残生，倒也不赖。"

然而，话刚说到这儿，陈婆婆却忽然扼着咽喉倒下了。

"你……"她指指陈太医，陈太医的脸也在变色，但他浑然不觉。陈婆婆又指了指桌上的甜点盒："点心有毒。"说着便抽搐起来，不久就腿一蹬，咽气了。

"是贞儿赏的！她太狠了！"

陈太医刚刚喊罢，也和他妹子一样，栽倒在地，口吐白沫，四肢痉挛。他不甘心地爬了几步，刚伸手够着那个装了珠宝的包袱，就咽了气。

这时，窗纸破洞上一双眼睛一闪，接着进来个蒙面人。他查验了两个死者之后，将有宝贝的包袱背上，而后从厨房里拎了一缸油，浇在陈太医、陈婆婆身上，再把蜡烛往地上一丢，火苗顿时腾了起来。他打开门，一闪身，消失在沉沉夜色中。

柏鹤谊蹲在地上拼命地呕吐，仿佛要把五脏六腑全部吐出来。

"娘娘，娘娘，你怎么啦？"

宫女很惊慌，柏鹤谊却冲她摇了摇手，等她终于可以说话了，她才欣喜而又羞

答答地说：

"没事儿。女人，都得这样的。"

"啊呀，你是有身孕了吗？"

"嗯！"柏鹤谊抚着自己圆圆的腹部，一脸的幸福。

"你要是像贞儿娘娘一样生下个皇子，那我们就都跟着沾光了。"

宫女也为柏鹤谊感到由衷的高兴。这时，有一个中年宫人拎着几盒点心几包药过来。

"启禀娘娘，这是贞儿娘娘差人送来的桂花糕，这是朱太医给您抓的补药。"

宫人举起手中的东西禀报道。柏鹤谊打开点心盒盖，嗅了嗅，取了一块给宫女吃。

"尝尝。"

二位宫女对视一眼，接过之后谢罢吃了。等了一阵子，柏鹤谊看看没什么异样，才拿了一块细细嚼着。

"这药是朱太医开的。他说，当初贞儿娘娘也呕吐得厉害，怕动了胎气，所以要安安胎。你的情况跟万娘娘怀孕开头时很像，还是吃几服药为好。"

"嗯，熬去吧。"

柏鹤谊在房间里踱了会儿步，便坐在一架绣棚前绣起花来。日光照在她脸上，使她看上去有一种沉静圣洁的美。

"嘿，柏姐姐，你还有这闲心啊，倒真不错。"

皇后王晚霞悄没声地过来了。柏鹤谊一看，慌得"咕咚"一下跪在地上，把棚架都撞翻了。

"哎呀，皇后，您大驾光临也不说一声，妹妹失礼了，还望原谅。"

柏鹤谊年龄比王晚霞大，但人家现在是皇后，她当然不敢以姐姐自居。

"看，给你带来几个河套那边进贡的黄金瓜，香极了，甜得像糖。"

王晚霞让宫女们把那几个金黄色、橄榄形的香瓜放到桌子上，柏鹤谊谢过之后，当即让宫女切了两个：

"我借花献佛，您先尝尝。春儿，把我前些日子绣的衣裳拿来。"

柏鹤谊始终是个很周全的人。她这边接了皇后的瓜，这边立即将一件她自己设计花型和颜色、绣得很漂亮的真红袍服送给了王晚霞。

"哎呀，整个儿一色红，只在左边衣角这儿斜斜地伸出一枝梅花，实在雅致。你的手真巧哇！"

王晚霞将袍服披到身上，揽镜自照一番后，赞叹不已。

"娘娘，药好了，您快喝吧。"

宫女春儿将熬好的药端上，柏鹤谊赶快把吃了大半的一块黄金瓜啃完，然后端起碗，一仰脖喝了个干干净净。

"姐姐不舒服吗？"

王晚霞摸着衣裳上的梅花关切地问，柏鹤谊颇为自豪地站起来，走到王晚霞身边，拿起她的一只手放在自己肚子上：

"摸到了吗？好像会动了。"

"你……你有喜了？"

王皇后的脸上并不尽是喜悦，还掺杂着吃惊、失落和自怜。到底年岁小，不知掩饰。柏鹤谊自然看出了她的心思，一副宽宏大量的神态：

"姐姐，没事儿。早晚您总得怀上的。"

"是啊，可是……唉。"

王皇后叹了口气，柏鹤谊也有些语塞，两人心神不定地寒暄几句之后，王皇后匆匆起驾回宫。她一走，柏鹤谊脸上便露出阴阴的笑意：

"哼，皇后怎的，生不下孩子还不是个孤老皇后？"

她自言自语地说着，又低头瞧了瞧自己的肚子，看她那表情，恨不能亲自己的肚子两下，遗憾的是够不着。

天亮时分是朱见深睡得最沉的时候，偏偏这时他得起来早朝。贞儿推了他几下，他都不动。贞儿看他嘟着嘴熟睡的样子，着实硬不起心肠喊他起床。其实这也是她的乖巧之处，即便她不喊，请驾太监也会把他拽起来。果不其然，不一会儿，门外就响起了请驾太监响亮、固执的声音：

"皇上，请您起床，该早朝了。"

"皇上，请您起床，该早朝了。"

请驾太监坚持不懈地喊着，朱见深的瞌睡虫终于被他们扰飞，他伸个懒腰，将贞儿抱住：

"真想终老在你这温柔乡里。谁规定的，早朝这么早？早上的还魂觉没睡到，一天都难过。"

他睡眼蒙眬地发着牢骚，这边却让贞儿伺候着穿衣。当贞儿给他扣着扣子时，朱见深轻轻地问：

"小妈，你满意吗？"

"满意。就是……就是想回乡省亲一次，看看亲戚，还有……我和你说过的吴秀英的父母。"

"行，择个吉日，先回去一趟，再将你爹娘接到皇城里边开开眼界，行吗？"

"太谢谢您了，皇上，贞儿真是感激万分！"

"嗨，谢什么。我走了。"

贞儿打开门，朱见深捏捏万贞儿的胳膊，在太监、卫士的簇拥下，上早朝去了。贞儿望着麻麻亮的天，来到隔壁看孩子。孩子睡在小床上，轮班保姆、奶妈坐在一旁，正悄悄地说着话，见了贞儿，两人忙不迭地夸孩子：

"这孩子，吃奶吃得多，有劲儿。"

"这孩子特别聪明，我一说话，他都会找声音了。"

"他长得呀，就像您这么富贵。"

两人轮番给贞儿灌着迷魂汤，听得贞儿心花怒放。她俯身亲了亲孩子，回头对她俩道：

"小心着意地带着爷，不会亏待你们的。万一出了事，哼！"

尽管她不说下去，那两个女人已吓得魂不附体了。

"娘娘请放心，奴婢一定万分小心。"

"小心驶得万年船呐！"

万贞儿信步走到庭院中，呼吸呼吸新鲜空气，顺带活动一下胳膊腿。这时，神采奕奕的汪直过来了。

"娘娘早。"

"汪公公也早。"贞儿笑着凝视着他，"谢谢，太谢谢了。"

"娘娘说哪里话来，都是奴才分内的事。"

汪直一副受宠若惊的样子。贞儿显然很欣赏他这副神态。她沉吟了一会儿，缓缓地说道：

"我跟皇上说了，你明天就得换地方了。好像是去御马监吧。"

"皇上和娘娘的隆恩，汪直没齿不忘。"

"陈太医怎么这么久没来了？倒是怪想念他的。"

"噢，他和妹子出远门去了，可能很长时间不会再回京城了。"

"是吗？嗨，倒真是个好人。"

两人有一搭没一搭却又心领神会地说着话，并肩回到大殿里去了。

朱见深的瞌睡还没全醒,他坐在宝座上有些昏昏欲睡。百官们也比他好不了多少。倒是李贤等几个老臣精神矍铄,一副慷慨激昂的表情。

这时,一个胡须飘到了腹部的干瘦老臣正在就郕王朱祁钰的谥号问题慷慨陈词:

"……王统己巳之变,先帝当时北狩,皇上您尚在东宫,宗社危如千钧一发。若不是郕王继统、国有长君的话,则祸乱何由而平,黠虏何由而服,銮舆何由而还呢?郕王继统的六七年间,海内宁谧,年谷屡丰,元元乐业,其功不小,却谥为'戾',臣以为不平。还望皇上特赦礼官集议,追加庙号,以尽亲亲之恩。"

朱见深听着,眼中的睡意渐退,这个问题显然出乎他的意料之外,他一时不好表态。沉默良久之后,拿了个主意:

"嗯,那就将奏章下礼部廷议吧。"

这时,庄严寂静的大殿内突然响起盔甲相撞、刀剑相交的声音。接着,似有一道人影从朱见深头顶跃下,然后从站着的百官头上飞过,消逝在门外。

"啊呀,不好,有刺客!"

不知谁大喊一声,众人大乱,纷纷夺门而逃。朱见深年轻机敏,在百官反应之前,早就离开了宝座,拔脚往门外追去。弄得那些锦衣卫士追随其后,倒成了真正的跟班。

然而,已经放亮的大殿外广场上,除了持刀卫士和早先奔涌而出的百官外,再无其他陌生人。朱见深气坏了:

"大殿之内,居然有如此异事!你们也太疏忽了。方才是谁先奔出殿外的?你们倒是跑得快,平日表忠心的不少,紧要时刻怎么不见一个过来护驾?除花甲以外的老臣,你们都给朕跪到午门外去吧!"

朱见深恼恨这些官员弃自己而去,便有意惩罚他们。官员们也觉得自己着实不够意思,再说皇上发了话,哪敢违抗?只得乖乖地鱼贯来到午门外,跪了满满一坪。

"你——袁彬,你——尚铭,留下。"

朱见深指着主管锦衣卫事务的袁彬和主管东厂事务的太监尚铭,威严地说道。两人垂手而立,朱见深骂了他们一通:

"你们锦衣卫和东厂是吃白饭的?特别是你袁彬,朕念你昔年护驾有功,特将你从南京调回,掌管锦衣卫事务,今儿竟出现此等怪事!尚铭你的东厂,养了那么多人，四处扰民，弹劾你们的奏章不断，原来都没干正经事，干了正经事今儿怎么会这样？还不赶快去搜！搜不出结果，你们也不用回来见朕了！"

"是，皇上。"

两人领命而去。朱见深望着天际那片红得似血、红得妖异的早霞，冷不丁打了个寒噤。

柏鹤谊还没醒，她好像做噩梦了，时而皱眉，时而切齿，似乎痛楚得要命。突然间，她大叫一声坐起来，脸上是豆大的汗珠。

"娘娘，怎么啦？"

"没……没事。"

柏鹤谊惊魂未定地答道。忽然间她像是感觉到了什么，急急地伸手在自己下身摸了一把，手掌上居然全是血！再一看床单，血迹已经在她臀部周围洇成了一个奇怪的图案。

"啊——"柏鹤谊尖叫一声，晕倒在床上，宫女们吓得拼命大喊。

"哎呀，不得了啦！娘娘出了好多血，快去唤太医啊！"

不一会儿，朱太医佝偻着背走了进来。屋内的血腥味似乎让他兴奋。柏鹤谊这时已醒过来了，一见朱太医，她就隔着纱帐啼哭起来：

"太医，这是怎么回事儿呀？我昨天才服了你的药，怎么今天就小产了呢？"

"娘娘，您这样说奴才可是活不了啦！总得让奴才给您把把脉呀。"

朱太医在宫中混了几十年，已经老得成了精，他知道怎样吓唬像柏鹤谊这样的小姑娘。果然，他这样一说，柏鹤谊赶紧向他道歉：

"朱太医，我不是这意思，你别多心。"

说着，她从帐里伸出一只雪白的手腕，看得朱太医心旌摇荡。宫女马上将一块纱布覆在柏鹤谊的手腕上，朱太医把脉时有些心猿意马。

"嗯，娘娘先天不足，禀赋素弱，百脉空虚，加上肝气不舒，抑郁多梦，所以才会在梦中漏胎。娘娘想一想，方才是不是梦见了什么可怕的事情？"

朱太医其实已问过方才守候在柏鹤谊身边的宫女，心中早就有数。他这一问，果然惊得柏鹤谊合不拢嘴，她惊恐地说道：

"朱太医，我刚才的确梦见一头像狗一样的怪物，长着獠牙和铜铃大的绿眼睛，从门里蹿进来，直朝我肚子上扑。我吓得大喊一声坐起来，接着就发现……呜呜……"

柏鹤谊前些日子才目睹了万贞儿母以子贵的热闹场面，当然知道生孩子的重要。所以，她对自己的这次小产悲痛欲绝，不由失声恸哭起来。

"娘娘还须节哀，月子里哭，老了以后眼睛会痛。再说，娘娘正值花样年华，皇上也春秋鼎盛，来日方长呢！况且，您梦见怪物入怀，恐非吉兆，这孩子就是生下来，也怕要遭到嫌弃。"

朱太医一席话说得滴水不漏，不但将自己洗刷得一干二净，就连柏鹤谊也觉得这胎漏非但与他无关，而且是不漏不行的了。

"春儿，赏朱太医银子二十两！"

柏鹤谊终于又是柏鹤谊了。她的赏赐让朱太医笑逐颜开。柏鹤谊和他道别时的声音相当温婉。但朱太医一走，她的语气就变了：

"去，把那药渣给我收起来，另请一位太医看看。"

马轮儿和纪小芙拿着几盒礼品来到昭德宫。走到门口，正巧遇见蓝水月。一见小芙，她高兴得直扑过来。

"姐姐，你怎么来啦？见到你，我太高兴了！"

"我也是。你好吗？"

纪小芙已经十四岁了，发育得很好，加上她个性沉稳，和比她小两岁的蓝水月站在一起，确实像个大姐姐。

"姐姐，我……"蓝水月说着就哭了起来。她们先是用瑶话讲了几句，可后来却意外地发现自己竟忘得差不多了，因为她们很小就进了宫，在宫里没机会说家乡话，两人只好改用京片子交谈。她们互问着近况，特别是快嘴的蓝水月，似有一肚子话要说，把个马轮儿冷落在一旁。

"他是谁？"

蓝水月抹着眼泪，指了指马轮儿。马轮儿冲她一笑，她像被电击了似的打了个愣怔。

"他是马轮儿，和我一起，在西内别馆。"

纪小芙看样子和马轮儿关系不错，她见蓝水月仍在目不转睛地凝视着马轮儿，不由拍了她一掌：

"不害臊！"

"哎，姐姐，你看马轮儿长得可像我爹？真的，你看他的脸形，他的眼睛、鼻子和嘴唇，都很像的。不过我爹长得比他要雄健，他可是大藤峡一带有名的美男子，可惜让皇上给杀了。”

蓝水月黑葡萄一般的眼睛里又冒出了泪水，看起来像缀在脸上的露珠。纪小芙不像蓝水月这么爱动感情，她静静地观察了一会儿被她俩看得局促不安的马轮儿，点了点头：

“你这么一说，他看上去倒真的很像舅舅呢。不过水月，方才那话你往后可不许再提，小心脑袋。”

“嗯，知道。姐姐，我喜欢他。”蓝水月毫不掩饰地说道。

马轮儿站得远，别的话没听见，蓝水月这话他却捕捉到了，他笑嘻嘻地走过来，揪了揪蓝水月的头发：

“好啊，你真的喜欢我吗？”

“嗯。”

“水月！”

蓝水月的直率令纪小芙害臊，她轻轻喝了一句，马轮儿也“腾”地红了脸，蓝水月却毫不在乎，她把脸一扬，不高兴了：

“怎么了，我不能喜欢他吗？我偏要喜欢他。”

“为什么你偏要喜欢我？”

马轮儿觉得兴奋。谁知蓝水月的回答差点让他气死：

“因为你像我爹啊！”

“好了，水月，别闹了。我们是替吴……吴娘娘给皇贵妃送贺礼来的。你快去通报一声吧。”

小芙说起正事儿来。水月嘴一撇：“算了吧，这几样东西她怎么会看在眼里？依我看，你们还是别见她的好，见了也是自讨没趣。”

“怎么呢？从来都是抬手不打笑脸人，送礼来她还不高兴？”

马轮儿不解了，小芙也有些纳闷。水月得意了：

“告诉你啊，宫中的事，都要多动脑筋。你想，万娘娘原先不是最恨吴娘娘吗？她的皇后位置都被她搞下去了，送这点礼她也不会在皇上面前替吴娘娘美言，干脆拎回去得了。”

“嗯，这倒是。哎，水月，你能不能领我们四处看看？小皇子在吗？听说长得好漂亮。”

马轮儿四处观望着，小芙也有些好奇。水月歪着脑袋想了想：

“行，今儿娘娘到太后那儿去了，正好得空。那你们还是把东西留下吧。万一

有人看见，我好有个交代。哦，对了，姐姐。"

蓝水月将小芙拉到一旁，悄悄说道：

"万娘娘这边的管事太监汪直是咱们瑶人。我跟他讲起你，他说你在西内别馆永无出头之日，他已经和管事的说了，要把你换到内库去。你不是喜欢书吗，这下正好。"

"真的？水月，你真行！"

纪小芙听得眼发直。她看着这个小自己两岁的妹妹，半是惊讶半是佩服地说道。

"那当然了。你以后就看我的吧！"

蓝水月童言无忌，纪小芙、马轮儿听了觉得煞是可爱。于是一行三人在昭德宫里穿行漫游起来。马轮儿和小芙一直待在荒凉的西内别馆，哪看过如此的富丽堂皇？他们叹息着，马轮儿却觉得有些美中不足：

"怎么没见着皇子呢？皇子也去太后那儿了吗？"

他似乎对皇子特别感兴趣。纪小芙有些惊讶地看了他一眼，马轮儿伸了伸舌头，蓝水月抬了抬眉头。

"没有，皇子今儿不舒服。你肯定没见过这么小的孩子，对吗？喏，往这边走。"

蓝水月领着他们走过重重门户，又穿过许多幽深的甬道，终于来到了皇子的寝殿西暖阁。几个保姆、奶娘正围着哇哇大哭的皇子忙碌着。

"这么娇嫩的孩子，每时每刻都离不了人吧？"

马轮儿这次掩饰得很好，没谁注意他的这份关注。

"是啊！皇上的第一个儿子，还不成了宝贝蛋哪。哎呀，好像是万娘娘回来了，走，快从这边走。"

蓝水月带着他们从另一扇暗门出去了。马轮儿边走边记着路线，看样子似有所谋。

第十九章

深秋了，天有些冷。朱见深患了感冒，早朝时坐在宝座上，连打了七个喷嚏。他每打一个喷嚏，下面的百官就为他念一句"阿弥陀佛，长命百岁"，倒是齐整可听。

"啊……啊……欠！"

朱见深打完最后一个喷嚏后，接过太监递上的热毛巾，擤了擤鼻子，这才哑声问下面跪着复命的锦衣卫主管袁彬和东厂的管事太监尚铭。

"查清了是什么人前几天扰乱圣殿吗？"

袁彬和尚铭对视一眼，最后还是袁彬跪前一步，开始回话：

"启奏皇上，臣和尚大人及执法御史率人进行了仔细的搜查和探访，都说那日没有人进来。"

"笑话，没人进来怎么会有人影飘出？"

"这个，据说是鼓妖在作怪。它一般只闻其声不见其形，即使有形，也是影影绰绰的。"

袁彬这时已经四十多岁了，满头霜发，脸上布满皱纹，显出饱经沧桑的成熟。也许是朱祁镇将他下了诏狱、后又贬至南京一事对他打击太大，他有些暮气沉沉。

"皇上，奴才早就探得京城一带自年初开始就妖孽横行。西城一带，这一阵子有形如恶犬的黑色怪兽出没，夜出伤人。据报，入秋以来就已经伤了三十七人。前些日子，皇城外边巡察的卫士也看到了这样一个怪物。"

尚铭的话还没说完，满朝文武就窃窃私语起来。彭时甚至说他上早朝时就曾经碰到过怪物。

"真的，毛很黑，有半人高，尾巴耷拉着，眼睛是绿的。我们是拿灯笼吓走它的。"

彭时比画着，神色很是恐慌。朱见深听了，不由一凛。他比较信任彭时，故向他讨教：

"依卿之见，这该作何解释？"

"唉，虽说子不语怪力乱神，可这是臣亲眼所见，那日大家又耳闻目睹。怕只怕是上天震怒，故以妖异警示皇上。郕王追谥一事，皇上须重新考虑。"

彭时如此借题发挥，众人都替他捏了把汗。有关郕王庙号一事，在朱见深这儿还是比较敏感的。那日他把奏章下到礼部廷议，可礼部却又把球踢回给了他，说是庙号一事他们不好做主，请"上自裁之"。

"皇上，臣看妖异也许是有的，但主要还是人在作怪，臣建议东厂再着力缉拿，说不定就追出个结果来了。"

矮胖的万安见朱见深并不接彭时关于庙号这一问题的话茬，知道捅到了他的痛处。为了讨好朱见深，他赶忙出列跪奏，转移了话题。

"嗯，有理。"朱见深摸一摸自己已经长长了些的胡须，点头赞许。

"好，散朝。李贤老，请留一步说话。"

李贤已经病得快走不动了，但他还是拄着拐杖来上朝，朱见深颇为感动。当众人都走光后，他让李贤坐下：

"李学士，您说这妖异一事，到底是怎么回事？"

"这个，臣以为彭时说的有些道理。还有，皇上专宠太过，听说废后吴氏长了满头白发，柏妃也梦见怪物小产了，这些都是积怨所至啊！臣建议皇上让太常寺少卿去祭城隍，如若不果，还须皇上亲自到大祀殿去郊祀，求皇天后土保佑。"

李贤这段话，断断续续说了大半个时辰，朱见深听了虽说不以为然，但对李贤的忠诚态度他还是欣赏的。散朝时他亲自将李贤送出门，又唤了轿，要扶李贤坐上去，可李贤怎么也不肯。但他身子实在太弱了，跪在地上竟起不来。朱见深让卫士将他抱上轿。李贤激动得涕泪交流，口里呢喃着：

"皇上，折杀老臣了，折杀老臣了。哎，卫士，卫士！把轿倒过来走，臣怎能背对皇上呢！"

于是，卫士们平生第一回抬着轿退着走。李贤坐在轿上，不断地向皇上作揖。朱见深十分高兴：

"忠臣啊，忠臣。梁芳，朕到仁智殿画画儿去，把朕的东西带好。"

"是，皇上。"

梁芳一听去仁智殿，很高兴。那些画师多数好酒，皇上更是酒仙。梁芳自己呢，有个外号叫酒桶，所以他特别喜欢去仁智殿。每回皇上去仁智殿，除了带笔墨纸砚文房四宝外，还兼有美酒数坛。所以，他回答时脸上笑得开了花。

柏鹤谊看着摊在桌上的药渣发了好一阵呆，才抬起苍白的脸，问站在一旁被她的缄默弄得手足无措的春儿：

"杨太医真的说这药没问题？"

"是的。嗯，他好像还说了，当初万娘娘也用过这方子。"

春儿的回答让柏鹤谊脸上一颤。她挥了挥手："你也累了，喝口水去吧。"

"嗳。"春儿应着。她这边刚走，一个太监就从另一扇门里闪了出来。柏鹤谊盯着他，神色颇为苦恼：

"你那宫外的医生怎么和这儿的医官说的不一样？"

"娘娘，依奴才之见，这宫外的医生说的才是真话。我和他素不相识，只是银子的关系，他凭什么要骗我们说这药能打胎呢？我看哪，必是宫里有人忌您有喜，串通太医整治您呢！"

太监即使不说，柏鹤谊心中其实也是这么想的，否则她就不会让人把药渣带到宫外去检验了。冷汗从她的面颊上不断地滚下来。

"娘娘，咱也别太好欺负了，您可以到皇太后那儿奏她一本哪！"

太监献着计，满以为会得到嘉奖，不料却遭到了柏鹤谊的呵斥：

"你多什么嘴，这话是你说的吗？还不掌嘴。"

柏鹤谊怒气冲冲地走了，留下那太监纳闷地掌着嘴。他一边掌嘴一边骂自己：

"谁叫你多管闲事，该打！"

"谁叫你自作聪明，该打！"

就这样说一句掌一下嘴，一直到嘴角流血了，他才委屈地停住手。

而柏鹤谊却早已将这掌嘴太监忘了。此刻她坐在阴暗的寝殿深处，面如死灰，苗条的身躯有些僵直，只有那双修长的手，放在椅子两边的木条上，时张时合，仿佛白色的章鱼在游动。

"你是说，皇子身边一天到晚不离人？"

吴玉珠和马轮儿又站在那片荒草丛里说话。只是如今草枯了，一切看上去更加荒凉。吴玉珠的声音也和这秋景一样肃杀。马轮儿咬着草茎，满脸愁色：

"是啊，戒备森严，太难了。万一出事被抓，人家一看是我，马上就会联想到你的，这不是连累你了吗？到时还会连累您的家人。所以我才担心的。"

吴玉珠听到这儿，怅然一叹，泪珠滚滚而下：

"可是，如果不报仇，我就这么噎一辈子？我实在咽不下这口恶气！"

马轮儿实在不忍心看她如此伤心的模样。他一握拳头，忽然想出一个计策：

"哎，玉珠，要么这样，我先躲起来，你去报告，说我偷了你的东西逃了，这不就和你没关系了吗？等时机一到，我自会帮你报仇。"

"不行不行，你这样只有死路一条，我不许你去。"

吴玉珠坚决反对。这时风大了，又下起了细雨，雨水将她的头发和衣裳打湿，使她看上去有一种凄凉的美。马轮儿看着她起伏的曲线，又见天色晦暗，四周无人，禁不住在吴玉珠脸上亲了一下：

"玉珠，为了你，我宁愿上刀山下火海！"

"不，我不让你去。"

吴玉珠一方面被复仇的火焰炙烤，另一方面又不忍心让马轮儿去送死，冲动之下，情不自禁地将头靠在了马轮儿身上。不料这时老侯像鬼似的从后面冒出来，嘿嘿冷笑的声音像夜枭在叫：

"好啊，好啊，只说太监结对食、菜户，没想到皇上的嫔妃也这么干了。我听说周太后是很反感这类事的，一旦发现哪位嫔妃和太监结了对食，轻者家法处置，重者赐自尽。"

他扫视着已经分开、因恐惧和愤怒而簌簌发抖的吴玉珠和马轮儿，似乎挺欣赏他们的狼狈样。

"不过呢，看着你可怜，从前是皇后，现在弄成这样，告发这事我是不屑于做的。只是我近来手头有些紧，想向您讨点赏。"

他停住不说了。吴玉珠稍稍定了定神，一咬牙，将手上的玉镯退下来给了他："翡翠的，值几百两银子，够了吧？"

"够了，够了，等不够时奴才再跟您说。谢谢娘娘。"

老侯乐颠颠地走了，可走到一半，却被不知打哪儿冒出的常婆婆吓住了。常婆婆黑脸黑鼻的，看样子像是想和他拼命。

"拿来！"

老侯一看，转身就逃，却被常婆婆一把拽住：

"好你个老东西，不干好事儿。"两人你推我搡的，竟在草地上打了起来。

吴玉珠看着愤怒的马轮儿，忽然掩面大哭起来。

雨下得更大了。雨点又急又密，就像吴玉珠此时纷飞的泪。

这是个斜风细雨的夜晚，整个紫禁城里除正街上的铜灯投下黯淡的光亮外，到处黑漆漆的。昭德宫里的气氛却显得极其温馨。香喷喷、亮晃晃的寝殿里，贞儿正和朱见深坐在床边逗孩子。

"笑一个，笑一个！"

睡在床上的小宝宝真就甜甜地笑了。朱见深高兴得一把搂住万贞儿：

"小妈，他的笑怎么和你一样呢？真是奇了。"

"你说什么呀，孩子不像爹便像娘，这有什么奇怪的！"

万贞儿不高兴了。朱见深赶忙拱手作揖："哎呀，小妈，我说错了。下回……"

"还有下回吗？"万贞儿在他的小胡子上揪了一下，朱见深不好意思地伸伸舌头："没有下回了。"

"哎，我问你，立太子的事情怎么说？"

贞儿自有"儿子"以后，昂头挺胸的，看上去更加年轻美丽，和朱见深说话也更有底气了。朱见深本来笑着，此时却不由自主地叹了口气：

"哎呀，这事儿眼下有些难办。本朝从没有孩子这么小就立为太子的先例。可为了让小妈高兴，我还特地让人送奏章进来请立太子呢。"朱见深指指已经入睡的孩子，"可是百官不同意。还有，太后也不赞成，得容我缓一点来办。"

贞儿顿时发起呆来，好一阵子才轻轻反问朱见深：

"我又做错了什么？他们怎么就那样看不惯我呢？我真是……嗨，不说了，说了大家都不好过。皇上您最近难得来，怕您累着，我叫人做了莲子炖猪心，好好补一补。咱们喝口小酒，怎么样？"

"好哇！"

万贞儿立即叫保姆把孩子抱走，着人送上热腾腾的酒菜，两人边饮边说。朱见深特别喜欢这种氛围，喝得很欢。贞儿也是海量，大碗喝酒，却只是微醺，弄得春色满颊，媚眼如丝，更有一番撩人情趣。朱见深见了不免心动。两人一番云雨后，接着再喝。朱见深不由情话绵绵：

"小妈，我最喜欢跟你在一起，我们俩说什么都可以，一个眼神都能会意，多好哇！"

"是啊，谁叫我是你小妈呢。"

两人相视而笑，又喝了一大口。忽然间，他们脸上的笑容僵住了。

"什么声音？怎么这么可怕？"

贞儿站起来，走到朱见深身边。

"有人在笑，狂笑。"

朱见深颤声说道。不知不觉中他像孩子似的依偎在贞儿身边，贞儿则像卫士似的护着他。

"哈哈哈！"

屋外时近时远、时隐时现的笑声令人毛骨悚然。负责警戒的侍卫这时已将朱见深、贞儿的房子护住，并四出察看，一时间到处是摇动的火把和人影。西暖阁里，孩子哇哇哭着。

"住不得了，这紫禁城住不得了！一下子是鬼影，一下子又是狂笑。哼，你们都是些饭桶！"

朱见深拉开门，冲着侍卫们发起火来。贞儿上前扯扯他的衣袖。

"皇上，袁彬他们没查出什么来吗？"

"说是鼓妖。"朱见深不寒而栗。贞儿却不以为然：

"是妖倒不可怕了，我只怕是人。依我看，您不如让汪直领几个人暗中查询，说不定更快会有结果。只是这事儿须得机密。"

"嗯，这倒可行。哎，怎么样，查到什么了吗？"

见值备的侍卫头儿过来了，朱见深赶忙问道。

"启禀皇上，什么人也没有，太邪乎了。听，又来了。"

果然，一阵似哭泣似号叫的笑声隐隐传来，吓得朱见深面无人色，他强作镇定地大喊：

"传汪直！"

雨似乎下得更大了，有一团微弱的灯光在西内别馆的游廊中闪烁。马轮儿鬼鬼

崇崇地来到大殿深处的一个房间，轻轻地叩了叩门。门"吱呀"一声开了，里面赫然坐着常婆婆。常婆婆边上是一排木笼子，里面养了几只凶猛的鹰。

"孩儿曹智叩见奶奶！"

马轮儿跪在地上行了个大礼。常婆婆亲切地将他扶起，仔细端详了他一阵后，哽咽着小声说：

"智儿，你叔爷曹吉祥年轻时跟你这模样可是太相像了。见到你，我就像见到了他。我入宫前跟你叔爷定了亲，后来被强征入宫。你叔爷为了我，这才自宫的。三十年来，我一直和你叔爷交好，只是我们来往得秘密，知情的人不多。嗨，这些年，你们在外肯定受够了苦。"

"是的，奶奶。我们五个孩儿跟着我娘出去，多亏有人相帮，可还是吃不饱穿不暖。我哑了三年，可两个弟弟到现在还不能说话。大哥、二哥病死了。日子过得简直比黄连还苦。这些年，我要过大刀，卖过老鼠药，当过船工，打过猎，什么活儿没干过呀！后来多亏我娘联络上了你，我这才进得宫来。我要报仇！"

常婆婆点点头："好孩子，有志气，只是鲁莽不得。那皇上，你根本近不了身。锦衣卫和东厂那帮人太厉害了。咱们要不是躲在这西内别馆里，在外边的话，不消几日就被查出来了。千万要小心。"

"奶奶，我看老侯那人不行，得提防他。"马轮儿担心地说。常婆婆笑了笑：

"在这儿没事。这几年，我和他一直偷着养鹰，养了就卖给那些玩鹰的。看，它们多健壮，又懂事。就一样不好，爱吃腐物烂肉什么的。上回喂它们时我手上掉了点臭肉汁，它上来就啄一口。"

常婆婆控诉着鹰的恶行，口吻却是欣喜的。

"那，这两天说闹鬼，是这鹰弄的吗？"

马轮儿说着观察起木笼里的鹰来。常婆婆摇摇头。

"是吗？我还是第一次听说闹鬼的事儿呢！不过，这紫禁城那么大，到处都有冤魂，闹闹鬼也应该。不过那些日子没放鹰出去。"

"那就奇怪了。不过，这鹰倒是个好帮手。"马轮儿陷入了沉思。常婆婆也在冥想。忽然间，两人不约而同地说：

"那孩子。"两人对视着，似乎被吓住了，又都不说了。

"对，就那孩子！"常婆婆拍了马轮儿一掌。

忽然，门外"咔嗒"一声响，马轮儿和常婆婆连灯都来不及吹，就迅速蹦到门后，互相点头示意后，猛地拉开了房门。

门外，幽灵般的吴玉珠静静地站着，常婆婆和马轮儿惊愕地张大了嘴，一时不知如何是好。三人就这么默默对峙着。吴玉珠凄然一笑：

"血海深仇啊，我看也就是那孩子了。"

说罢，她飘然而去。满头银发在黑暗中犹如一片白幡飞动。

清晨，雾蒙蒙的，京城的大街小巷像罩着一层轻纱，看上去恍如一幅写意画。朦胧中，皇帝郊祀的大驾卤簿及随从自承天门鱼贯而出，日、月、风、云、雷、雨、五行、二十八宿等旗帜遮天蔽日，还有乐器、弓矢、扇类、幢类、幡类、灯类、仗马、黄帐房等，黑压压一片，似要把本来就很微弱的晨曦挡住。

路上，寥落的早行客被卫士们赶至一隅，其中碰巧就有萨日娜和她的女儿赵巧云。

"妈，我们怎么和皇上有缘呢？他这是干什么？真威风啊。"

赵巧云长得更美丽了，她注视着身边的皇帝仪仗队，非常羡慕。萨日娜长叹一声：

"女儿，想当年，你姨姨是瓦剌国的王妃，也够威风的。所以啊，你在彩凤楼要好好学。我已经跟一个经常来买咱家大饼的锦衣卫千户老邵讲好了，改天让你做他女儿，到时选秀女，你就能去了。"

萨日娜悲凉而又兴奋地说。巧云则很惊讶：

"你是说要我去参加选秀女？"

"嗯。"

"那就是说，有朝一日，我也可以坐在这些轿子里？"

"是的，只要你好好学。"萨日娜嫉妒地盯着那些轿子，像是想用目光将那些东西焚烧一空。

"那，选秀女怎么让我跟彩凤楼的阿姨学呢？她们不都是别人说的婊子吗？"

巧云疑惑地问。萨日娜冷笑一声："你以为皇宫里那些女人就比婊子好？她们比婊子还坏。女儿，妈告诉你，女人进了宫，靠的就是色艺，就是狐媚！而这一套谁也比不过彩凤楼的人。你学好了，到时就能独占鳌头，打败那些女人，专宠于后宫，懂吗？"

"就像你常说的姨姨那样？"

"对。"

"好，妈，我一定好好学。"话说到这儿，皇上的仪仗队也过完了，萨日娜拉

温／燕／霞／文／集

着女儿，拐了几个弯，敲开了彩凤楼的小门。

"你搞什么鬼啊，人家吃的是晚上饭，你这么早来，不是要别人的命吗？"

守门的开口就骂，可等萨日娜将银子塞进他手里之后，他打个哈欠伸个懒腰，又趴在桌子上睡起觉来。

萨日娜牵着巧云穿过一个花园。当她们看见圆洞形的门口站着的妖娆女子时，母女俩拜了下去：

"青莺姐姐好！打扰了。"

妖娆女子原本正在修指甲，此刻抬起头来，居然是那年元宵节时逃出来的宫女小红。

"钱拿来了吗？"

她的声音冷冷的，脸上堆着职业性的妩媚。当萨日娜将两个银元宝放在她手上后，青莺的眼中这才有了真正的笑意：

"上去吧。"

"娘娘和皇上去郊祀了？郊祀不是在正月吗，怎么现在去？才十二月啊！"

柏鹤谊现在百无聊赖，幸得王皇后闻听她小产了，过来看她，这才有个说话的人。她觉得王皇后对自己也许并非真正关心，而是幸灾乐祸，于是连王皇后也恨上了。王皇后的性格好像也变了，不像刚来时那般活泼多言，而是谨小慎微了许多。

"也许是因为近日灾异迭现吧。听说妹妹当初流产，也是梦见怪物入怀所至？"

王皇后这一问多少有些残忍。柏鹤谊心头火起，外表却若无其事：

"姐姐都知道了？看样子皇上早就应该去郊祀了。哎，听说皇上带贵妃同行呢！真的，姐姐，我很为您不平。您是堂堂的皇后，他居然都不让您去，太过分了。"

柏鹤谊借这打抱不平，在王皇后心上掘了一口井。王皇后愣了愣，眼圈跟着红了，但她马上就控制住了自己的情绪：

"唉，这种事儿，我倒并不在意。哎呀，也坐这么久了，我得回去了。姐姐，你歇着，改天咱们去西苑赏桂花。"

王皇后告辞之后，柏鹤谊躲在房间里摔了个瓷盘。恰巧一个小宫女不敲门就闯进来了，柏鹤谊心烦，便打了她几个耳光，还说要罚她去提铃，吓得小宫女拼命地叩头求情。

"滚！"

柏鹤谊表现出前所未有的暴怒，其余宫女见了，怕殃及自己，都离她远远的。柏鹤谊哭了一阵子，忽然关上门，从床角里取出两个小人儿，一个写着"万贞儿"，一个写着"皇第一子"。两个人俑都是用白绢做的，上面插满了针。柏鹤谊从便盆里舀了尿水，浇在它们身上，然后，取出黄纸画的符，烧了化成水，洒在她早就准备好的小孩子衣物上。接着，又备了几样自己膳房中自制的风味点心，唤上春儿，两人摇摇摆摆地往昭德宫走去。

也许是万贞儿不在的缘故，往日井然有序的昭德宫如今一片混乱。太监们有的躲在房间里猜拳喝酒，有的则在掷骰子赌博。膳房太监们甚至就地取材，把那些配菜的公鸡拉出来，让它们相斗，以此取乐。宫女们也懒散下来，先是三五成群地聊天，后来就各自去找自己相好的菜户，有的躲在角落里搂搂抱抱，有的争风吃醋，也有的去喝酒、掷骰子。因为他们知道，皇上到京师九门南大门正阳门外的大祀殿祭祀，晚上非得在斋宫住一晚，要到第三日薄暮方能回宫，他们即便偷一下懒，万贞儿也不会知道。汪直被皇上委以重任，在宫外公干，人称"西厂"，如今已是炙手可热的人物。接替汪直的管事太监张敏不像汪直这么严厉，自己也爱喝酒，乐得睁一只眼闭一只眼的，所以他们玩得很开心。

这会儿自觉最苦的要算保姆和奶娘了。偏偏其中两个保姆又嗜赌，平日挣了点小钱，都掷骰子掷掉了。现在她们听着呼五喝六的声音，实在忍不住，瞅空悄悄儿溜了。两个奶娘中有一个也好热闹，见孩子正在另一个奶娘怀中吃奶，便也跑去看热闹。

"嘿，就剩我这呆子了。敢情你们聪明，会玩，就数我傻？"

奶娘喂着孩子，坐在西暖阁里自言自语。也许是取暖火道烧得太热，孩子吃奶时不是太安分，时常用小乳牙咬她的奶头，疼得她龇牙咧嘴。

"哇呀，你这小祖宗，又咬了一口！"

当孩子将她的乳头咬出血时，这乳母气不打一处来，想揍孩子，又不敢，只好抱着他气呼呼地来到大殿里。

大殿里空荡荡的，只有蓝水月头上顶着一册书在那儿练习走路。小姑娘天生丽质，顶着书走路时步子迈得既小又密且稳，裙子晃动如水波，确实有行云流水之美。

"哈，像凌波仙子。"

奶妈不由自主地夸奖道。蓝水月高兴极了：

"你也很美，像杨贵妃。"

奶妈一听也很高兴："是吗？杨贵妃是我这模样的吗？"

"是啊，你这儿这么大。"

蓝水月调皮地在自己胸前比画了一下，奶妈更加自豪了。

"人家都说我长了对金乳，一下就被奶子府看中。哎，水月，我把这只银梳送给你，你帮我看着孩子。瞧，他快睡着了，你只要坐在西暖阁守着他就行了，他一哭你就来喊我。我也去掷两个骰子玩儿。"

奶妈大约也就十八九岁，正是贪玩的年纪。蓝水月接过银梳看了看，点点头：

"那好吧。"

两人到了西暖阁，奶妈将睡着了的孩子放在炕上，盖好东西，指着炕沿：

"就坐这儿，少出声。"

奶妈说罢匆匆走了。水月难得有这独处的机会，看着室内琳琅满目的摆设，好奇心顿起，她东看看，西摸摸，嘴里轻声哼着小曲，自得其乐。

昭德宫守门的老头儿正在喝酒，根本没注意到马轮儿进去了。马轮儿穿一件黑色的宽袍，在昭德宫大殿门口观察了一会儿，正好看见蓝水月跟着奶妈走了。这时，他便迅速走进了大殿。风吹得他的衣裳飘起来，看上去很是潇洒。当确定皇子在西暖阁时，他蹲在角落里，从衣襟下掏出一团薄布包着的东西放在地上。此时正巧奶妈奔回，马轮儿便假装摆弄东西，又侧着头，将脸全都挡住了。奶妈根本没注意他，匆匆跑了过去。马轮儿迅速走到西暖阁门口，轻声喊道：

"水月！"水月正调皮地试穿奶妈的外套，闻声吓一跳。回头见是他，便将衣裳一抛，高兴得扑了过来，一把抱住马轮儿：

"马轮儿爹爹，你来看我了？我可想念你了。"

蓝水月小声而急切地说道，小脸笑得像朵怒放的花。

"瞧，这就是皇子。"

蓝水月仍记得他上次对皇子的好奇，便将马轮儿拉到炕边。皇子睡得很香，稚嫩可爱的小胖脸上还露着笑容。马轮儿看了一会，忽然说：

"水月，给我倒杯水来，我渴了。"

"嗳。"水月很高兴，脆脆地应了一声，转身去倒水。可水瓶空了，她只好出去倒。马轮儿瞅瞅四周无人，赶忙掏出个小瓶子，将几滴液体倒在孩子的脸上、脖

子上，又用块尿布抹匀，然后随手将尿布丢进了旁边盛满水的脚盆，里边已经有好几块尿布了。

"来喝水。咦，什么味儿？怪怪的。"

蓝水月递水给他喝时，嗅了嗅鼻子，噘嘴说道。

"是不是孩子放屁了？嗳，水月，我给你看样东西。"

马轮儿掏出块黑色的石头，上面有漂亮的白色花纹，花纹的图案像一朵盛开的菊花。

"我前几日上宫外办事，在古董店里买的，送给你。哎呀，还有块白的，上面有红梅的，到哪儿去了？掉在路上了？我看看去。"

马轮儿匆匆走到自己方才停留的那个角落，警惕地看看四周，见杳无一人，他赶忙将黑布拿开，里边是一只昏睡的鹰，他涂了些东西在鹰喙的上方，将布轻轻盖在鹰身上，鹰脑袋是露出来的。他正要站起来，一个守门太监引着柏鹤谊和春儿到了大殿门口。

"娘娘，万娘娘不在。皇子在这边。"

其中一个太监看了看殿内，见没人，便径直领着柏鹤谊和春儿往西暖阁走去。这时，马轮儿一闪身出了大殿，往宫外走去。还好，这时门房里的太监们掷骰子斗酒玩得正欢，根本没人注意他。马轮儿顺利地出了宫。

"对不起，水月！可是，我也没办法呀！但愿不会连累你。"

马轮儿自言自语地向水月道着歉，眼里含着泪。当他走到一个无人看见的拐角时，他飞快地将身上的衣裳反过来穿好，一身黑衣顿时变作了一身青衣。他快步转了两个弯，消失在重重屋宇中。夕阳这时艳丽如血，将紫禁城映照得颊飞酡颜、娇美异常。

"这孩子，可真乖啊。像……像皇上。多好，白白胖胖的。"

柏鹤谊坐在炕边上，两眼痴痴地盯着孩子看，一边喃喃自语。

"娘娘，有水月陪着，您坐会儿吧。奴才有点事，先走了。"

守门太监掷骰子激战正酣，离开这一会儿已是魂不守舍。他不等柏鹤谊回答，扭头就跑。蓝水月倒了茶水，刚递给她俩，春儿却说内急，向水月要了手纸，也风似的旋了出去。

"娘娘，我去喊一下奶妈，您坐一会儿。"

蓝水月心里惦着忽然失踪的马轮儿，撒了个谎，跑出去在大殿内外四处查看。

恰巧这时那奶妈玩够了，捏着几块赢来的银元宝，喜滋滋地出来。一见探头探脑的蓝水月，她不由大吃一惊：

"水月？你怎么出来了？谁在看孩子？"

"啊？嗯，我听见有什么响动，出来看看是啥东西。柏娘娘在里头，没事儿。"

正说到这儿，忽然一道黑影地从她们头上飞过，扇起一股凉风。

"天哪，你说那是什么玩意儿？"

奶妈看着水月，两人都惊疑不定。就在这时，他们听到了一声惨叫，其间还夹杂着孩子的哭声。

"皇子？"她们箭一般地冲过去。与此同时，其他房间里的太监、宫女们也闻声而出，但他们不知发生了什么事，聚在大殿里乱哄哄一团。还是保姆机灵，听见孩子的哭声了。

"哎呀，不得了，皇子出事儿了！"

众人一听，不由魂飞魄散，都跟着往西暖阁跑。

当柏鹤谊突然间发现自己独个儿在皇子身边时，她苗条的身躯犹如风中的秋叶，一个劲儿地抖起来。她轻悄地掩上门，而后走到炕边，狠狠地盯着孩子。她纤嫩如葱的手倏地伸到了孩子的脖子边，可是颤抖了好一阵，就是不敢掐下去。冷汗淌了她一脸。她哆嗦着说道：

"臭女人，我和你拼了，都不活了！"

她的手终于掐了下去。孩子"咳咳"两声，醒了，吓得柏鹤谊一下松开了手。

就在这时，从半开的门中突然飞进一只硕大的猛禽，把柏鹤谊吓得尖叫着跳了起来。那猛禽直扑婴儿的脸面和咽喉，拼命地啄着，不一会儿，孩子便变得血肉模糊，连声音也没有了。柏鹤谊目睹如此可怕的情景，一声未吭，便昏了过去。

就在柏鹤谊昏死过去的当儿，门被推开。奶妈、保姆、大小太监、宫女、蓝水月全都挤了进来。当他们看见床上的孩子时，奶妈、保姆顿时昏厥，蓝水月面无人色、簌簌发抖，其他人也腿脚发软，这可是天大的事儿呀，怎么交代？幸得这时吃饱之后立在炕那端地下的猛禽"呼啦"一下飞起，擦着大伙儿的头皮，鬼影似的飞走了，扇起的凉气吓得几个胆小的人大呼：

"啊呀，鬼来了！"

"是怪物！"

有人喊着就要往外冲。这时管事太监张敏一个箭步冲上前，将门一关：

"听着！今儿这可是杀头的大事儿，大家谁都脱不了干系。反正方才你们也看见了那怪物，那么凶猛，来无踪去无影的。是怪物吃了那孩子。我们正各自干着自己的活儿，不料怪物却突然飞来，袭击了皇子。明白吗？"

"明白！"

众人异口同声地答道。张敏走到床前，俯身看了看孩子，扭头问道：

"太医，这孩子还有救吗？"

一片混乱中，最镇定的还是随侍宫中的太医。当众人被怪物吓得魂不附体时，他已在检查孩子的伤势了。猛禽很怪，几乎啄食了孩子的整个脸部和脖子上的肌肉，眼珠也没了，但尚存一丝气息。

"只怕……只怕不行了。得赶快向皇上和贵妃禀报。"

太医老泪纵横。柏鹤谊、奶娘、保姆这时已醒转，正围在孩子边上哭哭啼啼。张敏又将方才的话重复了一遍。她们三个赶紧应承。张敏看看窗外天色已黑，出城不是很方便，可这等大事又耽误不得，只好让人赶快去送信。

"真是天灾，太可怕了！"

这一晚昭德宫的人通宵未眠。还好到昭德宫录口供的是汪直率领的一干人马。由于他们在皇城之西的灵济宫办事，故人称西厂。汪直询问详情时，许多人都不约而同地用了上面这句话来表达自己复杂的心情。

蓝水月应该是所有人当中感到最恐怖的一个。当然是因为马轮儿。奇怪的是，没任何人说起马轮儿。也许他们不知道马轮儿。可难道他们没见着有陌生人来宫里吗？

蓝水月是个机灵的孩子，当汪直向她了解情况时，她只谨慎地说自己当时正在西暖阁帮着保姆烘尿片。这话她和保姆、奶妈、柏娘娘、春儿全都合计好了，不会有错。

"嗯，奶妈坐在炕边上拍孩子，他动了几下，看样子想醒。一个保姆在洗尿片，你和另一个在火盆上烘尿布，柏娘娘拿出小孩子的衣服给奶妈看，春儿上茅厕。然后，怪物飞进来，猛啄孩子。"

汪直录完口供后，重又念了一遍。他的年龄比马轮儿稍大些，大约有二十六七岁，身材高大，面方鼻直，双目炯炯有神。蓝水月注视着他，特别想把马轮儿的事告诉他。可她转念一想，又怕万一马轮儿有事，会把自己牵连上，便将话咽了回去。

"你想说什么？"

汪直看出了她的异样。几个月不见，他似乎没有原先那么亲切了。水月的眼泪如断线珍珠般掉落下来。看看四周无人，她哽咽着说：

"你说，会不会是……是帆儿的魂魄作怪？"

"你闭嘴！"

她话刚说完，就挨了汪直一声骂。汪直惶急地站起来，走到她身边，扳着她的肩，咬着牙小声说：

"上次告诉你的话你忘了吗？以后我再听你说这样的话，非打你一顿不可。"

"是，不敢了。可是，真的太可怕了。"

想到凶手有可能是马轮儿，而她又永远不能讲出口，加上帆儿的秘密，她小小的胸膛就像要爆裂一样。

"好了，你回去吧，喝碗姜汤，蒙着被子好好睡一觉。"

汪直亲自把水月送出录口供的房间，语气缓和了许多。

"我姐姐……她已经去内库了吗？"

"嗯，去了有半个月吧。好了，下一个。"

汪直近来颇受皇上和万贵妃恩宠，所以说话做派与以前大不相同，自有一股逼人气势。故人相知见了他，竟感到压抑，而他似乎要的就是这种效果，难怪富要易妻、贵要易友了！

城郊大祀殿的斋宫是特为皇上祭时祀留宿所建的房子，虽没有皇城那么辉煌，倒也富丽舒适。颠簸大半日，皇上一行终于抵达目的地。安顿好后，便是薄暮时分了。梳洗一新的朱见深和万贞儿平日蜗居深宫，此刻骑马走在宽广的天地间，不觉心旷神怡。

"看，那晚霞红得像胭脂。"

贞儿搂着朱见深，一抖缰绳，马儿欢跑起来。她身穿锦衣卫的大红戎装，看上去英姿勃发，让人遥想起她当年闯荡也先大营的壮举。这么些年过去了，她的骑术毫不减色。她一边看晚霞、说话，一边扬鞭策马，让马儿快跑起来，吓得只在小时候骑过马的朱见深嗷嗷乱喊：

"小妈，太……太快了！"

朱见深一直有口吃的毛病，可他在万贞儿面前说话却难得打结，但紧张的时候就例外了。

"快才有意思啊！有小妈在，你放心！你别闭眼，睁开眼看看四周，你会觉得

很舒心！"

贞儿大声地开导着他。朱见深起先是闭上眼睛的，这会儿听了万贞儿的劝告，果然睁眼四顾。不看不知道，一看，竟直起嗓子大喊："痛快！"

他们就这样跑了半炷香工夫，直到天色渐暗，在卫士们的劝说下，这才返回大祀殿的斋宫。两人都出了一身汗。朱见深看着汗津津、头发蓬乱的贞儿，忽发奇想，提出要和贞儿洗鸳鸯浴。斋宫的执事太监听了很是恐慌：

"这……在这儿洗？"

"是啊。"

朱见深点点头。太监没办法，只好往膳房的大木桶里注上半桶热水，又在周边架上几个大盆，让朱见深和贞儿合浴。

"我的妈呀，这可太羞人了！"

贞儿起先还有些不好意思，在朱见深面前遮遮掩掩的。可当膳房里只剩下他们二人时，她不由媚态百生，朱见深更是春情勃发，两人竟在木桶旁边的椅子上缠绵了一阵子。

"小妈，我太喜欢你了！那么多人，就你最好，每回都新鲜。"

事后朱见深斜靠在木桶里，享受着贞儿的服务。贞儿帮他洗头、搓背、掏耳朵、剪指甲，服侍得朱见深飘飘欲仙。

"啊呀，你简直比混堂司的无名白做得还要好。说吧，我的贵妃，你要什么赏赐？"

"只要你立孩子为太子。"

贞儿假戏真做地说道。朱见深伸了个懒腰：

"朕答应你，只是你别急，有些事要水到方能渠成。"

忽然间，膳房的门被一阵狂风吹开了，冷得他俩打了个寒噤。接着似乎是雷声，轰轰的，他们坐在木桶里都感到了那种震颤，屋顶似乎也在摇晃，加上明灭不定的烛光，让人感觉异常恐怖。

"侍卫，侍卫！"

贞儿和朱见深大喊着。还是贞儿动作迅速，她跳下木桶，在太监们冲进来之前就已披上了袍子，并用棉被将朱见深裹住了。

"快，背皇上回寝殿。"

贞儿临危不惧，俨然成了临时头领。朱见深窝在棉被里，对贞儿流露出崇拜的神色。

"皇上，这天古怪啊，好像地震了！"

担任警戒的袁彬以及陪同前来的万安、梁芳等立即涌到朱见深身边，除嘘寒问暖外，更多的是表达他们的敬畏与恐惧。

"皇上，这儿是斋宫，只怕今晚还得与万娘娘分开安息方可。"

梁芳看着外面狠蛇狂舞、时而漆黑时而炽白的夜空，颤声谏道。就连一贯跟屁虫的万安，此刻也附和着连连点头称是。

"可是，朕……朕好像疝疾又犯了，非万妃在边上，朕难以入睡啊！"

朱见深很是为难，但万贞儿立马将这难题解决了：

"皇上，您不用担心，我就在您床边坐一夜，这样老天总不会怪罪吧？"

"那就这样吧。你们去吧。"

朱见深遣散了他们几个之后，看着贞儿全身穿戴起来。她依旧一身锦衣卫服饰，只是头发太湿，披在腰间，看上去在飒爽之中另有一种妩媚。

"皇上，您不用怕。来，让小妈把头发弄干，要不然以后会头痛的。"

万贞儿把火盆搬近，又用干毛巾揩着朱见深的长发，那模样，就像妈妈对待心爱的孩子。不多时，朱见深就发出了均匀的呼吸声。贞儿看着他，眼神渐渐也迷离起来。

电闪雷鸣的那一刻，那几个负责传递皇子噩耗的锦衣卫校官正行进在郊区的路上。天太黑了，几支火把根本不起作用，他们迷路了。

"不对，咱们走反了。看，这是大杨庄。完了完了，大祀殿在李庄边上，咱们冤枉跑了几十里地，要下半夜才能赶到啦。"

领队的校官拿着火把照了照路旁的一块石碑，上面"大杨庄"三个字清晰可见。大家只好翻身上马，又往来路上走。

"这回可不能跑岔了。头儿，你领路。"

"好，跟着，别落下。"

几匹快马飞驰而去。因是迎风而行，冷风很快就将他们的火把扑灭，四周一片漆黑。

"不行，快点着气死风灯。"

于是，又点上气死风灯。可气死风灯仅有一盏，几匹马只好慢慢走着。没走多远，马匹突然全都嘶鸣起来，接着黑沉沉的天上蓦地被闪电撕开个口子，一阵浑浊、奇特的轰鸣声加上强烈的摇晃和震颤，令他们魂飞魄散。

"哎呀，不得了，是地震！"

说话的锦衣卫士惊叫一声，连人带马掉入刹那间裂开的地缝中，发出沉闷的惨叫。马灯挂在地缝边上，照在踢腾着的几只马腿上，仿佛一幅地狱图。

"快，快走！"

剩下的人想打马飞奔，马却暴烈地将他们摔下。有几人在地上打个滚后，爬起来又跟着那些疯跑的马狂奔。领队的锦衣卫校官的脚被马镫子套住，马也不管，拖着他就跑。起先电闪雷鸣中还有他的呼叫，后来就只剩下风声雷声雨声了。偶尔一道闪电下来，可以看见有房子倒塌了，那道深不可测的地缝就像一道扭曲的伤口，蜿蜒在大地上。

不知过了多久，当天地都似乎累得沉寂了时，黑暗中传来呼儿唤女的喊声、狗吠声、哭声，显得无比凄惨。

"老马，马如飞！你在吗？"

"王山儿？你在哪里？我在这边呢，我是马如飞。老陈、小张、小江呢？"

"老陈被马拖死了，小江掉地沟里也活不了啦，小张不晓得在哪里。小张！小张！"

然而，小张没有回音。于是惊魂未定的马如飞和王山儿只好步行到大祀殿去报信。

天刚放亮，郊祀的仪式就开始了，只是很不顺利。祭坛上的灯烛，朱见深点了八次才点着。他刚要成礼，突然间又厉风席卷，将灯烛尽数吹灭。更可怕的是这风打着旋，好像还冒着黑气，从人身上扫过时，奇寒无比不说，还夹杂着腥臭味。接着，拇指大小的冰雹从天而降，打得法器乒乓作响。执旗举幡的旗手和主管郊祀奏乐的乐官及一些太监被冰雹打得头破血流。朱见深躲在伞下，冰雹之罪倒未受，但他实在怕得不行，上下牙咯咯作响，面如死灰，似乎随时都要倒下。也许是惧怕再不成礼上天更要责怪，他居然坚持着祭祀完了。礼刚成，他便昏了过去。

"快，姜汤侍候！"

太监们抱着皇上疾步回到斋宫。万贞儿急得不行，见状赶忙掐朱见深的人中。喂了几勺姜汤后，朱见深醒过来了。

"我的妈呀！朕……朕错了吗？"

他可怜巴巴地看着万贞儿，万贞儿握着他的手安慰道：

"皇上，骏马都有失蹄之时。金无足赤嘛，您也别太苛求自己，有些事以后不再做就是了。”

万贞儿语带双关地说着，一边双手合十，念了几句赞语，朱见深的脸上这才有了一些血色。

这时，梁芳领着满身泥水血污、疲惫不堪的马如飞和王山儿过来了，还没等跪下，两人就大喊。

“启……启禀皇上，不得了啦，宫里出大事儿了！”

紫禁城再一次披上了悲哀的白色。白色的灯笼，白色的幡，乌纱的花结，连空气都似乎冻结了。昭德宫更是死气沉沉。自皇子死后，万贵妃已经绝食两天了。

“贞儿，小妈，你……你一定要吃饭。你再这样下去，可怎么得了！”

朱见深这几日罢朝，整天守着万贞儿。皇子的夭折使他也憔悴了几分。但他到底年轻，又想到自己正值青春少年，又有后宫三千，儿子终归是不愁的，所以他能够很平静地对待这件事。

此刻，他握着万贞儿冰凉的手哀求她进食。万贞儿清减了不少，但却另有一种憔悴的美。她痴痴地望了朱见深一会儿，叹口气，好不容易才颤声说出几句话来：

“皇上，您就让我随孩子去了吧！我这么大年纪了，要再生不下孩子，你日后又有新宠，我还不是孤老一身？不如就此别过，你倒还会念我往日照顾你的一片情意，忌日时烧烧香也就行了。”

她说得如此绝望与悲哀，朱见深一听，不由搂着她失声痛哭。万贞儿呆滞的眼中也沁出两颗泪，缓缓地流下。

“小妈，你别这样说。我不是说了会一辈子对你好吗？你比太后还要亲。哪怕……哪怕日后朕真的另有宠爱，可只要你一声召唤，我还是会过来的。我的心你难道还不明白吗？”

朱见深说得情真意切，万贞儿很是感动。朱见深在泪眼迷离中看她有所变化，赶紧让宫女端来参汤，亲手喂给她喝。万贞儿含泪喝了两口，倏地抱住朱见深抽泣起来。

“小妈，贞儿，会好的，别哭了。”

朱见深对万贞儿的温存令门外的宫女们羡慕和妒忌。贞儿是个聪慧的女子，知道自己该适可而止了。于是她擦干泪，靠在朱见深怀里，哀哀地说道：

“皇上，小妈只求您一件事。这几年，让我生个儿子出来！”

她的眼里放出灼人的光来，朱见深亲了亲她：

"行，小妈，我一定尽力而为，少到别人那儿去。"

"不是少去，而是不去。五年之内，好吗？"

贞儿身子一溜，一下子滑到朱见深的腿上。她抬起头，那样恳切地望着朱见深，让朱见深不忍拒绝。他犹豫了片刻，终于还是点了点头：

"好吧。"

"那，你要是找了别人呢？"

"随你处置便是了。"

朱见深的这句话似乎让贞儿有了主心骨，她竟摇摇晃晃地下了床，吓得朱见深赶紧扶着她。

"我要你把这话写下来。"

万贞儿抓起笔，又帮他蘸好墨，把纸铺在桌上后，便目光灼灼地看着他。朱见深微微叹了口气，脸上却是笑着的。他伸手接过笔，在纸上写下这样两句话：

"朕五年之内除万贵妃外不再临幸他人，否则任贵妃处置。"

写好后，他用吸墨纸吸干墨，又叠好，然后递给万贞儿：

"这下总放心了吧。"

"嗯。"万贞儿撒娇地一笑。

"那，你把这碗粥喝掉。"

贞儿愉快地答应了。朱见深长吁一口气，脸色轻松了许多。

这时，房门被轻轻敲响，水月在外面轻喊：

"皇上，娘娘，皇后娘娘和柏娘娘来了，说是要看看万娘娘。"

万贞儿一听，从朱见深腿上爬起来："不见，就说我们已经安寝了。"

然后，她气呼呼地在朱见深腿上揪了一把。朱见深有些委屈："哎哟，小妈，疼啊。唉，又不是我叫她们来的。再说，她们也是关心你嘛！"

"哼，什么关心我，分明是黄鼠狼给鸡拜年，没安好心。"

大殿里，张敏不住地对着王皇后、柏鹤谊作揖："皇后娘娘，实在不巧，他们已经安寝好一阵子了。等明儿……明儿万娘娘去拜会您。柏娘娘，奴才替万娘娘谢您了。"

"那，咱们走吧。"王皇后永远是一副静若止水的模样。而柏鹤谊的心情要比王皇后复杂多了。她送王皇后起驾后，似乎不经意地问了一声：

"怎么样，娘娘还好吧？"

张敏会意："还好。"

"还好就好。"说着，柏鹤谊将一锭银子放入他的袖中，张敏有些紧张，不过眉宇间还是升上了一缕愉快的表情。

"柏娘娘好走啊！"目送着柏鹤谊飘逸的背影，他的声音中多了几分客气。

第二十章

西内别馆因为皇子的丧仪而显得更加沉寂、凄凉了。不多的几个老弱宫人照例坐在屋子里掷骰子、下棋，有的怀里揣着老白干，偷偷喝两口。只是这边供暖不足，他们多半披着棉被毛毯，看上去很是怪异。

"听说啄皇子的是一只大鸟，我看说不定就是一只鹰。"

老侯鼻子冻得通红，一边喝酒，一边有意无意地看了正和人下棋的常婆婆一眼。常婆婆闻言，举棋的手停住了，几秒钟后方将棋子落下。没人搭老侯的腔。这帮人里一贯数他话多。

"这事儿可是透着古怪，太古怪了。我看不那么简单。"

老侯自顾自地说着。

"是啊，那个汪直这阵子可没闲着。他手下那帮人比东厂的还厉害，要是有古怪，这几日就该水落石出了。"

终于有人和老侯应和了。老侯被酒精烧得浑浊的眼睛一亮：

"有啥消息？"

"没啥，就是提供线索者赏银子二百两。我走马。哎哎，常老太，你可别悔棋啊！"

"不悔棋，不下了行不？"常婆婆说着将棋子搅乱，然后起身将老侯的酒罐抢掉，脸气得通红：

"你想死不成？想死法子多的是，不用糟蹋酒。"

谁也没料到，她竟一扬脖，把那些酒全灌自己肚子里去了。除老侯外，别的人全都大笑起来。

"嗯，这菜户可真够意思，因为怕你醉，她便先醉，也算救你一命哟。"

"哎，马轮儿怎么老不见人影？他好像从不在咱们这儿凑堆儿，难道在屋里绣花？"

有人不知怎的惦记上了马轮儿。老侯痴痴地出了会儿神，来劲了：

"他呀，比咱有福气，这会儿只怕温香软玉抱满怀了！"

"你又胡嚼什么舌头！别人的事，你管那么多。去去，快滚回家睡觉去！看你那迷魂样儿。"

常婆婆的心情不知怎的特别不好，老侯的红眼睛若有所思地眯了起来。

"好，好，咱先走，省得碍你的眼。"

老侯从屋子里走出来，走过一段破败的回廊，来到了鹰房。打开房门，他愣住了：那些木笼子里空空如也，所有的鹰都不见了。他飞也似的跑出来，神情异常愤怒。但跑到一半，他停住了脚，眼珠一转，暂身便往吴玉珠的寝殿扑去。

吴玉珠一向不喜欢被人管，没事时总是把自愿服侍她的几个宫人打发得远远的。待要用人了，她再吹哨子。所以进入她的寝殿外围时，老侯如入无人之境。但房门紧关着。老侯将耳朵贴在门上听了听，果真听见里面传出暧昧的声音，他咧嘴笑了。他还不太甘心，又转到了寝殿的另一边，那边的墙上有个很小的洞，正巧可以偷看。他将眼睛贴上去，可看见的却只是对面的墙。

墙边上的床帷已经放下，一丝不挂的马轮儿正在亲吻吴玉珠的裸体。他吻得那样细密、结实、热烈、多情，简直让吴玉珠无法自持。她不由得呻吟起来。

"马轮儿，谢谢你，你真勇敢啊！你怎么知道那鹰一定会啄孩子呢？"

忽然间，吴玉珠聊起了这个话题，马轮儿整个泄了气，瘫在她身上。

"因为那鹰我们一直饿它，只让它闻烂肉汁儿。那天，我在孩子身上滴了些肉汁，它自然就啄了。听说他死得很惨，唉！"

马轮儿睁大的眼睛里并无复仇后的愉快，相反，他有一种受折磨的表情。吴玉珠还是不解：

"那，你把鹰放那儿，自己先走了，它不会飞走吗？"

"不会，常婆婆有迷香，鹰嗅了就会睡着。"

"哦，太奇妙了！早知如此，还不如把肉汁淋那肥猪身上，也省得那孩子……唉，不说也罢。马轮儿，我谢谢你。"

吴玉珠说着，捧着马轮儿的脸吻了一下。就在这时，门突然被人"嘭"地捶了一拳，那么响，吓得他们立马手忙脚乱地穿衣裳。可衣裳穿好后，吴玉珠再打开房门看时，外面却又空无一人。

"可能是风吧？"

"不，不会是风，肯定是老侯。"

马轮儿和吴玉珠互相对视着，深深地叹了口气。

"果然聪明！这么着吧，把你以前戴的那根嵌红宝石的金项链给我，还有头上的簪子，不然的话，我就到昭德宫去。"

先是老侯沙哑的嗓音在空中飘荡，接着他突然从墙角里闪身而出，笑嘻嘻地逼近吴玉珠，伸手飞快地将她的发簪抽下。吴玉珠满头银发瀑布般垂下，看上去像一座雪雕。

"你……你到底想干什么！"

马轮儿吼叫着将老侯扑倒在地，两人翻滚着打了起来。马轮儿年轻力壮，很快就将老侯揍得鼻青脸肿。

"你小子再敢欺负她，老子跟你不客气！"

马轮儿用脚踩住老侯瘦弱的身躯，恶狠狠地说道。吴玉珠漠然地看着，似乎这一切都与己无关。

"娘娘，马哥儿，我老侯不是人，是狗养的。下回我要再敢这样，就算我祖奶奶是你操的！这总行了吧？求你饶我这一回吧。"

马轮儿看了看吴玉珠，吴玉珠还是那么一副灵魂出窍的恍惚样子。马轮儿脚下一用劲，将老侯蹬了个驴打滚。

"好，就饶你这一回。你下回要是再这样，我宰了你！给我滚得越远越好！"

老侯屁也不敢放一个，抬脚就跑。他边跑边用小得不能再小的声音骂着：

"妈的，等着瞧！别以为你们的事瞒得住，我只要一开口，你们谁也别想活命！"

老侯逃得惶急，根本没注意到一直尾随在他后面、这时闪身躲在一根柱子后头的常婆婆。他离去之后，常婆婆抽下头上的一根发簪，轻轻地在头皮上搔着，风韵犹存的脸上布满忧愁。

庄严肃穆的金銮殿，如今不只是庄严肃穆，其气氛简直有些沉重了。比气氛更沉重的，是朱见深宣布旨意时的语气：

"向者朕叔郕王践祚，戡难保邦，奠发宗社，亦既有年。及寝疾监蒉之际，奸臣贪功生事，妄兴谗构，请去帝号。先帝寻知诬枉，深怀悔恨……朕祗服慈训，敦念亲亲，间以帝号之复请于圣母，优承慈旨，欣然允从……上尊谥曰'恭仁康定景皇帝'。"

"吾皇英明，吾皇万岁，万万岁！"

朱见深话音甫落，文武百官们便叩头称颂不已。因为，给郕王加谥帝号，就如同前不久将钱太后与先帝合葬一样，都是朝臣势力对皇权的胜利，起码是一种有效的影响。所以，文武百官煞是高兴。他们中有人正欲启奏其他事项，不料朱见深却草草宣布散朝。散朝后他又退隐到百官可望而不可即的地方。

与祖父朱瞻基（宣宗）、父亲朱祁镇（英宗）、叔叔朱祁钰（代宗）相比，他是一个最不喜欢召见朝臣的人。百官们对他的离去多少有些怅然。

中午在宫中用过膳后，朱见深觉得无聊，在院子里发了会儿呆，便把梁芳召来密议。

说实话，他虽爱万贞儿，可让他对其余佳丽视若无睹，这不啻是一种刑罚。有时他不免要做些反抗，到处偷欢。其实以他的身份，便是公然宣召嫔妃也未尝不可，但他却从这偷偷摸摸中感到了前所未有的乐趣，所以宁肯默默承受贞儿对他的监控，自己则时不时"寻花问柳"一番。当然，这些得由梁芳帮他出主意。此刻一见他这情形，梁芳自然明白，忙跑过去请示：

"皇上，去哪儿？"

梁芳跟在朱见深后头小跑着，一边小声地问。但这回朱见深并不作答，竟跑了起来。他这一跑，近侍太监、卫士们也便跟着跑，让目睹的人惊慌不已，以为发生什么大事了。

"皇上，什么事儿？"

袁彬虽然老了，但体力还行，加上对朱见深重新启用自己有一种感恩戴德之心，所以服侍得格外小心。

"把那些人都给朕截住，梁芳跟着朕。成天身边跟着这么些人，朕都烦透了。"

朱见深的要求显然让袁彬为难，梁芳却赶紧先表态：

"袁大人，就这么着吧。"

见朱见深已先行几步，他忙又小声告诉袁彬："你们从那边绕道跟着，万一有事好照应。我把他带到内库去。"

说罢他又小跑着去追朱见深，那跑的姿势不男不女，煞是可笑。

内库旁边的一排厢房是管理内库的女史的住房。快十五岁的纪小芙沾汪直这位老乡的光，从西内别馆换到了这儿。由于她机敏好学，为人沉稳细致，管理内库的女官很赏识纪小芙，让她整理典籍、编排书目。

这天本不是纪小芙值班。早上刚吃过饭，汪直就带了些东西特地过来看她。

"小芙，你今天值班吗？"

汪直似乎有什么打算，一副期待的表情。

"不，明天。"小芙已经到了情窦初开的年龄。汪直长得英俊健壮，加上又是同乡，而且汪直也挺关照她，所以她看汪直时，眼睛里总有股柔情。

"小芙，咱们没入宫中，不敢说报仇，求的只是有个出头之日。你聪明、漂亮，今儿给你个机会。"

汪直和纪小芙站在外头讲话，尽管没人，汪直还是四周察看了一遍，这才小声说出他的安排：

"我和梁芳公公讲好了，叫他这两天鼓动皇上到内库来看书。皇上也许来，也许不来。但不管怎样，你这几天最好能够待在库房，这样皇上来了，你就能够接待。万一被宠幸，生个皇子下来，咱们瑶人都可以沾你的光。"

"是吗？可是，就算今日我替了班，明日还有两人轮值，那怎么办呢？"

纪小芙有些着急。汪直微微一笑，塞给她一小包药：

"把这个放一些到茶里，给她们喝，这样她们就值不了班啦！"

纪小芙打开纸包，闻了闻里面的药："巴豆？"

"对了。你一定要打扮得脱俗些。喏，这些是胭脂、花粉、头油，从宫外'玉生香'买的。这是两件新做的衣裳。他喜欢女子穿红衣。"汪直把包裹递给她。

"啊呀，你上次向我借衣裳，为的就是这个吗？"

纪小芙欣喜至极，不禁抓着汪直的胳膊晃了晃。汪直在她手上轻轻摸了一下，然后看了看天色，催促她早些安排。

"记住，一定要千方百计做成。"

余下的话不用说纪小芙也明白。她郑重地点点头，进了屋子。里边轮值的宫女珠珠已经穿戴好，额上贴着花红，一看就知道来了身上的。她双手捧着肚子，一副痛楚的表情。

"珠珠姐姐，求你个事儿。"

纪小芙借口说老乡的衣裳坏了，过几天要帮他缝，所以要换班。她一开口，巴不得躺倒的珠珠即刻答应，只是嘴上并不饶她：

"小芙，可别有事才求，今后你能把你那个英俊的老乡介绍给姐姐当个对食还差不多。"

"你知道他是谁吗？"纪小芙有些讶异于她的孤陋寡闻。

"是谁？莫非还是个大红人？"

"就是大红人汪直。"小芙的语气不无自豪。

"哟！咱可不敢高攀。哎，过两天缝衣裳要是用得着我，你就说一声。"

"那肯定。"

纪小芙一边说着一边迅速地打扮起来。她别出心裁地将长发全部放下，犹如一道瀑布，直泻她优美的腰间。头顶上，她插了把老家女孩儿常用的银弯梳，又在鬓边插了朵大红宝花，然后拎着新衣裳走了。

"小妹子，你打扮得再漂亮又有什么用，难道皇上还会看上咱们？告诉你，我在这儿待了十三年，没见着一位皇上。你啊，真是痴心妄想，哼！"

珠珠躺在床上，看着纪小芙窈窕的背影，一脸鄙夷之色。

当朱见深、梁芳走进内库的书房时，两人眼睛为之一亮。只见木架上书籍摆放得井然有序，到处纤尘不染。从铜香炉里飘出的沉香混合着墨香，形成了一股沁人心脾的气息。案桌上，疏疏淡淡地插了几枝鲜花，一切看上去都那么赏心悦目。

"哇，好个雅静的所在。怎么以前没听你说过？"朱见深大感兴趣。

"啊，皇上，听说以前这儿挺乱的，后来汪直从西内别馆调了个人来，这才有今日的齐整。"

梁芳四处搜寻着纪小芙的身影，可就是不见她的人，不由有些着急："咦，人呢？"他和朱见深不约而同地问道。

就在这时，穿着一件绯红衣裳、眉若春山、脸如云锦的纪小芙从里间缓缓飘出，那种大别于中土女子、似闲散、似出尘却又夹杂着说不出的野性的风姿，一下就攫住了朱见深的心。就连老杇的梁芳也心中为之一颤。

"奴婢纪小芙拜见皇上。祝皇上龙体康健，万寿无疆！"

纪小芙的行止间自有一股动人的韵味，加上她深沉柔婉的嗓音，朱见深大为心动。当梁芳侍奉他坐下、又倒上茶水之后，他的一颗心这才回复到正常的节拍。

"你是哪里人氏？念过什么书？说来给朕听听。嗯，怎么好像挺面熟的。"

朱见深眯起眼睛费劲地想着。梁芳瞥见门外那些卫士近侍的身影，赶忙出去打了个手势，免得他们坏了皇上的兴致。

"皇上忘了吗？那回在浣衣局，还是皇上亲点奴婢及妹妹蓝水月出来的。奴婢乃大藤峡人氏。"

纪小芙抬头仰望着朱见深，毫无怯意。她这种大胆、直率的作风倒有些像万贞儿。朱见深对她的好感更浓了，不由伸手将她拉起，又拍了拍身边的绣墩。

"正是，看朕的记性。噢，对了，你那妹子现在万娘娘处，挺机灵的。来，坐，坐吧。"

纪小芙谢了，落落大方地坐下，那种自若，便连见过世面的梁芳也在心内感叹："好个丫头，有出息。"

"进宫几年了？"

"五年。"

"五年就识得汉字了？汉话也说得这么流利，怪道别人说你聪颖过人。都读了什么书？"

朱见深好文，颇希望遇见个知音。而纪小芙恰巧有读书的兴趣与天分，短短五年，竟读了《史记》《大学》《论语》，另外还有必不可少的《孝经》《妇戒》，听得朱见深和梁芳一愣一愣的。

"啊呀，真是个奇女子。"

朱见深看似听得忘我，实是色心已动。但想起自己写给万贞儿的保证，略有些犹豫。梁芳知趣地退出，从外边将门关上。朱见深一把将纪小芙搂住，纪小芙很激动，也有些羞涩，一下没站稳，两人一起倒在了地上。

房门外，梁芳的脸上现出了高深莫测的微笑。

昭德宫里，已经恢复元气但神情却阴郁了许多的万贞儿正在听取汪直的汇报。

"她一个人和皇子待了多久？消息准确吗？"

"准确无误。"

"那就是说，那个怪物很可能与她有关？"万贞儿踱着步，皱起了眉头。

"也真怪。她明明知道我和皇上那天去郊祀了，为什么不迟不早偏在那个时候来？还有，来了她为什么不说？显见得这个柏鹤谊心里有鬼。"

万贞儿停住脚，目光炯炯地盯着汪直："你给我好好查一查她。另外，西内别馆有什么消息？"

"奴才正要向娘娘禀报。听说她和一个小太监打得火热。还有，那儿有人养了鹰。"

汪直停了停，字斟句酌地说道：

"据几个那天看得仔细的人说，怪物很可能是一只巨鹰。喏，有人在大殿里拾到了这个。这确是鹰的羽毛。只是弄不明白，如果是鹰的话，怎么会飞进西暖阁专啄皇子？"

这事便连汪直也觉得一头雾水。万贞儿听了，想起郊祀那天自己和皇上的荒唐行为以及当时的地震与天气，心想这儿子是让自己给断送掉的。那种大不敬，天也难容啊，总得给些惩罚吧？这惩罚很可能就落在了皇子身上。但她这样想时，却未在脸上流露什么。她缓缓地坐下，面若寒冰。她望着地下出了好一会儿神，这才轻言细语地说：

"给我查出个究竟来。"

"是。"汪直蹑手蹑脚地退下，仿佛一道渐渐消逝的影子。万贞儿想了想，大声喊了起来：

"张敏，张敏！"

这个年近五十的干瘦太监伛偻着身子走进来，将一个本子呈递给她：

"娘娘，奴才领着小奴才四处探听了好一阵子，又查了起居注，瞧，这些都是皇上新近临幸过的。"

张敏指着本子上写着的五六个女子的名字说道。万贞儿的手颤抖起来，纸张跟着沙沙响。张敏将脸别向一边，假装没看见。

"这下头有红点的，是有身孕的吗？"

"是的，娘娘。"

本子"啪"地飞出去，正巧砸在从门外进来的蓝水月脸上，委屈得她跟什么似的。恰巧这时贞儿又拍了一下桌子："岂有此理！"

"娘娘息怒，奴婢该死！"

蓝水月懵里懵懂地应声跪了下去，气得万贞儿暴怒地抓起一只茶杯，没头没脑地砸过去。茶杯破了，溅起的碎片将蓝水月的手割出一道口子，鲜血淌了出来。蓝水月不知是委屈还是疼痛，嘴一扁，竟哭出了声。贞儿一听扑过去，扯着她的头发

就往外拖。

"你个狐媚子，装什么蒜！快滚！你以后要是再敢在皇上面前装神弄鬼，看老娘不撕了你！"

妒忌和愤怒使得万贞儿失去了往日的好脾性，她似乎也不怕在众人面前撕下以往亲切的面纱，表现得格外乖张。只见她像母狮般将蓝水月推倒在地，又打又踩。偏偏蓝水月也倔，贞儿打完后，她竟爬起来，跪在那儿哭着申辩：

"娘娘，我没有装神弄鬼，我真的没有。"

贞儿不理她，随手抄起一把笤帚朝她扔了过去，不过这回没打中。然后，她站在殿内直喘粗气，似自言自语又似向梁芳倾诉：

"你说，他怎能这样没良心，啊？太不像话了！去，把他给我叫过来。"

"娘娘，奴才这就去。"张敏欲言又止，终于还是觉得该劝劝自己这位主子。

"娘娘的心情，奴才可以理解。只是，他到底是天子。从古至今，像他这般有情义的皇上少之又少，娘娘已是万幸了。皇上青春正盛，宫中三千粉黛，难得他不暂时移情。娘娘的线切不可扯得太紧。奴才也是一番好心。若说得不当，任凭娘娘处置。"

万贞儿素来机警，这些道理岂不明白？只是自己年纪已不小，上次好不容易妊娠后，又被吴皇后打得小产。千方百计"生"出了这么个皇子，眼看稳立太子了，偏又不明不白地死去。以后再要生，可就难上加难了。眼见得红颜将逝，她后半辈子还无倚靠，这事别提多窝心了。现在，充斥她内心的是莫名的妒恨。不过她到底人情练达，一会儿就若无其事了。

"张公公，谢谢你。这样吧，你到太医院开几服药，熬好，给这几个贱人送去。一定要看着她们服下。"

"这个……万一皇上知道了怎么办？"

张敏可不敢担这份干系，万贞儿眼一瞪：

"叫你去你就去，有什么干系自有我担着，明白了吗？"

"奴才明白。"

"多带些人去，不听话的，灌也给我灌下去。"

一所宫殿里，一个宫女穿着新装，脸上粉白嫩红的，非常美艳。她被一伙宫女围着，手捧着微隆的肚子，脸上露出骄傲的微笑。

"姐姐，你有身孕了，以后生了皇子，就该封贵妃了。有了名分，多好哇！你以后可得多关照妹妹一点。"

"是啊，姐姐，苟富贵毋相忘啊。"

"姐姐，我……我……呜呜！"

宫女们起先叽叽喳喳地说着赞扬羡慕的话，这时却有人哭了起来，气氛一时变得沉重。那位开屏孔雀般的受幸宫女钟漪青夸张地笑了：

"好了，这是干什么呀？姐姐以后若是出了头，自会顾念你们的。"

"谁是钟漪青？"

这时，张敏带着十几个身强力壮的太监闯进来，宫女们一惊。

"我是。公公，来这里有何见教？"

钟漪青说话的口吻已经与往常有些不同了。张敏也不说话，一挥手，那些太监捉住她的手，将一碗药汁强行灌进她的嘴里。

"你们是哪来的野种，居然这般行径？我要告皇上，狠狠地整治你们。你知道吗？我的名字是上了本子的！"

钟漪青莫名其妙咽下那碗药汁后，情知不是好事，她又急又气，一手叉着腰，一手指着张敏，气势汹汹地说道。其余宫女见她受辱，除个别人幸灾乐祸外，其余纷纷上前为她助威。张敏扫视着她们，毫不在乎地点点头：

"知道，不就是上了起居注吗？这药，是万娘娘送您的。您要是不怕，就告皇上吧。我告诉你，这儿还有两包药，明后日你得熬了喝下，不然到时有你好看。走！"

张敏说完，领着这帮人又去找下一个宫女去了。钟漪青先是木头般呆立着，周围的宫女也沉默不语。忽然间，钟漪青拍着大腿喊起来：

"你们看见了吧，这个婆娘，她也太霸道了！这肯定是堕胎药，我偏不吃。"

说着，她将手伸进舌根处一抠，一股酱黑色的药汁飞泻而出。原先百般拍她马屁的宫女们悄悄地散了，她连连呼"水"，却没人递一杯过来。钟漪青蹲在地上，绝望地哭了。只有方才呜呜哭起来的那个半老宫女，这时又折回了身，同情地建议她去找周太后。

"对，周太后！"钟漪青的眼睛亮了起来。

"什么？她居然敢这样？也太放肆了！你没搞错吧？"

周太后不知何时掉了颗牙齿，又似乎得了痹症，坐在椅子上，腿不能动弹，说话有些漏风，看上去苍老了许多。听了钟漪青的禀报，她的火暴性子又上来了，但她有些不敢相信。

王皇后、柏鹤谊正在陪她玩牌，闻听此事，两人不由脸色一变。特别是柏鹤谊，手捂着脸，抽泣着说道：

"启禀太后，臣妾……臣妾那次怀孕后，也是吃了一服按她的方子抓的药才小产的。呜呜！"

柏鹤谊实在憋不住了，伤心地大哭起来。她那梨花带雨的模样让周太后爱怜不已：

"孩子，她也是这样对你的吗？你怎的不早说呢？"

周太后唏嘘不已。

王皇后平静地听着，不亢不卑之中自有一股力量，让周太后多少有些同情她。

"孩子，"周太后拉过王晚霞的手拍了拍，眼中含着泪水，"听人说，你一直不敢让皇上住在你那儿，你怎么就那么怕她？你是统率六宫的皇后啊！实在不行，你就学吴玉珠，也用家法处置她，她敢如何？"

周太后越说越气，王晚霞却始终一副低眉顺眼、逆来顺受的模样。周太后不喜欢她这态度，拍了拍手：

"好，好，你倒大度，难怪肥婆要得寸进尺了。要是你有柏氏这份心机，我谅万贞儿也不敢这么骄横。"言下之意，自然是恨王皇后这块铁难以成钢了。

"唉，太后，臣妾也是实在没法子。"

王皇后的一肚子委屈终于给勾出来了，她掩脸暗泣着。柏鹤谊冷冷地瞧着她，唇边浮起一抹讥诮的笑意。

"太后，那几包药，我还吃不吃呢？"

钟漪青从拜见太后起，就一直跪在地下，此刻定是膝盖痛得受不了啦，这才怯生生地问了一句。周太后叹口气：

"这样吧，药你就别吃了，就说是太后的旨意。万一有什么事，你再过来向我禀报。你是哪个宫的？"

"奴婢是尚宝监的钟漪青。"

"好，你去吧。小心些啊！"

周太后的一声叮嘱，让钟漪青兴奋得不得了。她走在路上，脚步不知有多轻快，口里还哼着曲子。

然而，当她走进一条狭窄的小巷时，迎面过来的几个太监忽然一拥而上，堵住她的嘴，对着她一阵拳打脚踢。这些人手上都戴了棉手套，打在钟漪青的身上悄无

声息。

太监们离去之后，钟漪青挣扎着爬起来。太监们打人的技术极其高超，因为钟漪青撩起衣裳察看身上时，上面没有丝毫痕迹。她活动了一下筋骨，好像也不痛，正纳闷着，一股暗红色的血忽然顺着大腿淌到了地下。

"血？"

钟漪青用手指蘸了点血在鼻子上嗅着，这边眼泪就流了下来。

"妈呀！"她倚着墙慢慢坐了下去，看上去是那样悲痛、绝望和无助。

蓝水月走得很快，她要去西内别馆找马轮儿，把那天的事情问个清楚，要不然她会急死的。可是，从昭德宫到西内别馆实在太远了，她只好小跑着赶路，否则回宫不好交代。她肯定没想到，就在自己身后不远处，汪直在亦步亦趋地跟着她。

似乎走了有半个时辰，蓝水月终于来到了西内别馆。只见宫门紧闭着，门环都生了锈，台阶上锈迹斑斑，仿佛一所废宅。可是，当蓝水月扒到门缝里看时，门却悄然无声地开了。蓝水月没提防，一个跟头栽了进去，耳边响起老牛头浑浊的声音：

"好俊的丫头，哪座山上飞出的雏鸟啊？"

他粗鲁地在蓝水月已经隆起的胸上摸了一把。蓝水月柳叶眉一竖，正要发作，忽然间又换成了一副甜蜜的表情。

"哎，公公，我是马轮儿的老乡，找他有事儿。"

"你是马轮儿的老乡？咋他那地方的人都长这么俊？怪事。那，先让公公香个嘴。"

老牛头凑过来，在蓝水月的脸颊上亲了一口，这才给她指了条路：

"往北，再往东。他在学弹琴，哼，真是癞蛤蟆想变天鹅。"

蓝水月袅袅婷婷地走去，屁股故意一扭一扭的，看得老牛头直流口水，而蓝水月自己则捂着嘴直笑。

"老牛头，跟你说个事儿。"

青衣小帽的汪直突然冒出来，吓了老牛头一跳。愣怔了好一会儿，他才认出眼前的人是谁。

"哎哟，是您老啊！"

"嘘！"汪直附在他耳边悄悄说了几句话，老牛头的脸即刻变了色。他腰一弯，手一伸，卑怯地说：

"您老请。"

汪直不再理他，快步如飞地尾随蓝水月而去。

吴玉珠住的大殿里，马轮儿正在抚琴。许是小时学过的缘故，他的琴弹得很流畅。

"看不出你还有这一手，倒像是家学渊源哪。"

吴玉珠别具深意地说了这么一句，便和着琴声轻轻吟唱起来：

"金风飒飒，暮雨潇潇，难消遣悲秋景况……孤零零寂寂掩寒窗，又何堪愁怀默默，别恨幽幽，无限悲伤。这凄凉渐渐到重阳。到几时比目双双，同欢锦帐……"

词写得凄楚，她唱得更凄楚，再加上马轮儿悲切的琴声，刹那间太阳隐去，暗无天光。吴玉珠却含着泪笑了：

"马轮儿，我真高兴。我真爱你。"

想到仇人的儿子已死，吴玉珠便兴奋难抑。她瞅瞅四周，忽然亲了马轮儿一下。而这恰巧被刚刚寻来的蓝水月看见了，她不由小脸一沉，大喊一声：

"马轮儿，你过来！"

"嘣"的一声，马轮儿拨断了一根琴弦。

"是昭德宫的蓝水月，小芙的表妹。"

马轮儿走过吴玉珠身边时，轻声说道。吴玉珠的手微微颤了颤，马轮儿也很紧张。

"水月，什么风把你吹这儿来了？"

马轮儿装出一副没事的样子。蓝水月却不睬他，墨石般的眼睛气鼓鼓地瞪着他，直瞪得马轮儿心中发冷。

"你说，你那天过去干了些什么？你别蒙我，我看见了的。"

蓝水月诈他，马轮儿却很机警："看见了什么？我后来没找到那块石头，有人喊什么娘娘来了，我以为是万娘娘，吓了一跳，赶紧逃走。"

"骗人！你说，你往皇子身上涂了什么东西？就是那股臭味儿……"

说着，她的双唇颤抖起来，眼泪也下来了。马轮儿此刻自然不会被这些打动：

"好了，水月，我向你道歉，那天我不该不辞而别的。"

然后，他就再无话了，站在那儿像一棵正在落叶的树。吴玉珠远远瞧了一会儿，也没过来，自顾自地弹起了曲子。空气更冷了。

"马轮儿,你……你是个坏人!呜呜……我恨你,我恨你!不许你长得像我爹,就不许!"

水月想想,实在没辙。毕竟这一切只是猜测,又不能去告发,否则殃及自己。但她实在咽不下这口气。直觉告诉她,马轮儿有事,可偏偏马轮儿死不认账。水月扑了过去,无奈马轮儿高大,水月娇小,她硬打不成,便只有抓、挠、咬,而且专门抓脸。

"嘿,嘿,水月,水月!"

马轮儿只是躲闪着,并不还手。这时吴玉珠像云似的飘过来,一只冰凉的手搭在水月手腕上;

"好个没道理的丫头,居然敢到这儿撒野。"

她声不高,调很柔,可蓝水月不知怎么的,心中竟生出一股寒气。她咬着嘴唇,默默地放手了。她冷冷地看了会儿马轮儿,终于咬牙道:

"马轮儿,你等着瞧。"

马轮儿垂头丧气地不敢吭声。吴玉珠怒上心头:

"你这野丫头,打狗也要看主人。你仗着是昭德宫的,就能在这儿撒泼吗?来人,给我把她轰出去!"

吴玉珠气糊涂了,还以为自己是坤宁宫一呼百应的皇后。蓝水月拍着巴掌笑了:

"哟哟,真是瘦死的骆驼不倒架,还摆谱哪。看看,看看你身边,有什么?烂房子,烂家具,再就是这冷飕飕的风了。哈哈,你生气吧?我就是要气死你。"

蓝水月本就淘气,如今逮着了机会,更是口不择言。她的话还没说完,吴玉珠就摇摇晃晃地要倒,吓得马轮儿赶紧将她扶住。不过蓝水月没看见,她已经一溜烟似的跑了。

当她跑过一个阒无人迹的大殿时,汪直闪出来,将她拦住了。

"水月,我有话要问你。"

汪直拉着水月,快步往宫外走去。

这时,从另外一个隐蔽的地方钻出了常婆婆。她若有所思地看了看汪直和蓝水月的背影,便踅身往水月来的方向走去,看样子是去找马轮儿和吴玉珠了。

万贞儿今天很晦气。一大早起来,先是发现来了身上的——宣告这段时间的夜间劳作白费。当宫人要往她额上点花红做标记时,贞儿一掌拍翻了她手中的颜料:

"给我滚开！"

宫女躲开了，不敢再来烦她。但她的心却无法平静。不管怎么说，这几日皇上是要到别处憩息的。她不能太过分，这时也不让他走。但更令她失望和生气的是，自己怀孕的指望又落空了。偏偏这时，太后身边的太监又传来懿旨，说是要她过去一趟。

"行，我马上就去。"

现在贞儿不怕太后了，她已是贵妃，皇上爱她、宠她、惧她，宫中人巴结她。而太后则身体欠佳，再说她对皇上的影响力远没有贞儿大，贞儿现在有胆了。

所以，当她在仁寿宫拜见太后，太后对她爱答不理时，她脸上浮现的不是气恼而是挑衅的微笑。

"万贞儿，跪下！你身为贵妃，做的事怎么那么没有人味儿？别的嫔妃有孕了，你居然敢给她吃打胎药，你知罪吗？"

周太后痛风痛得受不了，殿内虽温暖如春，她身上却裹着棉被，看上去滑稽可笑。她一掌拍下去，别人没吓着，倒是自己疼得龇牙咧嘴。

"启禀太后，臣妾不敢做此等没廉耻、伤天害理的事，肯定是有人在太后面前编排、诬陷我，不信太后可以去查问。"

万贞儿朗声说道，一副义正词严的样子。周太后怒不可遏，高喝一声：

"钟漪青，你还不出来？"

躲在旁边厢房里的钟漪青应声而出，她惶恐地跪在贞儿身边，脸色非常憔悴。

"你怀孕后，万贞儿是否指派张敏给你灌药？"周太后得意地问，钟漪青点点头。

"是不是还留了两包药要你第二天、第三天熬着吃？"

周太后又问，钟漪青照例点头："是。"

"后来，你气不过，到我这儿来，回去时，是不是遭到贞儿指使的一伙太监的暗算了？"

"是。"钟漪青捂着脸轻轻啜泣起来。

"怎么样，人证在这儿，你还想抵赖吗？"

周太后虎视眈眈地看着万贞儿，以为万贞儿这下该低头认罪了。不料万贞儿只是充满同情地说：

"太后，对钟妹妹的事，贱妾深表同情。但那些事却是无中生有。首先，给她的并非打胎药。臣妾只是痛惜皇上的第一个孩子夭折，这才为她们担心。那些药都是补药，不信太后可以让她把剩下的两包药拿给太医院查一查。再者，她遭人暗算了，臣妾还是现今才知道。如果太后不信，可以让袁彬大人或是东厂的尚铭大人派锦衣卫的人来审讯，看看那些人是不是我万贞儿派的。太后，我知道，以我这个身份、这种年龄见宠于皇上，您心里一直不舒服，您可以让皇上把我打入浣衣局啊！"

说罢，她爬起来转身就走。

"你给我站住，听见没有？万贞儿！"

万贞儿不理她，在宫女的簇拥下，扬长而去。

"反了！反了！去，给我把皇上叫来！"周太后拍着椅子大喊。

朱见深坐在仁智殿里，一边浅浅地啜着杯中酒，一边看破衣烂衫、蓬头垢面的钟钦礼画画。奇的是钟钦礼不用笔，纸也不铺在桌上，而是放在地下。只见他一会儿用脚沾墨，一会儿用手当笔，在大纸上杂乱无章地走着、抹着，看得朱见深和旁边的一干画师丈二金刚——摸不着头脑。

"皇上，这钟疯子喝醉了。"

"是啊，且看他怎样。"

画师们和皇上半是君臣半是朋友，所以比较随便。有一个画师甚至将自己墨迹斑斑的手搭在了朱见深肩上，朱见深并不以为意。他皱着眉，看了半天也弄不明白，不由问道：

"钟钦礼，你这画的是什么呀？"

钟钦礼不答话，只是伸手要了一碗酒，仰头喝下后，将衣衫撩起，脱下裤子。殿内顿时笑声如潮：

"好，钟钦礼要撒酒疯了。不会喝了苎麻水，撒不来吧？"

朱见深想起上回观灯时阿丑讲的那个笑话，这会儿用上了。

"皇上，你看我的绝招。"

只见钟钦礼把墨汁倒在旁边的一个大平口铜盆里，然后一屁股坐下去。众人惊叫声未了，他又在纸上接二连三地坐了下去，一会儿工夫，只见一朵朵荷花出现了，亭亭玉立，气韵极其生动。

"哇，真是绝活！"

"老神仙就是老神仙。只是钟钦礼臀上稍嫌肉多，荷花险些成南瓜。依朕看，应有蜻蜓立其上才对，只是你就画不成了。来，看朕的。"

朱见深和他们在一起，素来无拘无束。只见他说罢，也依钟钦礼之法，用臀部沾墨，在纸上空白处轻轻一坐，一只巨大的蜻蜓出现了。

"如何？"

众人先是不明白，待悟出其中奥妙之后，不由笑得前仰后合，君臣乐成一团。

"皇上，臣画了几幅这个，您看看。"

一个画师趁机献上一本画册，朱见深掀起一页，瞥见其中一具优美的胴体，不由大喜。他悄悄将画册收入怀中，扭头对梁芳说：

"明儿赏他一袋金瓜子。"

"谢皇上。以后，再多给您画些。"画师高兴得鼻子发红。

"行。唉，跟你们在一起，就是快活。"

朱见深乐不可支。可惜，就在这时进来一个太监，说是太后有要事，请皇上速去。

"皇上？你还是皇上？是皇上怎么连自己的孩子都保不住？是皇上怎么受她摆布？哼！"

周太后一肚子气全撒在自己儿子身上。朱见深坐在椅子上，一声不吭地听着太后的诉说，越听脸上怒气越盛。周太后以为儿子终于认识到了万贞儿的可恶，便痛快地将万贞儿臭骂了一通。

"……你把她废了，赶她到浣衣局去！这种心如蛇蝎的女人，还留着她干什么？礼部明年春不是准备再到江南给你选妃子吗？咱不缺她这一个。我看她这人，远不如那个吴玉珠！"

啪！

朱见深忽然在桌子上拍了一掌，周太后忙安慰他："儿子，别生气，别气坏了身体。把她废了，眼不见为净不就行了吗？"

谁知朱见深却板着脸对她冷笑道：

"太后，朕的内事，朕自会处置。至于该让谁去浣衣局，朕心里明白。梁芳，从现在起，就让那个告状的钟什么青到浣衣局去。还不快办！"

"皇上，你……你……哎哟，气死我了，气死我了！我这是操的哪门子心啊？好心当作驴肝肺，我不活了呀！"

周太后顾不得身份了，当堂大哭大闹起来。梁芳立即向传令太监招招手，又看看朱见深，意思是要不要收回成命？朱见深恼怒地瞪着时常这样干预他且动不动就

一哭二闹三上吊的母亲，咬了咬牙：

"你们还等什么？快去！起驾。"

他言罢也不和母亲告辞，甩手就走。惊得周太后几滴眼泪流到一半就停住了。

"天哪，我当的什么太后哟！我不活了，我不活了呀！"

周太后用她的大嗓门惊天动地地号哭着，就只差没躺在地下四处打滚了。号哭声透过布帘，钻入坐在肩舆里的朱见深耳中，气得他用两个食指堵住了耳朵。

夜半时分，风狂雨骤，电闪雷鸣，一切都变得狰狞恐怖。趁着闪电，可以看见常婆婆和马轮儿在西内别馆疾行的身影。他们走走停停，特别小心。当他们终于来到宫墙边上时，常婆婆将身上的包裹交给马轮儿：

"记住，出了洞口往东走，第五间房子是我堂弟常八的住房。他明天早上要押尸首出宫，他会把你安排好的。快，爬过去。"

这时正好雷声停了，只有闪电和雨。常婆婆再次吩咐马轮儿，一边指着宫墙下一个出水口，要他爬出去。

"那……奶奶，您也一起走吧！"

马轮儿依依不舍。

"不行，只有一具棺材稍大些，可以躺人。我老了，也活够了。你快走吧。"

马轮儿咬咬牙，抱着常婆婆亲了一下，正要弯腰爬过去，忽然间，打斜刺里飞出一个人影，那人一把抓住马轮儿，苦苦哀求：

"马轮儿，带我走吧。求求你，带我走吧！"

居然是吴玉珠的声音！

"玉珠，我……好吧。来，快来，拉着我的手。"

马轮儿只迟疑了一瞬，就伸出一只手要拉吴玉珠。吴玉珠刚把手伸过去，却被常婆婆一掌打昏了，软软地瘫在常婆婆怀里。

"奶奶，你……你怎能这样？"马轮儿跺脚责备道。

"轮儿，快走！别忘了你娘，还有你那几个苦命的哑巴弟弟。至于她，你带不走。走了也走不远。别忘了，她曾经是皇后，轮儿！"

常婆婆也跺了一下脚，然后背起吴玉珠就走。马轮儿这回不再犹豫，身一矮，和那些哗哗流着的脏水一道钻出了宫墙。

"啪"的一声，又一个响雷落地。在雷声之前的闪电中，常婆婆辨明了方向。吴玉珠个儿比她高，压得她踉踉跄跄的。当她气咻咻地推开吴玉珠的房门，摸黑将她放到椅子上时，门口突然亮起了火折子。摇曳的火光中，浑身淋得精湿、双眼泛着绿光的老侯倚门站着，就像一个水鬼。

"老侯！"

常婆婆惊呼一声，险些摔倒。老侯阴笑了几声，走过去将她扶住：

"半夜里我起来解溲，你不见了，我就跟了出去。谁知你倒挺厉害的，不但跟马轮儿扯不清，还有胆打皇后。这事儿，奇！"

老侯说着从怀里掏出了那个扁扁的酒壶，呷了两口酒。常婆婆惊得一直没恢复过来。吴玉珠倒哼哼叽叽地醒了。她摸了一下被打的头，愣怔了片刻，忽然看见老侯，吓得尖叫着跳起来：

"这……你这是干什么？还有你，常婆婆？"

"嘿，别装蒜了好不好？明说吧，马轮儿逃了，我和你辛辛苦苦养的那些鹰不见了，皇子死了，这其中必有奥秘。我若是说出去，你们必死无疑。"

老侯的眼睛这会儿不绿，而是红了。常婆婆正要开门，已经完全清醒且镇定下来的吴玉珠拉住了她，转脸对老侯说：

"老侯，你说的这些，我们都不明白。如果真有什么事儿，你以为你能说得清楚吗？不错，我吴玉珠是见弃于皇上，可在朝臣心中，我还不是个失德的女人。如果你觉得卖友能够求荣，觉得东窗事发后你可以不受任何牵连，你可以到昭德宫去告发。走吧，你们走吧，我要睡了。"

她说着摸摸自己的头，白了常婆婆一眼。常婆婆看看吴玉珠，再看看呆若木鸡的老侯，唇边露出一抹敬佩的微笑。老侯愣了半晌，打个酒嗝说：

"那好吧，我怕你。只是近来缺点儿酒钱，这个，就赏我了吧。"

老侯抱起桌上一只瓷瓶就要走。常婆婆拉住了他："老侯，不能这样。"

"让他去吧！我看他跟我一样活腻了，早就想死。这瓷瓶，他要有胆卖了，我看事发之日，你侯家族灭的时候也就到喽。喏，这个，这个，都给你，你偷出去卖吧。"

吴玉珠一股脑儿将废后时太后特地恩准她带出来的香炉、脂粉箱、金盘统统从柜子里取出，放在老侯面前。老侯被她这一军将蒙了，脸红一阵白一阵的。好一阵子，他才指着常婆婆骂道：

"妈的，都是你这个老东西造的，我揍死你！"

他噼啪打了常婆婆几个耳光。常婆婆岂肯示弱，两人一阵好打。吴玉珠倒也懒得管他们，自己抽了本《花间集》来看，只是拿书的手太脏，尽是泥巴。

就在这时，吴玉珠看见大门口那儿火光闪动，人影幢幢，眼看着往这边而来。

"不好，东厂的人来了。"

吴玉珠将书一丢，跳了起来。老侯和常婆婆闻讯也停止了扭打。

"怎么办？怎么办？"

方才还镇定从容的吴玉珠这回却没了主张，老侯扭头就要走，常婆婆一把将他拉住：

"不能走，就留在这儿。你快躺下。事到如今，只好说来了贼偷了东西，我们几个去追，刚回来，娘娘还受了伤。"

"马轮儿呢？"吴玉珠关切地问。

"不说他，装作什么都不知道。"

"贼往哪儿跑了？"

"不知道，天黑看不清。"

说话间，那些人已来到门口。为首的正是因身着锦衣卫服装而更见英俊的汪直。他站在熊熊的火把下，眼神中有了藐视一切的傲慢，另外还添了几分杀气。

"这两个，给我拿下！"他指了指老侯和常婆婆。两人大喊冤枉，老侯当即卖友求荣：

"不是我，不是我，是她们干的，还有马轮儿！"

但汪直根本不理他，一挥手，让卫士把他们押走了。吴玉珠则装作很无辜的样子：

"怎么回事？"

"娘娘，"汪直躬身上前一步，一副恭恭敬敬的表情，"皇上有旨。"

"皇上有旨？"

吴玉珠一听，赶忙跪下。汪直朝一个小太监摆了摆头，小太监端着个托盘，托盘上放着三尺白绫。

"娘娘，皇上有旨，赐你即刻自尽。"

"咕咚"一下，吴玉珠昏了过去。不多久，她醒了过来，这时，白绫已经挂好了，凳子也已放好。吴玉珠在汪直等人的注视下，大声号哭着，汪直他们并不着急，等她哭够了，依旧客气地请她执行皇上的旨意。

吴玉珠知道再哭也无用，便抹干了眼泪，战战兢兢却又很有尊严地引颈赴死。不料她脚下的凳子刚抽掉，白绫就断了，摔得吴玉珠哎哟哟直叫唤。而汪直他们则惊讶异常：这吴玉珠并不胖啊！

"打个结，再挂！"

汪直注视吴玉珠的目光中有几分同情，但更多的是坚定。他是不会被打动的。果然，断了的白绫连接上之后，又在横梁上挽了个一模一样的活结。可是，这次吴玉珠的身体一挂上去，那绫又是当即就断。这第二次断后，吴玉珠大呼冤枉，而汪直一伙则面面相觑。

"这事儿太奇怪了！我在宫中几十年，这可是头一回看见。"

一个双鬓斑白的老太监指了指吴玉珠的齐腰白发和断得不能再用的白绫，敬畏地说道。

汪直沉吟了一会儿，终于拿定主意："看住她，别让她有意外。其余的事，等我禀告皇上再做决断。"

第二十一章

尽管电闪雷鸣、风狂雨骤，朱见深却睡得很沉，只是好像有哪儿不舒服，老哼哼叽叽的。万贞儿有心事，睡不着。她悄悄爬起，观察了一会儿朱见深，见他没什么动静，便披衣下床。这时，蓝水月赶紧过来服侍。她似乎受了什么惊吓，两眼流露出恐惧的神情，时不时小脸儿还会抽动一下。

"娘娘，汪公公还没回来，您先睡吧。"

水月的声音有些嘶哑，而且一说话就咳。她用一只手摸着喉咙，很痛楚的样子。

"水月，你的病好些了吗？怎么跟着汪公公去玩了一趟，就弄成这模样？汪公公带你去哪儿了呀？哟，好烫！"

万贞儿摸了一下水月的手，吓了一跳。这时，梁芳已在外间等候着，贞儿悄声让他换个宫女来侍候：

"丫头病了，让她休息一会儿。水月，你回去睡吧。哎，你还没说你去哪儿开眼界了呢。"

贞儿打量着病歪歪的蓝水月，突然间发现她额上贴了花红，目光不由一闪。

"哟，做大人了，可喜可喜呀！"

"谢谢娘娘。回娘娘方才的话，我那天只是求汪公公带我去看了看受审讯的犯人。还有，我请他给我尝了一口灌犯人用的辣椒水，谁想会弄成这样儿。"

蓝水月捂着喉咙，很困难地说。万贞儿一笑：

"你这丫头，太调皮了。好，琴音来了，你回去吧。"

"嗳，谢谢娘娘！您……您真的对我太好了。"

蓝水月说着跪了下去，在贞儿的绣花鞋上吻了吻，喜得万贞儿直笑。

"好了，人精儿，好好睡一觉，多盖些被子。"

蓝水月谢过之后，走了。贞儿看着她娉婷的身影，脸色沉了下去。

"梁芳，这丫头太淘气，你往后给她挪个位置吧。"

她可不喜欢身边有个这样灵活古怪又美丽出奇的小宫女。似乎是她们说话的声音惊扰了床上的朱见深，这时，他忽然捂着肚子喊了起来：

"小妈，小妈！我疝气……疝气又发啦，这儿不舒服。"

他这一喊，可把万贞儿吓坏了。她赶紧上床，用手炉暖过手后，轻轻替他揉着。朱见深起先还"哎哟哎哟"地叫唤，随着贞儿手的动作，他的呻吟渐止，慢慢儿又睡了过去，脸上并无痛楚之色。

万贞儿温柔地凝视着他，突然将他的一只手轻轻拿起，按在自己胸口上，眼中漾起了明亮的泪光。

虽说只是上午，但朱见深看上去却很疲惫。此刻他坐在乾清宫的书屋里看书，眼皮一个劲儿往下耷拉。还好身后站着个小太监替他按摩，不然准要睡着。迷糊间梁芳悄悄地将汪直带了进来，他自己则退到一边，仿佛太阳投下的影子，不动也无声。

"启禀皇上，奴才有事禀报。"

汪直见过礼后，首先汇报了马轮儿等人的事，朱见深吃惊之后便是狂怒。

"反了，反了！把他们给我凌迟处死！灭族！"

他坐在那儿直喘粗气，然后大喊：

"去，把尚铭和袁彬叫来！他们锦衣卫和东厂是吃干饭的不成，怎么让他们在众目睽睽之下做出这等伤天害理的可怕事情？儿子，我那可怜的儿子呀！"

朱见深终于捂着眼睛哭起来了。这是他失去孩子后第二次流下眼泪。

"皇上，这事儿，依奴才之见，还不宜广为传布。袁彬、尚铭改日再责骂也无妨。像马轮儿他们，只说谋逆即可，否则牵扯太多。"

汪直是害怕袁、尚介入后会拔出萝卜带出泥，将玉儿的事也查出，那皇上和万贞儿自己面子上也不好看。朱见深一想，也是这道理，便同意了汪直的意见。

"皇上，吴……吴娘娘对此事应是不知情的。按您的旨意，着她自裁，可是，白绫挂了两次，两次都断了。老人们都说，她有冤情，天在留她。皇上您的意思是……"

汪直小心翼翼地说着话，生怕一语不合得罪了皇上。但皇上的脸色还是让他担心：

"朕让她自裁？这从何说起？……如果她没有牵涉进去，朕看就免了吧。"

朱见深话说到一半，即知事情的原委了。肯定是万贞儿假传旨意，想要吴玉珠的命。这让他有些不快。而汪直似乎要的就是这种效果。他很满意地领旨而去，吴玉珠因此捡了条命。只是她从那天之后，人更沉默、更消瘦了，整日在西内别馆晃来晃去的，像一个幽灵。

宫女住的小房子里，破旧，拥挤。朦胧的夜色中，蓝水月蜷在被子里抽泣。

"马轮儿爹爹，对不起，那地方太可怕了！他……他还灌我辣椒水，我……我就说了。你不怨我吧？"

蓝水月边哭边小声呢喃。其他的宫女白天太累，这时都睡得沉沉的，没人听见她的话。

"爹，娘！你们在哪儿？听得见女儿的话吗？爹、娘，你们说，汪直叔叔不是咱们瑶人吗？为什么，为什么他以前对我那么好，现在却让人欺负我呢？不过，他好像并不是太坏，如果他告发女儿的话，女儿是必死无疑的。爹、娘，这宫里太可怕了，这儿的人好像老家大藤峡里的猛兽，都是会吃人的。爹、娘，女儿害怕。求求你们，保佑我，保佑我不受伤害，保佑我出人头地。还有，马轮儿爹爹，你要是被抓住了，被他们害死了，可不许找我算账。"

蓝水月不知不觉跪了起来，她蒙着被子，双手合十地祈祷了一会儿，又虔诚地叩了几个响头。

这时，正好一个宫女起来小解，朦胧中见到一个庞然大物在动，不由尖叫了一声。

"什么事？什么事？"

有人点亮了烛火。只见蓝水月身上披着被子，满是泪水的脸上却奇怪地流露出欣喜的表情。这表情让从深梦中醒来的其余宫女觉得害怕。有人推了水月一把：

"喂，水月，你中什么邪了？"

"我梦见我爹娘来看我了。我……我还听见了他们的声音，就在刚才，好像他们就在窗外。你们说，鬼魂能从大藤峡跟到这儿来吗？"

"哟，水月，你找死啊！这种时候不谈这个，快睡吧。"

众人不约而同地望了望窗外，然后，一个宫女吹熄了烛火，她们动作齐整地一齐睡了下去。蓝水月没睡，她仍旧坐着。这时天已微明，蓝水月的大眼睛里闪烁出一种奇异的光芒。

雨后初晴的日子，天空那么蓝，云那么白，鸽子飞得舒展，鸽哨鸣得悠扬。一个多么明媚的春日！

然而，对于紫禁城各宫的内监、宫女们而言，这一天却是阴郁的。

一大早，他们就被集合起来，然后整队来到一座偏殿前头的院坪上跪下。地硬得很，风仍然冷，没多久，大家就冻得直打哆嗦。还好，这时皇上、太后、皇后、万贞儿等一干主子们已经驾到，并依次在殿内坐好。于是，汪直开始给大家训话。训话的意思无非是要众人克尽职守，忠于皇上。

"……否则，他们就是你们的下场！"

汪直手一指，立即有太监将他身后那几只笼子上的黑布掀掉，跪得近些的太监、宫女们不看犹可，一看全都害怕地闭上了眼睛——笼子里盛着马轮儿、常婆婆、老侯、常八、保姆、奶妈的人头！由于刚被枭首不久，几颗头颅全都血迹斑斑，脸上的表情或狰狞或愤恨，只有马轮儿英俊的脸上是一副安详的神色。

"马轮儿爹爹？"

当太监捧着人头在宫女、太监们之中巡回展示时，蓝水月盯着马轮儿血糊糊的脖子和他微睁着的失神的双眼，口里嘀咕一声后，当即栽倒在地。在昭德宫侍候的张敏一干人也全都战战兢兢，害怕自己被拎出来。奇怪的是，汪直似乎还念些旧情，竟丝毫没牵连他们，也不知他葫芦里装的什么药。

"看见了吗？若有谁胆敢谋逆，这就是结局，还要灭族！"

汪直的声音在冷冽的空气中回响，偌大的广场上，上千人在一起，居然静得连掉一枚针都听得见。殿内的万贞儿突然失声哭起来，许多宫女、太监们都抬眼偷偷地打量她。

"孩子，我可怜的孩子啊！"

万贞儿喃喃地说着，其声凄惨，连周太后都有些不忍了。此时朱见深从旁边伸手轻轻拍了拍她的背以示安慰，倒也不用太后表示什么同情了。

"皇上，那次文华殿黑影的事儿，查出来了吗？鼓妖是不是他们捣鼓的？"

万贞儿哭了一会儿后，终于还是止住了哭声。她擤擤鼻子后，哀哀地问道。

"是御马监的韦舍，他在宫外结识了一个山西妖人，那妖人说他能做皇上，韦舍便让他乔装进宫，装神弄鬼，想吓唬朕。前两天，汪直已经把他们全送进诏狱去了，过几天在午门外凌迟处死。"

朱见深忧心忡忡："这皇城里边，并不安全哪。"

"所以，你要放手让汪直去干，看看那些王公大臣是不是像他们表白的那样忠诚。这样，你的耳目不是灵通多了？"

"是啊，朕也在考虑这事儿。让汪直牵制牵制锦衣卫和东厂也好。"

朱见深和万贞儿在一起总有说不完的话。看着他们情浓意蜜的样子，周太后连连大声地清了几下喉咙，最后咳出口痰，吐出去，不偏不倚正好落在万贞儿的裙脚上，却佯装一无所知。

"皇上！"

万贞儿脸都变了。朱见深皱了皱眉，示意她别发作。幸得这时有机灵的小太监用毛巾将痰迹揩干净，贞儿咬了咬牙，忍下了这口气。

这时，太监们端着人头返回原处。有几个嫔妃瞥见了人头，吓得低声呻吟起来。贞儿冷冷地看着，心里很麻木。自小入宫，这样的头颅见得多了，有必要大惊小怪吗？

下午时分，周太后、王皇后、柏鹤谊几人照例在玩牌，说到上午这口痰，周太后直觉得自己英明：

"我给她来这么一下，她恼不得骂不得，气死也白搭，实在让人解恨！怎么样，老太太这一招高明吧。"

"高明，高明。太后，也只有您才能制住她。"

柏鹤谊由衷地说。王皇后出了张牌，也插了一句嘴。

"不过，依她的性子，似乎不会就此罢休的吧？"

王晚霞的处境不是太好，她一直很落寞、很沉默，以前的活泼劲儿现在荡然无存，连动作都变得迟缓无力，说起话来也是气息微弱的样子。

"她能对太后怎么样？"

柏鹤谊嘴一撇。王晚霞却不以为然："上次那个钟漪青还不是被皇上打入了浣衣局。"

"那是皇上，不是她。我就不信，她真有那个本事。"

柏鹤谊个性中的锋芒逐步显露，这让周太后有些意外。太后正打量她时，柏鹤谊几乎带着一种仇恨开口说道：

"噢，对了，太后，从那以后，好多嫔妃都不敢接受皇上的临幸了。有好几个姐妹都借故推掉了。臣妾也是，怕万一她知道了，不管有无身孕，都逼着吃堕胎药。景仁宫的怡妃就是这样死的。"

柏鹤谊信息总是很灵通，听得周太后张大了嘴：

"那个贱女人，她居然做得这么绝？看样子，得让外廷的人上奏章启奏皇上才好。不过，这事儿，讲不出口哇！"

周太后想到家丑不可外扬，此事纯属内廷机密，又如何能对外人说道？所以她越想越恼火，气得把牌一甩，靠在椅子上直喘粗气。

这时，一个太监弓腰驼背地进来，传了一道皇上的圣旨：

"启禀太后，皇上说，今日宫内出了不少事，各宫服侍的宫女、太监要重新安排。您这儿的宫人得全部换班，现在人已经到齐。"

"什么？你说什么？我这儿要换人？告诉他，我这儿不换！真是奇怪，这内廷的事务按理说得由皇后主持，他怎么……"

周太后话说到一半噎住了，仿佛不敢置信地和同样惊讶的王皇后、柏鹤谊交流了一下目光，猛然间醒悟过来：

"这一定是那个肥猪骚婆出的主意！去，跟皇上说，我这儿不换！"

周太后这次可以说是盛怒了，但盛怒之下的她看上去反倒更加沉静。

"太后，太后，求求您老人家，我们不走，我们要伺候您一辈子。"

以梅英为首的十多个年轻貌美的宫女本指望近水楼台先得月，个个都暗怀当妃子的梦想。如今这一换，谁知道把她们派往哪儿去？若放到什么巾帽局、酱醋局，今世也别想见着皇上的面，这一辈子不就绝了想头吗？她们此刻的悲伤和恳求因此更见真切。王皇后看着手中的牌，一副事不关己高高挂起的表情。而柏鹤谊唇边却挑了一抹冷笑：

"太后，关键是她们太好看了。万娘娘担心皇上的身体，她是不得不为啊。估计要换走的也只是她们而已。王皇后和我身边的侍女，现在全都换上了些丑八怪，亏她想得出。"

柏鹤谊内心对万贞儿这种做法倒是不反感的。如此一来，不是也解了她的心头之忧吗？因而她对这些宫女毫不同情。

"太后，求求您了，救救我们吧！"

柏鹤谊一番话，更触动了宫女们的心思，她们伏在地上恸哭起来。周太后本就心浮气躁，如今被她们一闹，不由急火攻心，竟冲着她们大吼起来：

"哭，你们就会哭！我还没死呢。都给我干活去！"

可是，事情已经由不得她做主了。说话间，新来的十多个宫女已经过来叩见太后。周太后一见，差点气晕过去：

"宫里何时招了这么些丑女？也真是奇怪，咱们选秀女条件够苛刻的了，这倒也有趣！"

王皇后、柏鹤谊看了那些或黑瘦或矮胖的丑女们，在觉得万贞儿可恶的同时，又不免觉得她可笑和可爱，居然能想出这么一个馊主意！

"启禀太后，奴婢曾丑儿，河北唐山人氏。今日有幸得随太后左右，实在荣幸。奴婢祝太后福如东海，寿比南山。嗯……奴婢在河北乡下时，曾唱过山歌，听说太后爱听些乡下调调，奴婢们排练了一曲《丑奴儿》山歌，现在献给太后。"

自称曾丑儿的宫女身量矮小，皮肤黝黑，其貌不扬，但行动却很敏捷，举止粗朴之中倒也不乏可爱之处。特别是她那一口太后家乡的乡音，更使太后感到亲切：

"你家在河北唐山？那是我老家啊，只是在父亲那一辈才出来的。你说的话和我小时候听过的一样。咱们也算是乡亲了。好吧，唱来听听！"

周太后平素最爱热闹，而且是比较村俗的热闹，也喜欢俚曲。她一下子就喜欢上了这个曾丑儿。

曾丑儿见太后高兴，一声令下，众丑女在她的指挥下掏出头巾，将自己的头包住，然后排成队形，配着曾丑儿那清脆、甜美得不像出自她口的声音，不断地做出各种各样的古怪动作：

"丑奴儿个亲亲呐，想亲亲呐。哥说丑奴儿怎的呀，不如俊妞妞身上的虱子呐！丑奴儿个问亲亲呐，丑奴儿怎个就不如虱子喂，亲亲那个说呀，俊妞妞身上的虱子呐，是那个是那个双眼皮儿喂，哟——嗬！"

曾丑儿这歌南腔北调的，却自有一股乡野的魅力。更有趣的是那些跳舞的丑女们，她们之中常有人反腿反胳膊地走路、做动作，还有的人相撞跌坐在地，简直滑稽透顶。

"哎哟，哎哟！这些人，笑死我了！简直……简直比阿丑……还有趣。就……就把你配给阿丑好了。"

周太后笑得捧着肚子歪倒在椅子上，眼泪都下来了。王皇后和柏鹤谊何曾听过

这种歌、见过这种舞，自然觉得新奇有趣。可怜的是梅英一干美貌宫女，竟在众人的欢笑声中被一帮内使拉扯下去了，还不敢喊叫，怕扰了太后的兴致。

"好好，好，当真有意思。喂，女孩子们，你们还会干什么？"

周太后倒觉得这帮宫女比梅英她们可爱十倍，也就不计较这究竟是皇上的主意还是万贞儿指使的了。她笑吟吟地看着这帮面丑的女子，忽然想起了童年时骑过的牛背、走过的田野，还有破烂的茅舍，一股亲切感油然而生。

"启禀太后，奴婢别的倒不会，就是……就是……"

有一个貌雄声巨的女子最先出列禀报，但说到一半，她却不好意思了，捂嘴笑个不停。

"她会放屁！"

有一个丑女人喊道，殿内众人当即大笑起来。不料该宫女却认真地点了点头：

"奴婢能用屁打出鼓点来。"

接着，这宫女大踏步地走起来，一边走一边略略地扭臀，每扭一下，就会放出一连串的响屁，而且是千真万确的鼓点节奏。这一来，太后笑得一脚踢翻了跟前的凳子，王皇后一口茶全喷了出来。柏鹤谊拼命地捋喉咙，说是喉咙笑折了。就连代皇上传旨的太监和换宫女的内使们，也都笑弯了腰。

"好，皇上这一片孝心我领了。代我谢谢他。"

太后笑够了，爽快地留下了这帮貌似憨鲁却能讨人欢心的宫女们。从今往后，她这儿将会如她所愿一般地热闹，因为新来的宫女中有织布能手，有山歌大王，有放屁虫，还有人会下腰、翻跟头，能在钢丝上行走如飞，周太后当真觉得自己像刘邦的父亲，非得把个老家的村子搬来才感到深宫有点生趣。所以，她很快就忘了梅英她们，甚至连她们有没有动身、往何处去都没问一句。

"我说了吧，她多聪明。"

王晚霞眼看一场即将掀起大浪的内廷风波就这样消弭于丑女们的笑声中，不由感叹道。柏鹤谊也不得不佩服万贞儿的机巧：

"是啊，皇上宠她，并不是没有缘故的啊！"

柏鹤谊无可奈何地哀叹了一声，两人相视苦笑。

"娘娘，求您了，让我留在这儿伺候您吧！我一定好好干，肝脑涂地，赴汤蹈火，万死不辞。娘娘，留下我吧。佛祖啊，求您赐娘娘五个儿子吧！"

雨哗哗地下着，像怨妇的泪。蓝水月跪在佛堂门外的泥地上，用很大的声音恳求着、祈告着。

万贞儿正在佛堂里跪拜、念经，神情非常虔诚。听了蓝水月后面的那句话，她的眉毛轻轻扬了扬。她叩了三个头后，慢慢从蒲团上爬起。一旁的丑宫女大黑塔连忙将她挽住。万贞儿起身后又合掌向佛祖鞠了几个躬，祈求佛祖赐她儿子。

当她走出佛堂，看见淋得湿漉漉、冻得直哆嗦的蓝水月正在用针刺自己的手指时，她多少有些吃惊和生气：

"蓝水月，佛堂之外岂是你胡闹之地？快走开！"

"娘娘，我这是在为您祷告。在我们老家，这是最虔诚的信徒才肯做的事。"

蓝水月说着又刺了一下自己左手的食指。涌出的鲜血和着雨水淌下，将她的裙子都染红了。

"你真的不想走吗？"

万贞儿冷冷地看着这个美丽、野性、不无奇特的少女，心想这女子若得了恩宠，绝不比自己差。蓝水月见她沉思，忙膝行过来，在雨地里叩了三个大响头，光洁的额上渗出了淡淡的血痕：

"娘娘，我只要留在您宫中，干什么都可以。"

水月一想到那些好看些的同伴有的到了针工局，有的到了绦作房，有的去了道经厂，心内就打鼓。她好不容易才蒙皇上恩典从浣衣局出来，如今再让她回到皇上十年八年都不去一次的地方，她如何甘心？以自己的美貌，她不愁皇上看不中她，只要假以时日就行了。所以，她隐藏了自己的野心，着力表现自己的忠心。但万贞儿是何等人物，她几乎立刻就看穿了蓝水月的意图。奇怪的是，她却柔媚地笑了：

"那好，你就留下吧。可不要后悔哟。"

夜晚，蓝水月睡得正熟，她边上躺着的丑宫女们忽然爬起来，有的抓手、有的按头地将她绑上了。蓝水月从梦中醒来，正要喊叫，嘴却被堵住了。一个长得黑铁塔般的宫女将她抱起，一行人左拐右绕，竟来到玉儿当初生产的屋子里。

屋子里坐着一高一矮两个宫装打扮的中年医婆。她们的身边也放着当初陈医官的妹妹陈医婆那样的藤篮，篮子上蒙着白布。

"放炕上。"

高医婆有股男人的威严。宫女们将惊恐万状、口里呜呜作响、不断扭动着身体的蓝水月放在炕上后即欲退下，矮医婆一声大喝：

"留下四个！"

宫女们总共只来了四个，于是全都听令不走了。

"脱下她的裤子，按住她的手脚。"

高医婆和矮医婆说话有一个特点——从不浪费一个字。这几个已到中年的丑宫女对美丽的蓝水月天生有一种妒忌与仇恨，她们隐约猜到了要对蓝水月实施宫刑，即让医婆将女人的阴蒂切除，将阴道口缝小。这种酷刑她们早就听说过，但不知具体的情况。如今见蓝水月就要成为一个比她们更不幸的女子，她们全都感到高兴。

"老大，你按头！"

"三姐，我按脚！"

"好，按住了。医婆，现在她就是有一头牛的气力也动不了胳膊腿了。"

两个医婆大概也有着和宫女们一般的心思，她们毫不怜惜地动手了，而且切和缝的范围都比她们原先设计的要大。

"可惜呀这张脸再美也没用了。"

矮医婆望着昏死过去的蓝水月，冷冷地说道。

"是啊，还不如咱丑一些。乡下不都说嘛，丑妇近地家中宝。咱瞅着人家好看，也别得劲儿了。"

黑铁塔宫女用几近愉悦的语气说道。高医婆白了她们一眼，她们只好又板起了面孔。

"你们哪，别高兴得太早。这一辈子，是祸是福的，谁也不知道。告诉你们，好好看着她，她是病人，懂吗？"

"您放心，咱们晓得。"

几个宫女异口同声地答道。

纪小芙瘦了，脸色非常憔悴。黄昏的光线中，她懒懒地坐在炕上，时不时干呕一阵。不一会儿，珠珠给她端了杯热水来，关切地让她喝了。

"小芙，你真是好福气，莫非那天你知道皇上要来？"

这句话肯定把珠珠给憋坏了，她说出之后松了一大口气，显见得心里轻松了许多。

"珠珠姐姐，你在这儿待了许多年，你都不知道，我怎么会知道？"

纪小芙一副天真的样子。珠珠低头抚弄了一会儿衣角，幽怨地说道：

"那个汪直来，只是叫你缝衣裳吗？他应该知道皇上的行踪的。"

"哎呀姐姐，他现在在宫外办事儿，见皇上也不那么容易。你说，他总不能头几天就知道皇上要到这儿来吧？"

纪小芙不怕珠珠推测，哪怕推测得与事实完全吻合，她也可以来个死不认账，别人也奈她不何。

果然，珠珠开始觉得自己可笑了。

"是啊，我也觉得这想法很可笑，这怎么可能呢？但是，我在这儿待了十三年，从来没见过一回皇上，我太冤枉了。你说，我这辈子还有什么指望？"

珠珠说着捂脸哭了起来。纪小芙简直不知该如何安慰她。珠珠哭了一会儿，突然一抹脸，将头一甩：

"唉，也没什么，命中有时终须有，命中无时莫强求。妹妹，只是你须得小心。昭德宫现在是不知道有你这么个人，要知道了，你也怕未必保得住。姐姐我呢，没什么指望，我只巴望你好，生个儿子出来，等你封了嫔妃，我就侍候你到老。来，妹妹，我替你剪了几尺布，你拿着这边儿。"

珠珠边说边从床上找出块红布，让小芙牵着，自己则操起剪刀将布剪成尺把宽一条。

"姐姐，要是小芙真有这么一天，一定会报答您的。哎，这是干什么？"

纪小芙不解，珠珠拿着布在她肚子上比了比。

"唉，小芙，你听我说，过些日子你要出怀了，你得用布把肚子勒紧，不然被看出来了，你还有好吗？"

"那……孩子不勒死了吗？"

"不会。原来我家住的村庄上有个大户人家的小姐和仆人私通，她就用这办法将肚子缠住，结果生下来的私孩子还挺好，只是小了些。可惜小姐的老爹一生气，将私孩子丢尿桶里给淹死了。"

珠珠说干就干，这边已开始飞针走线。纪小芙坐在灯下，望着墙发呆。

就在这时，房门"笃笃笃"地响起来。

"是谁？"珠珠警惕地将布收起，问道。

"是我，我是水月的朋友，来给纪小芙送个信儿。"

门外的声音浑厚似男声，她们打开门一看，却是昭德宫新来的宫女大黑塔。

"哟，还没吃饭哪？这儿可真好，两个人一间屋，多清静！不像咱那边，要五六个人一间屋，吵都吵死了。"

大黑塔是个自来熟，当她看见纪小芙时，吃惊地张大了嘴：

"你就是纪小芙吧？水月说她姐可漂亮了，我怎么也没想到你有这么漂亮

呀！"

"哎，水月到底生什么病了？不碍事儿吧？"

大黑塔也不作自我介绍，自顾自地说着，纪小芙也不知她叫什么，只好不礼貌地打断她的话。

"噢，没什么，只是发热。你现在去？"大黑塔翻了翻眼珠。

纪小芙望了珠珠一眼，珠珠抢着说："去是可以，但是小芙这两天犯胃病，老吐酸水。"

"是啊，到时你别嫌弃。"

纪小芙感激地朝珠珠笑了笑："那，我去去就来。"

昭德宫里，朱见深和贞儿正在喝酒、聊天。梁芳带着奇胖的万安走了进来，两个抬箱子的太监紧随其后。

"臣万安拜见皇上，外甥万安拜见亲姑妈贵妃娘娘。"

万安困难地跪下去见了礼，他起身时，却差点栽了个跟斗。朱见深笑了：

"你最近又弄到什么好玩的了？"

"在这儿呢，打开吧！"

太监遵命打开箱子，里边放着几件黑乎乎的东西。万安一样样取出来，原来是一面铜质的花鸟人物螺钿镜，一只嵌绿松石卧鹿，还有一只骑兽人物博山炉。

"这些破铜烂铁，没什么稀奇。"

万贞儿对这些不感兴趣。朱见深却双眼放光，他一样样把玩着，赞不绝口：

"这是唐代的螺钿铜镜，工艺异常精致。看，这些人物、白鹤，栩栩如生，呼之欲出，边上还有透雕镜，该是春秋战国时代的宝物，不得了哇！这鹿是青铜的，这角细长逼真，多传神！花纹是绿松石的。这香炉朕就眼生了，都说宣德炉工艺精湛，朕看这炉胜出宣德炉何止百倍。"

朱见深那副痴样让万安大为欣慰。见皇上高兴，他趁机奏报：

"皇上，这几件都是京城有名的杏林药庄李大少爷的传家宝。前段时间他家遭了火灾，托奴才带给皇上估估价的。"

"他要价多少？"

"十万两银子？"

"嗯，三件东西，倒不算贵，给他吧。"

朱见深如获至宝，万安与梁芳、万贞儿对视一眼，笑逐颜开。看样子这笔买卖是三人做的套，故意让皇上钻去。

"皇上，臣还有一事。"

万安瞥了一眼周围，神秘的表情令朱见深大为奇怪：

"臣刚才说的杏林药庄李大少爷是个道士。他呀，专攻房中术，一晚御十女而不疲。他有本《玉房要诀》想呈送皇上和贵妃娘娘，要是皇上有意，他还可亲自说法。"

"是吗？有这等事儿？"

"那就宣他明天进宫。"

朱见深和贞儿两人相视一笑。忽然，朱见深打量了周围几眼，皱起了眉头，良久才说：

"朕怎么觉得这殿内黯淡了许多？"

万贞儿娇嗔地瞪着他，哼了一声："皇上尽装蒜，你是嫌新来的宫女不如原先的光鲜吧？"

朱见深故作恍然之态："噢，你是说换了宫女？嗯，朕看看。不错，能让朕从此制欲。"

"对不起，臣妾……臣妾实在是……"

贞儿这会儿倒真有些不好意思了。朱见深见她发窘，将她拉到一边：

"小妈，我并没有怪你啊。你这样子，我才知你是心中真有我呀。嗳，我现在先和万安说点事，你先歇歇，好吗？"

朱见深和万安到西暖阁说话去了，万贞儿和梁芳这边也没闲着。

"娘娘，皇上最近对波斯产的猫眼石、乌斯藏的绿松石比较感兴趣。还有景德镇斗彩的瓷瓶、瓷杯，除了青花，影青瓷的皇上也喜欢。"

"跟万安说了没有？叫他赶快跟我哥说，快些准备货品。哎，方才那笔，咱们每人能分多少？"

"娘娘，奴才只是跑腿的，刨去成本，还有给您大兄、万安的和奴才的那一份，您能得一万两银子。"

原来贞儿、梁芳、万安、万通几人里应外合，大家一起来挣皇上的钱。

"嗯。还有，皇上最近又临幸谁了？"

"没有，娘娘，有的全都在本子上记着，您都知道的。"

"皇上没有避开文书房和彤史，私下临幸过谁吗？小梁子，要是哪天我发现了，这钱，就没你的份儿啰。"

万贞儿半真半假地说道。

"是，奴才记住了。就是借奴才一万个胆子，奴才也不敢瞒骗娘娘您的。不过，奴才该死，奴才为了娘娘，倒是骗了皇上的。"

梁芳想到纪小芙，有些儿犹豫，最后决定还是和皇上保持一致。他一边说着，一边装模作样地抽了自己两个耳刮子。

"娘娘，娘娘，有人要见皇上，说是有要事。"

大黑塔气咻咻地跑进来，吓了梁芳一跳：

"天哪！娘娘，您够厉害的，哪儿找来的？"

"怎么样，可爱吧？去，大黑塔，问他什么事儿。"

大黑塔不动："说是李贤……嗯，好像是李贤去世了。"

"是吗？李大人这就去世了？多好的一个人哪！"

万贞儿发了会儿怔，梁芳匆匆进去禀报。不一会子，他又匆匆出来了：

"传令的人呢？让他进来。"

这时，进来一个太监，见过梁芳后，梁芳传了皇上的口谕："辍朝二日，厚葬李贤。"

"谢皇上隆恩。"

传令太监代李贤谢了后，也匆匆地走了。留下万贞儿和梁芳，不禁有些物伤其类的黯然。而西暖阁里的朱见深，这时正在长吁短叹地抹眼泪。李贤去后，他觉得自己肩上的担子又重了一些。

夜晚的坤宁宫，因为灯点得太少，有些凄清。王晚霞和侍婢合欢正跪在佛堂里念经。王晚霞的脸上满是落寞之色，合欢则是个标准的瞌睡虫，不一会就"咚"地一下栽倒在蒲团上。

"皇后，奴婢太困了，对不起。"

合欢道着歉，王晚霞充耳不闻。她念经、打坐的身影和神态让人想起多年前的废后胡善祥。

曾经那么温婉、那么灵动、那么富有小女儿情态的王晚霞，现在已经有了一种与她的年龄、身份不相称的出尘之态。她念完了最后一段经文，又虔诚地拜了三拜，这才起身：

"合欢，合欢！唉，在菩萨面前你又睡着了，真是罪过。"

王晚霞轻轻打了合欢一掌，然后在掌灯侍婢的导引下，与合欢回到寝殿。合欢

JIMO HONG

忙不迭地给她铺好床，又侍候她洗了把脸，便眼巴巴地望着她。

"娘娘，您睡不睡？"

"睡啊，今晚你跟我一起睡吧。"王晚霞说着走过去，搂住了长得高大结实、胖乎乎的合欢。她用下巴蹭着合欢的头发，合欢闭上了眼睛，一双手在王晚霞背上摩挲着。

"皇后，自从那两天跟您睡了以后，我一个人睡觉怎么也不香。真的，就觉得身上凉飕飕的，要这样……"

合欢用手将王晚霞齐腰抱住："这样挨着你才睡得香。"

"你这个坏家伙！我也是。一个人睡，很冷。"

王晚霞的眼中现出深深的迷惘，还有浓浓的寂寞。合欢倒比她开朗，歪着头一笑：

"那，咱们睡吧。"

于是，她伺候王晚霞脱了衣裳躺下，然后自己脱得只剩下件亵衣。她的体态健康而强壮，当她搂着王晚霞时，两人就像一对情侣。

寂寞红

温／燕／霞／文／集

纪小芙坐在蓝水月的床前，看着消瘦、憔悴、冷漠的蓝水月，潸然泪下。

"你说的这些，都是……真的？妹妹，你太可怜了！"

纪小芙抓着水月冰凉的手，再也无法控制自己的情绪，失声恸哭起来。谁知蓝水月却将手抽出，冷笑着说：

"我可怜，你不可怜？整个宫里的女人谁不可怜，只是可怜的样式不一样罢了。姐，那天我隐约听人说，皇上到内库去了，你见着他了吗？"

蓝水月以往活泼、机灵的黑眼睛现在变得深潭一般，泛着森森的冷气。纪小芙迟疑了片刻，终于还是克制不住内心深处的喜悦，羞涩地点了点。

"你见着皇上了？他喜欢你吗？有没有和你……那个？"

蓝水月欠起半个身子，紧紧地抓住纪小芙的胳膊，眼中放出灼人的光。

"他和你那个了吗？"

蓝水月的神情紧张而又痛楚。

本来纪小芙已经想把事情告诉她的，可看她现在的神情，又想起对她行的宫刑，她只有拼命摇头：

"没有，妹妹，那天不是我当值，我只是远远地看见了他……呃……呃！"

纪小芙突然干呕起来，蓝水月紧紧地盯着她，等纪小芙呕得满眼泪水的时候，

她突然扔下一句冷冰冰的话：

"你骗我！"

"没有，妹妹。我这些日子胃不好，一直都在吐酸水的。"

纪小芙不忍伤水月的心，这个谎只好撒下去了。再说，她有些为自己担心。也许，宫中人心实在太险恶了，她有些后悔自己的这趟探视。可一看见已经被折磨得脱了形的水月，她又立马为自己方才的想法内疚。

"那，你回去吧。天黑了，路是不是很远？等我好了，再去看你。"

水月忽然又恢复了正常。她现在情绪很不稳定，性格也怪怪的，纪小芙越来越觉得她陌生。

夜深了，柏鹤谊还没有睡下。她四处观察了一番，确定无人窥探之后，便从床角落里翻出代表万贞儿的小布偶，开始用针狠狠地刺。每刺一下，她便在针头蘸点胭脂水。没多久，"万贞儿"身上便已满是血迹了。

"你死吧，你快死吧！让老鹰啄瞎你的眼，让老鹰把你带到你儿子住的阎罗殿去！"

柏鹤谊将针扎在布偶的心脏部位之后，便举起它，脸对脸地说了几句这样的悄悄话。她说这话时脸上带着温婉的笑意，语调柔婉，与话语所表达的恶毒简直风马牛不相及。

"啪"的一声，不知哪儿轻微地响了一下，吓得柏鹤谊手一抖，小布偶掉在了地上。柏鹤谊不敢开门，她屏住气谛听了一会儿，见没什么异样，便欲将小布偶放回原处。可她突然间计上心来，竟操起把剪刀，将小布偶剪了个粉碎。剪完之后，柏鹤谊抹了把脸，上面全是汗！

这时，一个黑影正悄悄地从门外离去——是一个行动敏捷的小太监。

"你们俩都看见她干呕了？是这样呕的吗？"

贞儿盘腿坐在炕上，用手捂住喉咙，做了个干呕的动作，站在炕前的蓝水月和大黑塔不约而同地点了点头：

"是，就是这样！"

"好，行了。大黑塔，你先出去。水月，你留下。"

大黑塔有些不情愿地嘟了嘟嘴，然后以一种与她的体重、身高不相吻合的轻悄动作退了出去。

"水月，让我看看。"

万贞儿朝笔直站着的蓝水月招了招手，蓝水月很听话地走到炕前。她长高了，也瘦了，脸色沉静，眼神却变得刀子一般锋利。她直直地看着万贞儿时，万贞儿心头一阵凉，不由往后挪了点儿地方。

"你……好了吗？"万贞儿先打破了僵局，她的声音有些儿抖。

"嗯，谢谢娘娘。"

蓝水月的这声"谢谢"说得如此流畅与自然，更增加了万贞儿心中的寒意。她眯缝起眼睛，像一头嗅到了危险的母兽。

"你这是真心话？你不恨我？"

万贞儿发现自己喉咙里出来的声音听上去既高又尖，简直不像自己的嗓音。蓝水月冰水般的眼神漫过来：

"不，是我自己恳求留下的，我还是愿意为娘娘效犬马之劳。"

万贞儿警惕地看着她，蓝水月往前走了一步：

"娘娘，皇上一个月前去了内库，我那表姐说是见着了皇上。"

余下的话蓝水月不须再说，贞儿也无须再听。但这回贞儿给了她一个很温婉的微笑：

"很好。"

说着，她取下自己手腕上的一个玉镯，放在炕上：

"拿去吧。"

"谢娘娘。"蓝水月毫不客气地将镯子拾起，戴在自己手腕上。只是镯子嫌大，晃荡晃荡的，像个项圈。

"柏鹤谊的侍女春儿跟你要好，是不是？"

"是的，娘娘。"蓝水月低眉顺眼地说。

万贞儿琢磨了一会儿，拉起了蓝水月的手："你做件事儿。"她附在蓝水月耳边悄悄说了起来，蓝水月听着，眼中放出灼人的光。

"不，张公公！求求您，让我生下这个孩子，求求您！水月，帮帮我！"

纪小芙跪在房间里，泪水涟涟地哀求着。张敏看着她微微隆起的腹部，目光中充满同情。而蓝水月则捧着药碗若无其事地站在一旁。当纪小芙向她求援时，蓝水月柳眉一抬：

"哟，姐姐，你都快要当妃子的人了，我能帮上什么忙呀？你别那样看着

我，你这事儿也不是我说的，人家万娘娘早就知道了。只能怪你命不好。来，喝了吧。"

蓝水月要过去"帮忙"，张敏抢先一步：

"我来。"

他从蓝水月手中接过碗时，药洒了一些。纪小芙伤心欲绝地看着他，泪水溪水般漫过她那长了好些雀斑却依旧美丽的脸。张敏故意用背挡住蓝水月的视线，示意纪小芙将袖口张开。他端药给纪小芙喝时，有一半的药汁流进了她的袖口。

"好，五天后我们再来。水月，走吧。"

"不行，娘娘交代了，起码得半个时辰以后才能走。她要是呕出来了，还得再喂。"

蓝水月美丽的脸上充满火药味，一双杏眼中闪射出挑衅的神色。纪小芙怯怯地喊了声"水月"之后，就泣不成声了。谁知蓝水月不但毫无所动，反而冷冷地嘲笑道：

"你这样就哭，那我呢？我要不要去死？"

她的遭遇张敏多少耳闻了一些。他打量着这对美丽的姊妹花，不由长叹一声。

夜晚，张敏正在一条巷子里走着，道路两旁的铜灯洒下柔和的光，张敏的步态有些蹒跚。突然间汪直从一旁闪了出来。

"借一步说话。"

汪直将他扯到一旁，正好边上有个门洞，他们站在阴影中，张敏似乎听见自己的牙齿在打架。

"皇子的事，你该怎样谢我呢？"

良久，还是汪直先开口。张敏一听，"咕咚"一声跪下了：

"汪公公，奴才那天是喝了酒，撒了谎，但并无其他。"

"玩忽职守，你难辞其咎。若不是我看在多年共事的分上替你们瞒下，你早就身首异处了。"

"是，谢谢汪公公救命之恩。"张敏很响地叩了几个头，汪直叹了口气："起来吧，叫人看见可不好。"

"汪公公找奴才有什么吩咐！奴才能办到的，一定尽力而为。"

"你太聪明了。其实并无什么大事，只是我有个老乡，在内库当值，叫纪小芙，她受孕了，你得千方百计将她这个孩子留下。"

"奴才也是这么想的。今天上午给她喝的药是第三遍的汁，很淡，药量也不够，谅她没问题。唉，万娘娘再这样下去，我可下不了手啦。"

"是啊，皇上现在年轻，对子嗣不在意。待他年岁大了，万娘娘老了，他要是计较起来的话，还有你的活路吗？"

汪直这话让张敏打了个哆嗦。他点点头：

"是啊，可眼下万娘娘管得太紧，已经有两个嫔妃在打胎时死了。皇上也知道，他好像管不了。这事儿可就难办了。"张敏搓着手，两人都觉得这些事情有些不可思议。

"我倒有个想法，你看这样行不行。"

汪直和张敏耳语一番之后，张敏的脸上放出了光彩：

"汪公公计谋过人。按您这法子，一定能把孩子留下。"

"好，有你这句话我就放心了。"

汪直说罢扬长而去。张敏靠在墙上，抚着胸喘了好一阵子气，这才下了最后的决心，飞快地往内库方向走去。

王皇后的凤舆先停下，接着是万贵妃的。这些华丽的车具停在破败的西内别馆门口，显得挺唐突。当王晚霞穿着皇后常服从凤舆里出来时，看上去真是美若天仙。她站在斑驳的西内别馆门口，神色惊异：

"贞儿姐，废后都住这儿吗？"

"也不尽然，当年的胡善祥废后以后，礼遇比之孙皇后并不差，她住在现今周太后住的仁寿宫里。不过，那也是因为有张太后撑腰。张太后去世后，胡善祥没有人保护了，地位也就一落千丈。张太后的祭礼上，她还不是排位在嫔妃之中？吴玉珠嘛，她不一样，她已经被废为庶人了。"

万贞儿穿着一袭紫红衣裳，发式也梳得漂亮。和绮年玉貌的王晚霞站在一起，虽缺了份青春的光彩，却另有一股成熟的妩媚。

"皇上对她倒还念点旧情。不然的话，她宫中的马轮儿、常婆婆这些人出了事，她能躲得过？"

万贞儿愤愤然。王晚霞笑笑，没表态。两人拾级而上，身前身后的那些太监、宫女们知趣地落在后头，因为皇后发了话，说是要和万娘娘聊聊天。

"咦，怎么不见人迹呢？"

她俩走了好一段路，才见几个老弱的宫人、太监出来见礼：

"是皇后娘娘！哎呀，真是天仙下凡哪！"

"那是谁？是不是皇后娘娘的妈？"

"不是，应该是万……"

老宫人们窃窃私语，有几句飘到万贞儿耳中，让她恨得直咬牙。她环顾了一下四周，高声道：

"连看门的也不在，肯定玩儿去了。这些人，不打不知规矩。小陈，这儿的管事太监你赶快给我换了，不然，还会出比马轮儿他们更大的事、更坏的人。吴玉珠在哪儿？叫她出来！"

"是，贵妃娘娘。"

手下人都已习惯了由万贵妃统率六宫，他们谁也不觉得别扭，就连王晚霞也认为这一切很自然。贞儿发号施令时，她一直静静地站在一旁，脸上挂着超然的微笑。

"皇后在哪儿？哎呀，我的天哪！恕奴才有眼无珠，奴才该死！奴才拜见皇后娘娘。"

这时，下棋下得晕乎乎的几个管事太监跌跌撞撞地跑进来，一见王晚霞，他们差点儿因惊艳而晕倒，跪在地上半天回不过神来。

"该死的奴才，真是有眼无珠。这是贵妃娘娘，你们还不赶快见礼！"

要说王晚霞聪明，就聪明在这儿，她从来都不让自己的皇后身份和青春美貌成为万贞儿的压力。奴才们先给她行礼，这是礼数，但她却急着要安慰万贞儿，这一点让万贞儿很满意。也许是看在王晚霞"懂事"的分上，除了不让皇上临幸皇后外，她平日对王晚霞倒是礼遇有加。

"奴才拜见万娘娘，祝万娘娘青春永驻，福体安康！"

这些老弱的太监们哪个不是人精，一听说万贵妃在场，他们都使出练了一辈子的谄媚功夫，把个万贞儿捧得晕乎乎的。

就在这时，一个突如其来的白色人影箭一般地直冲万贞儿而去。太监、宫人们还没反应过来，万贞儿已被扑倒在地。

"天哪，是吴玉珠！快，快拉住她，她疯了！"

管事太监们大喊。宫人、太监们一拥而上，好不容易才将状若疯狂的吴玉珠拉开。

"你这贱人，你这个老虔婆、老妖精，你个不要脸的女人！"

吴玉珠披头散发，怒目圆睁，像个泼妇似的跺着脚大骂。

受了惊吓的万贞儿早已被张敏扶着坐下，宫人正在擦她脸上、衣服上的尘土，整理她被扯散的头发。还好，她桃红粉白的脸上没有受到丝毫损伤。倒是吴玉珠，一侧脸上被万贞儿抓破了，沁出了一点血迹。

"掌她的嘴，给我狠狠地打！"

万贞儿一声令下，太监们就使上劲儿了，直打得吴玉珠口鼻冒血，哀号不已。王晚霞实在看不下去，向万贞儿求情：

"贞儿姐，看在我的面上，饶她这一回吧。"

"那就停下吧。"

万贞儿在这种场合总是很给王皇后面子的。再说平日王皇后就跟不存在似的，从未向她施加过什么压力，更没有开口求过她什么。如今皇后能求她，不正说明她比皇后还重要吗？所以，她很爽快地饶了吴玉珠。

"玉珠姐姐，我是晚霞，你还认得我吗？"

王晚霞看着憔悴不堪的吴玉珠，不禁潸然泪下。谁知吴玉珠并不买她的账，只见她抹着唇边的血，啐了一口：

"我会认不得你？笑话！你不就是现今的皇后吗？不要脸的东西。"

她又啐了口血出来，"咯咯"怪笑几声之后，扬长而去。王晚霞气不是恼不是，站在那儿只是发愣。贞儿冷笑一声：

"这种女人，不识好歹的，你对她好她也不知道。算了，皇后，也不用跟她计较了，这儿阴气重，还是先回去歇着吧？"

万贞儿也不管王皇后同意不同意，将王晚霞扶出了西内别馆破败的宫门。迈过门槛时她的脚步有些发颤：万一自己今后也有这一天，那可是生不如死了！她不想再在这儿待下去了。

不过，她还得去看一个人，这也是她先打发王晚霞走的原因。

"贞儿姐，一起到宫里玩玩牌吧？"

王晚霞似乎对她很依恋。贞儿看不出她的神色中有什么做作的地方，所以很柔媚、很亲切地笑了：

"皇后，您这么惦着我，我可真要高兴死了。赶明儿臣妾再过去拜访，好吗？我现在得去看望一个以前的姐妹。"她指了指一墙之隔的浣衣局，"那地方皇后您最好别去，省得污了您眼底的清静。"

王晚霞其实早就想走，如今见贞儿这样说，她立马就乘上凤舆走了，临行前飞来的一瞥还带了些许的愉快。

妈的装蒜，你以为老娘不知道吗？

贞儿心里啐道。这时，张敏领着一个衣衫破旧的宫人来了。贞儿一见那人身影，不由大怒。"你们干的好事！"她高声骂起来。

张敏小跑着过来，首先从怀里掏出瓶樟脑油让贞儿嗅着，然后才开口说话：

"娘娘，请息怒。她得了痞病，是她们南疆常有的一种怪病，主要是吸了瘴气或是蛇蝎之气所致，得了这种病的人，肚腹逐渐膨大，最后化成脓水，穿腹而亡，纪小芙得的就是这病。"

张敏神秘而紧张地说道。万贞儿半信半疑他盯着几丈开外跪着的纪小芙看，只见她面目浮肿，脸色憔悴，腰肢粗壮，肚腹膨大，既像病人，又像孕妇。她一时决断不下。

"朱太医，朱太医！你过去，给她把把脉。"

朱太医应声而出，他的神色有些惊慌。

"娘娘，臣上次已给她瞧过，确实是痞病，这病会传染的。请娘娘还是让她快走吧。"

"是吗？你怎么不早说？张敏，快让她走。"

有关纪小芙患了会传染的"痞病"一事，万贞儿早有耳闻，但她不放心，执意要来核查一番。如今听了朱太医的话，又看见纪小芙病歪歪的样子，她心下的疑虑一去，自然害怕传染。万贞儿现在至尊至贵，当然不想传染上这可怕的疾病！她捂着鼻子急急地上了轿，匆匆离开了这个悲凉、破败、荒芜的地方。

第二十二章

下雨的日子，紫禁城就像盛装的怨妇，有一种华丽的惆怅。蓝水月穿着浅紫的宫装，撑了把杏黄色的油纸伞，站在一个僻静处翘首盼望。这些日子，她似乎一下子长大了，浑身已褪去小姑娘的青涩，变得成熟而性感。而她额上画着的花红，也说明她已经是真正的女人了。

这时，那个曾经在夜晚窥视过柏鹤谊的青年太监急急走了过来。一见到蓝水月，他脸上便露出了宽慰的笑容。而蓝水月则满脸怒容：

"你干什么去了？让我在这儿等这么久，死人哪！"

蓝水月劈头盖脸一顿骂，青年太监赶紧赔笑：

"柏娘娘要到太后宫中唱戏，又是化妆又是换衣裳，出不来。哎，快往这儿走。看，她们来了！"

青年太监瞥一眼自己的来路，发现柏鹤谊一伙人花团锦簇地过来了，他赶忙把蓝水月拉进另一条巷口，躲了起来。

"哎，把手拿开！我问你，发现什么了吗？"

"那还用说，我告诉你……"

青年太监利用耳语的机会，故意挨近蓝水月。蓝水月听着听着，脸上的厌恶之色被吃惊、阴冷所替代。最后，她点着头笑了起来：

"她倒真有心劲儿，好！喏，这个你拿去，记住怎么用、什么时候用，知道了吗？"

蓝水月将一把折扇递给他，青年太监收了，急急揣进怀里，这边头点得跟鸡啄米似的。

"水月吩咐的咱还敢忘？一定给你办到就是。只是到时候万娘娘别忘了奖赏奴才就是。还有你，可把我想死了！"

青年太监说着，突然抱着蓝水月乱啃、乱摸起来。水月的眼中闪过一抹怒意，但她的动作却是迎合而挑逗的。

"只要你办成了事，这个……"蓝水月说着扯开衣襟，露出小莲蓬一般的乳房，"这就是你的，明白吗？"

青年太监傻了般盯着她的胸看，可蓝水月却倏地把衣襟一掩，一只手戳在了他的额头上，小声警告他：

"要是办不成，到时用你的头盖骨装猫食，明白了吗？"

"明白。"

青年太监待要再说些什么，蓝水月却从鼻子里"哼"了一声，转身袅袅而去。

青年太监盯着她的背影看了会儿，又掏出那把折扇反复端详着。折扇是宫中常用的式样，却非时尚的金面，而是素绢的，上面绘着雅致的松鹤。青年太监没看出什么名堂，便哼着小曲，回到了柏鹤谊宫中。

这时柏鹤谊及大多数宫女已经到太后宫中去了，宫里挺安静。青年太监瞅瞅四周无人，便快步走进柏鹤谊的卧房。他巡视了一遍后，很快在桌子上找到了一把折扇，折扇的用料、图案和刚才水月拿来的完全相同。青年太监飞快地将两把扇子调换了一下，便趿身闪出了门外。

周太后宫中临时搭起了一个小戏台。台上，曾丑儿等一帮宫女正跳着一个滑稽可笑的舞蹈。台下，周太后、王皇后一干人笑得前仰后合。只是朱见深和贞儿、柏鹤谊都在后台穿戏装。王皇后瞅着台子后头，有些心神不宁。恰恰这时曾丑儿他们的舞蹈已经结束，周太后不由高喊：

"皇上，皇上，该您登台了。"

"太后，皇上他们演的是什么？"

王皇后这会儿有些像以前的王晚霞了，她神态轻松地向周太后打听着情况。周太后更得意了：

"演的呀，是我做闺女时听来的故事，我编的，叫《隔河看亲》。说的是有

个拐子艄公看中了河边的洗衣女。洗衣女是个麻脸，隔着那么远，艄公看不清。艄公在船上只需摇桨不用走路，他的瘸腿也没人看出来。这时洗衣女的邻居发现了实情，便两边通报，不想还挨了顿打。有趣有趣。"

"是吗？太后这故事可比教坊司的院本还强。有唱词儿吗？"

王皇后看着身边的空位，心内多少有些酸楚。她对周太后的赞美显得有些儿勉强。周太后这时只注意到台上，许久才想起该回话：

"唱词吗？有的。反正是我们几个乱编的。唱念做打，样样俱全。哎呀，开始了！"

果然，一声锣响，朱见深演的麻脸村姑行云流水般从台侧飘了出来。他一出场，可把台下的人笑翻了，因为他虽是女装打扮，下巴颏上的小胡子却没法掩饰，只能编成小辫，任其在下巴上摇晃。况且他声音洪亮，如今硬要装出娇柔的女声，不把人笑死才怪呢！

"天哪，亏他想得出！"

周太后笑得直唤天。王皇后先是大笑，继而却敛了笑容，变得惆怅了。好在这时贞儿扮演的跛脚艄公上了场，她本就丰肥，穿的衣裳却又偏小，每跛一步，硕大的胸部就一阵颤动，加上唱词、动作滑稽，场内本来渐歇的笑声再次爆起。台上的朱见深和贞儿却若无其事，下面的人笑得更厉害了。这笑声一直持续到柏鹤谊出场。

"这丫头，穿上戏装可真是太俊了！连我老婆子看了都动心。"周太后盯着台上的柏鹤谊，喃喃地说道。王皇后勉强一笑，心内却不得不承认周太后说得有理。

柏鹤谊的扮相实在太美了，场内看戏的嫔妃、宫人、太监们都被她镇住了，竟一下子由哄然变成寂静。台上的朱见深和万贞儿肯定也注意到了她惊人的美，两人都愣了一愣。而这时柏鹤谊扮演的戏中人正在与跛脚艄公饶舌，跛脚艄公心头火起，扬起船桨便打过去。排练时，柏鹤谊是和阿丑、曾丑儿对排，没想到今日换成了皇上和万贞儿，她有些惊慌。

"相公，奴家说的……说的句句是真，这个……这个……"

柏鹤谊看见贞儿上了妆却仍旧黑下来的脸，竟一下子忘了下边的词。万贞儿也懒得接下去，便提前举起船桨，朝柏鹤谊打去。

"哎呀，你这个……这个跛脚骚猫，咋这么狠呀！"

柏鹤谊肩膀上换了实实在在的一板子，不由跌倒在地。她借着剧情和台词，指着万贞儿边抽泣边骂。

"好，演得好，就跟真的一样。"

周太后赞不绝口。王皇后不吭气，但她看出来了，万贞儿这一板打得不轻。亏得朱见深机灵，赶忙在河那边呼唤：

"邻家妹子，你快过来呀！"

贞儿无法，只好按剧情将柏鹤谊演的邻家妹妹送到河岸边。而朱见深佯装羞怯，将麻脸侧过。接下来柏鹤谊又在朱见深这位村姑面前乱说，气得朱见深揪她的耳朵。朱见深见柏鹤谊一枝梨花春带雨的模样，竟在台上装疯卖傻，大吃柏鹤谊的豆腐。柏鹤谊不禁转悲为喜，而万贞儿却气得假胡子翘起了八尺高。只见她一跺脚，一甩袖，尖声念白道：

"小姐，小生我不想成亲了，就此告辞！"

然后，又一跺脚，一甩衣袖和胡子，大踏步地走下去了。许多嫔妃虽说不知剧情的真正结局，却也猜到这结局是万贞儿临时改动的，不由屏住气息，既兴奋又紧张。她们瞪眼等着朱见深，希望这位皇上能够龙颜大怒，也好泄一泄她们的心头之愤。

"这贞儿，怎么忘了词呢？"

周太后不知是真糊涂还是假糊涂，看着台上蒙了的儿子和柏鹤谊，不满地嘟哝道。王皇后早就闻听周太后自从身边的宫人被换之后已失了先前的锐气，开始她还有些不信，如今一看，倒是不假了。

"妹妹，方才那位相公说了，他不想成亲。那，咱们姐妹就来个比武招郎如何？"

朱见深忽然来了这么一句。柏鹤谊也机灵，她一点头：

"那，姐姐，咱们回家去吧！"说罢，挽着朱见深的胳膊，两人袅袅地转进了后台。

"好！"周太后似乎有意要气万贞儿，这时一声断喝，又领头鼓起了掌。嫔妃们跟着起哄，一时间竟掌声雷动，气得在后台卸妆的万贞儿兀自冷笑。

"得意什么呀，哼，有你好看的！"

她自言自语地说了这么一句。

这时，阿丑和曾丑儿两个上场了。阿丑饰一个贪酒的县官，竟在审案时喝酒。曾丑儿演一个皂隶，正千方百计地想叫醒昏昏睡去的县官。

"老爷，老爷，夫人来了，快醒醒。"

曾丑儿推了推伏案的阿丑。阿丑只打了个响鼻，仍旧睡着。曾丑儿急了，挠挠

头，喊道：

"老爷，宜春院你那粉头来了！"

"啊？她来了？嗯，告诉她，老爷晚上去会她。"

阿丑饰演的老爷说罢打起了鼾，气得曾丑儿没头苍蝇般乱转。

"气死人了！这案子可没法审了。"曾丑儿拍了拍手，计上心来。她悄悄儿凑到阿丑的耳边，突然大声道：

"老爷，皇上来了！你再不醒可要丢乌纱帽了。"

谁知阿丑却咂吧了两下嘴，将脸转到另一边，继续酣睡。曾丑儿哭笑不得地打了两下自己的头，终于使出了撒手锏。只见她一叉腰，粗门大嗓地喝了一句：

"汪直公公到！"

"啊呀！"阿丑演的县官一纵而起，不料和旁边的曾丑儿撞了个满怀，曾丑儿倒地。阿丑慌忙逃窜。

"喂喂，老爷，你为啥不怕皇上而怕汪公公啊？"

曾丑儿摸着头百思不解地问。阿丑远远地冲她打了个手势：

"吾只知有汪太监，不知有皇上也！"

此言一出，方才还笑语喧天的殿内忽然间寂静一片。已经卸了妆、坐在周太后身旁观看的朱见深微微一笑，目光和坐在一旁的万贞儿对了个正着。

"皇上，这阿丑越来越没规矩了。"

万贞儿恨恨地说道。朱见深不以为然："难道他说错了吗？"

万贞儿垂下眼帘，不吭气了。这汪直近来确实气焰越来越嚣张了，而这似乎与她的支持有一定的关系，她自然不敢多言了。

黄昏时分，一个小太监动作麻利地点亮了宫门口的红纱笼。红纱笼洒下柔和而喜庆的光芒，就像柏鹤谊此刻的脸。

柏鹤谊已经梳妆完毕，正在镜前左看右看。

"春儿，你说，这头发梳得好吗？"

柏鹤谊梳了个斜斜的新发髻，而且在眼睑下面施了淡淡一抹嫣红，看上去很是奇特。

"娘娘，这真的是古时候美女梳的堕马髻、泪妆吗？那么，那个折腰步和龋齿笑又是怎么回事呢？"

春儿端详着装扮一新的柏鹤谊，羡慕而又不解地问道。柏鹤谊柔弱无比地走了

几步之后，忽然回头冲春儿一笑。这一笑似乎带着些许痛楚，但却更具令人哀怜的美感，竟把春儿给看愣了。

"天哪，娘娘，皇上一定喜欢死了。你方才那样子笑，像是牙疼，可就是好看。"

春儿的评价让柏鹤谊得意。她对着镜子又看了一会儿后，突然觉着热，便顺手打开了折扇，一边扇着一边说："春儿，拿掉一炉香，省得香味太浓，皇上喜欢淡雅些的味儿。"

"哎。"

春儿答应着，将一炉香端到了外头。那位青年太监这时已经抹好桌子、收拾好了桌上的东西。见春儿出来，他也跟着出来，出来时顺手将打开一半的折扇放在桌面上：

"春儿，待会儿皇上来了，你可得帮我美言几句呀。"

青年太监逗着春儿，春儿白了他一眼，又突然"咦"了一声："怎么今儿又是你当值？"

"牛宝这几天输了钱，正不痛快呢！哎呀，皇上来了，奴才该死！"

青年太监正和春儿说着话，穿着一件月白单衣、精神焕发的朱见深走了进来。他连看都没看这些太监、宫女一眼，便在梁芳的伺候下直奔柏鹤谊的卧室。接着，梁芳将门轻轻掩上，退了出来。他看了青年太监两眼，从另一个太监捧着的托盘里取了个装茶叶的锡罐递给他：

"去，跟以往一样，要二道茶，水不要太烫，明白吗？"

"明白。"

敢情这泡茶也是门功夫，青年太监答话的神情很是自得。当他端着茶走到柏鹤谊卧室外间时，发现守卫在外头的卫士、宫人、太监的表情很奇怪。他正想问，忽然从里屋传出一些古怪的声音，还有朱见深的呻吟，于是他脸上也浮出了暧昧的神色。

这一夜，昭德宫由于皇上的离去而黯淡了许多。万贞儿躺在床上，眼角犹见泪痕。蓝水月轻轻给她打着扇，脸上一副企盼的表情。

"娘娘，那个小驴儿办事挺能的，今晚上他一定能够办成，您放心吧。"

万贞儿轻轻动了动眼皮，没吭声。蓝水月不敢再往下说了。万贞儿的呼吸声显得越来越粗重，她又想哭了。忽然间，她的手触到了胸前的那块玉佩，脑海中不由浮起了也先那张脸：

"唉，这么些年了，你也不在了。"

贞儿嘟哝着，拿起玉佩吻了吻。

"你说什么，娘娘？"

蓝水月奇怪地俯下身子。万贞儿扭过脸，温和地拍了拍她的手：

"没事儿，你歇去吧，我想一个人清静清静。"

蓝水月放下扇子，悄悄地走了。万贞儿从枕下取出两本《春宫图》，细细地翻起来。翻着翻着，她将画本往脸上一扑，一抖一抖地抽泣着，口里呼唤："皇上，皇上……"一副哀痛欲绝的样子。

"皇上。"

已经穿戴好、比先前更见娇媚的柏鹤谊坐在有些疲惫的朱见深身上，风情万种地喊了一声。

"爱妃，你可真是太妙了！"

朱见深不无痴迷地抚着柏鹤谊青春灵动的脸，体味到一种与万贞儿在一起时截然不同的乐趣。

"那，皇上往后多来这儿呀！"

柏鹤谊说着，用自己的发梢在朱见深脸上轻轻划动着，痒得朱见深直乐。

"哎哟，爱妃，好了。梁芳，上茶！"

朱见深口渴了。这时若在贞儿宫里，贞儿早就将茶杯端在手里，正喂给他喝呢。还有，她还会温存地给他按摩全身，让他在舒适中睡去。而这些年轻的妃子呢，她们比起贞儿到底还是有些不如。

朱见深的表情一下子变得淡漠了许多。柏鹤谊正不得其解时，青年太监已经端着红漆托盘送茶来了。他双手捧了杯茶给朱见深。朱见深摸摸杯子：

"嗯，你倒会侍服，不冷不热的茶水，正好。"

他夸了青年太监一句，便自顾自地品起茶来。青年太监将柏鹤谊的那杯茶放到桌上时，手一歪，浇在了那把打开了一半的折扇上。

"你……你找死啊！"

柏鹤谊正伸了手接茶，不想他不但自作主张地往桌上放，还打翻了茶水，所以忍不住骂了他一句。朱见深这时正沉浸在品茶的乐趣之中，闭着眼半靠在椅子上，连眼皮都没抬一下。

"对不起，娘娘，奴才该死，奴才……"

青年太监口里道着歉，这边忙打开那把折扇，想把它晾干。可是，当他一眼瞥见扇面时，不由惊呆了：

"这个……皇上！娘娘？"

"你看见什么了，这么大惊小怪？"

还没等柏鹤谊反应过来，朱见深已伸了个懒腰，清醒过来了。青年太监那副惊恐的神情引起了他的注意，他一把将折扇拿了过来。当他的目光落在扇面上时，不由变了脸色：

"这是谁的扇子？"

他不但手在发抖，声音也在发抖。柏鹤谊慌了："皇上，这是臣妾的扇子，怎么啦？"

"上面的笔墨是你的吧？"

"是，皇上，是臣妾的。"

柏鹤谊不明白那扇子怎么会令朱见深的脸色变得如此可怕，正想伸个手去接扇子，不料朱见深却抡起胳膊，"啪"地一下将她打倒在地。

"贱货，你敢诅咒朕！来人，取她首级下来！"

朱见深说罢冲到门外，从一个值班卫士腰中抽出一把大刀，反身就冲了回去。

"皇上，皇上！奴婢冤枉！奴婢不敢做对不起您的事，请皇上明察呀！"

此时，柏鹤谊虽然仍不明白发生了什么，但她已经清醒地意识到自己被人陷害了。她顾不得擦口中流下的血，跪在地下，一边叩头一边喊冤。而朱见深这时虽然取了大刀，也高高地举起了，却怎么也剁不下去。这时，梁芳他们已经赶到，一把扯住了他的胳膊：

"皇上，皇上请息怒，可否让奴才看一下扇子？"

梁芳征得朱见深同意后，取了扇子，细细地看了看，脸色一沉：

"皇上，这是巫蛊。瞧，这是符，这是咒语。娘娘，请你起来，写几个字瞧瞧！"

柏鹤谊在春儿的搀扶下哆嗦着勉强站直身子，然后照着梁芳的口授，写了几个字。梁芳将她写好的字呈给朱见深看，朱见深的鼻子都气歪了：

"大胆贱婢！你说，你为什么要咒朕？朕难道对你还不够好吗？梁芳，杀了她！"

"皇上，奴婢没做这种事，奴婢冤枉！皇上想一想，奴婢正值花季，而且皇上也宠爱有加，奴婢怎会干这种事呢？奴婢日后若有了皇子，这日子不是蜜糖拌的一般么？皇上，定是有人构陷奴婢，请皇上明察。"

在这生死关头，柏鹤谊再也不装淑女了。她膝行过来，抱住朱见深的脚，条分缕析地说道。朱见深被她如此一说，倒是冷静了几分。青年太监一看这架势，赶忙附在梁芳耳边私语了几句。

"你亲眼所见？"梁芳惊奇得瞪大了眼睛。

"是的，只是奴才不识字，不晓得那是什么。"

青年太监说着看了一眼床角，柏鹤谊一愣，一副就要晕倒的样子。

"给我找出来！"梁芳没有放过柏鹤谊这个表情，当即作了决定。青年太监过去，在床上翻腾了好一阵子，可是什么也没找到。

"怎么回事？"朱见深奇怪与生气兼有。当梁芳把青年太监的话告诉他之后，他更是怒不可遏：

"给我搜！哪怕翻个底朝天，也要给我找出来！"

他说罢，从已然昏倒在地的柏鹤谊身上跨过，就像跨过一道老朽的门槛。

"皇上，您对她那么好，她怎么能做这种事呢？会不会是有人陷害她？"

万贞儿手里拿着那把折扇，翻来覆去地看了半天，有些不敢置信。朱见深"哼"了一声：

"古人不是说了嘛，最毒不过妇人心。她定是看朕钟情于你，所以才搞出这个名堂。看，这是朕的名字、生辰，这是符，这是咒语，而且对了她的字迹，不会有错。"

朱见深本来大模大样地躺在床上，这时爬了起来，将扇上的东西一一指给万贞儿看。贞儿忽然间站起身，从壁橱里取出个画轴儿打开。

"皇上，柏妹妹原说她只会绣花裁花，其实她也能画画儿。瞧，这是柏妹妹送给我的画，上面的字也是她在这儿题的。您看，是不是这个笔迹？"

她把画摊在床上，又将灯移近，朱见深仔细地对比着折扇上的字体，最后将折扇一扔：

"这不是鼻尖上的饭——明摆着的吗？这人是不能留了。"

朱见深望着床顶，双目有些失神。万贞儿温存地坐过来，轻轻按着他的眉骨，充满同情地说道：

"皇上，柏妹妹这人……怎么说呢，虽说多少有些儿阴阳怪气的，可我总觉得

她不会起这份坏心。要么，你消停几日再说，说不定又想起了她的好来，倒舍不得她了。"

万贞儿说这话时脸上布满真诚，朱见深打量了她两眼，摇了摇头：

"小妈，你的心太善了，你不会想到有的人是多么坏。今天的事是朕亲身经历的，假不了。你说有人害她，这也有可能，问题是那字迹别人又如何模仿得了？再说，害她的人又怎知朕什么时候过去？又怎知太监会失手打翻茶杯？这是无论如何说不通的。再说……嗳，来人了。"

朱见深话音刚落，就响起了敲门声。

"进来。啊，是梁公公！来，喝口水。"

"嗳，娘娘，谢了。皇上，搜出来了。她埋在床底下呢。倒看不出这柏氏，用心这么险恶。您看，这是娘娘的名字，这写的是皇……皇上的第一个孩子，身上布满了针眼，还有血，太恶毒了！"

"天哪，这个贱人，我那孩子就是被她咒死的。皇上，您得给我做主啊！呜呜！"

万贞儿拿过小布偶看了看，立马失声恸哭起来。朱见深握着这两个人俑，双眼发出吓人的寒光。

"梁芳，你叫卫士去把她的头给朕砍下来！这种蛇蝎心肠的女子，太刻毒了！"

"是，皇上。"

梁芳躬身退出，临出门时意味深长地瞥了一眼万贞儿，万贞儿也似心有灵犀，这时正敛了哭声，用一双泪眼瞅着他。两人的目光胶着在半空，最后还是梁芳先落败，垂下了眼帘。

"皇上，奴才这就去办。"

梁芳刚退出门外，便看见了冷冷立在墙边的蓝水月。蓝水月一身紫衣，冷艳的脸上有一种莫名的兴奋。

"公公，听说出事儿了？能带我去看看吗？"

蓝水月缠着梁芳要去看热闹，梁芳白了她一眼："去去去，毛丫头。"

梁芳点了两个带刀卫士，匆匆地走了。目送着他们的背影，蓝水月唇边浮起了一抹难以捉摸的微笑。

"皇上，我冤枉，我没有咒您哪！我只想要她死。皇上，对了，这定是她设下的计策，要害死我。皇上！皇上！"

柏鹤谊被关在自己的卧室里，看样子已经疯了。只见她披头散发，先是转着圈喃喃自语，继而双手拍着门板，大喊大叫起来。她每喊一声，屋外的青年太监便心颤一下。不过，他表面上倒是很镇定。只是当他遇见春儿锥子般的目光时，有那么一霎的尴尬。

"春儿，我……"

等他瞅空子和春儿搭话时，春儿的反应却让他吃惊。因为春儿居然恨他抢了自己的功劳：

"她这事儿我早就知道，只要再拿准一些，这功劳就是我的了。你这驴头，太坏了。嗳，皇上要是有什么奖赏，你可得分给我一些。"

青年太监的一颗心放了下来："那是，一定，一定。"

"春儿，春儿！你快去给我叫皇上来！"

这时，屋里传出了柏鹤谊更为凄厉的喊声。春儿皱了皱眉：

"她疯了。嗯，这样也好，疯了的人死起来没那么难受。"

春儿的心肠比她的外貌坚硬多了。青年太监看了她一眼，没说话。他凑到门缝边费劲地往里瞧。他先是看见柏鹤谊晃动的裙袂，像是弯腰在找什么东西，然后人不见了，在他的视野里飘过一条彩练。青年太监紧张地回头对那些值班的卫士说：

"军爷，娘娘要自尽了。"

那些卫士听了，除了有两个人好奇地凑过来看以外，其余的人根本就无动于衷。春儿有些急了，对其中一个说：

"军爷，她是皇上的钦犯，是不是得禀报一声？万一皇上并不想让她自尽，而是想要……"

她做了个砍头的动作，希望他们能够阻止柏鹤谊自尽。

"算了吧，小丫头，这种人死有余辜，她能落个全尸，倒是前世的造化了，随她去吧。"

锦衣卫校官说罢，又敛神屏息地站在那儿，看上去就像一尊木胎泥塑。

房内，柏鹤谊的精神已经彻底崩溃。她将一块红色的衣料剪成巴掌宽的一条，将它搭在床梁上。然后，她胡乱抹了把脸，就着镜子给自己化妆，一边化妆一边喃喃自语：

"皇上，您不听我说，您不会相信我是冤枉的。我知道这辈子我只能做个屈死

鬼，这是我的命，我也不怨。我只恨那个肥婆贱人，害得我这么惨。让我没孩子，我能不恨她吗？皇上，您为什么不杀了她？贱人，这下你得意了吧？可是，你不要高兴，我柏鹤谊今日去了，就是要变了厉鬼让你下油锅的，你等着吧！"

说完，她跪在地上叩了几个响头，哽咽着喊了一声："爹，娘，女儿不孝，先走一步了！"

说完她站到床上，将头伸进那花环一般鲜艳的圆圈中，然后两脚离床往下一坠，整个人便悬了起来。这时，她的双手胡乱扯着颈套，双腿打得床沿噼啪乱响。但不久之后，这一切挣扎便停止了。她悬在那儿，看上去像一道柔软而怪异的影子。

这时，"嘭"的一声门开了，梁芳和那两个军士持刀进来了。看着香消玉殒的柏鹤谊，梁芳并无多少同情之色。

"割下她的首级。"听他的语气，就跟摘一个桃子、剖一只瓜一样平常。

军士闻言上去，将柏鹤谊解下，而后一刀下去，美丽的柏鹤谊便身首异处了。

半夜时分，大汗淋漓的朱见深忽然惊叫着坐了起来，口里兀自喊着："哦，不，不！小妈，小妈！快救我！"

他的眼睛睁开，手四处乱抓，像是有人在推搡他一般，恐怖得不得了。幸亏这时贞儿已经醒来，一把抱住了他：

"皇上，皇上，您怎么啦？小妈在这儿，别怕，别怕！"

她口里哄小孩一般哄着，用一只手拍着朱见深的背，等朱见深渐渐清醒过来之后，她像放婴儿般地将他的头放到枕头上：

"睡吧，没事儿。"

"小妈，我梦见了她，血淋淋的，太可怕了！"

朱见深不由自主地将脸埋在她的双乳间，浑身颤抖起来。

"皇上，您这是被梦魇住了。告诉小妈，您这疝气是不是又发了？小妈摸一摸。哎哟，真的又发了。没事儿，小妈给你摸一摸就好了。小时候，你疝气一发就会做噩梦。没事儿的，快睡吧。"

万贞儿的手在朱见深腹部轻轻爱抚着，不多久，朱见深便安然入睡了。而贞儿反倒没了睡意。当她久久地注视着微灯幽烛之外那方厚重的黑暗时，似乎看见柏鹤谊摇晃着没脑袋的身子飘飘悠悠地过来了。贞儿倒吸了一口冷气，"哧溜"一下钻进了被窝，将脸紧紧地贴在朱见深胸上，身子止不住发起抖来。

与此同时，纪小芙正经历着生命诞生前的剧痛。她在吴玉珠的床上辗转、拱动、挣扎，喉咙里发出低沉、沙哑的喊声：

"娘哎，我要死了，我要死了！"

她一声声地喊着，头上满是豆粒大的汗珠。吴玉珠和另一个年老的宫女黄莲手足无措地看着纪小芙，在旁边干着急。

"这可怎么办？小芙她不会死吧？"

吴玉珠担心极了。昏黄的灯光下，她看上去很憔悴，但自有一种憔悴的美。黄莲显然也没经过这种阵势，她茫然地看了看吴玉珠，然后"咕咚"一声跪在地上求起菩萨来：

"求菩萨保佑小芙顺顺利利生下儿子，儿子以后大富大贵！"

"你求菩萨，菩萨有耳朵吗？我看他是个聋子，要不然……"

吴玉珠不屑的态度吓坏了黄莲，她更加用力地叩起头来。吴玉珠唇边浮起苦涩的微笑，她凝神听了听四周的动静，忽然取了块毛巾，塞到喊声逐渐大起来的纪小芙口里。

"小芙，你命好，怀了龙种。不过呢，我看你生也是白生，有人不会放过你的。声音小点儿，啊。"

吴玉珠看着痛苦得快要失去知觉的纪小芙，眼中的神色逐渐清明起来。

"娘娘，帮我，帮我生下来。生下来了，就是您的孩子，日后……啊呀……"

纪小芙倏地拉出毛巾，说了这句话后，新一轮疼痛又将她秀丽的脸折磨得变了形。她很迅捷地把毛巾塞回了自己口中，那种撕心裂肺般的痛苦，看得身旁的两个人惊心动魄。

"哎呀，娘娘，看！头出来了！"

黄莲忽然高兴地喊起来。吴玉珠抹了把脸上的汗，灵机一动，竟无师自通地用手在小芙的肚子上轻轻推起来。一会儿工夫，婴儿"哧溜"一下掉到了炕上，发出一声响亮的啼哭。吴玉珠一把将婴儿抱住，竟喜极而泣：

"小芙，是个儿子！"

小芙苍白的嘴唇嚅动了两下，便昏了过去。

"哦，哦，儿子，小儿子！是我的儿子吗？"

吴玉珠抱着孩子，脸上流露出浓浓的母爱。黄莲怜悯地看了她一会儿，转身悄悄地端了盆水过来。

"娘娘，给孩子洗个澡吧。"

"嗳。"

吴玉珠小心翼翼地将婴儿放入盆中，婴儿睁开眼睛，很舒服地吮吸起了手指头，那贪婪的神态，就像在吃世界上最可口的佳肴似的。

几天以后，当纪小芙产子的消息传入万贞儿耳中时，狂怒的她在昭德宫里掀起了一场风暴。

首先，她让几个年轻太监将张敏痛打了一顿，弄得他瘸了一条腿。

接着，她罚所有的太监、宫女自己掌嘴一百下，所以有很长一段时间整个昭德宫只有她和几只猫的嘴唇呈现出正常的形态。

最后，她在忍无可忍的情况下，开始自虐。先是绝食，而后用脑袋撞墙，掐自己的脖子，一副不置自己于死地绝不罢休的模样。

这天一大早，万贞儿就闹腾起来，在床上又哭又滚的，弄得朱见深苦不堪言。

"小妈，贞儿姐，别这样好不好？你看，你都瘦了，再瘦就不好看了。"

朱见深这几天肯定被她折磨得很厉害，脸色疲惫而憔悴。他抓着万贞儿的手腕，轻轻地摸着，语气中充满痛惜。

"瘦有什么不好，你现在不是喜欢瘦的吗？"

万贞儿一把拂开他的手，有气无力地叹道，眼中泪水汩汩而下，加上她又清瘦了不少，看上去真有些娇弱了。

"小妈，我不是向你认错了吗？那是我一时糊涂，今后再也不这样了。你吃点儿东西，好吗？"

朱见深端起桌上的人参汤，要喂贞儿。贞儿不理他，一打滚，干脆摔到床下去了。

"哎哟！"万贞儿疼得不由喊出了声。朱见深见状忙大喊：

"来人，来人哪！"

梁芳、蓝水月等人应声而入，将躺在地下的贞儿抬上床后，又很知趣地悄悄退出去了。朱见深心疼地将她搂在怀里，眼中也流下泪来。

"小妈，你别这样折磨自己好不好？你说要怎么办就怎么办吧，我不管，这总行了吧？"

万贞儿除了流泪外，还是不吭气。朱见深没辙了，只好对着外面说："梁芳，你去知会一声，就说今儿个罢朝了。小妈，我陪你躺着。从现在起，你绝食我也绝

食，你撞两下墙我撞四下，这总可以了吧？"

说着，他真的在贞儿身边躺了下来。贞儿瞪了他一眼，然后用手拼命打自己的头。朱见深见了，依样画瓢，把自己的脑袋瓜打得"嘭嘭"响。贞儿接着咬自己的手，他也跟着咬。贞儿挣扎着又将自己摔到了床下。朱见深毫不犹豫，也跟着摔了下去，只是他砸在万贞儿身上，疼得万贞儿"嘤"的一声哭了起来。

"小妈，都是我的错，你原谅我吧。"

朱见深吻着万贞儿满是泪水的脸，抽泣着说道。万贞儿一听，更是放声大哭，但她的手倒是把朱见深给箍住了。哭着哭着，哭声忽然间变成了一种充满情欲的呻吟，不一会儿，整个房间便充满了女人馥郁的体味……

"孩子，你快吸呀！"

纪小芙瘦得有些脱形，一张脸看上去就像正在裂缝的薄冰，有一种脆弱至极的美。她紧紧地将孩子搂在胸前，将乳头再三塞进婴儿的嘴里。婴儿肯定饿极了，贪婪地吮吸了几口之后，将奶头吐出，继续哇哇大哭。

"没有奶水，一滴奶水都没有。这可怎么办啊！"

纪小芙看着同样手足无措的吴玉珠，伤心地哭了起来。吴玉珠转到门口，大声地喊起来：

"黄莲，黄莲！弄碗稀饭都这么久，死到哪儿去了！小芙，你先别急，我马上就来。"

吴玉珠出去了一会儿，等她再回来时，手上端着一碗米粉糊，还有一碗蜜。

"喏，孩子，可怜哪，先尝尝这个，看看喜欢不喜欢吃。"

吴玉珠舀了一勺米糊喂到孩子口中，孩子马上吧嗒着嘴巴不哭了。不多久，他就将小半碗米糊吃掉了。

"可怜的孩子，饿坏了。"

吴玉珠看着沉沉睡去的孩子，叹息着，神态中毫无疯相。纪小芙扁了扁嘴，像是又要哭了。好一阵子，她才叹口气道：

"娘娘，谢谢您。您的大恩大德，我母子俩没齿不忘。"

纪小芙抓着吴玉珠的手，泪如雨下。

"小芙，咱们还用得着说这个吗？现在要紧的是得让孩子活下来。"

经过马轮儿那场变故之后，吴玉珠很难再相信别人。

"孩子都生下来了，她还敢怎么样？"

纪小芙心存侥幸，吴玉珠冷笑一声："听说原先永春宫里有个宫女，也跟你一样，打胎药没把孩子打下来，后来生了个皇子。那宫女吓得把孩子溺死了送给她过目，这才留下一条命来。"

"那，皇上就不管了吗？总是他的骨血啊！"

纪小芙觉得不可思议，吴玉珠同样难以理解："谁知道呢！宫里的事，处处透着古怪。"

"吴娘娘，纪娘娘，孩子吃过了吗？啊，睡得真香。看，我给你们带来了什么？"

这时，黄莲拎着一个大包袱走了进来，满脸俱是欢笑。她把包袱放在炕上，迫不及待地打开来，里头居然是婴儿衣裳，还有磨好的米糊、奶糕、炒面、红糖。

"谁给你的？是她吗？要是她给的，那可不能吃！"

吴玉珠吓得脸都变了色。黄莲摇摇头：

"不是，是纪娘娘的老乡送来的。一个太监，二十七八岁模样，长得很俊，这儿……"

她指了指嘴唇右边："这儿有颗红痣。"

纪小芙摸着那些东西，喜极而泣。"他说他被皇上派到河套那儿去打边寇了，没时间进来看你，要很久以后才回来。他叫你多保重。"

吴玉珠却依然一副警惕的样子："小芙，咱不能马虎。这孩子的吃食得先让猫儿尝了再给他吃，大意不得。哎，你这老乡消息怎么这么灵通？哦，对了，当初抓马轮儿他们，是他办的吧？小芙，这些东西咱不能要。"

吴玉珠抓起东西一样样朝地下扔，似乎疯病又发作了。小芙一把抓住她的手：

"吴娘娘，没事儿的。孩子吃东西时，咱先喂给猫吃，等安全了，再给孩子喂，好不好？"吴玉珠这才勉强答应。

三人围在睡着的孩子身边，一副愁肠百转的表情。

万贞儿这两天显然已经恢复了正常，脸色光鲜了许多。这会儿她盘腿坐在炕上，正在专心致志地用凤仙花汁染指甲。张敏和蓝水月跪在炕下，大气也不敢喘一声。许久，才听见万贞儿拖腔拖调地说：

"你们办的好事儿，你们说怎么个结局法吧。"

她说着看了一眼下边的两个人。房间里一时安静得连心跳都听得见。蓝水月见张敏不吭声，赶忙开口：

"娘娘，我看把孩子丢尿桶里算了，喂药太麻烦。"

谁知万贞儿却冷笑起来：

"这话可不是我说的，我能这么狠心吗？都是皇家骨肉，长大了，好歹他还得尊我一声母妃呢！"

"那……"蓝水月张口结舌，不知自己又有哪儿错了。她看看张敏，张敏的脸颊肿着。他眨巴了一下眼睛，终于拿定了主意。只见他在地上叩了两个头，嘶哑着嗓子道：

"娘娘，奴才明白了，奴才这就去办。"

"明白就好，再不办好，我要你的命！"

万贞儿染完了最后一个指甲。她张开双手，仔细端详着那十个美丽的红指甲，柔声细气地说着。唯其如此，张敏和蓝水月才更觉着身上发冷。

"张公公，你说，方才我那样讲，她为什么又要假模假式不同意？她不就是想要那孩子死吗？"

蓝水月和张敏走在路上，两人的表情都很沉重。特别是张敏，拐着一条腿，脸也是肿的，看上去像个老头。他完全沉浸在自己的思绪中，对蓝水月的话充耳不闻。

"那你说咱们该怎么办？"

良久，张敏才反问了这么一句。蓝水月狡狯地一笑："我是小孩儿一个，没什么主意。"

"是吗？"

看样子张敏有些悚蓝水月。两人一时无话，就这样各怀心思地走了一段路后，又都不约而同地停住了脚。

"哎，张公公……"蓝水月到底年纪小，憋不住话。可张敏一看她，她又不说了。两人对视了一阵之后，张敏移开视线，自言自语地念叨着：

"你说得对，把孩子溺死，确实能省咱们些力气。问题是万一今后皇上知道了，这事儿可不是咱们的肩膀能扛得起的。"

"是啊。所以，这孩子最好还是让他偷偷地活着，万一今后皇上想起他来了，咱还能拿出人来，也不至把火发在咱头上。"蓝水月也自言自语似的说道。

"有道理。那，万娘娘那儿呢？"

张敏停脚看着蓝水月，蓝水月也看着他，良久，两人才相视一笑。张敏四处瞅

瞅，见周遭无人，赶忙附在蓝水月耳边悄悄地说：

"水月，这可不是闹着玩的，你明白吗？"

"我明白，张公公。哎，你说，要是今后万娘娘万一知道这孩子还在，她会怎样呢？我想她一定会气得发疯。"她脸上露出舒畅的笑容，"我喜欢看她发疯。"蓝水月用愉悦的声音又说道。

夜幕降临了，朱见深有些痛苦地坐在乾清宫里。梁芳端着大红剔漆盘子，盘子里是嫔妃们的姓名签。朱见深扫了梁芳一眼，有些无奈地说：

"想当初，唐明皇用的是风流箭，射中谁就幸谁，倒也有趣。"

"皇上，您也该广子嗣了。后宫三千，未必就要宠爱一人。"

梁芳斗胆说这句话，是贴心贴肺地为朱见深好。谁知朱见深狗咬吕洞宾——不识好人心，居然把眼一瞪：

"放肆！"

他言罢又觉自己这样对梁芳有些过分，便挥了挥手：

"还是去昭德宫吧。"

"是，皇上。"

梁芳毕恭毕敬地行了个礼，朱见深看着他出门的背影，叹了口气。然后，他信手在桌上一翻，翻出了一张他为柏氏绘的画像。看着看着，两滴泪掉在了画像上，他呢喃道：

"你呀，心也太过狠毒，不然朕何以忍心那样对你？只求来世你再做朕的妃子吧，朕到时一定好好待你。"

"皇上，请您起驾。"

梁芳和几个青年太监服侍朱见深上了外面的肩舆，往昭德宫方向悠悠地过去了。

"娘娘，那孩子生下来就已经死了。是难产，憋死的。"

张敏站在那儿，恭恭敬敬地回话。贞儿坐在椅子上，虽说是由下而上仰望张敏，张敏却仍然感到了一种压迫，他的手似乎有些抖动。

"孩子的尸首呢？"

贞儿说着抿了口茶，冷冷地问道。这回不等张敏开口，一旁的蓝水月抢着回话：

"启禀娘娘，孩子的尸首第二天就被他们扔在垃圾车里，拉到宫外去了。"

"是吗？谁告诉你们的？是纪小芙自己还是别的人？不要像上次一样，又突然冒出个孩子来。"

万贞儿对他们已经失去了信任，她平静地看了他们两个一会儿，不见什么异常，便叹了口气：

"到那时你们可别想再活。我万贞儿是个什么样的人，你们该知道的。去吧。"

张敏、蓝水月走后，宫女马上领了一个年轻太监过来见她。

"启禀娘娘，纪小芙是难产，孩子一生下来就没了。尸首丢在垃圾车里，好几个人都看见了的。"

年轻太监一见万贞儿就跪在地上叩了几个响头，而后小心翼翼地把自己访查的结果汇报了一遍。万贞儿见他和张敏、蓝水月说的并无二致，这才满意地笑了。

"辛苦你了。来，赏茶！"

贞儿的一杯茶似乎有着甘霖一般的魅力，年轻太监受宠若惊地接过，仰起脖子便喝了半杯下去。可是他忘了，那茶刚刚泡好，很烫，烫得他直跳脚，可口里的茶水却不敢吐出，而是强忍着咽了下去。

"我的天，你这是怎么回事啊！快去向太医要些药来。"

贞儿打发走这狼狈的年轻太监之后，一个人扶着桌子微笑起来。她这时的笑靥的确有独到的动人之处。

第二十三章

时光如白驹过隙，倏忽间六个寒暑过去了。这期间，朝廷对荆襄流民的明智举措，对漕运、关税的大力整改，使许多问题都得到了妥善解决。而昔日强盛的瓦剌此时已分崩离析，正在崛起的鞑靼也是各自争雄。建州女真的羽毛尚未丰满。沿海虽然时有倭寇侵扰，却未造成大患。可谓外无强敌、内无大忧。所以整个大明王朝在这一时期呈现出民心思定、百姓乐生的太平景象。

至于紫禁城的主人朱见深，由于个性缘故，他很早就不再亲自处理政务了。除了按祖宗定下的规矩上朝、祭神、出席其他非出席不可的典礼外，他大门不出，二门不迈，终日躲在宫中，不是和妃子们聊天、听戏、说笑，就是与仁智殿的画师们挥毫作画，或者和宫中的和尚、道士们谈玄论道，探求长生不老之术。所有政务皆由各部门提出处理意见，大事则经过廷议后写成书面文字，经内阁票拟、内监批红、六科签发。而朱见深这位皇上，有时看看奏疏，偶尔批上几个字，有兴致了，还替人改几个错字，或是驳回询问。总之，比起明太祖、明宣宗，甚至他的父亲明英宗朱祁镇，可谓垂衣拱手，这个皇上当得轻松多了。

但是，朱见深还是觉着累，不是一般的累，而是累极了——他的心累。而他的累主要来自后宫那些争奇斗艳、争风吃醋的嫔妃们。

这是成化九年仲春的一天，朝阳初升，整个紫禁城仿佛镀了一层金，闪烁出耀眼的光芒。万贵妃的新住处安喜宫，由于前些日子刚刚修葺完毕，更显得富丽堂皇，恍如人间仙境。但是，仙境中的人却到底还是老了。

"皇上，您有白头发了！"

张敏的一声轻呼打破了早晨的寂静，使得对镜而坐、正闭目养神的朱见深倏地睁开了眼。

"在哪里？给朕看看。"

朱见深比少年时期壮实了许多，加上一脸又黑又密的大胡子，看上去颇有几分威严。但他看人时的目光却还留有少年时的沉静与羞涩，这使他的脸显出一种少年与成年男子相结合的可爱。

"喏，皇上，在这儿。"

精心给朱见深梳头的张敏也苍老了许多。看来时间的确是公正的，无论贵贱，谁也逃不脱它的戏弄。这不，几绺白发在一把青丝中灿烂着，让朱见深不禁为之一凛。

"啊，朕老了。马上就到而立之年了。"

朱见深抚摸着自己的长发，感慨万千。似乎是和他应和，这时垂下的宝帐中传出一阵响亮的呼噜声。朱见深移目注视着宝帐，眼神颇为复杂。

"张敏，你说，贵妃打呼噜是因为体丰吗？前两年朕常被她的呼噜弄得睡不着，后来听顺了，又觉得没有呼噜睡不着了。"

朱见深说罢叹了口气。这时，宝帐被一只手撩了起来。接着，轰隆一声响，万贞儿揉着眼睛下了床。六年的光阴对她来说还不是太残酷，她除了比原先更丰硕了一些以外，仍然风韵犹存。

"皇上，是臣妾把您吵醒了吗？真是对不起。"

万贞儿以一种与她的体重不相称的轻柔走到朱见深身边，在他颊上印了个吻，同时把张敏推到一旁，自己为他梳头。她梳头的动作轻柔、麻利，有一种奇异的韵律感。没几下，她就将朱见深的头发梳得整整齐齐，又用网巾罩好，再戴上朝冠，一个威严的帝王便赫然立在她眼前。

"皇上，您看看，可以吗？"

朱见深对镜顾盼了一番，满意地点了点头。但他眉宇间的那缕忧郁却让万贞儿有些费解：

"皇上，您不舒服？"

她用手在朱见深额上摸了摸，朱见深轻轻将她的手推开："没事儿，咱们走。"

他在张敏前头走了两步，回头瞧见万贞儿委屈的样子，不由心一软，赶紧回去向她解释：

"小妈，没别的，我只是看见自己长白头发了，心里有些发慌。"

"是吗？我的天哪，你也长了白头发？晚上回来让我仔细瞧瞧。"

万贞儿伸手想去摸朱见深的头发，但他已经大踏步地走出了房门。万贞儿伸出一半的手停在半空中，突然觉得春风有些儿寒意。

"皇上，俗话说少年白富贵来，这没什么可忧虑的。"

从安喜宫寝殿往外走的当口，张敏宽慰着朱见深。但朱见深却依旧闷闷不乐，走到大殿时，他竟朝那些侍从太监们挥挥手，自己一屁股坐在了黑暗当中。

"皇上？"

张敏的这声轻唤中包含了太多的惊讶与同情：他居然听到了天子的抽泣声！

"老之将至，朕……朕却后继无人，这……这叫朕日后怎么办呢？"

朱见深这句喟叹中有担忧，也有隐约的怨气。这些年，贞儿对他管得实在太紧了。还有那些逼宫女堕胎、溺死孩子的传闻，对此以前他总是付之一笑，心想自己后宫三千，还愁无子吗？不料现在年近三十了，却真的没有子嗣。于是，由白发而生的感慨变成了深切的悲伤。

"皇上，皇上！"

朦胧中，张敏的身躯似乎和他的声音一样颤抖着。

"张敏，你有事就快说！"

朱见深直觉到张敏下面的话会让自己吃惊，不由双手捂住了胸口。

"皇上，奴才要说的是，您不必如此忧虑，因为皇上您有个儿子已经六岁了。老奴只因担心皇子的安全，才一直瞒着皇上。请皇上务必为皇子做主，为老奴做主，皇上答应，老奴才敢说。"

张敏跪在地上，浑身颤抖地说。朱见深有些生气了：

"你快说呀！如果朕真有皇子，朕当然为你们做主。就怕没有。你不是骗朕吧？"

朱见深猝然听到这个喜讯，口气中却充满了愤怒：这怎么可能呢？他是怕喜极之后的失望啊！

"皇上，"张敏把脸靠在冰冷的地上，不由抽泣起来，"皇上，皇子是内库女史纪小芙生的，一直养在西内别馆，是……是吴娘娘帮她养大的。"

张敏想起六年来担惊受怕的日子，泪水淌了满脸。在朱见深的追问下，除了隐去万贞儿让他溺死孩子这一节以外，其余的他俱如实禀报。朱见深长吁短叹地听完后，瞥了一眼寝殿方向，悄声说：

"朕现在去乾清宫，你快些把孩子带来。另外，今天罢朝。快，快去啊！"

朱见深兴奋得几乎手舞足蹈起来。可一想起自己的天子身份，他到底还是忍住了这股冲动，但他脸上的笑容却怎么也掩不住。当他走出大殿笑嘻嘻地坐上龙辇时，众人都觉莫名其妙。

"今天好天气啊！"

说罢，朱见深捋须大笑起来。一干侍从、太监不由面面相觑，心里不免感到伴君如伴虎，因为天威太难测了！

在愈加破败的西内别馆的一间偏僻屋子里，六岁的宝儿正扯着纪小芙的衣衫在哭闹：

"娘，你看，外面的花儿那么红，还有蝴蝶，宝儿要出去玩。"

"宝儿，不能去，今儿天气好，不定什么人会来宫里，万一看见你，就没命活了。"

纪小芙时年二十，正是花样年华。六年前的生育不但未给她留下任何不良影响，反而催发了她的女人情韵，使她在清丽之外另具一种成熟的风采。这时，憔悴得形销骨立的吴玉珠从外面走了进来，手里捧着一把花，捏着一只花翅大蝴蝶。

"呀，花，蝴蝶！大娘娘真好。"

宝儿见了这两样东西，连眼泪都来不及擦，便绽开了笑脸。而且他很懂事，接过东西时还不忘在吴玉珠颊上印个吻，乐得吴玉珠将他紧紧地抱了起来。

"好宝儿，真懂事。宝儿，上次大娘娘教你的诗会背了吗？鹅鹅鹅……"

"曲项向天歌，白毛浮绿水，红掌拨清波。大娘娘，那鹅是不是跟你一样啊？你也有白毛，可是你没有红掌，所以你不是鹅，你是人。"

宝儿的一席话，说得吴玉珠既高兴又辛酸。

"宝儿，不许胡说！"

纪小芙嗔爱地在宝儿瘦瘦的屁股上打了一巴掌。然后，两个女人看着对花和蝴蝶喃喃自语、沉浸在幸福中的宝儿，眼中不约而同地沁出了几许沉重。

也许是少见日光、长年幽闭的缘故，宝儿瘦弱、苍白，留了六年的长发稀稀疏疏，黄不拉叽，而且头顶心那儿约有一寸见方没长头发，估计是当初的堕胎药所致。

"小芙，你真好福气，养了这么个好儿子！"

"姐姐，你说哪里话来，宝儿既是我的儿，更是你的儿。若不是你，我能有今天吗？要是留在浣衣局，有十个宝儿也没命了。宝儿，你记住大娘娘的养育之恩了么？"

"记住了，娘是我娘，大娘娘是我大娘，我有两个娘。哎，娘，大娘，那我有几个爹呢？"

"唏，瞎说什么呀！你不就一个爹吗？"

吴玉珠轻轻扯了扯宝儿的头发，纪小芙的眼中却倏地涌上了眼泪：

"姐姐，你说，皇上他会有知道的一天吗？六年了，真不知怎么熬过来的。"

纪小芙说着抽泣起来。的确，这六年中，为了避开昭德宫的耳目，她们费尽了心机，有时带着宝儿一宿连换几个破房间，真是没睡过一个安稳觉。且宫中供应菲薄，她们几个只得从牙缝里省东西给宝儿吃。宝儿也怪，似乎知道自己的诞生充满艰辛，别看他生下来猫一般大，而且从未吃过一顿饱饭，又整天幽闭在阴暗的房间里，可他很少生病，像小草一样顽强地生存下来了。

"哎，小芙，你说，这么大一个人儿养在这儿，宫里就没人察觉？有时候我琢磨呀，知道宝儿的人肯定不少，只是大家都恨那人做事太绝。这些年宫里一个男孩也没让留住，皇上这一把年纪了，连个儿子都没有。所以大家都睁一只眼闭一只眼，不去报告罢了。"

吴玉珠看着玩得忘我的宝儿，似乎自己刚发现了一个真理，纪小芙却有些忧心忡忡：

"昨天黄莲到浣衣局去，遇到一个太监在那儿打听我，不知是不是她派来的。姐姐，要是万一哪天宝儿不在了，我也就不活了。"

"小芙，别胡思乱想了。人哪，好死不如赖活着。按你那样想，我这把骨头早都该拿去当鼓槌了，可我还在这儿苟延残喘着。我只盼哪天宝儿当了皇上，咱们姐妹能出趟宫，看看爹娘。"

吴玉珠眼里掠过一抹企盼的光，但旋即又变得黯淡了。

"嘘！宝儿，快，快藏到壁橱里，千万别吭声。"

忽然间，一直看着窗外的纪小芙变了脸色，一把抱起宝儿就往壁橱里塞。壁橱门的下角钻了几个透气的洞，而宝儿似乎已经习惯这种躲避，很听话地蜷在角落里一动不动。

"姐姐，他的小衣裤还晾在隔壁，快收了放起来。"

纪小芙边说边把地上的鞋子、桌上的碗以及所有能显示宝儿存在的东西全塞在墙角的一个木箱里。

"怎么了小芙？哎呀，是昭德宫的人！"

吴玉珠收了衣服刚过来，就看见张敏一伙过来了。她赶忙将衣裳塞进自己袖中，做出一副半痴半癫的情状，一屁股坐在了存放宝儿衣物的箱子上。纪小芙脸如死灰，身子靠在壁柜上，这才勉强站住。

"奴才张敏叩见纪娘娘。皇上差奴才接皇子过去。"

张敏一进屋就跪下了，他的话说得很明白，可纪小芙和吴玉珠对视一眼，却怎么也听不明白。她们保持着敌意和沉默。倒是那先他们两步进来的老宫女黄莲接了话茬：

"张公公，纪娘娘生的孩子当天晚上就不在了，您老当初不是来核查过吗？忘了？"

"娘娘！"张敏抬起头来，上面尽是泪水，"娘娘，苦日子到头啦！你……你快把孩子带出来，让他去认爹吧！"

纪小芙仍旧狐疑不决，吴玉珠也缓缓起身，和纪小芙并肩站在一起，像是随时准备和他拼命。

"娘娘，你认得他吧？他是皇上身边的梁芳梁公公。"

张敏没法了，只好抬出梁芳这块牌子。其实吴玉珠早已认出他来了，但又怕他们居心叵测，所以摆出疯态，没理会他方才的见礼。这会儿她看出点名堂了，慢悠悠地上前一步，那股高贵的气势不减当年。

"梁公公，皇上难道没有信物捎来吗？"

"哦，娘娘，这是皇上叫奴才带给小皇子的衣裳。"

梁芳拿出一件红色衣裳给吴玉珠和纪小芙看。她们俩对视一眼，并不作声。

"这是皇上的龙辇，难道娘娘也认不出来？"

吴玉珠顺着他的手指看去，院子里果然放着皇上的龙辇。梁芳和张敏会了个眼神，突然冲着壁橱喊道：

"小皇子，请出来吧！您马上就要去见皇上了。"

吴玉珠和纪小芙的脸猛地变了色。梁芳的话音刚落，壁橱门就应声而开，宝儿冲了出来：

"娘，大娘，我要去看爹，我要去看爹！"

宝儿高兴得忘了恐惧，也不怕生了，他扯着纪小芙和吴玉珠的衣襟，好奇地看着这些陌生人。而陌生人们也好奇地瞅着他。当他们看见皇子穿着破旧、面有菜色时，不由都动了恻隐之心。

"奴才叩见小王爷，快给小王爷更衣！"

张敏、梁芳等人给宝儿行过礼后，立即给他换上了新衣。

"大娘，娘，我有新衣裳了！哇，好香！"

宝儿抬起衣袖，闻着，面黄肌瘦的脸上露出了灿烂的笑容。

"儿呀，你去吧，去见你爹爹。记着，你爹他穿着黄袍子，留着大胡子，见了他，要喊父皇，明白吗？"

纪小芙哽咽着说罢，搂着宝儿放声大哭起来。吴玉珠想到宝儿母子已经熬出了头，自己的苦海却遥无涯际，禁不住也放出了悲声。宝儿一见她俩哭，也跟着哭。而张敏想到自己彻底得罪了万贞儿，今后自身难保，也是泪如泉涌。其余人看到他们悲切，也触动了情怀，一时间，西内别馆里泪流漂枕，哭声震天。

"好了，各位，这是大喜的事情，怎么哭了呢？皇上在那儿等久了，咱们该走了。"

最后还是梁芳劝住了大家。他一直没哭，脸色阴晴不定地站在那儿。当宝儿坐进龙辇时，他开心地喊了起来：

"娘，大娘，你们等着，我叫父皇把你们一起接走，好吗？……呜呜……我不去了，我要娘！"

到底是孩子，又从未离开过这几间黑屋子，高兴过后，宝儿还是被离别的悲伤击倒，一路哇哇哭着被人抬走了。

"老张头，这回你可在皇上面前露了脸啦！你这事儿办得滴水不漏啊。佩服，佩服！"

梁芳这些年一直紧跟万贞儿，如今见自己眼皮子底下冒出这么一件事，而且还是纪小芙的孩子，心中很是不平。想当初自己曾对万贞儿隐瞒皇上的行踪，如今这事儿非但不能为自己增光，反而有可能损害万贞儿这棵大树，而他与万贞儿是一荣俱荣、一损俱损的关系，他怎么能不难过呢？龙辇一离开西内别馆，他就阴阳怪气地埋怨起张敏来。可是，等他看见张敏那副绝望的表情，心里突然明白了，也就释怀了。

"好了，老张头，别这样儿，你有这么大功劳，就等着皇上犒赏你吧！"

梁芳恶毒地讥讽起他来。张敏报之以缄默，苍老的脸上满是泪痕。

"怎么还没到呢？去看看来了没有。"

朱见深活了大半辈子，这是头一回真正着急。他站在乾清宫门口，翘首以待，焦灼得不行。身边一大帮太监也陪着他等待，人人的脸上都流露出兴奋与好奇。

"来了来了，皇上，您看！"

一个太监忽然指着宫门口说道。果然，黄金灿烂般的阳光下，华丽的龙辇忽忽悠悠地过来了。

"儿子，儿子，你快下来，让朕看看！"

朱见深跑过去，边跑边喊，声音都是哑的。太监们了解他的心情，一溜小跑地抬着龙辇过来了。龙辇一落地，不等张敏、梁芳伸手，朱见深自己就将帘子撩了起来。

"父皇，我是宝儿！"

宝儿倒是机灵得让人心疼，他一见朱见深的黄袍，就脱口喊了起来，把个朱见深给弄呆了。

"天哪，朕的儿子！都这么大了。朕……朕真的有儿子了！"

朱见深抱起瘦弱、脸上泪痕犹在的宝儿，喜极而泣。宝儿睁着一双机灵、深沉、多少有些哀怨的大眼睛，一眨不眨地看了朱见深一会儿。忽然间，他伸出小手，用衣袖替朱见深揩起了眼泪，口里还喃喃地说：

"父皇，你不要哭，大娘说了，哭不是好孩子。父皇，你为什么这么久都不见我呢？我不淘气，我一直都很乖。我娘不让我到院子里去，怕让人看见，我就坐在房间里面玩蚂蚁。"

宝儿很聪明，知道这个大娘和娘口里的父皇拥有无限的权力。他一点都不怕生，絮絮叨叨地说着，仿佛自小在朱见深跟前长大似的。听他说得如此辛酸，朱见深不由号啕大哭。

"皇上，皇上，这是喜事儿，您别哭坏了身子。"

梁芳殷勤地递上毛巾，一边用眼瞄着张敏。张敏退了几步，隐在人堆里。不想这一切倒牵引了朱见深的目光。

"张公公，朕谢谢你。梁芳，着人在宫外赏张公公一座宅子，特许你夜晚出宫居住。"

朱见深边抹着泪边下圣旨。这边张敏听了，一拜到底，额上是汗，脸上是泪，谢恩时语不成声，不知的人以为他是高兴，知道的人却明白他在害怕。的确，皇子

的事儿一传出去，万贵妃绝不会饶过他的。

"梁芳，明日诏告天下，朕皇嗣有人了。派特使祭山川河海，保佑朕国本永固、国脉长远。儿子，爹领你吃饭去。"

朱见深一把将宝儿举到了肩上，父子俩往乾清宫走去。这时宝儿说出的一句话再次让朱见深落了泪。宝儿说：

"爹，我四岁的时候吃过一顿肉，可好吃了。你这儿有肉吗？"

眼泪倏地从朱见深颊上淌了下来。许久，他才哽咽着说：

"儿子，爹这儿有很多肉，管你吃个够。"

"那太好了！我要让我娘和我大娘也吃上肉，她们可瘦了！"

"你大娘是谁啊？"

朱见深黯然之余有些好奇。

"就是白头发的吴娘娘啊！我娘说，自小就是她把我养大的，没有她就没有我。我娘说等我有肉吃的时候，一定要记着大娘。爹，你多给我几块肉好吗？爹，你怎么啦？"

朱见深怎么啦？他难受，太难受了。自己贵为万乘之君，生个儿子却几年没吃过肉！而且这儿子能活下来，还多亏了那个以前自己深恶的女人吴玉珠。说实在的，这些年他很少去想她。宫里的女人太多了，他没空去想她。但他绝没想到，那些废黜的嫔妃会活得如此艰难。

这一刻，他有些良心发现了。

"儿子，你放心，爹会让她们吃肉的。"

万贞儿的消息总是很灵通，这次也一样。去接宝儿的队伍也许还没到乾清宫，她就已经得了报告：

"娘娘，没错，是纪小芙的儿子，六岁了。听说一直放在西内别馆，由吴娘娘帮着养大的。当初，张敏和蓝水月骗了您。"

当打探消息的太监告诉万贞儿这一真相时，万贞儿当场气昏了过去，慌得大黑塔等侍婢赶紧掐她的人中，又让她嗅了一会儿波斯国进贡的苏合香油，这才悠悠醒转。

"群小无状，欺人太甚。群小无状，欺人太甚！"

万贞儿醒转后并没有大怒，而是两眼失神地望着虚空，口里反复念叨着这两句话。她妩媚的脸上第一次在宫人面前显现出一个四十多岁女人的憔悴与苍老。等这口气缓过来之后，她才淡淡地问张敏在哪儿。

"他现在皇上跟前。听说皇上在宫外赐了他一座宅子，特许他夜晚出宫居住。"

"是吗？皇上高兴吧？"

"高兴得哭了。"

"那，皇子呢？"

在侍婢、太监们听来，这几个字似乎长着钩子，卡在她喉咙里好一阵才出来，而且飘散着血腥味。当然，是万贞儿自己的血。

"嗯，皇子长得挺清秀，就是太瘦，很机灵，一张嘴巴百灵鸟似的，可会哄人了。"

万贞儿闭着眼睛，一副似听非听的模样。看来自己一直梦寐以求的太后位置要让纪小芙那个南蛮女来坐了。这怎能甘心？但不甘心又如何？皇子居然就在她眼皮子底下成长起来了，说不定别的宫里边也还有这种情况。虽说自己手眼通天，到底还是不能一手遮天。毕竟自己干的都是人神共愤的事儿，皇上现在肯定清楚了，他将如何呢？

万贞儿只觉得浑身热一阵冷一阵，眼前烈火熊熊，感觉像在地狱中。

"去，去把水月给我叫来！这死妮子，我要打死她！"

迷迷糊糊中，万贞儿发出了这么一个指令，吓得侍婢们魂飞魄散。好一阵子，胆大的侍婢大黑塔才给她回话：

"娘娘，水月她早就不在了，您忘了吗？"

"她不在了？什么时候不在的？"

贞儿看样子是真糊涂了，她瞪着眼睛愣怔了半晌，就是没想起来。

"娘娘，那场大火……"

大黑塔提醒她，贞儿眼前一亮，一股炽热的气浪扑面而来，她忙伸出手将脸挡住。一声排山倒海的呼啸在脑子里掠过。

是的，那场大火。三年前还是四年前？不太清楚了。但那个噩梦般的夜晚的每一个细节却都历历在目。

那是三年前的秋夜，没有星月，只有风。风很大，嚎叫着四处游荡。刚吃过晚饭，万贞儿就命大黑塔点上了宫门前的红纱灯笼。可是，等了一个多时辰，却没见皇上来。她沉不住气了，叫过丑侍婢大黑塔：

"去，到门外看看皇上来没来！"

贞儿盛装以待，显得落寞而焦急。大黑塔喏喏着往外走了几步，却又转回来了。

"娘娘，皇上……皇上他早来了，在书房那儿。"

大黑塔的神色有些奇怪。"在书房？走，看看去。"贞儿脸上现出喜悦之色。

"娘娘，您还是别去吧。"

大黑塔这回的神色简直可以说是惶恐了。万贞儿用目光锥了她一下，大黑塔一咬牙，拉着万贞儿就走。

"娘娘，那个地方是我有一次打扫时发现的，我只看了一眼，就吓得逃跑了。您看了别吱声就是，万一皇上知道了，那可就不好办了。"

大黑塔有时还是比较勇敢的，起码敢直话直说，万贞儿倒也不以为忤。她跟着大黑塔转弯抹角地来到书房隔壁的一间屋子。屋子里放了好些杂物，与书房隔着的那扇墙上有木格窗，用油纸糊着，大约是为了透亮或通风吧。墙下面，不知是巧合还是有意为之，摆了几张桌子。大黑塔开门、走路的动作都很轻悄，贞儿也跟着踮起脚尖走路。

"娘娘，这儿。"

大黑塔托着贞儿，让她站到了那张桌子上。桌子上方的木格窗上正好有高低不同的几个破洞。贞儿凑过去，不看犹可，一看，她险些栽倒下来。幸得大黑塔有先见之明，举手撑住了她的臀部，她才勉强站住。

书房里，朱见深裸着下体倚墙而站，蓝水月跪在地上，把脸埋在他两腿之间，其状淫秽不堪。但蓝水月赤裸的胴体的确美丽非凡，连愤怒至极的万贞儿都不免在心底暗叹上天对她的垂爱。

"水月，你……哎哟，快活死我了！朕……朕要封你为妃，哎哟！"

朱见深像濒死的鱼似的，大张着嘴，一边喘气一边呻吟，脸上一副欲死欲仙的神色。贞儿一下子明白了这段时间朱见深的变化，难怪有时他会提出那么古怪的要求，想起就让人恶心，贞儿没有理睬他。这事原来根子在这儿呀！

贞儿冷眼旁观了一阵，很平静地溜下桌子，将大黑塔带回了自己的寝殿。一进门，她就让大黑塔给她跪下。

"说，看过多少回？"贞儿面若寒冰，大黑塔打了个愣怔。

"娘娘，奴婢知罪了！可是奴婢那天抹窗户，确实不知情，只看了一眼，奴婢没有撒谎，娘娘手下留情。"

大黑塔边哭边说，那副蠢样子马上又出来了。万贞儿刮了她几个耳光后，大黑塔才支支吾吾地告诉她，三个月前蓝水月就把皇上勾引上了。

"为什么不说？"

"是皇上不让说的呀！"

大黑塔很顺溜地撒了个谎。这种事，她相信万贞儿抵死也不敢问皇上的。果然，有了皇上这面虎皮，大黑塔顺利过关，只是身上挨了顿鞭子，不过肉厚，不觉得太疼，摸一摸也就过去了。

那天夜里，万贞儿谎称腹痛，把皇上赶到王皇后那儿去了。朱见深也许是被蓝水月折腾得累了，走时一副高兴的表情。也许是年龄渐增的缘故，昭德宫的人渐渐觉得，皇上像一只长硬了翅膀的鸟儿，随时都想从万贞儿这密不透风的爱之网中破网而去。不过话说回来，他内心深处对万贞儿还是极依恋的，谁都不认为万贞儿会真正失宠。

所以，她们认为万贞儿那样花样百出地折磨蓝水月并不奇怪。

"你这个贱坯！没有了×，你还会用嘴，难道你娘是用嘴让男人干的吗？有贱种才有你这个贱人！"

贞儿边骂边用藤鞭抽打赤裸裸的蓝水月。不多久，蓝水月如雪的肌肤就像冰一样碎了，美丽的脸上红一块青一块，看上去犹如一张油漆剥落的恐怖面具。

"娘娘，你也太狠心了！你坏事做绝，你不得好死！"

蓝水月的血性上来了，便不顾疼痛，挣扎着大骂起来。她骂得那样犀利和恶毒，一时把万贞儿惊呆了。待她明白过来她骂的是什么，尤其是当她看见身旁那些人的嘴脸时，她怒不可遏，抄起一把剪刀，对着蓝水月的脸就猛戳下去，蓝水月一声惨叫，昏死过去。

"给她泼上冷水，再打！"

万贞儿看着自己血淋淋的双手，浑身打起了冷战。在侍婢的搀扶下，她双腿发软地回到了房间。听着隔壁蓝水月渐弱的哭喊声，被愤怒、悲伤、恐惧击垮了的万贞儿渐渐沉入了梦乡。

夜半时分，那场火就烧起来了。火势那么大，加上风，不多久就蔓延成了一片火海。万贞儿看着被大火封住的门，惊恐万状，浑身就跟瘫了似的，连步都迈不开了。幸得这时有两个太监锯断了背火这面的窗户，跳进来将她救了出去。等她再回头时，她的寝殿已经不见踪影，只有艳丽的火舌在上下翻腾，左右摇摆，仿佛一条疯狂的游龙。

这一场大火将昭德宫的一半焚为灰烬。死了十三个宫女、太监，其中就有蓝水月。蓝水月的尸身已烧成了炭，但她手上的一枚玉镯却仍光彩照人。那是万贞儿以前赏赐给她的。她的尸身旁边丢着一个已然烧裂了的瓷缸，那是宫中装菜油用的。可以断定，这火是蓝水月泼油之后再点燃的。她最想烧死的应该是万贞儿。假如她知道万贞儿死不了，也许她自己就不会自焚于其中了。

那场大火之后，万贞儿移居别处，足足病了两个月。病愈后，她再也不肯回到已经修好的昭德宫。朱见深无法，只好花大价钱将安喜宫重新装修。一年之后，万贞儿正式搬入安喜宫。现在，安喜宫是整个紫禁城最为富丽堂皇的一座宫殿。

"去，去叫张敏来！"

万贞儿又嗅到了三年前那场大火灼人的焦臭，她不断地哆嗦着，口里呓语不断。奇怪的是，她一句也没有喊过皇上。而皇上也似乎把她忘了，在她生病的这几天没有来探视过一次。贞儿时而昏迷时而清醒。她知道皇上这会儿在生自己的气，所以，她的梦呓是关于张敏的。她要找张敏问个明白。

"去，找张敏来！"

张敏站在皇上赐给自己的宅子里，脸上一副梦幻般的表情。这房子那么精巧，那么雅致，像他住的宅子吗？他一会儿摸摸红漆雕花窗，一会儿看看案桌上的影青梅瓶，在床上躺躺，又在椅子上坐坐，简直不知如何去消受。

"啊哈，我有房子了，我有房子了！"

突然间，他从椅子上蹦了起来，又拍胸脯又跳脚的，口里嚷嚷着，其状若疯。他就这样疯着把所有房间转了个遍。当他转回大厅时，却倏地跪伏下去，痛哭起来。

"皇上，这房子是好，可是，我活不了呀！我没法活呀！皇上，谢谢您的大恩大德，张敏来世再报吧！"

他边哭边叩头，脸上满是泪水和尘土。

"娘娘，不是我说您，您有些事儿做得太过分了，张敏也没办法呀！不是我不听您的话，实在……实在是不能昧良心啊！娘娘，我死了您就不恨我了，是吗？好，那我就死吧！"

张敏对着桌子上那个影青梅瓶认认真真地说，仿佛万贞儿就躲在梅瓶里边似的。

然后，张敏换了套新衣裳，又从怀里取出块金子，一仰脖子，勉强吞了下去。而后，人一倒，笔直地躺在床上。但是，痛楚使得他不停地挣扎，不一会儿，竟滚到地上。他口里淌出的血在青砖地上留下了一些斑驳的图案。他挣扎的时间不长，没多久就腿一伸，驾鹤西去了。

西内别馆里，今天是一片喜气。穿戴一新、容光焕发的纪小芙已经被封为淑妃，今天就要移居永寿宫了。此刻，銮车已在院子里等待，但纪小芙却抱着吴玉珠不肯放手：

"姐姐，我不想走，我不想离开您，呜呜！"

纪小芙这会儿倒像个十几岁的少女了，拼命地哭，对吴玉珠的依恋之情溢于言表。

"小芙，你终于熬出头了，快去吧，啊！只是别忘了你这个苦命的姐姐，时常来看看我。"

吴玉珠说着，自己也哭了起来。

"姐姐，过一段时间，我就让皇上接您一起过去。只是……只是我怕我活不到那一天了。"

纪小芙激动之中另有一种恐惧。也许是被皇上临幸后坎坷与磨难太多，她意识到宫中做主的并不是皇上，而是万贞儿。所以，她敏锐地察觉到了喜庆之中蕴含的那份凶险。

"小芙妹妹，别这么说。你现在有了儿子——皇上现在唯一的儿子，她还敢怎么样？你大胆地出去，别理她！"

吴玉珠对万贞儿满怀仇恨。这些年，她似乎就是靠这仇恨生存下来的。

"娘娘，该起驾了。"

尽管说话的是一个陌生太监，但这语气、这用语都跟那天来接宝儿时梁芳的催促一模一样。

"姐姐，多保重啊！"

"妹妹，你也多保重啊。别忘了姐姐！"

两人又哭了一通，这才无可奈何地分了手。当銮车消失在宫门口时，吴玉珠眼前一黑，顺着墙根儿溜了下去。

仁寿宫里，朱见深和周太后、王皇后正在逗弄宝儿，脸上都堆满了笑容。宝儿

经过七八天的调养，光鲜了不少。变化最大的是他的神态，以前的那种沉默与敌意还有畏惧都消失得无影无踪。他变得活泼、愉快，同时又保有了他在苦难中养成的善解人意和机灵。这时他正站在几案前，凝视着插在瓶中的鲜花，脸上一副严肃的表情。

"爹，奶奶，这花儿太可怜了。以后不要再剪它们，它们的妈妈还在树桩上，它们会心疼的。"

"这孩子，心肠仁义得很。唉，难得！好了，丑儿，听见没有，以后不许剪花儿了。"

可能是由于缺乏爱情与爱抚，周太后看上去比贞儿老不少。她的牙已掉了两颗，这使她看上去比以前慈祥了一些。王皇后已经成熟了，俨然一位绝世美女。只是她神态冷漠、恍惚，一副漫不经心的样子。对宝儿她不冷不热的，偶尔笑笑，神色颇为酸楚。

"爹，外面有人说话，是我娘来了吗？"

宝儿的耳朵一直竖着。他的话音刚落，侍婢就领着纪小芙进来了。她进门的那一刹那，周太后和朱见深都愣住了。

"好个俊俏人儿！"

周太后止不住夸道。而朱见深的心却痒起来，一双眼睛直直地落在她身上。

"臣妾纪小芙叩见太后、皇上、皇后，太后、皇上、皇后圣安。"

"起来，坐，坐这儿。"周太后拍着身边的绣墩，让纪小芙坐。看样子她很喜欢纪小芙。纪小芙声音婉转，语言端丽，听她说话是一种很好的享受。

"娘，娘！我好想你。咦，大娘娘呢？她为什么不来？"

宝儿蝴蝶般飞过去，双手抱住纪小芙不放。

"大娘还在那边，她说宝儿要是乖乖的，她过些日子就来看宝儿。"

纪小芙语带双关地说。周太后感念吴玉珠替她保住了这个孙子，这时不免生出感慨来：

"我说皇上，那吴玉珠在那儿也怪可怜的，听宝儿说，穿不暖吃不饱的，这也太过分了。我看给她增加点月粮什么的吧。"

朱见深瞥了一眼事不关己、正看着宝儿母子俩的王晚霞，垂下眼帘想了想，答应了。

"你呢，住在永寿宫。怎么样，现在过去看看？"

朱见深已经不能再等了。他依稀地记起了六年前在内库的那个白日，那次充满

481

激情与刺激的偷欢。同时他也奇怪自己的健忘。自那次鱼水之欢后，他只问过梁芳一次纪小芙的去向。梁芳说她得了会传染的鼓胀病，他便再也没想过她了。

可是，为什么此刻的欲望又那么难耐呢？他扪心自问，悟出这是让万贞儿给管的。她管得越紧，他就越想冲破樊牢，就像一些家教很严的孩子往往爱偷吃东西一样。

"小芙妹妹，陪皇上过去看看新居吧。"

王皇后通情达理极了。朱见深咬了咬嘴唇，心中被她这种从不在乎自己的态度激怒了。他挑衅地剜了王晚霞一眼，故意走到纪小芙身边，替她理了理云鬓。王晚霞张大美丽的眼睛，柔婉的脸上毫无妒色，而是泛着平静圣洁的光芒。

"去吧，去吧。宝儿给我留下。来，宝儿，到奶奶这儿来，和奶奶翻绳子。"

周太后用红绳子在两手之间搭了座"桥"，王晚霞则把着宝儿的手，教他翻。

朱见深叹口气，揽着纪小芙的腰步出了大门。

"你们这帮饭桶，为什么不早些去？为什么要让他吞金自杀？他的尸首呢？我要你们把他剁碎！"

万贞儿在房间里大发脾气，地上到处是她摔破的花盆、碗罐，一溜儿内监宫女垂着头，连大气也不敢喘一下。万贞儿骂了还不够，又从头到尾一个不落地赏了他们每人两个耳刮子，直打得她手掌发疼，这才揉着手作罢。

"去永寿宫。换礼服。还有，取那面红珊瑚镜架的铜镜，再给皇子几捆衣料。动作快些！"

万贞儿气消了以后，当即对镜梳妆。妆成之后，东西也给她准备好了。她上銮车时表现出的是一种无所畏惧的姿态。她了解皇上，她知道这个她养大的男人不可能就此抛弃自己，她要继续笼住他，哪怕换一种方式。

布置一新的永寿宫里，所有的摆设都带着一股抑制不住的喜气。红色的家具，红色的帐幔，仿佛一间巨大的洞房。从某种意义上说，这的确是间洞房。朱见深和纪小芙已经缠绵够了，小芙这会儿正趴在朱见深身上哭泣。朱见深脸上却浮着一种奇怪的表情。

"你说的这些，定然不是贞儿所为。贞儿为人一直很和气的。说不定是她的哪个下人揣摩着她的心思，就那样做了，贞儿也未必清楚。朕虽在深宫，也知道世上有许多冤案就是这样造成的。"

良久，他才自言自语地这么解释了一通。纪小芙从他身上吃惊地抬起了泪眼，张了张嘴，却什么也没说出来。

"朕这两天都跟你们母子在一起，她定然生气了。"

听他的口气，似相当不忍。恰在这时，宫女来报，说是万贵妃进贺来了。

"快，快起来！"

朱见深这才发现，要真正生万贞儿的气还挺难。毕竟自己是她养育大的。从某种角度而言，她是他的母亲。儿子怎么能真正跟母亲决裂呢？所以，他起床的速度很快。纪小芙动作比他还要迅速，帮他穿戴好之后，几乎一眨眼工夫就把自己弄妥帖了。

"见了贵妃娘娘，要礼貌，不要恃子骄人。"

朱见深担心纪小芙会无意间伤害万贞儿，临出门了还反复叮嘱。纪小芙的脸一下子白了。

"是，皇上，臣妾一定小心。"

她的声音听上去就像生了病一般。

"臣妾叩见皇上，皇上圣安。臣妾拜见纪淑妃和皇子，祝淑妃母子安康！"

看着穿着礼服、妆容鲜艳的万贞儿正儿八经地给自己问安，朱见深心中有几分忐忑。纪小芙更是手足无措，两人竟不约而同地将丰硕的万贞儿拉了起来。

"贞儿，这两天朕太忙了。你可好？"

朱见深的口气带着些讨好的意味。贞儿温柔哀怨地瞥了他一眼，眼圈红了。

"臣妾很好。恭喜皇上喜得皇子，后继有人。"

万贞儿又朝他福了一福，而后再不看他，开始细细地询问起纪小芙和皇子的事情来。朱见深打量着万贞儿，心里不得不承认，如果仅从美貌而言，她早就不敌这些年轻嫔妃了。可奇怪的是，自己见了她以后，心中为什么会涌起那样一股恨不能立马拥抱她的柔情与冲动呢？真是难以解释。

"小芙妹妹，这是我送给你的铜镜。看，这红珊瑚多美丽，只配你来照它，放我那儿，连东西都糟蹋了。这些衣料是给小皇子的。可惜他今儿不在这里。你看是不是这样，改天我在宫里宴请你母子二人，也算一点心意吧。"

万贞儿的脸上漾着亲切的笑意，和善、柔媚的眼中怎么也看不出一丝凶狠。有那么一刻，纪小芙甚至怀疑起自己以前的经历来：那些是不是梦？如果不是梦，那么真像皇上说的，是她手下的奴仆所为？她看了一眼皇上。皇上的目光似乎一直落

在万贞儿身上，那么充满感情。他显然也察觉到了纪小芙的眼神，忙冲她点点头：

"难为万贵妃想得如此周到，你们定个时间吧。"

"是，皇上。臣妾谢谢万贵妃。"

纪小芙乖巧地跪下来，给万贞儿行了几个大礼。当她起身时，忽然间觉得身上的力气消失殆尽，竟当众摔了一跤。

"你太累了。"

万贞儿语带双关地说，纪小芙冷不丁打了个寒噤。未来在她面前似乎并不那么美好。

第二十四章

　　天刚蒙蒙亮，宫外一所大宅院里便灯明烛亮、人声鼎沸了。一群群美貌少女站立着，内监们正用尺子量她们的手脚长短，又让她们前后左右地走步、回头说话。凡过了此关的，内监便在该女子额上盖个章印出一朵红花。随后，她们便被年老的宫娥引进密室，摸其乳，嗅其腋，触其肌。这些事内监、宫娥做得一丝不苟。而被选少女们则神态各异，有的推诿惧怕，有的含泪伤怀，有的兴奋莫名，也有的顾盼生姿，总之是一片热闹。

　　已经完全是中土打扮却风韵犹存的萨日娜和丈夫包斯尔，带着两个儿子和一个小女儿，正等候在外边。他们身旁是另外一些家长，大家焦灼地看着那扇紧闭着的黑漆大门。不多时，大门"吱呀"一声开了，一些少女哭着、笑着跑出来。

　　"娘，我没选上，太好了！"

　　一个少女将唇边的一颗假痣揭掉，娘儿俩搂抱着乐开了怀。而她们身旁却有母女几个在抱头痛哭：

　　"儿啊，这就是生离死别啊！"

　　不知为什么，赵巧云却没有出来。萨日娜急了，捅了捅魁梧、雄壮却有些儿沧桑之态的鲍斯尔："哎，进去看看，邵公公怎么也没出来？"

　　萨日娜的话如今已不再是懿旨，鲍斯尔仍漫不经心地看着。等萨日娜逼急了，他才苦下一张脸来：

"你呀，真是猪油蒙了心，有像你这样火烧眉毛似的要送女儿进火坑的吗？"

"是啊，娘，姐姐若走了，我们就再也见不着她了。"

已经有萨日娜肩头那般高的大儿子给父亲帮腔。谁知不过三四岁模样的小女儿却支持萨日娜：

"娘，以后我也要到宫里去，宫里好玩。"

母子几个正说话间，光艳照人、看上去活脱脱一个小萨日娜的赵巧云出来了。她额上印着两朵红花，可见已经过了最后一道关卡。走在她身边的礼部太监邵军林也喜上眉梢。一见萨日娜和鲍斯尔，他就团起手来拱了两拱：

"恭喜呀，赵老弟、弟妹，巧云这孩子选上啦！"

"爹，娘，我好高兴呀！"

赵巧云抱着弟弟妹妹一个劲儿地亲着。萨日娜的眼中浮起了幸福的泪花，她拉着女儿的手，不断地说着：

"好女儿，好女儿，不枉费爹娘一片苦心哪！"

"姐姐，你像小姨妈一样当王妃了吗？"小妹妹好奇地问。

"去去，姐姐就要离开家了，你还瞎高兴。"

赵巧云的大弟呵斥起小妹妹来，小弟弟也和大哥、父亲一起，保持着同样忧郁的表情。

"哎呀，老弟，这么好看的女儿，留在家里还不是嫁人？可到了宫里，说不定哪天就像万贵妃似的发了，那真是鸡犬升天呐！老弟，你家既已把巧云给了我做女儿，我也不能让她白姓我这个邵啊！不瞒你们二位，我已经卖了老面子，让巧云当礼嫔呐。这礼嫔的要求可不一般，皇上出席什么庆典时，她们得上场面，有机会见着皇上。后宫佳丽三千，有时不在你美不美，而在能不能见着皇上，这个可就太重要了！你们相信我，巧云不会吃亏的。"

邵军林在礼部仪制司当个小头领，平日素喜豪饮，又嗜吃萨日娜的大饼，一来二去的，和鲍斯尔成了酒友兼兄弟。邵军林这时已经五十多岁，见巧云长得漂亮，萨日娜又多次流露出想送女儿入宫的念头，邵军林便让萨日娜把巧云过继给自己当女儿，这样也好在适当的时候把她带入宫中。

说也巧了，刚刚给巧云改完姓，朝廷就下诏选宫女。巧云近水楼台先得月，凭着美貌与邵军林的关系，不但逃脱了给其他嫔妃做侍婢的命运，反而一下子就当上了仪制司属下的礼嫔。

所以，当天中午，萨日娜、鲍斯尔一家人在家中大摆宴席，庆贺邵巧云的顺利入选。杯盘交错中，已经喝了个半醉的鲍斯尔忽然很为女儿的安全担心。

"邵哥，听说那万贵妃奇妒，有很多嫔妃都被她折磨致死。巧云这一去，万一被她盯上可不好办。"

鲍斯尔看着仪态万方的女儿，相信自己不是在瞎操心。邵军林的脸越喝越青。他考虑了一会儿，想出一个不是办法的办法。

"仪制司在宫外有房，巧云可以不进宫。"

"不行，这不白入选了吗？一定要让巧云进宫，越早见到皇上越好！"

萨日娜坚决反对。鲍斯尔一听，险些掀翻了酒桌：

"你他娘的什么意思？女儿的命是狗命猫命吗？一个女儿家，能平平安安过日就行了，偏你他娘的要她去做什么妃子的美梦，把个女儿也给弄得神神道道了！"

鲍斯尔白了一眼女儿，觉得她心气日高的同时，内心的虚荣与贪婪也在逐日增长，真是越来越像萨日娜了。

"哼，你就有本事骂我，你还会干什么？这个铺子若不是我撑着，这一大家子人早就饿死了，真是早知……"

萨日娜看见鲍斯尔的肩一下子塌了下去，她也就没再说了，眼神中浮起一抹柔情。

"爹，娘，好了，好了！女儿今日能够入选，这是喜事，何必伤自家和气？喝酒喝酒。"

巧云不愧在彩凤楼学了几年艺，举止落落大方，语言也是婉转流利。她拿起酒壶给父母、邵军林加酒，一边说出了自己的打算：

"爹，娘，邵爷，我是这样想的。咱既然抱了那个念头去，就绝不能白等。我才十五岁，还小，这几年就住在宫外。那万贞儿再折腾几年，都五十岁了，皇上总不至于跟她厮混到那个时候吧？咱只要耐心等待，邵爷又在里边，皇上若来时，给我通个消息，女儿定有机会的。"

邵巧云这番话说出来，三个大人全呆住了。好一阵子，他们才齐齐地说了一句：

"好，有出息！来，喝酒！"

一阵盘碗响，萨日娜一家子和邵军林都醉了。

天黑了，夜空中的星星分外繁密、明亮。纪小芙搂着宝儿坐在院坪上，正在教宝儿念儿歌：

"青石板，板石青，青石板上起泡钉。泡泡钉，亮晶晶，原是几颗大星星。"

"青石板板石青……"

宝儿的声音清脆可爱，使偌大的院落与屋宇有了温煦、鲜活的气息。但是刚背了一句，他却停住了。他关心的是爹今晚来不来住的问题。

"娘，红纱灯笼怎么不点呢？爹来不来？"

也许是六岁才见到爹，而爹给他的生活又带来如此的巨变，宝儿对爹极为牵挂。纪小芙叹了口气，自言自语地道：

"宝儿，你不用等爹。咱们不是一直娘儿俩过的吗？爹爹的家太大了，这里边有几百几千间房，他睡哪儿都行。这两天哪，又来了好多新阿姨，爹晚上要教她们学规矩呢！"

纪小芙说得不假，这些日子进了不少新的宫女，皇上正不知在哪儿勾留呢！想到前些日子的甜蜜与宠爱，此刻纪小芙有一种得而复失的惆怅。

"娘，我知道，爹爹去喜欢别人了，对不对？因为爹爹是皇上，皇上是可以想喜欢谁就喜欢谁的，我不喜欢。娘，我告诉你，要是以后我当了皇上呀，我只和你成亲。"

"瞎胡闹，说的什么话，掌你的小臭嘴！"

纪小芙被儿子的话弄得啼笑皆非，心中既酸楚又洋溢着淡淡的温馨。是啊，不管怎么说，自己总算有了个儿子寄托情思。想到悲惨死去的蓝水月和苦熬岁月的吴玉珠，还有其他自己耳闻目睹遭遇凄楚的嫔妃们，她又觉得自己应该满足了。

"儿子，咱不等你爹了，娘带你进去写字、画画、弹琴，好不好？"

纪小芙拉着儿子站起来，宝儿很乖巧地点点头："娘，儿子一定好好学习，不给你丢脸。"

说着，抬头冲纪小芙做了个怪相，纪小芙不由轻笑起来。只是笑着笑着，汪直的脸浮现出来。也许是他前些年在宫中太过威风，又大兴诏狱，自从他外放之后，弹劾他的奏章不断。结果三人成虎，渐渐地皇上不再提起他，更不让他进宫。纪小芙为此很是难受。有时她想，自己的这一切都是汪直所赐，盼只盼宝儿快些长大，有朝一日当了君王，可以报恩。于是，纪小芙再度笑了起来。

"娘娘，你是不是到床上睡去？这样会着凉的。"万贞儿趴在大殿的桌子上打瞌睡，鼾声时隐时现。大黑塔有些心疼她，便轻轻将她推醒。睡眼蒙眬中，贞儿以为皇上来了。

"啊，皇上来了？好，臣妾就去。"

可是，当她站起来，环视着烛火幽幽的大殿时，终于明白了自己眼前的处境。她无力地垂下了头：

"去，让他们关宫门，都睡吧。"

是啊，不用问也不用等了，朱见深不会来了。从宝儿的事出来之后，将近一个月了，除了那天她到永寿宫拜访纪小芙时见到了皇上之外，她连皇上的背影都没见着。但她对皇上的行踪却了解得一清二楚。她知道，皇上近一个月中有四天住在纪小芙那儿，有十三天住在去年选的一个江南妃子八尺里那儿。这八尺里形貌中等，但一头秀发却乌黑如漆，长八尺余，放下来像一匹黑绸似的拖在脚后跟。朱见深从来就好新鲜、好奇异，如今一旦摆脱了万贞儿的管束，他便如蝶入花海，显得忙乱了。

难道我万贞儿就这样被他抛弃了？难道他一点都不念旧情？可是，上次在永寿宫，他对自己还是挺有情义的。是不是自己的欲擒故纵之术用过了头呢？

这些日子，万贞儿不断地审视着自己的过去，推测着自己的未来，心时而揪紧时而下坠，有时整夜不眠。人眼看着就清减下来，上半年新做的衣裳，有几件已显得宽大了。不过这倒歪打正着，反而使她看上去标致了许多。

"娘娘，躺下吧。"

大黑塔的声音再次响起，万贞儿这才意识到自己傻乎乎地在床上坐了许久，不由长叹一声。

"娘娘，您别急，也不用难过，我看皇上这阵子只是贪玩，玩过兴头了，他照样得回到您身边来。我看您再这样下去，人就要显老了。您呀，得咬着牙吃好饭睡好觉，把自己养得白白嫩嫩的，这样哪天皇上再看见您，您不是就可以把他留下来了？"

别看大黑塔大字不识一箩筐，她说的话却句句在理。万贞儿一听，犹如醍醐灌顶，猛地清醒过来。

"谢谢你，大黑塔。你给我轻轻地按按头，这觉兴许就能睡着了。"

万贞儿趁大黑塔洗手的空当，把方才倏忽间沁出的几滴泪擦拭得一干二净。而后，在大黑塔的轻抚之下，她意守丹田，渐渐地，脑中那些奇思怪想便云似的消散了，接着是一片安宁静谧。

她梦见了小时候的皇上，他躺在她怀里索乳。还梦见皇上十四岁时她和他的初次交欢。那是在海子上，船儿荡着，荷花的清香阵阵袭来，船下有鱼儿在跃动，他

们就那样水乳般交融在一起，那种奇异的感觉至今仍让她回味不已。

"皇上，皇上！"

贞儿忽然焦灼地叫唤起来。因为她和皇上正在一片花海里嬉戏，可是一阵风来，花啊草的全被吹走了，一同被吹走的还有皇上。

"娘娘，娘娘！"

这时她好像听到了喊声，却不是皇上的声音。是谁呢？那么熟悉，又那么着急！

万贞儿被梦魇住了，好久才睁开眼睛。大黑塔站在她床前，看样子已经唤她多时了。

"啊呀娘娘，您是做噩梦了吧？老也喊不醒。梁芳公公来了，说是皇上的疝疾又发了，要您到乾清宫去。"

大黑塔的眼中有一层欣喜，贞儿听了一愣：

"让我现在过去？"

"对啊。来，娘娘，快穿衣。"

大黑塔手脚很是麻利，一眨眼工夫，就把贞儿弄得熨熨帖帖，连头发也给梳齐整。贞儿揽镜自照一番后，取了胭脂、水粉，在颊上、颈上仔细施了一层，又涂了些口脂在唇上，这才揣着一颗欣喜、酸涩、激动的心钻入了黑沉沉的夜幕中。

乾清宫里，朱见深呻吟着，疼得在床上打滚。两个太医怎么按摩也没用，他仍然觉得疼。

"快，去唤万贵妃。万贵妃来了吗？"

他额上冒着汗，声音也哑了，完全是一个痛楚的成年男子。可他脸上的表情却仍有一闪而过的稚嫩。他觉得自己是真想万贞儿了。

"皇上，万娘娘来了。"

梁芳办事总是这么及时，他这话一出口，朱见深就感到疼痛缓解了一些。

"快，快让她进来。小妈，你在哪儿？"

"皇上，臣妾在这儿。您别急，躺好，哎，像小时候那样！"

万贞儿轻盈地走进来。在灯光下看上去，她美丽如昔。而且，那种幽怨使她更是动人。朱见深一见她这熟悉的身影，一听她柔婉的声音，眼泪就淌了下来，心里五味翻腾，喉管也发硬，活像一个受尽委屈的孩子。

"小妈，你这么久都不来看我……哎哟，疼死我了！"

在朱见深意识中，这段时间是贞儿抛弃了他，而不是他抛弃了贞儿。他一直在等贞儿向他请罪，这样他就能给自己找个台阶下。可是贞儿比他还要硬朗，竟一直熬着，似乎甘于被他冷落一般，弄得他心中酸楚不已。这两日他正好龙体欠安，尤其是疝疾发了，太医的按摩不到位，便借机把贞儿唤来了。

"皇上，好些了吗？"

此刻，贞儿温暖柔软的手掌在他腹部、股沟处轻轻推拿、抚摸着，那种恼人的胀痛的确便减轻了许多。贞儿在多年的按摩中似乎摸索出了诀窍，只是这诀窍只可意会不可言传。她知道针对怎样的情况采用怎样的手法与力度就能把他的疼痛减轻，可要她明白地表达出来，她又做不到。

"皇上，您再忍一忍，快好了，快好了。"

贞儿口里是这样说，但手上她却没有特别用心。与皇上一别这么久，她可不希望在短短的时间内就让皇上痊愈。她要让皇上在剩下的大半个夜晚都离不开她。

果然，时隐时现、时强时弱的疼痛使朱见深重又萌生了对她的依赖。

"小妈，你上来，睡这儿。"朱见深看样子对他们之间的过节儿已经彻底释怀了。万贞儿眼皮一垂，颤声道："皇上，您原谅臣妾了？"

"是的，小妈。有些事情，你做得太过了。"

贞儿的所作所为，朱见深其实心里很明白。万贞儿也意识到自己原先在铤而走险，所以她如今的忏悔显得格外真诚：

"皇上，臣妾以前确是太在意您了。以后，您爱去哪儿臣妾都不管了。只是您得常回来看看我，好吗？不要忘了我，好吗？"

万贞儿说到这儿，伤心地哭了起来。朱见深也有些哽咽：

"小妈，我怎么能忘掉你呢？我一定经常过去看你。"

朱见深说着，在贞儿脸上吻了一下。万贞儿的眼中顿时放出异样的光芒，感觉中一天的雪都融了，世界又变得春光灿烂。

虽说仍然住在西内别馆，但在吴玉珠眼中，这里的一切却已经另是一番情境和含义了。皇上到底还是感恩的。这不，这些天来不但把漏雨的屋顶修好了，还送来了从冬到夏的全套新衣。

另外，她每月的例银也增加了几两，据说是皇太后特地恩准的。更让她高兴的是，又派了两名年轻些的宫女给她做侍婢，不像以前的马轮儿、常婆婆，那都是自愿为她服务的。

这么说，自己是不是有可能恢复嫔妃的身份呢？

吴玉珠一颗枯槁的心不由有些想入非非。她开始听从新来的侍婢的劝告，用隔夜的淘米水洗头发，每晚还让侍婢给自己做穴位按摩，希望自己的头发有一天会变黑，然后能够重新回到皇上身边。

不过，最使她高兴的还不是这些，而是从各种渠道传来的关于贞儿失宠的消息。

"肥婆，你也有今天啊！真是天开眼了。"

吴玉珠觉得这是自己天天跪在佛像前烧香、祈祷的缘故。于是，她再次跪倒在寝殿正中供着的那尊佛像和香案前，喃喃祷告着，希望菩萨能够惩恶扬善。

"让她下地狱吧！"

当吴玉珠从蒲团上爬起来时，心中突然掠过一丝愧疚和恐惧。

那个孩子的确是太无辜了。也许可以换一种方法惩治她、打击她。那时她指使、要求马轮儿去做那件事时，她并没有想到能够实施。女人的报复有时只停留在口头上，尤其是像她这样一个废后。可是，她却遇上了常婆婆和马轮儿。常婆婆是和自己不一样的女子，而马轮儿心中有血海深仇，偏偏他们又养了鹰，一来二去的，竟真要了皇子的命，还搭上了上百条人命。据说皇上把那些人家来了个满门抄斩。至于为什么没殃及自己，吴玉珠就有些纳闷了。

也许，是天不灭我？它如此折磨我，是因为我心中有恶呢，还是因为我还有后福？

吴玉珠后来笃信佛教，终日茹素念经，其实有一半是为了获得内心的平静。而她后来帮助纪小芙冒死哺育宝儿，除却指望这位宝儿日后能够做皇上、救自己出苦海外，她还有一种赎罪的心理。有时她的确认为自己是个罪人。

"菩萨，请原谅我吧！"

吴玉珠合掌站在菩萨面前，虔诚地说。

这时，侍婢悄悄地过来了："娘娘，纪娘娘和太子来看您了。"

"是吗？在哪儿？快，快去服侍他们。"

吴玉珠匆匆忙忙换了件衣裳，来到已经布置得像个客厅的大殿。她一出现，打扮得簇新的纪小芙和宝儿就扑了过来，母子俩抱着她不放。

"姐姐，可想死我了！""大娘娘，我好想你呀！"

纪小芙哭了，吴玉珠也泪水淋漓，只有宝儿在笑，而且一个劲地直要她抱。

"大娘娘，让我香香你。"

宝儿乖极了，吴玉珠一抱起他，他就捧着她的脸猛亲一气。这时，小芙和吴玉珠都渐渐平静下来，两人抵足而坐，宝儿的身子则像床小被子似的盖在她们腿上，头在吴玉珠这边，脚架在纪小芙身上，三人又感到了以前那种相依为命的亲密。

"妹妹，一切都好吧？皇上、太后都很高兴，听说宝儿的名字还是皇上亲自取的，对不？啊，现在已经是太子了，多好！"

"是的，大娘娘，我爹给我取名祐樘，你说这名字好听吗？"

宝儿说起爹时总是很兴奋，吴玉珠抱着他亲了亲：

"好孩子，好听。啊，你可长胖了不少，新家好吗？"

"好，好看，好玩，又天天吃肉。大娘娘，我娘给你带来了好些东西呢！"

宝儿这么一说，吴玉珠才看到大殿北边的墙下放了两只大木箱。神情已经恢复正常的纪小芙命侍婢打开箱盖，里面尽是衣料、物玩和脂粉、头花一类的东西。

"姐姐，小芙只有这些区区薄礼，还望姐姐笑纳。"

纪小芙总觉得这些东西拿不出手，可皇上虽然前段时间屡屡召幸她，却并没有赏赐她多少东西。这些礼物还是她支了俸银让太监到宫外采买的。对吴玉珠，她是诚心诚意地感谢。

"妹妹，谢谢，谢谢你还记得我。"

吴玉珠拉着纪小芙的手哭了。纪小芙的手比以前白皙、细腻、柔嫩了许多。她整个人也如雨露滋润下的花朵，明艳照人。吴玉珠先是激动地哭，后来则是伤感地哭。好一阵子，她的情绪才渐渐平伏下来。

"大娘娘，别哭，以后我有钱了，我天天给你买肉吃。"宝儿说着从她们膝上跳下，闹着要到坪上去玩。黄莲现在成了他的保姆，闻言赶忙将他牵了出去。

屋里只剩下她们姐妹俩，可以说些体己话了。吴玉珠第一句话问的就是：

"哎，她怎样了？听说皇上不理她了？"

吴玉珠紧张地注视着纪小芙。纪小芙叹了口气，吴玉珠的心便悬了起来。

"姐姐，皇上对那人呀，有一种奇怪的迷恋。虽说她做了那么多坏事，可皇上并不真正计较。不过，虽说皇上最近还是常常去她那儿，但是很少在安喜宫住了。"

唯一值得她们欣慰的，好像只有这一点。吴玉珠多少有些黯然，良久才问了一句：

"她对你怎么样？"

"嗯，好像挺好的。"纪小芙对万贞儿的恶感明显没有以前强。吴玉珠提醒她别大意，纪小英点了点头：

"我会小心的。哎，姐姐，她后天要请我们母子过去做客，皇上让我去，你说我该怎么办？"

"这个……"吴玉珠沉吟了一会儿，反问她道：

"她请你去皇上知道吗？"

"知道，她当皇上面说的。"

"那就没关系，谅她也不至于那么大胆，敢对你们母子下毒手，何况现在宝儿已经立为太子。除非她不想活了。"

"对，我也是这样想。不过，我不想让宝儿去。"

"嗯，这样最好。小芙，虽说你现在出头了，可别忘了，宫中是个危险的地方，这里的陷阱都是锦绣陷阱，万万不可掉以轻心！"

"我明白。"

纪小芙答应着，眼前似乎出现一个巨大的黑洞，她不由头晕目眩起来，身上起了鸡皮疙瘩。

贞儿的宴席定在晚上，菜肴极丰盛，但请的客人却只有纪小芙母子和王皇后、八尺里等几位现在正受宠的妃子。纪小芙借口儿子感了风寒，只身前往。当她坐在膳桌边打量着那几个花团锦簇、国色天香、彼此却互相讥讽或不理不睬的妃子时，心中不知怎的倏地涌上一股悲壮的情绪。

"哎呀，小芙妹妹，怎么不带孩子来？你看，姐妹几个都在等着看孩子呢。她们几个都没看过宝儿。我跟她们说呀，宝儿聪明得不得了，长得也特清秀。唉，要是他不生病就好了，这会儿肯定怪热闹的。看，这是特为孩子准备的肉糜。"

万贞儿遗憾极了。王皇后点点头，八尺里、陈妃几个也叽叽喳喳地表达着这层意思。纪小芙有些不好意思了。

"姐姐们，改天，改天请皇后娘娘、贵妃娘娘，还有二位姐姐，都到宫里坐一坐，姐妹们聊聊天打打牌，可不是美事吗？"

纪小芙说的是真心话。她相信，哪怕是争风吃醋的冤家对头，其实心灵也有相通之处。王皇后恬淡地一笑：

"行，改日我到你那儿做客去。"

她这一带头，万贞儿、八尺里、陈妃也都同意了。

"那就后天吧，后天各位吃过早饭就来。咱们玩牌，掷骰子，好好乐一乐。"

纪小芙很高兴。万贞儿更高兴。她夹了些菜到王皇后、纪小芙碗里，连连催促众人：

"姐妹们，吃啊，吃啊！来，喝酒。"

万贞儿端起碗中的酒，一口干完。众嫔妃发出赞叹声。

看着热热闹闹的一桌人，纪小芙突然觉得自己的担心和提防是那样多余与可笑——她总不能连皇后她们也一起毒死吧？

纪小芙拿出酒量，和万贞儿斗起了酒。不多时，她就变成了一朵醉芙蓉，美得令人眩晕。

当万贞儿一伙人正被酒灌得微醺时，朱见深青衣小帽地乔装改扮之后，在梁芳的带领下，悄悄地出了宫门，往仪制司属下的礼嫔住处走去。礼嫔们住在皇城外边墙根下的清静宅院里，门口有太监把守，看样子戒备还比较森严。早就托门子和梁芳联络好的邵军林，今天和人换班在这儿轮值。见了皇上，他赶忙问安。朱见深对他们视若无睹，他只是一个劲儿地打量着宅子，然后叹道：

"这些仪制司的人还怪会享福的，在这儿住着，自然比宫中自由、惬意。"朱见深雅好清静，走进去后，见里面亭台楼阁的，精美得像个园林，他不由赞叹起来。更让他诧异的是，这宅子占地很广，一个院落套着一个院落，回环往复，有一种曲径通幽的美感，加上又是黄昏，不知何处的花开了，空气中飘散着淡淡的幽香，感觉颇为迷离。

"皇上，这次选的二十名礼嫔，有一半住在这儿。听仪制司的人说，里边有个姓邵的长得真不赖。"

梁芳扭头看了一眼屁颠屁颠跟在后边的邵军林，邵军林会意，忙趋前几步，卑怯地说道：

"皇上，往东走有一片玫瑰园，现在花正开着，是不是过去观赏观赏？"

"皇上，这玫瑰还是上次乌斯藏的国师从西域带来的种子，据说娇美异常，芬芳无比。"

"哎，那个邵礼嫔住在哪儿？"梁芳见朱见深对赏花漫不经心，赶忙补了这么一句。邵军林头一低：

"回梁公公，邵礼嫔就住在玫瑰园旁边。"

"那就过去看看吧。"朱见深立刻说道。

"还不赶快去通知接驾！"

邵林军召过一个小太监耳语了几句,小太监匆匆而去。

朱见深仰脸看看天,发现半轮月亮玉佩般挂在头顶,四周月华如水,心中不由春潮涌动,有一种前所未有的自由与欣喜之感。这种感觉他那天黄昏在郊外和贞儿策马狂奔时曾有过短暂的体会,他渴望着出现奇迹,让他再次重温那种迷人的意趣。当他们拐过一条回廊、穿过一重院落之后,眼前豁然开朗。只见偌大一个院坪上,全是怒放的玫瑰。在几盏灯笼和月辉的映照下,玫瑰园里有一种梦幻般的色彩。

"哇,比苏合香还要香!玫瑰露就是用这花蒸出来的吧?"

朱见深弯腰嗅着,愉悦至极的样子。梁芳正要回话,忽然间,一阵悠扬的琴声从玫瑰园前头的屋子里飘出来,而后,是一个清脆、优美的女声在吟诵李商隐的诗:

"楼上黄昏欲望休,玉梯横绝月如钩,芭蕉不展丁香结,同向春风各自愁。"

其声曼妙,使朱见深龙颜大开。

"是谁?"

"邵巧云。"

邵军林答道,眉宇间有掩不住的得意。

"奴才去知会她接驾。"

"不,不用。"

朱见深说着朝他们摆了摆手,然后独自寻声而去。琴声如流水淙淙,使这个夏夜显得清凉、浪漫。朱见深拂花分柳地走了一段路,忽然间拐进了一个角门。门里是个边院,院子里的美人蕉开得如云似锦。一盏大红纱灯笼在屋角上微微摇晃,洒下柔和的光芒。一片玫瑰色的氤氲光线中,一位白衣少女正凝神抚琴。

朱见深隔着那几棵美人蕉,从缝隙里端详着她,心里涌动着一种前所未有的情愫。这情愫比他以往经历的任何一次都要强烈、深厚,就仿佛一个贫穷已极的人蓦然发现了珠宝,那种拥有所带来的幸福几乎将他淹没。这时,一曲终了,余音缭绕中,朱见深朗声说道:

"有美一人,清扬婉兮,邂逅相遇,适我愿兮。"

说着分花而出,吓得邵巧云轻呼一声站起,以袖掩脸颤声道:

"此处为宫禁之地,哪里来的狂徒,胆敢如此无理。来人哪!"

她一声娇叱,琵琶半遮的脸孔在月下美得惊人,简直把朱见深的魄都勾走了。

"天爷呀,巧云,你在这儿哪,害得我找了半天……哎呀,皇上,奴才该死,奴才该死！"

这时，方才先过来吩咐事情的邵军林急急地跑来，美人蕉的叶子挡住了朱见深，邵军林说了半晌才看见他，吓得赶紧跪下谢罪。邵巧云也惊呆了，但她并不像宫中其他女子一样马上跪下，而是从举起的衣袖旁，从下而上斜斜地飞了他一眼，眼神中饱含妩媚、讶异及少见的淘气，甚至……诱惑，并且"扑哧"一笑：

"皇上，您真的就是皇上吗？哎呀，我还骂了您呢，这可怎么办呀？"

说着，她以袖掩嘴，咯咯地笑起来，脸一侧，眼光却还留在朱见深身上。朱见深虽说久居深宫，阅尽春色，但像巧云这样见了他不阿谀、不害怕，反而拿他开玩笑的女子却绝无仅有。他的心一下就被攫住了。

"巧云，还……还不跪下！"

一旁跪着的邵军林是真吓坏了，他结结巴巴地说道。

"去，你走开！"

朱见深嫌他碍手碍脚，立马打发走了他。

邵林军闪身走出角门时，脸上浮出得意的微笑。当他走到梁芳身旁时，冲他做了个手势，梁芳会意地挪了两步。

邵军林凑过去："公公，东西啥时给您？"

"你看着办吧。"梁芳也很高兴。

巧云仪态万方地见了礼，然后无比娇羞地跪在原地，垂着头不吭气了。

"你叫邵巧云？哪里人氏？多大了？快起来跟朕说话。"

朱见深忍不住过去拉她起来，邵巧云这下倒害涩了，目光始终在他腰部这个位置流连。朱见深看见她的睫毛浓黑，白皙的脸上有一种说不出的娇媚。巧云偶尔也会抬眼看他，只是一旦和他的目光相遇了，便又将头一歪。顾盼间那种韵味让朱见深心如鹿撞，全身有一种奇怪的酥麻。

"奴婢邵巧云，河北人氏，现年十五了。"

邵巧云这回转过身来，大胆地凝视了他一会儿后，倏地低头嘻嘻一笑，跑了！

"哎，巧云，巧云！"

朱见深大出意外，一边喊着，一边追去。不料巧云身轻如燕，始终跑在他前头。当朱见深快要追上她时，她竟钻入了一间写有"沐浴室"的房间，临了还回眸一笑：

"皇上，您等等，奴婢一会儿就好！"

而后人就不见了。朱见深何曾这样等过一个嫔妃？便是万贞儿也不敢对他如此放肆。但他不但不生气，反而觉得新鲜，觉得兴奋。

这巧云，实在美丽至极，有趣至极！

朱见深站在外边，满世界在他眼中只剩下个巧云了。也许是沐浴时间已过，前后左右竟没什么人。侍卫们虽在外面，却很知趣。

听着里面搅动的水声，朱见深不禁起了好奇之心。他偷偷地推了一下门，居然只是虚掩着的，他蹑手蹑脚进去，藏在一道帷幕之后，一眼就看见了站在水桶里沐浴的巧云。尽管只是背影，但那雪样的肌肤，那袅娜的体态，已经让他不能自持。巧云似乎直觉到有人偷看，竟穿起衣裳来。

朱见深急不可耐，轻唤了一声：

"巧云！"

"啊，皇上！您……您怎么进来了？"

巧云惊得转过身来，试图掩住胸脯，但慌忙中并没有掩拢，朱见深窥见了雪白一片。

"巧云，朕要你！"

朱见深伸手就要搂她，可巧云却灵巧地躲开了。朱见深睁大眼睛瞪着她，难以相信有人居然敢这样对待他。巧云似乎看出了他的疑惑，走近两步，莺声燕语地说道：

"皇上，率土之滨莫非王土，奴婢更是您的。只是奴婢这一辈子希望有个洞房花烛夜。还有，我要住在宫外，咱们像平头百姓一样，臣妾每日送您早朝，夜晚等您回家。"

下面的话她含住不说了。朱见深心中一荡，似乎被什么击中了：那种生活不正是他曾经梦想而不得的吗？他不由舒了口气，连忙接口："行，朕答应你。"

巧云嫣然一笑，朱见深这才明白什么叫"回头一笑百媚生，六宫粉黛无颜色"。也许，巧云的笑就是杨玉环的笑？

这是巧云的初夜。当疲惫已极的朱见深在她身旁沉沉睡去时，她的眼角不由沁出几滴晶亮的泪珠来，唇边却有一抹自豪的微笑。她这是在笑给母亲、父亲、弟妹们看。

瞧，并没有等待多久。看来自己是有福之人。当然，养父邵军林功不可没，日后可向皇上为他讨一些赏。而自己能有今日，与彩凤楼的熏陶是不是有很大关系？看来好女人与坏女人之间有时真的很难区别。

母亲，这下您满意了吧？您曾经是瓦剌的王妃，虽然您不曾说破，但女儿知道您是的。现在，您的女儿将是大明皇妃了。您等着，女儿不会让您失望的。女儿一定要击败那个万贞儿！看，皇上在我怀里呢！

巧云正想得出神，不提防朱见深却醒了，他痴痴怔怔地望了她一会儿之后，万般柔情地搂住了她："你在想什么？"

"啊，皇上，奴婢能有今日，实在是万幸，所以一时心潮难平。我在想啊，要为您生一窝孩子，让他们像小狗一样满地跑。"

巧云美丽的脸上露出憧憬的神情。朱见深在她额上吻了吻，幸福地闭上了眼睛：

"行，咱们生十个孩子，只是到那时你就老了。你不怕老吗？"

"不怕，为了皇上，老一点儿算什么？"巧云的口吻很坚定，朱见深觉得自己更爱她了，禁不住用更大的力气搂紧她。

"乖，跟朕进宫去住，朕要每时每刻看见你。"

巧云的身子一僵，忽然啜泣起来。

"你怎么啦？"朱见深慌了，巧云抽泣着说：

"皇上，你要是还爱奴婢，就让奴婢留在外边，不然的话，只怕难保性命。"

这回轮到朱见深眼发直了。许久，他才叹了口浊气，艰难地说：

"那，你就住这儿吧。只是这里比不得宫中，委屈你了。"

"皇上！"巧云伸手捂住了朱见深的嘴，一双水灵灵的大眼睛流露出无限深情，还有淡淡的愁绪。

"皇上，我不要您这样说。只要咱们两个好，就是蜗居斗室，我也心甘情愿！"

朱见深被这种从未听过的誓言和从未有过的爱情打动了，幸福得将脸埋在了巧云怀里，而桌上的红烛却在这时燃尽、熄灭，他们共同陷入了一种甜蜜的黑暗。

灯光幽暗的佛堂里，万贞儿在蒲团上跪着，身子歪靠着一边的柱子，张着嘴睡得正香。大黑塔也坐在旁边打瞌睡，两人的呼噜声此起彼伏。忽然间，贞儿猛地睁开了眼睛，口里喊道：

"皇上！"

然而回答她的只有大黑塔那愈来愈响的鼾声。万贞儿失神地叹了口气，费劲地站起身，捻香祈祷了一番后，蓦地来了个五体投地，而后躺在地上不起来了。大黑塔被她惊醒，见状也跟着五体投地地拜了下去。

"娘娘，听说这……这几天皇上都住在宫外。听说那个邵娘娘，长得跟天仙一样。"

大黑塔将脸贴在冰凉、干净的地砖上，把探听来的情况告诉万贞儿。万贞儿似乎趴在地上睡着了，大黑塔爬起来推了推她：

"娘娘，起来吧，会受凉的。"

不料贞儿却一把搂住她，失声恸哭起来。

"好了，娘娘，没事儿，就会好的。"

贞儿的哭声更大了，佛堂外的宫女、太监们面面相觑。

这天上午，永寿宫里一片繁忙，打扮得漂漂亮亮的宝儿正和新配的保姆及东宫侍奉官们玩捉迷藏的游戏，他奔跑的身影像一头欢快的小鹿，洒下的笑声则似银铃，凡是听到他的笑声的人心里都为之一宽。大殿里，穿着茜红衣裳、妩媚袅娜的纪小芙亲自上阵，领着宫女们摆桌椅、放果盘，一副喜气洋洋的样子。

"娘娘，是不是人一到齐就上菜？"

一个膳房里的小太监带着满身油气过来问道。纪小芙突然有些恶心，干呕了两下。

"啊，娘娘，您又有喜了吧？"

那个在西内别馆一直照顾她的老宫女黄莲现在是她的心腹管家了，见到纪小芙这个样子，她高兴地笑了。纪小芙脸上也浮出了幸福的笑容。

"是啊，我倒希望能生个公主，等她大了，娘儿俩能够说说体己话。哎，黄莲，请帖送出去了吗？"

"早就送到了，王皇后、万娘娘她们待会儿就到。皇上来吗？"

黄莲当然希望皇上能来，给自己的主子争面子。纪小芙又何尝不是如此呢？但她显然很失望。

"也许……他很忙吧，哎哟！"

突然间，纪小芙捧着肚子叫唤起来，黄莲还没来得及给她倒一杯水，她就倒在地上，痛楚地翻滚着，口中还吐出大量白沫。

"哎呀，不得了啦！快，去唤太医！"

黄莲惊得大呼，宫女们手足无措地慌成一团。本来正玩得兴起的宝儿，这时疯了般扑过来，大哭不已：

"娘，娘！你怎么啦？娘，你起来呀！"

宝儿伸出手，拼尽吃奶的力气想将纪小芙拉起。纪小芙倒还清醒，用自己冰冷潮湿的手紧紧抓住宝儿：

"宝儿，娘……娘不行了，你……你以后住到太后奶奶那儿去。你……一切小心！"

说罢，眼一翻腿一蹬，一缕香魂竟飘然而去。

"娘，娘！是不是万娘娘害了你啊？"

众人正惊愕间，不料宝儿这黄口小儿却哭着说出这么一句石破天惊的话来，慌得黄莲一把将他的口捂住：

"孩子，不能胡说！快，还不把孩子带走！"

黄莲呵斥着保姆，几个保姆这才手忙脚乱地将哭闹得不可开交的宝儿拉出去了。

这时，来赴宴的王皇后、万贞儿、陈妃、八尺里以及太医都前后赶到了。见到此种情景，全都震惊得不能自持。

"这……怎么可能呢？太医，快救救她，她没有死，他们肯定搞错了。"

王皇后蹲下身摸了摸纪小芙的手，顿时大叫一声，跳了起来：

"天哪，太可怕了！"

她的眼泪立马流了出来，口里喃喃着，脸色极其苍白，若不是侍婢扶着，她说不定就昏过去了。陈妃、八尺里从没见过死人，而且是这样鲜活的一个人这样迅速地死去，她们也都捂着脸哭开了。

"太医，快给她灌灌肠，也许还有救。"

在场的人中，除却太医和黄莲，就数贞儿年纪最大，也数她最镇定。她一直陪着太医蹲在纪小芙身旁，一会儿把把她的脉，一会儿翻她的眼皮，同时还不断发出些指示，但太医全给她否定了：

"万娘娘，已经没用了，没用了。"

太医看着纪小芙已经变色的脸孔，叹息道。万贞儿一跤跌坐在地，拉着纪小芙的一只手絮叨起来：

"小芙妹妹，你怎么这么命薄呢？好不容易见着皇上，却忽然间去了。你……你叫姐姐心里怎么受得了？宝儿又怎么过呀？"

说着说着，她呜呜地哭起来。她的悲痛是那样真切。有些人虽对纪小芙的暴亡心有疑虑，可是这几天纪小芙根本没去过安喜宫，万贞儿和她没有任何接触。如果说那顿饭有毒，为什么同去的其他几个人皆安然无恙？很难想象有那种只毒纪小芙一个人，而且可以几天以后发作的毒药。

所以，大家在见证了万贞儿的悲伤之后，都觉得纪小芙的死只能怨她自己福稀命薄。

"天哪，太可怕了！"

陈妃、八尺里她们口里呢喃着，心下却着实有些欢喜。纪小芙活着，对她们的威胁太大了。因为，她有一个那么可爱的儿子，而且是当朝太子！

"好了，万娘娘，人死不能复生，您还是节哀吧。现在得您出主意，帮着她们料理后事呢！"

八尺里拖着她那绸缎般的长发，主动和万贞儿说话，万贞儿看了她一眼，及时收住了悲声。

"皇后，您看这事儿怎么办？"

在公众场合，万贞儿一贯尊重王皇后，此刻也不例外。王皇后坐在屋角的椅子上，正在触景生情地伤怀暗泣。见贞儿询问，她抽了抽鼻子：

"姐姐按规矩办就是了。"

说罢，她将脸埋在洁白的丝帕中，呜呜咽咽地哭起来。

穿着孝服的宝儿似乎一天之中就长大、成熟了。他坐在朱见深和周太后身旁，哀痛的神情使人不忍看。

"宝儿，乖，跟奶奶说句话。"

周太后担忧地看着他。宝儿转过脸，怔怔地凝视着太后，还是一言不发。朱见深叹了口气，将宝儿抱在腿上，亲了亲他。

"宝儿，宝儿，你要哭就哭吧。"

宝儿真的咧开了嘴，但却没有哭声，只有那眼泪像断线珍珠似的扑簌簌落下。朱见深怜爱地替他擦着泪，自己也热泪双垂。宝儿忽然老成而认真地说道：

"爹，我娘是万娘娘害死的！"

"胡说！"朱见深像被烫了似的将他放回了椅子上。周太后相当吃惊：

"宝儿，快说，到底是怎么回事？"

"我娘大前天在万娘娘那儿吃过饭，肯定是饭里有毒。"宝儿眨巴着大眼睛，不容置疑的口吻令两个大人的眼睛成了对眼。

"这……这个……太医怎么说？"

周太后宁肯相信宝儿的话。朱见深却恼火起来，他抓着宝儿的手，脸色极为严厉：

"宝儿，这是别人教你说的吗？可不能冤枉万娘娘。那天和你娘一起做客的还有好多人，她们跟你娘吃一样的东西、喝同一壶酒，她们怎么都活得好好的？你娘是自己生病死的，明白吗？"

朱见深说罢长叹一声，用手捂住了自己的脸。而周太后则紧紧地搂着宝儿，像是怕他飞了。许久，太后才沉声说：

"皇上，我要让宝儿住过来，跟我在一起，我才放心。"

朱见深依旧捂着脸，点了点头。这时，一串泪水流到了他的衣襟上，留下了一片深色的水渍。

又是一个艳阳天，安喜宫门口的花开得热闹非凡。但整个宫殿却再不似以往那般生气勃勃，而是显露出一种深深的寂寞。

万贞儿孤零零地坐在餐桌旁，看着桌上那十几盘菜发愣。许久，她才抬起失神的眼睛，怒气冲冲地问道：

"怎么，太子他不来吗？"

大黑塔悄悄地从阴影里闪出来，恭敬地答道：

"回娘娘，已经派人到太后那儿去请了，估计马上就到。"

"那就好。"

贞儿说着，唇边浮起一缕这段时间难得一见的笑意。

"太后，不去不行吗？太子一个人去，我不放心。"

黄莲眼巴巴地看着周太后，似乎马上就要哭出来了。

周太后忧心忡忡地注视着已被保姆打扮得簇新的宝儿，怅然地叹了口气：

"人家一片好意请他去吃饭，要是不去，岂不明显是猜疑她？再说太医也说了，小芙是暴病死的。你也知道，皇上近来虽然很少在安喜宫住，却是常去的。宝儿，过来，听奶奶说。你到了那儿，不要吃任何一样东西，水也不能喝。若问你，就说已经吃饱了，明白吗？"

周太后再三地嘱咐他。宝儿眨巴着那双酷似纪小芙的大眼睛，像大孩子一样地点着头：

"奶奶，宝儿明白。宝儿不会被她毒死的。我过去了。"

宝儿的沉着出乎大人们的意料。尽管如此，目送他离去时周太后还是充满了担忧。

"吱"一声，第七扇内库窖藏的门打开了，里边只剩下半窖钱了。朱见深看着，黑眼睛眯成了一道缝，目光像蚂蟥一样叮着梁芳不放。梁芳脸色大变，全身因恐惧而微微颤抖着。

"钱呢？这七窖钱呢？"

朱见深揪住梁芳的衣领，看样子像是要生吞活剥了他。

"皇上，您听我说，这些钱全是皇上您和万娘娘用了，奴才有购物单为证。"

梁芳一边说着，一边从身上掏出两叠厚厚的账本。

"你是说，你们卖给我的那些花里胡哨的玩意儿用光了自太祖以来积下的七窖银钱？"

朱见深拍打着账本，愤怒地质问梁芳。梁芳腿一软，不由跪在了地上，捣蒜般地叩起头来：

"皇上，还有祠堂。这些年，万娘娘为了皇上的龙体康健，为了皇上的福祚绵长，为了皇上香烟旺盛，在全国建了祈福祠、求子祠二千二百多所，奴才这儿也有记录。"

梁芳马上又从怀里掏出一叠账本来。朱见深接过去了，却仍没翻一页。他只是死死地瞪着梁芳，足足有半袋烟工夫。梁芳都快吓昏过去了，朱见深这才慢声细语地吐出几句话来：

"你们别以为蒙过了朕就没事了。就算我不找你们算账，后代也要把你们的骨头骂得跳起来。实在是太过分了！好了，你也不用侍候朕了。"

朱见深一拂袖子，从伏在地上颤抖不已的梁芳身旁跨过，看也没看他一下。

"皇上！皇上啊！"

梁芳知道等待自己的将是什么命运。他长长地哀号了几声后，一脸尘土一脸泪地爬起来。

这时，那些守卫内库的太监们正在锁门，没有一个人过来和梁芳搭话。人们很冷漠地看着肥胖的梁芳往前挪去。

"娘娘，这回咱们完喽！"

梁芳松弛的脸上布满绝望。当他呢喃着走到一个拐角处时，他盯着凸起的墙砖发了会儿怔，然后打着战退后几步，似乎看见了某种令他恐惧的东西。接着，他低

着头，飞快地朝墙角冲过去，只听"咔嚓"一声响，他的脖子断了，肥胖的身躯软绵绵地倒下去。这时来一帮沉默的太监。当他们断定他已经死了时，一个年纪大些的太监沉声说道：

"通知净乐堂，让他们快把他抬出去烧喽！"

万贞儿坐在桌旁，百般殷勤地为宝儿夹着菜，脸上浮现出亲切的笑容。

"宝儿，尝尝这鱼，可好吃了。"

贞儿见宝儿不动手，便亲自夹了块鱼肉，剔了刺，要喂给宝儿吃。宝儿一直少年老成地坐在那儿，一言不发。此刻他也只是用那双对一个男孩而言长得过于美丽、神色也过于忧郁的眼睛直直地看着万贞儿，直看得万贞儿先是害怕，继而有些恼火。她皱了皱眉，将鱼往他唇边送了送：

"这孩子，怎么这样儿啊。快吃了吧。"

"不，我吃饱了。"

宝儿将头一扭，贞儿脸上有些挂不住了："宝儿，听话，吃饱了也要尝尝。"

她伸手要去扳宝儿的脸，宝儿却猛地将她手中的鱼肉打掉："我不吃，我怕吃了会死。"

"你……你这孩子，怎么说这种胡话！"贞儿心中的怒火已经从眼里探出了几束灼人的火苗，但她还是用笑容把这火苗给挡住了。她又端起一碗汤，舀了一勺汤送到宝儿口边：

"不吃鱼就喝口肉汤，可鲜啦！"

谁知宝儿却怒目相视："不，我不吃，汤里肯定有毒！"

说罢他从椅子上跳下来，也不管万贞儿怎样挽留他，撒开脚丫子就跑。贞儿冲不知所措的大黑塔摆了一下头，大黑塔犹豫了一下，跟着跑了出去。

"宝儿，宝儿！"

大黑塔的口吻虽很亲切，但声音很粗，宝儿跑得更快了。

"黄莲嬷嬷，黄莲嬷嬷！"

宝儿喊着，冲到了宽阔的院坪上。可是，院坪上哪儿有黄莲她们的身影？宝儿慌了，他哭着，咬着牙，像一头小豹子一样拼命地往前跑。

这时，贞儿也追到了大殿门外。她简直气坏了，柔媚的脸上浮着一层杀气，只听她声嘶力竭地喊着：

"给我抓住他！这坏小子，这么小就这样，以后还得了啊，他不把我撕了吃才怪呢！哼，太子又怎样？太子就能胡说八道，就可以没教养吗？给我抓回来，我一定要好好教训他一顿！"

万贞儿骂毕，抚胸靠在门框上拼命地喘气。当她看到大黑塔终于将奔跑的宝儿擒住时，她那愤怒、憔悴的脸上终于又浮上了一层笑意。

"兔崽子，你不是会跑吗？你怎么不跑了呢？"

她喃喃自语着，神态中有一丝不易察觉的残忍与阴狠。然而，当她再次抬起头朝刚才的方向看时，她不由低声呻吟了一下。她朝身边的一个宫女迅速做了个手势，宫女转身跑了，贞儿这才倚着门框无力地滑了下去。

朱见深是从内库回来的途中听到贞儿要请太子吃饭的消息的。尽管他一直不相信自小将他养大的小妈会那么狠毒，可是，所有的迹象都证明了这一点，他不能不提高警惕。当时他虽说被那七个空窖弄得满腹怒气，神情也有些恍惚，但听到这个消息后，他的头脑立即清醒过来。

"去安喜宫，快！"

圣旨一下，抬轿的太监跑动起来，颠得朱见深有些头晕。不知为什么，想到安喜宫，想到万贞儿，他有些辛酸，有些想哭，居然还有一些内疚。他已经太久没在安喜宫住了。但是在内心深处，他觉得自己惦念她。哪怕那七窖钱真是她花光了，他也不想怎样处置她。他下不了手。不过保护太子是另一回事，所以一路上他的脸色都很沉重。

也许是一直想着宝儿的缘故，他大老远就听见了孩子的哭声，不由得心中一凛：是宝儿！

于是，他下轿奔跑起来。身后跟着一大帮人。当他跑进安喜宫，看见娇小的宝儿被挟在大黑塔腋下时，愤怒、后怕使得他颈后的汗毛全都钢针般竖起来：

"住手！放下他！"

大黑塔闻言一惊，放了宝儿后当即跪下，眼睛惶恐地望向贞儿。

"爹，快来救我呀！她要毒死我！"

宝儿扑到朱见深怀里，指着远处的万贞儿，歇斯底里地哭喊着，眼神恐惧而疯狂。

"宝儿，不怕，爹在这儿。"

朱见深亲了亲宝儿，顺手把他往边上一个太监的怀里一推，然后铁青着脸朝贞儿走去。

贞儿倚门站着，深红色的衣裳衬着她苍白的脸、幽怨的眼，使她看上去在雍容之中有一种脆弱。

　　朱见深拾级而上，步子迈得巨大，给他颀长的身影增添了几分弹跳感。他每上一级台阶，贞儿便在他眼中矮下一分。当他终于站在贞儿身边俯视她时，他一眼就看见了贞儿眼角浅浅的皱纹和晶亮的泪珠。

　　贞儿用一种深邃的目光注视着他，仿佛要将他那颗日趋复杂的心望穿。朱见深垂下眼帘，终于还是耐不住这种缄默，心中涌上小时候被她呵斥时的感觉：委屈，急于讨好。

　　"小妈，我……你没事吧？"

　　万贞儿微笑着摇摇头，泪珠纷纷落下，在夕阳的余晖中像是几粒飞逝的钻石。

　　"来，你跟我来。"

　　贞儿温柔地抓住了他的一只手，引着他穿过大殿，来到方才请宝儿吃饭的殿堂。

　　朱见深有些奇怪，不知她要干什么，但被这样一双手抓着，又嗅着那股自小就熟悉的气味，看着自小就熟稔的这个背影，朱见深纵有再多疑问，也难于出口。有关七窖银钱的事，只在他脑子里闪了一下，就倏地消失了。

　　"来，皇上，您坐这儿。不，您别动筷子。不是有人说我要毒死他吗？那您看吧。"

　　贞儿说着，抄起筷子，将桌上的每一样菜都尝了个遍，又将方才盛给宝儿的汤全喝了。朱见深先前还纳闷，待明白她的用意时，他不由愧急交加。

　　"小妈，别这样。宝儿只是个孩子，你不要和他计较。"

　　朱见深按住了万贞儿的手。万贞儿温存地凝视了他片刻，倔强地摇摇头：

　　"不，我要证明给您看。"

　　朱见深不吭声了，坐在一旁沉重地看着万贞儿进食。贞儿进食的一举一动都很优雅，朱见深坚硬的目光开始融化。当贞儿吃得快要吐了却仍旧往嘴里塞时，朱见深再也忍不住了，他跳起来，一把将万贞儿搂在怀里。

　　"小妈，不要再折磨自己了。我从来不相信那种传言。"

　　万贞儿"嘤"的一声哭了。看着她泪如泉涌的样子，朱见深的心彻底软了，就像一块放在锅里煎了一段时间的糯米糍粑。

　　"小妈，小妈！"

　　他低声喊着，将脸埋在万贞儿胸前，仿佛又回到了童年。贞儿抱着他，泪水很快将他脑后的头发淋湿。两人就这样不知坐了多久，直到这温馨的沉寂被宝儿的一声高喊打破：

"爹，爹，你在哪儿？不，不要你这样！"

宝儿不知怎么寻了进来，当他看见他挚爱的爹爹和他憎恶的万贞儿抱在一起时，他高喊着"不"，而后扭头就跑。

"宝儿，宝儿！"朱见深回过神来。他仓促地看了一眼万贞儿，匆匆说道：

"我过两天会回来看你。"

而后，就像一阵风似的消失了。

贞儿坐在那儿，纹丝不动。在那盏波斯进贡的五彩灯的照耀下，她的衣裳红得妖异。看上去像血，又像久远记忆中女鬼飘动的裙袂。那么热闹，却又那么寂寞的一抹红，在这金碧辉煌的紫禁城，无论如何总还是黯淡的。太阳一下去，它就迅速被夜色吞没了。重门之外，谁又知她注目于自己芳华消逝时的苦衷？